SHANE STEVENS

Shane Stevens (problable pseudonyme) est né à New York en 1941. Il a écrit cinq romans entre 1966 et 1981 avant de disparaître dans l'anonymat. Après *Au-delà du mal* (éditions Sonatine, 2009), *L'heure des loups* paraîtra en 2011 chez le même éditeur.

AU-DELÀ DU MAL

SHANE STEVENS

AU-DELÀ DU MAL

Traduit de l'anglais (États-Unis)
par Clément Baude

SONATINE ÉDITIONS

Titre original :
BY REASON OF INSANITY

Le papier de cet ouvrage est composé de fibres naturelles, renouvelables, recyclables et fabriquées à partir de bois provenant de forêts plantées et cultivées durablement pour la fabrication du papier.

ISBN : 978-2-266-18959-0

Pour le docteur Cornelia Wilbur
et pour toutes les Sibyl du monde
– et surtout pour tous les autres enfants
qui se sont défendus et qui ont perdu.

Et presque toute l'histoire est le succès des crimes.

VOLTAIRE

Tu me demandes pourquoi tu es né dans une ville de monstres et d'assassins… Je vais te le dire : parce que tes bien-aimés ancêtres, en secret et en silence, ont commis des crimes inqualifiables, et aujourd'hui tu dois en payer l'ignoble prix !

Hermann HESSE

Prologue

Les flammes dévoraient le corps voracement, elles le flétrissaient, ravageaient à toute vitesse la chair et les muscles. D'abord écaillée, la peau devint noire, se carbonisa et finit par se désintégrer rapidement. Bientôt, les bras, les jambes et le tronc roussiraient jusqu'à n'être que des os blanchis. Très vite la tête, dont plus aucun trait ne subsistait, se réduirait à un simple crâne.

Désormais silencieux, hormis un râle monotone qui lui sortait du fond de la gorge, les yeux affolés à la lueur rouge du feu, le petit garçon regarda le corps brûler, brûler, brûler…

LIVRE PREMIER

Thomas Bishop

1

Chaque année au printemps, la brume qui se répand comme une colère sourde sur la baie de San Francisco semble plonger la ville dans le mercure. Elle passe et disparaît sans rien altérer, sans laisser de trace, et pourtant jette un voile sur tout ce qu'elle touche, transformant la nature, même pour un bref instant, en un vrai mystère. Nulle part ce phénomène n'est plus manifeste qu'au nord de la ville, sur la côte, le long des langues de terre qui s'avancent dans la baie de San Francisco. C'est là, en effet, que cette brume immémoriale déploie toute sa magie pour envelopper les champs, les criques et les villes chatoyantes. C'est aussi là que mille légendes populaires plantent leur décor. Et c'est là, enfin, que trône l'inquiétante prison de San Quentin, lugubre, noire, surgissant du brouillard comme un paysage de pierre meurtri. Bien souvent, aux premières heures du soir, on dirait que San Quentin est le phare du bout du monde.

C'est par une journée comme celle-ci, le 2 mai 1960 pour être exact, qu'un condamné à mort fut conduit dans la chambre à gaz de San Quentin. Il était entouré de quatre gardiens, dont deux le sanglèrent rapidement à l'une des deux chaises métalliques – celle de droite – que comportait la petite pièce aux murs d'acier. On plaça un stéthoscope sur son torse. Le gardien-chef lui souhaita bonne chance. L'homme ne montra aucune émotion au moment où ses geôliers quittèrent la pièce puis, par un ultime tour de volant, verrouillèrent la porte en métal. Il ne détacha pas son regard des soixante témoins, rassemblés à l'extérieur de la cellule octogonale, qui l'observaient à travers cinq vitres épaisses. Les dernières prières avaient déjà été prononcées, de même que les derniers mots pour tenter de sauver Caryl Chessman. Pendant douze ans, il s'était battu devant les tribunaux californiens et la Cour suprême des États-Unis pour que ce jour n'arrive jamais. Maintenant, le combat était terminé. À l'âge de 36 ans, Caryl Chessman avait perdu la partie et attendait le châtiment de la mort.

Derrière la chambre à gaz, installée dans une pièce plus vaste au rez-de-chaussée du quartier des condamnés à mort, au signal du directeur de la prison, une main ouvrit une soupape. Il était 10 h 03. Aussitôt des capsules de cyanure tombèrent d'un sac logé sous la chaise du condamné et plongèrent directement dans une bassine d'acide sulfurique. En quelques secondes, les vapeurs mortelles s'élevèrent jusqu'au condamné et emplirent peu à peu la pièce d'une odeur d'amande amère et de fleur de pêche mêlées. Le corps de l'homme se raidit contre les sangles, sa tête se projeta vers l'arrière. Son cerveau n'étant plus oxygéné, il perdit lentement conscience et finit par mourir. Le constat officiel du décès, établi à 10 h 12, ne provoqua aucune agitation particulière au-delà des nécessaires mesures de nettoyage. Dans le reste de la prison de San Quentin, au-dessus de cette chambre à gaz surnommée « la Chambre verte » à cause de ses murs vert foncé, la vie poursuivit son cours.

Survenant en cette année cruciale que fut 1960, l'exécution de Caryl Chessman, le tristement célèbre « braqueur à la torche rouge » de Los Angeles, qui avait commis à la fin des années 1940 une multitude de vols à main armée et de viols, fut considérée par certains comme la fin d'un cycle de violence entamé quarante ans plus tôt avec le règne des gangsters puis prolongé par les terribles conflits sociaux des années 1930, les boucheries de la Seconde Guerre mondiale et de la guerre de Corée, jusqu'aux massacres aveugles d'un Perry Smith ou d'un Charles Starkweather à la fin des années 1950. La paisible présidence d'Eisenhower venait de s'achever ; bientôt viendrait Kennedy et son âge d'or. Les premiers mouvements importants hostiles à la peine de mort se faisaient entendre. Le pays était lancé dans une course scientifique contre l'URSS qui créerait des emplois et stimulerait l'économie. Partout, de nouvelles perspectives s'ouvraient, qui exigeraient dévouement et énergie. On pensait vivre une époque enthousiasmante : l'Amérique, une fois de plus, allait de l'avant.

Au lieu de quoi, la mort de Caryl Chessman marqua le début d'une période sanglante qui n'est pas encore terminée à ce jour. Par une curieuse ironie du sort, la vie et la mort de cet homme déclenchèrent une série de meurtres aussi bizarres que sauvages qui – plus de dix ans après – mobiliserait les responsables de la sécurité à travers tout le pays et ébranlerait jusqu'aux plus hautes sphères de la politique et des médias. Pour comprendre cette histoire, il faut d'abord se replonger dans le Los Angeles de l'immédiat après-guerre. Avec la fin du conflit, les uniformes se faisaient plus rares dans les rues de la ville, la vallée se couvrait de milliers de petits pavillons individuels et la nourriture devenait plus abondante. Dans le nord de la Californie, Henry Kaiser créait des entreprises qui fabriquaient de tout. À Washington, l'administration Truman essayait de sauver l'Europe du désastre économique. Mais comme d'habitude, personne ne faisait rien pour le climat. Or, ce 3 septembre 1947, la journée avait été très chaude et humide, et les gens furent soulagés de voir le soleil se coucher enfin. Au cours de la soirée, un homme aux cheveux foncés et aux sourcils broussailleux se dit que ce pourrait être une belle nuit pour voler, pour violer.

Tandis que la plupart des habitants de la ville jouaient aux cartes, buvaient une bière ou allaient au cinéma, voire au lit, d'autres, généralement à deux, prenaient leur voiture, s'éloignaient des artères principales et roulaient au pas, tous phares éteints, vers des lieux à l'abri des regards et propices aux ébats. Malgré le boom immobilier qui en avait fait disparaître une bonne partie, les lieux de rendez-vous galants étaient encore fort nombreux à l'époque. Dans ces bois isolés, les Ford, les Chevrolet, parfois une ou deux Cadillac formaient comme une immense guirlande où chaque voiture se tenait à distance respectueuse de la suivante, l'avant toujours dirigé vers le centre du cercle pour ne pas déranger les autres en partant.

À l'intérieur des voitures, les amoureux se caressaient. Lorsque la jeune fille était suffisamment décoiffée pour demander une petite pause, le garçon sortait un paquet de Camel et les deux tourtereaux fumaient une cigarette, écoutaient la radio, discutaient à voix basse. Chez les plus ardents, le bavardage frivole laissait vite la place aux discours enflammés et aux serments d'amour éternel.

Dans les zones les plus reculées, les couples se garaient tout simplement le plus loin possible des autres voitures, ce qui leur donnait souvent le sentiment, grisant, d'être seuls au monde. C'était justement dans ces coins perdus que l'homme traquait ses proies. Et, ce soir-là, il fut vite récompensé.

La voiture était une berline Plymouth bleue. Du côté conducteur, la vitre baissée laissait s'échapper des chuchotements. Sur la terre molle gisait un tas de mégots, à peine vidés d'un cendrier plein. Il n'y avait aucune autre voiture à l'horizon quand l'homme s'approcha en silence, un revolver dans une main, une lampe torche dans l'autre. Au moment d'atteindre la Plymouth, il se raidit et dirigea brusquement sa lampe vers l'intérieur.

Assis derrière le volant, le conducteur, surpris, tourna sa tête vers la source lumineuse. Quelqu'un lui demanda ce qu'il fabriquait là. Avant même de pouvoir répondre, il reçut l'ordre d'ouvrir la portière. Affolé, il s'exécuta. Puis on lui demanda de sortir avec les clés du véhicule et de vider ses poches. En apercevant le revolver, il obtempéra sur-le-champ. On l'obligea à marcher jusqu'à l'arrière de la voiture et à monter dans le coffre. « Tu seras libre dans peu de temps, lui dit la voix. N'aie pas peur. » Le conducteur obéit sagement et entendit le coffre se refermer au-dessus de lui.

Quelques secondes plus tard, l'homme se trouvait à côté de la jeune fille et braquait sa torche sur elle. Elle était d'une beauté simple, peut-être un peu trop enrobée, mais avec des traits agréables et harmonieux. Elle avait des cheveux châtain clair, coupés court et coiffés à la mode de l'époque, le visage bien encadré par des boucles. Elle portait une robe jaune et son gilet vert était déboutonné. L'homme lui demanda de se déshabiller sur la banquette arrière, où il la rejoignit. Courtois, il lui expliqua qu'il ne lui ferait aucun mal si elle ne résistait pas. Il lui demanda à deux reprises si elle avait bien compris.

Sara Bishop, 21 printemps, comprit parfaitement. À l'âge de 13 ans, elle avait été abusée par son oncle, le frère de sa défunte mère, qui l'avait sortie de sa petite ville pour l'installer auprès de sa famille à Oklahoma City. Pendant que sa femme n'était pas à la maison et que sa vieille belle-mère gâteuse dormait à l'étage, il faisait asseoir la petite sur ses genoux et promenait ses mains sur tout son corps, jusqu'au jour où ce ne furent plus seulement ses mains. Trois années durant, elle se tut et subit ses outrages en silence. Elle n'avait nulle part où aller. À 16 ans, elle épousa un ouvrier qui travaillait dans le pétrole ; il la quitta au bout de trois mois. L'année suivante, elle fut violée par trois lycéens derrière la petite cafétéria où elle travaillait. À 18 ans, elle quittait Oklahoma City pour Phoenix et les beaux yeux d'un soldat qui, après lui avoir obtenu un boulot de barmaid, lui vola tout son argent et l'abandonna, un soir, avec un œil au beurre noir et quelques dents cassées.

À 20 ans, Sara Bishop haïssait déjà les hommes, tous les hommes, avec la même ardeur que d'autres réservaient à l'amour. Mais elle était assez intelligente pour savoir qu'ils pouvaient parfois s'avérer utiles. Le sexe ne l'intéressait pas beaucoup, même si elle y voyait un bon moyen d'obtenir certaines choses. Ce qui l'étonnait le plus, c'était de n'être encore jamais tombée enceinte – un mystère dont elle se réjouissait. L'année suivante, après s'être installée à Los Angeles, le mystère s'expliqua grâce à un médecin qui lui remit son utérus en place lors d'une opération bénigne. Elle le voua aux gémonies. Lorsqu'elle reçut la note d'honoraires, elle griffonna dessus deux mots et la renvoya sans payer. On ne lui réclama plus rien. Aux yeux de Sara, ce médecin n'avait fait qu'allonger la longue liste des hommes qui justifiaient toute sa haine.

Allongée maintenant sur la banquette arrière de la Plymouth bleue, Sara Bishop pria. Elle ne voulait ni mourir ni tomber enceinte. Voilà pourtant qu'elle se retrouvait toute nue, les jambes écartées, et que l'inconnu prenait son pied, couché sur elle. Tout ça parce que c'était un homme et qu'il avait un revolver. Tous des salauds, pensa-t-elle. Qu'ils aillent en enfer. Elle lui demanda à deux reprises de ne pas jouir en elle ; il lui répondit par des grognements.

Pour penser à autre chose, Sara songea au jeune homme enfermé dans le coffre. Elle le fréquentait depuis un mois et espérait qu'il la demanderait bientôt en mariage. Elle était fauchée et seule, mais surtout épuisée. La vie serait plus facile avec un homme, même un trimardeur de 23 ans. Malgré tout, se dit-elle, il avait fait un tas de petits boulots. Il pourrait travailler pour subvenir à leurs besoins. Elle n'avait pas encore couché avec lui ; elle comptait le tenir en haleine jusqu'à ce que…

L'homme se dégagea. C'était terminé. Elle ignorait s'il avait joui en elle ou non. Sans doute que oui, pensa-t-elle, abattue. Mais s'il y avait une chose, au moins, qu'il n'avait pas obtenue d'elle, c'était une réaction : elle n'avait pas bougé le moindre muscle, n'avait ni gémi, ni supplié, ni objecté, ni même remué. Tout ce qu'il avait eu, se dit-elle, c'était du poisson mort. Il avait intérêt à aimer le poisson mort. Puis elle se ravisa. « Pourvu qu'il déteste le poisson mort. »

Il lui lança les clés de la voiture. « Tu le sortiras du coffre une fois que je serai parti », dit-il à demi-voix. Puis il la remercia. Tout simplement. « Merci. » Et il disparut.

Elle resta tranquillement allongée dans le noir, s'efforçant de retenir ses larmes. Elle se sentait usée jusqu'à la corde, vidée de toute son énergie. Pourquoi lutter ? Les hommes obtenaient toujours ce qu'ils voulaient. Les salauds. Ils pouvaient bien faire des promesses, donner quelques dollars ou procéder par la force, c'était du pareil au même : ils prenaient leur fade et disparaissaient dans la nature. S'il n'avait tenu qu'à elle, elle les aurait tués jusqu'au dernier, tous ces pauvres enfoirés. « Pauvres enfoirés ! » hurla-t-elle dans sa tête. Elle ouvrit la bouche pour crier, mais rien ne sortit. Et si le type était encore dans le coin ? Que savait-elle de lui ? Il avait un revolver et une drôle de lampe électrique, des cheveux foncés et d'épais sourcils. Et un grand nez. Quoi d'autre ? Tout le reste était petit chez lui, se dit-elle avec une triste satisfaction.

Un bruit sourd la fit sursauter. Elle enfila sa robe à la hâte, non sans glisser son soutien-gorge, sa culotte et son jupon sous le siège, se pencha ensuite en avant et inspecta son visage dans le rétroviseur. Fatiguée ou pas, effrayée ou folle de rage, elle savait ce qu'il lui restait à faire. Au cas où.

Maniant fébrilement la clé, elle finit par ouvrir le coffre. Le jeune homme, vert de rage, courut dans tous les sens et voulut pourchasser l'agresseur avec un démonte-pneu. Or, il n'y avait plus personne dans les parages. Honteux, meurtri dans sa fierté de mâle, il ne cessa de maudire son ennemi pendant que la jeune fille le raccompagnait lentement jusqu'à la voiture. Tout à sa fureur, il ne remarqua pas qu'elle l'avait attiré sur la banquette arrière.

Voilà qu'elle était blottie contre lui, qu'elle couinait, qu'elle lui susurrait des mots tendres. Elle lui caressa la joue, le torse, apaisa peu à peu sa colère. Au bout d'un moment, elle guida la main du jeune homme sur sa poitrine généreuse. Malgré l'expression d'extase sur son visage, malgré ses yeux grands ouverts et perdus d'innocence, en son for intérieur elle ne voyait en lui qu'un énième salaud, tellement imbu de ses propres sentiments qu'il se moquait éperdument de ce qu'elle venait de subir. Pas un mot tendre, pas un geste de compassion, pas même un regard curieux pour voir si elle avait souffert. Seulement cet orgueil imbécile et cet amour-propre humilié. « Espèce d'enfoiré ! » faillit-elle hurler.

Elle garda un visage inexpressif lorsqu'elle se glissa un peu plus sur la banquette pour le laisser grimper sur elle. Ses murmures lascifs se faisaient ardents, son souffle pantelant. Sentant la main du jeune homme sous sa robe, elle se trémoussa pour la faire remonter au-dessus de ses hanches. Sa bouche accueillit sa langue, l'attrapa et l'attira entre ses dents. Il commençait à respirer lourdement, à s'agiter de plus en plus. Soudain, il se coucha sur le côté et se mit à enlever frénétiquement son pantalon. En entendant la fermeture Éclair se baisser, elle voulut s'attribuer l'oscar de la meilleure comédienne pour sa remarquable performance, ce soir-là, sur ce bout de route désert. Elle allait donner à ce salaud la plus belle partie de jambes en l'air de toute sa vie, la plus belle qu'aucun homme ait jamais connue. Elle le ferait parce qu'il le fallait. Elle avait besoin de lui.

Deux mois plus tard, ils se marièrent à Las Vegas. L'église leur coûta 20 dollars ; ils perdirent les 80 qui restaient en jouant au craps. Billets de retour en poche, ils prirent le dernier car pour Los Angeles. Sara ne dit pas à son jeune époux qu'elle était enceinte.

Fidèle à son engagement, elle lui donnait tout le plaisir qu'il voulait, comme il voulait. Mettant son cerveau en veilleuse, elle simulait tellement bien qu'il finit par être convaincu de ne pas pouvoir vivre sans elle, ou du moins qu'il ne devait pas la quitter. Il n'avait jamais cru que les femmes – certaines, en tout cas – puissent mettre une telle passion, une telle application à satisfaire ses moindres fantasmes, et cela sans rien lui demander en retour, un peu comme un jouet mécanique qu'on remontait, mais un jouet aux dimensions humaines et heureux de donner du plaisir. Il décida de s'amuser avec son jouet pendant quelque temps encore.

Après le mariage, Sara s'en tint à sa ligne de conduite mais, comme toute femme mariée qui se respecte, avec une ferveur légèrement émoussée. Faire l'amour ne lui apportait pas grand-chose, puisqu'aucun homme n'avait jamais su la combler. À ses yeux, cependant, la sécurité affective que conférait le simple fait d'être avec quelqu'un valait un tel sacrifice. Et l'argent aidait, aussi. Son mari gagnait à la station-service plus qu'elle ne gagnerait jamais dans sa boulangerie. Avec deux revenus, ils pouvaient même mettre un peu d'argent de côté. Entre, d'un côté, le sexe et, de l'autre, la promesse d'un bel avenir, elle pensait pouvoir le tenir. Un jour, elle décida donc qu'elle garderait l'enfant après la naissance.

Un mois plus tard, elle annonça à son mari qu'il serait bientôt père. Elle mentait, car au fond elle savait, comme seule une femme peut le savoir, que le véritable père de cet enfant était un violeur aux cheveux foncés, avec un grand nez et une curieuse lampe torche. Lui avait disparu, mais son mari non : aussi était-ce lui le père, naturellement. Ce n'était que justice, estima Sara. Au moins elle avait une occasion de prendre sa revanche sur les salauds.

Son mari fut conquis. Bête comme seul un jeune homme de 23 ans peut l'être, il eut le sentiment que la paternité ne faisait que décupler sa virilité. Lorsque Sara lui promit que l'arrivée de l'enfant ne changerait absolument rien à leurs habitudes, il baissa son pantalon sans hésiter et la prit sur place, debout, dans la cuisine. Une fois son affaire faite, il s'en alla boire des bières.

Le 24 janvier 1948, Sara Owens, ci-devant Sara Bishop, apprit en lisant les journaux de Los Angeles l'arrestation d'un braqueur-violeur qui agressait les couples dans les lieux de rendez-vous amoureux. Elle jeta un coup d'œil à la photo. C'était lui ! Elle regarda d'un peu plus près. Finalement, elle ne savait plus trop. Après tout, il ne s'agissait que d'un homme qu'elle avait eu au-dessus d'elle pendant quelques minutes, et accessoirement du père de son enfant. Elle lut le nom du violeur : Chessman. Caryl Chessman.

Lorsque son mari rentra à la maison, elle lui montra le journal. Dans l'esprit du jeune homme, affront suprême, l'homme lui avait volé 30 dollars. « J'espère qu'ils le buteront, ce fils de pute », fut son seul commentaire. Il n'avait pas bien vu son visage, ce fameux soir.

Mais Sara, oui. « Je ne suis pas complètement sûre », lui dit-elle. Écœuré, il jeta le journal par terre.

Pendant plusieurs jours, Sara songea à informer les autorités. Mais à quoi bon ? Ils n'avaient pas porté plainte à l'époque des faits, ni elle ni lui ne souhaitant avoir affaire à la police. À son futur époux, elle avait bien entendu expliqué que le violeur était impuissant et qu'il avait simplement joué un peu avec elle avant de disparaître dans la nuit. Elle n'était pas sûre d'être crue, mais elle s'en moquait bien – après tout, c'était son histoire à elle. Et puis, avec la venue prochaine de l'enfant, il n'aurait pas été très sage de faire remonter tous ces événements à la surface. Finalement, elle décida de ne rien faire. Mais elle suivit avec attention l'affaire dans les journaux, et lorsque ces derniers commencèrent à surnommer Chessman « le braqueur à la torche rouge », parce qu'il pointait toujours une lampe électrique sur ses victimes, elle fut quasiment certaine qu'il s'agissait bien du même homme.

Le 30 avril 1948, Sara Owens donna naissance à un fils. Prénommé Thomas William, il avait les yeux marron et les cheveux foncés, alors que ceux de Sara et de son mari étaient châtain clair. À première vue, l'enfant ne ressemblait en rien au père, mais une infirmière expliqua poliment que les caractéristiques physiques sautaient souvent une génération. Le père acquiesça d'un air grave.

Le 18 mai 1948, Caryl Chessman fut reconnu coupable de dix-sept braquages à main armée, enlèvements et viols, sur dix-huit présumés, et fut condamné à mort. L'exécution devait avoir lieu en juillet. Menotté, sous bonne escorte, il fut emmené à la prison de San Quentin. Son appel repoussa la date de l'exécution et, dès la fin de l'été, l'affaire Chessman – hormis de nouveaux appels interjetés et diverses actions judiciaires entreprises au cours des douze années qui suivirent – n'intéressait plus ni les journaux ni l'opinion publique.

Chez les Owens, l'arrivée du nouveau-né provoqua en quelques années une série de changements aussi graduels que délétères. Sara perdit de son énergie, qui n'avait pourtant jamais été bien grande. Physiquement, moralement, l'accouchement l'avait vidée. Elle jura de ne jamais avoir un deuxième enfant, quoi qu'il puisse arriver. Elle préférait mourir avant. Par ailleurs, elle ne put pas indéfiniment cacher sa déception de ne pas avoir eu une fille. Inconsciemment d'abord, sans réfléchir, elle commença à rejeter son petit garçon. À l'égard de son mari aussi, elle se montra de plus en plus distante. Après avoir perdu son emploi de garagiste, Harry avait fait une multitude de petits boulots qui ne rapportaient jamais assez d'argent. Elle-même ne pouvait pas travailler, à cause du petit, et d'ailleurs elle ne s'en sentait pas la force. Avec une inquiétude croissante, elle vit son mari changer, sans voir qu'elle aussi se transformait. Elle en vint à croire qu'il se désintéressait d'elle et se déchargeait de ses responsabilités. Elle n'appréciait pas qu'il passe toujours plus de temps dehors avec ses amis, qu'elle considérait comme des bons à rien, des paumés, et se demandait s'il n'y avait pas une autre femme dans les parages. Bref, Sara se sentit peu à peu lésée de ce qu'elle estimait lui revenir légitimement ; comme toujours, elle y vit la main d'un complot ourdi par les hommes.

Harry aussi se sentait floué. Sa femme n'était plus ce jouet sexuel qu'il avait épousé. Elle ne l'excitait plus, il avait l'impression de crever auprès d'elle ; elle passait son temps, maintenant, à le narguer, à traîner dans la maison et à hurler sur le petit. Et puis il n'aimait pas qu'elle lui demande sans cesse de trimer jour et nuit, d'autant plus qu'elle-même ne travaillait pas. Il était doué pour la mécanique et il aimait l'argent, pour sûr, mais il ne se voyait pas cravacher toute sa vie uniquement pour nourrir sa femme et le mouflet. Il regretta d'avoir voulu s'installer dans une vie stable ; ça ne lui ressemblait pas. Il se sentait piégé et il savait que c'était entièrement la faute de Sara. À présent, il ne pensait qu'à une chose : gagner assez d'argent pour prendre la tangente.

Trois ans après leur mariage, Sara et Harry étaient en guerre ouverte. Ils vivaient pourtant toujours ensemble dans leur trois-pièces, inquiets, l'un comme l'autre, de renoncer au passé autant que de commencer une nouvelle vie. Elle satisfaisait encore ses appétits sexuels, du moins de temps en temps ; il lui donnait encore son argent, du moins une partie. Sara s'était mise à boire du vin à la maison. Harry, strictement adepte de la bière, estimait que les femmes ne devaient pas boire, encore moins les femmes mariées, et certainement pas la sienne. La première fois que Sara se saoula, ou en tout cas que Harry la retrouva ivre morte, il la frappa. Après, les coups devinrent plus fréquents.

Le 24 juin 1951, Caryl Chessman refit la une des journaux de Los Angeles à la suite d'une de ses innombrables actions en justice. Sara, un verre à la main, dévora les articles. Avec le temps, Chessman, grâce à sa notoriété, lui avait donné comme une sorte de célébrité par procuration. Tout le monde semblait être au courant de cette affaire ; elle avait même vu des magazines qui publiaient des reportages sur lui. Pour elle, Chessman n'était plus simplement un violeur, mais un nom, un visage, un personnage familier. Certes, il demeurait un homme et, à ce titre, ne méritait que la haine et le mépris. Mais au moins, et contrairement à d'autres, il ne venait pas la torturer chaque jour que Dieu faisait.

Lorsque Harry revint à la maison, Sara avait déjà beaucoup bu. Dès les premiers hurlements, elle l'agressa et lui apprit d'une voix puissante qu'il n'était pas le père du petit garçon. Il éclata de rire. Sara, piquée au vif, expliqua qu'elle lui avait menti. « C'était Chessman dans la voiture. Caryl Chessman, espèce d'abruti ! Et il n'était pas du tout impuissant. Ce type en a plus dans le pantalon que tu n'en auras jamais. » C'était maintenant à son tour de rire. « Tu te crois tellement fort, mais avant même que je t'aie laissé poser la main sur moi, son sperme coulait déjà dans mon corps et me réchauffait. Qu'est-ce que tu dis de ça, monsieur Je-sais-tout ? »

Elle ne vit pas les yeux de Harry se plisser. « Tu ne me crois pas, c'est ça ? » Elle se rua dans la pièce d'à côté et revint quelques instants plus tard en traînant son petit garçon par le bras. Elle venait de l'arracher au sommeil ; ses yeux étaient mi-clos. « Regarde un peu ses cheveux ! hurla-t-elle. Ils sont foncés alors que les tiens, comme les miens, sont châtain clair. Regarde sa bouche, regarde-moi ce visage ! Il n'a rien à voir avec toi. Même sa peau est différente. » Elle ramassa le journal sur la table. « Tu veux savoir qui est le père ? Tu veux vraiment que je te le dise ? » Elle lui lança le journal à la tête. « Sa photo est là, en pleine page. Regarde-la, pauvre con. Regarde-la de plus près ! »

Harry, mortifié, prit le journal et étudia la photo. Il jeta un coup d'œil vers l'enfant apeuré qui pleurnichait, puis s'attarda sur la photo, plus longtemps cette fois, enfin de nouveau sur l'enfant. Sans un mot, il reposa doucement le journal sur la table, avança d'un pas tranquille vers sa femme et la frappa directement dans l'œil. Elle tituba en arrière, il lui assena un autre coup sur la joue, de toutes ses forces. Elle finit par tomber. Le garçon, terrorisé, ne pouvait pas bouger d'un pouce. Harry s'approcha et lui donna un coup de poing en pleine figure. L'enfant tomba, évanoui.

Au bout de trois jours, Harry revint chez lui, hirsute, puant l'alcool et le parfum. Il ne dit pas un mot sur l'incident, pas plus que Sara, occupée à soigner son œil au beurre noir et sa pommette tuméfiée. Personne ne parla de l'enfant, toujours alité après le coup qu'il avait reçu.

Sara savait que son mari partirait bientôt pour de bon. La perspective lui était maintenant complètement égale. Elle se demanda simplement pourquoi il avait pris la peine de revenir.

Ce soir-là, elle rêva de Caryl Chessman. Il la pourchassait et elle n'arrivait pas à courir. Il la harcelait. Il y avait d'autres personnes dans le rêve, des hordes d'hommes. Mais le lendemain matin, elle ne se rappelait plus exactement ce que tous ces mâles fabriquaient dans son rêve. L'après-midi, elle leva un type dans un bar et se livra, pour la première fois depuis son mariage, à l'adultère. Elle revint chez elle fatiguée, défaite, malheureuse. Elle s'allongea sur son lit et versa des larmes amères, demandant à Dieu d'exaucer son vœu que tous les hommes soient atrocement massacrés, en un clin d'œil, partout, jusqu'au dernier, même les nouveau-nés.

Six semaines plus tard, le petit garçon fut admis à l'hôpital pour des brûlures au second degré sur tout le bras et le flanc gauches. Sara expliqua au médecin qu'il s'agissait d'un accident : elle avait fait bouillir de l'eau pour le café et le gamin avait percuté le poêle en jouant. Quand on lui fit remarquer qu'il fallait tout de même beaucoup d'eau bouillante pour provoquer de telles brûlures, elle rétorqua qu'elle préparait toujours du café pour un régiment. « Ça me fait gagner du temps pour le reste de la journée », dit-elle d'une voix mielleuse.

Dans l'après-midi, le directeur de l'hôpital et le médecin résident s'entretinrent avec l'interne qui avait admis le brûlé.

« Où est-il ?

— Je l'ai installé dans la chambre 412.

— C'est grave ?

— Des plaies vésicantes et hyperhémiques du cou jusqu'au bassin. Même chose sur le bras gauche, quasiment jusqu'au poignet. Et des fuites plasmatiques, déjà. Je me dis que ç'aurait pu être pire.

— Vous êtes un optimiste-né, docteur.

— Il faut bien, dans des cas comme celui-ci. Sinon je deviendrais dingue.

— Et nous donc...

— Est-ce que la mère est là ?

— Rentrée chez elle. Ou ailleurs. Je crois qu'elle a pris peur.

— Quel fils de pute.

— Fille.

— Pardon ?

— Fille de pute, plutôt. C'est une femme, non ?

— Même. Ça reste un fils de pute. »

Une infirmière entra dans la pièce.

« Joanne, assurez-vous que quelqu'un reste auprès de lui cette nuit. Au cas où.

— Bien, docteur.

— Nom de Dieu, il est encore tout petit.

— Quel âge a-t-il ?

— 3 ans.

— Doux Jésus, dit le directeur.

— Il y a deux cas encore pires à l'hôpital pour grands brûlés.

— La petite fille originiaire d'Ames ? »

Le médecin résident hocha la tête.

« Elle est plus âgée, bien sûr.

— Oui, elle a 5 ans.

— Qu'est-ce qu'il va devenir une fois qu'il sortira d'ici ?

— Il retournera chez lui, j'imagine.

— Pour subir encore la même chose. »

Ils étaient debout, au chevet du lit, et regardaient l'enfant inconscient, couvert de bandages blancs.

« On ne peut pas l'éloigner d'elle ? demanda l'infirmière d'une voix tremblante. Je veux dire : personne ne pourrait… » Puis elle s'interrompit. Ses yeux étaient mouillés.

Le directeur fit non de la tête. « Des cas comme celui-là, la ville en est remplie, dit-il avec calme. Par milliers. Des parents qui brûlent leurs gamins, qui les cognent, qui les affament. Qui les tuent, parfois. Et quand ils n'y arrivent pas, ils s'affolent et foncent à l'hôpital. Et c'est toujours un accident, bien sûr. » Il ôta ses lunettes et se frotta les yeux.

« Le pire, c'est que la plupart du temps on ne peut rien prouver du tout. Le petit, par exemple, *aurait très bien pu* se brûler accidentellement.

— Très improbable, dit l'interne.

— Improbable, convint le directeur sur un ton blasé. Mais sans preuve formelle, l'hôpital ne peut pas en référer aux autorités. Personne ne le peut. »

Il rechaussa ses lunettes.

« Donc elle va lui remettre une dérouillée, et puis une autre encore.

— S'il a de la chance.

— De la chance ?

— Oui, s'il a assez de chance pour survivre à la deuxième salve, susurra le médecin résident en marchant vers la porte.

— On ne peut jamais savoir comment ces choses-là se terminent. Rien de définitif, en tout cas.

— Il y a une chose de sûre, quand même, dit l'interne, véhément, dans le couloir. Il y a une chose dont je suis absolument sûr. »

Sa voix tremblait de colère : « Ce petit garçon est foutu. Quoi qu'il arrive, il est foutu. »

Les autres acquiescèrent. Leurs lèvres étaient serrées, leurs regards tristes.

« Foutu », répéta-t-il.

Foutu ou non, le garçon reçut la visite quotidienne de sa mère anxieuse. Le jour où elle finit par le ramener à la maison, elle lui acheta un pot de glace au chocolat, celle qu'il préférait. Le lendemain, après qu'il l'eut aspergée d'eau sans faire exprès, elle lui cogna la tête contre le coin de la baignoire. Il poussa un cri et s'évanouit.

Sara décida de ne plus boire chez elle. Effarée, car elle aimait encore cet enfant bien qu'il appartînt à la race honnie des mâles, elle demanda de l'aide auprès d'un soi-disant prêtre de l'Église astrologique des planètes, une de ces innombrables sectes qui poussaient en

Californie du Sud comme de la mauvaise herbe. L'homme l'écouta poliment exposer son problème, puis lui expliqua qu'en échange d'un don de 50 dollars à l'Église, il étudierait sa carte astrologique. Le surlendemain, il lui apprit, d'une voix dépitée, qu'elle était placée sous une double malédiction cosmique, « peut-être la plus terrible de toutes les configurations célestes ». Néanmoins – et ce disant, son visage s'éclaira soudain –, les planètes de Sara étaient telles qu'elle connaîtrait bientôt une période heureuse, pleine de perspectives nouvelles et de belles récompenses. Quand ça ? Il ne pouvait pas lui répondre, à moins de tirer son horoscope, ce qui exigeait naturellement une offrande supplémentaire. Elle le remercia et s'en alla, non sans faire une halte au bar d'à côté pour se siffler un verre de vin.

Au bout du troisième verre, Sara se sentait déjà mieux et songeait à cette période heureuse qui devait suivre. Dieu sait qu'elle méritait un peu de bonheur. Lorsque l'homme entra dans le bar et s'assit à ses côtés, elle lui rendit son sourire. Plus tard dans le motel, contemplant cet inconnu qui dormait contre son corps nu, Sara comprit que sa période heureuse avait débuté.

Dès la fin septembre, elle savait aussi qu'elle était encore tombée enceinte. Effrayée comme jamais et furieuse contre les dieux, ces hommes – évidemment – qui avaient comploté pour lui infliger ce nouveau malheur, Sara Owens jura qu'elle n'aurait pas d'autre enfant. Jamais. Elle accepterait tout, mais pas ça. Plus jamais.

Bien déterminée et déjà un peu moins tétanisée par la peur, elle essaya de comprendre comment une telle chose avait pu se produire. Après toutes ces années passées auprès de son mari sans résultat, elle retombait enceinte la deuxième fois qu'elle fautait, en quatre ans de mariage. Ce n'était pas une punition et ce ne pouvait être une simple coïncidence. Soudain, la réponse lui apparut dans toute son évidence. Son mari était stérile. Ça ne pouvait être que cela. Malgré sa fringale sexuelle, il était incapable de faire un enfant. Sara faillit éclater de rire, tant l'idée lui parut savoureuse. Ce pauvre salaud n'était qu'une moitié d'homme. Mais au fait... Si son mari ne pouvait pas procréer, alors l'enfant était vraiment de Chessman. Ou du moins du violeur, quel que fût son nom. Sara secoua la tête. C'était Chessman, oui, à coup sûr. Elle avait besoin d'y croire, car il était plus facile de vivre avec un nom qu'avec un être sans visage ; aussi s'était-elle convaincue, les années passant, que l'homme qui l'avait violée n'était autre que Chessman.

Elle savait ce qu'il lui restait à faire. Elle se ferait avorter. Dans un premier temps, elle trouverait l'argent, d'une manière ou d'une autre. Puis elle cesserait définitivement de coucher avec les hommes, avec n'importe quel homme. Même son mari. Qu'il aille en enfer, qu'ils y aillent tous ! Elle n'avait pas besoin d'eux. Elle ne voulait pas d'eux. Tout ce qu'elle voulait, c'était qu'on la laisse tranquille.

Tous les après-midi, Sara enfilait ses plus belles robes et ses plus jolis bas, ses chaussures aux plus hauts talons, elle se maquillait coquettement, fréquentait d'élégants bars à cocktails dans les quartiers huppés de la ville, souriait à des hommes riches tout en souhaitant leur mort. Elle savait encore jouer la comédie, et même si ses performances ne méritaient plus un oscar, elle se débrouillait mieux que nombre de femmes qui attendaient sagement chez elles.

En trois semaines, elle empocha ainsi 900 dollars. Pour 50, elle obtint le nom d'un médecin qui lui réglerait son problème. Pour 800, elle s'acheta ses services. Après avoir passé une nuit dans une belle demeure de Mulholland Drive, elle était libre.

Libre ! Même l'air, dans cette partie de la ville, lui semblait plus pur. Elle demanda au taxi de la déposer dans un bar chic, où elle commanda un verre de vin très cher. Puis un autre. Bien que l'après-midi eût à peine débuté, il y avait plusieurs hommes bien habillés au bar. Elle rendit leurs sourires, et lorsque l'un d'entre eux s'approcha enfin d'elle, elle lança la conversation. Elle était charmante, vive, mutine, séductrice, bref, tout ce qu'un homme pouvait désirer. Quand il finit par lui demander s'il pouvait l'aider à rendre sa journée aussi utile qu'agréable, Sara se retourna vers lui avec un beau sourire et de grands yeux, et lui indiqua, de manière on ne peut plus imagée, ce qu'il pouvait aller faire de sa virilité. Elle posa alors délicatement son dernier billet de 50 dollars sur le comptoir, en règlement de ses cocktails, et sortit la tête haute.

De retour chez elle, elle nourrit son petit garçon, qui n'avait rien avalé depuis la veille, puis dormit quinze heures d'affilée. Elle ne comptait absolument rien dire à son mari, qui d'ailleurs était absent un jour sur deux. Elle aurait préféré qu'il ne revienne jamais.

Harry n'avait pas très envie de retourner chez lui mais il n'était pas prêt, non plus, à faire le grand saut. Tout ce dont il avait besoin, c'était de tirer le gros lot, peu importe comment, et de disparaître pour de bon. Il n'avait plus rien à espérer de son foyer, surtout depuis que Sara lui avait appris pour Chessman et le petit morveux. Harry détestait y penser, ça le faisait passer pour un imbécile. Non, se disait-il, il n'avait plus qu'à préparer ses affaires et décamper. Ça leur apprendrait, à elle et à son sale morveux.

Des mois durant, Harry avait broyé du noir à propos de Chessman et de la fameuse soirée dans la forêt, toutes ces années auparavant. Il n'avait jamais été sûr que l'agresseur fût Chessman – il ne se souvenait pas d'une quelconque lampe torche rouge. Mais Sara en était persuadée, en tout cas, depuis la naissance du petit. Elle avait même dû prendre son pied, la traînée ! Et puis lui mentir comme ça, lui raconter que le type ne lui avait rien fait et l'obliger à lui faire l'amour juste après avoir subi une chose pareille ! Il aurait mieux fait de la cogner et de s'en aller. Sauf qu'il s'était senti triste pour elle.

Harry était convaincu que sa femme souffrirait énormément le jour où il la quitterait, et cette perspective le remplissait de joie. C'était surtout Chessman qui lui posait problème, à le narguer comme ça, à lui prendre ce qui lui revenait, à l'insulter de la sorte. Plus il y pensait, plus il s'énervait, jusqu'au jour où il prit la décision de tuer Caryl Chessman. Pour cela, il attendrait que celui-ci soit de nouveau transféré par la police à Los Angeles. Là, il l'abattrait sur place, comme un chien.

Trois mois plus tard, en janvier 1952, l'occasion se présenta. Chessman devait être transféré brièvement en ville pour être entendu, puisque son avocat avait déposé un recours. Grâce à des amis, Harry acheta un pistolet volé et se posta en face du tribunal, de l'autre côté de la rue. L'arme, un Colt 45 militaire, était dans la poche de son manteau, et Harry la serrait langoureusement. Il n'avait jamais tué personne, jamais tiré un coup de feu. Tout ce qu'il savait des armes, il l'avait appris dans les films, où le gentil finissait toujours par tuer le méchant parce qu'il avait plus de balles dans son revolver. Harry savait qu'il était le gentil ; la seule chose qu'il lui fallait apprendre, c'était à charger son arme. Lorsque cela fut fait, il se sentit prêt à tout.

Tandis qu'Harry attendait, assis sur un banc dans un petit parc, l'apparition du méchant, il passa en revue tous les films de guerre qu'il avait vus depuis son enfance. Des mitraillettes, des chars, des obus, des grenades, des cadavres partout. Il se souvenait de Bogart débarquant sur la plage, son fidèle 45 à la main, et dégommant tous les Japs autour de lui, rampant sous les barbelés, menant ses hommes à l'assaut. Alors que le char était sur le point de l'écraser, il se glissait entre les chenilles puis grimpait dessus, ouvrait la tourelle et jetait une grenade dans l'habitacle avant de plonger sur le côté. Boum ! Un char japonais en moins. Il n'y avait que Bogart pour pouvoir faire ça. Ah, mais attendez… Non, c'était John Wayne. John Wayne, vraiment ? Mais bien sûr ! Et alors ? Kif-kif. Harry aurait aimé être là, pour leur montrer un ou deux trucs. Si seulement ses genoux défaillants ne l'avaient pas exclu de l'armée…

Deux voitures de police pilèrent dans la rue, l'une derrière l'autre. Une demi-douzaine de journalistes dévalèrent les marches du tribunal. Harry se leva d'un bond, la main toujours vissée sur son Colt dissimulé. Les gens paraissaient soudain si petits qu'il pensa ne pouvoir atteindre personne. Tout hésitant, il vit une meute de policiers pousser un homme sur les marches, jusqu'à l'entrée du bâtiment. En un clin d'œil, ils disparurent. Ça n'avait duré qu'une fraction de seconde. Harry n'avait pu qu'entrevoir Chessman.

Furibond, il se rassit et hurla tout son saoul, jurant de rester sur place aussi longtemps qu'il le faudrait. Sans détacher son regard sombre du palais de justice, il finit par imaginer Chessman en ressortir tout seul, à la suite de quoi il se précipiterait vers lui avec un char d'assaut, lui collerait une grenade dans la bouche, le hacherait menu à la mitraillette et lui logerait dix-huit balles dans le buffet avec son fidèle 45, et encore dix autres dans le bas-ventre, histoire d'être sûr. Soulagé, Harry se repassa le film en boucle.

Au bout d'un certain temps, il se mit à pleuvoir. Harry quitta le parc. En rentrant chez lui, il trouva, dans son autre poche, le chargeur plein. Il avait certes appris à charger un pistolet, mais oublié d'introduire le chargeur dans son Colt. Son arme était donc vide.

Le soir même, Harry revendit le revolver et récupéra ses 50 dollars. L'acheteur lui expliqua qu'il savait comment le charger. « Comme tout le monde, non ? » dit-il.

Le mois suivant, Harry Owens trouva l'occasion qu'il cherchait depuis toujours, le moyen de faire un grand coup et de tirer le gros lot, avec à la clé le fric dont il avait besoin pour s'en aller. À 28 ans, il n'avait jamais vraiment fait grand-chose de sa vie. L'adolescent vagabond avait quitté les taudis de l'ouest du Texas en acceptant tous les petits boulots qui se présentaient. Traçant sa route, il avait atterri à Los Angeles à 21 ans et y était resté quelque temps. Puis il avait rencontré Sara Bishop et s'était foutu dans la mouise jusqu'au cou. Il avait maintenant une chance de s'en sortir – peut-être sa seule et dernière chance.

Harry savait y faire avec les voitures, pour les conduire autant que pour les réparer. Ses talents furent vite repérés par une bande d'individus, dans un de ses repaires favoris, un bar situé au nord de la ville où traînaient plutôt des durs à cuire. Comme lui, ces hommes étaient des trimardeurs sans bagages ni grandes perspectives d'avenir. Pas des délinquants au sens strict du terme, mais plutôt des ouvriers opportunistes qui prenaient tous les boulots à portée de main en attendant le gros coup qui les mettrait définitivement à l'abri du besoin. Doux rêveurs, ils étaient tout de même assez lucides pour savoir qu'une aventure comme celle-là exigeait une certaine prise de risques. Vétérans de guerre pour la plupart, ils avaient connu la violence, la mort et la destruction, et étaient suffisamment marginaux pour vouloir jouer leur vie sur un coup de dés. Leur casier judiciaire ne comportait rien de plus que de petits délits, et seul l'un d'entre eux était marié. Avec Harry, l'équipe comptait désormais six hommes. Enfin au complet, ils firent des plans et manigancèrent dans l'attente du fameux coup de dés.

Ils n'eurent pas à attendre bien longtemps.

Le mois de février est toujours désagréable à Los Angeles, surtout vers la fin. Ce jour-là, un matin sombre, la pluie n'avait pas cessé de tomber depuis minuit. Le ciel était d'un gris mauvais ; même le soleil avait du mal à trouver le chemin de la ville. Dans les quartiers d'affaires, les gens arrivaient au bureau ou dans les magasins trempés jusqu'à la moelle. Partout les maisons étaient inondées, les pelouses détrempées, les fondations récentes enfoncées. C'était le 22 février 1952, et les six hommes avaient décidé de déposséder

Overland Pacific, le plus gros transporteur de fonds américain, d'un million de dollars.

Pendant que dans toute la ville les mères se dépêchaient de conduire leurs enfants à l'école et que les policiers se mettaient en rang pour l'inspection matinale, une énorme forteresse roulante noire et blanche quittait le principal dépôt d'Overland, franchissait le portail en acier surmonté de barbelés et tournait lentement à droite pour rejoindre le flux des voitures. Court et trapu, avec son armature en plaques d'acier de deux millimètres six d'épaisseur chacune, hérissé sur les quatre côtés de sabords et d'ouvertures d'aération cachés, le monstre de dix tonnes prit peu à peu de la vitesse.

À l'intérieur, derrière les vitres teintées et blindées, le conducteur et son acolyte maudissaient le mauvais temps, la Terre entière et leur boulot. Le vendredi était toujours une sale journée, où les transports d'argent liquide étaient fréquents et les arrêts, nombreux. Leur feuille de route indiquait ainsi, pour huit heures de travail, pas moins de soixante-quinze arrêts. Ils bougonnèrent plaisamment jusqu'à leur première halte, l'agence locale d'une grande société de crédit américaine. Depuis son siège, le conducteur verrouilla la porte en acier qui séparait la cabine du compartiment principal du camion. À l'arrière du véhicule, le garde ouvrit la portière et regarda attentivement autour de lui. Ne voyant rien de suspect, il sortit rapidement avec un sac rempli de devises et pénétra dans le bâtiment, revolver à la main, canon pointé vers le sol. Il revint quelques instants plus tard. Après un signe du conducteur, la porte arrière à ouverture électrique s'ouvrit. Il remonta dans le camion.

En une heure, les deux hommes effectuèrent neuf autres arrêts, principalement dans des banques et des magasins. Comme prévu, les transferts de fonds étaient massifs, exigeant parfois le soutien d'un chariot. Dans certains endroits on livrait des fonds, dans d'autres on les récupérait. Mais le protocole restait toujours le même. Le conducteur se garait, sans couper son moteur, de telle manière à voir son collègue entrer dans le bâtiment puis en ressortir. Ensuite, il verrouillait la porte du compartiment, généralement laissée ouverte pour que les deux hommes puissent discuter pendant le trajet. Tandis que le garde utilisait la porte arrière pour transporter l'argent, le conducteur demeurait tranquillement assis dans sa cabine en acier et en vitrage blindé. Au moindre problème, il pouvait déclencher une sirène et appeler des secours par la radio. Lorsque la mission était terminée, le garde se présentait toujours au conducteur avant que celui-ci lui ouvre, une fois de plus, la porte arrière. Sous aucun prétexte les deux hommes ne devaient quitter le véhicule ensemble.

À 10 heures du matin, ils s'étaient arrêtés vingt et une fois et commençaient à en avoir sérieusement marre. La pluie continuait de crépiter sur le toit métallique. Roy Druski, le chauffeur, avait envie d'être dans son lit, chez lui, ou, mieux encore, chez lui avec sa petite amie dans son lit. Une pensée obscène lui traversa l'esprit ; il éclata de rire.

Druski n'avait jamais connu d'incident dans son travail et il avait du mal à croire que quelqu'un fût assez bête pour essayer de le braquer. Après cinq années passées au service d'Overland, il ne pensait même plus à tout cet argent qu'il transportait – ç'aurait très bien pu être du papier toilette. Son collègue, Fred Stubb, plus jeune, embauché moins d'un an avant, adorait son travail et les armes à feu. Il espérait qu'un jour quelqu'un tenterait le coup.

Leur vingt-deuxième arrêt avait lieu dans un centre commercial à deux kilomètres de là. Après avoir manœuvré le véhicule blindé jusqu'au parking comme un gros tank Sherman, Druski s'arrêta devant un long bâtiment très bas. Avec un sérieux inébranlable, il avança et recula très lentement jusqu'à ce que le camion fût placé exactement devant l'entrée. Enfin satisfait, il coupa le moteur. Stubb, moins soucieux du règlement, sortit par la porte arrière et regarda à droite et à gauche. Ne voyant rien à l'horizon, il se précipita à l'intérieur du bâtiment et disparut.

Dans la berline noire qui guettait depuis quelque temps l'arrivée du fourgon Overland, deux hommes observaient la scène à travers le rideau de pluie. Derrière le volant, un gros homme portant un pistolet de service sous une veste marron remarqua que la fumée d'échappement avait soudain disparu. Il secoua la tête d'un air dégoûté. L'homme assis à ses côtés gardait les yeux rivés sur l'immense parking et sur chaque voiture qui passait. Sans échanger un mot, ils restèrent assis là, tendus, attentifs. Ces deux hommes formaient une équipe de sécurité d'Overland venue en renfort pour surveiller le transport de fonds.

Stubb ressortit rapidement avec l'argent du centre commercial, soit deux sacs bien remplis, qu'il transporta jusqu'à l'arrière du véhicule blindé. Mais rien ne bougea. Furieux, il cogna contre la porte jusqu'à ce qu'on la lui ouvre. Une fois dedans, il continua de pester. Au bout de quelques secondes, le moteur rugit à nouveau. Dans le fracas des changements de vitesse,

Druski s'éloigna de l'entrée et prit, sur sa gauche, une voie de sortie jusqu'à la route, où il tourna à droite. La berline noire lui emboîta le pas. Il était 10 h 15, heure du Pacifique.

Huit minutes plus tard, après une série de feux aussi rouges qu'exaspérants, Druski s'arrêta à l'arrière d'un immense supermarché de Highland Park, une banlieue de Los Angeles. Une fois de plus, il coupa son moteur pour poursuivre la lecture de son journal pendant que Stubb allait chercher l'argent à l'intérieur du bâtiment – nouvelle infraction au règlement. Comptant emmener sa petite amie au cinéma le soir même, il voulait savoir si un bon film policier se jouait quelque part. Sinon, se dit-il, il pourrait toujours lui montrer son gros pistolet. Il éclata encore de rire.

À vingt mètres de là, dans une Buick volée, trois hommes silencieux regardèrent Stubb s'engouffrer à l'arrière du magasin. Il y avait foule, même en ce jour pluvieux, et leur voiture ne se distinguait en rien des centaines d'autres qui circulaient autour du supermarché. Les trois hommes attendaient avec impatience, sachant qu'ils seraient bientôt riches. Le plan, d'une simplicité biblique, était le suivant : deux membres de l'équipe devaient maîtriser le garde à l'intérieur du bâtiment, le retenir un petit moment, tandis que le troisième, après avoir enfilé son uniforme, sa cravate et sa casquette, ressortirait avec l'argent. Sous la pluie battante, le conducteur n'y verrait que du feu. Une fois la porte arrière ouverte, les deux autres feraient très vite sortir le garde et sauteraient dans le véhicule. Menaçant de tuer son collègue, ils forceraient le conducteur à ouvrir la porte du compartiment, puis Harry Owens ferait irruption dans la cabine et démarrerait sur les chapeaux de roues. Les hommes assis dans la voiture couvriraient l'opération en cas de pépin et suivraient le fourgon blindé jusqu'à une grange située à quelque deux kilomètres de là, où le butin serait rapidement partagé. Pour finir, tout ce beau monde disparaîtrait dans deux voitures qui les attendaient sur place. Ils avaient le plan, ils avaient la pluie ; tout ce qu'il leur fallait, c'était un brin de chance.

Carl Hansun, 36 ans, s'agrippait nerveusement au volant. Il était grand, et ses cheveux gris cendré commençaient à se clairsemer. Né dans le Washington, il avait travaillé comme bûcheron avant que la guerre l'envoie visiter une dizaine d'îles du Pacifique. Avec un poumon déglingué et un disque d'acier dans le crâne, Hansun pensait qu'il ne ferait pas de vieux os et voulait donc quitter la scène en beauté. À ses côtés était assis Harry Owens, prêt à se ruer vers le véhicule blindé. Ce matin-là, il s'était réveillé avec un très mauvais pressentiment, mais n'en avait rien dit à ses comparses quand ils s'étaient tous retrouvés à 8 heures. Avant de quitter la maison, il avait jeté un coup d'œil vers son épouse, Sara, qui dormait dans l'autre pièce. Il comptait ne plus jamais la revoir.

Sur la banquette arrière, Johnny Messick regardait par la vitre. Sans domicile fixe ni attache, il approchait de la trentaine et travaillait de temps à autre comme cuistot dans un snack. Ce jour-là, il portait un revolver qu'il espérait ne pas devoir utiliser.

Carl Hansun alluma une Camel et toussota. Après une deuxième et longue bouffée, il fut pris d'une violente quinte. « Bordel, marmonna-t-il de sa voix éraillée, je peux même plus fumer. » Son paquet était vide. Il écrasa sa cigarette contre la vitre, la coupa en deux et remit la moitié restante dans son paquet.

Devant eux, le fourgon ne bougeait pas. Johnny Messick consulta sa montre. « Qu'est-ce qu'ils attendent ? » demanda-t-il. Personne ne lui répondit.

À l'intérieur du bâtiment, dans le couloir faiblement éclairé, trois hommes vêtus de tabliers de boucher venaient de se saisir par surprise du garde. Au bout de quelques secondes, l'un d'eux, Hank Green, 28 ans, se dirigea vers la sortie avec dans ses mains le pistolet, les clés du garde et le sac rempli d'argent. Les deux autres, Don Solis, 34 ans, et son frère Lester, 30 ans, le couvraient, postés à l'entrée.

Lorsque Green franchit le seuil, les trois hommes assis dans la Buick retinrent leur souffle. Ils allaient vite savoir de quoi leur avenir serait fait. Il était 10 h 27, passées de quelques secondes.

Carl Hansun avait planifié le braquage après plusieurs semaines d'observation attentive. Il avait étudié l'itinéraire des fourgons blindés, épluché l'emploi du temps quotidien des gardes, leurs méthodes, leur protocole. Le vol en plein centre-ville fut rapidement écarté, à cause du trafic et de la présence policière. Ce qu'il fallait, c'était un endroit à découvert et jouissant d'une protection minimale : un supermarché plutôt qu'une banque, et si possible un supermarché faisant partie d'un grand centre commercial. Highland Park semblait la meilleure option. L'équipe de l'intérieur pouvait opérer sans grand risque d'être dérangée, et celle dans la voiture passerait totalement inaperçue, sauf cas de force majeure. Il fallait simplement que le conducteur du fourgon ouvre la porte arrière au faux garde :

Hansun comptait pour cela sur la désinvolture naturelle du conducteur et sur la pluie qui tombait à verse.

Au cours des nombreuses répétitions effectuées en attendant le grand jour, Carl Hansun et les autres avaient estimé à quatre-vingt-dix secondes le laps de temps qui s'écoulerait entre le départ de Hank Green du magasin et le moment où Harry Owens quitterait le parking à bord du fourgon. Une minute et trente secondes.

Roy Druski regarda sa montre. Qu'est-ce que Stubb fabriquait, bon Dieu ? Jetant un coup d'œil vers l'entrée, et incapable de bien voir à travers le rideau de pluie, il aperçut justement Stubb qui sortait avec le sac à la main. « Pas trop tôt », marmonna-t-il dans sa barbe. Il reposa son journal et agita le bras pour informer Stubb qu'il l'avait vu. Puis il appuya sur le bouton d'ouverture de la porte arrière et se replongea dans sa lecture.

Après avoir ouvert la porte, Hank Green fit un geste en direction de ses acolytes restés dans le couloir. Ils sortirent en vitesse, encadrant Stubb, tous en tablier de boucher. Aux yeux des deux types assis dans la berline noire à quelque distance de là, ils ressemblaient à des bouchers du supermarché sortis fumer une cigarette. Sauf que personne ne fume sous la pluie. Les deux types se crispèrent soudain et regardèrent, médusés, les bouchers bondir dans le fourgon à la suite du garde. Une main s'empara aussitôt de l'émetteur radio.

À l'intérieur du véhicule blindé, Don Solis plaqua Stubb contre la porte qui les séparait du conducteur. « Ouvre la porte, grogna-t-il. Ouvre, ou je le bute. » Il fourra son pistolet dans la bouche de Stubb. De l'autre côté de la vitre pare-balles, Roy Druski l'entendit et aperçut les trois hommes, Stubb et le pistolet. Il hésita un instant. Au lieu de voir sa vie défiler devant lui, il pensa uniquement à sa situation dans la cabine, bien à l'abri, avec les sacs remplis de billets placés sur le siège repliable à côté de lui. Puis il entendit de nouveau la voix de Solis : « Je vais le buter, alors aide-moi ! Ouvre la porte ! » Druski comprit que l'homme allait appuyer sur la détente. Avec diligence, il fit ce qu'on lui demandait.

À l'insu des deux hommes assis dans leur berline noire, dont les yeux étaient rivés sur le véhicule blindé devant eux, Harry Owens avait déjà quitté la Buick et courait vers le fourgon. Ils ne le repérèrent qu'à l'instant où il grimpa dedans et referma la porte derrière lui. « D'où est-ce qu'il sort, bordel ? » dit l'un des deux en s'emparant à nouveau de l'émetteur.

Quelques secondes après, le fourgon Overland vrombissait. Au volant, Harry passa les vitesses précipitamment, écrasa la pédale de l'accélérateur. Le fourgon cahota – et cala. Maudissant l'humanité tout entière, Harry recommença fébrilement la manœuvre, mais la pluie couvrait le bruit du starter. Pas de chance : le moteur ne voulait pas démarrer. On perdait de précieuses secondes.

Depuis la Buick, Carl Hansun vit son avenir s'effondrer devant ses yeux. Le fourgon ne bougeait pas d'un pouce. Quelque chose n'allait pas. Il ne pensait qu'au conducteur, qui n'avait pas dû déverrouiller la porte intérieure. Il démarra. Dans l'espoir que tout se passerait sans le moindre coup de feu, il avait demandé aux frères Solis de ne pas tirer, sauf en cas d'urgence absolue, persuadé comme il était que le conducteur obéirait sagement. Quelques instants plus tard, il empruntait une voie libre, approchait la Buick du fourgon et pilait juste derrière. Il tambourina contre la porte arrière du véhicule et hurla jusqu'à ce qu'on lui ouvre. Il comprit aussitôt quel était le problème : Harry Owens. Ce crétin était infoutu de faire démarrer le monstre d'acier.

« Prenez les sacs ! cria-t-il. Mettez tout ce que vous pouvez dans la voiture. » Il en saisit un et le balança hors du fourgon. « Pas les pièces, juste les billets. » Trois des hommes jetèrent les sacs dans les bras de Johnny Messick, tandis que Don Solis surveillait le conducteur et le garde. « Éloigne-les des flingues », ordonna Hansun tout en s'emparant d'un fusil à pompe Mossberg et d'un fusil de chasse. Dans la cabine, Harry s'acharnait toujours sur le starter.

Non loin de là, l'équipe de sécurité Overland observait la scène avec angoisse et attendait l'arrivée des renforts. Si nécessaire, ils suivraient la voiture. En revanche, ils ne comprenaient pas pourquoi les braqueurs ne faisaient pas démarrer le fourgon. « C'est débile », dit l'un des deux hommes. L'autre partagea son point de vue. « J'espère qu'ils ne seront pas assez débiles pour tuer les mecs qui sont dedans. » Le conducteur plissa les yeux. « S'ils ne prennent pas d'otages, on ne va pas les tuer non plus. »

Devant eux, Hansun bondit hors du fourgon. « Il y a encore des sacs ! » hurla Don Solis. On lui ordonna de laisser tomber. « Allez, on en a assez », lui dit son frère en quittant le véhicule. Solis contempla tout l'argent qui se trouvait encore dans la cabine et se tourna lentement vers Harry Owens qui abandonnait le siège conducteur. « C'est de ta faute », dit-il en lui tirant deux balles dans le buffet. Il dépassa en courant les deux gardes, claqua la porte arrière et rejoignit ses compères dans la voiture.

« Il les a flingués », susurra, incrédule, le conducteur de la berline noire. Il mit le contact. « Cet enfoiré les a flingués », répéta-t-il, démarrant en trombe pour prendre en chasse la Buick qui s'en allait. « Ne perdons pas de temps. On va les choper maintenant. »

Les deux voitures zigzaguèrent parmi les nombreux véhicules circulant sur le parking pour regagner la route principale. Messick se rendit compte qu'ils étaient suivis. « Les flics », dit-il, furieux. Au croisement suivant, Hansun accéléra, braqua sur la gauche en freinant et prit une voie à double sens déserte. « Le fusil de chasse ! » cria-t-il à l'attention de Messick, tandis que le crissement des pneus se rapprochait. Messick ouvrit sa portière, sortit du véhicule et aperçut la berline. « Maintenant ! » tonna Hansun, et Messick, sous la pluie, braqua le double canon de son arme, équipée d'un sabot, sur la cible mouvante à quatre mètres cinquante de lui.

La berline vacilla au moment où le coup de fusil démolit une bonne partie de l'avant. Seul l'élan de son moteur la faisait encore avancer. La roue avant gauche étant crevée, la voiture tournoya sur elle-même avant de se retourner et de s'écraser contre une camionnette. Un enjoliveur vola dans les airs.

Pendant que les deux hommes de la sécurité d'Overland s'extrayaient péniblement de la carcasse, Hansun appuya sur le champignon de sa Buick et déboîta devant les voitures pour rejoindre la file d'à côté. Tournant à droite sur deux roues, il fonça jusqu'à la sortie du parking. « On a réussi ! » s'exclama Hank Green en brandissant un des sacs remplis de billets. « On a réussi, bordel ! »

Les responsables d'Overland et la police n'étaient pas encore arrivés sur les lieux que la Buick avait déjà été abandonnée pour deux autres voitures, qui s'évaporèrent aussitôt dans la grisaille de midi.

Sur le parking du centre commercial, le conducteur de la berline fracassée s'en voulait d'avoir tenté le coup en solo. Il remercia aussi les dieux d'être toujours en vie. Son collègue, sous le choc mais indemne, se demandait s'ils allaient être tous les deux virés.

Plus loin, des ambulanciers disposaient le corps d'Harry Owens sur une civière. La première balle lui avait traversé le flanc, et la deuxième le haut de son bras droit. Gravement blessé, on l'emmena rapidement au Community Hospital tout proche. Roy Druski et Fred Stubb furent conduits au commissariat afin qu'ils racontent ce qui s'était passé, puis au siège central d'Overland à Los Angeles. Après avoir confié les fonds restants à une autre équipe, on passa le fourgon blindé au peigne fin pour y retrouver des empreintes.

Pendant que les journalistes recueillaient des témoignages pour les quotidiens locaux, les enquêteurs de la société Overland constituaient déjà un dossier sur cette affaire, dossier qui finirait par être transmis, par le truchement d'une chambre de compensation professionnelle, à tous les convoyeurs de fonds et à toutes les sociétés de sécurité du pays. Les moindres détails du braquage figureraient dans le rapport. Ne manquaient que les noms des protagonistes.

On les connaîtrait rapidement.

Trois jours après la fusillade, Harry Owens mourut à l'hôpital sans avoir repris connaissance. La plus grave de ses deux blessures lui avait éclaté la rate et le foie. Son mauvais pressentiment du matin s'était donc confirmé. De même que sa conviction qu'il ne reverrait plus jamais sa femme.

Les autorités furent déçues par la mort d'Owens, car elles espéraient qu'il les mènerait jusqu'à ses compères. L'enquête commença ; dans un premier temps, on n'apprit pas grand-chose. Les gardes n'ayant pas reconnu leurs agresseurs sur les photos de l'identité judiciaire, on en déduisit que les cinq hommes n'avaient pas de casier. De même, les empreintes relevées dans le fourgon et dans la Buick abandonnée ne correspondaient à aucun fichier. Owens n'appartenait à aucun réseau connu des autorités de Los Angeles. Il avait régulièrement fréquenté un certain nombre de bars, dans lesquels, vérification faite, il s'était toujours comporté normalement. Sa femme ne connaissait aucun de ses amis. Les recherches se poursuivirent, mais il fallait un coup de main du destin.

Le 26 mars, le coup de main survint sous la forme d'un homme qui entra chez un concessionnaire automobile de Glendale et acheta une voiture neuve à 3 000 dollars. Il paya en liquide. Ravi, le marchand procéda à la vente et fit un rapport à la police, comme la loi l'y obligeait pour toutes les grosses transactions en liquide. L'homme avait présenté son permis de conduire, sur lequel figuraient son nom et son adresse. Une enquête démontra qu'il s'agissait d'un trimardeur sans ressources connues. Il s'appelait Hank Green.

Le lendemain, Green fut emmené au commissariat central de Los Angeles et interrogé sur le braquage du fourgon Overland. D'abord inflexible dans ses dénégations, il finit par craquer lorsque les gardes le reconnurent formellement. « C'est bon, vous m'avez eu, dit-il. Proposez-moi un deal et je parlerai. »

Au bout de quelques heures, la police n'ignorait plus rien du braquage et connaissait tous les noms : Carl Hansun, Don Solis, son jeune frère Lester, et Johnny Messick. Harry Owens ? « Don l'a flingué. Mais il le méritait. » Pourquoi ? « Il nous avait dit qu'il s'y connaissait en bagnoles. »

La police diffusa très vite des fiches signalétiques, et la chasse à l'homme fut lancée dans toute la Californie et les États de l'Ouest. En deux semaines, trois des braqueurs furent arrêtés : Messick à San Diego, les frères Solis à Fresno. La police récupéra 210 000 dollars du butin.

Seul un homme parvint à prendre la fuite. Carl Hansun, 36 ans, vétéran estropié, s'évapora dans la nature avec 100 000 dollars. À ce jour, personne ne l'a jamais retrouvé. À cause de ses blessures de guerre, on estime qu'il est mort depuis longtemps. Pourtant, l'affaire du braquage Overland à Highland Park, Californie, en février 1952, n'a jamais été officiellement classée.

Au cours de ces longs mois d'enquête, et pendant le procès des quatre hommes en juin, la vie de Sara Owens fut un enfer absolu. Elle tenait Harry pour responsable de tous ses malheurs. Il l'avait épousée alors qu'elle ne voulait pas se marier et, malgré son refus d'avoir un enfant, elle était tombée enceinte par sa faute. Bien que n'étant pas le père, il était tout de même responsable, car si elle n'avait pas passé cette fameuse soirée avec lui, elle n'aurait pas été violée par Caryl Chessman. Et voilà qu'après quatre années, presque cinq, de malheur et de dèche, il avait fallu que son mari s'acoquine avec des truands et se fasse tuer. Cela, Sara s'en moquait bien ; ce qui la gênait, c'était la honte de voir chaque jour le nom de Harry cité dans les journaux. Les voisins, la police, tout le monde savait qui elle était : la femme d'un voyou tellement crétin qu'il s'était fait dézinguer par ses propres amis. Pour Sara, ce fut le comble. Manifestement, les dieux l'avaient abandonnée. Désespérée et seule, elle se décida à quitter Los Angeles une bonne fois pour toutes.

Le 1er août 1952, au cœur d'une des pires sécheresses du siècle, Sara Bishop, comme elle se faisait de nouveau appeler, déménagea. Avec son fils de 4 ans, elle monta dans un car et partit vers le nord, direction San Francisco, où elle se dégotta un petit appartement et un boulot de serveuse. Souvent, le soir, elle racontait à son enfant l'histoire de ses deux pères, l'un violeur et l'autre braqueur. Elle le ridiculisait, elle se moquait de lui, elle déversait toute sa haine sur lui. Un jour, elle revint à la maison avec une lanière en cuir marron.

Un an plus tard, Sara s'installait dans un petit village à trois cents kilomètres au nord de San Francisco. Là, elle habita une vieille maison avec un toit de bardeaux, située aux abords du village, et mena une existence paisible, recluse, qu'elle ne trouvait ni triste, ni solitaire. Fidèle à son serment, elle n'avait plus aucun contact avec les hommes. Le jour, elle travaillait comme serveuse dans une cafétéria du coin et, une fois par semaine, couchait avec le patron – un adipeux vieillard aux cheveux gras – pour garder son poste. Dans ces moments-là, elle se contentait de fermer les yeux.

Le soir, elle régalait son fils d'histoires horribles où il était question de monstres commettant des atrocités sanglantes sur leurs victimes : tous les monstres étaient des hommes, toutes les victimes des femmes. Curieusement, les monstres s'appelaient toujours Caryl Chessman ou Harry Owens. Avec le temps, ils finirent par ne devenir qu'un, Caryl Chessman, car Harry Owens était mort et enterré, alors que de temps à autre Sara apprenait dans le journal que Chessman faisait appel ou bénéficiait d'un sursis. Tout cela, elle le lisait à haute voix à son enfant, en y ajoutant toujours des passages effrayants dans lesquels les femmes souffraient systématiquement sous les coups des hommes. Après quoi, elle battait son fils avec sa lanière en cuir. Les histoires se firent de plus en plus nombreuses, de plus en plus monstrueuses.

En 1956, Sara Bishop s'éloigna encore du village pour s'installer dans une petite ferme à cinq kilomètres. À défaut d'électricité, la maison possédait l'eau courante et un énorme poêle à bois dans la cuisine. Les voisins les plus proches vivaient à quatre cents mètres de là. Pour se rendre au village, elle prenait une voiture d'occasion achetée avec 100 dollars qu'elle avait mis de côté. Vers la fin de l'année, elle fit également l'acquisition d'une lanière en cuir plus épaisse.

Sara avait perdu son emploi de serveuse quelques années avant, lorsqu'elle avait brûlé les parties intimes du vieillard avec une cigarette, un soir, pendant qu'il dormait. Elle avait ensuite travaillé pour le menuisier du village, répondant au téléphone et s'occupant de sa minuscule échoppe. Un soir d'ivresse qu'il fit montre d'une ardeur un peu soutenue, elle faillit lui sectionner le bras à l'aide d'une hache. Une série d'emplois et d'incidents similaires lui valut peu à peu la réputation d'être une folle, jusqu'à ce que les hommes du village cessent, à son grand soulagement, de l'embêter. Elle ne pouvait plus travailler pour personne car elle était devenue, en effet, très étrange. Acariâtre et distante, se méfiant de tout le monde, elle avait peu d'amis, qu'elle n'invitait jamais chez elle. Gagnant sa pitance par des travaux de couture et quelques week-ends occasionnels à San Francisco, au cours desquels elle laissait son garçon seul à la maison, elle survivait à peine. Mais au moins, dans son esprit, personne ne venait la déranger. Sauf son fils, bien entendu.

Le fait qu'il grandisse agaçait prodigieusement Sara. 4 ans, 6 ans, enfin 8 ans : il devenait rapidement un de ces hommes tant détestés. Elle pensait l'aimer comme une mère, mais le montrait rarement. Elle haïssait aussi tout ce qu'il représentait ; cela, en revanche, elle le montrait de plus en plus. Le garçon manquait souvent l'école et réapparaissait parfois couvert de bleus ou de traces de fouet. Il était plutôt intelligent, mais très calme et sujet à d'étranges coups de sang. Certaines personnes s'inquiétèrent pour lui mais à l'époque les enfants étaient la seule richesse de leurs parents, sans compter que dans la région on ne se mêlait jamais des histoires de famille du voisin. Le petit garçon appartenait à sa mère, et comme on disait en ce temps-là, nous sommes tous entre les mains de Dieu.

À l'automne 1957, Caryl Chessman refit parler de lui. Il venait de publier son troisième livre, qu'il avait, paraît-il, fait sortir clandestinement de sa cellule après qu'on lui eut interdit d'écrire. Sara acheta l'ouvrage lors d'un de ses séjours à San Francisco, comme elle avait acheté les deux précédents, *Cellule 2455, couloir de la mort* et *À travers les barreaux*. Elle n'était pas une grande lectrice mais aimait feuilleter ces ouvrages en se figurant Chessman enfermé comme un animal, dans l'attente de sa mort. L'idée lui plaisait. Elle s'imaginait souvent observer les prisonniers de San Quentin en train de tourner dans leurs petites cages, seuls et désemparés. Elle aurait voulu les voir tous morts.

Sara fut également impressionnée par la publicité autour de Chessman. Elle voyait en lui une sorte de vedette, dont tous les gens bien informés de la planète aimaient à discuter. Pendant un temps, elle consigna même dans un dossier les noms de tous ceux qui défendaient publiquement Chessman. Très vite, le dossier devint tellement épais qu'elle dut choisir entre le jeter ou en constituer un autre. Elle décida de le brûler dans son énorme poêle à bois, conservant néanmoins les livres de Chessman et les journaux qui parlaient de lui. Chaque fois qu'elle y repensait, elle ne comprenait pas comment un violeur pouvait inciter autant de personnalités célèbres à l'encenser, alors que nul ne prenait la défense de ses victimes.

Le soir de son retour de San Francisco, Sara lut quelques pages du livre qu'elle venait d'acheter. Il s'intitulait *Face à la justice* ; sur la quatrième de couverture, il y avait une grande photo de Chessman, tout sourire. Elle étudia minutieusement son visage, ses cheveux foncés, ses yeux sombres et son grand nez. Puis elle prit un bloc de feuilles et commença à raconter son viol, dix ans plus tôt, son mariage avec Harry Owens, son enfance, ses rêves de jeunesse, enfin ses années de cauchemar, sa peur et sa haine des hommes. Des heures durant, assise à la table de sa cuisine, elle écrivit, dans la douleur et dans les larmes. Une fois qu'elle eut terminé, elle replia les feuilles en deux et les cala entre les pages du livre de Chessman. Elle rangea ce dernier dans une boîte en carton, et celle-ci au fond d'un placard, avec divers objets.

Ensuite, elle frappa son enfant pendant un long moment avec la grosse lanière en cuir. Elle le fouetta, lui hurla dessus, le fouetta encore, lui raconta des histoires horribles sur les hommes, le fouetta de nouveau. Le garçon ne reparut pas à l'école pendant plusieurs semaines. Le jour où il y retourna, sa mère expliqua qu'il avait été malade et alité – un vilain rhume.

Le 27 mai 1958, on transféra Caryl Chessman, sous bonne escorte, de la prison de San Quentin à Sacramento, capitale de la Californie, suite à l'appel qu'il avait interjeté auprès de la plus haute cour de justice de l'État. Il fêtait ce jour-là son trente-septième anniversaire. Sara apprit la nouvelle par la radio la veille au soir ; elle décida d'aller le voir. Arrivée à Sacramento en milieu de matinée, elle fonça directement au tribunal, où elle tomba sur une manifestation exigeant l'abolition de la peine de mort et la libération de Chessman. Affolée par tant d'agitation, elle resta assise dans sa voiture, hésitante. Prenant finalement son courage à deux mains, elle gravit les marches du tribunal. En haut de l'escalier, un agent l'informa poliment que les visiteurs n'étaient pas admis dans le palais de justice ce jour-là. Elle tenta de lui expliquer qu'elle n'était pas en visite, qu'elle connaissait Caryl Chessman – elle eut envie de hurler : « Intimement ! » – et qu'elle devait absolument le voir. L'agent, impassible, ne voulut rien entendre. Il ne faisait qu'obéir aux ordres. Voulait-elle gentiment rebrousser chemin ? Merci bien.

Dépitée, Sara s'assit sur la pelouse. Chessman était à l'intérieur du tribunal et elle ne pouvait pas le voir. Les années passant, toute sa haine s'était déplacée de son mari, enterré depuis longtemps, vers Chessman. Dans ses visions, elle le tuait, l'abattait avec un revolver, prenait un couteau, l'émasculait et lui tirait dessus une nouvelle fois pour s'assurer qu'il était bien mort. Harry était mort. Pourquoi Chessman ne l'était-il pas ? Quelle injustice… On devait permettre aux femmes de porter une arme et leur apprendre à s'en servir ; ainsi pourraient-elles se regrouper et tuer tous les hommes, et le monde vivrait en paix. C'était tout simplement injuste.

En voyant la cohue devant le tribunal, Sara se crispa. Chessman allait sortir. Elle courut de nouveau vers l'entrée où un groupe d'hommes sortaient du bâtiment. Il était là – ce ne pouvait être que lui. Elle le regarda droit dans les yeux. Onze ans plus tard, elle le revoyait enfin, car dans son esprit il était clair, désormais, qu'elle l'avait bien vu ce soir-là. Elle ne le lâcha pas du regard, puis elle hurla – sans savoir quoi, au juste. Quelques instants plus tard, il avait disparu, son visage avait disparu. Elle se retrouvait seule, une fois de plus.

Sur le trajet du retour, elle fut rongée par un sentiment de vide absolu. Elle se sentait lessivée, épuisée. Elle se disait sans cesse qu'elle aurait dû le tuer. Elle était morte, d'une certaine façon, et lui aussi méritait de mourir. À deux reprises, elle dut s'arrêter sur le bas-côté de la route pour pleurer.

Au cours des mois qui suivirent, les histoires que Sara racontait à son fils se firent de plus en plus épouvantables et absurdes : des monstres partout, hideux, infatigables, sous la forme d'hommes qui massacraient des femmes, le tout agrémenté de détails sordides. Le carnage était sans fin, la souffrance, une chose normale, et la mort, une délivrance. À mesure que sa fureur redoublait, Sara serrait les épaules frêles du petit garçon, lui maintenait la tête, lui tirait les cheveux, le cognait, le giflait, le tabassait. Les yeux exorbités, l'écume aux lèvres, elle lui hurlait dessus, elle le réprimandait, elle le punissait. Les monstres ! Dans la maison, partout ! Trop tard ! Des êtres noirs et sans âme suintaient des murs, des démons sanguinaires surgissaient pour broyer, pour arracher les muscles des os, des griffes folles déchiquetaient les chairs, d'immenses bouches voraces engloutissaient les boyaux, le cœur, le foie, les reins déchirés, la lanière claquait, claquait, hurlait, tous les deux hurlaient, pris d'une terreur sans nom, les yeux se fermaient lentement, rouges de folie, douleur délicieuse des corps s'enfonçant lentement dans un sommeil silencieux.

En septembre, Sara acheta un fouet, expliquant au marchand qu'elle comptait bientôt faire l'acquisition d'un cheval. L'homme lui dit qu'elle devait peut-être d'abord acheter le cheval, mais Sara se contenta du fouet.

Cette année-là, l'hiver fut précoce. Sara et son enfant restaient cloîtrés chez eux, et les flammes du poêle à bois étaient d'une belle vigueur. Sara commença à déraisonner ; il lui arrivait de ne plus reconnaître son fils, ou de l'appeler par un autre nom. Elle se montrait encore plus irascible à son encontre, l'accablant de ses cris en permanence, trouvant dans chacun de ses gestes un motif de rancœur. Elle se mit à l'insulter et à faire de lui le monstre de ses histoires, en lieu et place de Caryl Chessman. Les séances de fouet devinrent plus fréquentes.

Par une nuit de la fin décembre, le petit garçon perdit la tête. Il poussa sa mère encore consciente dans le poêle à bois et la regarda se consumer jusqu'à ce qu'elle ne soit plus qu'un tas d'os blanchis.

Trois jours plus tard, un client venu déposer des tissus trouva l'enfant assis par terre, devant les cendres du poêle, en train de se balancer d'avant en arrière et de pousser d'inintelligibles petits cris d'animal. Il tenait dans sa main un morceau de chair carbonisée qu'il venait de manger. Tout le haut de son corps était constellé de plaies suppurantes et recouvert de sang séché.

La police arriva sur les lieux et emmena l'enfant.

Le meurtre de Sara Bishop ne fut jamais rapporté par la presse ; seul le journal du coin raconta qu'on avait retrouvé une femme morte chez elle. Mais tout le monde, dans le village, savait ce qui s'était passé. L'enfant fut aussitôt considéré comme incurablement fou, selon la belle formule de l'époque, puis envoyé dans un hôpital psychiatrique de la région. La maison du drame fut fermée et abandonnée.

À l'hôpital, le petit garçon figura parmi les tout premiers occupants d'une nouvelle aile, séparée des autres bâtiments et destinée aux enfants dérangés coupables de meurtre. Mis à l'isolement dans un premier temps, il passait ses journées à hurler et à s'écrouler par terre, comme soudain terrassé par une violente agression. Parfois, il restait tranquillement assis et se racontait des histoires de monstres et de démons. Dès que quelqu'un l'approchait, il s'arrêtait immédiatement. Il lui arrivait aussi de gémir pendant des heures, en se balançant sur le ciment froid du sol.

Souvent, il était nécessaire de le maîtriser vigoureusement, car il s'en prenait aux autres, enfants comme adultes, sans prévenir, sans raison apparente. Le personnel de l'hôpital finit par le considérer comme un véritable fou dangereux et un meurtrier en puissance.

Tandis que les années 1950 touchaient à leur fin, le garçon se retrouva plus seul que jamais.

Le 19 février 1960, Edmund Brown, gouverneur de Californie, accorda à Caryl Chessman un sursis de soixante jours. D'aucuns virent dans cette décision un geste politique, dans la mesure où, le président des États-Unis faisant à ce moment-là une tournée en Amérique latine, le gouvernement ne souhaitait pas qu'Eisenhower fût accueilli par des manifestations anti-américaines. Au cours de cet ultime sursis, l'exécutif californien refusa de commuer la peine de mort en emprisonnement à vie. Chessman demanda à la Cour suprême de Californie un nouveau sursis, arguant qu'il subissait un châtiment cruel et exceptionnel. Le 2 mai, à 8 heures du matin, la Cour suprême se réunit en une séance extraordinaire pour rendre son jugement sur Caryl Chessman. Le verdict fut prononcé à 9 h 15. Par quatre voix contre trois, la demande de Chessman fut rejetée. Pour lui, il n'y avait plus rien à faire. Après douze années passées dans le couloir de la mort de San Quentin, après quarante-deux appels, y compris devant la Cour suprême des États-Unis, après huit sursis, dont le premier remontait à 1952, Caryl Chessman fut exécuté dans l'heure qui suivit la décision de la Cour suprême de Californie. Il avait 38 ans.

Chessman avait pris ses dispositions pour la suite. Son corps fut incinéré dès le lendemain au cimetière de Mount Tamalpais, dans la ville toute proche de San Rafael. On ne lui connaissait aucun parent proche encore vivant.

Le jour de l'exécution, des manifestations contre la peine de mort eurent lieu dans plusieurs parties du monde, et les instances gouvernementales furent abreuvées de protestations. Dans un hôpital psychiatrique situé à trois cents kilomètres au nord de San Quentin, un garçon que sa mère avait toujours cru être le fils de Chessman apprenait encore à survivre dans un environnement hostile. Âgé maintenant de 12 ans, il ne sut rien de cette exécution ; mais dans son esprit dérangé, rempli de formes vagues et d'ombres sinistres, un souvenir subsistait néanmoins avec clarté. Il avait un père qui s'appelait Caryl Chessman. Qu'il ait eu jadis un autre père, cela, il l'avait oublié depuis longtemps. Dans la mémoire mutilée de ce garçon, habitée par des monstres et des démons surgis de l'enfer, écrasée de souffrances épouvantables et de châtiments, peuplée de femmes martyrisées par leurs bourreaux masculins, le nom de son père demeurait toujours présent. Il voulait être comme lui.

Au cours des années qui suivirent, le garçon collectionna, en secret, toutes les références à son père dans les journaux ou les magazines. Même s'il ne trouvait pas grand-chose dans les rares lectures autorisées par l'hôpital, il chérissait comme un trésor le moindre article sur Caryl Chessman, qu'il pliait en minuscules bouts de papier et cachait dans un petit portefeuille qu'on lui avait offert et sans lequel il ne se déplaçait jamais.

Souvent, tard le soir, il ressortait ces bouts de papier pour les relire, une fois de plus, avant de les replier et de les cacher à nouveau. Avec le temps, alors que l'enfant se transformait en adolescent, puis en adulte, et qu'il apprenait les règles de la vie en société de même que les ruses nécessaires pour obtenir ce qu'il voulait, ces petits bouts de papier jaunirent et finirent par se désintégrer entièrement.

Derrière les murs d'enceinte de l'hôpital, le monde avait changé. L'assassinat politique était devenu une arme comme les autres. La guerre du Viêtnam avait provoqué la chute d'un gouvernement et accouché de plusieurs révolutions. Les mœurs et les habitudes avaient connu de profonds bouleversements. Une communauté raciale minoritaire s'était forgé une nouvelle conscience. On avait marché sur la Lune. Partout, la cadence accélérait. Au milieu de cette tourmente, le nom de Caryl Chessman tomba largement dans l'oubli, quand bien même la peine de mort avait perdu régulièrement du terrain tout au long de la décennie. À bien des égards, les années 1960 furent un cauchemar national. On espérait que les années 1970 seraient meilleures, ou, sinon meilleures, du moins plus paisibles.

Le 5 mai 1973, KPFA, la radio phare de la Pacifica Foundation basée à San Francisco, diffusa une émission de deux heures sur la peine capitale. Avec des accents touchants, l'un des intervenants évoqua la vie et la mort de Caryl Chessman, ainsi que son combat perdu contre le châtiment suprême. Grâce à un réseau local étendu, l'émission fut entendue à travers plusieurs régions de la Californie.

Dans un des pavillons d'un grand hôpital sécurisé, situé au nord de l'État, ce programme radiophonique marqua le début d'un cycle d'horreur et de destruction meurtrières qui allait faire trembler la nation sur ses bases morales. Dans ce pavillon où, en cette funeste soirée de mai, la radio résonnait partout, vivait Thomas William Bishop, né Owens, âgé de 25 ans.

2

Thomas Bishop éteignit le transistor sur sa table de chevet et se redressa sur son oreiller, lui donnant quelques coups pour lui redonner forme. Il promena son regard sur les hommes qui dormaient près de lui, silhouettes muettes enfouies sous des draps et des couvertures bleues. Il ferma les yeux afin d'échapper à son environnement immédiat. Il demeura comme ça un long moment.

« Chessman. » Il prononça le nom une fois, puis une autre, et ainsi de suite jusqu'à ce que les syllabes s'entrechoquent, se mêlent, explosent hors de sa bouche. Il ouvrit un œil méfiant, regarda à droite et à gauche, puis le referma. Dc sa langue, il humecta ses lèvres sèches avant de refermer sa bouche. Soudain ses mains se levèrent pour couvrir ses oreilles. Tête baissée, il répéta le nom jusqu'à en faire une litanie. Tandis qu'il le scandait en silence et en cadence, son esprit emprunta d'étranges chemins de traverse.

Bishop avait les cheveux blonds, d'un blond que les années rendaient de plus en plus clair. D'une taille et d'un poids moyen, il était assez beau, avec des traits plutôt fins. Son sourire aimable, ses gestes chaleureux, son rire facile – lorsqu'il voulait bien le partager –, tout cela faisait de lui un de ces hommes à l'allure juvénile, un peu enfants gâtés, que les mères recherchent pour leurs filles et les publicitaires pour leurs produits. Il était beaucoup plus difficile de deviner, en revanche, qu'il savait aussi se montrer méchant, froidement calculateur et menaçant.

Pendant presque toutes ses années passées à l'hôpital psychiatrique, il avait dû, par la force des choses, se livrer à une auto-évaluation permanente. En tâtonnant, en se trompant, il découvrit peu à peu quelles attitudes, quelles postures, expressions du visage et intonations pouvaient lui permettre d'obtenir ce qu'il voulait. Son intelligence et son agilité lui étaient d'un grand secours, et le jour finit par arriver où il crut maîtriser toutes les règles de la survie. Ce qui ne l'empêchait pas de s'entraîner sans cesse, toujours à l'affût d'une nouvelle règle, d'une nouvelle disposition qui le mènerait à sa perte s'il ne la connaissait pas.

Tard le soir, dans le secret de son lit, seul dans les toilettes ou dans le parc, dès qu'il avait un moment pour lui, il souriait, riait, arquait les sourcils, plissait les lèvres, écarquillait les yeux, exécutait tous les gestes attentionnés, innocents et sincères qu'il avait pu observer chez les infirmiers et les autres patients, ou encore à la télévision, devenue sa grande obsession. Tout ce qui était bien vu des autres, il l'adoptait ; tout ce qui appelait leur réprobation, il le rejetait. Très vite, on apprécia ses progrès, du moins dans ses facultés d'adaptation et dans ses rapports avec autrui.

Ce qu'il gagnait d'une main, pourtant, était perdu de l'autre. Bishop n'avait ni spontanéité, ni perception juste de son environnement. Ses émotions étaient déconnectées de son corps. Il pouvait sourire tout en bouillonnant d'une colère intérieure, rire tout en souffrant terriblement. Les changements soudains de comportement ou de sens le troublaient, il devait rester constamment sur ses gardes, aux aguets. C'était un robot humain, qui réagissait aux émotions des autres mais n'agissait jamais au gré des siennes. En vérité, il n'éprouvait aucun sentiment, ne ressentait rien. Rien, sinon cette haine, colossale, dont il accablait peu ou prou la Terre entière. Mais ce qu'il haïssait par-dessus tout, c'était l'endroit où il se trouvait.

Pendant les quatre premières années de son séjour, Bishop avait montré peu de signes d'un quelconque sens commun. À 10 ans, il se comportait presque comme un nourrisson, il hurlait, grognait, se blottissait dans un coin et ne voyait rien de son environnement – du moins en apparence. Au bout de quatre ans, de timides changements se manifestèrent ; il commença à s'ouvrir un peu et à se montrer réceptif aux stimuli extérieurs. Les responsables de l'établissement s'en félicitèrent aussitôt, sans mettre ces progrès sur le compte, tout simplement, du temps qui passait. Quelle qu'en fût la raison, un an plus tard, Bishop semblait, en matière d'obéissance et d'autonomie, aussi normal que n'importe quel garçon de 15 ans.

Certains finirent même par se dire, sinon qu'il avait guéri de sa folie infantile, du moins qu'il pouvait en guérir. On lui accorda une attention particulière, et devant lui s'ouvrirent de plus vastes perspectives. Il apprenait vite, sur les gens et les lieux en dehors de l'hôpital, sur l'histoire, la culture, la politique, le droit. C'était une période enthousiasmante, et l'élève se montrait appliqué. Pourtant, tout cela s'avéra inutile et ne fit qu'exacerber sa frustration au-delà du supportable. Il avait appris à singer les émotions, à dévoiler des sentiments qu'il n'éprouvait pas, comme il l'avait vu faire à la télévision et chez ceux qui l'entouraient. Mais il n'avait pas encore compris comment dissimuler ce qui se passait dans son esprit dérangé. Les uns après les autres, tous ceux qui nourrissaient quelque espoir à son sujet jetèrent l'éponge, de mauvaise grâce.

Puis les spasmes commencèrent. Son corps fut secoué d'une rage violente, incontrôlable. On le transféra du pavillon des enfants vers celui des adultes. On lui administra de nombreux traitements de choc, ainsi qu'une bonne dose de médicaments, qui le soulagèrent mais ne le soignèrent pas. Deux années durant, son corps jeta feu et flammes jusqu'à ce que, comme par le passé, une force intérieure le remette d'aplomb. La colère subsista, mais les spasmes cessèrent. Il retrouvait le sourire dès qu'on le lui demandait, riait chaque fois qu'il fallait rire. Il redevint le gentil garçon qui n'embêtait personne. Il avait alors 20 ans.

À l'âge où les jeunes gens veulent s'exprimer et montrer aux autres ce qu'ils ont dans la tête, Bishop chercha au contraire le moyen de cacher ce qui se tramait dans la sienne. Il trouva cela infiniment plus difficile que de feindre les sentiments. Rien, aucun schéma, aucun signe, ne pouvait lui dire s'il se débrouillait bien ou non. Le mensonge ne fonctionnait pas – on le démasquait tout de suite. Sans compter qu'il ne maîtrisait pas encore tout à fait l'art de mentir et qu'il ne savait jamais vraiment ce que les autres souhaitaient entendre. Il lui fallait une clé, une clé qui lui donnerait accès à ce qu'on attendait de lui. Et cette clé, il la découvrit après avoir frôlé le désespoir.

Comme la plupart des individus gravement dérangés qui comprennent le monde en termes absolus, Bishop n'envisageait la vie que par ses extrêmes. Blanc ou noir, chaud ou froid, oui ou non, rester ou partir : c'était toujours soit l'un, soit l'autre. Tout pôle contraire comportait nécessairement une pointe, une extrémité. Aussi, en découvrant subitement, sans s'y attendre, que le centre de chaque pôle était perçu comme la norme, acceptable et sûre, et en apprenant, non par les erreurs de la vie, mais suite à un éclair soudain, que les gens se méfiaient des attitudes radicales, étaient gênés par elles et les jugeaient déséquilibrées, Bishop connut une véritable révolution intérieure qui ne fit qu'affiner sa ruse animale.

Il avait enfin trouvé la clé : être équilibré, pondéré, voir la médaille et son revers, chercher le compromis. Tout devenait limpide. Pendant douze ans, il avait lutté dans les ténèbres, comme un aveugle ignorant les règles du jeu. Personne ne les lui avait données, car personne ne voulait qu'il les apprenne. Tant qu'il avait été maintenu dans le noir, il n'était pas comme eux. Tant qu'il ne possédait pas la clé, son sort reposait entre leurs mains. Désormais, ils étaient à sa merci. Il ne serait plus jamais impuissant face à leurs ricanements, à leurs moqueries. De la modération en toutes choses : tel était le secret.

Il pensait que ce ne serait pas facile. Les autres en savaient encore plus long que lui, car ils avaient mille fois plus d'expérience. Mais il écouterait attentivement et apprendrait très vite. Prenez un sujet, n'importe lequel. La nourriture ? Parfois meilleure, parfois moins bonne. Le football américain ? Un sport rugueux mais qui recèle ses petits plaisirs. La guerre du Viêtnam ? Il faut bien venir en aide aux peuples, vous ne pensez pas ? Et voilà ! Jouer le jeu, fuir les extrêmes, éviter tout dogmatisme. Et ne jamais, au grand jamais, dire le fond de sa pensée.

Naturellement, Bishop demeurait convaincu du bien-fondé de ses idées. Les fous, c'étaient les autres, les infirmiers, les médecins, et même les autres patients. Lui vivait dans la folie, il était cerné par elle, englobé par elle. Pour se sortir de là, il devait absolument devenir comme eux, devenir fou. Il avait déjà appris à imiter leurs gestes. Il fallait maintenant qu'il apprenne à parler comme eux.

Il savait que la nourriture était presque toujours mauvaise, voire immangeable. Il savait que le football américain était un sport répugnant – il détestait tout contact physique. Il savait, enfin, qu'il adorait regarder, grâce à la télévision, la mort et la destruction à l'œuvre au Viêtnam, entendre chaque jour le décompte des victimes et repenser à tous ces gens en train de mourir. Mais comme il vivait dans un asile, il ne devait surtout pas dire la vérité. Faute de quoi on le punirait.

En l'espace de six mois, sa nouvelle clé lui ouvrit quelques portes. Il subit une batterie de tests psychologiques, qu'il faussa à dessein en dévoilant une intelligence médiocre, une palette d'émotions limitée, une énergie et une ambition réduites à la portion congrue, enfin une imagination bornée. On lui fit passer aussi une série de tests d'aptitude : il n'était qu'un être lourd et manquant singulièrement de vivacité, mais dont tous les indicateurs se situaient dans la moyenne. Quelqu'un qui ne sombrerait jamais, qui ne s'enflammerait pas non plus, quelqu'un qui ne prendrait jamais de grands risques dans sa vie.

Pendant plusieurs mois il resta allongé sur son lit, à revoir en détail la manière dont il les avait bernés, dont il avait prouvé sa supériorité en les prenant à leur propre jeu. Si seulement ces gens savaient que seules son intelligence et son imagination lui permettaient d'en paraître absolument dépourvu : ils auraient l'air fin ! L'idée lui réchauffait le cœur, et il s'endormait en s'imaginant libre. S'ils ne prenaient pas garde, se disait-il, il pourrait bien revenir un jour et les tuer, tous.

Au cours de sa treizième année à Willows, Bishop fut entendu par un groupe de médecins de l'hôpital. On lui avait dit qu'il s'agirait d'une réunion informelle, ne débouchant sur aucune sanction officielle, mais il savait que leurs évaluations et recommandations finales seraient nécessaires afin que s'ouvre enfin la grande porte, celle de la sortie. Il n'était pas inquiet. Tout ce temps passé au contact des infirmiers et des gardiens l'avait empli d'une rancœur tenace, mais qui n'était rien comparée à sa haine absolue des médecins, ces monstres qui, disposant du droit de vie ou de mort, pouvaient infliger d'immenses souffrances et martyriser à loisir les plus faibles. Comme tous les monstres, néanmoins, c'étaient aussi des imbéciles que l'on pouvait facilement berner.

Pour ce faire, il n'y avait besoin que d'une chose : une intelligence supérieure. Bishop se croyait plus malin que tout le monde. Il ferait une bouchée des médecins, exactement comme pendant les tests. Leur longue expérience des patients qui simulaient, leurs années entières passées à étudier les subtilités de l'esprit humain, leurs connaissances acquises grâce à ce type d'entretiens, tout cela, aux yeux de Bishop, ne comptait pas. Il savait feindre les sentiments, il savait déguiser son intelligence. Il détenait la clé.

L'entretien eut lieu en janvier 1972. Les trois médecins l'écoutèrent d'une oreille patiente et compréhensive. Pendant près d'une heure, Bishop parla de lui, répondit aux questions, sourit chaleureusement et rit de bon cœur. Assis dans son fauteuil de cuir marron, il avait l'impression d'être comme eux : éminent, respecté, accompli. À la fin de la séance, il les remercia poliment et quitta la pièce. Sur le chemin de sa chambre, il exécuta un petit pas de deux et claqua dans ses mains. L'infirmier, amusé par ce geste incongru, se dit qu'il avait décidément affaire à un fou.

Les médecins, eux, n'avaient été ni amusés, ni dupés. Ils percèrent immédiatement la ruse de Bishop, ses efforts pour paraître neutre, sa volonté d'afficher tout son bon sens. Lassés et découragés par leur métier après l'enthousiasme des premiers temps, ayant tous le sentiment d'avoir échoué et d'être méprisés par leurs confrères du secteur libéral, ils n'apprécièrent pas du tout que Bishop se croie visiblement plus intelligent qu'eux. Derrière son apparence factice, ils virent le traumatisme que rien n'avait guéri, la violence folle qui bouillonnait sous la surface. Ils démasquèrent aussi ses fausses émotions, et cela leur sembla particulièrement inquiétant. Un homme sans aucun sentiment pour son prochain, dépourvu de tout cadre moral, un homme consumé de l'intérieur par une colère réprimée dès la naissance, psychologiquement marqué par des années d'horribles souffrances, qui plus est au moment le plus formateur de la vie – un tel homme, désespéré, imprévisible, ne pouvait pas intégrer la société et ne le pourrait sans doute jamais. Les médecins tombèrent tous d'accord : tendances homicides, potentiellement dangereux.

Bishop était tellement sûr de son coup qu'il passa les deux jours suivants à s'autocongratuler. Une fois de plus, il avait montré l'étendue de son intelligence. Calmement, sans passion, il avait raconté son enfance, du moins le peu dont il se souvenait. Avec de grands yeux innocents, il leur avait juré que sa colère s'était dissipée. Que la vie devait continuer. Que tuer était mal, sauf, bien entendu, quand il y avait une bonne raison. C'est-à-dire ? Eh bien, quand les autorités vous le demandaient, pardi ! Quant à ses années passées à l'hôpital, il n'avait que des compliments à faire. Il avait beaucoup appris, et cela, il ne l'oublierait jamais. Qu'avait-il appris, au juste ? Que les gens devaient s'aimer les uns les autres. Lui, il aimait tout le monde, même si, évidemment, certaines personnes étaient plus aimables que d'autres. Il souriait, son visage était ouvert, honnête, sincère. Oui, il aimait tout le monde.

Lorsqu'on lui apprit que les médecins avaient demandé la prolongation de son internement, Bishop crut à une erreur. Quelqu'un avait dû se tromper dans les noms. Il interrogea un responsable de l'administration. Non, pas d'erreur. Il n'en revenait pas. N'avait-il pas livré une performance brillante ? N'avait-il pas fait la preuve qu'il était comme eux ? Les médecins, il n'en doutait pas, devaient bien savoir qu'il était aussi sain d'esprit qu'eux. Ce ne pouvait être qu'une bête erreur. C'était forcément une erreur. Forcément.

Le soir même, il rêva de monstres qui se repaissaient de chair humaine puis se réveilla en hurlant. Les monstres hantaient encore sa tête lorsqu'il courut, hystérique, à travers tout le pavillon. On lui administra immédiatement des sédatifs.

Quand il se rendit compte qu'aucune erreur n'avait été commise, Bishop fut pris d'une colère sans bornes. Il ne pensa qu'à tuer, en premier lieu les médecins, ces démons qui le faisaient tant souffrir. Il les tuerait. Ensuite viendrait le tour des infirmiers et des gardiens. Il les tuerait. Puis les autres patients, les infirmiers et tous ceux liés de près ou de loin à l'hôpital. Il les tuerait tous.

Son esprit fut tout entier tourné vers la mort et la destruction. Dans ses fantasmes, il les voyait tous mourir dans d'atroces souffrances. Il se repassait la scène sans arrêt, hilare : il était assis sur un trône, devant un grand bureau, et il appuyait sur des boutons pour les martyriser pendant qu'ils se tordaient de douleur à ses pieds. Il leur marchait sur la tête, qu'il écrabouillait comme des œufs cassés. Une fois rassasié, il changeait simplement de décor, mais le scénario restait toujours le même. Il avait droit de vie ou de mort et se chargeait personnellement de tuer tout le monde.

Deux jours plus tard, il mit le feu à son pavillon. Après avoir réuni plusieurs lits ensemble et entassé tous les draps au milieu, il craqua des allumettes et alimenta les flammes. Le feu était déjà bien parti lorsqu'un infirmier entra en trombe dans la salle. Bishop l'agressa à coups de poing et le plaqua au sol. Quand des renforts parvinrent finalement à le relever, il était encore en train de cogner la tête du malheureux contre les lames en bois du plancher.

Dix-huit mois passèrent avant qu'on le réintègre dans un pavillon. Mis à l'isolement, il ne broncha pas lorsqu'on lui annonça que l'infirmier avait eu le crâne fracturé. Rien ne semblait compter à ses yeux, alors que ses spasmes le reprenaient, une fois de plus, lui tordant le visage et lui tirant des hurlements de bête blessée. Dans ces moments-là, il sautait au visage de tous ceux qui approchaient, si bien qu'on lui imposait le port d'une camisole de force. Il reçut de nouveaux traitements de choc, de nouveaux médicaments. Au bout de quelques mois, les crises s'espacèrent, avant de finalement disparaître. Il avait réappris à contenir sa colère.

Son nouveau pavillon, entouré d'une sécurité maximale, était situé de l'autre côté du bâtiment principal, à un étage plus élevé. C'est là qu'on enfermait les patients qui avaient transformé en actes leurs pulsions meurtrières. Les portes épaisses étaient toujours verrouillées, les fenêtres aux chambranles d'acier comportaient des barreaux métalliques. Équipés de cravaches en cuir, les gardiens semblaient omniprésents. Pendant huit mois, Bishop vécut dans cette prison, en mangea la nourriture, en nettoya le sol. Il crut vivre en enfer. Pendant huit mois, il dormit à côté d'animaux détraqués et se réveilla chaque matin étonné d'être encore en vie. Lorsqu'il finit par être transféré vers un autre pavillon, en février 1973, il jura de ne plus jamais y remettre les pieds. Plutôt crever.

Les responsables de l'hôpital, remarquant qu'il se comportait mieux depuis son coup de sang de l'année précédente, décidèrent de le transférer vers une unité expérimentale, elle-même installée dans un bâtiment à un seul étage, flambant neuf. Sous chaque lit se trouvait une cantine, et chaque patient avait une table de chevet. Des cloisons en plastique longues d'un mètre quatre-vingts séparaient les lits entre eux, laissant ainsi aux patients un minimum d'intimité. Toutes les nuits, Bishop restait allongé et, tentant de comprendre quelle erreur il avait commise, retournait la question sans cesse dans sa tête. Il avait cru qu'on se montrerait juste à son égard, qu'on le relâcherait s'il devenait comme les autres. Il avait appris à parler comme eux, compris tous leurs jeux. Mais rien ne fonctionnait, parce qu'ils ne voulaient pas le voir libre. Ils avaient peur de lui. Il était trop intelligent, trop malin pour être relâché.

Il savait désormais qu'il ne sortirait jamais de là et qu'on le maintiendrait enfermé jusqu'à son dernier souffle. Il n'y avait plus d'espoir. Et puisqu'il était désespéré, l'idée d'une évasion germa dans son cerveau.

Par au moins un aspect, Bishop avait eu de la chance. L'année précédente, l'isolement lui avait certes brisé les reins, mais pas pour longtemps. Si certains infirmiers le jugeaient définitivement apprivoisé parce qu'il était désormais docile et prompt à collaborer, lui-même pensait justement tout le contraire. La solution à son problème, comprit-il, consistait non pas à imiter les autres mais à leur obéir, afin qu'ils n'aient plus peur de lui et se montrent moins hostiles. Cette leçon-là, il ne comptait pas l'oublier de sitôt.

Après la fin de son isolement, il adopta donc une attitude plus sage, plus respectueuse de l'autorité. Dans son pavillon de haute sécurité, il appliquait les consignes des gardiens sans lambiner. Quand d'autres patients s'énervaient, il s'éloignait immédiatement. Il jouait de nouveau la comédie mais elle fonctionnait, cette fois, parce que son rôle répondait aux attentes de ses gardiens, lesquels estimèrent, lors de son transfert vers le nouveau pavillon, qu'il avait accepté son sort et s'était résigné à une existence paisible.

Dans son nouvel environnement, Bishop devint vite un meneur d'hommes, responsable de plusieurs patients dans leur vie quotidienne. La tâche lui plaisait, car il avait un certain talent d'organisateur ; elle lui donnait aussi une plus grande liberté de mouvement, et la possibilité d'étudier attentivement la configuration des lieux.

S'il n'avait été qu'un banal tueur fou, ou, pour parler dans le jargon psychiatrique du personnel hospitalier, un patient gravement aliéné à tendances homicides, il aurait peut-être posé des problèmes mais n'aurait pas paru spécialement dangereux. Des cas de ce genre, les hôpitaux psychiatriques en comptaient des dizaines. Or, il était bien plus que cela. Sa mère, Sara Bishop Owens, et son père, quelle que fût sa réelle identité, avaient en effet engendré une créature douée d'un cerveau extraordinairement détraqué en même temps que d'un corps formidablement endurant. La vie avait ensuite transformé le petit garçon en un animal rusé et intelligent, pris au piège et grièvement blessé. Lorsqu'il atteignit l'âge de la majorité, Bishop était devenu un génie de la dissimulation, un maître de la survie. Et un authentique monstre, aussi, qui ne connaissait d'autre sentiment que la haine, qui n'avait d'autre but que la destruction.

Par sa vision du monde et de lui-même, Bishop était frappé d'une démence parfaitement à la hauteur de son existence torturée. Mais dès qu'il s'agissait de résoudre un problème spécifique, son instinct animal et sa haine calculée de la normalité se révélaient d'une précision aussi redoutable que le scalpel du chirurgien.

En ce matin de mai, assis sur son lit, le dos au mur et ses lèvres ressassant en silence le nom de Chessman, Bishop se disait justement que l'évasion posait un problème insurmontable. Pour se rassurer, il toucha la radio encore chaude. Toutes les émissions diffusées provenaient du monde extérieur ; même Chessman était dehors, et mort. *Lui aussi*, il irait dehors, mais il ne mourrait pas. Aussi impossible que cela pût sembler, il s'évaderait. Son intelligence supérieure s'en chargerait. Il trouverait le moyen de déjouer barreaux, gardiens et portails. Il échafauderait son plan avec soin, choisirait son heure, puis disparaîtrait.

Les yeux clos pour mieux se concentrer, il analysa le problème. Il le divisa en trois étapes distinctes : d'abord, sortir du bâtiment fermé pendant la nuit ; ensuite, traverser la pelouse jusqu'au portail de l'entrée, soit environ une centaine de mètres à découvert ; et enfin, franchir le portail, étroitement surveillé et constamment verrouillé. Il était convaincu de pouvoir surmonter chacun de ces obstacles. Ce qu'il ne savait pas, en revanche, c'était comment, une fois libre, il échapperait aux recherches lancées contre lui.

La télévision lui avait appris que, pendant ses quinze années passées à l'hôpital, le monde avait changé du tout au tout. Les communications entre les divers services de sécurité s'étaient améliorées au point que le pays entier était devenu un immense réseau policier. Les gens se montraient plus suspicieux, tout le monde se promenait avec des papiers d'identité. Même les cautions et les amendes se payaient avec des cartes de crédit.

Dans un environnement aussi peu familier, quelles étaient ses chances ? Son portrait serait dans tous les journaux, sur tous les écrans de télévision. Partout où il irait, le moindre poste de police aurait sa tête sur une affiche. Les gens le regarderaient, le reconnaîtraient. Il ne pourrait jamais trouver ni travail, ni maison. Sans argent, sans papiers, il lui serait impossible de partir au bout du monde, voire de traverser la frontière.

Peut-être pourrait-il vivre seul dans les bois, ou dans la montagne, là où personne n'habite ? Il ne savait ni chasser, ni faire à manger ; il ne connaissait aucune forêt, aucune montagne ; il ne savait même pas s'il existait encore des endroits inhabités.

En se teignant les cheveux et en se laissant pousser la barbe, il pourrait se cacher pendant quelque temps, mais son visage, tout comme son allure générale, ne changerait pas. S'il se faisait arrêter pour n'importe quel motif et se révélait incapable de prouver son identité, il serait fini. On le traquerait comme une bête sauvage.

Le visage renfrogné, les yeux toujours clos, Bishop retournait dans sa tête toutes les conséquences de son évasion telles qu'il les imaginait. Sans argent ni papiers, sans amis ni ressources, avec sa tête diffusée sur tous les écrans, tel qu'il était, il ne tiendrait pas plus d'un ou deux jours.

Satisfait de cet aperçu général de la situation, il commença à affiner son analyse et aborder chaque idée sous tous les angles jusqu'à ce qu'il se sente taraudé par quelque chose qu'il ne parvenait pas à identifier. Malgré lui, il y revenait sans cesse. *Tel qu'il était*, il n'avait aucune chance après son évasion… Mais si la police ne le cherchait pas, lui, Thomas Bishop, et se moquait complètement de son sort ? Et si…

Il ouvrit soudain de grands yeux. Un sourire se forma lentement sur ses lèvres. Et s'il mourait ? Il cligna des yeux, tout excité par cette perspective. Oui, s'il mourait, personne ne se lancerait à sa recherche. Il se frotta les mains dans l'obscurité, entièrement accaparé par son idée. Il venait de la trouver. La clé.

Pendant toute la nuit, jusqu'aux premières heures du jour, il consacra toute son énergie à échafauder un plan. Cent fois, il essaya d'y déceler une faille, mais n'en trouva aucune. Un plan parfait, ne cessait-il de se dire. Parfait.

Le lendemain matin, Bishop porta ses deux uniformes de rechange chez le tailleur de l'hôpital, installé au sous-sol du bâtiment principal, afin d'avoir son nom cousu sur tous ses vêtements. Quand on lui demanda pourquoi, il expliqua qu'il voulait que tout le monde sache qui il était. Le tailleur hocha la tête et répondit qu'il lui faudrait pour cela attendre d'être mort, car il ne pouvait coudre les noms que sur l'intérieur des habits. Bishop se contenta de rire.

Il alpagua l'intendant qui vendait aux patients des montres et des bagues. Pour 5 dollars, Bishop lui acheta une bague porte-bonheur, énorme et clinquante, dont la pierre était un faux onyx grossièrement taillé. Il essaya le bijou à son index droit en expliquant qu'il ne l'enlèverait jamais. « Il faudra d'abord me tuer », dit-il sur un ton solennel, avant de laisser l'intendant admirer l'objet sur son doigt.

Le lendemain, il troqua son transistor contre un petit harmonica et un peigne. L'harmonica était reconnaissable entre mille, rouge et argent avec une croix sur chaque plaque. Bishop se mit à en jouer tout le temps, au point que, très vite, on l'identifia à l'objet. Le peigne, en forme d'alligator à la gueule remplie de dents alignées, était tout aussi reconnaissable. Il le sortait souvent de sa poche pour se recoiffer.

Au cours des semaines qui suivirent, Bishop regretta amèrement son transistor, surtout la nuit, quand il était couché dans son lit. Mais il se fit une raison. Il ne lui restait plus qu'une chose à se procurer. Une seule petite chose, et il serait libre. Les autres pouvaient bien rire ; son heure allait sonner.

Pendant cette période, un homme d'âge mûr prenait des vacances qu'il s'était longtemps promises. Un certain jour de juin, il retourna en Californie par l'express qui faisait la liaison Chicago-San Francisco. Quoique creusé par les rides, son visage était bronzé, et son corps affûté comme il ne l'avait pas été depuis longtemps. En descendant du train pour prendre le car, il se dit qu'il avait été bête de repartir aussi vite et qu'il aurait dû rester dans le Colorado un mois de plus. Voire deux mois de plus, pensa-t-il. Pour toujours, même. L'idée le fit sourire.

À mille cinq cents kilomètres de là, vers l'est, dans une retraite champêtre située à mi-chemin entre Boulder et Idaho Springs, cet homme avait vécu comme un animal en parfaite communion avec la nature. Il avait pêché – sa grande passion – et marché, délicieusement, au milieu des torrents montagneux et des collines boisées. Une vie parfaite, en somme, pour un homme vieillissant comme lui, une vie que, au moment de monter dans le car qui l'emmenait plus au nord, il regretta amèrement d'avoir laissée derrière lui. Il espérait, il priait pour que les premières semaines de la rentrée, au moins, soient tranquilles.

En moins d'un mois, Bishop avait déniché le dernier maillon de son plan d'évasion. Contemplant sa trouvaille, il dut se faire violence pour cacher sa joie. L'interné était aussi grand que lui, pesait à peu près le même poids, et leur corpulence, ainsi que la couleur de leurs cheveux, étaient identiques. En revanche, son visage mat et très ridé n'avait rien à voir avec les traits réguliers et juvéniles de Bishop. L'homme avait également des sourcils épais qui cachaient presque ses petits yeux plissés, un gros nez et une bouche renfrognée. Les rides quadrillaient la plus grande partie de sa figure, accentuant le relief de sa peau grêlée. Quand il souriait, il suscitait davantage l'aversion que la sympathie. Il était d'une immense laideur. Bishop fut enchanté. L'homme s'appelait Vincent Mungo et il avait 24 ans.

Mungo, qui vivait au premier étage du bâtiment de Bishop, faisait partie d'une série de patients récemment sortis de divers établissements psychiatriques californiens pour être transférés vers cette unité expérimentale. Tous étaient considérés comme présentant de sérieux problèmes disciplinaires, et on espérait qu'ils bénéficieraient de cette nouvelle affectation – la toute première du genre en Californie – et que, à terme, d'autres les y suivraient.

Bishop aborda sa proie immédiatement en lui offrant ses conseils et son amitié. Il trouva Mungo agressif, un peu simplet et parfaitement déplaisant. Il se rendit compte, aussi, qu'il était désespéré et voulait sortir coûte que coûte de cet endroit. Pendant toute son enfance et son adolescence, Mungo avait régulièrement séjourné en institution. À 19 ans, il avait été interné par sa propre famille, qui ne pouvait plus le contrôler ou s'occuper de lui. Cinq ans et trois hôpitaux psychiatriques plus tard, il était intimement convaincu qu'il ne retrouverait jamais la liberté. Son désespoir le conduisait à détester l'autorité davantage chaque jour, mais sans jamais aller plus loin. Bien que réagissant violemment s'il se sentait agressé, il était incapable de peaufiner tout seul un projet d'évasion digne de ce nom. Il n'y avait même jamais songé. Jusqu'à sa rencontre avec Thomas Bishop.

Presque dès le départ, Bishop évoqua devant son nouvel ami ses envies d'évasion, car lui aussi n'en pouvait plus, quoique son désespoir fût bien plus profond et dangereux. D'abord sur un ton en apparence blagueur, puis avec une insistance croissante, il bourra le crâne de Mungo d'espoirs d'une vie nouvelle. Il prit bien soin de ne rien lui indiquer de précis, arguant que personne ne devait avoir vent de leur projet. Eux seuls devaient s'enfuir, eux seuls seraient libres. « Mais comment ? n'arrêtait pas de demander Mungo. Comment va-t-on faire ? » Ne recevant aucune réponse, il posait toujours la question : « Et quand ? » Ce qui faisait sourire Bishop. « Bientôt, disait-il. Très bientôt. »

Tandis que les deux hommes attendaient, l'un, l'occasion et l'autre une réponse, l'été jetait ses premiers feux sur la côte californienne. Dans un somptueux bureau au dernier étage d'un immeuble de Los Angeles, un autre homme attendait, assis, l'arrivée de deux de ses collaborateurs. Cet homme, c'était Derek Lavery, rédacteur en chef pour la côte Ouest d'un des plus grands hebdomadaires américains. Une quarantaine d'années, un corps puissant et svelte et surmonté d'une chevelure argentée, Lavery croyait avant tout dans la réactivité face aux événements. Chaque semaine, il demandait à son équipe de pondre des articles au plus près de l'actualité. Bien que « le moment le plus opportun » fût le maître mot, Lavery publiait souvent sur les questions brûlantes des reportages fouillés qu'il offrait au public avant tout le monde.

Parmi ces questions brûlantes figurait celle de la peine de mort. L'excellent professionnel qu'était Lavery, sentant bien que le sujet intéressait de plus en plus les Américains, avait la ferme intention d'en profiter pleinement. Ce qu'il lui fallait, c'était une amorce ; il pensait avoir trouvé le bon angle.

Adam Kenton arriva le premier à la réunion de 10 heures. Après avoir payé son taxi, il se précipita dans la tour de cinq étages.

« Il est déjà là ? demanda-t-il, pouce levé, au garçon d'ascenseur.

— À 10 heures ? Vous plaisantez ? »

Le garçon referma la porte. « Il arrive toujours avant moi. »

Au dernier étage, Kenton tourna à gauche et emprunta le couloir, dont les murs étaient tapissés de couvertures de magazine reproduites en grand format, sous verre, avec une loupiote au-dessus de chacune. L'effet recherché lui parut évident : les apparences sont toujours trompeuses. Ce à quoi il ajoutait souvent la réflexion suivante : flinguez les salauds qui nous ont fait ça. Au fond du couloir, il ouvrit la porte lambrissée.

« Vous êtes en retard », dit une voix féminine derrière le bureau. Mais le visage arborait un sourire amène. Elle s'empara du téléphone. « Adam Kenton est là », dit-elle au bout de quelques secondes. Raccrochant le combiné, elle lui montra la porte à gauche. « Il n'aime pas qu'on le fasse attendre. »

Une fois dans le bureau de Lavery, Kenton s'arrêta net, ébloui par la lumière du jour. La pièce était gigantesque et courait sur presque toute la face est du dernier étage. À une extrémité se trouvait une vaste salle de séjour, avec des tapis, des canapés luxueux, des sièges confortables, plusieurs tables et un petit coin cuisine niché dans une alcôve sur un côté. À l'autre bout, exhaussé par quelques marches, un grand espace de travail avec deux immenses bureaux, des tableaux blancs et de nombreux dossiers empilés contre le mur du fond. Sur toute la longueur de la pièce et sur un des côtés du séjour, des fenêtres à persiennes. Au centre trônait un bureau en chêne massif, derrière lequel attendait Derek Lavery. Il lui indiqua un fauteuil.

« Que savez-vous de la peine de mort ? » demanda-t-il tout à trac au jeune homme, les yeux rivés sur lui.

Kenton croisa les jambes.

« Ce que tout le monde sait, répondit-il calmement. Soit ça fonctionne, soit ça ne fonctionne pas. Soit c'est une forme de justice, soit c'est un simple instrument de vengeance.

— Exactement. Personne ne sait vraiment, alors on laisse parler la passion. Et là où il y a de la passion, il y a de l'action.

— Et la température monte.

— Aussi, oui. »

Lavery lui montra les journaux entassés sur son bureau.

« J'ai beaucoup lu sur la question, et d'après ce que je vois, ça n'est qu'un début. Ça va chauffer de plus en plus. Ce qu'il faut, dit-il en baissant la voix, c'est qu'on attaque tout de suite.

— Vous avez un angle ?

— Peut-être bien, oui. » Il esquissa un sourire, mais le sourire se transforma aussitôt en moue.

« On va attendre Ding. Ce salopard n'a jamais été foutu d'arriver à l'heure une fois dans sa vie. »

Il fit reculer son fauteuil et sortit un cigare d'une boîte posée sur le bureau. Il l'alluma. Kenton, lui, réfléchissait. Le sujet était bon, mais à condition d'être manié avec tact. Après des années d'approbation tacite et plusieurs milliers d'exécutions, les gens s'interrogeaient sérieusement sur la peine de mort. Certains États l'avaient abolie, et la Cour suprême elle-même la qualifiait de châtiment cruel et exceptionnel. La population se divisait de plus en plus en deux camps irréconciliables.

Le téléphone sonna. Lavery décrocha. Quelques instants plus tard, la porte s'ouvrit et une voix grave se fit entendre.

« Désolé, je suis en retard, Derek. »

Lascelles Dingbar traversa la pièce à grandes enjambées et posa sa grosse carcasse sur un fauteuil. Il fit un signe de menton à Kenton, tout en sortant un immense mouchoir pour en éponger son front dégarni.

« La chaleur, tu comprends.

— Je suis content de voir que tu as survécu », susurra Lavery, faussement caustique.

Après presque vingt ans de collaboration, les deux hommes étaient devenus bons amis. Lavery savait que Dingbar – plus connu sous le diminutif de Ding – était un excellent journaliste de terrain, le genre à ne jamais lâcher le morceau. Mais ne comptait pas sur lui pour arriver à l'heure quelque part.

Ding ignora la remarque et se cala un peu plus au fond de son fauteuil. À peu près du même âge que Lavery, de taille moyenne mais avec beaucoup de kilos superflus, Ding avait un grand visage ovale, généralement rougeaud, sur le sommet duquel ne subsistait plus qu'une mèche de cheveux blond-roux. Avec ses mains molles et dodues et ses jambes en forme d'allumettes, il souffrait d'un nombre incalculable de pathologies auxquelles il ne prêtait aucune attention. Il pouvait courir vite s'il le fallait, et il avait ce don, précieux pour son travail, de savoir mettre les gens à l'aise. C'était également un homme qui écoutait les autres.

« On parlait de la peine de mort. » Derek Lavery posa délicatement son cigare sur le cendrier en forme de cœur et regarda les deux hommes qui lui faisaient face. Ni l'un ni l'autre ne pipaient mot.

Avec brio et concision, il revint sur la polémique qui avait fait rage dans les années 1950 et 1960 : l'affaire des époux Rosenberg, puis Barbara Graham, enfin le mouvement des droits civiques et le nombre disproportionné de Noirs exécutés. Seules les bouffées qu'il tirait sur son cigarc venaient rythmer son laïus.

« Depuis vingt ans, à force d'être abandonnée, la peine de mort est en train de disparaître toute seule. Mais le processus a été lent et n'a jamais fait la une des journaux, ni l'objet de débats passionnés. Or, s'il n'y a pas de passion, il n'y a pas d'information. » Il eut un petit sourire.

« En 1952, l'Amérique a connu quatre-vingt-trois exécutions. En 1965, seulement sept. Depuis six ans, aucune. Pas une seule. Nib. Il y a deux ans de ça, quinze États l'avaient déjà abolie. Et la Cour suprême vient de donner le coup de grâce. » Il coinça son cigare entre ses dents. « Sauf que non. »

Kenton s'agita sur son fauteuil et déboutonna sa veste.

« Je veux dire par là qu'ils n'ont pas donné le coup de grâce. Ils n'ont fait que tracer la ligne de démarcation. C'est maintenant que ça va barder.

— Pas si sûr, intervint Ding, toujours en s'épongeant le front. Depuis que la Cour suprême l'a abolie par cinq voix contre quatre l'année dernière, j'ai vraiment le sentiment que c'en est fini de la peine de mort.

— Tu parles, dit Lavery en secouant la tête. Beaucoup d'États vont voter le rétablissement de la peine de mort, et certains demanderont un amendement constitutionnel. Mais tout ça ne m'intéresse pas. Ce qui compte, c'est la réaction de l'opinion. C'est là qu'il va y avoir du nouveau. »

Il reposa son cigare. « Prenons les choses autrement. Les bonnes âmes pensent avoir gagné la partie et les intransigeants guettent le premier faux pas. Il y a peut-être, à l'heure où je vous parle, un millier d'hommes en prison que beaucoup de gens aimeraient voir morts. En attendant, il y a toujours autant de meurtres dans les rues. Les gens ont peur de sortir la nuit ou de quitter leur maison, ils achètent des chiens, des portes blindées et des grillages, et des flingues aussi. Dès qu'il y a un viol ou un assassinat, ils réclament la peine de mort. » Sa main tambourinait sur le bureau. « La prochaine fois qu'un abruti butera cinq personnes d'un coup, ça va lui coûter très cher. C'est là que ça se passe. Pas dans je ne sais quel tribunal. Et par conséquent, c'est là que nous devons être. »

Kenton et Ding échangèrent des regards. Tous deux étaient convaincus qu'il avait une idée précise derrière la tête.

« Si ce que je dis est vrai, reprit Lavery, alors on devrait sortir des articles là-dessus parce que c'est dans l'air du temps et parce que c'est une question très sensible. » Il se moucha dans un carré de soie qu'il remit ensuite délicatement dans sa poche de poitrine.

« Ce que je veux, pour commencer, c'est un long papier sur celui qui a été *le* grand symbole des années 1960.

— Et de qui s'agit-il ? demanda Ding.

— Sans lui, enchaîna Lavery, on aurait peut-être encore la peine de mort dans ce pays. C'est grâce à lui que les bonnes âmcs se sont mobilisées, et c'est lui qui a lancé cette idée de châtiment cruel et exceptionnel. Auparavant, il y avait simplement un appel automatique et une demande auprès du gouverneur. Lui, il a su faire porter les recours jusqu'aux sommets. Il a bénéficié de davantage de sursis que quiconque et il a vécu dans le couloir de la mort plus que n'importe qui. »

Il y eut un long silence, jusqu'à ce que Kenton ne puisse plus refréner sa curiosité :

« Et qu'est-cc qu'il lui est arrivé ?

— Il a été exécuté, soupira Ding avant de se tourner vers Lavery. Tu veux parler de Chessman, c'est ça ?

— Caryl Chessman », répondit l'autre à demi-voix.

La pièce s'obscurcit soudain ; des nuages masquaient le soleil. Au bout d'un moment, Ding lâcha un nouveau soupir, un long soupir résigné :

« C'est vieux, tout ça.

— Ça fait treize ans, répliqua Lavery. Sans compter les douze années que Chessman a passées dans le couloir de la mort avant son exécution. Mais je ne veux pas du réchauffé. Je veux un regard neuf sur ses crimes et sur ces douze années-là. Notre angle d'attaque, c'est la peine de mort. Vous voyez de quoi je veux parler, dit-il en scrutant Ding. Un truc du genre : "Caryl Chessman fut-il victime de la peine de mort ?" Quelque chose dans ce goût-là.

— Je me souviens juste de son nom. Qui avait-il tué, au juste ? demanda Kenton.

— C'est bien le problème. Il n'a jamais tué personne. Voilà pourquoi c'est un bon sujet. Sa mort a révolté beaucoup de gens et a contribué à l'abolition de la peine de mort. Ce sera justement votre angle : il est mort pour rien, mais sa mort a permis à d'autres de vivre.

— Je ne comprends pas. S'il n'a tué personne…

— Il a été reconnu coupable, l'interrompit Ding, de vol avec arme, de viol et d'enlèvement avec coups et blessures volontaires. À l'époque, et depuis l'affaire Lindbergh, ces crimes étaient punis de mort. Mais ses enlèvements, si je me rappelle bien, poursuivit-il en se tournant de nouveau vers Lavery, consistaient simplement à emmener les femmes à l'écart pour pouvoir les violer.

— Exact. »

Lavery tapota du doigt le bureau. « Il n'a jamais tué. Ses crimes ne méritaient pas la mort. Et il s'est battu contre elle pendant douze années. »

Nouveau silence. Lavery finit par reprendre la parole. « Il faut que vous sachiez aussi autre chose. Jusqu'au bout, Chessman a clamé son innocence. Je me fous royalement de savoir s'il était coupable ou non, mais… » Il s'arrêta un instant pour bien marquer le coup.

« … Mais si on pouvait jeter un doute sur sa culpabilité, le moindre petit doute, alors non seulement ses crimes ne méritaient pas la mort, mais peut-être même qu'il ne les a jamais commis. Gardez bien ça en tête, ajouta-t-il calmement, quand vous écrirez votre papier.

— Combien de temps avons-nous ?

— Très peu, répondit Lavery du tac au tac. Je veux le publier dans quatre semaines. Ça vous laisse une semaine pour l'écrire, pas une de plus. »

Kenton prit une grande bouffée d'air et jeta un coup d'œil vers Ding, qui hocha la tête. Ils avaient travaillé ensemble sur plusieurs reportages et assisté à nombre des briefings de Lavery. Quand il exigeait des délais aussi serrés, cela signifiait généralement qu'il comptait aller jusqu'au bout, quoi qu'il en coûte. Ils furent visiblement impressionnés.

« Pour tout vous dire, poursuivit Lavery, l'idée m'est venue le mois dernier, pendant que j'écoutais à la radio une émission sur la peine de mort où il était question de Chessman. Après coup, je me suis demandé quelle pouvait être la bonne accroche. Et, hier, tout m'a paru soudain évident. Chessman est le sujet idéal. » Sur ce, il poussa un dossier vers Kenton.

« Là-dedans, vous avez la transcription intégrale de son procès et deux ou trois choses que les types de la documentation ont retrouvées. Comme Ding nous le rappelait, cette affaire ne date pas d'hier.

— C'est tout ce dont on dispose ?

— Pour l'instant. D'autres éléments suivront. »

Cigare à la main, il se carra dans son gros fauteuil Barclay.

« Ding, je veux que tu retrouves la trace de gens qui étaient là à l'époque des crimes et du procès. Fais-en parler quelques-uns et cite-les directement. Tu connais la musique. Vous, Adam, vous travaillerez sur les douze années de Chessman en prison et sur son exécution.

— Et nos dossiers actuels ?

— Terminez ce que vous pouvez terminer aujourd'hui et laissez tomber tout le reste pendant une semaine. J'en parlerai à Daniels pendant la réunion. D'autres questions ? »

Ding se tortilla péniblement sur son siège. « Juste une chose », dit-il à voix basse.

Lavery, qui connaissait l'animal, était tout ouïe.

« Cet article sur Chessman va porter un rude coup à la peine de mort. Voilà un type qui n'a jamais tué, qui n'a commis aucun enlèvement au sens moderne du terme et qui a passé sa vie à mourir à petit feu.

— Et alors ?

— Et alors, qu'est-ce qu'on fait pour équilibrer le propos ? »

Lavery lui fit un grand sourire. « Rien de plus simple. La prochaine fois qu'un fou furieux fait des siennes, on réclamera son exécution dans les plus brefs délais. Parce que la société se doit d'être protégée. »

Il se leva. « Autre chose ? »

À peu près au même moment, une autre réunion où il était question de la vie et de la mort se tenait dans une petite ville de Californie, à quelque mille kilomètres au nord de la capitale mondiale du cinéma. Hillside avait connu une forte expansion au lendemain de la Seconde Guerre mondiale, et le paisible hameau de quelques milliers d'âmes s'était transformé en une métropole de trente-cinq mille habitants, aussi respectueux des lois que magouilleurs. Avec cela vinrent l'industrie, le chômage, la délinquance et le crime. Là où naguère des champs fertiles bordaient la ville au sud et permettaient d'admirer un horizon lointain et dégagé, désormais des centaines de maisons prétentieuses et d'entrepôts sinistres plongeaient l'endroit dans une véritable hideur commerciale. Comme tant d'autres villes qui avaient récemment abandonné leurs traditions, Hillside connaissait de vives tensions entre anciens habitants et nouveaux venus, entre la partie nord et la partie sud, entre les riches et les laissés-pour-compte, enfin, comme partout, entre les jeunes et les vieux.

Au fil des années, les responsables de la ville avaient tout fait pour soulager ces douleurs de croissance, et si personne ne s'entendait sur les solutions, presque tout le monde s'accordait sur la nature des problèmes. Par une torride matinée de juin, le lieutenant John Spanner, de la police de Hillside, abordait justement avec ses hommes les tout derniers problèmes qui se posaient.

Fraîchement revenu de vacances de pêche qui lui avaient redonné le goût dc vivre, Spanner restait un vrai flic de province. Après avoir fait la guerre, il était revenu dans sa ville natale et avait intégré la police locale quand celle-ci ne comptait encore que cinq hommes. Avec angoisse et, parfois, avec crainte, il avait vu Hillside se développer jusqu'à ce que, désormais numéro deux du commissariat de police, il en vienne à conduire des voitures équipées de gyrophares et de liaisons radio sophistiquées, à envoyer régulièrement des empreintes digitales à Washington, des prélèvements sanguins dans des laboratoires et des documents imprimés vers les grandes métropoles américaines.

Malgré tout, il croyait encore aux vertus d'une approche personnelle de l'action policière, cette touche individuelle, la tape amicale dans le dos et le sermon solennel, la lente et méthodique collecte des preuves, à partir de sources multiples, jusqu'à ce que la présomption devienne conclusion. Du haut de ses 55 ans, après tant d'années passées sur le terrain à observer ses semblables, Spanner savait qu'ils agissaient souvent selon des motifs profonds et peu visibles, y compris d'eux-mêmes. Pour que la police fût efficace, il fallait se montrer aussi patient qu'imaginatif, et recenser sereinement des faits en apparence anodins.

Lui qui essayait sans relâche de pousser ses hommes à voir la vérité, ce matin-là, il leur rappela que le meurtre de Redwood Road était peut-être un crime passionnel, puisque le mari partait fréquemment en voyage d'affaires ; que la série de cambriolages minables dans le sud de la ville pouvait être l'œuvre d'un drogué en quête d'argent facile ; que la récente vague d'agressions était sans doute le fait d'une bande de jeunes qui se constituait dans la région. Tout cela exigerait des enquêtes minutieuses, leur dit-il, et beaucoup de travail sur le terrain. Deux des plus jeunes flics, conscients de son remarquable tableau de chasse mais néanmoins adeptes des armes à feu et des aveux musclés, échangèrent un regard faussement consterné. Une fois de plus, le lieutenant remettait ça.

À onze kilomètres au sud de Hillside, mais toujours sur le territoire de compétence de la petite ville, dans un hôpital pour fous criminels plus connu des locaux sous le nom de Willows, deux jeunes hommes vaquaient à leurs occupations routinières. Pour un des deux, néanmoins, la routine s'enrichit ce jour-là d'un petit détour jusqu'à un massif de buissons planté sur la pelouse du côté est, derrière le bâtiment principal. Ses mains creusèrent frénétiquement la terre molle et exhumèrent très vite un outil rouillé. Deux mois plus tôt, il avait trouvé cet objet quasiment au même endroit, oublié là par un jardinier négligent. Soulagé, l'homme glissa l'outil dans le sac à linge qu'il portait avec lui et s'en retourna à son pavillon, où il le rangea dans la cantine installée sous son lit. Puis il se remit à attendre.

Trois jours plus tard, son attente prit fin. Le 3 juillet, la pluie commença à tomber à 4 h 55 précises. Avant la tombée du soir, l'orage béni des cieux avait détrempé le sol et transformé la pelouse de l'hôpital en un véritable marécage. L'eau s'infiltrait partout, débordait des gouttières, coulait sur les murs, pénétrait par les brèches des fondations. À l'intérieur, l'humidité collait à la peau et les hommes restaient assis, saisis d'une peur animale face aux éléments déchaînés. Scrutant la nuit violente, Thomas Bishop comprit que son heure venait de sonner.

Un peu plus tôt, il avait annoncé à Vincent Mungo qu'ils partiraient la nuit même. Il avait insisté pour échanger avec lui l'uniforme qu'ils étaient censés porter pendant leur évasion, lui expliquant que cela sèmerait la confusion chez leurs geôliers. Il lui avait aussi donné le lieu et l'heure du rendez-vous.

Minuit passa. Bishop, allongé sur son lit, se préparait pour le long périple qui l'attendait. Il n'éprouvait pas la moindre excitation. Dans son esprit, il savait ce qu'il devait faire, ce qu'il lui restait à accomplir. Il consultait sa montre toutes les cinq minutes. À 0 h 15, il souleva la cantine de sous son lit. Mentalement, il passa en revue ce qu'elle renfermait : une veste, des livres, ses vêtements de rechange, une paire de chaussures, quelques babioles. Il sortit la veste, qui le protégerait de la pluie, puis la hache, rouillée mais encore bien affûtée. Il la tint un instant dans sa main avant de la caler sous la ceinture de son pantalon. Enfin, il vérifia le contenu de ses poches. Il portait l'uniforme de Mungo et avait tout ce qu'il lui fallait. Il était fin prêt.

À 0 h 30, Bishop s'éloigna de son lit pour la dernière fois et passa devant tous les hommes qui dormaient, aux prises avec leurs rêves impossibles. Il ouvrit la porte du pavillon, en douceur, afin que le gardien de nuit, dans sa guérite du couloir, n'entende rien, puis il se dirigea à pas de loup vers la porte de l'escalier.

Il monta rapidement au premier étage. Mungo l'y attendait. En silence, ils gravirent un dernier escalier qui menait jusqu'au toit. Tout à coup, Mungo montra une énorme porte en acier juste devant eux. Bishop lui susurra que la porte pouvant s'ouvrir de l'intérieur, elle ne leur poserait aucun problème. Ils n'avaient plus qu'à déjouer le système d'alarme.

Bishop sortit de sa poche une bombe aérosol en la tenant des deux mains. Il souleva le bouchon et, lentement, méthodiquement, noya d'une épaisse crème Chantilly le boîtier d'alarme de la porte. À côté de lui, Mungo le regardait faire avec des yeux d'enfant. La bombe fut vidée plus vite que prévu.

Quelques secondes plus tard, après une série de coups puissants, la porte métallique céda sans un bruit. Un dernier petit coup d'épaule et les deux hommes se retrouvèrent sur le toit. Sous la pluie.

Bishop referma délicatement la porte en veillant bien à ce que le loquet de fermeture s'enclenche. Aucun retour possible. Il traversa ensuite le toit jusqu'à la rambarde et jeta un coup d'œil dans le vide. Pas de mauvaise surprise : en bas s'étalait un océan de gadoue, sale, fangeuse, mais assez molle pour amortir leur chute. Il fit signe à son acolyte de sauter.

« Je ne peux pas ! » lui cria Mungo, couvrant le crépitement de la pluie. « C'est trop haut. J'ai peur. » Bishop le fusilla du regard. « C'est trop haut », répéta Mungo en gémissant. Bishop comprit. C'était le moment d'agir. Il prit Mungo par le bras, le poussa jusqu'au bord du toit en le rassurant par des paroles apaisantes. « Ce n'est pas si haut que ça, et la terre est molle. C'est pour ça qu'on a attendu qu'il pleuve, tu comprends ? Tu n'as qu'à te pencher sur le côté et te laisser tomber. Ce n'est rien du tout. Tu veux être libre, oui ou non ? Alors, saisis ta chance. Penche-toi et saute. C'est simple comme bonjour. Tu veux être libre, oui ou non ? »

Peu à peu, il convainquit Mungo de s'approcher du bord. Tout cela prenait du temps, et les minutes étaient comptées. Lentement, doucement, Mungo passa une jambe dans le vide, voilà c'est bien, puis l'autre, parfait. Mungo regarda vers le bas : la distance lui parut toujours aussi vertigineuse. Suspendu en l'air, accroché au toit par les deux bras, trempé, affolé, il leva les yeux pour se rassurer une dernière fois auprès de son ami.

Son sang se figea. Loin au-dessus de sa tête, la grande hache s'abattit sur lui tel un démon vengeur. Elle se ficha dans son front, lui ouvrant le crâne pratiquement jusqu'à la mâchoire, répandant partout du sang et des bouts de cervelle. Ses yeux moururent un quart de seconde avant le reste de son corps. On n'entendit aucun cri au moment où le corps sans vie tomba dans le vide.

Bishop sauta à son tour et commença aussitôt sa macabre besogne, brandissant sa hache avec une fureur démente. Il massacra sans répit le visage de Mungo, lui broya le nez, la bouche et les oreilles jusqu'à ce qu'il n'en reste plus que des bouts indistincts. Il fracassa les os et réduisit le crâne en bouillie. Plus rien d'humain ne subsistait.

Ce fut seulement à cet instant que Bishop s'estima satisfait. Pantelant, il attendit quelques secondes avant de fouiller les poches de Mungo. Elles étaient vides. Il plaça son harmonica dans la poche arrière droite du pantalon, son peigne dans celle de la chemise. Il se releva pour admirer le travail. Maintenant que le visage avait disparu, la taille et la corpulence correspondaient exactement aux siennes. Le corps portait les vêtements de Bishop, avec son nom cousu dessus, sans parler de ces deux objets hautement distinctifs qu'étaient l'harmonica et le peigne. Il observa une pause. Il ne lui restait plus que deux choses à faire.

Il sortit un vieux portefeuille usé, délicatement, en le protégeant bien de la pluie. Il y avait à l'intérieur une photo de sa mère qu'il portait toujours sur lui depuis quinze ans et que les gardiens avaient vue plusieurs fois. Il se pencha vers le corps de Mungo et fourra le portefeuille dans la poche arrière gauche du pantalon.

Puis, avec la hache, il sectionna tranquillement l'index droit du cadavre, à hauteur de la première jointure. Après avoir laissé le sang s'écouler quelques secondes, il plaça la phalange coupée dans un paquet de cigarettes vide qu'il rangea ensuite dans sa veste.

Pour finir, il traversa en courant la pelouse du côté sud, sous une pluie battante, vers la grosse enceinte grisâtre située à une centaine de mètres – vers la liberté.

La direction qu'il prenait l'éloignait considérablement de l'entrée principale, avec son portail métallique massif et ses guérites en permanence occupées par des gardes. À l'origine, l'hôpital avait été construit sur une colline et les pelouses descendaient en pente douce jusqu'aux murs d'enceinte. Pour empêcher les inondations, on avait enterré une conduite d'évacuation sous la pelouse du côté sud afin de rejeter les eaux vers un ruisseau tout proche. Bien des années auparavant, Bishop avait découvert par hasard l'endroit où cette conduite d'évacuation passait sous l'enceinte sud, et il l'avait scrupuleusement noté dans sa mémoire.

Maintenant qu'il s'y trouvait, il se rua à travers les buissons et chercha comme un forcené le point où la terre était la plus meuble. Il avança péniblement à quatre pattes sur le talus, jusqu'à atteindre le mur. Une clôture en fil de fer barbelé avait été installée en travers de la conduite, juste sous l'enceinte. Il eut envie de hurler. Impossible de reculer ou d'avancer. Que faire ? Que faire ? Il regarda autour de lui, désespéré, un être solitaire enfermé dans une tombe de pluie. Non, il ne retournerait pas là-bas. Il ne savait pas nager, n'avait jamais mis les pieds dans l'eau de toute sa vie, mais il ne retournerait pas là-bas. Décision prise, il sauta dans la conduite et se laissa emporter par le courant puissant.

Une fois sous l'eau, il ouvrit les yeux. Ça faisait très mal. Devant lui, sombre et fangeuse, il put tout de même distinguer la clôture. Elle s'arrêtait à environ trente centimètres au-dessus du lit de la conduite. Hystérique, affolé, Bishop se plaqua contre le fond de la canalisation et hissa son corps sous la clôture. Ça ne passait pas. Jetant ses dernières forces dans la bataille, il se retourna sur le dos et réussit à se glisser puis à franchir l'obstacle. Les poumons au bord de l'explosion, il se propulsa vers le haut. Un instant plus tard, sa tête remontait à la surface, de l'autre côté de l'enceinte. Il était libre.

Tout haletant, il parvint à regagner le bord de la conduite et grimpa sur le talus. Au bout d'un long moment, il se releva et reprit sa marche. Libre il était enfin devenu, libre il resterait : c'était pour lui une certitude. On ne découvrirait pas son évasion avant la matinée ; à cette heure-là, il serait déjà loin, perdu dans le monde civilisé. Tout ce dont il avait besoin, c'étaient de nouveaux vêtements, le plus vite possible, et un peu d'argent, facile à trouver en cette période de grandes vacances où les gens partaient loin et laissaient leurs maisons sans surveillance. On était le 4 juillet.

Il comptait d'abord cacher la hache dans les boïs, où personne ne la retrouverait. Il enterrerait ensuite sa montre et sa bague. Après avoir récupéré de nouveaux habits, il brûlerait son uniforme. Ainsi pourrait-il aller où bon lui semblerait, comme tout un chacun. Les autres se lanceraient à la poursuite d'un malade mental nommé Vincent Mungo, portant sans doute une bague porte-bonheur et une montre en argent. Lui ne possédait ni l'une, ni l'autre. Et il ne ressemblait en rien à Vincent Mungo.

Empli d'une joie infinie, Thomas William Bishop se lança dans sa nouvelle vie et dans ce qu'il considérait être sa mission existentielle.

Ce qu'il laissait derrière lui fut découvert à 6 h 14, exactement. À 6 h 29, le docteur Henry Baylor, directeur de l'hôpital public de Willows, fut réveillé par son épouse, qui lui parla d'un coup de fil urgent. À 8 h 30, en ce jour pourtant férié, le docteur Baylor était assis dans son bureau spacieux, au sein du bâtiment de l'administration, et envisageait les conséquences juridiques de l'affaire. Ce meurtre sauvage le consternait, éveillait chez lui un sentiment d'impuissance face à l'expression du mal absolu. D'un autre côté, le psychiatre qu'il était savait qu'il ne fallait jamais laisser trop la place aux sentiments.

En tant que directeur, en revanche, il s'inquiétait de l'évasion. Car qui disait évasion disait intervention des autorités, donc inévitable désordre. Et dans un établissement comme le sien, le désordre se transformerait vite en chaos. La perspective lui donna des sueurs froides. Il ne détestait rien tant que le désordre.

En face de lui, assis de l'autre côté du bureau, le chef du personnel jeta un coup d'œil nerveux à sa montre. En moins de deux heures, il avait vieilli d'un siècle. Cela faisait neuf ans, presque dix, qu'il travaillait à Willows, dont trois comme chef du personnel. Une bonne expérience, du bon travail. Et voilà que survenait cette histoire, qui plus est un 4 juillet. Il se demanda dans quelle mesure il fallait y voir un sens caché pour lui.

Sur le coup, quand le gardien l'avait appelé, dans le bâtiment du personnel où il dormait, il n'avait pas compris. L'homme parlait d'une mère, de la mère de quelqu'un. Il avait donc demandé au gardien de lui répéter le message. Même à cet instant, l'énormité de l'événement lui avait échappé pendant quelques secondes.

Après s'être habillé en deux temps trois mouvements, il avait littéralement couru sur la terre détrempée du nouveau bâtiment expérimental et tourné au coin. Un seul regard avait suffi à lui soulever le cœur. En vingt-cinq ans de carrière médicale, il n'avait jamais vu une chose pareille. Laissant au gardien le soin de conserver les quelques effets récupérés sur le cadavre, il avait regagné sa chambre pour téléphoner au directeur. À présent, en face de Baylor, dans son bureau, il se demandait à quoi celui-ci pouvait bien penser.

Dès son arrivée, le docteur Baylor avait collecté les premiers renseignements et tout ce qu'il lui fallait savoir pour informer les autorités, interrogé le gardien qui avait découvert le corps, son collègue posté à l'entrée principale, enfin les surveillants qui travaillaient dans le bâtiment. Le mort s'appelait Thomas Bishop. Après avoir tué sa mère à l'âge de dix ans, il était considéré comme un assassin en puissance. Le fugitif, quant à lui, était Vincent Mungo, un patient récemment transféré connu pour ses pulsions violentes. Derrière son bureau, attendant quelque chose qu'il savait d'ores et déjà désagréable, le docteur Baylor soupira *in petto*. Malgré tout ce que l'on sait de l'esprit humain, pensa-t-il, il nous est toujours impossible d'anticiper les comportements des hommes. Cette réflexion le rendit encore plus morose.

Dans le hall d'entrée, un homme d'âge mûr, habillé en civil et n'ayant rien perdu de son bronzage se présenta à l'infirmière de la réception, qui le dirigea vers le bureau de Baylor. Une seconde plus tard, il ouvrait une grande porte en chêne. « Je suis le lieutenant Spanner, dit-il poliment à la dame derrière son bureau. De Hillside. Le docteur Baylor m'attend. »

La femme s'interrompit dans son travail et franchit la porte sur sa droite, puis la referma derrière elle, laissant le temps à Spanner d'inspecter la pièce avec l'œil du professionnel. Elle revint avec une carafe d'eau et lui ouvrit la porte. Le lieutenant la remercia par un sourire et pénétra dans le bureau. À l'autre bout de la pièce, le docteur Baylor se leva pour le saluer.

« Bonjour, lieutenant.

— Bonjour, docteur. »

En serrant la main du médecin, Spanner remarqua sur son bureau plusieurs objets qui n'avaient rien à faire là. Une fois encore, il constata à regret que les gens ne laissaient jamais les choses à leur place sur une scène de crime.

À une vingtaine de kilomètres de là, un véhicule de police fonçait toutes sirènes hurlantes sur l'autoroute en direction de Willows. Zigzaguant entre les deux voies, le véhicule dépassait les voitures et les camions avec désinvolture. Sur le siège arrière se trouvait James T. Oates. Massif, blond et éminemment sympathique, grand fumeur de cigares et mâcheur de chewing-gums, d'une franchise désarmante et mû par une belle ambition politique, le shérif Oates dissimulait souvent sous des manières bourrues sa réelle intelligence. À cet instant précis, il s'apprêtait à enquêter sur une évasion à l'hôpital psychiatrique et n'entendait pas laisser quoi que ce soit entraver son action.

« Putain, Earl ! Dépasse-moi ce car. »

Earl se tourna vers lui.

« Mais c'est un car scolaire qui est sur la mauvaise file, Jim.

— Et alors qu'est-ce que tu vas faire ? cria Oates, exaspéré. Tu vas t'arrêter pour lui coller un PV ? Dépasse-le ! »

Le conducteur lâcha un juron et se déporta sur la file de droite. Appuyant à fond sur l'accélérateur, il dépassa rapidement le car et se rabattit très vite sur la gauche, à quelques centimètres seulement du véhicule.

Oates le regarda en silence.

« Je préfère ça », finit-il par dire.

Douze minutes plus tard, ils franchirent l'entrée principale de Willows, et Earl coupa la sirène. Une fois arrivés devant le bâtiment administratif, Oates sortit de la voiture et se précipita en haut des marches. Une fois dans le hall d'entrée, il courut jusqu'à la réception.

« Où est Baylor ? aboya-t-il, le cigare vissé entre les dents.

— Le bureau du docteur Baylor est au fond du couloir à droite », répondit l'infirmière sur un ton glacial.

Mais avant qu'elle eût fini sa phrase, le shérif avait déjà disparu.

Au fond du couloir il s'arrêta, perplexe, puis revint lentement sur ses pas. Deux portes en arrière, il tourna une poignée et entra. « C'est le bureau de Baylor ? »

Imperturbable, la femme leva les yeux vers lui.

« Il est en réunion, dit-elle gentiment.

— Qui est là-dedans ?

— Un certain lieutenant Spanner, je crois. »

Le shérif laissa échapper un grognement.

« John Spanner ? De Hillside ?

— Il me semble bien, oui.

— Je reviens tout de suite, dit-il, déjà à la porte. Dites-leur que je suis là. »

Il ressortit du bâtiment en sautant les marches deux par deux. Earl était assis au volant. Quand il vit le shérif s'approcher, il jeta sa cigarette par la fenêtre.

Oates s'installa dans la voiture. « John Spanner est déjà là, bordel. »

Earl fronça les sourcils.

« Qu'est-ce qu'il fabrique ici ?

— Le crime a eu lieu dans sa juridiction. »

De nouveau, le shérif était exaspéré.

« Va voir le macchabée. Ensuite, je veux que tu interroges tout le monde, histoire de comprendre un peu ce qui s'est passé. Je veux savoir tout ce que Spanner sait.

— Maintenant ?

— Maintenant », rugit-il, déjà reparti vers le perron.

Baylor l'attendait dans l'antichambre. Il se présenta et fit entrer le shérif dans son bureau, décoré selon les goûts de Baylor, même si les meubles avaient été quelque peu réagencés pour la réunion. Le petit bureau de style XVIIIe siècle était bien rangé, et le siège qui trônait derrière, celui du médecin, était haut et imposant. En face, on avait disposé trois fauteuils aux sièges de velours rouge. Un canapé de style Reine Anne, dont les élégants pieds fuselés reposaient confortablement sur un épais tapis de velours, ajoutait un peu de couleur au mur le plus proche du bureau.

Deux des fauteuils étaient occupés. Oates serra la main de Spanner et fut présenté au docteur Walter Lang, chef du personnel de l'hôpital. On passa directement aux choses sérieuses. Le shérif avisa le fauteuil vide, qui lui était manifestement destiné, mais préféra se diriger vers le canapé, non sans marmonner quelque chose à propos du confort. Spanner vit Baylor serrer les lèvres en signe de désapprobation et imprima son visage dans sa mémoire. Avant même que Baylor se fût rassis derrière son bureau, Oates était déjà installé sur le canapé, dont les motifs fleuris juraient avec son uniforme.

Délaissant les deux médecins, il dirigea son attention sur John Spanner. Il ne le portait pas vraiment dans son cœur. Pour lui, ce n'était qu'un petit flic de province, sans grande ambition, mais doué – peut-être trop doué. Il observait toujours les gens, exactement comme il observait Baylor en ce moment même. Il cherchait sans relâche l'interstice, le détail qui clochait, plutôt que la vue d'ensemble. Dans l'esprit du shérif, c'était toujours une erreur en matière d'enquête policière. Un travail d'équipe : voilà comment ça marchait. Mettre à contribution les jambes, les muscles et la cervelle de tout le monde, employer toutes les techniques scientifiques disponibles pour attraper les criminels. Effectifs nombreux et travail d'équipe, oui monsieur ! Là résidait le secret, là se trouvaient les résultats. Spanner, lui, se fiait trop à son tempérament de loup solitaire et à sa foutue connaissance intuitive des motivations humaines. Peut-être qu'il avait du sang mexicain, d'ailleurs. Ce nom de Spanner, d'où venait-il, au fait ? Une chose était sûre, en tout cas. Un type comme lui était imprévisible, il fallait toujours l'avoir à l'œil. Le shérif mit quelques secondes à se rendre compte que Spanner le regardait. Il détourna les yeux et se racla la gorge. Ce n'était pas la première fois qu'il regrettait de ne pas avoir Spanner dans son équipe. « Ça lui ferait les pieds, à cet enfoiré », se dit-il.

« Messieurs, commença tranquillement le docteur Baylor, je suppose que nous savons tous pourquoi nous sommes réunis aujourd'hui. » Il baissa les yeux. « Un incident extrêmement regrettable. » Lang cligna des yeux, consterné : il aurait choisi une autre formule.

« Visiblement, dans la nuit, continua Baylor, deux patients se sont échappés des nouveaux pavillons expérimentaux en accédant au toit et en sautant sur la pelouse amollie par la pluie. Le bâtiment, devrais-je préciser, n'a qu'un étage. Quant à savoir ce qui, exactement…

— Comment sont-ils parvenus jusqu'au toit ? »

Le médecin, agacé par cette interruption, jeta un regard inexpressif vers Oates.

« Je vous demande pardon ?

— Le toit. Comment sont-ils arrivés là-haut ? »

Spanner vit l'expression de Baylor se durcir.

« Dans le bâtiment expérimental, les portes ne sont pas verrouillées – sauf celle qui donne sur l'extérieur, bien entendu. J'imagine qu'ils se sont faufilés au nez et à la barbe des surveillants, à chaque étage, et qu'ils ont pris l'escalier qui mène au toit.

— Une petite négligence, tout de même, non ?

— Une négligence ?

— Pourquoi les portes donnant sur les pavillons, les escaliers et le toit n'étaient-elles pas fermées ? Vous n'y voyez pas là une négligence ?

— Certainement pas, répliqua Baylor, sur la défensive. Le projet expérimental a été approuvé par la Société de médecine de Californie et par l'administration judiciaire californienne. Cela restait – et reste toujours – une simple expérience. Mais si vous en êtes d'accord, j'aimerais…

— Très bien, très bien », dit Oates, battu.

Un peu rassuré, Baylor reprit son propos au bout de quelques secondes. « Comme je vous le disais… » Nouveau regard vers le shérif.

« Quant à savoir ce qui, exactement, s'est passé une fois que les deux hommes ont sauté sur la pelouse, pour l'instant nous ne pouvons avancer que des hypothèses. Ce que nous savons, en revanche, c'est que l'un des deux a attaqué l'autre de la plus brutale des manières.

— Avec quelle arme ? »

Baylor sembla embarrassé. Spanner vola à son secours.

« J'ai vu le corps, Jim, dit-il calmement. C'était forcément une hache ou un couperet de boucher.

— Vraiment si horrible que ça ? »

Se souvenant du cadavre, Spanner fit oui de la tête. Ce qu'il avait vu était tout bonnement le pire massacre à la hache qu'il eût jamais vu, et la folie furieuse qui entourait ce crime le fit frémir.

Baylor poursuivit. « Après l'agression contre Thomas Bishop, c'est… c'était le nom de la victime, après l'agression donc, l'autre patient a trouvé le moyen de quitter la propriété. Nous ne savons pas encore exactement comment. »

Oates étendit ses grandes jambes et se cala bien au fond du canapé. « Il y a des chances pour qu'il soit encore dans l'hôpital ? »

Baylor se tourna vers sa gauche.

« Docteur Lang ?

— Non », répondit celui-ci en hésitant, visiblement pris au dépourvu.

Puis il se ressaisit.

« Aucune chance. Les bâtiments et le jardin ont été passés au peigne fin. Mungo ne se trouve pas sur le campus.

— Le *campus*, dites-vous ? » demanda Spanner, amusé par le terme.

Lang rougit. « Pardon. C'est ma façon de voir les choses. J'aime bien considérer l'hôpital comme une sorte de campus universitaire. »

Oates ronchonna. « Et j'imagine que les cinglés qui se trouvent là-dedans ne sont qu'une bande de sympathiques étudiants ? » Puis il se tourna vers Baylor. « Vous avez un dossier sur Machin chose ?

— Vincent Mungo. »

Baylor lui tendit un dossier.

« Vous trouverez là-dedans tout ce que nous savons de lui. Et ça ne va pas bien loin. Il venait à peine d'arriver, vous savez.

— En provenance d'où ? demanda Spanner.

— De Lakeland. »

Oates eut un regard étonné.

« Lakeland ne fait pas partie…

— Il avait connu récemment des crises violentes, expliqua aussitôt Baylor. Des problèmes disciplinaires. Alors, ils ont pensé que nous pourrions peut-être l'aider.

— Qui ça, ils ? »

Lang toussa.

« Je me suis d'abord adressé à divers hôpitaux publics de la région…

— Des maisons de fous, vous voulez dire ? coupa Oates.

— Des hôpitaux publics, insista Lang. Pour leur demander s'ils avaient des patients susceptibles d'être aidés par notre nouveau programme expérimental, le tout premier du genre en Californie. Et Mungo faisait partie de ceux qu'on nous a proposés. »

Oates le regarda droit dans les yeux : « Donc, tout ça est de votre faute. »

Lang se raidit, mais Baylor vola à son secours : « Le docteur Lang est parfaitement qualifié dans son domaine et ses compétences sont indiscutables. Nous avons tous le plus grand respect pour son travail. »

Le shérif éclata de rire. Il connaissait bien la rengaine de ceux qui se serrent les coudes face à l'adversité, surtout quand ils travaillent dans la même boutique. « Ne le prenez pas mal, docteur. Ne le prenez pas mal. »

Il finit de lire quelques documents concernant Mungo, puis reposa le dossier sur le bureau.

« Puis-je ? demanda Spanner en tendant la main vers le dossier.

— Donc, les deux types montent sur le toit en passant simplement devant les gardiens et en ouvrant les portes… »

Oates ne voulait pas en démordre. « … Et ensuite, ils… » Il s'interrompit un instant. « Mais attendez… La porte du toit n'était pas fermée, nom de Dieu ? »

Baylor le fixa quelques secondes. « Vous n'êtes pas sans savoir, shérif, dit-il sur un ton affable, que les normes de sécurité californiennes exigent que les portes puissent être ouvertes de *l'intérieur*, en cas d'incendie. À Willows, nous sommes évidemment obligés de respecter la loi. » Il lui lança un sourire triomphal.

« Oui, bien sûr, maugréa Oates. Je voulais plutôt parler de l'alarme. Pourquoi ne s'est-elle pas déclenchée ? »

Spanner leva les yeux de sa lecture. « Crème Chantilly », dit-il simplement.

Le shérif ne put s'empêcher de rire.

« Peut-être qu'ils ne sont pas si fous que ça, après tout.

— Puis-je vous rappeler qu'un des deux hommes a été tué ?

— Le plus bête des deux. »

Oates n'éprouvait pas la moindre compassion pour les fous, tant il les trouvait imprévisibles.

« C'était horrible, horrible, dit soudain Lang, incapable d'effacer l'image de sa mémoire. Tout son visage avait... disparu. »

Oates regarda le docteur Baylor. « Comment ça, disparu ? » Baylor attendit un instant et s'humecta les lèvres.

« Le visage de Bishop a été complètement anéanti. Il n'en restait plus aucun trait. Plus rien.

— Dans ce cas, comment savez-vous qu'il s'agit de Bishop ?

— Les vêtements, le contenu des poches, le portefeuille : tout appartenait à Bishop. Et le corps lui-même. N'est-ce pas, docteur ? Vous connaissiez le bonhomme ? »

Lang acquiesça.

« C'est bien Bishop. Aucun doute possible.

— Et les empreintes digitales ? Juste histoire de vérifier ? »

Lang secoua la tête. « Bishop est arrivé ici quand il avait dix ans. J'ai bien peur qu'on n'ait jamais relevé ses empreintes. » Oates n'en revenait pas.

« Quand il avait 10 ans ?

— À l'époque, dit Baylor, cet établissement était le seul en Californie à posséder un pavillon pour enfants. »

Il sourit.

« C'était expérimental. Aujourd'hui, naturellement, on en trouve partout.

— Mais qu'est-ce qu'il avait fait à l'âge de 10 ans ? »

Baylor et Lang échangèrent des regards furtifs. Lang se chargea de répondre : « Il a tué sa mère », dit-il sans sourciller.

Oates poussa un grognement, comme saisi d'une vive douleur. Il eut tout à coup envie de partir loin, de quitter tous ces malades mentaux et les dingues qui s'en occupaient. Comme ces deux-là. Que des ennuis en perspective. Il secoua la tête, maussade.

Spanner, qui en avait terminé avec le dossier, le replaça sur le bureau.

« Très bien, dit le shérif sur un ton énergique. On cherche donc un type assez barjot pour massacrer quelqu'un sans raison, mais en même temps assez malin pour s'évader d'une prison…

— C'est un hôpital, rectifia Baylor.

— … un hôpital-prison. Et sans même qu'on sache comment il a procédé.

— Pour l'instant, suggéra Lang.

— Pour l'instant ! rugit Oates, dont la patience était à bout. Est-ce que ça vous paraît être un bon résumé de la situation ? »

Le docteur Baylor poussa un soupir sonore, dans lequel Oates décela comme un très mauvais pressentiment, l'annonce d'un désastre. Il se targuait toujours d'avoir le flair pour les ennuis, et grande était son expérience dans ce domaine. Il la voyait venir, la grosse tuile qui allait leur tomber dessus.

« Il y a encore autre chose, messieurs », annonça lentement Baylor, avant de regarder chacun de ses interlocuteurs l'un après l'autre. « Sur le corps, voyez-vous, nous avons découvert qu'un doigt avait été sectionné. » Il se frotta l'arête du nez puis les regarda de nouveau. « Et je crains que ce doigt ait disparu. »

Personne ne broncha.

Le shérif ferma les yeux en pestant tout seul. Décidément, ce n'était pas sa journée. Déjà qu'il se retrouvait dans un asile de fous, à la recherche d'un malade mental visiblement très remonté contre les visages des gens, et voilà qu'en plus on lui parlait de doigts coupés. À ses yeux, toute cette affaire ressemblait de plus en plus à un meurtre rituel. Se demandant ce qui pouvait bien se passer à Willows, il se promit de vérifier deux ou trois choses auprès du personnel, y compris du docteur Baylor. Il se demanda également s'il devait partir en congé dès maintenant.

John Spanner s'éclaircit la voix.

« Docteur Baylor, vous dites qu'il manque un doigt, mais pensez-vous qu'un des gardiens ait pu le ramasser en le considérant comme un indice ?

— Tous les gardiens ont été interrogés, répondit Lang. Non, ce doigt a tout simplement disparu.

— Peut-être qu'il valait cher », dit Spanner en souriant.

Lang le dévisagea comme s'il avait affaire à un fou.

« Une bague, par exemple. Une bague que l'assassin n'a pas pu enlever du doigt. »

Les oreilles du shérif se dressèrent.

« Oui, répondit Lang d'un air songeur. Bishop s'était mis récemment à porter une bague, un porte-bonheur. Je crois bien, en effet. Mais elle n'avait aucune valeur.

— L'assassin ne le savait pas forcément. On l'a retrouvée près du corps ? »

Lang réfléchit un moment. « Non. Ni la montre de Bishop, d'ailleurs ! s'écria-t-il avec enthousiasme. Il portait toujours une montre. Elle a disparu aussi. »

Oates commençait à entrevoir une explication. Un mobile. Toujours chercher le mobile, même dans un asile de dingues. « Bien joué, John », se dit-il. Puis il demanda à ce qu'on lui fournisse une description de la bague et de la montre. Lang la lui promit.

« On a donc un mobile, affirma-t-il. Mungo persuade Bishop de s'évader avec lui…

— Comment savez-vous que c'était son idée ? l'interrompit Spanner. Il n'était pas ici depuis très longtemps. Comment aurait-il pu connaître aussi bien les lieux ? Alors que Bishop… Combien d'années, déjà ?

— Quinze.

— C'est tout de même pas mal. Peut-être que Bishop connaissait un moyen de s'évader et attendait simplement quelque chose.

— Mais quoi ?

— Je ne sais pas, reconnut Spanner. Mais rien ne nous dit que c'était une idée de Mungo.

— Dans ce cas, disons que l'évasion a été imaginée par Bishop. Qu'est-ce que ça change ? Dès qu'ils sortent du bâtiment, Mungo se retourne soudain vers l'autre, il le tue et lui vole sa montre. Il n'arrive pas à arracher la bague, donc il tranche le doigt et l'emporte avec lui.

— Il y a simplement une chose qui ne colle pas dans votre théorie, dit Spanner calmement.

— Je vous écoute.

— Mettons que l'idée soit de Bishop. Vous avez déjà vu un prisonnier préparer une évasion et raconter aussitôt à quelqu'un d'autre où elle va avoir lieu ?

— Ce ne sont pas des prisonniers ! hurla Oates. Mais des pauvres mabouls.

— Pourquoi Mungo l'aurait-il tué avant de savoir comment foutre le camp d'ici ? »

Le shérif sentit la colère monter en lui.

« Premier point, vous ne faites qu'avancer une hypothèse. Rien ne vous dit que le plan a été conçu par Bishop. J'y verrais plutôt la main de Mungo. Pourquoi est-ce qu'un type attendrait, s'il sait comment s'en aller ? Mais Mungo débarque, comprend tout de suite et passe à l'action. Ça me paraît plus logique.

— Vous avez peut-être raison, sourit Spanner. Quel est votre deuxième point, Jim ?

— Le deuxième point, c'est que je ne crois pas qu'il s'agisse simplement d'une théorie. À mon avis, ça s'est vraiment passé comme ça. Et quand on attrapera Mungo, vous verrez que j'avais raison. »

Spanner se tourna vers Baylor. « J'imagine qu'on n'a jamais relevé les empreintes de Mungo non plus, puisqu'il a toujours séjourné en institution ? »

Baylor fit une grimace.

« Non, je ne vois pas pourquoi on l'aurait fait.

— Je comprends. »

Spanner montra du doigt plusieurs objets qui traînaient sur le bureau. « Ce sont les choses qu'on a retrouvées sur le corps ? Je devrais les prendre avec moi. »

Oates était satisfait.

« Si nous en avons terminé, j'aimerais avoir les photos et un descriptif complet de Mungo. Je diffuserai l'ensemble à travers le pays dès ce soir.

— Le docteur Lang se fera un plaisir de vous les fournir, répondit poliment Baylor avant de se lever. Si je peux vous être d'une quelconque… »

Il ne termina pas sa phrase.

Spanner, lui, demeura assis. « Il y a deux ou trois choses qui me turlupinent, docteur. » Il se saisit d'un des objets sur le bureau.

« Encore un petit instant, si vous me le permettez.

— Naturellement. »

Baylor se rassit, prodigieusement agacé.

« Ce portefeuille, par exemple. Mungo tue Bishop puis s'empare de la montre et de la bague comme il peut. Ensuite, il fouille rapidement le cadavre. L'harmonica ne vaut rien, il ne le prend pas. *Idem* pour le peigne. Mais le portefeuille, pourquoi l'a-t-il laissé ?

— Il n'y avait rien dedans, lieutenant.

— On n'en sait rien. Mais en tout cas, il a bien dû le sortir pour vérifier. Pourquoi s'embêter, sous une pluie battante, à remettre ce portefeuille sur le cadavre ? À moins que…

— Oui ?

— À moins que l'assassin ait voulu qu'on retrouve le portefeuille. »

Sur ce, Spanner ouvrit l'objet.

« C'est une photo de qui ?

— Je crois que c'est la mère de Bishop, répondit Lang.

— Ce type assassine sa mère et trimballe en permanence sur lui, pendant quinze ans, une photo d'elle. Vous ne trouvez pas ça un peu étrange ?

— La plupart des gens qui vivent ici, lieutenant, sont, comme vous dites, un peu étranges. »

Baylor, tout sourire, consulta sa montre.

« Autre chose : l'arme du crime. Où a-t-il bien pu se procurer une hache ou un couperet ?

— On est en train de vérifier auprès de l'ensemble du personnel, mais je ne vous cache pas que je suis moi-même très surpris.

— Et pourquoi l'emporte-t-il avec lui au lieu de la laisser sur place, tout simplement ?

— Peut-être en avait-il besoin pour son travail », suggéra Oates, d'humeur caustique.

Spanner préféra l'ignorer. « Mais ce qui me gêne le plus, c'est l'agression elle-même, cette fureur démente qu'il a fallu pour détruire le visage. Pourquoi ? »

Baylor eut un sourire indulgent. « Je crois que vous avez répondu vous-même à la question, lieutenant, en parlant de fureur démente. Certains de ces pauvres diables, quand ils se mettent en colère, deviennent incontrôlables. Le visage est souvent la cible de leur rage, puisque c'est le visage qui leur ment, qui les trompe, qui se moque d'eux.

— Peut-être bien, répondit Spanner, pas convaincu. Peut-être. »

Oates se leva. « J'ai une question à vous poser, dit-il à l'attention de Baylor. Mungo ? Est-ce qu'il va de nouveau tuer avant qu'on lui mette la main dessus ? »

Quittant aussi son fauteuil, le directeur fronça le sourcil. « J'aimerais pouvoir vous répondre. Les personnes dérangées sont comme les enfants, imprévisibles. Je vous dirai seulement qu'une fois qu'un animal a senti l'odeur du sang... » Sur ce, il écarta les bras en signe d'impuissance.

« Vous avez une idée de l'endroit où il a pu aller ? »

Le docteur Baylor réfléchit un instant.

« Pas vraiment. J'imagine qu'il va chercher à partir le plus loin possible d'ici.

— Avec son portrait affiché partout, il n'ira pas bien loin. »

Spanner n'en était pas si sûr. « J'ai comme le pressentiment qu'on entendra reparler de lui. »

Baylor acquiesça. « Les tueurs fous, comme la presse aime à les appeler, sont souvent des gens très intelligents. Si j'étais vous, je ne négligerais pas cet aspect du problème. »

Il ouvrit la porte et les laissa passer devant lui. Dans la salle d'attente, la femme cessa de taper à la machine et les regarda. Pour la première fois depuis trois heures, Baylor éprouva un certain soulagement. « On m'a dit que Bishop n'avait pas de famille. Nous allons donc enterrer le corps. Après l'autopsie, bien sûr. Cela vous convient-il, lieutenant ? Parfait. Messieurs, je ne veux pas vous retenir plus longtemps. »

Il suivit du regard les deux hommes jusqu'à ce qu'ils se retrouvent dans le couloir. Après avoir rappelé à la secrétaire d'annuler la fête du 4 juillet prévue sur la pelouse, il rentra dans son bureau et ferma la porte.

Pendant la demi-heure qui suivit, les deux médecins abordèrent certaines des conséquences juridiques du meurtre de Thomas Bishop et de l'évasion de Vincent Mungo. Des questions entourant la politique et les méthodes de l'établissement seraient immanquablement soulevées, et ils allaient devoir y apporter des réponses pertinentes.

« Il a dû disjoncter, répétait sans cesse Lang. Quelque chose s'est cassé dans sa tête et il a tout simplement disjoncté.

— Qu'il ait disjoncté me paraît l'évidence même. Ce qui est beaucoup moins évident, c'est la position que nous devons adopter.

— Imaginons que la police ne le retrouve pas. Qu'il assassine quelqu'un d'autre. Et qu'il ne s'arrête plus. »

Baylor perdit patience : « Voyez-vous, les policiers vont certainement le retrouver. Ils possèdent sa description et son portrait. Lui, il n'a rien. Où qu'il aille, on le reconnaîtra. Alors, laissons la police faire son travail. Le nôtre, en attendant, consiste à s'assurer qu'aucune responsabilité de ce regrettable incident ne retombe sur Willows. Ou sur nous. »

À des kilomètres de là, deux officiers de police se demandaient comment ils allaient retrouver un tueur fou et un malade mental en vadrouille. Le lieutenant Spanner était chargé de l'enquête sur le meurtre, qui avait eu lieu sur son territoire de juridiction ; et le shérif Oates, lui, de l'évasion d'un hôpital public. La seule chose qu'ils savaient, c'était qu'il s'agissait du même homme. Et qu'il s'appelait Vincent Mungo.

3

Au cours du mois de juillet 1973, la Californie fut inondée de photos d'un malade mental en cavale dénommé Vincent Mungo. D'un bout à l'autre de l'État, son portrait figura en une de tous les quotidiens. Dans toutes les grandes villes, on vit son visage aux journaux télévisés du soir. La plupart des commissariats californiens reçurent des affiches avec son portrait et sa description. Même à San Ysidro, petite ville située à la frontière mexicaine, les gardes-frontières furent alertés, au cas où Mungo franchirait le pont de Tijuana. Le long des côtes, à tous les *check-points* des ponts et des tunnels, sur toutes les routes reliant la Californie aux États limitrophes, la police cherchait activement.

En réalité, la chasse à l'homme débuta le soir du 4 juillet. Alors qu'ils revenaient d'un congé passé avec des amis ou d'une journée payée double à l'usine, les gens apprirent la nouvelle du meurtre et de l'évasion. Certes, les crimes étaient fréquents et les hommes chercheraient éternellement à fuir toute forme d'emprisonnement, mais le terme de « fou » possédait quelque chose d'inquiétant, comme un arrière-goût de terreur, qui retint aussitôt l'attention de l'opinion publique. L'événement fut relaté par les grands journaux du soir, et les éditions du lendemain matin publièrent les commentaires des responsables de l'hôpital et du shérif chargé de l'enquête. Plusieurs quotidiens du 5 juillet proposèrent, en une, des interviews d'éminents psychiatres expliquant le danger que cela représentait pour la population. Dans les plus petites villes, les journaux locaux rapportèrent l'événement grâce aux dépêches d'agences. À la fin de cette première semaine, des millions de Californiens avaient entendu parler du tueur fou, et si la plupart d'entre eux étaient incapables de se rappeler son nom ou son visage, cela ne les empêcha pas de se montrer plus méfiants à l'égard des inconnus, du moins pendant quelque temps.

À Hillside, l'unique journal de la ville fit sa une sur l'évasion et publia une violente charge contre l'administration de Willows, accusée d'avoir laissé faire une chose pareille. En outre, le journaliste rappela à ses lecteurs que, depuis des années, les autorités municipales tentaient de faire transférer cet établissement ailleurs. Où donc ? « Peu importe ! » tonnait l'éditorial, du moment que la menace s'éloignait des bonnes gens de Hillside. Le reportage du lendemain annonça sèchement que le lieutenant de police chargé de l'enquête sur le meurtre ne souhaitait répondre à aucune question.

Le gouverneur de Californie, à Sacramento, refusa de commenter cette affaire et se contenta d'exprimer sa confiance la plus entière dans le travail de la police.

Partout, la presse consacra une belle énergie à rapporter les incongruités qui suivent toujours ce genre d'événements. Un après-midi, un pilote d'avion traça dans les airs le mot « psychopathe » en énormes lettres de fumée, puis largua une tonne d'ordures sur le petit village qu'il survolait. Plusieurs journaux firent observer, non sans sarcasme, qu'il s'agissait là d'un énième fou en liberté, mais pas celui qu'on recherchait. À Eureka, une femme qui vivait seule laissa une note affirmant qu'elle craignait d'avoir entendu le fou pénétrer chez elle, puis s'installa dans son congélateur, peut-être pour se cacher, et referma la porte sur elle. Quand on la retrouva, elle était congelée.

Un jeune homme au visage dur fut arrêté dans une rue de San Francisco pour avoir proféré des obscénités à des passants et aux policiers venus l'appréhender. Manifestement incapable de se taire, il fut emprisonné pendant sept heures, soupçonné d'être le tueur fou, avant qu'on découvre en lui un épileptique victime du syndrome de La Tourette, qui pousse ses victimes à hurler des horreurs. Une revue culinaire rapporta que le célèbre club gastronomique de Modesto s'apprêtait à lancer une campagne pour élire « le meilleur produit givré de la semaine ». Enfin, à Los Angeles, un fabricant de jouets local déclara que son entreprise allait lancer une nouvelle panoplie de poupées mécaniques appelées les Monstres Mungo.

Sous la pression croissante des autorités publiques, l'unité expérimentale de Willows fut fermée, et ses patients réintégrés dans des structures plus classiques. Le tout nouveau bâtiment à deux étages fut provisoirement abandonné en attendant une nouvelle affectation. Des malades récemment transférés furent renvoyés dans leurs établissements d'origine. Le docteur Walter Lang fut nommé ailleurs, sur la recommandation expresse du docteur Henry Baylor, lequel se montra des plus coopératifs avec les autorités médicales et pénitentiaires de Californie. Partout la pression se faisait sentir, depuis Willows jusqu'au célèbre hôpital public d'Atascadero. On surveillait les patients de plus près, on contrôlait les programmes avec une rigueur accrue. Les personnels hospitaliers retinrent leur souffle, collectivement, conscients que les regards réprobateurs de l'opinion se détourneraient bientôt d'eux.

Un reporter entreprenant retrouva rapidement la famille de Vincent Mungo à Stockton. À l'exception de quelques parents bons à rien, du côté paternel, qui vivaient dans l'est du pays, il ne lui restait plus qu'une grand-mère maternelle et deux tantes, des vieilles filles. Et, ajouta l'une d'elles avec mépris, Dieu sait combien de demi-frères et demi-sœurs issus de ce père. Elle fut tancée pour ses propos, mais elle n'en démordait pas.

Les parents de Mungo étaient morts : sa mère étouffée quand il avait 15 ans en avalant quelque chose de travers, et le père suicidé un an après. Avant cela, apprit le journaliste, l'enfant avait été normal et sain, sauf les quelques fois où il s'était fait « aider » dans un hôpital. Combien de fois, au juste ? Oh, peut-être bien six ou sept avant la mort de ses parents. Il lui arrivait de se comporter bizarrement, de hurler, de se calmer, puis de hurler de nouveau. De drôles de gestes, aussi. Par exemple ? Oh, il versait du kérosène sur les chats du quartier et les faisait brûler. Ou alors il creusait de grands trous dans la terre et les recouvrait pour que les autres gamins tombent dedans. Et un jour, la petite Smith, qui vivait en face, était tombée dans un des trous sans que personne ne la retrouve. Vincent Mungo ayant refusé de dire où elle était, il avait fallu attendre une journée entière pour pouvoir la délivrer.

Et lorsqu'il avait scié les planches de la balançoire, dans le parc, parce qu'on lui avait expliqué qu'il était trop gros pour s'y asseoir ? Voyez-vous, ce n'était pas un mauvais bougre. Simplement, il était étrange, quelquefois.

« Un jour, il a pris de la peinture, qui devait être rangée dans la cave, et a dessiné des signes nazis dans tout le cimetière juif, sur Allen Road. Je vous assure, ça m'a glacé les sangs. » La grand-mère s'éclaircit la gorge : « Combien de fois je t'ai déjà dit, Abigail, qu'il n'a jamais fait une chose pareille ! » Abigail protesta : « Bien sûr qu'il l'a fait, tout le monde est au courant. » Elle chercha un soutien du côté de sa sœur. « Non, trancha finalement la grand-mère. Il n'aurait jamais fait ça. Vincent était un bon garçon. »

Après la mort de ses parents, Vincent Mungo sembla s'effondrer. Il commença à agresser tout le monde et se montra de plus en plus indiscipliné. Ses gestes étaient aussi incohérents qu'hystériques, il lui arrivait souvent de bredouiller des propos inintelligibles, ou encore de courir en tous sens chez lui et dans le voisinage. Néanmoins, il ne commit aucune infraction à la loi, aucun crime. Les tests scolaires lui attribuèrent une intelligence au-dessous de la moyenne. Les examens psychologiques passés à l'hôpital révélèrent qu'il était maniaco-dépressif et paranoïaque.

Au cours des trois ans qui suivirent le suicide de son père, Mungo fut hospitalisé à quatre reprises, toujours pour de courtes périodes. Sa grand-mère et ses tantes faisaient tout leur possible pour le petit garçon, le gardant auprès d'elles, satisfaisant ses besoins. L'une des deux vieilles filles s'offrit même à lui, pensant qu'il se sentait frustré à cause de son physique assez ingrat et du peu d'intérêt qu'il éveillait chez la gent féminine.

Mais rien ne fonctionna, même avec les meilleures intentions du monde. Mungo devint de plus en plus déboussolé, son agressivité se muant parfois même en violence. Il commença à se battre avec d'autres adolescents. Tandis que ses sautes d'humeur se faisaient plus inquiétantes, son sens des réalités s'émoussait. Ses proches le virent lentement échapper à leur emprise, jusqu'au jour où ils ne furent plus en mesure de le contrôler. Ils l'envoyèrent, à contrecœur, dans un hôpital psychiatrique.

« Il détestait l'hôpital, tous les hôpitaux, raconta calmement sa grand-mère, mais nous ne pouvions rien faire d'autre.

— Le jour de son départ, ajouta une des tantes, il pleurait et disait qu'il ne reviendrait jamais. On pensait que c'était mieux pour lui, parce que là-bas il serait surveillé et soigné. On se disait qu'un jour il nous reviendrait guéri. »

L'autre tante secoua la tête d'un air triste. « Il n'a jamais guéri. » Sa tête continuait de s'agiter. « Il n'a jamais guéri. »

La grand-mère s'essuya les yeux avec un mouchoir à fleurs. « On espérait... » Sa voix trembla. Elle regarda autour d'elle, soudain vieille et fatiguée. « Et puis maintenant ça. »

Quand le journaliste leur demanda si elles s'attendaient à ce que Vincent Mungo revienne les voir, les femmes répondirent par la négative. Il s'était estimé trahi par elles. En cinq ans, il ne leur avait pas écrit la moindre lettre. Se pourrait-il qu'il revienne pour leur faire du mal ? Certainement pas. À moins d'être provoqué, Vincent n'était pas violent, et ces histoires, dans les journaux où on le décrivait comme un détraqué, une sorte d'horrible monstre, n'étaient que des racontars. Oui, il était malade, mentalement malade, mais pas au point de s'en prendre aux autres – il n'avait jamais été comme ça. Le meurtre sauvage à l'hôpital ? Elles ne se l'expliquaient pas. Ce n'était pas le garçon qu'elles avaient connu. Peut-être lui était-il arrivé quelque chose de terrible pendant son séjour, quelque chose qui l'avait rendu mauvais. Peut-être avaient-elles commis une erreur en le faisant interner, mais qui pouvait savoir ? Qui peut savoir de quoi l'avenir sera fait ?

« Il faut que vous compreniez une chose, dit la grand-mère au journaliste sur le point de s'en aller. Vincent était un gentil petit garçon, même à la fin, quand il habitait avec nous. Il n'a jamais fait de mal à personne. Pas méchamment, en tout cas. S'il a changé par la suite… » Elle essuya ses larmes une fois de plus. « S'il a changé par la suite, alors nous ne savons pas pourquoi. Dieu sait que nous avons fait de notre mieux avec lui. »

Thomas Bishop, la « victime innocente » de Mungo, comme le qualifia un journal, était moins chanceux que lui, du moins en ce qui concernait ses proches : il n'en avait aucun. Personne ne le connaissait. Le *Los Angeles Times* demanda à l'un de ses journalistes d'enquêter sur son passé. Le père était mort au cours d'un braquage quand Bishop avait 3 ans, et il avait lui-même tué sa mère sept ans après. Les grands-parents maternels s'étaient séparés quand celle-ci était petite : le père disparut et personne n'entendit plus jamais parler de lui, et la mère mourut dans un accident de voiture quelques années plus tard. Leur fille unique, Sara, fut adoptée par son oncle, le seul frère de sa mère – il n'y avait pas de sœurs dans le paysage –, mort à présent, tout comme son épouse.

Du côté paternel de Bishop, le grand-père n'était plus de ce monde, et la grand-mère, aveugle et paralytique, vivait à Lubbock, dans le Texas. Le père avait trois frères. L'un fut tué à la guerre, un autre porté disparu, vraisemblablement mort, et le troisième, malheureux mongolien, avait terminé ses jours, des années avant, dans un foyer du Texas. Il y avait bien eu une sœur, mais elle fut assassinée par des inconnus à l'âge de 16 ans.

Tandis que la traque du meurtrier de Bishop se poursuivait, on décida d'élargir le spectre des recherches aux États voisins. Des circulaires furent envoyées dans les commissariats de l'Oregon, du Nevada, de l'Arizona, et même de l'Idaho et de l'Utah. On montra des portraits de Mungo aux chauffeurs de cars, aux vendeurs de billets, aux personnels aériens. On demanda aux habitants de la campagne de signaler tout étranger vivant dans les bois. Les femmes eurent pour consigne de se méfier de quiconque viendrait leur quémander de la nourriture.

À Gaines, dans l'Idaho, une fois les programmes du soir terminés, la chaîne de télévision locale diffusait en continu à l'écran une photo de Vincent Mungo. Ainsi les habitants pouvaient-ils voir sa tête toute la nuit, ce qui, pour certains, n'avait rien de réconfortant. Et à Elko, dans le Nevada, il fut demandé aux filles des cinq bordels de la ville de faire attention aux clients qui leur paraîtraient étranges. « Encore plus étranges que ceux qu'on connaît déjà ? » voulut répondre l'une d'elles.

Coïncidence ou non, à l'autre bout du pays, à Washington, D. C., la National Rifle Association envoya un courrier à tous ses adhérents expliquant comment dresser une fiche signalétique. Figuraient là le dessin d'un homme et, autour de sa silhouette, les douze éléments requis afin d'établir une bonne description : nom, sexe, race, âge, taille, poids, couleur des cheveux, des yeux et de la peau, signes physiques particuliers comme les cicatrices, habitudes ou particularités – au cas où –, enfin tenue vestimentaire, y compris chapeau, chemise ou chemisier, veste ou manteau, robe ou pantalon, chaussures et bijoux tels que bagues et montres. Quelle que fût leur motivation, les gens cherchaient Vincent Mungo.

À la mi-juillet, les rets de la police avaient ramené plusieurs dizaines d'hommes correspondant à la description du fou en liberté. Certains étaient assez proches de lui pour pouvoir être leur frère, mais la plupart n'avaient avec lui qu'une vague ressemblance. Tous possédaient une chose en commun : ils n'étaient pas Vincent Mungo.

Le 7 juillet au matin, à Bakersfield, un homme fut abattu par un habitant inquiet. L'enquête montra que la victime aidait un plombier qui travaillait dans la cave, à la demande de l'épouse du tireur. Elle avait simplement oublié de prévenir son mari, lequel avait tiré parce que l'intrus ne lui répondait pas. Le malheureux était sourd.

À Ventura, une femme se cacha un soir derrière sa porte parce qu'un cambrioleur approchait. Quand celui-ci pénétra dans la pièce, elle le poignarda dans le dos, puis appela la police pour annoncer qu'elle avait attrapé le meurtrier. L'homme était déjà mort quand les agents arrivèrent. Il s'agissait d'un de ses anciens soupirants ; il voulait la reconquérir à tout prix, quitte à entrer chez elle par effraction pour lui parler.

Le 10 juillet, la police de San Francisco fit feu sur un homme qui fuyait la scène d'un braquage. Il était de taille et de corpulence moyennes, avait des cheveux bruns et un visage patibulaire. Il portait aussi une montre et une bague porte-bonheur en onyx. Lorsqu'on l'interrogea à l'hôpital, l'homme refusa de parler. Les policiers exultèrent, jusqu'à ce qu'on l'identifie comme étant Robert Henry Lawson, un braqueur de banques recherché par le FBI.

Deux jours après, lors de ce qui fut l'incident le plus singulier en relation avec l'évasion et la disparition de Vincent Mungo, un corps fut retrouvé sur une route peu fréquentée des abords de Fairfax. La tête manquait, de même que les bras et les jambes. Le tronc était couvert d'une chemisette et d'un pantalon de coton grossièrement découpé au ciseau juste au-dessus du genou. Dans la poche de chemise se trouvait une note, griffonnée à la hâte, disant : « Ceci est Vincent Mungo. »

Aucun signe distinctif sur le tronc – ni cicatrice, ni kyste, ni tatouage. Le médecin légiste estima l'âge de la victime à environ vingt-cinq ans et pencha pour une taille et un poids moyens, soit un mètre soixante-dix-huit et soixante-quinze kilos. Il ne pouvait pas en dire davantage. La police remarqua que cette estimation correspondait aux mensurations de Mungo ; mais sans indice supplémentaire, on ne pouvait pas faire grand-chose. Après un relevé d'empreintes qui se révéla négatif, le compte rendu fut envoyé à James Oates, shérif de Forest City.

Personne ne vint réclamer le corps, qui fut déposé à la morgue de Marin County, dans une chambre froide réglée toute l'année à trois degrés. La porte fut cadenassée en attendant que le corps soit identifié ou réclamé. Le dossier de cette macabre découverte est toujours ouvert, et les détails encore accessibles au public. Outre les hommes qui ressemblaient suffisamment à Mungo pour être arrêtés par la police, et ceux qui, innocents ou non, furent pris dans ses filets, certains se désignèrent eux-mêmes, pour une raison ou pour une autre. Au moins cinquante hommes franchirent la porte d'un commissariat pour se rendre : tous étaient Vincent Mungo. D'autres, peut-être désireux de ne pas apparaître en public, téléphonèrent pour exiger leur arrestation. Soit par sentiment de culpabilité mal placé, soit par besoin pathologique d'être punis, la plupart d'entre eux étaient convaincus d'être l'assassin. Sans parler, bien sûr, de tous ceux qui cherchaient simplement à faire parler d'eux, ne fût-ce que quelques jours, acceptant d'en payer l'inévitable prix.

Le plus tragique de ces aveux imaginaires eut lieu à Fresno, pendant la deuxième semaine de juillet. Une femme d'environ 25 ans, avec des cheveux bruns, des traits et des gestes très masculins, déclara à la police qu'elle était Vincent Mungo. Elle raconta comment, depuis l'enfance, elle avait séjourné souvent dans des établissements psychiatriques, se faisant passer d'abord pour un petit garçon, puis pour un homme. Elle avait pu tromper son monde, expliqua-t-elle, uniquement parce qu'elle savait être un homme, un homme piégé dans un corps de femme. Elle se dénonçait aujourd'hui pour qu'on la punisse – il le fallait, car elle avait tué. Les policiers la traitèrent avec égards et la raccompagnèrent chez elle, où ils trouvèrent une petite fille de 2 ans dans la baignoire, morte. La mère avait noyé sa fille, croyant que personne ne s'en occuperait lorsqu'on la reconduirait à l'asile dont elle venait de s'échapper.

Le 15 juillet, un homme fut blessé et appréhendé au cours d'un braquage armé à Portland, dans l'Oregon. C'était son septième hold-up en sept jours. Chaque fois, il disait au propriétaire du magasin qu'il était Vincent Mungo, le tueur fou, en personne. Pour ceux qui n'avaient jamais entendu ce nom, le revolver qu'il tenait à la main fonctionnait presque aussi bien. Ensuite, il menaçait de revenir si les commerçants portaient plainte et leur expliquait en des termes choisis comment il les tuerait. Après son départ, et l'appât du gain étant encore plus puissant que la peur, les patrons appelaient immédiatement la police.

Sa description générale correspondait à celle de Mungo. Malgré la barbe, son visage s'apparentait à celui qui figurait sur les affiches reçues quelque temps plus tôt par le commissariat de Portland. Les autorités californiennes furent notifiées ; des agents du bureau du shérif foncèrent à Portland pour interroger le prisonnier. Un vent d'espoir se leva à Sacramento, à Forest City et à Hillside, partout en Californie.

Dans sa chambre d'hôpital gardée, l'homme, blessé, expliqua aux policiers avoir entendu parler de la chasse à l'homme et emprunté ce nom-là pour terroriser ses victimes. Hormis cela, rien. Certains agents pensaient – espéraient – qu'il s'agissait d'un mensonge et que la première version était la bonne. Mais le feu roulant des questions ne donna rien de plus. L'homme refusait de parler de lui ou de fournir des détails de son évasion autres que ceux connus du grand public.

Le lendemain matin, lorsque le centre régional de Denver renvoya le dossier de ses empreintes, la raison de son silence apparut clairement : c'était un criminel recherché, avec trois mandats aux fesses, lancés par autant d'États, pour vol à main armée et coups et blessures avec arme. Leurs espoirs anéantis, les agents de police repartirent chez eux, la mine défaite, après ce qui fut une énième fausse alerte.

Il devint vite manifeste, aux yeux des autorités californiennes, que leur tueur fou s'était de nouveau échappé, déjouant cette fois-ci leur chasse à l'homme – du moins le premier filet qu'elles avaient jeté. Vincent Mungo ne se trouvait nulle part, ni dans les grandes métropoles, ni dans les petites villes, ni dans les montagnes, ni dans les bois. N'ayant pu passer dans un État limitrophe, il avait tout simplement disparu, ou alors s'était si bien caché que cela revenait au même. Sans argent, sans amis, et avec un visage que n'importe quel agent de police aurait identifié, il avait réussi à semer ses poursuivants. Qu'il ait pu le faire les trois premiers jours tenait du miracle ; qu'il ait pu s'évaporer dans la nature pendant plusieurs semaines était proprement incompréhensible. Et pourtant, il se trouvait toujours en Californie – il ne pouvait pas en être autrement.

La police épiait jour et nuit la maison familiale de Mungo à Stockton, mais il n'y refit pas surface. Même chose pour une maison située non loin de là, dont le propriétaire avait un jour été menacé de mort par Mungo. Sachant qu'il adorait aller au cinéma, les forces de sécurité surveillaient aussi les salles autour de la baie de San Francisco. On écuma également les galeries de jeux et les fêtes foraines, autres lieux de prédilection du meurtrier. On chercha même dans les boutiques de modélisme, car Mungo, adolescent, passait son temps à sniffer de la colle. Malgré tous les efforts déployés, la proie leur filait entre les doigts.

Dans les zones montagneuses du nord de la Californie, forestiers et grimpeurs furent invités à signaler le moindre événement suspect. Ils repérèrent un certain nombre de feux de camp, mais tous se révélèrent parfaitement en règle. Après la disparition d'un escaladeur, la police craignit le pire et se précipita à sa recherche, mais l'homme réapparut trois jours plus tard, sain et sauf.

Dans le sud de l'État, les hélicoptères de la police eurent beau survoler constamment la région située entre la vallée de la Mort, à la limite du Nevada, et les montagnes de San Bernardino, ils ne découvrirent rien de particulier, sinon la carcasse d'un avion privé qui avait disparu un an plus tôt. À Barstow, en plein désert de Mojave, on retrouva le corps blanchi d'un jeune homme dans une voiture abandonnée. L'excitation monta jusqu'à ce que l'on apprenne que l'inconnu devait avoir 18 ans, tout au plus, et qu'il était sans doute mexicain.

Le 18 juillet, le cadavre d'une femme vraisemblablement âgée d'une cinquantaine d'années fut découvert au fond d'un petit ravin, près d'une route, à mi-chemin entre Yuba City et Sacramento. La mort remontait à une dizaine de jours, et le corps, très décomposé, était quasiment déshydraté. Les asticots avaient presque rongé le cerveau. Pourtant, les causes du décès furent rapidement établies : le crâne fracassé et les os brisés laissaient penser que la femme avait été renversée par une voiture. L'autopsie montra seulement que la femme buvait et fumait beaucoup, et qu'elle souffrait d'arthrite. Les policiers du coin estimèrent donc que la mort était certainement due à un accident de voiture, autour du 8 juillet, et ils envoyèrent leur rapport de routine au shérif de Sacramento. On rechercha dans la liste des personnes disparues un signalement correspondant peu ou prou à la victime : rien. Parce que le premier rapport établi penchait pour une mort accidentelle, l'importance terrible de la date n'apparut que bien plus tard.

L'impensable, du moins pour les autorités, se produisit le 19 juillet, journée marquée par une pluie lugubre dans presque tout le nord de la Californie. Au milieu de l'après-midi, une vieille dame fut sauvagement agressée chez elle puis littéralement charcutée. Lorsque les policiers arrivèrent sur les lieux, ils virent du sang partout dans le salon et trouvèrent une hache près du cadavre. Leurs regards s'emplirent d'une réelle inquiétude quand ils découvrirent que l'index droit de la victime avait été sectionné. Une recherche rapide conclut que le doigt avait disparu. Le périmètre fut bouclé et, à la nuit tombée, la maison avait des airs de décor hollywoodien, avec des projecteurs, des voitures de police et l'ensemble des responsables de la police californienne, y compris le shérif James Oates et le lieutenant John Spanner venus tout droit de Hillside. La vieille dame habitait à moins de cinquante kilomètres de Willows.

Le shérif Oates emmena Spanner à l'arrière de la maison, où ils purent tranquillement discuter quelques instants. « C'est Mungo, dit-il d'emblée, mâchoires serrées. Je le savais. Je savais qu'il remettrait ça. » Il vit le regard surpris de Spanner. « Parce qu'on ne l'a pas attrapé tout de suite, j'entends. Cet enfoiré est un malade, point final. » Spanner n'en était pas si certain. « Il faut étudier la hache et voir si elle a pu provenir de Willows », dit-il d'un air songeur. Il paraissait perplexe, turlupiné. Oates lui demanda pourquoi. Le shérif était prêt à tout entendre.

« C'est cette histoire de doigt, lui répondit Spanner. Je ne comprends pas. Avec le doigt coupé, tout le monde en déduit que c'est Mungo. Comme s'il signait son crime.

— Mais tous ces dingues sont des grands narcissiques, non ? s'exclama Oates sur un ton geignard. Vous vous rappelez la petite blondinette, à Dale City, qui racontait à tous ses amis qu'elle était l'assassin recherché par tout le monde ? Et puis ces barjots qui font tout pour se faire attraper et annoncer à la Terre entière combien de gens ils ont tués ? »

Il se frotta le nez.

« Tous les mêmes, n'importe comment.

— Je ne pense pas que Mungo soit comme ça. Il a l'air de savoir exactement ce qu'il fait. Et pour l'instant il a été assez malin pour nous blouser. »

Oates fronça les sourcils – il n'avait pas besoin qu'on lui rappelle cette évidence. « Je crois qu'il a très envie de rester anonyme, de se fondre dans la foule. C'est sa seule et unique chance. »

Oates haussa les épaules.

« Alors comment expliquez-vous ça ?

— J'en suis incapable. C'est bien le problème : ça ne colle pas.

— Pas besoin que ça colle quand on a affaire à un barjot. »

Spanner eut un sourire las. « Il est peut-être barjot, au sens criminel du terme, mais ces gens-là ont leur propre logique. Ils planifient les choses comme nous, et même parfois beaucoup mieux que nous. Voyez-vous, je crains qu'on ne puisse pas s'en tirer en disant que, à cause de sa folie, il est condamné à agir de manière irrationnelle. Vu ce qu'il a réussi à faire jusqu'ici, je dirais même le contraire. » Il regarda Oates droit dans les yeux.

« N'importe comment, pourquoi emporter le doigt s'il ne veut pas qu'on parle de lui ?

— C'est simple : pour récupérer l'alliance, comme la dernière fois.

— Quelle alliance ?

— Celle qu'elle devait porter à son... »

Il s'arrêta soudain, comme s'il venait d'avoir une illumination.

« Exactement, enchaîna Spanner en hochant la tête. Les femmes ne portent pas d'alliance à l'index droit. Chez les plus jeunes peut-être, mais pas une vieille dame comme celle-là. Elles la portent à la main gauche, et s'il devait y avoir quelque chose sur la main droite, ce serait à l'annulaire, pas à l'index. »

Le shérif lâcha un puissant juron.

« Quand j'ai vu ses mains, reprit Spanner, elle avait simplement une alliance normale, et au bon endroit. Donc, elle n'était pas trop portée sur les bagues.

— Alors, pourquoi lui couper le doigt ? demanda le shérif désespéré.

— Je ne sais pas, répondit tranquillement Spanner, avant de dire, avec une urgence soudaine dans la voix : Vérifiez la hache. Et si j'étais vous, j'irais parler aux voisins et à la famille. Il y a peut-être plus de choses ici qu'on ne croit.

— Et vous ?

— Moi ? rigola Spanner. Moi je vais rentrer chez moi, à moins que cette hache provienne de Willows. Je suis ici hors de mon territoire de juridiction. »

Il semblait soulagé. « Cette affaire est la vôtre, Jim. »

Le shérif poussa un grognement et proféra une obscénité, deux choses difficiles à faire en même temps.

Au cours de la deuxième semaine de juillet, la chaleur était devenue suffisamment torride dans le nord de l'État pour susciter des commentaires et de la nervosité, surtout entre le nord de San Francisco et la région de Clear Lake. Là, en effet, l'air demeura immobile plusieurs jours d'affilée, secouant à peine les feuillages, et les gens trouvèrent de bonnes excuses pour en faire autant. Pendant ce temps, à une soixantaine de kilomètres de l'hôpital de Willows, dans le petit village où Sara Bishop avait vécu, une vente aux enchères fut organisée sur la pelouse d'une grande maison en bois, à un étage, fraîchement repeinte. Des années durant, cette maison avait appartenu à une vieille fille qui, juste avant de mourir six semaines plus tôt, l'avait léguée à son neveu préféré, lequel à présent dirigeait la vente aux enchères d'une manière fort peu énergique.

Sur la pelouse étaient disposés plusieurs dizaines de meubles, tous de taille et de forme diverses. Certains n'avaient rigoureusement aucune valeur hormis leur fonction première, et seuls quelques autres, qui ressemblaient davantage à des antiquités, éveillèrent chez les rares personnes rassemblées en cette chaude après-midi un semblant d'intérêt. Outre les meubles figuraient, étalés à la diable sur l'herbe fraîchement coupée, des dizaines de cartons remplis de pots et de casseroles, de vieux outils, de dessus-de-lit, de tringles à rideaux, de livres, de 78 tours et d'autres babioles. À un bout se trouvaient des paniers de jouets, la plupart cassés, et des sacs entiers de vêtements ; à l'autre bout, on avait exposé plusieurs luminaires aux abat-jour en tissu, ainsi qu'une immense cage à oiseaux. Le seul dénominateur commun entre tous ces articles était la volonté farouche du neveu de s'en débarrasser.

Jadis, ces objets peuplaient la vie de sa tante, qui avait grandi sur place et élu domicile dans la maison en bois quand elle était encore très jeune. Sur les escaliers du perron ou dans le salon, des galants l'avaient courtisée et s'étaient fait éconduire ; d'autres étaient venus et l'avaient éconduite à leur tour. Dans cet endroit, des rêves s'étaient formés, des projets avaient vu le jour. Tous ne se réalisèrent pas. À la mort du père, la jeune femme s'était occupée de sa mère, d'abord pour lui tenir compagnie, puis pour la soigner. Elle était fille unique, ce qu'on ne lui laissait jamais oublier. À 52 ans, lorsque sa mère mourut, elle était trop vieille pour faire des enfants. Après avoir accompli son devoir filial avec dignité et vertu, elle vécut seule dans cette maison qu'elle aimait tant, à lire ses livres, à écouter ses disques et à nourrir ses oiseaux. Elle laissait pousser l'herbe autour de la maison et récupérait les jouets abandonnés pour les offrir aux enfants nécessiteux du village.

Aux yeux de tous les habitants, la vieille fille passait pour avoir grand cœur. Elle visitait les malades, pleurait aux enterrements, soulageait les malheureux. Qu'elle aimât les enfants était une évidence ; qu'elle aimât aussi quelquefois leurs mères, cela, elle le garda soigneusement pour elle.

À l'âge de 54 ans, elle fit la rencontre de Sara Bishop et de son fils timide et réservé. Elle se prit d'une grande tendresse pour Sara et retrouva chez cette jeune mère la souffrance qu'elle-même avait endurée pendant de longues années. Son affection se mua vite en amour, non pas fougueusement sexuel, mais serein, attentionné, désintéressé. Très vite, Sara le lui retourna, car elle recevait de cette femme un étrange réconfort. Peut-être une fois par mois, elles se serraient très fort dans un lit, parlaient tranquillement de leurs malheurs, comme le font les femmes brisées, et pansaient mutuellement leurs bleus à l'âme. Dans ces moments-là, Sara expliquait souvent à la vieille fille que leur relation était la seule qui lui eût jamais apporté un peu de bonheur. Alors, la vieille fille souriait tristement, car elle savait que ce bonheur puisait sa force dans leurs solitudes mêlées.

Bien qu'elle n'eût pas beaucoup d'argent à dépenser, la dame lui confiait, dès qu'elle le pouvait, des travaux de couture, et offrait des cadeaux au petit garçon. L'attitude de Sara avec lui l'effrayait un peu mais, pendant longtemps, elle préféra fermer les yeux face aux réactions de plus en plus étranges de son amie. C'était une femme passive, à qui on avait appris à ne pas broncher et à attendre que les choses changent. Prendre une initiative ne faisait pas partie de ses habitudes, elle ne savait pas comment s'y prendre. Elle était également très croyante, et la simple idée de s'interposer entre une mère et son enfant allait à l'encontre de toutes les valeurs qu'on lui avait inculquées.

Pourtant, le jour arriva où elle ne put fermer les yeux plus longtemps. Calmement, elle s'ouvrit auprès de Sara des craintes qu'elle nourrissait pour elle et son fils. Sara, se sentant de nouveau trahie, lui demanda de s'en aller et jura qu'elles ne se parleraient plus jamais. Avant ce dernier adieu, la vieille fille offrit tout de même au petit garçon un portefeuille avec, à l'intérieur, une photo de Sara qu'elle avait prise quelques mois plus tôt.

Un an après, Sara Bishop n'était plus de ce monde. Lorsque la police arriva pour emmener l'enfant, la seule chose qu'il possédait était ce petit portefeuille contenant la photo de sa mère.

La vieille dame fut terrassée par cette double tragédie. Avec le même courage dont elle avait fait montre toute sa vie, elle surmonta son chagrin et proposa son concours. Aidée par les voisins, et pour un prix qu'elle jugea honnête, elle racheta et entreposa chez elle certains des objets de la défunte. Elle envoya l'argent à l'établissement où était placé l'enfant, en stipulant bien qu'il devait lui être remis le jour où il saurait en faire usage.

Pendant un long moment, la dame ne toucha pas aux cartons qu'elle avait rangés dans une pièce sombre – elle ne s'en approchait même pas. Elle finit, un jour, par en explorer méthodiquement le contenu et tomba sur plusieurs livres. Dans l'un d'eux, écrit par un certain Caryl Chessman, elle trouva une liasse de feuilles soigneusement pliée en deux. Chaussant ses lunettes, elle commença à lire le récit de son ancienne amie Sara Bishop. Très vite, ses yeux s'embuèrent. Avant même d'avoir terminé la dernière page, elle pleurait, inconsolable.

Au cours des douze années qui suivirent, sans pouvoir retenir ses sanglots, elle relut souvent ces pages. Chaque fois, elle les remettait dans le livre où elle les avait trouvées, ce livre auquel il lui semblait qu'elles appartenaient – comme à nulle autre chose. Un jour, se disait-elle parfois, elle les remettrait au petit garçon.

Elle ne lui rendit jamais visite. Elle craignait de ne pas pouvoir s'en remettre et estimait que cela n'apporterait rien au petit. Elle n'était même pas sûre qu'il se souviendrait d'elle. En revanche, elle laissa les pages écrites par sa mère dans le livre, pour lui. Lorsqu'elle mourut, les pages s'y trouvaient encore.

Ainsi donc, en cette journée brûlante de 1973, après plusieurs heures d'enchères décousues, les seuls lots encore présents sur la pelouse étaient un vieux canapé à pompons d'origine inconnue et deux cartons remplis d'ustensiles de cuisine et de livres. Le neveu paya un voisin pour qu'il emporte le canapé dans son camion. Les deux cartons furent entreposés dans la remise, derrière la maison, et rapidement oubliés.

Loin de ce décor bucolique, mais à peu près au même moment, deux hommes supervisaient à Fresno l'installation d'une enseigne au néon au-dessus de leur toute nouvelle cafétéria. C'étaient deux frères, deux quidams qui voulaient gagner leur vie dans la restauration rapide. Ils ignoraient tout de Sara Bishop, de son fils, de la ville où elle était morte, et même de l'hôpital de Willows. D'Harry Owens, en revanche, ils avaient entendu parler. Pour tout dire, c'était un des deux qui l'avait tué.

Don Solis avait été libéré de San Quentin en 1968, après avoir purgé seize ans pour homicide volontaire et vol à main armée. Il s'estimait chanceux car il aurait pu être envoyé dans la Chambre verte, comme Caryl Chessman. Il se trouvait justement à San Quentin quand ce dernier avait été exécuté, quand Barbara

Graham et encore une centaine d'autres avaient subi le même sort. Au cours de ses années passées derrière les barreaux, il vit des hommes mourir dans des rixes, devenir fous, se suicider, se vider de leur sang sous les yeux des autres prisonniers, il découvrit une violence qu'il n'avait jamais connue même pendant la guerre, une violence qui finit par l'écœurer. À 55 ans, un peu enrobé et nettement plus dégourdi, il voulait désormais mener une vie tranquille et gagner beaucoup d'argent, mais honnêtement, cette fois. Avec son frère Lester pour associé, il se débrouillait fort bien.

À sa sortie de prison en 1962, après dix ans pour vol à main armée et complicité de meurtre, Lester était retourné à Fresno. Toujours à la remorque de son frère, il fit plusieurs petits boulots et attendit que Don sorte à son tour. Les deux hommes n'avaient ni argent, ni projet. Johnny Messick, qui avait participé à l'attaque contre le fourgon d'Overland Pacific, s'était volatilisé dans la nature après sa libération en 1960. Hank Green s'était fait assassiner par un compagnon de cellule en 1954. Carl Hansun, le cerveau de l'opération, avait disparu juste après. Harry Owens était mort, bien sûr. Don lui en voulait encore, même s'il regrettait son geste et toutes ces années perdues.

Deux semaines après son retour à la vie civile, Don Solis fut contacté par un avocat du coin qui devait lui remettre un chèque de 10 000 dollars. Ce n'était pas une blague : le chèque l'attendait pour de bon, il pourrait en faire ce qu'il voulait. Non, l'avocat n'avait pas le droit de lui dire d'où venait cet argent : il avait été payé uniquement pour transmettre ce chèque – parfaitement en règle – qu'il venait de recevoir par courrier.

Peu de temps après, les frères Solis profitèrent de cette manne soudaine pour racheter une cafétéria à Fresno. L'affaire tourna rondement. Cinq ans plus tard, ils acquérirent une salle plus grande et installèrent une enseigne également plus grande. En ce mois de juillet 1973, Don Solis ne pensait même plus aux 10 000 dollars. L'avenir lui souriait.

Le 22 du même mois, soit trois jours après le meurtre à la hache, une deuxième dame âgée fut assassinée avec la même brutalité, mais avec un couteau de boucher. Une fois de plus, l'index avait disparu. Mais le gauche, cette fois-ci.

Sa maison étant située à quinze kilomètres du premier meurtre, les deux scènes de crime se trouvaient dans un rayon de cinquante kilomètres de Willows. La psychose gagna immédiatement la région. Les habitants ne s'aventuraient plus dans la rue le soir et n'ouvraient pas leur porte aux inconnus. Les fenêtres étaient fermées, les portes cadenassées, les armes chargées et prêtes à faire feu. Les femmes ne voulaient pas rester seules chez elles dans la journée, et nombre d'entre elles se regroupèrent avec des amies pour se protéger, ou bien partirent rendre visite à des parents, loin de là. Dans d'autres foyers, les hommes refusèrent d'aller au travail et de quitter leur famille. Au cours de cette fameuse semaine, le manque à gagner des salaires non touchés et des biens ou services non produits s'éleva à plusieurs millions de dollars.

La police ne naviguait plus à vue – un peu moins, en tout cas. La hache retrouvée sur la scène du premier meurtre avait été envoyée aux responsables de Willows. Elle ne provenait pas de là-bas, en aucune manière, mais bien du propre bûcher de la victime, où elle avait été conservée pendant des années. Les voisins l'identifièrent grâce aux initiales que l'économe propriétaire avait gravées sur le manche en bois. Visiblement, l'assassin était allé dans le bûcher pour y chercher une arme commode, en sachant peut-être que s'y trouvait une hache.

Les proches confirmèrent que la femme, qui vivait seule chez elle, avait souvent recours à des bricoleurs pour la dépanner, en général des autochtones qui ne trouvaient pas d'emploi pour une raison ou pour une autre. La plupart étaient alcooliques, certains avaient mauvaise réputation. L'année précédente, cinq ou six de ces hommes avaient été vus dans la maison. La police décida donc de les retrouver et de les interroger un par un. Le temps ne pressait pas particulièrement pour les policiers, convaincus que le meurtre était l'œuvre du tueur fou, qui, entrant dans le bûcher, avait découvert par hasard la hache.

Après le deuxième meurtre, le temps, subitement, pressa un peu plus. Le shérif Oates téléphona au lieutenant Spanner, à Hillside, pour lui raconter le drame et le coup du doigt manquant. « Nom de Dieu, c'est sur la main gauche cette fois ! Qu'est-ce qui se passe, John ? On est tous en train de devenir dingues ou quoi ? »

Spanner poussa un rire forcé.

« Peut-être que quelqu'un essaie de nous le faire croire.

— En tout cas, il se démerde rudement bien », grommela Oates au bout du fil.

Spanner en convenait. Il retrouva son sérieux.

« Je ne pense pas qu'il s'agisse de Mungo. Pas son style. Quelqu'un est en train de se faire passer pour lui, d'où le coup des doigts sectionnés. Il a dû lire ça dans les journaux.

— Mais pourquoi la main gauche ?

— Il est peut-être trop bête pour s'en souvenir, tout simplement. Ou trop maladroit, ou trop bourré. Le détail important, c'est qu'il choisit ses cibles et connaît manifestement les lieux. Et il prend le premier outil qui pourrait faire l'affaire. »

Le shérif grogna. La dernière phrase venait de lui donner une idée.

« On est en train d'enquêter sur quelques-uns des bricoleurs que la vieille a employés chez elle… Vous pensez qu'on peut trouver quelque chose de ce côté-là ?

— Peut-être bien. »

Puis, après un silence :

« Cherchez un lien, Jim. Quelqu'un qui connaissait et les deux femmes, et les lieux. Il y a toutes les chances pour que ce soit votre homme.

— Et le mobile ? objecta Oates. S'il n'y a pas de mobile, on retombe sur un malade du style Mungo.

— Pas exactement. »

Spanner, seul dans son bureau, secoua la tête. « Ces meurtres sont trop méthodiques, trop planifiés. Quel que soit l'assassin, il est tout sauf fou, mais simplement très énervé. Trouvez le lien et vous aurez le mobile. »

Le 23 juillet au soir, la police apprit que la seconde victime avait également employé, de temps à autre, des bricoleurs. Les voisins s'en souvenaient d'un qui, quelques mois auparavant, s'était violemment disputé avec elle à propos du nombre d'heures travaillées. Ils ne connaissaient pas son nom, mais la description qu'ils en firent correspondait à celle d'un des hommes engagés par la victime précédente. Il fut rapidement convoqué par les policiers qui furent, cette fois, trop à cran pour laisser filer le coupable.

En quelques heures, l'homme avoua les deux meurtres. C'était un journalier de 45 ans, sans instruction, alcoolique, souvent arrêté pour des voies de fait, et qui avait gardé rancune aux deux vieilles dames. En apprenant que le fou en cavale courait toujours dans la nature, il avait décidé de les tuer toutes les deux. Les doigts coupés devaient faire porter les soupçons sur Vincent Mungo. Mais la deuxième fois, il avait confondu main droite et main gauche. Dans les deux cas, il était à moitié ivre.

Pourquoi les avait-il tuées ? « Elles m'ont arnaqué. J'ai travaillé dur pour elles, mais elles ne m'ont pas payé jusqu'au bout. Elles étaient trop radines pour mériter de vivre. »

Le shérif Oates jubila et s'attribua tout le mérite de cette arrestation. Il grimaçait devant les caméras, blaguait avec les journalistes et savait mettre tout le monde à l'aise. Il raconta avec allégresse les détails des deux affaires et prit surtout la peine de décrire comment il les avait résolues grâce à la seule puissance de son cerveau. « Le tout, c'était de trouver le bon lien entre les deux, dit-il, tout sourire, aux reporters. Après, vous savez, le mobile coule de source. »

Lorsque quelqu'un, finalement, l'interrogea sur Vincent Mungo et sur *cette* enquête-là, le shérif s'excusa : une urgence policière, expliqua-t-il en quittant soudain les lieux.

Vers la fin de la première semaine de juillet, alors que la traque de Mungo se mettait en place, une chasse à l'homme d'un autre genre était en train de s'organiser. Mais pas assez vite au goût de Derek Lavery qui, assis dans son gros fauteuil de patron, regardait d'un air mécontent les deux hommes qui se trouvaient derrière son immense bureau en chêne.

Il reposa son cigare. « Vous avez déjà eu une semaine et un jour de rab pour ce sujet. Et maintenant, vous venez me demander une semaine de plus ? » Il avait l'air outré.

« Moins, rectifia Adam Kenton. Cinq jours, seulement.

— Ça fait une semaine », rétorqua Lavery.

Kenton prit une grande bouffée d'air.

« J'ai quelques nouvelles pistes que j'aimerais explorer.

— Lesquelles, par exemple ?

— Par exemple deux anciens taulards qui étaient à San Quentin avec Chessman.

— Ils sont dehors maintenant ? »

Kenton fit oui de la tête.

« Où sont-ils ?

— L'un vit à Long Beach. Il a vu Chessman mourir. L'autre habite en ville.

— Et ils vont vous parler de lui ?

— Oui. »

Lavery haussa les épaules.

« Bon, ça mérite un jour de plus. Quoi d'autre ?

— J'ai trouvé une femme qui travaillait au bureau du juge à l'époque du procès. Elle se rappelle beaucoup de choses qui n'ont jamais figuré dans les journaux. Mais… »

Il laissa la suite en suspens.

« Elle veut de l'argent, devina Lavery.

— En effet, elle veut de l'argent. »

Lavery lâcha un soupir. « Vous savez bien qu'on ne paie jamais pour des renseignements. C'est contraire à notre déontologie. » Il s'arrêta un instant pour laisser Ding tousser bruyamment.

« Combien veut-elle ?

— 100 dollars. »

Nouveau soupir.

« Prenez-les dans les frais de transport. Elle est à Los Angeles ? Bon, dorénavant, elle habite à Las Vegas. Autre chose ?

— Les derniers aveux de Chessman.

— Ses quoi ?

— Ses derniers aveux. »

Lavery regarda Ding, puis de nouveau Kenton. « Qu'est-ce que vous racontez ? Chessman a clamé son innocence jusqu'au bout, hormis les prétendus aveux extorqués par les flics. » Il reposa son cigare sur le cendrier en forme de cœur.

« Je n'ai jamais entendu parler de ses derniers aveux.

— Personne n'en a jamais entendu parler », intervint Ding.

Kenton se gratta le menton.

« Il y avait un psychiatre à San Quentin, à l'époque où Chessman était là-bas. Il s'appelait Schmidt.

— Eh bien ?

— Eh bien, j'ai un informateur à San Rafael, près de la prison, qui connaît un des matons. Il me jure que ce maton lui a raconté que Chessman s'est confessé au psychiatre juste avant de mourir, en lui disant qu'il était bien le braqueur et le violeur de 1948, quand il s'est fait arrêter. »

Lavery jeta un coup d'œil vers Ding, qui secouait la tête.

« Moi non plus je n'y crois pas, marmonna-t-il avant de remettre son cigare entre ses dents. Ça ne tient pas debout.

— Le gardien aurait expliqué qu'il passait devant la cellule de Chessman quand il a entendu la conversation. »

Un silence.

« Personnellement je n'y crois pas, parce qu'il n'avait rien à faire là. Ce qui a dû se passer, à mon avis, c'est qu'il a confondu Chessman avec un certain Bud Abbott, exécuté deux ans plus tôt.

— Et qui était cet Abbott ?

— Bud Abbott a été inculpé pour le meurtre d'une jeune fille à San Francisco, mais il n'a jamais avoué. Et comme Chessman, il a clamé son innocence jusqu'à la fin. Mais avant de mourir, visiblement, il a confessé à ce fameux Schmidt qu'il était bien le coupable. J'ai le texte ici… »

Kenton chercha dans ses notes. « Voilà. Abbott aurait donc expliqué à Schmidt : "Je ne peux pas avouer, docteur. Pensez un peu à la réaction de ma mère. Elle ne le supporterait pas." » Sur ce, Kenton referma son calepin et leva les yeux. « Après l'exécution, les autorités ont affirmé qu'il s'agissait là de sa confession, mais ça n'a pas enchanté tout le monde. » Il observa un silence rhétorique.

« Je crois que le gardien…

— Si gardien il y a eu, interrompit Ding.

— Si gardien il y a eu, je crois qu'il a confondu les deux. Mais ça vaut quand même le coup de vérifier.

— Si ce gardien n'a jamais existé, alors votre informateur vous a menti », répondit doucement Ding.

Kenton éclata de rire.

« Encore une fois, vous voulez dire !
— Vérifiez donc, trancha Lavery sur un ton sec. Mais vous n'arriverez à rien. »
Il tira sur son cigare.
« Je vous parie un an de salaire là-dessus.
— Un an de ton salaire ou du sien ? » demanda Ding.
Lavery ne répondit pas.
« Vous m'accordez ma semaine de rab ? s'enquit un Kenton enthousiaste.
— Vous avez trois jours, grommela Lavery. Pas un de plus. »
Il se retourna pour jeter un coup d'œil sur le gigantesque calendrier accroché au mur tapissé de liège. « L'article sortira le 31 au lieu du 24. » Il se tourna à nouveau vers eux. « D'autres éléments, avant qu'on passe à autre chose ? »
Ding avait une idée. « Au moins deux femmes ont identifié Chessman comme leur agresseur, et il y en a quelques autres qui se sont fait violer à la même époque. Mais je vous rappelle que tout ça se passait bien avant la pilule et les cliniques d'avortement, donc, il y a de fortes chances pour qu'une ou plusieurs d'entre elles soient tombées enceintes. On pourrait peut-être voir si ces femmes ont accouché environ neuf mois après le viol. Pas mal comme papier, non ? Du genre : “Fils d'un violeur ! Caryl Chessman exécuté pour avoir donné vie à cet enfant !” Ou bien : “Fille d'une mère violée et d'un père violeur !” Qu'en dites-vous ? »
Lavery et Kenton restèrent interloqués pendant plusieurs secondes. À travers les persiennes, le soleil inondait maintenant l'ensemble du bureau. Le climati-

seur ronronnait paisiblement au fond de la pièce. À l'extrémité de la table, les lumières du téléphone clignotaient, mais aucune sonnerie n'aurait pu distraire les trois cerveaux au travail.

Lavery finit par rompre le silence.

« Je crois que c'est l'idée la plus ignoble et la plus immorale que j'aie jamais entendue en vingt-cinq ans de carrière. » Il coinça son cigare entre ses dents avant de le reprendre. « Et Dieu sait que j'ai vu quelques beaux spécimens. » Le cigare revint entre ses dents et y resta.

« Mais c'est tout de même une bonne idée, avança Ding.

— Une putain de bonne idée, reprit Lavery.

— Oui, je vois le tableau, enchaîna Ding avant de rire.

— Génial, convint Lavery. On vendrait cinquante mille exemplaires de plus.

— Au bas mot.

— Peut-être même davantage. »

Au bout d'un moment, Lavery secoua la tête d'un air dépité et s'avança sur son fauteuil.

« Dommage qu'on ne puisse rien en faire, dit-il.

— Pourquoi pas ?

— Pour trente-six mille raisons. Mais je n'en donnerai qu'une. L'enfant aurait maintenant dans les 25 ans, et il ou elle te retrouvera et te zigouillera. Et ensuite, il s'en prendra à moi. »

Il ferma les yeux. « Or, permets-moi de te dire que j'ai déjà assez d'emmerdes comme ça. » Il rouvrit soudain les yeux, prêt à parler affaires. « Bon, qu'est-ce que je gagne en échange d'une semaine de salaire ? »

Les quinze minutes suivantes virent donc Adam Kenton raconter à son rédacteur en chef ce qu'il avait appris sur l'exécution de Chessman et sur ses douze années passées dans le couloir de la mort. En prison, le Chessman, banal criminel, double récidiviste, s'était racheté une conduite au point de devenir un auteur reconnu et avait acquis les bases pour devenir un petit avocat de campagne correct. Mais l'époque lui était hostile, et c'est cela, plus que tout, qui l'avait tué, comme si une vaste conspiration s'était formée contre lui, le broyant peu à peu entre ses mâchoires. Il n'avait trouvé aucune échappatoire. Neuf mois avant Chessman, le violeur et assassin sadique Harvey Glatman mourut dans la Chambre verte de San Quentin. Les Californiens n'éprouvant, non sans raison, aucune pitié pour ce genre de violeurs atroces, aucune distinction ne fut établie entre un Caryl Chessman et un Harvey Glatman. Deux mois plus tôt, le tueur fou Charles Starkweather fut envoyé à la chaise électrique dans le Nebraska. Les Américains n'éprouvant, non sans raison, aucune pitié pour ce genre de monstres criminels, aucune distinction ne fut établie entre un Caryl Chessman et un Charles Starkweather.

L'étau s'était resserré pratiquement dès le début. Tous les appels interjetés par Chessman furent perdus. L'État californien n'était pas d'humeur à réclamer un nouveau et coûteux procès pour une affaire dans laquelle l'accusé était également son propre avocat, dans laquelle il ne s'était pas entendu rappeler ses droits constitutionnels au moment de son arrestation, dans laquelle la peine fut sans doute la plus lourde jamais prononcée contre un homme n'ayant pas commis de meurtre, dans laquelle, enfin, l'inculpation pour enlèvement s'avérait ridicule, du moins au regard de la loi. De la même manière, le pays n'avait encore jamais entendu parler de l'expression « châtiment cruel et exceptionnel », ou du droit pour chacun d'être défendu justement. Chessman en appela à toutes les juridictions locales ou fédérales, jusqu'à la Cour suprême des États-Unis. Là encore, il perdit.

Vers la fin, l'étau se resserra de plus en plus vite. La Cour suprême de Californie confirma le verdict. Celle des États-Unis rejeta son appel, et la cour d'appel des États-Unis, sa demande de sursis. La Cour suprême de Californie refusa de préconiser une mesure de grâce. Puis le gouverneur lui accorda soixante jours de sursis pour des raisons politiques. Une fois ce sursis écoulé, les raisons politiques n'avaient plus lieu d'être. Il n'y aurait plus aucun sursis. Chessman perdit. La Cour suprême de Californie refusa de casser la condamnation à mort. Chessman perdit. La commission juridique du Sénat de Californie soumit au vote l'abolition de la peine de mort. La peine de mort l'emporta. Chessman perdit. On se pourvut en appel à un opposant farouche de la peine capitale, William O. Douglas, membre de la Cour suprême. Chessman perdit. On se pourvut en appel à un autre opposant farouche de la peine capitale, Edmund Brown, gouverneur de Californie. Chessman perdit.

Les deux mâchoires de l'étau s'étaient presque refermées. Une ultime demande d'*habeas corpus* fut soumise à la Cour suprême de Californie. Quatre voix contre trois. Chessman perdit. Une requête de dernière minute fut soumise au bureau du gouverneur. Chessman perdit. Un dernier effort fut fourni auprès d'un juge fédéral à San Francisco, lequel accorda un sursis afin qu'une nouvelle demande puisse être enregistrée. Son secrétaire appela tout de suite la prison pour empêcher l'exécution. Mais le numéro de téléphone n'était pas le bon ; on dut vérifier, refaire le numéro – ou bien fallait-il passer par un opérateur pour joindre la prison ? Peu importe : il était déjà trop tard. Les capsules de cyanure venaient juste de tomber dans la bassine, et Caryl Chessman de subir sa dernière défaite. Il était mort. L'étau s'était définitivement refermé sur lui.

Lavery apprécia le compte rendu de Kenton, notamment cette idée d'une conspiration de tous les éléments contre Chessman – le mot faisait florès à l'époque. Mais elle n'en constituait pas l'intérêt majeur à ses yeux. « Mettez le paquet sur l'idée que le vrai meurtrier, c'est la peine de mort », dit-il à Kenton.

Le récit de Ding nageait dans les mêmes eaux. Chessman était maudit depuis le début. Une enfance difficile, la maison de correction à 16 ans, les prisons de Los Angeles à 18. Condamné un an plus tard à plusieurs années de peines cumulées pour vol avec violence et attaque à main armée, puis envoyé à San Quentin. Première évasion en 1943.

« Il s'est évadé de San Quentin ? »

Transféré à la prison de Chino la même année. Nouvelle évasion. De nouveau capturé, renvoyé à San Quentin. Double récidiviste à 22 ans. Envoyé à Folsom, la prison de haute sécurité, en 1945, libéré conditionnellement en 1947. Arrêté dans une voiture volée en janvier 1948. Deux femmes reconnaissent en lui leur agresseur. Le procès dure deux semaines. Il se défend seul, aidé par un avocat commis d'office ; le jury comprend onze femmes et un homme.

« Quoi ? s'écria Lavery. Onze femmes pour une affaire de viol et d'agression sexuelle ? » Il n'en revenait pas. « Ce type n'a pas été exécuté. Il s'est suicidé. »

Il n'avait fallu que trente heures de délibération pour le reconnaître coupable de trois enlèvements avec l'intention de voler – crime qui relevait de la peine de mort – et de quatorze autres délits. Aucune clémence demandée. Condamnation à mort prononcée en mai 1948 pour deux enlèvements accompagnés de violences, et perpétuité pour le troisième enlèvement. Ding, qui avait lu le compte rendu du procès, parla de fumisterie pour tout ce qui touchait aux droits de l'accusé. « Comme dit l'adage, celui qui se défend seul a un imbécile pour client », dit-il, consterné. Il avait également retrouvé des juristes, quelques greffiers du tribunal et un des jurés. En revanche, nulle trace des victimes.

Quant aux crimes eux-mêmes, Ding avait retenu deux points particulièrement intéressants. Avant Chessman, il y avait eu plusieurs cas de braquages accompagnés de viols dans des coins isolés de Los Angeles. S'il n'en était pas le seul auteur, qui étaient donc les autres ? Et si d'autres en avaient commis, qui disait que Chessman était coupable ? Deux témoins. Mais sous une telle pression émotionnelle, comment être sûr ? Chessman ayant assuré seul sa défense, aucun véritable contre-interrogatoire des victimes-témoins n'avait eu lieu. Le doute était permis, à tout le moins.

« Et le deuxième point intéressant ? »

Ding poussa un long soupir satisfait. « Il y a de bonnes chances pour que Chessman ait été impuissant, dit-il à voix basse. La rumeur dit qu'après son arrestation, certaines personnes ont voulu le faire examiner, mais qu'il a refusé. Je n'ai pas pu vérifier mais ça peut coller, dans la mesure où un type comme Chessman était trop orgueilleux pour avouer une chose pareille. Ça n'aurait pas changé grand-chose, puisque l'accusation portait sur l'enlèvement accompagné de violences.

— Mais s'il était impuissant, objecta Lavery, pourquoi aurait-il commis autant de viols ?

— Peut-être qu'il n'a jamais violé personne, répliqua Ding. Rappelle-toi que Chessman a toujours clamé son innocence. Ses derniers mots au gardien, un type nommé Dickson, ont été… »

Il lut sur un petit bout de papier : « Je cite : "Je veux simplement rétablir la vérité. Je ne suis pas le braqueur à la torche rouge. Ce n'est pas moi. Je ne veux pas m'étendre là-dessus. Contentez-vous de cela." Pourquoi aurait-il maintenu cette position alors même que tout était fichu pour lui ? Que pouvait-il en espérer ? » Ding écarta le bout de papier devant lui.

« Ce que je veux dire par là, c'est que Chessman était un solitaire. Il n'a jamais eu beaucoup de rapports avec les femmes. Je pense qu'il y avait une bonne raison à cela. Vous savez que son prénom s'écrivait *Carol*, à l'origine ? Sa mère voulait une fille. Vous voyez ce que je veux dire ?

— Ça ne tient pas, dit Lavery. Si Chessman était impuissant, il aurait au moins tenté de se disculper pour les viols. On ne peut pas être orgueilleux *à ce point.* »

Ding secoua la tête lourdement. « C'est ce que je croyais avant de discuter avec un spécialiste de médecine légale. L'impuissance est très souvent un phénomène temporaire, qui n'empêche absolument pas le viol. Même s'il s'agit d'un handicap physique, le bonhomme n'est pas tout blanc parce qu'il existe d'autres formes de violences sexuelles ou de tentatives de viol, ce qui, légalement, revient au même, du moins en termes de gravité de l'accusation. » Ding sortit alors l'immense mouchoir qu'il portait toujours sur lui. « Si Caryl Chessman était impuissant, ça ne lui aurait rien apporté de le clamer sur tous les toits. » Il s'épongea le front. « Il a été jugé pour avoir enlevé des femmes quelque part et fait ce qu'il voulait avec elles. » Il s'essuya la nuque. « Le fantasme de tous les hommes. Mais ça ne fonctionne que si on en reste au stade du fantasme. » Il froissa son mouchoir. « Donc, Chessman devait être puni. » En remettant le mouchoir dans sa poche, il adressa un clin d'œil à Kenton, puis regarda de nouveau Derek Lavery, qui réfléchissait tranquillement dans son fauteuil.

« Très bien, finit par dire ce dernier en faisant reculer son siège. Je crois qu'on a à peu près tout dit. Le crime, le procès, le couloir de la mort, l'exécution. Chessman a été victime de son époque. Jouez à fond la carte de la peine de mort et creusez-moi ça dans tous les sens. Il était foutu dès le départ, mais il s'est quand même bien battu : ça plaira à notre lectorat masculin. D'un autre côté, peut-être qu'il était innocent : ça fera plaisir aux femmes. Le procès a été une mascarade. Insistez bien pour montrer comment ses années à attendre la mort l'ont remis dans le droit chemin – le coup de la rédemption, ça fait toujours pleurer dans les chaumières. Mais il s'est quand même fait gazer. Pourquoi ? La peine de mort. La machine était bien huilée et avait besoin d'une autre victime. » Lavery fit une grimace. « Je crois qu'on a suffisamment d'éléments pour jeter le doute sur sa culpabilité, hormis le fait qu'il n'aurait de toute façon jamais dû se retrouver dans cette situation. »

Il pivota sur un côté et s'empara du téléphone. « Ding, vas-y doucement sur l'impuissance de Chessman. Je vais peut-être devoir reprendre cette idée du "fils de violeur". Tu parles d'une accroche ! » s'exclama-t-il, enthousiaste. Puis il appuya sur un bouton et demanda qu'on reporte l'article sur Caryl Chessman.

Au cours de cette même première belle semaine de juillet, le lendemain matin de l'assassinat sauvage d'un patient de Willows et de la mystérieuse évasion d'un autre, John Spanner passa plusieurs heures à arpenter les pelouses de l'hôpital. La pluie ayant depuis longtemps laissé place au soleil, la terre était maintenant bien sèche. De l'orage, il ne restait plus que quelques traces, mais de l'évasion du tueur, aucune. On avait retiré le corps de la victime, nettoyé et remis en état l'alarme de la porte qui menait au toit. Le grand portail métallique de l'entrée était fermé et les épaisses murailles de pierre grise qui ceignaient l'hôpital paraissaient toujours inviolables. Et pourtant, se disait Spanner, Vincent Mungo avait réussi à s'échapper. Ou à s'envoler.

Il s'entretint avec les gardiens de l'entrée principale. Les portes restaient constamment verrouillées et on ne les ouvrait que pour faire passer les véhicules. Toutes les allées et venues étaient minutieusement contrôlées. L'entrée des piétons comportait un petit portail, également verrouillé. Et personne ne pouvait escalader ces portails car ils se terminaient en haut par une énorme dalle de pierre, partie intégrante de la muraille. Spanner fut satisfait.

De l'autre côté de la propriété, derrière le bâtiment principal, un portail plus petit n'était utilisé que par le personnel de l'établissement et les fournisseurs. Un gardien le surveillait depuis une minuscule guérite logée dans l'enceinte. Là aussi, le portail se fondait dans le mur du dessus. Entre 9 h 30 et 17 h 30, cette entrée était fermée, et le personnel devait passer par le portail principal.

Spanner inspecta ensuite le mur d'enceinte, dans lequel il ne trouva aucune brèche, ni aucun point à partir duquel une escalade fût possible sans l'aide d'une échelle coulissante. Or, il ne voyait pas Vincent Mungo se procurer une échelle de ce type.

Mettant ce problème de côté, il discuta avec les infirmiers de l'unité expérimentale. Tous, sans exception, dirent ne pas avoir été surpris par la violence de Mungo, rodés comme ils étaient aux comportements irrationnels. Mungo n'aimait pas l'autorité et entretenait des rapports tumultueux avec son entourage. Spanner, plein de tact, n'insista pas pour leur dire qu'il s'agissait là de traits communs à la plupart des êtres humains. Un infirmier déclara néanmoins qu'il se serait attendu à cette forme de violence davantage de la part de Bishop que de celle de Mungo. Pourquoi ? « Bishop était un animal à sang froid, qui passait son temps à observer les autres. Comme un prédateur. Vous voyez ce que je veux dire ? »

Dans l'après-midi, le shérif Oates débarqua avec un adjoint muni d'un maillot de bain et de lunettes de plongée. On lui avait parlé d'une conduite qui passait sous le mur d'enceinte. Le pêcheur qu'était Spanner fut immédiatement intrigué. Si leur homme n'avait pu ni escalader, ni s'envoler, alors peut-être s'était-il enfui à la nage par en dessous. Ils trouvèrent d'abord la clôture grillagée, construite sous le mur, à travers la conduite d'évacuation. Elle s'enfonçait jusque dans l'eau, qui faisait maintenant environ un mètre cinquante de profondeur. L'adjoint plongea et disparut sous la surface avant d'en ressortir quelques instants après. La clôture s'arrêtait à trente centimètres du fond, ce qui permettait tout juste à un homme svelte de passer. « On sait maintenant comment il s'est enfui », dit le shérif, tout fier d'avoir élucidé ce mystère. « Ce que je ne comprends pas, c'est comment il a découvert l'existence de cet endroit. Je parie qu'il n'y pas dix pékins dans la place qui le connaissent. » Il donna un coup de pied dans un caillou. « Bon Dieu, ce type n'est resté là que deux mois ! »

Spanner s'approcha du bord de la conduite d'évacuation.

« Peut-être qu'il ne savait pas, dit-il, impassible.

— Hein ?

— Peut-être que Mungo n'a jamais su. Peut-être qu'il est mort. »

Oates le rejoignit. Il avait envie de rire, mais rien ne sortit de sa bouche. Il ferma les yeux et les rouvrit un instant après.

« Où voulez-vous en venir, John ?

— Il se peut que le cadavre ne soit pas celui de Vincent Mungo. Le corps portait l'uniforme de Bishop, avec tous ses objets dans les poches. La montre et la bague avaient disparu, donc, on en a déduit qu'ils avaient été emportés. Mais tout cela a pu être mis en scène.

— C'est impensable.

— Vraiment ? »

Oates se mit à réfléchir. Ce salopard de Spanner cherchait quelque chose, mais quoi ? Il ne pouvait pas être aussi fou que ça. Autant voir où il voulait en venir.

« Expliquez-moi, dit-il sur un ton grave.

— Le visage a disparu. C'est peut-être l'œuvre d'un vrai dérangé, comme Baylor l'affirme. Mais aussi pour qu'on ne sache plus de qui il s'agissait. Les empreintes digitales ne servent à rien, puisque ni l'un ni l'autre ne les ont jamais données. Encore une fois, on ne peut pas dire formellement de qui il s'agissait.

— Mais le doigt ?

— Ça aussi, ç'a pu être mis en scène.

— Et le portefeuille ?

— Pareil. »

Ce type est vraiment dingue, pensa le shérif. Mais mieux valait le laisser se ridiculiser encore un peu plus. Ça lui ferait les pieds.

« Une hypothèse ? demanda-t-il.

— J'en ai une qui pourrait coller », répliqua Spanner.

Cinq minutes plus tard, les deux hommes se trouvaient dans la salle des archives, au cœur du bâtiment principal. « Bi-g, Bi-1, Bi-m... Voilà, Bi-s, Bishop, Thomas William. » L'employé tendit le dossier à Spanner. « C'est tout ? » lui fut-il demandé. « C'est tout, répondit-il avec entrain. Dites-moi quand vous aurez terminé. » Puis il les laissa.

Spanner ouvrit le dossier, avec Oates dans son dos. Thomas William Bishop, né le 30 avril 1948. Son index glissa rapidement le long du document, pour s'arrêter à la description physique du patient. Celle-ci ne faisait mention d'aucune cicatrice, d'aucun tatouage ou autre signe distinctif. La dernière ligne était manifestement un ajout récent. Les deux hommes lurent ensemble : « Petite cicatrice en forme de V à l'épaule droite, sous l'omoplate. » Ils échangèrent un regard.

Ils parlèrent ensuite avec un des gardiens de l'unité expérimentale. Oui, il se rappelait comment Bishop s'était fait cette cicatrice. L'année précédente, il avait littéralement disjoncté, mis le feu au pavillon et essayé de tuer un gardien. Un des patients avait tenté de le maîtriser en lui plantant des ciseaux dans l'épaule. « Ça ne l'a même pas arrêté dans sa furie. Il a fallu qu'on s'y mette à quatre pour le maîtriser. »

Douze minutes après, ils sortaient de la voiture de police, toutes sirènes hurlantes, devant le petit hôpital de Hillside. « On aura la réponse dans deux secondes », dit Spanner sans excitation. Ils se précipitèrent jusqu'au sous-sol. Là, l'employé de la morgue ouvrit une armoire pour en sortir, étendu sur une civière, le corps de Thomas Bishop. Ils le retournèrent délicatement. Sur l'épaule droite, juste en dessous de l'omoplate, il y avait une petite cicatrice en forme de V.

Une fois ressortis de l'hôpital, les deux hommes ressemblaient à un véritable concentré d'humeurs. « On ne peut pas gagner à tous les coups, dit le shérif, tout sourire. Vous avez eu une idée folle, elle n'à pas marché. Personne n'est parfait. » Il se frotta les mains.

« On ne peut pas gagner à tous les coups, répéta-t-il.

— Il faut croire que non, reconnut Spanner, dépité.

— On l'aura, reprit Oates avec entrain. Mungo, j'entends. » Il éclata de rire.

« D'ici demain, on devrait l'avoir attrapé. Sans problème.

— J'espère que vous avez raison.

— Personne n'est parfait. N'oubliez jamais ça. »

Pendant le week-end, John Spanner s'en alla pêcher dans l'une de ses rivières favorites et oublia tout. Presque tout. Il avait eu une intuition qui s'était peu à peu transformée en certitude. Cette intuition reposait sur quelques petits signes qu'il pensait avoir repérés. Mais tout était faux. Peut-être qu'il se faisait vieux. Qu'il était temps pour lui de partir à la retraite, et Dieu sait qu'il y avait souvent pensé. Lorsqu'il sentit sa ligne mordre, il ne pensa plus à rien d'autre.

La visite des deux policiers à Willows eut lieu le 5 juillet. Deux semaines plus tard, Vincent Mungo était toujours dans la nature et le shérif James T. Oates ne rigolait plus du tout. Ce même jour, la première vieille dame avait été massacrée et son index droit sectionné. Trois jours après, on découvrait le second cadavre, et même si le tueur diabolique fut rapidement démasqué, tout ça ne faisait que souligner la disparition prolongée du fou de Willows.

Pourtant, au moins un homme lut avec un intérêt soutenu le récit de cette capture dans les journaux de San Francisco datés du 24 juillet, d'abord une première fois, puis une autre, s'imprégnant des moindres détails. Il avait cru dur comme fer que les deux vieilles dames s'étaient fait assassiner par le fou en cavale. Les meurtres semblaient tous deux marqués par la griffe particulière de ce cerveau meurtrier et méthodique.

Aussi fut-il déçu d'apprendre que ces deux affaires se réduisaient à de banals crimes, commis par un journalier aussi minable que rancunier. Et à moitié ivre, en plus ! Dieu que tout cela manquait de sel, se disait-il. Mais enfin, *à la chandelle la chèvre semble demoiselle*[1]. Cette pensée lui réchauffa le cœur ; il se prépara une autre tartine. Tandis que, inconsciemment, il

1. En français dans le texte *(N.d.T.)*.

mâchait chaque bouchée précisément huit fois, il médita sur son erreur d'appréciation.

Amos Finch était professeur de criminologie à l'université de Californie, installée à Berkeley. La quarantaine fringante, encore svelte et athlétique, il misait sur les chevaux et sur les femmes avec le même bonheur. Mais sa véritable passion restait l'étude des meurtriers, des tueurs fous, ceux que la société qualifiait de monstres psychopathes et de démons. Finch, lui, les appelait ses artistes fous. À ses étudiants, il aimait dire : « Vous les faites démarrer au quart de tour, ils sortent et se mettent à tuer, puis ils s'arrêtent et vous devez les refaire démarrer. » Ce qui les faisait démarrer la première fois et ce qui les stimulait ensuite : tel était l'objet de ses recherches, auxquelles il se consacrait avec un enthousiasme de tous les instants.

Finch était merveilleusement doué pour ce travail. Son tempérament calme lui permettait de rester concentré de longues heures, et sa mémoire agile, qui lui faisait rarement défaut, de retenir presque tout ce qui lui tombait sous les yeux ou lui passait par les oreilles. Il lisait également à une vitesse folle et écrivait remarquablement bien pour un chercheur, capable de recréer sous sa plume une ville exotique ou l'atmosphère d'une époque reculée.

De ses vastes connaissances sur la question étaient nés trois livres, tous considérés comme des classiques du genre. *Bruno Lüdke de A à Z*, publié en 1963, racontait le parcours monstrueux du célèbre meurtrier allemand qui avait assassiné quatre-vingt-six personnes. Le record mondial. Quatre ans plus tard parut *Edward Gein de A à Z*, centré sur la figure du tueur du Wisconsin, nécrophile et cannibale, dans la ferme duquel la police retrouva des bracelets et des sacs en peau humaine, ainsi que des gilets, des pantalons, des sièges et des tambours, sans compter dix têtes d'hommes sciées en deux, une autre transformée en soupière, et un réfrigérateur rempli d'organes humains congelés.

Le troisième ouvrage de Finch, en 1971, fut *Les Tueurs en série de A à Z*, recueil de portraits d'une dizaine de tueurs fous, depuis la tristement célèbre famille de John Gregg, dans l'Angleterre du début du XVIIIe siècle, jusqu'à l'Américain Albert Fish, au début du XXe. Le tout était accompagné d'illustrations sur les centaines de tortures ignobles infligées aux victimes et d'un glossaire exhaustif, le premier dans son genre, des termes employés dans l'étude des criminels dangereux.

Amos Finch n'était pas marié et considérait ces livres comme ses propres enfants, dont il tirait une fierté toute paternelle. Pour son quatrième livre, il avait jeté son dévolu sur un personnage qu'il connaissait par cœur, le sinistre Jack l'Éventreur, avant de découvrir que l'éminent Donald Rumbelow, de Londres, écrivait déjà un livre sur le sujet. Il se consacra donc à un de ses vieux rêves, le livre qu'il estimait être son *magnum opus* : un portrait minutieux de la comtesse et vampire hongroise Elizabeth Bathory, qui, après avoir assassiné plusieurs centaines de jeunes filles, peut-être six cents, saignait les corps et prenait des bains de sang pour conserver toute la jeunesse de sa peau.

Très vite, Finch se rendit compte de l'énorme masse de travail qu'un tel livre exigerait, en particulier l'apprentissage de deux nouvelles langues et un séjour en Europe, sans doute long de plusieurs années. Il remit donc, à contrecœur, son *magnum opus* à des jours meilleurs. Ainsi, après deux années sabbatiques passées en recherches préliminaires pour un texte sur les tueurs dans la Bible, Finch trépignait de nouveau. Quelque chose, dans l'affaire Mungo, avait éveillé son intérêt. Peut-être était-ce la sauvagerie du meurtre à l'hôpital de Willows, se dit-il, indiscutablement l'œuvre d'un cerveau tueur. Il espérait secrètement que Mungo ne serait pas arrêté avant de s'être transformé en authentique tueur en série, donc en un bel objet d'étude pour lui. Mais cet espoir, il ne le formula jamais, y compris à lui-même.

Assis dans son bureau, déçu que les deux femmes n'aient pas été tuées par Mungo, il écrivit une lettre à Sacramento pour obtenir un statut spécial au sein de l'enquête policière, et ce dans le cadre de ses recherches académiques. Il insista sur le fait que sa fonction de criminologue reconnu constituerait un atout précieux pour les autorités.

Au cours de cette dernière semaine de juillet, on n'avait toujours aucune nouvelle de Vincent Mungo. Personne ne savait où il se trouvait, même si on recevait encore des lettres et des coups de fil anonymes, même si les aveux mensongers se multipliaient. Le shérif Oates se désespérait, d'autant plus qu'il avait déclaré à la presse que le fou serait appréhendé « d'ici un ou deux jours tout au plus ». Son échec patent dans cette affaire ne venait pas à l'appui de ses ambitions politiques. D'un autre côté, Mungo, au moins, n'avait pas assassiné d'autres personnes ; aussi la pression ne reposait-elle pas sur ses épaules. Que Mungo se remettrait bientôt à tuer relevait de l'évidence. Oates était flic depuis trop longtemps pour l'ignorer. Il espérait simplement pouvoir attraper ce salaud à temps. Sinon…

À la fin du mois, le 30 juillet pour être précis, tomba sur son bureau un rapport qui souleva la première piste sérieuse quant à la disparition de Mungo. En effet, un petit garçon qui se promenait dans les bois près de chez lui avait trouvé une chemise et un pantalon presque entièrement ravagés par les flammes ; les deux vêtements pouvaient bien provenir de Willows. Le garçon vivait à quinze kilomètres au sud de l'hôpital.

En moins d'une heure, Oates se rendit sur les lieux. Ses hommes interrogèrent tous les habitants des environs. Trois heures plus tard, la chance leur sourit. Une dame se rappela que, au début du mois, son mari s'était plaint d'avoir perdu quelques vêtements : un pantalon, une chemise et une paire de chaussures – de couleur marron, croyait-elle se souvenir. Mais comme il ne rangeait jamais ses affaires au bon endroit, elle n'y avait pas prêté attention. Autre chose ? Rien, sinon que… Oui ? Eh bien, elle laissait toujours un billet de 20 dollars dans un de ses anciens sacs à main, lui-même rangé au fond du placard, au cas où elle aurait besoin de liquide. Or, en cherchant le billet la semaine précédente, elle ne l'avait pas retrouvé. Des traces d'effraction quelque part ? La dame fit non de la tête. Dans la région, les fenêtres restaient toujours ouvertes à cette période de l'année, et n'importe qui aurait pu commettre ce larcin sans problème. Mais les animaux qui gardaient la maison ? La femme éclata de rire. Ils n'avaient qu'une famille de quatre chats qui vivaient leur vie en toute indépendance. Une dernière chose : se souvenait-elle de la date précise à laquelle son mari avait remarqué la disparition de ses vêtements ? Oui, c'était au retour d'une excursion chez des parents, à Flint. Ils avaient passé la journée là-bas et elle était revenue épuisée. Quel jour était-ce ? Le grand jour férié national, le 4 juillet.

Jusqu'ici, le shérif Oates se désespérait ; désormais, il était au désespoir. Vincent Mungo s'était donc procuré de nouveaux habits, et de l'argent, dès le début. S'il avait réussi à éviter les autoroutes et à se faire emmener en voiture, alors il pouvait très bien avoir quitté la région, voire la Californie, au tout premier jour de sa cavale, puis s'être fondu dans l'anonymat d'une grande ville. Chaque jour qu'il passait libre rendait sa découverte plus difficile.

Oates savait au moins deux choses. D'abord, Mungo avait presque un mois d'avance sur tout le monde, et cela représentait beaucoup. Ensuite, il était mille fois plus malin que ce que son dossier et ces blancs-becs de médecins à Willows voulaient bien le dire.

En son for intérieur, le shérif espérait que Mungo, s'il était parvenu à fuir la Californie, traverserait le pays jusqu'à l'autre bout.

Le 31 juillet 1973 au matin, en plein Los Angeles, un jeune homme à la beauté classique, bien habillé et rasé de frais, passa devant un kiosque à journaux. La manchette d'un magazine accrocha son regard. Il s'arrêta un instant et chercha aussitôt dans sa poche quelques pièces de monnaie.

Ce n'est que bien plus tard que l'importance de cette manchette se ferait sentir au reste de l'Amérique.

4

Thomas Bishop, parfaitement immobile, était assis dans la drôle de pièce. Contre le mur du fond, une télévision antédiluvienne annonçait sur un ton surexcité la tenue prochaine d'une vente de shorts. Sur une commode toute proche reposait une banane à moitié entamée, dont la peau jaune vif contrastait avec la pulpe noircie. Un cafard rampait sur le rebord de la fenêtre. Dehors, une sirène passa en hurlant, avant de disparaître dans la brume du matin. Avec beaucoup de peine, Bishop se concentra sur la manchette du magazine qu'il venait d'acheter.

« Caryl Chessman victime de la peine de mort ? », était-il écrit. Bishop relut pour la centième fois les lettres jaunes qui se découpaient sur la bordure de la couverture. L'image en dessous montrait une beauté en bikini s'ébattant joyeusement sur une plage exotique. Il se rendit directement à la page qui l'intéressait. Là, en haut, il vit pour la première fois une photo de Caryl Chessman. Il la scruta pendant un long moment. Chessman semblait pensif, les yeux baissés, le menton posé sur la main, plus exactement sur la partie située entre le pouce et les autres doigts. Le visage était sombre, les lèvres crispées. Bishop avait l'impression que l'homme voulait dire quelque chose, mais il ne savait ni quoi, ni à qui. Au bout d'un moment, le visage commença à se brouiller ; il crut entendre son père lui parler.

Il écouta, d'abord imperceptibles, puis d'une clarté soudain terrible et sordide, les aboiements des démons qui anéantissaient des enfants, frappant, brûlant, fouettant les petits corps. Tous ces démons étaient des femmes en maillots de bain, dont les seins sphériques et les corps minces s'agitaient furieusement, épouvantables tentatrices qui piégeaient les petits visages en lâchant à travers leur gueule béante des hurlements atroces. Des sons hideux jaillissaient de brèches secrètes et, finalement, les formes démoniaques pourrissaient comme des corps lépreux, laissant la place au seul cri du petit garçon.

Bien plus tard, les yeux toujours rivés sur le magazine, Bishop apprit l'histoire de Caryl Chessman, sa vie, sa mort. Il relut l'article plusieurs fois, absorbé par les crimes et le châtiment de son père jusque dans leurs moindres détails. Il découvrit les viols, tels que décrits par l'accusation lors du procès, les années passées derrière les barreaux, et les tourments, comme ceux que lui-même avait endurés des années durant. Il vit la chambre à gaz, avec ses murs verts et ses chaises sanglées de cuir, il entendit le long gargouillis de la mort, râle après râle, jusqu'à ce que rien ne reste sinon le corps, vacant et apaisé. Il finit par croire que son père avait été victime non seulement de la peine capitale, dont il se moquait éperdument, mais aussi des femmes.

Il retourna chaque mot dans tous les sens afin d'y déceler une signification secrète. Il sentait que d'une certaine façon Chessman se cachait derrière eux pour tenter, désespérément, de lui faire signe. Laborieusement, il se mit à recoller les véritables pièces du puzzle. Les femmes étaient plongées dans une souffrance perpétuelle et permanente, peut-être frappées par une malédiction divine. Dans la douleur, elles donnaient la vie en sachant que la seule issue de cette vie serait la mort. Une telle certitude, viscérale et inéluctable, les mettait toutes dans une fureur inouïe, et elles se vengeaient de cette souffrance sur les hommes, ces hommes qui, en leur offrant le germe de la vie, leur apportaient la mort. Usant de tous les artifices, elles séduisaient, asservissaient et détruisaient tous les hommes, instinctivement, impitoyablement, en un combat titanesque pour la survie sur une planète folle. Mais elles ne pouvaient pas gagner, bien entendu. Elles étaient condamnées car sans la mort il n'est pas de vie, et en cherchant, dans leur monstrueux malheur, à éliminer ce qui donnait la vie même, elles recueillaient dans leur corps grotesque le germe de la mort. Ainsi le cycle infernal se poursuivait-il indéfiniment, ne laissant dans son sillage sanglant que des cadavres.

Bishop se rendit compte, pour finir, que les démons qui peuplaient ses rêves n'étaient pas seulement des monstres féminins qui devaient périr pour leurs crimes, mais des femmes qui souffraient terriblement et désiraient voir leurs indicibles tourments abrégés par la délivrance de la mort. Que le mal incarné et la souffrance infinie puissent habiter un seul et même corps lui semblait à peu près aussi normal qu'une femme possédant deux seins.

Après avoir lu l'article de près, Bishop arracha soigneusement les pages du magazine et les plia en deux, puis en quatre, jusqu'à ce qu'elles tiennent dans sa poche. Sur ce, il commença à rédiger, avec une graphie contrefaite, une courte missive au rédacteur en chef de la publication. Peu habitué à écrire, Bishop buta sur chaque lettre. Aux yeux d'un observateur invisible, il aurait ressemblé à un étudiant plongé dans ses manuels.

Dans la chambre sommairement meublée, l'écran de télévision montrait à présent les destins bouleversants et bouleversés des habitants d'une petite ville en apparence agréable, mais prise dans les rets d'un *soap opera*. Sur la commode, la demi-banane, molle et odoriférante, prenait lentement une couleur brunâtre. Le cafard avait quitté la fenêtre. Dehors, la rumeur de la ville gonflait, cependant que l'après-midi laissait place à la dernière soirée de juillet.

Lors de la première nuit de ce funeste mois, Bishop s'était assis devant une fenêtre de Willows et avait attendu une pluie qui ne venait pas. Son projet avait été arrêté. Il savait comment sortir de là et quoi faire après. Ses vêtements étaient prêts. L'harmonica, le peigne, le portefeuille, la bague, la montre, la hache : tout était là. Il avait même avec lui la bombe de crème Chantilly, achetée à l'un des cuisiniers afin d'étouffer l'alarme du toit, une astuce qu'il avait apprise, des années auparavant, dans un film français qui passait à la télévision. Tout, et y compris Vincent Mungo, était prêt en attendant la seule chose que Bishop ne pouvait pas maîtriser. Il espérait pourtant que la pluie se mettrait bientôt à tomber.

Sa fureur d'être enfermé atteignait de tels sommets que seul un sang-froid exceptionnel l'avait empêché de ruiner subitement son nouveau rôle de patient servile. Au cours des mois précédents, il avait bien souvent failli perdre ses nerfs, mais sa ruse animale l'avait à chaque fois sauvé du désastre. Vincent Mungo faisait partie de son plan et devait être exterminé, et pourtant il n'était pas comme elles, il n'appartenait pas à la race des démons. Bishop se prenait à rêver que Mungo fût une femme.

Assis à la fenêtre, il répétait dans sa tête les étapes de son plan. Après avoir sauté du toit pour atterrir sur la terre molle, il tuerait Mungo à coups de hache et se précipiterait jusqu'à la conduite d'évacuation, grâce à laquelle il passerait sous le mur d'enceinte et retrouverait la liberté. Il garderait la hache sur lui, puisque, ayant été perdue avant l'arrivée de Mungo à Willows, elle risquait de trahir le stratagème si quelqu'un venait à la retrouver. Sans preuve à charge, les jardiniers n'avoueraient jamais avoir perdu un outil.

Une fois le visage effacé, le corps de Mungo porterait ses vêtements à lui, ainsi que ses effets personnels. Seules sa bague et sa montre manqueraient à l'appel. Les empreintes digitales ne mèneraient à rien car, Mungo n'ayant jamais été arrêté, on ne les lui avait jamais prises. Ni les siennes, d'ailleurs. Le plan était à la fois subtil et infaillible, et Bishop pensait avoir démontré, une fois de plus, l'étendue de son intelligence, la supériorité de son esprit.

Pour parfaire son œuvre, il ajouta une ultime précaution, même s'il doutait de son utilité. Lorsque Mungo était arrivé à Willows, Bishop avait tout de suite lié amitié avec lui ; très vite, ils avaient pris leur douche ensemble, rigolant, blaguant et se masturbant en même temps. Bishop en avait profité pour étudier discrètement le corps de son nouvel ami et y déceler d'éventuels tatouages ou cicatrices. À son grand soulagement, il n'y en avait pas.

Lui, en revanche, portait depuis peu une cicatrice à l'épaule droite. Il proposa donc à Mungo de se faire la même cicatrice, en signe d'amitié éternelle, même longtemps après leur évasion – comme des frères de sang, lui dit-il avec un clin œil. Mungo venait enfin de se trouver un ami ; légèrement simplet, il accepta sur-le-champ. Un après-midi qu'ils étaient tout seuls, Bishop lui incisa, exactement au même endroit que la sienne, une petite marque en forme de V. Pendant quelque temps, il cautérisa chaque jour la plaie jusqu'à ce qu'elle forme une cicatrice. Au moment de leur évasion, ils avaient donc tous deux la même marque à l'épaule.

Le 3 juillet, la pluie tomba et Bishop partit à la découverte, par-dessus le toit et sous le mur d'enceinte, d'un monde qu'il connaissait grâce à la télévision. Il laissait derrière lui son corps de substitution et toutes les haines qu'il avait accumulées. Il savait qu'il ne rebrousserait plus jamais chemin.

Sous les trombes d'eau, il marcha pendant des heures vers le sud, du moins le croyait-il, en cherchant à s'éloigner de Willows selon une ligne aussi droite que possible. Quelque part en chemin, il dissimula la hache dans d'épaisses broussailles, où personne ne la retrouverait. Ailleurs, il enterra la bague et la montre. Enfin, il offrit le doigt sectionné aux insectes.

La nuit noire et inquiétante lui assura une bonne protection. Personne ne traînait dehors, aucune voiture ne circulait. Il se sentait seul au monde, et ça lui plaisait. Tout ce qu'il touchait l'emplissait de joie – même la pluie lui semblait être une amie. Il passa devant des maisons endormies, pleines d'ombres silencieuses qui ignoraient sa présence. Sans faire la moindre halte, traversant les routes et les dalots, il s'enfonça de plus en plus profondément dans la campagne californienne.

La pluie cessa à l'approche du matin. Le corps de Mungo serait découvert d'ici à peine quelques heures. Bishop poursuivit son chemin, marchant parfois à travers champs et le long des routes, toujours à l'affût du moindre bruit suspect. Aux aurores, il arriva devant un petit village à l'orée d'un bois. Fatigué, il se cacha dans un appentis de fortune situé à quelques centaines de mètres des premières habitations. Il tenta d'étouffer le sifflement de ses poumons ; il était épuisé mais pas particulièrement accablé de sommeil, maintenu éveillé par l'excitation du moment. Il se demanda quelle distance il avait parcourue. Douze kilomètres ? Quinze ? En tout cas, suffisamment pour se mettre à l'abri. « Mais pas encore assez », marmonna-t-il rageusement. Pas encore assez s'il ne changeait pas très rapidement de tenue. En cette matinée du 4 juillet, il lui fallait entrer dans une maison, sans quoi, tel qu'il était, il se ferait très certainement cueillir.

Tel qu'il était… L'expression le fit sourire, alors qu'il repensait à son plan et à la manière dont tout avait débuté. Soudain il voulut revoir son portefeuille et la photo de sa mère – c'était son seul regret. Il l'avait porté sur lui pendant toutes ses années passées à Willows ; quelqu'un le lui avait offert quand il était tout jeune. Il aimait profondément sa mère et emportait toujours son portrait avec lui. Maintenant, la photo avait disparu. Il éclata de rire, chagriné par cette séparation.

Une heure plus tard, il nota une certaine effervescence dans une maison, avec des gens qui s'apprêtaient à sortir. Il regarda un jeune couple s'installer à bord d'une voiture et s'en aller ; ses yeux suivirent la voiture jusqu'à ce qu'elle disparaisse entièrement de l'horizon. Si seulement il savait conduire… Il ne s'attarda pas sur la question et longea rapidement l'arrière des autres maisons en veillant à se fondre parmi les arbres. La maison qui l'intéressait se trouvait tout au bout de la rangée. En l'approchant par le côté aveugle, il avait peut-être une chance. Il patienta une heure encore, puis gravit les marches du perron ; si quelqu'un se trouvait à l'intérieur, il lui demanderait son chemin. Il toqua à la porte, attendit, toqua de nouveau. Pas de réponse. Il tourna la poignée. Fermée. À pas de loup, il fit le tour jusqu'au côté aveugle et souleva une fenêtre. En un clin d'œil, il se retrouva dans la salle à manger.

Encore quelques secondes et il pénétrait dans la chambre. Dans l'armoire, il s'empara d'un pantalon marron et d'une chemise jaune. Il se changea sur place et serra la ceinture à la dernière boucle. Il troqua ses souliers noirs, usés et maculés de boue, contre une paire de chaussures presque à sa taille. L'autre armoire contenait des vêtements féminins. Il fouilla plusieurs sacs à main. Dans l'un d'eux, il trouva un billet de 20 dollars. La chance lui souriait encore.

En deux temps, trois mouvements, il se rendit dans la cuisine, ses anciens habits sous le bras. Quelque chose bougea juste devant lui. Il s'arrêta net. Un autre mouvement furtif. Il baissa les yeux. Des chats. Il poussa un juron. Plusieurs félins arpentaient la cuisine. Sous l'évier, il trouva ce qu'il cherchait. Du kérosène. Il prit le bidon avec lui.

De retour dans la salle à manger, il s'arrêta devant un petit bureau près de la fenêtre et fouina parmi les documents posés dessus. Rien de bien intéressant. Dans le tiroir se trouvaient quelques talons de chèques, tous au nom de Daniel Long. Sur chacun figurait un numéro de Sécurité sociale. Il en fourra deux dans la poche de sa chemise. Il chaparda également une vieille enveloppe reçue par Daniel Long, à cette même adresse.

Dans une clairière à trois cents mètres de là, il déversa le kérosène sur ses anciens vêtements et les brûla. Il enterra ses chaussures un peu plus loin, puis marcha jusqu'à la prochaine petite ville, où il acheta une petite valise en carton et un nécessaire à rasage. Après le petit déjeuner, il attendit, avec d'autres voyageurs, le car qui allait vers le sud. Avec sa nouvelle tenue et sa valise, il paraissait respectable, jeune homme parti pour un petit voyage d'affaires ou une brève escapade – en tout cas, certainement pas quelqu'un susceptible d'éveiller la crainte, ni même le soupçon.

Ce soir-là, il fit une halte dans un bar de Yuba City. Il n'avait jamais bu d'alcool de sa vie. Il commanda une bière, apprécia, en commanda une autre. « C'est très bon », dit-il au barman sur le plus amène des tons. La femme assise à ses côtés expliqua qu'elle prenait une bière de temps en temps, surtout quand il faisait très chaud. « Ça me fait transpirer, vous comprenez ? » Elle le regarda en souriant. « Et c'est bon de transpirer de temps en temps. »

Il lui renvoya son sourire. Lorsqu'elle commanda un autre Martini, il remarqua la liasse de billets dans son sac à main. Très vite, la discussion s'engagea. Elle venait de Los Angeles, où elle tenait un salon de beauté. Bien décidée à prendre un mois de vacances, elle faisait le tour de son État d'adoption pour mieux le connaître. « La plupart des gens ne savent même pas pourquoi ils s'installent ici, dit-elle avec emphase. C'est magnifique, vraiment magnifique, vous comprenez ? »

Elle avait 54 ans et était originaire de Milwaukee. Mariée à 20 ans, abandonnée à 28. Pas d'enfant. Elle avait fait plusieurs boulots avant d'intégrer une école de commerce pour apprendre à tenir un salon de beauté. Six autres années à Milwaukee, et elle avait déménagé à Los Angeles. Ses parents étaient morts, ses sœurs mariées et parties aux quatre coins du pays. Après avoir travaillé dans une douzaine de salons à Los Angeles, elle en avait géré quelques-uns pendant dix ans, puis, avec ses économies, avait ouvert le sien. Elle était douée et maniait bien les chiffres. Son affaire marchait du tonnerre.

« Ça fait vingt ans que je suis ici, dit-elle, et je n'en repartirai pas. » Elle secoua la tête. « Jamais. » Elle commanda un autre Martini. « Il fait trop froid à Milwaukee, vous comprenez ? Et moi je n'aime pas le froid. » Elle gloussa. « J'aime qu'on me tienne chaud. » Elle le regarda, le visage éclairé par un sourire radieux.

Elle le trouvait tout à fait à son goût et ne se gênait pas pour le lui montrer. Fondamentalement honnête et ayant depuis longtemps surmonté sa timidité, ce qu'elle regrettait le plus, c'étaient tous les hommes qu'elle avait éconduits dans sa jeunesse par pur souci des convenances traditionnelles. Chaque fois qu'elle y repensait, elle s'en voulait, et ces dernières années elle y repensait de plus en plus. Quel gâchis ! se disait-elle avec amertume. Toutes ces bonnes occasions perdues parce qu'on lui avait appris à faire attention et à préserver cette satanée vertu féminine ! Que disait sa mère, déjà, à l'époque où ses filles grandissaient ? Une dame doit toujours garder son sac fermé jusqu'au mariage. Désormais, son sac à main, elle l'ouvrirait quand elle le voudrait, autant qu'elle le voudrait. Et elle avait envie de le faire maintenant.

Elle serra la main du jeune homme et caressa son index droit. Il était long et mince, ce qui signifiait que sa queue était elle aussi longue et mince. Elle en frémit d'avance. Elle pouvait toujours deviner la longueur de la queue d'un homme d'après ses doigts. Dieu sait qu'elle en avait vu quelques-unes, à sa grande époque. Mais pas assez, vraiment pas assez, regrettait-elle.

Ils burent une autre tournée, qu'elle régla de sa poche. Au cours de la soirée, on annonça à la télévision l'évasion d'un malade mental aux tendances homicides, quelque part dans le nord de la Californie. On diffusa son portrait à l'écran. Personne n'y prêta attention. Le barman, homme sage et averti, baissa le son ; les fous n'étaient jamais bons pour les affaires. Il fit le tour des clients : la seule folle dans le bar était cette vieille blonde idiote qui essayait désespérément de lever ce beau jeune homme. Il secoua la tête d'un air triste. « Décidément, elles ne comprendront jamais », se dit-il pour la millième fois de sa vie passée derrière le comptoir.

En sortant, elle se fit la réflexion qu'elle avait dû boire à peu près sept verres. Pas tant que ça pour quelqu'un qui supportait bien l'alcool. Elle avait le hoquet. Lorsqu'ils arrivèrent à sa voiture, le jeune homme l'aida à s'installer. Elle apprécia le geste – un vrai gentleman. Il avait dû être élevé par une mère digne, lui. Elle-même n'était pas mère et n'aimait pas les enfants. Mais tant qu'à être mère, autant être une bonne mère. Dans l'air frais de la nuit, elle se sentait un peu pompette, mais à part ça, tout allait pour le mieux. Elle s'attendait à aller encore mieux quelques instants plus tard.

Elle alluma le moteur et toucha la main du jeune homme, pour se porter chance. Il était tranquillement assis et souriait dès qu'elle se tournait vers lui. Derrière ses yeux, pourtant, un plan se formait peu à peu.

Quelques minutes après, ils arrivaient au motel. Elle fit le tour de l'établissement sur l'allée en gravier et se gara juste devant sa chambre. Sous la lumière faible du porche, sa dernière conquête lui parut diablement appétissante. Vraiment à croquer, se dit-elle, un peu salace. Il était jeune, 25 ans lui avait-il dit, et ces derniers temps elle cherchait justement des hommes de cet âge. Pas que ces derniers temps, se reprit-elle : elle avait toujours eu un faible pour les jeunots. Plus elle vieillissait, plus elle essayait de les cueillir encore frais. Mais lui était vraiment le plus jeune qu'elle ait eu la chance de ramener, presque un gamin, et elle ne le laisserait pas filer comme ça. Si elle devait le kidnapper et le violer, elle l'obligerait à introduire ses doigts longs et fins en elle. Et s'il le fallait, elle était même prête à payer pour.

Une fois dans la chambre, elle n'alluma qu'une petite lampe. N'étant pas d'un naturel romantique, mais plutôt lucide, elle savait qu'il était préférable que le gamin ne la voie pas en pleine lumière. Couinant de plaisir comme une adolescente, elle s'installa sur le canapé qui faisait face à la fenêtre aux rideaux tirés, puis le fit asseoir à ses côtés. Elle lui prit la main, qu'elle porta sur son sein. Elle lui caressa la cuisse. Il était timide, elle aimait ça. Au milieu des roucoulements, elle attira son visage contre le sien, et ils s'embrassèrent, craintivement, maladroitement. Lorsqu'il commença à reculer, elle posa une main derrière sa nuque et le pressa contre elle. Leurs bouches se touchèrent une fois encore ; elle força celle du jeune homme avec sa langue insistante, en la faisant tourner comme un serpent moelleux. Au bout d'un moment, elle le lâcha et fit semblant d'être choquée par son attitude passionnément débridée.

Tout en se rendant dans la salle de bains, elle n'arrêta pas de lui répéter qu'elle ne s'attendait pas à trouver en lui un tel mâle – il la rendait folle et lui faisait oublier tout le reste. Toutefois, elle n'oublia pas de prendre son sac à main avec elle. Quelques minutes plus tard, elle revenait dans la chambre en chemise de nuit, non sans lui avoir demandé d'éteindre la lumière et d'écarter les rideaux. À la lumière romantique du porche, elle vit son corps nu, élancé, poupon, et ses tétons se durcirent à mesure que le désir la submergeait de toutes parts. Elle se glissa rapidement sous les draps, qu'elle leva en signe d'invite. Lorsqu'il la rejoignit dans le lit, elle défit le nœud de sa chemise de nuit et retroussa celle-ci au-dessus des cuisses.

Bientôt ses mains guidèrent les doigts fins du jeune homme jusqu'à son vagin. Comme la plupart des femmes, elle avait besoin d'être stimulée physiquement pour obtenir la lubrification nécessaire ; elle lui montra donc quel mouvement cadencé exécuter pour parvenir à ses fins. Sentant toute son inexpérience, elle n'en fut que plus excitée. Au bout d'un moment, ses sens commencèrent à se fondre les uns dans les autres, elle comprit que l'orgasme n'était pas loin. Elle glissa sa main droite sous le bassin du jeune homme et le fit basculer sur elle, menant d'un geste expert sa queue dans son sexe humide. Elle entama alors sa propre danse rythmée, de plus en plus vite, et, sombrant dans l'extase, elle murmura son nom, doucement, légèrement, comme une litanie d'amour sans fin. Danny, Danny, Danny…

Bishop voulut hurler. Et tuer six fois cette femme. Il avait la nausée, il était dégoûté par ce qu'elle accomplissait avec lui, par ce qu'elle lui faisait faire. Elle était vieille et grosse, elle avait introduit sa langue ignoble dans sa bouche, et maintenant son sexe dans son corps répugnant. Elle était horrible, un horrible monstre qui tentait de le briser, de le dévorer. Mais il la prendrait au piège parce qu'il était plus intelligent ; il saurait ce qu'il voulait savoir et prendrait ce dont il avait besoin pour survivre. Et puis il la tuerait.

Il n'avait jamais été avec une femme, n'en avait jamais vu de nue, sauf sur les images qu'un patient avait un jour rapportées à l'hôpital. Il voulait découvrir ce qu'était le sexe, ce que cela faisait d'être avec une femme. Il détestait le moindre contact physique, ne supportait pas de toucher quiconque, mais voulait quand même savoir si le sexe était une expérience différente. Il devait absolument voir si cela rendait le contact avec un autre corps plus agréable. Il venait de comprendre que le sexe n'était qu'une des ruses employées par les femmes pour attirer les hommes, pour les tuer à petit feu plutôt que du premier coup. Avec des femmes mortes, le sexe serait peut-être meilleur. Ou alors si elles dormaient. Ou bien si elles étaient entièrement sous sa coupe, terrorisées par lui, prêtes à faire n'importe quoi pour sauver leur peau – alors oui, peut-être que toucher leur corps serait agréable.

Sous lui, la femme se mit à gémir et à balancer sa tête de droite à gauche. Croyant lui faire mal, il devint de plus en plus excité et voulut lui faire encore plus mal, mais sans savoir comment. Les gémissements se firent de plus en plus bruyants, les mouvements de plus en plus saccadés. Elle hurla en poussant de brefs cris gutturaux. Il s'arrêta enfin de bouger et la regarda. Elle le secoua violemment, de haut en bas, au-dessus d'elle, l'obligeant à se remettre en mouvement.

Elle se cambra vers lui en poussant un ultime râle de plaisir, le visage tordu, les lèvres mordillées, les yeux enfiévrés. Pendant un instant, il prit peur et crut que le démon l'attaquait. Mais la femme se laissa retomber sur le lit, muette et figée. Elle retrouva très vite son souffle ; elle était allongée, les yeux fermés comme ceux d'une poupée de chiffon qu'on aurait cassée. Bishop espéra qu'elle était morte.

Lentement, délicatement, il se dégagea, puis remit son pantalon et passa dans la salle de bains. Il y resta un long moment. Lorsqu'il en revint, la femme était couchée en chien de fusil au bord du lit, son visage flasque détendu par le sommeil. Elle ronflait bruyamment.

La liasse de billets ne se trouvait pas dans le sac à main. Il savait que l'argent était caché quelque part parmi les vêtements, mais il ne chercha pas. Il avait d'abord besoin d'une dernière chose, une chose très importante pour lui.

Assez content de lui, il prit place dans le lit. Il avait fait beaucoup de chemin en une journée. Les autorités cherchaient Mungo, mais lui était libre et protégé par ses nouveaux habits, et de surcroît voyageait avec une femme d'affaires respectable. Le lendemain, se dit-il, serait une journée encore meilleure.

Le matin, il demanda à la femme de lui apprendre à conduire, lui expliquant qu'il n'y avait jamais pensé plus tôt. Elle fut naturellement flattée, mais surtout elle vit là un moyen de garder ce jeune homme auprès d'elle encore quelques jours. Elle le trouvait excitant, il est vrai d'une manière bizarre ; son inexpérience et sa maladresse la titillaient. Elle se demandait d'où il venait et elle aurait aimé en rencontrer d'autres comme lui. Tant qu'elle le prenait en main, il comblait ses étranges besoins sexuels, et pourtant ne semblait rien exiger en retour. Il ne lui volait pas son argent, comme tant d'autres, et ne lui demandait pas des cadeaux le matin. Non, uniquement apprendre à conduire. Elle lui apprendrait, ça oui, et prendrait le plaisir aussi longtemps qu'il y en aurait à prendre. Des comme lui, on n'en trouvait pas à tous les coins de rue.

Pour sa part, Bishop était prêt à supporter le corps répugnant de cette femme, ainsi que ses horribles caresses, jusqu'à obtenir ce qu'il désirait. Passé maître dans l'art de dissimuler ses sentiments, chaque fois qu'ils se retrouvaient au lit, il souriait, riait et faisait tout ce qu'elle attendait de lui. Pendant trois jours, ils roulèrent dans les environs de Yuba City. Appliqué, intelligent et vif, au troisième jour, il savait conduire comme tout le monde.

La femme vécut trois jours d'extase absolue. Pour la première fois depuis des années, elle fut comblée sexuellement. Cela ne la dérangeait pas le moins du monde de devoir entretenir le jeune homme parce qu'il était sans le sou. Elle se foutait même des 100 dollars qu'elle lui donnerait quand ils se sépareraient. Si seulement elle pouvait le garder auprès de lui jusqu'à la fin des temps.

La troisième nuit qu'ils passèrent au lit, la femme se retourna sans prévenir et s'agenouilla entre les jambes du jeune homme. Elle prit son sexe dans sa bouche et l'amena, lentement, expertement, à l'orgasme. Elle qui n'avait pas pour habitude de pratiquer la fellation, elle voulait qu'il s'en souvienne toute sa vie. Ce fut bien plus que cela. Allongé sur le lit, Bishop se demanda en effet comment une chose pouvait être aussi exquise. Il en conclut rapidement que ce qu'elle venait de lui faire constituait le seul acte sexuel digne de ce nom : c'était propre et, hormis le contact de sa bouche et de sa queue, il n'avait pas besoin de toucher le corps de la femme et vice versa. Il décréta ainsi que le seul acte sexuel qu'il répéterait, il le ferait avec la bouche d'une femme. Non seulement c'était bon, pensa-t-il, mais tout son mépris pour les femmes se traduisait par cette introduction dans leur bouche de ce qui lui servait à uriner.

Le lendemain, 8 juillet, ils partirent en voiture vers le sud. La femme comptait se rendre à Sacramento et à San Francisco, puis retourner chez elle. Il lui dit qu'il l'accompagnerait jusqu'à San Francisco. C'était un après-midi radieux. Ils ne roulèrent pas trop vite, histoire de profiter du paysage.

Ils s'arrêtèrent plusieurs fois pour manger des fruits frais au bord de la route. Ils formaient un couple heureux, ils riaient, ils passaient un bon moment, comme l'auraient fait deux amis. Au crépuscule, ils firent halte près d'un champ. Dans ce lieu désert, la femme eut le sentiment qu'ils se retrouvaient seuls au monde et elle voulut faire l'amour avec lui sur place, comme elle l'avait fait naguère, le jour de ses 17 ans, dans le Wisconsin.

Il lui répondit par son plus beau sourire. Au moment où elle sortit de la voiture, ivre de bonheur et redevenue la jolie jeune fille qu'elle avait été, il la frappa par-derrière à l'aide du démonte-pneu. Le coup violent, porté à deux mains, fracassa bruyamment le crâne de la femme. Elle tomba. Il lui assena un deuxième coup. Puis il passa sur son corps avec la voiture, dont les deux roues gauches lui écrasèrent la poitrine. Il traîna le cadavre jusqu'à un fossé non loin de la route et le recouvrit de feuilles mêlées de bois pourri. Une fois sa besogne accomplie, il s'agenouilla et, à cheval sur la tête éclatée, introduisit son sexe dans la bouche inerte.

En fin de soirée, il gara la voiture dans un motel des alentours de Sacramento. Une fois monté dans sa chambre, il fouilla méthodiquement le sac à main de la femme. Il trouva 800 dollars en billets, et 500 autres en chèques de voyage vierges, qu'il fourra dans sa poche. Dans le portefeuille, il récupéra le permis de conduire mais, après une seconde de réflexion, le laissa à sa place. Trop risqué. Il passa rapidement en revue les photos protégées par un film plastique : des hommes, des femmes, des enfants, des corps, des visages, des yeux, braqués silencieusement vers lui. Il y en avait une de la femme elle-même, plus jeune, plus mince, allongée sur une plage quelconque, dans une pose aguicheuse, avec son petit maillot de bain qui révélait ses appas. Il enleva cette photo et la glissa dans une autre de ses poches. Le reste du sac à main se résumait au traditionnel bric-à-brac féminin. Il le rangea dans le coffre de la voiture, avec les vêtements de la morte.

Le matin suivant, il arriva à San Francisco et se gara sur l'immense parking de l'aéroport – autre technique qu'il avait apprise en regardant la télévision. Il jeta le ticket de parking, sachant qu'on ne retrouverait pas la voiture avant plusieurs mois. Il prit le bus jusqu'au centre-ville, où il acheta un costume et un manteau léger dans une boutique de Geary Street. Il fit également l'acquisition d'un sac de voyage American Airlines dans lequel il rangea son matériel de rasage. Sa valise en carton et ses anciens vêtements, il les balança dans une poubelle, à North Beach. Ne souhaitant pas rester à San Francisco, ville prioritairement surveillée par les poursuivants de Vincent Mungo, il sauta en début d'après-midi dans le premier car pour Los Angeles.

Il arriva à destination à 23 heures et prit immédiatement une chambre dans un hôtel du coin, sous le nom d'Alan Jones, originaire de Chicago. Le lendemain matin, il jeta son dévolu sur une pension, sise dans une rue agréable à dix minutes à pied du centre-ville. Il utilisa cette fois le nom de Daniel Long et paya pour deux semaines.

Aussitôt installé, il se rendit à l'antenne locale de la Sécurité sociale et demanda une nouvelle carte d'assuré. À l'employée, il expliqua qu'il venait d'arriver à Los Angeles avec sa famille en provenance du nord de la Californie, et qu'il avait perdu certains objets pendant le déménagement, notamment une boîte remplie de papiers de famille. Sa carte de Sécurité sociale figurait parmi ceux-ci. Il lui montra ses talons de chéquiers, avec son nom et son numéro de Sécurité sociale. L'employée hocha la tête avec impatience : cette histoire-là, elle l'avait déjà entendue mille fois. Elle ne comprenait toujours pas, en revanche, pourquoi les gens ne gardaient pas tout le temps leur carte sur eux. Elle lui établit une nouvelle carte en quelques minutes.

Ensuite, Bishop entra dans une banque toute proche et ouvrit un compte d'épargne avec 100 dollars. Le guichetier vérifia sa carte de Sécurité sociale, comme l'y obligeait le règlement, et recopia le numéro sur le formulaire d'ouverture. L'adresse donnée par Bishop était celle de la pension. Quelques minutes après, on lui remit un livret de banque. Il ouvrit également un compte courant, cette fois avec 50 dollars. On l'informa que ses chèquiers seraient prêts d'ici une dizaine de jours ; en attendant, on lui remit un carnet de chèques de banque.

Bishop passa tout l'après-midi à écumer une demi-douzaine d'institutions publiques ou privées, comme la bibliothèque et les musées d'art ou d'histoire naturelle. En guise d'attestation, il montra sa carte de Sécurité sociale et son livret de banque. Moyennant une cotisation minimale, il reçut à chaque fois une carte de membre, valide pendant une année, établie à son nouveau nom. Pour ranger ces documents de plus en plus nombreux, il acheta un portefeuille qui ressemblait un peu à celui qu'il avait possédé jadis.

Le lendemain matin, le 11 juillet, il téléphona à une agence de la Bank of America pour se plaindre des difficultés qu'il avait à obtenir une carte de crédit de la banque : pouvait-on le mettre en relation avec le service des crédits ? On lui répondit que la majorité des grandes entreprises de Los Angeles avaient recours à une chambre de compensation, dont on lui donna le numéro de téléphone. Aux responsables du crédit, il dénonça une erreur dans sa cote de crédit et leur donna son nom, ainsi que l'adresse figurant sur l'enveloppe qu'il avait volée dans la maison vide le jour de son évasion. On le renvoya vers une autre chambre de compensation, à San Francisco, qui s'occupait de la Californie du Nord.

Il appela donc à San Francisco et exposa son problème à un employé. Il redonna son nom et l'adresse dans le Nord, comme s'il téléphonait de là-bas. Au bout de quelques minutes, il apprit qu'il ne devrait y avoir aucune difficulté. Quel était exactement son problème ? Il répondit qu'un magasin de meubles, après avoir vérifié son compte bancaire, lui avait refusé un achat en plusieurs mensualités. Ses nom et adresse furent de nouveau examinés : rien ne clochait. Mais parle-t-on bien du même Daniel Long ? demanda-t-il avec une exaspération feinte. Né à San Francisco le 10 février 1945 ? Il attendit la réponse en sachant qu'elle serait négative, puisqu'il venait de monter de toutes pièces le lieu et la date de naissance.

La réponse ne se fit pas attendre. Apparemment, une erreur avait été commise. Il était indiqué, en effet, que Daniel Long avait vu le jour à San Jose, Californie, le 12 novembre 1943. « Oh non, gémit Bishop, vous avez la date de naissance de mon frère au lieu de la mienne. » À l'employé subjugué, il promit d'envoyer très vite une lettre avec les bonnes informations. Après avoir fait semblant de noter l'adresse à laquelle envoyer cette lettre, ainsi que le nom de l'employé, il raccrocha.

Il rédigea aussitôt une lettre au service de l'état civil de San Jose pour demander qu'une copie de son acte de naissance – Daniel Long, né le 12 novembre 1943 – lui soit envoyée à son domicile de Los Angeles. Il joignit à sa lettre un billet de 5 dollars, pour les frais d'envoi.

En début d'après-midi, il retourna à la banque et, la mine contrite, informa un autre employé qu'il venait de perdre son tout nouveau livret de banque. Il l'avait rangé dans sa veste mais en voulant le sortir chez lui il s'était rendu compte qu'il avait disparu. Et le premier jour, en plus ! On lui répondit qu'un pickpocket le lui avait sans doute volé. Il en perdit son latin, bredouilla, n'en revenant pas d'avoir été victime d'un tel mauvais tour. Comme on lui délivra rapidement un nouveau livret de banque, il en possédait désormais deux en ayant déposé simplement 100 dollars – autre ruse apprise à la télévision.

Dans la semaine qui suivit, Bishop explora la Cité des anges. Il arpenta Sunset Boulevard et une dizaine d'autres rues célèbres, se promena dans les studios Universal. Il emprunta les cars de touristes et visita les maisons des stars, Disneyland et le Six Flags Magic Mountain, le zoo de Los Angeles et Hollywood Park. Tout ce qu'il vit l'émerveilla ; il avait l'impression d'être né adulte, sans passé ni souvenirs. Comme homme libre disposant d'une nouvelle identité, pouvant aller où bon lui semblait et faire ce qu'il voulait, il savourait chaque instant.

Vers la fin de la semaine, il passa deux jours à San Diego. Il se balada à Balboa Park et dans le zoo de la ville, enrichissant ainsi sa collection de cartes de membre. Il prit le car vers le sud et traversa la frontière mexicaine pour atterrir à Tijuana, où il flâna sur Revolucion Avenida et sirota des bières mexicaines dans des cantines sombres.

Lorsqu'il revint dans sa pension, une enveloppe l'attendait : l'acte de naissance de Daniel Long. Il fit aussitôt une demande de permis de conduire, avec pour document d'identité ledit acte de naissance, auquel il joignit les photos d'identité exigées, prises dans une salle de jeu. Une fausse barbe achetée chez un marchand de farces et attrapes dissimulait à merveille son véritable visage. On lui remit très vite un permis temporaire. Dans une auto-école des environs, il versa 25 dollars et un moniteur lui fit passer l'examen ; il s'en tira sans problème et apprit qu'il recevrait bientôt, par courrier, un permis de conduire californien en bonne et due forme.

Avec son permis temporaire comme pièce d'identité, il loua un coffre-fort dans une autre banque, pour une durée d'un an. Il y déposa l'acte de naissance, ainsi que la photo de la femme en maillot de bain. Une fois hors de la banque, il jeta les deux clés du coffre, abandonnant derrière lui une énigme qu'il pensait insoluble.

Il remplit ensuite une demande d'obtention pour une carte de crédit, en indiquant, dans la case « employeur », le nom de la société tel qu'il l'avait vu sur les relevés de salaire. Il indiqua un revenu annuel de 25 000 dollars et une expérience de sept ans dans la même entreprise. Pour le reste, il s'inventa un passé, dont les seuls éléments authentiques étaient le lieu et la date de naissance, et l'adresse dans le nord de la Californie. Il savait déjà que sa cote de crédit était excellente. Au bas du formulaire, il inscrivit sa chambre meublée, accessoirement sa résidence d'été, comme domicile où lui faire parvenir la carte de crédit.

Le 20 juillet, il retourna à la première banque pour récupérer son chéquier. Le nom était correctement imprimé, et il jeta les chèques de banque vierges qu'on lui avait donnés. Sur place, il fit la queue, tranquillement, et retira auprès du guichetier 95 dollars sur les 100 qu'il détenait sur son compte d'épargne, en utilisant son deuxième livret de banque. De retour chez lui, il détruisit ce livret. Il venait ainsi de récupérer la quasi-totalité de son argent et possédait un livret de banque valable, et certifié comme tel, à l'aide duquel il pouvait en tous lieux prouver sa solvabilité. Avec ça et son permis de conduire, il ne pourrait jamais se faire arrêter pour vagabondage, ni même se faire interroger par la police ailleurs que sur place. Il avait des papiers et il avait de l'argent : il était devenu un citoyen respectable.

Le 24 de ce même mois, il paya une semaine supplémentaire dans sa pension. Ses préparatifs quasiment achevés, il savait qu'il quitterait bientôt Los Angeles et l'État souverain de Californie.

Six jours plus tard, deux courriers lui parvinrent. Le premier contenait son permis de conduire californien, l'autre une carte de crédit établie à son nouveau nom, sans indication d'adresse.

Il passa à sa banque le lendemain matin et encaissa un chèque de 45 dollars, sur les 50 de son compte courant. Une fois encore à moindre coût, il disposait désormais de chèques bancaires valides qui lui fournissaient une identification supplémentaire et lui permettraient, en cas d'urgence, de tirer du liquide. Alors qu'il rentrait chez lui, la manchette d'un magazine hebdomadaire attira son attention.

Regardant par la fenêtre en cette dernière soirée de juillet, sa lettre anonyme postée et l'article sur Chessman dans sa poche, Thomas Bishop médita longuement sur sa vie et sur le sort que sa propre patrie lui avait réservé. On avait assassiné son père et anéanti sa mère, on l'avait pris, lui Bishop, quand il n'était qu'un enfant, on l'avait enfermé pour le restant de ses jours, on lui avait menti, on l'avait ridiculisé, torturé de mille manières monstrueuses au point que lui-même, parfois, ne savait plus s'il était fou ou sain d'esprit. Et on l'aurait maintenu prisonnier jusqu'à la fin de ses jours s'il n'avait pas pris la poudre d'escampette. Mais voilà, il était plus malin qu'eux, sinon il aurait déjà été mort depuis longtemps. Ils voulaient le tuer comme ils avaient tué son père.

Devant ces réflexions, son regard se durcit et sa main s'accrocha au châssis de la fenêtre. Ils méritaient qu'on leur donne une leçon, tous ces citoyens de Californie, et il se chargerait personnellement de leur en administrer une mémorable. Ils ne comprendraient rien, de la même manière qu'ils ne l'avaient jamais compris, lui, mais ils s'en souviendraient.

À 21 heures, il rangea son matériel de rasage dans le sac de voyage et éteignit la télévision. Il jeta un coup d'œil d'ensemble sur la chambre ; tout y était médiocre, bon marché, tout y sentait les adieux. Il laissa les clés sur la commode, près de la peau de banane pourrie. Refermant la porte branlante dans son dos, il dit au revoir à la chambre.

Une revigorante marche d'un kilomètre et demi le mena jusqu'à un petit hôtel, où il s'installa sous le nom de Bernard Parks, arrivé tout droit de Cleveland. Une fois dans sa chambre, il s'allongea sur le lit et s'endormit rapidement. À 23 h 50, il se réveilla, descendit au rez-de-chaussée, puis quitta l'hôtel pour retrouver la nuit chaude de Los Angeles, en quête de sa proie.

Le même matin, une autre personne fut tout aussi affectée par l'article sur Chessman – « exaspérée » serait un terme plus juste. Le sénateur Jonathan Stoner, en effet, découvrit le papier à Sacramento, en se rendant à son travail. Avant même d'y mettre les pieds, il était déjà vert de rage. Il entra dans son bureau en trombe et passa quelques coups de fil expéditifs, dont l'un à son attaché de presse qui n'était pas encore là. « Dites-lui de m'appeler dès qu'il arrive », tonna Stoner avant de raccrocher violemment le combiné. Il était 10 heures passées, et le sénateur estimait qu'il devait être le dernier arrivé au travail, puisque tout tournait autour de sa personne.

Jonathan Stoner défendait ardemment la peine de mort. À ses yeux, le pays était paralysé par des éléments criminels qui ne craignaient rien parce qu'il n'y avait plus rien à craindre. La société était devenue laxiste, les tribunaux indulgents, la police dégoûtée, et, comme toujours, les classes moyennes payaient les pots cassés. Les plus riches avaient les moyens de se protéger, les plus pauvres n'avaient rien d'autre à perdre que leurs tristes vies. Mais les classes moyennes, l'épine dorsale de la nation américaine, ces millions de citoyens respectables attachés à la propriété et au travail, ceux-là se faisaient voler, dépouiller, agresser, et même tuer.

Ce n'étaient pas la soi-disant délinquance en col blanc, les détournements de fonds, les faussaires, l'évasion fiscale, les grosses magouilles financières ou les rétributions politiques qui faisaient enrager Stoner. Il avait toujours connu ça dans sa carrière politique, et il était assez intelligent pour savoir que la machine devait être huilée pour tourner à plein régime. Le crime organisé ne le dérangeait pas outre mesure : ces gens-là tiraient profit des vices les plus humains et ne se tuaient qu'entre eux. Ce qui le mettait dans une colère noire, c'était le crime violent : les détrousseurs, les violeurs, les braqueurs de banques, les petits porte-flingues, les tueurs sadiques, les détraqués, ceux-là mêmes qui tenaient le pays en coupe réglée, qui transformaient les rues en jungle et les maisons en geôles.

Stoner croyait dur comme fer qu'on devait enfermer tous ces gens-là en prison jusqu'à la fin de leurs jours et jeter la clé à la mer. Mieux encore, il fallait les tuer. Charles Manson aurait dû être fusillé. Richard Speck, exécuté. Charles Schmid, exécuté. Sirhan Sirhan, exécuté. Tous devaient subir le même sort, à l'instar d'un Harvey Glatman ou d'un William Cooks quelques années auparavant. Caryl Chessman, aussi. Il avait eu ce qu'il méritait. La mort.

Ses yeux se posèrent de nouveau sur la manchette. Il s'empara du magazine, le regarda un instant et le jeta violemment sur son bureau. Il demanda à sa secrétaire un petit café. Lorsqu'elle pénétra dans son bureau, il lui tendit le numéro de *Newstime* et lui dit d'appeler le directeur de la rédaction de Los Angeles. « Trouvez le numéro dans l'ours ! aboya-t-il. Et précisez bien que je veux lui parler directement. Lui et personne d'autre ! » hurla-t-il dans son dos. Il se rassit et chercha à calmer sa colère.

Le sénateur était un *self-made-man*. Grand, solidement charpenté, avec un visage dur et une constitution robuste, il s'était battu bec et ongles pour gravir les échelons de la politique au cours des dix-huit dernières années. Âgé de seulement 39 ans, comme il aimait à le rappeler, ses ambitions politiques le portaient au-delà de la Californie, mais seuls ses confidents les plus intimes le savaient.

Il avait 14 ans quand Caryl Chessman fut jugé et condamné, et 26 lors de l'exécution de ce dernier en 1960. S'il ne se rappelait rien du procès, la mort de Chessman l'avait en revanche profondément marqué. Il avait failli faire partie des soixante témoins de l'exécution à la prison de San Quentin. À l'époque jeune représentant d'un district ouvrier, il s'était fait un devoir d'assister au châtiment suprême des animaux qui tourmentaient ses électeurs, mais, encore dépourvu d'influence, il n'avait pas pu se faire inviter. Il savait déjà que de tels monstres devaient être exterminés si les gens respectables voulaient vivre heureux.

Dans le cas de Chessman, l'affaire comportait aussi un tour personnel. Une de ses cousines, adolescente à la fin des années 1940 et vivant à Los Angeles, avait été violée et atrocement brutalisée à l'époque où Chessman commettait ses crimes. Une plainte avait été déposée, mais la jeune fille, en état de choc, n'avait pas su décrire son agresseur. Après cela, elle ne fut plus jamais la même et refusa de fréquenter des hommes. Rien ne prouvait que Caryl Chessman fût coupable mais, aux yeux de Stoner, qui découvrit ce drame quelques années plus tard, cela ne changeait rien à l'affaire. Sa pauvre cousine avait été violée à l'époque où Chessman violait, dans la même ville, dans la même zone. Ça lui suffisait amplement.

Les instincts réactionnaires du sénateur étaient profondément enracinés et sincères, autant que sa foi aveugle dans l'efficacité de la peine de mort. Mais l'homme, également fin stratège et prompt à sauter sur la première occasion qui se présentait, comprit tout de suite que la décision de la Cour suprême au sujet de la peine de mort, l'année précédente, était très impopulaire. Si elle avait désormais force de loi, rien ne disait qu'il en serait toujours ainsi. L'habile politicien faisait confiance à la volonté suprême du peuple, du moins sur les questions sensibles, et il était prêt à parier que d'ici quelques années la plupart des États rétabliraient la peine capitale. Ensuite, ce ne serait plus qu'une question d'années, peut-être le temps que plusieurs juges de la Cour suprême meurent ou démissionnent.

Dans son propre État, Stoner était intimement convaincu que la majorité de la population souhaitait le rétablissement de la peine de mort. Il avait perçu combien l'aspect émotionnel de la question prenait le pas et, depuis quelques mois, se demandait comment tirer le meilleur profit de cette situation. Les élections arriveraient d'ici moins d'un an, et la peine de mort pouvait même lui permettre de se faire connaître au-delà de la Californie. Voilà où le portaient ses réflexions, ce matin-là, lorsqu'il lut l'article sur Chessman ; une ébauche de plan commença à se former dans son esprit.

Sa secrétaire l'appela. Un certain Derek Lavery cherchait à le joindre depuis Los Angeles. Au moment où il décrocha, la jeune femme entra précipitamment dans son bureau et posa le numéro de *Newstime* sur sa table.

Le sénateur passa les dix minutes qui suivirent à discuter, d'une manière calme et dépassionnée, avec le rédacteur en chef. Sa voix était alerte, son ton modulé, ses mots précis. Il connaissait bien le pouvoir de la presse et n'entendait aucunement, en cette année préélectorale, laisser aux journalistes des munitions dont ils pourraient se servir contre lui.

En des termes volontairement mesurés, il fit part de ses griefs à l'encontre de l'article sur Chessman : le texte était racoleur, il flattait les plus bas instincts, abusait de la sympathie naturelle du lectorat pour les faibles, manipulait les faits et, parfois, relevait de l'élucubration pure et simple. Chessman était à l'évidence coupable, il avait été accusé d'un crime relevant de la peine de mort et, par conséquent, exécuté. Il n'était en rien une victime, mais bien un voleur, un violeur et un kidnappeur, et la seule erreur qu'ait commise l'État californien avait été de maintenir ce fou dangereux en vie pendant douze années, aux frais du contribuable. Ce n'était pas l'époque qui l'avait tué, mais ses propres crimes. Le reste ne comptait pour rien. Quoi ? Oui, y compris le fait qu'il se soit défendu tout seul. Non, il n'avait subi aucun châtiment cruel et exceptionnel, contrairement à ses victimes. Quant aux autres viols à la même époque, il les avait certainement tous perpétrés. Pour ce qui était de la prétendue réhabilitation de Chessman, elle n'avait aucune valeur aux yeux des criminels de son espèce. Oui, parfaitement. Pas de réhabilitation. Qui dit cela ? Moi, je le dis. Un animal est un animal, et rien ne peut le réhabiliter. D'un animal, il ne peut sortir qu'un animal. Comment ça ?

Fils d'animal ? C'est ce que vous venez de dire ? Non, je vous avoue que je ne saisis pas bien l'humour de la chose. Oui. Au revoir.

« Fils d'animal », bougonna le sénateur en secouant la tête, au moment de raccrocher.

Quelques minutes plus tard, son attaché de presse entrait dans son bureau. Jeune, ambitieux et doué d'une redoutable intelligence, il travaillait avec Stoner depuis maintenant deux ans. Avant cela, il avait enseigné le journalisme politique pendant une année, à sa sortie de Stanford. Après un papier paru dans un journal local, le sénateur, frappé par son talent, l'avait appelé à rejoindre son équipe. Le jeune homme nourrissait des ambitions, notamment celle de ne pas rester attaché de presse toute sa vie.

Stoner s'empara du magazine et le jeta de l'autre côté de la table. « Vous avez vu ça ? »

L'attaché de presse avisa l'hebdomadaire.

« Pas mon style. Je suis plus intéressé par l'aspect professionnel des médias.

— L'article sur Chessman. Lisez-le.

— Je suis obligé ?

— Lisez-le, Roger », répéta le sénateur d'un air las.

Roger s'assit dans le fauteuil en cuir en face de Stoner. Il étendit les jambes et se mit à lire, en murmurant. Au bout de quelques minutes, il leva les yeux.

« Qu'est-ce que vous en dites ? demanda le sénateur.

— C'est un article sur Caryl Chessman, exécuté il y a maintenant treize ans de ça.

— Merci, je suis au courant, répondit le sénateur sur un ton narquois. Autre chose, peut-être ?

— C'est bien écrit, pour un papier de ce genre. »

Stoner se fendit d'un sourire sec, comme s'il avait affaire à un attardé mental.

« Je me fous du style, dit-il, agacé. Vous n'avez aucun avis sur le sujet, bordel de Dieu ?

— Bien sûr que si », rétorqua Roger, sur la défensive.

Il retrouva son sourire. « Mais je ne suis pas forcément d'accord avec mon avis. »

Le sénateur fixa le jeune homme du regard pendant un long moment. Le soupir qu'il finit par lâcher fut bruyant et pénible. « Vous irez loin en politique, Roger. Très loin. »

Roger sourit. Le sénateur aussi irait loin, se dit-il, s'il avait un peu plus d'humour.

« Ce dont je veux parler, reprit Stoner patiemment, c'est du fond. Qui est, en l'occurrence, absolument hostile à la peine de mort.

— Je vois bien, oui, répondit le jeune homme, redevenu sérieux. Mais ils enfoncent une porte ouverte. Chessman est mort et enterré depuis longtemps.

— Dans ce cas, ils l'exhument. »

Stoner se leva et marcha jusqu'à la fenêtre.

« Ils disent que la peine de mort est la vraie machine à tuer, et que Chessman s'est fait coincer dans ses rouages. Ils sont en train d'en faire un héros, une victime innocente qui aura mené un combat perdu d'avance contre le meurtre légal.

— Les gens ont toujours besoin d'adorer des antihéros. »

Le sénateur ne releva pas.

« C'est l'attaque la plus pernicieuse contre la peine de mort que j'aie vue depuis des années. Ces gens-là débarquent du jour au lendemain en nous traitant d'assassins.

— La semaine prochaine, ils diront le contraire. Tous les magazines fonctionnent de la même manière. Ils se foutent bien de savoir dans quel camp se ranger, du moment que le sujet fait vendre.

— Et Chessman fait vendre ?

— Non. Mais la peine de mort, oui.

— Exactement. »

Le sénateur arbora un grand sourire, regagna son fauteuil et se rassit. « Ça touche à la vie, à la mort, c'est concret, et je pense qu'il est temps pour moi d'intervenir. En d'autres termes… » Il fixa son attaché de presse droit dans les yeux.

« En d'autres termes, si je me débrouille bien, ça peut me ramener pas mal de votes.

— Mais les gens connaissent déjà votre avis sur la question.

— Intervenir personnellement, je veux dire. En faire mon combat. Obtenir une exposition maximale grâce à cela. Ce débat va rester dans les esprits pendant un bon bout de temps, et moi aussi. Hormis ce que dit la loi, il n'y a pas de vrai ou de faux dans ce domaine. Tout le reste n'est que passion, et c'est là que le bon politique intervient.

— C'est un point de vue cynique, mais pertinent, soupira le jeune homme.

— Sans compter que je suis du bon côté. »

Roger éclata de rire.

« Du côté le plus facile, disons.

— Pour en revenir à l'affaire Chessman, insista le sénateur, on a un angle tout trouvé. Un criminel qui est mort pour ses méfaits. Sa mort a rendu la société plus heureuse et certainement sauvé des vies. Mais voilà : certaines personnes le font passer pour une victime. »

Il jeta un bref coup d'œil à son adjoint. « C'est naturel. »

L'attaché de presse réfléchit en murmurant de nouveau, comme s'il essayait de se rappeler une mélodie oubliée.

« Sacrée manière d'avoir un écho national, concéda-t-il. Beaucoup d'États sont mécontents. »

Le sénateur acquiesça.

« Je pourrais être leur porte-parole.

— Mais ça ne marchera pas, dit le jeune homme sur un ton sciemment dépité. Pas comme ça. »

Le sénateur plissa les yeux. « Auriez-vous la gentillesse de m'expliquer pourquoi ? Vous êtes d'accord avec moi, il s'agit là d'un bon sujet passionnel. Mon avis sur la question est connu. Tout ce qu'il nous faut, c'est une cible précise. Et elle est là, juste devant nous. » Il montra le magazine.

« Alors, qu'est-ce qui vous gêne ?

— Rien, répondit l'autre lentement. Mais c'est votre angle d'attaque qui n'est pas bon. Chessman est mort depuis des lustres. Or, un cadavre ne soulève aucune passion. On ne peut pas emballer les foules avec un événement irrévocable. Non, il faut leur jeter en pâture un individu qui balance entre la vie et la mort *en ce moment*. Plusieurs individus, même. Il faut leur donner… »

Il s'interrompit un instant et fit la grimace. Soudain, il claqua des doigts. « Mais oui ! Il faut leur donner des vies. Tout de suite ! »

Le sénateur était perplexe, et ça se voyait sur son visage.

« Il faut leur donner des vies, monsieur le sénateur. Des vies auxquelles ils puissent s'identifier. Victimes innocentes ou tueurs en série, peu importe, du moment qu'ils sont vivants. Personne ne s'identifie aux morts.

— Et où vais-je trouver cela ?

— Vous en avez un à portée de main, répondit le jeune homme, le regard enflammé. Vincent Mungo. »

Il était surexcité, son cerveau bouillonnait.

« Mungo a tué une fois. Il tuera sans doute encore. Ce type ne devrait pas avoir le droit de vivre. S'il s'échappe une deuxième fois, il tuera de nouveau. Voilà, vous l'avez, votre mélodrame, et en plus il est authentique. Les gens sont soit des victimes, soit des tueurs. Tout le monde pourra donc s'identifier. Vous n'avez qu'à répéter partout que cet homme devra mourir une fois qu'on l'aura capturé.

— Si tant est qu'on le capture.

— Il est fou, n'est-ce pas ? Alors, il sera capturé. Espérons simplement qu'il nous assassine encore deux ou trois quidams entre-temps, histoire de nous donner un petit coup de pouce. »

Roger rit tout seul. « Je plaisante, monsieur le sénateur. »

Le sénateur se contenta de froncer les sourcils. L'idée était excellente mais ne l'intéressait que moyennement. Les morts étaient toujours plus coopératifs, plus commodes.

« Je pense malgré tout que nous avons besoin de Chessman, finit-il par dire. Son nom est célèbre et, pendant des années, il a été le cri de ralliement de toutes les pleureuses de ce pays. Mais Mungo ? Qui en a entendu parler hors de Californie ?

— Dans ce cas, mêlez les deux noms.

— De quelle manière ?

— Rien de plus simple, répondit le brillant jeune homme. Décrivez Mungo comme la réincarnation de Chessman. Un symbole, si vous voulez. Un fou furieux en version moderne qui se promène dans toute la Californie, prêt à semer la désolation et à tuer. Un monstre assoiffé de sang. Dites aux femmes qu'il en a sans doute après elles, car les dingues s'en prennent généralement aux femmes. Chessman est mort pour qu'elles puissent vivre. Et aujourd'hui, cette réincarnation de Chessman, son rejeton diabolique, doit mourir à son tour. Les gens doivent être protégés, et c'est vous qui allez vous en charger. »

L'attaché de presse s'était levé. « Ainsi vous jouez sur les deux tableaux, dit-il avec enthousiasme, et si Mungo s'en prend de nouveau aux femmes, elles accourront vers vous comme un troupeau de brebis. » Il s'arrêta un instant. « Naturellement, j'espère qu'aucune femme ne sera tuée. »

Au cours de la demi-heure qui suivit, les deux hommes décidèrent d'organiser une conférence de presse pour le surlendemain, le 2 août. Le sénateur Stoner y annoncerait le lancement d'une campagne pour le rétablissement de la peine de mort en Californie. Il en profiterait aussi pour déclarer la guerre aux fous dangereux, aux violeurs et aux assassins. Une tournée dans tout l'État suivrait rapidement.

Une fois la réunion terminée, avant de s'attaquer à d'autres dossiers, Stoner ne put s'empêcher de repenser à une chose que cet imbécile de rédacteur en chef lui avait dite tout à l'heure. La phrase n'arrêtait pas de l'obséder. « Fils d'animal », avait-il dit.

Fils d'animal. Caryl Chessman et Vincent Mungo…
« Fils de pute », conclut brutalement Stoner.

Le même soir, le dernier du mois de juillet, le fils de pute déambulait dans le centre de Los Angeles, en direction de South Figueroa Street. Minuit venait de sonner, et l'homme avait dû marcher longtemps avant de trouver sa proie. La zone qu'il traversait jouxtait le quartier chaud de la ville, hérissé d'immeubles délabrés et de magasins minables. Des ivrognes étaient affalés devant les portes ou se chamaillaient pour des bouteilles de vinasse à moitié vides. Des drogués erraient sans but, se bousculant parfois les uns les autres sans comprendre. Des voitures remplies de jeunes gens passaient bruyamment. Tout, ici, puait la négligence qui avait régné pendant de trop longues années. Et derrière, dans les ruelles sombres, dans les chambres perdues et dans les lits peuplés de désespoir, la mort transpirait par tous les pores.

Bishop reluqua les femmes trop maquillées qui l'aguichaient. Vieilles et incroyablement décaties, elles lui faisaient l'effet de vautours en quête de chair fraîche. Il frémit et se hâta de poursuivre son chemin.

Quelques rues plus loin, il la vit sortir d'un immeuble miteux à trois étages. Elle huma l'air de la nuit pendant quelques instants puis tourna à droite, ses longs cheveux tombant en cascade sur sa blouse sans manches. Bishop avait eu le temps de voir qu'elle était jeune, blonde, et qu'elle avait les jambes fines d'un poulain. Il traversa la rue et pressa le pas. À l'angle, il arriva à sa hauteur au moment où elle attendait que les voitures passent. Elle ne portait rien d'autre qu'un peu de fard à paupière, et sa petite bouche montrait une moue permanente.

Bishop lui décocha son plus beau sourire. Ses yeux respiraient l'innocence, son visage la sympathie. Avec son costume flambant neuf, apparaissant aux yeux du monde entier comme un beau jeune homme riche et puissant, toute son attitude disait le charme, la grâce. « Je crois que ce billet de 50 dollars pourrait être à vous », lui dit-il. Il ne se départit pas de son sourire. Maintenant qu'il se trouvait à côté d'elle, billet à la main, ses yeux étaient toujours aussi innocents, et ses manières toujours aussi charmantes.

La fille comprit tout de suite. Elle n'était pas une prostituée, encore moins une racoleuse, mais elle vit exactement où le jeune homme voulait en venir. Elle ne s'offusqua pas de sa proposition car elle le trouva intéressant au premier coup d'œil. Il était plutôt beau, bien habillé, charmant, poli et détendu. Pas comme la plupart des types qui la draguaient, vieux débauchés, jeunes voyous surexcités ou minables représentants de commerce aux mains grasses. Lui devait être bien riche pour balancer comme ça un billet de 50 dollars.

Pour elle, ça représentait une belle somme, une somme avec laquelle elle pouvait régler son loyer. Aïe, se dit-elle soudain, le loyer ! Quel jour sommes-nous ? Le 1er août ! C'est aujourd'hui. Elle n'avait pas de quoi payer son mois. Pour changer…

Elle se retourna et lui sourit. Pourquoi pas ? pensa-t-elle. À n'importe quel autre moment je serais ravie qu'un type comme lui m'emmène sortir. On irait danser, on boirait quelques verres, et puis on irait au lit, et le lendemain matin, je n'aurais rien ! Au moins cette fois, je peux gagner 50 dollars. Elle l'examina attentivement. Qui sait ? Peut-être que c'est un de ces riches excentriques qui aiment entretenir des filles. Peut-être même qu'il est dans le cinéma et qu'il m'aidera à décrocher un rôle.

Elle s'appelait Kit ; c'était le nom qu'elle se donnait depuis son arrivée à Los Angeles. Pas Kitty, ni Kitten : Kit, tout simplement. Ça faisait deux ans qu'elle habitait là, après avoir quitté le bercail pour devenir une star de cinéma. Elle n'était pas sublime, mais elle avait une beauté particulière, et un joli corps, malgré des hanches un peu dodues. Elle avait tenté de se lancer dans le cinéma grâce à son corps, mais les essais furent infructueux. Il lui était arrivé de coucher pour l'argent avec des hommes importants, autant de situations qu'elle préférait considérer comme des échanges de bons procédés. Par deux fois, ces derniers temps, elle avait échangé de bons procédés avec son propriétaire. Elle avait 21 ans.

Ils marchèrent côte à côte sans rien dire, hormis quelques remarques sur le temps qu'il faisait et sur la vie du quartier. Il souriait, elle souriait, ils ne croisèrent personne, personne ne les vit. Six rues plus loin, elle était chez elle et il était avec elle.

Elle prépara du café et s'en servit une tasse. Il lui sourit et demanda un verre d'eau. Il lui expliqua qu'il venait de San Francisco ; elle lui dit qu'elle aimait cette ville. Elle nourrit son chat, Bishop lui sourit et la regarda. Au bout d'un moment, il posa son billet de 50 dollars sur la table. Elle préféra ne pas y toucher. Une fois qu'elle eut avalé sa deuxième tasse de café, elle passa dans sa minuscule chambre et se déshabilla. Ensuite, elle lui dit de venir. Il s'assit sur le lit et observa son joli corps de jeune fille, qui était très différent de l'autre, celui qui lui avait appris à conduire. Mais ce qui l'intéressait avant tout, c'était sa bouche.

Il lui sourit encore une fois et lui expliqua ce qu'il voulait d'elle. Elle secoua la tête. Elle était un peu vieux jeu pour ces choses-là, elle ne pratiquait pas. Non. Elle était prête à écarter les cuisses pour lui, mais pas ça ; elle avait essayé une fois, ça l'avait dégoûtée, elle ne le referait jamais plus.

Les stores étaient baissés, la chambre baignait dans l'obscurité. Elle lui demanda de se déshabiller et de la rejoindre dans le lit. Elle lui promit qu'elle lui ferait prendre son pied. Il se détourna un instant et sortit le couteau de sa poche intérieure de veste. Avec sa main gauche, il trouva le nombril de la fille. De la droite, il planta la pointe dans l'estomac, puis, tout sourire, les deux mains serrées autour du manche, enfonça la lame à travers toute l'épaisseur du corps, jusqu'à toucher le matelas en dessous. Il ne cessa d'appuyer qu'au moment où la garde du couteau toucha la peau.

Alors défila dans son esprit l'image de la femme qui toisait le petit garçon apeuré, qui le fouettait sans arrêt, chaque coup lacérant un peu plus sa peau douce et vulnérable.

Lorsque la jeune femme agonisante commença à pousser un cri, Bishop lui fourra le drap dans la bouche. Le corps, empalé, ne pouvait plus bouger, mais il fut pris de soubresauts terribles, incontrôlables, pendant quelques instants qui semblèrent des heures. Finalement, les poumons lâchèrent leur dernier souffle et le corps céda, immobile.

Bishop releva les stores pour y voir plus clair. Le chat ayant fait irruption, il lui titilla les moustaches et le ramena dans la cuisine. Il ferma la porte de la chambre et se déshabilla entièrement. Agenouillé sur le lit, il dégagea le drap de la bouche de la jeune fille pour y introduire son sexe. La bouche était chaude et très humide, à cause de la salive et des fluides qui s'en échappaient. Ses mains tenant de chaque côté la tête blonde comme un ballon de basket, il la fit basculer de haut en bas, les lèvres autour de son sexe, jusqu'à ce qu'il jouisse.

Lorsqu'il finit par se redresser, il retira soigneusement son couteau du cadavre. La fine lame mesurait vingt centimètres, et le manche, dix. Le vendeur de l'armurerie avait parlé d'un couteau spécialement fait pour les autopsies, tout en reconnaissant qu'on l'employait en réalité dans les combats de guérilla, pour tuer sans un bruit. Bishop l'avait acheté le même après-midi où il avait envoyé la lettre au magazine. Dans sa chambre, il avait découpé un petit trou dans la poche intérieure gauche de sa veste, afin de pouvoir transporter sur lui le long couteau en toute discrétion. Tout le temps qu'il avait passé aux côtés de la fille, l'arme était restée dedans.

Contemplant de nouveau le cadavre, le jeune homme s'attela à sa tâche. Il sectionna les seins et en deux voyages les emmena dans la cuisine, où il les déposa délicatement sur la table, l'un près de la tasse à café vide, l'autre à côté de son verre d'eau. Revenu dans la chambre, il découpa l'abdomen en deux. Avec une détermination sans faille, il sortit et pétrit les organes de la jeune fille, les caressant longtemps, mû par un besoin impérieux de les toucher, de les posséder. Rien n'aurait pu le satisfaire davantage. Il garda les yeux fermés jusqu'à ce que ses noires visions aient complètement disparu, jusqu'à ce que la femme au fouet ne toise plus le petit garçon tout nu.

Enfin rassasié, il regarda tout autour de lui. La chambre était maculée de sang. Il nettoya son couteau dans l'évier de la cuisine, se récura avec application, puis se rhabilla. Il rangea le couteau dans sa poche et récupéra le billet de 50 dollars sur la table.

Dans le réfrigérateur, il trouva un peu de mortadelle et une demi-livre de pain. Il se prépara un sandwich à la mortadelle, qu'il dégusta lentement, assis devant la table. Rien ne pressait.

À un moment donné, il sortit un stylo-feutre qu'il avait également emmené avec lui et, méticuleusement, inscrivit ses initiales en grosses majuscules sur chacun des deux seins posés sur la table de la cuisine.

Avant de quitter les lieux, il versa de l'eau dans la gamelle du chat, jusqu'à ras bord, et remplit une soucoupe de croquettes pour deux jours.

Le lendemain matin, c'est-à-dire le 1er août 1973, Thomas Bishop, alias Daniel Long, quittait son hôtel et prenait le car pour Las Vegas. Il avait l'air en forme et se sentait encore mieux – un jeune homme possédant de l'argent et une identité. Lorsque le gros car rouge sortit de la gare routière et s'engouffra sur la route du Nevada, Bishop reprenait sans le savoir le chemin que son père et sa mère avaient emprunté vingt-six ans auparavant. Confortablement assis sur son siège au milieu du long véhicule, il fixa l'horizon, le sourire aux lèvres, et ne regarda pas une seule fois en arrière.

5

Le 2 août dans l'après-midi, à Sacramento, le sénateur Jonathan Stoner terminait sa conférence de presse avec à ses côtés son attaché de presse. En des termes on nc peut plus clairs, le sénateur Stoner avait exposé son point de vue sur la peine de mort devant une bonne douzaine de journalistes rassemblés dans la salle de presse du Sénat californien. Il leur avait annoncé son intention de tout faire pour rétablir la peine capitale. Cette campagne, il la mènerait dans tous les recoins de la Californie, disposé à multiplier les conférences pour lever des fonds, prêt à recevoir tous les soutiens bénévoles qui s'offriraient à lui. Il discuterait avec l'ensemble de la classe politique, au Sénat comme ailleurs.

Il comptait élargir sa campagne à l'ensemble du pays, labourer chaque État s'il le fallait, afin de montrer au peuple les dangers qui le guettaient si la peine de mort n'était pas rétablie. Dans son esprit, la plupart des Américains pensaient comme lui, et il veillerait personnellement à ce que leur voix se fasse entendre. Il escomptait que la Cour suprême des États-Unis reviendrait tôt ou tard sur la décision absurde et impopulaire qu'elle avait prise un an plus tôt. Il était temps, dit-il aux journalistes, que la plus haute juridiction du pays cesse d'imposer sa volonté aux citoyens américains. Ceux-ci devaient être protégés, et il ferait en sorte qu'ils le soient vraiment.

Puis il parla de Caryl Chessman, qu'il compara à un animal se repaissant de femmes. Chessman les volait, les kidnappait, abusait d'elles. Il n'était qu'un pervers vicieux, doublé d'un incorrigible criminel. Il avait connu la prison dès l'âge de 19 ans, et la Californie avait commis une grosse erreur en libérant sous condition un tel prédateur. Il avait rapidement retrouvé les barreaux, accusé d'avoir commis dix-huit – Stoner insista lourdement sur ce chiffre, qu'il répéta plusieurs fois – crimes, dont plusieurs enlèvements avec violence, passibles de la peine capitale. Lors de son arrestation, il avait avoué certains de ces méfaits, mais, lâche comme il était, affirma ensuite avoir avoué sous la torture. Personne n'était dupe, cependant, et les citoyens respectables, ceux qui travaillaient dur, le jugèrent coupable sur toute la ligne. Ils auraient pu recommander la clémence mais ne le firent pas, et ils ne le firent pas car ils voulaient que cet animal malade fût détruit, pour le bien de la société.

L'État californien avait alors commis une deuxième erreur en maintenant ce monstre en vie pendant douze longues années, alors qu'il aurait dû être exécuté sur-le-champ. Chaque criminel emprisonné coûtait 10 000 dollars par an, aux frais du contribuable. Dans le cas de Chessman, on en arrivait donc à 120 000 dollars, soit plus que ce que le propre père du sénateur avait gagné sa vie durant ! Et tout cet argent dépensé dans quel but ? Pour aider les gens, irriguer les terres, éduquer les enfants, construire des hôpitaux ? Non ! Dilapidé ! Absolument dilapidé pour les beaux yeux d'un pervers dérangé – le sénateur s'arrêta un instant pour expliquer aux journalistes qu'il ne voulait pas dire « dérangé » au sens de déséquilibré mental, loin de là ! Chessman était détraqué mais pas fou, intelligent au point d'avoir empêché l'État de le tuer pendant toutes ces années – si bien que cet argent, au lieu d'être employé à des fins utiles, fut dissipé à son seul profit.

Finalement, il avait été exécuté, et ce n'était que justice. Les divers tribunaux auraient pu se montrer indulgents, les juges des Cours suprêmes préconiser la clémence, le gouverneur accorder une grâce : rien de cela n'arriva, car tous savaient qu'il leur revenait de protéger la population. Du moins le savaient-ils encore en 1960. Mais si Chessman avait survécu, il aurait coûté aux contribuables davantage que ce que nombre d'entre eux gagnaient chaque année. Et un jour, on l'aurait libéré sous condition et relâché dans la nature, où il aurait cherché de nouvelles proies. « En réalité, tonna le sénateur, dont les veines du cou se gonflaient de colère, en réalité, si la peine de mort avait été abolie en 1960, Chesmann serait aujourd'hui en liberté, et en pleine rue, tout près d'ici, occupé, Dieu nous garde, à suivre votre femme, ou votre fille, à l'instant même où je vous parle ! Mais il y a encore une justice en ce bas monde, et Chessman est aujourd'hui mort. Mais voilà que cette… » Le sénateur brandit l'hebdomadaire pour que les journalistes voient bien. Il dut se retenir de ne pas prononcer le mot auquel il pensait. « Ce… ce *magazine* arrive pour nous dire que Chessman était une *victime*. Une victime de la peine de mort ! Ces gens-là nous expliquent que le véritable assassin, c'est la peine de mort, et que Chessman, ce détraqué sexuel, ce voleur, ce kidnappeur armé, ce tueur raté, n'était qu'un innocent pris au piège de la machine juridique ! » Le sénateur s'exprimait avec un mépris souverain dans la voix. « Un héros, figurez-vous ! Un héros qui, après avoir livré un beau combat, a perdu tout simplement parce qu'il a vécu à la mauvaise époque. Eh bien, moi, je dis qu'il a vécu à la bonne époque. La mauvaise époque, c'est la *nôtre*. Celle où les citoyens respectables sont obligés de fermer leur porte à clé, de poser des grilles à leurs fenêtres et de dormir à côté de leur fusil chargé. Celle où un homme ne peut aller au travail sans s'inquiéter pour la sécurité de sa famille. Celle où une femme ne peut pas marcher dans la rue sans craindre d'être violée. Celle où des animaux peuvent tuer en toute impunité. Cinq personnes ? Dix ? Cent ? Peu importe le nombre de leurs victimes. S'ils sont pris, leur seule punition consistera à rester quelques années bien au chaud dans un YMCA, avec la télévision, le gîte et le couvert. Ensuite, ils pourront recommencer. Et dès qu'ils s'ennuieront un peu, dès qu'ils se sentiront un peu seuls, ils n'auront qu'à tuer et retrouver leur petite pension de famille. En effet, ça vaut mieux que de travailler pour gagner sa vie ! C'est même mieux que l'assistanat ! Je m'étonne d'ailleurs que ces criminels n'assassinent pas davantage nos citoyens respectables, simplement pour retrouver leur liberté. Car qu'est-ce qui peut bien les arrêter ? La société n'est plus en mesure de le faire. Les tribunaux non plus. Et encore moins la peur de mourir. La peur de mourir n'existe plus de nos jours, sinon pour les victimes de ces gens-là, naturellement. Mais ces victimes, qui parle en leur nom ? Qui se soucie encore d'elles ? Elles n'intéressent plus les journaux. »

Il s'interrompit quelques instants pour laisser cette idée imprégner l'esprit des journalistes.

« Ce sont les petits, les sans-grade, les éternels anonymes qu'on oublie aussitôt que la mort les a fauchés. Si quelqu'un parle d'eux, on les appelle simplement les victimes. Mais les assassins, ah oui, ça ! Les assassins sont autrement plus intéressants ! Ils ne travaillent pas, ils ne paient pas d'impôts, n'obéissent pas aux lois, ne mènent pas une existence paisible et laborieuse. Tout ça n'a aucun intérêt. Non, eux, ils préfèrent tuer. Cela les rend spéciaux. On se souviendra de Charles Manson, on écrira sur lui au siècle prochain, tout comme on sc rappelle cncore Jack l'Éventreur un siècle après *ses* crimes. Tout le monde cherche un peu de reconnaissance. Que je sache, nous agissons plus pour cette reconnaissance que pour l'argent ou l'amour. Mais les seuls qui y ont droit, ce sont les tueurs. Qui connaît les noms des victimes de Charles Manson ? Ou de Jack l'Éventreur ? De Starkweather ? De Caryl Chessman ? Qui s'intéresse à elles ? Ce n'étaient que des gens parmi d'autres. »

Sur ce, le sénateur prit une petite gorgée d'eau et regarda son auditoire.

« Vous voulez de la reconnaissance ? Une *véritable* reconnaissance, je veux dire ? Votre nom dans tous les journaux, votre visage sur tous les écrans de télévision. Des livres entiers sur vous, ce que vous mangez, ce que vous ressentez, ce que vous pensez, ce que vous ne pensez pas. Peut-être même un film sur vous, pourquoi pas ? On a bien fait des films sur tous les assassins et les malades que je viens de citer, y compris Chessman. Si c'est ça que vous voulez, rien de plus simple : sortez dans la rue et tirez à vue. Pas besoin d'assassiner un président ou une personne célèbre. Tuez suffisamment de monde pour qu'on en parle à la une des journaux. Ou alors une ou deux personnes seulement, mais d'une manière esthétique, romanesque, ou complètement folle, n'importe quoi qui intéressera les médias. Vous aussi, vous pouvez devenir célèbre. Chessman... » Stoner, une fois de plus, brandit son exemplaire de *Newstime*. « ... est célèbre. Treize ans après sa mort, on écrit encore sur lui. Ce n'était qu'un kidnappeur et un détraqué sexuel, mais c'était une victime. On l'a jugé et condamné dans des conditions tout à fait équitables, mais c'était une victime. On l'a exécuté au nom de la loi, mais c'était une victime. En revanche, je crois ne jamais avoir lu une seule ligne sur *ses* victimes à lui. Les vraies victimes, voyez-vous ? Eh bien, elles ont disparu. Terminé. Personne ne leur a accordé la moindre ligne. Aucune personnalité célèbre n'a parlé en leur nom. Aucun film n'a été réalisé sur elles. Elles n'étaient rien, sinon des petites gens sans histoires qui ne disjonctaient jamais. L'une d'elles était une jeune fille de 17 ans, que Chessman a un jour violentée sexuellement. Deux ans plus tard, elle était admise à l'asile de Camarillo : folle à lier. Peut-être se trouve-t-elle encore là-bas aujourd'hui. Mais voilà, Caryl Chessman est un héros. Et ça, qui le dit ? Les journaux. Les puissants, les grands noms. Tous ceux qui se sont réjouis de l'abolition de la peine de mort le disent. Tous les groupes de pression, les soi-disant pacifistes, les organisations de défense des libertés civiques. Pour ces gens, Chessman est un héros et une victime à la fois, c'est-à-dire le personnage existentiel dans toute sa splendeur. Mais nom de Dieu ! » Il termina son verre d'eau. « Bientôt, on nous traitera d'assassins parce que nous l'avons exécuté ! »

Le sénateur s'épongea le front avec un petit mouchoir. Sa voix s'adoucit.

« Vous me direz que Chessman est mort et enterré depuis longtemps, qu'il ne pourra plus jamais faire de mal à personne. Mais je vous pose la question : est-ce la vérité ? Est-il véritablement inoffensif ? Sa nocivité est toujours parmi nous, ses rejetons diaboliques rôdent encore, qui volent, qui violent, qui assassinent. Chaque année, le nombre de ces crimes augmente. Combien de victimes innocentes devront encore être sacrifiées avant que nous mettions un terme à cette folie ? Combien de vies devront encore peser dans la balance ? »

Stoner scruta alors les visages des journalistes rassemblés devant lui. Pour les intéresser, ceux-là, il fallait toujours s'accrocher – éveiller une seconde d'attention chez eux revenait un peu à se vider de son sang. Pourtant, il avait réussi à les intéresser. Dans son âme et dans son cœur, il savait qu'à partir de maintenant, il les aurait avec lui.

« Ici même, en Californie, il existe une réincarnation de Caryl Chessman, qui se tapit dans la nuit, qui traque ses proies. Un malade mental, un fou assoiffé de sang, capable d'infliger des souffrances barbares et de semer la mort dans son sillage. Qui anéantira-t-il encore avant qu'on l'arrête enfin ? Qui tous les Chessman du monde cherchent-ils à blesser et à tuer ? Les plus vulnérables d'entre nous : les femmes. Combien d'entre elles tomberont sous les coups de ce monstre démoniaque ? Dieu seul le sait. J'espère, je prie pour qu'il n'y en ait aucune. » Son visage devint soudain grave. « Mais quand je regarde autour de moi, j'ai du mal à croire que mon vœu puisse être exaucé et mes prières entendues. Les assassins errent dans les rues comme bon leur semble, les tribunaux les relâchent, les prisons les libèrent. Qui peut combattre une telle folie ? Comment nous défendre ? Comment protéger nos femmes ? Oh, je n'ai pas toutes les réponses, dit-il avec un sourire faussement modeste, mais je sais qu'il existe une manière d'obtenir un semblant de protection, un semblant de sécurité. Nous devons nous débarrasser une bonne fois pour toutes de ces animaux sauvages. Caryl Chessman était un animal ! Vincent Mungo est un animal ! » Sa voix tonitruante résonnait dans toute la pièce. « Il doit être stoppé *immédiatement*, avant qu'il soit trop tard ! Il doit être capturé et exécuté, quelles que soient les procédures légales nécessaires. Il doit être tué, de la même manière qu'on tuerait un chien enragé ! Sinon... » Le sénateur marqua un temps d'arrêt pour obtenir un effet théâtral, puis il baissa la voix, presque en un murmure. « Sinon... Je crains fort que des innocents soient massacrés. Si Vincent Mungo est autorisé à retourner dans une chambre confortable, où il pourra tranquillement préparer son évasion et ses prochains meurtres, alors, nous n'aurons plus aucun espoir. Alors, nous ferons tout aussi bien de ramper parmi les insectes et de laisser la jungle repousser sur nos squelettes. »

Après sa conférence de presse, le sénateur Stoner retrouva Roger dans son bureau. Il avait l'air satisfait, la conférence s'était bien passée. Roger en convint avec lui.

« Ça devrait faire du bruit dans les journaux, se félicita Stoner en se frottant les mains. Peut-être même qu'on en parlera dans les éditions du soir. »

Roger en était moins sûr. « Estimez-vous heureux si vous avez deux lignes dans les journaux des grandes villes, dit-il sur un ton blasé. Mais peut-être qu'ils vont attendre demain pour en parler. »

Le sénateur arrêta soudain de se frotter les mains et dévisagea Roger d'un air méfiant.

« Pourquoi dites-vous cela ?

— Vous n'avez pas entendu ?

— Entendu quoi ?

— On a retrouvé une note qui impliquerait Nixon dans des accords antitrusts avec ITT. Les journaux ne parlent que de ça. Tous, sans exception. »

Stoner poussa un juron, une longue litanie de mots généralement peu entendus dans les antichambres sénatoriales.

Au matin du 3 août, le siège de *Newstime* à Los Angeles avait déjà reçu plusieurs dizaines de lettres concernant le reportage sur Chessman, toutes adressées au rédacteur en chef, et toutes consciencieusement lues par deux dames dont c'était le métier, blindées par des années et des années à lire lettres de fous, billets anonymes, confessions, obscénités, menaces, avertissements, propositions et offres de service. Une de ces deux femmes, une grand-mère, avait consacré dix-sept ans de sa vie à ce travail et pouvait dire, au premier coup d'œil, dans quelle catégorie telle ou telle lettre se rangeait, depuis l'insulte ordurière jusqu'à la note de suicide. L'autre dame avait entretenu pendant plusieurs années une correspondance suivie avec un épistolier anonyme, avec l'aide d'une mystérieuse troisième personne qui faisait office de boîte postale – ce qui relevait tout de même de l'exploit.

Seules deux de ces lettres sur Chessman avaient été transmises à l'étage pour être examinées de plus près ; ce matin-là, elles finirent donc par atterrir sur le bureau d'Adam Kenton, qui les montra aussitôt à Ding. La première émanait d'une bibliothécaire de Los Angeles qui affirmait avoir été agressée, à la fin décembre 1947, dans le quartier même où Chessman, disait-on, sévissait. Mais son agresseur n'avait rien à voir avec Caryl Chessman, elle en était positivement certaine : vingt-cinq ans après les faits, elle se souvenait encore parfaitement du visage de l'homme. Il ne s'agissait pas de Chessman, et elle était heureuse de savoir qu'il obtenait, enfin, une réparation partielle. Ayant lu ses livres, elle le trouvait beaucoup trop sensible pour avoir abusé des femmes, sexuellement ou de quelque autre manière.

L'autre missive, anonyme, avait été rédigée sur du mauvais papier et avec une écriture manifestement déguisée, puisque les lettres penchaient dans les deux sens et que leur graphie était souvent hasardeuse. La barre des « t » se trouvait la plupart du temps bien au-dessus de la lettre, suivant un tracé violent et sec qui indiquait une colère démesurée. L'ensemble transpirait de bout en bout la même rage, la même méchanceté. Ding parcourut la lettre rapidement, avec Kenton à ses côtés :

Rédacteur en chef

Je suis le fils de Caryl Chessman, vous avez bien parlé de mon père je vous remercie pour ça mais pas les femmes la peine de mort est une erreur Mon père le savait il me manque et je ne l'ai jamais vu jusqu'à présent Écrivez encore sur lui.

Il y avait une adresse d'expéditeur : « De l'enfer. »

« Qu'est-ce que tu en penses ? demanda Kenton. Un fou ?

— Ça m'en a tout l'air, répondit Ding en se frottant l'oreille. Est-il possible que Chessman ait eu des enfants ?

— Pas que je sache, mais tu dois plus être au courant que moi. C'est toi qui as fait les recherches sur lui. »

Ding fit non de la tête. « Impossible. » Il se gratta le lobe de l'oreille.

« Sauf par un de ses viols.

— Quels viols ? demanda Kenton, faussement surpris. Je te rappelle qu'il était impuissant. »

Ding lui fit un grand sourire. « Je persiste à croire qu'il l'était. » Il se ficha un doigt dans l'oreille. « Qui sait ? Peut-être que Lavery finira par l'obtenir, sa une avec le "Fils du Violeur". »

Les deux hommes partirent d'un grand éclat de rire et oublièrent rapidement la lettre, qui fut expédiée, comme de juste, aux archives. Kenton avait un papier à écrire, et Ding des gens à voir. Caryl Chessman était bien le cadet de leurs soucis.

Tandis qu'il remontait l'escalier, le premier de *ses* soucis à lui, c'était de récupérer son loyer. Par deux fois déjà, il n'avait reçu que la moitié. Mais ce coup-ci, c'était terminé. Quand il le fallait, une partie de jambes en l'air faisait toujours du bien par où ça passait, et il aimait s'amuser comme tout le monde. Mais les affaires restaient les affaires. Alors, pourquoi portait-il son nouveau costume, celui qui lui donnait dix ans de moins ? Il en rit tout seul. Bon, si elle se faisait enfiler pour 20 dollars, il lui ferait une fleur. 20 dollars... Pas grand-chose, non ? Mais pas un sou de plus. Soit elle lui donnait les 100 dollars restants du loyer, soit elle dégageait. Elle était gentille, elle avait des gros seins, mais personne ne méritait plus de 20 dollars. Il repensa alors aux seins de la jeune fille, justement, gros et fermes, avec ces tétons rouge vif qui durcissaient quand il les léchait. 30 dollars, dans ces conditions... Mais pas un de plus. Si elle voulait plus, elle pouvait toujours aller se faire voir. Par les temps qui couraient, c'était déjà suffisamment difficile de joindre les deux bouts.

Il arriva au deuxième étage. Âgé de 59 ans et bedonnant, il possédait trois immeubles résidentiels dans le centre de Los Angeles, tout près du quartier le plus mal famé. Il gagnait sa vie grâce aux défraiements d'impôts et à quelques dépenses en moins de ci, de là. Le plus dur restait de monter ces marches tous les mois pour aller récupérer les loyers. Son cœur était fragile, et le médecin lui avait dit de faire attention. Ni stress, ni émotions fortes. En même temps, il ne pouvait pas faire confiance aux locataires pour qu'ils lui envoient par courrier leurs chèques mensuels à son petit bureau ; la plupart d'entre eux n'incarnaient vraiment pas le modèle de stabilité et de sérieux avec qui il aurait aimé traiter. Après une vie entière dans les affaires, ça faisait longtemps qu'il ne croyait plus aux miracles.

Une fois sur le palier, il tourna sur sa gauche et marcha jusqu'au fond du petit couloir. La fille était toujours chez elle à cette heure de la journée. Il frappa. Attendit. Toqua de nouveau. Plus fort. Il chercha dans sa poche son gros jeu de clés. La seule règle qu'il imposait dans ses immeubles était de pouvoir disposer d'un double des clés de chaque appartement. On ne savait jamais. Chaque fois qu'il tombait sur une serrure changée sans son accord, le locataire se retrouvait dehors à la fin du mois. Il gardait un œil vigilant sur ses biens.

Il trouva rapidement la bonne clé. Le numéro de l'appartement avait été gravé sur l'anneau avec une épingle. C'était son petit système. Tournant la clé, il ouvrit la porte doucement, pour ne pas réveiller la fille au cas où elle dormirait. La serrure était du genre sommaire. Il avait songé à lui dire d'en installer une avec un pêne dormant, bien plus efficace, puis il s'était ravisé. Qu'elle aille au diable, après tout.

La cuisine était éclairée. Après le couloir sombre, il fallut quelques secondes à ses yeux pour s'habituer à la lumière. Il aperçut le réfrigérateur près de la porte, le four, l'évier. Il jeta un coup d'œil dans la pièce. Au centre se trouvaient la table de cuisine et les deux chaises. Il y avait quelque chose sur la table. Il s'approcha…

Le voisin de l'appartement d'en dessous entendit un gros bruit sourd. Il leva les yeux au plafond. Le bruit ne lui disait rien qui vaille. Comme il travaillait tous les après-midi au grand hôpital de Los Angeles, il avait souvent entendu des corps tomber sur le sol. Il monta l'escalier prudemment, puis emprunta le couloir jusqu'à la porte ouverte. Dans l'appartement, il découvrit l'homme qui gisait par terre. C'était le propriétaire. Il se baissa pour examiner les yeux et prendre le pouls, puis il se releva et regarda tout autour de lui. Il y avait sur la table de la cuisine quelque chose que son cerveau ne parvint pas à saisir, quelque chose qui paraissait incongru. Il s'approcha. Ses yeux s'immobilisèrent. Une décharge d'adrénaline le submergea instantanément. Sa tête s'arrêta de fonctionner une seconde, puis se ressaisit. Il rebroussa chemin, franchit la porte et redescendit dans l'escalier. De retour à son appartement, il décrocha le téléphone, le fit tomber, dut s'y reprendre à deux fois.

Le premier flic qui arriva sur les lieux avait 23 ans et vivait toujours chez ses parents. Il n'avait pas beaucoup d'expérience à son actif, et mourrait-il centenaire qu'il ne reverrait jamais un tel spectacle de sa vie. Malgré son jeune âge, il avait appris à noter les choses exactement telles qu'elles étaient. Un homme blanc, la cinquantaine bien tapée, reposait par terre, manifestement terrassé par une crise cardiaque. Deux seins de femme gisaient sur la table de la cuisine, l'un près d'une tasse vide, l'autre à côté d'un verre d'eau. Sur le premier était inscrit un grand V tracé à l'encre noire, sur le second un grand M. La porte de l'appartement était ouverte, la lumière allumée, et un chat noir et blanc perché sur un placard. Il n'y avait plus d'eau dans sa gamelle, ni de croquettes dans sa soucoupe. La cuisine dégageait une odeur désagréable.

La porte de la chambre à coucher était fermée. Il tourna la poignée et poussa la porte lentement, doucement, ignorant ce qu'il allait découvrir. L'odeur se faisait maintenant épouvantable, suffocante ; il fut soudain pris de nausée, retourna un instant à l'évier, puis revint sur ses pas et rentra dans la chambre. Il vit ce qu'il restait de la jeune femme…

Les ambulanciers emmenèrent d'abord le corps du propriétaire. À leur retour, des officiers de police se trouvaient déjà sur place. On renvoya les ambulanciers car pour le moment tout, y compris le cadavre de la jeune femme, devait rester en l'état. Les policiers ne voulaient prendre aucun risque. L'expert médical avait été appelé, l'équipe scientifique était en route. On passa enfin un coup de fil au bureau du shérif.

Le meurtre de la jeune femme, et les sévices qu'elle avait subis, mirent très vite en émoi l'ensemble des autorités californiennes. Non pas tant à cause de la boucherie, aussi atroce fût-elle, mais parce qu'elle était l'œuvre de Vincent Mungo. Personne n'en doutait. L'homme était un tueur fou en cavale qui mutilait ses victimes avec une hystérie démentielle. Cela faisait maintenant presque un mois qu'il courait dans la nature, certainement soucieux de se procurer une nouvelle identité et des moyens de subsistance. Il se sentait désormais suffisamment à l'abri pour pouvoir frapper de nouveau. Et il continuerait de tuer jusqu'à ce qu'on l'arrête. Cela non plus ne faisait pas l'ombre d'un doute.

Le shérif Oates prit l'avion en milieu d'après-midi. Il découvrit le corps chez le médecin légiste. L'appartement avait été placé sous scellés, le chat emmené, et un policier posté à l'entrée de l'immeuble afin d'éloigner les curieux. On avait relevé des empreintes digitales sur la scène de crime, mais le shérif savait qu'elles ne mèneraient nulle part. C'était du Mungo tout craché. N'importe qui aurait pu écrire les deux initiales, se dit un Oates fou de rage, mais le coup portait la signature de Mungo.

La vue du cadavre lui souleva le cœur ; il détourna les yeux. Il songea à appeler John Spanner, à Hillside, puis changea d'avis. Spanner avait eu raison au sujet des deux vieilles dames et du bricoleur, mais là, les choses étaient différentes. Envolée, l'hypothèse d'un Mungo soucieux de rester discret et de se fondre dans la masse ! Plus maintenant. Il avait placé la barre très haut et il se ferait stopper par la méthode musclée. Ce qu'il fallait désormais, c'était un vrai travail d'équipe, un travail de professionnel. Spanner pouvait donc retourner à sa pêche à la mouche.

Le shérif décida de rester à Los Angeles. Comme Mungo était dans les parages, il y serait lui aussi. Il se demanda quel genre de déguisement le tueur avait bien pu adopter. La chirurgie esthétique ? Impossible sans argent ni relations bien placées. Il ne restait plus que les cheveux teints, la perruque ou la barbe et la moustache postiches. Des lunettes, peut-être. Ça pouvait marcher un temps, jura Oates, mais pas indéfiniment. Certainement pas indéfiniment.

Il parcourut les données brutes destinées au rapport d'autopsie encore incomplet : seins sectionnés latéralement ; parois de l'abdomen ouvertes entre la poitrine et le nombril ; plusieurs incisions profondes dans la cavité abdominale ; membranes découpées ; artères rénales coupées ; foie et reins…

Oates préféra s'arrêter là. Sa vue se brouillait, ses mains tremblaient. Son côté bravache et grande gueule cachait une profonde timidité et une haine de la violence sous toutes ses formes.

« Quel fils de pute, grommela-t-il. Quel enfoiré de fils de pute. »

La police photographia le corps. L'assassin avait épargné les yeux de la jeune fille. Un expert scientifique les prit en photo, fort de la théorie selon laquelle, en cas de mort violente, la rétine de l'œil enregistrait les dernières images. Il comptait agrandir les clichés – peut-être y verrait-on le visage du tueur.

Dans le quartier miteux qui jouxtait les bas-fonds de la ville, les habitants se pavanaient devant les caméras de télévision et les journalistes qui débarquèrent en meute. Ils apprirent rapidement que la jeune fille avait été assassinée, mais les morts violentes étant dans le coin aussi nombreuses que les bouteilles vides, ils ne s'en émurent pas outre mesure. Ils ne connaissaient pas encore les détails du carnage et ignoraient que Vincent Mungo avait frayé parmi eux.

Il faudrait attendre encore plus d'une année pour retrouver une telle effervescence chez ces gens, lorsque l'Égorgeur surgirait et se mettrait à trancher les gorges d'une oreille à l'autre. Avant d'avoir achevé son œuvre, neuf hommes tomberaient sous son couteau, la plupart des ivrognes ou des clochards venus des bas-fonds.

Dans le nord de la Californie, le choc fut immense. Tandis que le shérif Oates s'envolait pour Los Angeles, les journaux des grandes villes envoyaient des journalistes à l'hôpital de Willows. Ils intervieweraient Oates plus tard, puisque l'homme était toujours prêt à parler dès qu'il entendait un stylo gratter du papier. Le lieutenant Spanner ne les intéressait pas beaucoup non plus, lui qui n'était qu'un petit flic de province inconnu. De surcroît, Mungo ne relevait plus du fait divers local. Avec le meurtre de la jeune femme, l'affaire touchait la Californie tout entière, voire l'ensemble du pays.

L'homme qu'ils voulaient rencontrer se trouvait à Willows. Celui-là pourrait leur expliquer Mungo du point de vue de la psychiatrie. Et pourquoi pas, après tout ? C'était le grand patron de l'hôpital, un psychiatre qui savait se montrer sympathique quand on ne l'interrompait pas. Et comme tous les médecins, il était coopératif dès qu'il fallait l'être.

Lui aussi les attendait. Le docteur Baylor savait ce que les journalistes cherchaient : une histoire à raconter dans le numéro du lendemain, quelque chose à se mettre sous la dent pour le journal télévisé du soir. Les grands pontes de Sacramento, de San Francisco et de Los Angeles avaient déjà préparé le terrain. Il ne pouvait plus rien y faire. Il devait se montrer coopératif.

Il reçut les journalistes dans la petite salle de conférence du bâtiment administratif. Sourire chaleureux aux lèvres, il salua d'un hochement de tête ceux qu'il connaissait et se présenta aux autres. Après quelques plaisanteries, il résuma brièvement l'histoire de Vincent Mungo à Willows.

Il rappela ensuite à son auditoire qu'avant l'incident – certains, même parmi les plus endurcis, blêmirent en entendant ce terme, ayant encore en mémoire les photos de la victime au visage détruit –, Vincent Mungo s'était montré distant et, bien qu'antipathique, n'avait donné lieu à aucune surveillance ni suspicion particulières. Après coup, naturellement, il était trop tard. Baylor leva les bras en un geste d'impuissance qui, venant de lui, paraissait curieusement peu convaincant.

Quelqu'un voulut connaître la nature exacte du mal qui frappait Mungo ; il lui fut répondu que le patient avait été antérieurement considéré comme souffrant de paranoïa…

Antérieurement ? Combien de temps auparavant ? demanda-t-on à Baylor. Il bégaya une réponse : un certain nombre d'années auparavant.

… Paranoïaque, donc, c'est-à-dire souffrant d'une psychose caractérisée par une forte suspicion et une attitude excentrique entremêlées pour former un système d'illusions persécutrices extrêmement bien organisé.

« Cela veut-il dire qu'il a le sentiment que tout le monde en a après lui ? »

Grand éclat de rire dans la salle.

« D'un autre côté, si ce n'est pas le cas, c'est qu'il est vraiment dingue », répondit quelqu'un d'autre.

Nouvel éclat de rire. Le docteur Baylor ne se départit pas de son sourire. Les bonnes blagues sur la psychiatrie, il les connaissait toutes depuis belle lurette.

Au bout de quelques instants, il reprit son laïus. On avait également diagnostiqué chez Mungo – « plusieurs années auparavant », précisa-t-il avec un sourire entendu – une personnalité maniaco-dépressive marquée par de brutales variations d'humeur. Son dossier indiquait qu'il était devenu de plus en plus dépressif au cours des dernières années.

« Cela fait-il de lui un obsédé ? » demanda un journaliste.

Baylor soupira.

« Il faut faire attention avec ce mot. Un obsédé, c'est une personne qui a l'obsession de quelque chose. De la vérité, par exemple

— Oui, sauf qu'on sait tous quelle est la sienne.

— Mais ça veut d'abord dire une personne psychotique avec des tendances violentes », insista celui qui avait posé la question.

Baylor lui accorda une part de vérité, mais rappela que Mungo n'avait montré aucun signe de violence caractérisée pendant son séjour à Willows, et ce jusqu'au soir de son évasion. Il concéda que l'homme était manifestement psychotique, même s'il hésitait à donner un nom définitif à sa maladie, n'ayant pas lui-même examiné le patient. Ses tendances violentes, reconnut-il enfin, semblaient avoir franchi un palier supplémentaire, puisque la pulsion destructrice se transformait en actes. Il se pouvait que le patient fût victime de ce que le jargon nommait *abaissement*, à savoir un affaiblissement de la capacité de l'ego à contenir une forte demande du ça, ce qui survient de temps en temps chez la plupart d'entre nous, par exemple en cas d'épuisement ou de choc émotif. Mais cette tendance s'installe durablement chez les personnes victimes de dépression schizophrénique grave.

« Est-ce que ça veut dire qu'il va de nouveau tuer ? »

Baylor donna une réponse prudente. « Il pourrait, en effet, si ce que je viens de vous indiquer se confirme chez lui, et si le mal persiste. »

Les journalistes avaient enfin du grain à moudre. Ce qu'ils voulaient, ce qu'il leur fallait, c'était vendre du papier.

« Peut-on dire que Mungo tue parce qu'il y est obligé ?

— Négatif », répliqua aussitôt Baylor, qui avait passé trois ans dans l'armée comme capitaine, au sein du département de la guerre psychologique.

« C'est faux. Personne n'est obligé de tuer. » Il eut un petit sourire.

« Avec l'ensemble de la communauté psychiatrique, je ne crois pas au concept de pulsion irrépressible.

— Vous dites que Mungo est un psychotique qui transforme aujourd'hui en actes ses tendances homicides. Dans notre langage, ça s'appelle un fou. Est-ce que votre équipe n'aurait pas pu déceler cela un peu plus tôt ?

— Ce n'est pas aussi simple que ça. Le patient est arrivé chez nous avec un problème disciplinaire sérieux, mais sa violence se bornait à se battre chaque fois qu'on le provoquait. Entre cette violence-là et le meurtre, il y a une grande marge.

— Mais personne ne pouvait le voir venir ?

— En un mot comme en cent : non. La plupart des gens, à un moment donné de leur vie, agissent violemment. Donner un coup de pied dans une porte est un acte violent. De même que jeter un verre ou casser de la vaisselle. Mais on ne devient pas des assassins pour autant.

— Pourquoi veut-il tuer des femmes ?

— Autant que l'on sache, il a tué deux personnes. Dont un homme.

— Pourquoi mutile-t-il les corps ?

— Peut-être qu'il est mû par une colère monstrueuse.

— Une colère contre quoi ? »

Baylor secoua la tête. « Si nous le savions, nous saurions sans doute pourquoi il tue. Ou, pour résumer, pourquoi ses pulsions potentiellement destructrices se transforment soudain en actes. »

Dix minutes plus tard, la conférence de presse était terminée. Le médecin pensa s'en être bien tiré. Il n'avait pas dit grand-chose aux journalistes, en tout cas, il ne leur avait pas livré d'informations sensationnelles susceptibles de revenir le hanter plus tard. Il les autorisa à prendre quelques photos de lui et de l'hôpital, mais rien de plus. Il leur assura qu'il ne faisait qu'obéir aux instructions. Puis ils s'en allèrent, presque tous mécontents.

En vérité, Baylor ne leur avait dissimulé aucune information importante et n'avait pas brouillé les pistes. Car il ne savait absolument pas pourquoi Vincent Mungo s'était soudain mis à tuer et à mutiler. Rien n'avait transpiré de sa colère jusque-là. Malgré l'intelligence cachée qui caractérisait certains malades mentaux, la folie meurtrière et la force de caractère qu'exigeaient de tels actes n'étaient, elles, pas fréquentes. Le docteur Baylor se demandait secrètement si Vincent Mungo ne traversait pas une période de zooanthropie, croyant, à tort bien sûr, avoir adopté le comportement caractéristique d'un animal.

Le 3 août, les éditions du soir furent les premières à relater l'horrible meurtre qui avait eu lieu dans le quartier le plus miséreux de Los Angeles. Le nom de Vincent Mungo fit tous les gros titres. Des photos montrèrent le pâté de maisons, l'immeuble lui-même, l'appartement, la scène du crime, mais pas le corps. Certains détails de cet assassinat sordide furent passés sous silence. Tous les articles comportaient un portrait et une description de Mungo, ainsi qu'un encadré sur ses antécédents psychiatriques. Plusieurs journaux y incorporèrent l'interview du docteur Baylor, et d'autres se contentèrent d'attribuer ces informations à un expert médical. Certains papiers laissaient penser, dans leur chapeau, que le tueur pourrait frapper de nouveau. L'un d'eux se demandait si Mungo tuait parce qu'il s'y sentait obligé, comme mû par une irrésistible pulsion. Mais tous, sans exception, faisaient de lui un criminel fou, consumé par une fureur aux origines encore inconnues.

Les informations télévisées du soir parlèrent aussi du crime. Dans toute la Californie, les gens entendirent de nouveau le nom de Vincent Mungo. Ils revirent son visage – laid, renfrogné, sinistre. Un présentateur parla même d'une trogne venue des enfers, surgie tout droit d'un roman de Dostoïevski.

Ce soir-là, même s'il fit tout pour ne pas le montrer, le sénateur Stoner exultait. Dieu merci, Roger ne s'était donc pas trompé. La veille, les grands journaux de l'après-midi avaient évoqué la conférence de presse qu'il donnerait le lendemain. Il avait ainsi figuré dans toutes les publications importantes le 3 août, soit le jour même de la macabre découverte. Le timing était parfait. Dorénavant, ses moindres gestes, ses moindres paroles tiendraient le haut du pavé, et sa campagne pour le rétablissement de la peine de mort et l'exécution de Vincent Mungo connaîtrait une grande publicité.

Le sénateur espérait simplement que Mungo ne serait pas capturé trop tôt, du moins pas avant que sa propre campagne batte son plein. Un peu de temps : voilà tout ce dont il avait besoin. L'idée que le temps puisse manquer à d'autres personnes ne l'effleurait même pas.

Stoner se coucha et rêva dans la nuit qu'il tuait Caryl Chessman de ses propres mains.

6

La température approchait les trente-sept degrés sur Fremont Street lorsque Bishop s'engouffra dans un petit restaurant situé non loin d'un casino. Il s'assit et appela la serveuse. Quelqu'un avait gravé un immense zéro au centre de sa table. Des années de chiffon humide avaient largement décoloré les profondes entailles circulaires, dans lesquelles de petits bouts de nourriture s'étaient nichés. Bishop examina l'horrible figure pendant quelques instants, puis s'installa calmement à une autre table.

À l'autre bout de la salle, une femme jouait sur deux machines à sous en même temps. Avec un regard très déterminé, elle mettait une pièce de 25 cents dans l'une et tirait le levier, puis répétait le même geste avec l'autre, alors que les rouleaux de la première défilaient encore. Elle avait son système à elle, qui était lié à l'énergie chargée d'électricité que dégageait son mouvement incessant, et elle jouerait jusqu'à son dernier cent pour gagner sur les deux machines.

Bishop l'observa avec un intérêt réel. Visiblement, c'était une touriste, une grosse dame lourde dont le haut des bras et des jambes débordait de chair molle. Elle portait un chapeau de paille sur la tête. Sa peau, largement exposée, sembla à Bishop d'un blanc plus que blanc, et il se demanda ce que cela ferait de découper cette viande flasque.

La serveuse lui apporta sa commande – un café et un sandwich au jambon. « On n'a plus de mortadelle, dit-elle rapidement. Comme je vous l'avais dit. » Puis elle disparut. Il la regarda s'en aller. Elle était jeune et plantureuse, avec au moins dix kilos en trop. Il l'imagina aussi sous la lame de son couteau, et son café eut le temps de refroidir pendant qu'il y pensait.

Cela faisait maintenant quatre jours qu'il se trouvait à Las Vegas. Il était arrivé à la gare routière moderne de South Main Street le 1er août en fin d'après-midi, après un agréable voyage de six heures depuis Los Angeles. Une promenade d'une petite heure lui avait permis de découvrir le centre-ville et l'avait conduit jusqu'à un hôtel surchargé de néons, mais bon marché, sur la 25e Rue Nord, juste en face d'un centre commercial. Il avait l'intention d'y rester quelques semaines, puis de s'en aller vers d'autres cieux, peu importe lesquels.

Non pas qu'il fût pressé de quitter Las Vegas. Il était fasciné par tous ces gens qui envahissaient chaque soir les salles de jeu sur Fremont Street, et dont la plupart semblaient prêts à miser leur vie. Sur ces visages, il retrouvait une folie qu'il avait souvent vue à Willows, ces yeux déments, ces lèvres serrées, ces joues rendues grimaçantes par la solitude totale, et pour finir, évidemment, ce dernier regard vide qui disait tout le désespoir du monde.

Autre source d'étonnement pour lui, les immenses quantités d'argent que l'on brassait dans cette ville. Il n'en avait jamais vu autant, même dans ses rêves les plus fous. Et dire que ces gens le jetaient par les fenêtres, entièrement absorbés qu'ils étaient par le prochain coup de dés, la prochaine carte posée ou le prochain tour de roulette. Si vous les interrogiez poliment, ils vous répondaient, sur un ton revêche accompagné d'un hochement de tête confiant, qu'ils allaient très bien et que vous feriez mieux de vous occuper de vos fesses.

« Faites vos jeux ! » disaient les croupiers avec une fausse urgence dans la voix. « Nous avons un gagnant à chaque fois. » Mais Bishop vit très peu de gagnants.

Ses journées, il les consacra surtout à la flânerie. Peu de temps après son arrivée, il loua une voiture en présentant son permis de conduire et sa nouvelle carte de crédit au nom de Daniel Long. Il obtint rapidement le véhicule, une Ford Pinto avec kilométrage illimité. À l'hôtel, il avait réservé un peu plus tôt une chambre sous un autre nom, un nom facile à retenir, puisque aucune pièce d'identité n'était exigée. Il avait appris cette technique en regardant à la télévision une série policière, et il la mettrait en œuvre au cours des prochains mois, à travers tout le pays.

Il passa sa première matinée à conduire dans Las Vegas, y compris sur le magnifique Strip, avec sa bonne vingtaine de palaces et de casinos. Il ne fit aucune halte ; pour cela, il préférait attendre la nuit, quand la foule serait compacte et son anonymat garanti. Dans l'après-midi, il visita le lac Mead et le barrage Hoover, tout proches. La vue splendide qu'on avait depuis le barrage l'impressionna fortement. Jamais il n'avait vu une telle chose à la télévision. Il n'en revint pas. Une certaine angoisse l'envahit quand même, liée à la peur de tomber d'une telle hauteur. De retour sur la terre ferme, il se jura de ne plus jamais courir un tel risque.

Le lendemain, il longea en voiture la Virgin River jusqu'à Saint George et Hurricane, et arriva au parc national Zion à 14 heures. Il déjeuna au Lodge, puis visita le parc tout l'après-midi, notamment les célèbres Grand Trône Blanc, Temple de Sinawava et Arrivée de l'Ange. Sur le chemin du retour, il dîna d'une côte de bœuf accompagnée d'une bouteille de chablis, dont il avait fait la connaissance la veille au soir dans un restaurant routier. Revenu à son hôtel à 22 heures passées, il dormit deux heures, changea de chemise et reprit son exploration du Las Vegas nocturne.

Tous les soirs, il écumait ainsi le quartier du jeu et le Strip, fasciné par les milliers de néons, les grandes marées humaines et l'excitation grandissante qui entoure l'argent. Il avait déjà vu des documentaires sur Las Vegas à la télévision, mais la réalité était tout autre ; errant parmi les casinos, il avait parfois l'impression de retrouver Willows, cerné par des aliénés de tout poil, quels que fussent les vêtements ou les uniformes qu'ils portaient. Sauf qu'ici, il était inconnu et que, une fois parti, personne ne le chercherait, personne ne remarquerait son absence.

Encore plus frappante était la présence des femmes. Il y en avait partout, des milliers, des millions. Les plus belles femmes qu'il eût jamais vues, surtout dans les grands hôtels sur le Strip. Où qu'il posât les yeux, les femmes le regardaient, le toisaient, le jaugeaient. Et lui aussi, il les reluquait. Il commença à se dire qu'il n'avait qu'à demander pour les obtenir, mais il n'avait pas l'intention de demander. Il se servirait tout seul.

Si quelqu'un l'avait observé attentivement pendant ces chasses nocturnes, il aurait certainement vu en lui un énième touriste savourant l'un des plus beaux spectacles offerts par la capitale du jeu, à savoir ses femmes. Personne n'aurait soupçonné que ce jeune homme bien mis, à la beauté singulière et aux yeux gourmands, choisissait méticuleusement un exutoire à sa fureur meurtrière, une victime qui cette fois-ci lui ferait gagner une petite fortune qu'elle n'aurait bientôt plus à utiliser.

Que Bishop eût désespérément besoin d'argent, cela ne lui était que trop évident : il ne lui restait plus que 900 dollars. Il ne savait toujours pas ce que travailler voulait dire, encore moins comment postuler pour un emploi ou en trouver un. Par ailleurs, il n'était apte à aucun emploi, puisque de toute sa vie il n'avait pas travaillé une seule minute. Sans formation ni appuis, il était condamné aux corvées les plus subalternes. Il ne pouvait pas s'y résoudre. Il comptait aller de ville en ville et s'éloigner de la Californie autant que possible, toujours sous le voile de l'anonymat le plus complet. Personne ne devait le connaître, personne ne devait même soupçonner son existence s'il voulait mener à terme sa véritable mission existentielle. Non ! Il se procurerait cet argent autrement.

Il était vaguement conscient que l'argent pouvait se gagner de mille manières illicites, mais il n'en connaissait aucune. D'ailleurs, l'idée ne lui plaisait guère. Seule sa survie l'intéressait. Au-delà de ça, les billets de banque n'avaient aucune valeur à ses yeux – de simples bouts de papier que l'on donnait en échange de quelque chose. Et ses besoins étaient limités. Pour dire la vérité, il n'aimait pas l'idée que son combat contre les démons et les monstres dût être lié à l'argent, et il comptait bien, une fois qu'il aurait obtenu assez pour survivre, ne plus raisonner comme ça. Dès lors, il serait vraiment libre de terrasser les démons partout où il croiserait leur route.

Leur nombre commençait à l'inquiéter. Il se mit à scruter leur bouche, à s'imaginer toutes ces bouches bien rouges collées sur lui. Il voyait aussi leurs seins, autant de grosses boules de chair molle qui tenaient dans sa main, et leur ventre plat, cette peau bien lisse tendue au-dessus de ces organes qu'il avait besoin de regarder, de toucher et de prendre. Presque chaque femme qu'il croisait dans la rue, dans une salle, partout, éveillait son imagination et déclenchait une avalanche d'images dans sa tête. Des bouches sans visage, des seins désincarnés, des ventres ouverts, des viscères interminables, des foies, des reins, des cœurs, des chapelets de boyaux, des organes génitaux, des tas de muscles, des os et du sang partout, des bouts de chair découpés, des peaux blanchies par le soleil d'été, des membres sectionnés, des mains, des pieds, des bras, des jambes : le tout tournoyait dans son esprit embrumé, taraudant son âme enfiévrée.

Il n'arrêtait pas de penser aux millions de femmes sur cette Terre qu'il ne rencontrerait jamais, ne fût-ce qu'un bref instant. Il ne pourrait jamais les tuer, les éventrer, les *posséder*. Par leur nombre, elles étaient hors d'atteinte. Même à raison d'une par jour pendant cinquante ans, il n'ouvrirait même pas une brèche dans la forteresse imprenable de leur masse. Chaque fois qu'il y repensait, ce constat le rendait malade, ses implications l'accablaient de malheur. Les démons avaient conspiré contre lui, comme tous les gens de Willows. Mais il trouverait bien le moyen de les abattre, eux aussi. Un par un, il prendrait possession d'eux. Ce faisant, peut-être, il vivrait jusqu'à la fin des temps, comme si c'était là le secret de l'éternelle jeunesse. Que son destin puisse être celui-là ne lui semblait ni étrange, ni même dérangeant.

Le deuxième soir, dans un des restaurants du Dunes Hotel, il aborda une femme. Ou bien l'inverse. Ils s'échangèrent des sourires, et celui de la fille était encore plus électrique que le sien. Ils parlèrent d'abord nourriture, puis se racontèrent leurs vies. Il lui dit qu'il arrivait de Pittsburgh et qu'il venait à Las Vegas pour passer un bon moment. Elle se présenta comme une danseuse de Chicago, venue ici pour tenter de faire carrière. C'était dur, elle n'avait pas de pistons, et les fins de mois étaient vraiment difficiles.

« Qu'est-ce que c'est, des pistons ? » lui demanda-t-il en toute innocence.

Elle le regarda droit dans les yeux en battant ses faux cils avec la même innocence.

« Des pistons ? Eh bien… un réseau, quoi. Tu as besoin d'avoir un réseau pour travailler ici.

— Et tu appelles ça des pistons ?

— Tout le monde appelle ça des pistons. Sans eux, pas de boulot.

— Et comment fait-on pour avoir ces pistons ?

— Tout dépend de qui tu es.

— Il faut être qui, alors ?

— C'est toujours mieux si ton mec est propriétaire de l'hôtel.

— Et tu ne connais personne comme ça ?

— Est-ce que j'en serais là si c'était le cas ? »

Elle réfléchit quelques instants.

« J'en connaissais un il y a quelque temps. Un type vraiment important, tu comprends ?

— Qu'est-ce qui s'est passé ?

— Il n'est resté ici qu'une semaine.

— Tu ne peux pas aller les voir en disant que tu as dansé à Chicago ?

— Ils s'en foutent. C'est le centre du monde, ici, et tout le reste, c'est de la merde. Sauf peut-être Broadway.

— Dis-leur que tu as dansé dans Broadway.

— À Broadway.

— Ça ne fonctionnerait pas ?

— Je te dis que c'est le centre du monde. Regarde ! Les gens qui tiennent le business ici sont les meilleurs dans leur domaine. Ils connaissent tous les noms, ils savent très bien qui a fait quoi, où et quand. Et s'ils ne savent pas, ils n'ont qu'à décrocher leur téléphone. Une fois qu'une fille a travaillé ici, ensuite, elle peut aller n'importe où. N'importe où ! Elle aura un boulot en claquant des doigts. Pour elle, c'est gagné, tu comprends ? Voilà pourquoi tout le monde veut bosser ici. Et pourquoi il faut avoir des pistons. Ou bien les plus gros tickets du monde.

— C'est quoi, des tickets ?

— C'est quoi des tickets ! Mais dis-moi, tu viens d'où ?

— De Pittsburgh, dit-il, mais elle ne l'entendit pas.

— Les tickets, eh bien… Les nichons, quoi. Une fille a besoin d'une belle paire de tickets pour travailler ici.

— Et toi, tu n'as pas de tickets ?

— Ils sont très bien, mes tickets. »

Elle bomba le torse.

« Ils feront l'affaire jusqu'à ce que je trouve quelque chose de mieux.

— Mais si tu avais des gros tickets, tu n'aurais pas besoin de pistons.

— Écoute, pour y arriver dans cette ville, il faut avoir une paire de tickets plus gros que le dirigeable Goodyear. »

Elle commanda une bouteille de chablis, qu'il se chargea de payer. Il en aimait le goût âpre.

« Tu es venu ici pour passer un bon moment ? dit la fille, tout en se demandant combien elle pourrait lui faire raquer.

— En fait, je rends visite à une tante malade, répondit-il, sachant qu'elle n'avait pas un sou.

— Je vais te montrer tout ce qu'il faut voir.

— Elle a un cancer.

— Tout ce que tu voudras.

— Après, il sera trop tard. Elle sera déjà morte.

— Pour 50 dollars, je te fais faire le tour du monde.

— Comment ça, le tour du monde ?

— Mais dis-moi… tu es sûr que tu viens de Chicago ?

— C'est toi qui viens de Chicago.

— C'est agréable.

— De quoi ? »

Leurs regards étaient comme enchaînés.

« Tu vends ou tu achètes ?

— Tu n'as pas de gros tickets.

— Tu n'as aucun piston. »

Leurs deux sourires électriques s'éteignirent. Mais dans la nuit zébrée de néons, personne ne le remarqua.

Le lendemain soir, il retourna au Strip, mais cette fois-ci, directement au casino du Sands Hotel. Il n'avait pas l'intention de jouer, il voulait simplement jeter un coup d'œil et voir s'il n'y trouverait pas l'objet de son désir. Il ne lui fallut qu'une petite demi-heure pour comprendre que non. Là-bas, les femmes étaient soit des touristes en couple, soit des locales en quête d'hommes riches. Le spectacle de toutes ces femmes aux bouches béantes et aux corps intacts heurta la sensibilité du jeune homme, qui avait hâte de reprendre la tâche de son père. Mais il s'en tint à son plan ; cette fois, il chercherait d'abord l'argent.

Que nombre de ces femmes soient des prostituées, qu'elles vendent leurs charmes de mille et une manières, ne le dérangeait pas le moins du monde. Le sexe étant une arme que les femmes employaient contre les hommes, Bishop concevait parfaitement que certaines en fassent commerce et que d'autres s'en servent comme d'un moyen d'échange. Contre elles, il ne nourrissait aucune rancœur. Il jetait son dévolu sur elles parce qu'elles étaient simplement les plus accessibles à un inconnu, donc les moins dangereuses. Leur métier exigeait de la discrétion. Le sien également.

Il quitta le Sands Hotel, mais partout, c'était la même rengaine. Plaisir monnayé et promesse sexuelle, comprenait-il à présent, marchaient main dans la main : les hommes proposaient leur argent, les femmes leurs fesses. Les *winners* obtenaient ce qu'ils voulaient, les *losers* repartaient sans rien. Tout cela paraissait raisonnable. Si ce n'est que dans leur folie démoniaque, se dit-il avec amertume, les femmes cherchaient à détruire les hommes par tous les moyens dont elles disposaient. Elles incarnaient le mal et devaient par conséquent être détruites.

Alors qu'il observait les joueurs, il se rendit compte soudain que le concept même de Las Vegas – le commerce du sexe contre de l'argent, les *winners* contre les *losers* – ne représentait qu'une folie supplémentaire dans un monde déjà dément, des êtres fictifs qui s'étaient un jour enfermés dans un château en cartonpâte pour échapper à leurs assaillants. Bien entendu, ils étaient condamnés. Il n'y avait ni véritable *winner*, ni possibilité d'un réel échange entre hommes et femmes.

« Que des *losers* », dit le brillant jeune homme en introduisant sa pièce dans une machine à sous. Puis il s'en alla.

De nouveau dans sa voiture, Bishop savait qu'il quitterait bientôt Las Vegas, dès qu'il en aurait terminé avec la mission qui l'attendait.

Assis dans un petit restaurant de Fremont Street, au quatrième jour de sa visite, l'Enfant du destin parcourut les journaux. Il commanda un autre café et lut les gros titres du *Las Vegas Sun*. En page 2, il trouva ce qu'il cherchait : un article sur trois colonnes, rédigé à Los Angeles et diffusé par United Press International. Il étudia la photo de Vincent Mungo – sombre, menaçant, renfrogné. Il pensa à son propre visage – éclairé, lisse, souriant. Il n'en sourit que davantage.

L'article relatait le meurtre brutal d'une jeune femme de 21 ans dans son appartement du centre de Los Angeles. Une danseuse. Le corps avait été « sauvagement mutilé », mais aucun détail n'était fourni. L'assassin ? Il s'agissait de Vincent Mungo, le fou en cavale, qui avait laissé sur la scène de crime des indices sur son identité. Là non plus, aucun détail. Tout le reste de l'article portait sur Mungo. Description physique, antécédents et opinion experte d'un psychiatre. La conclusion s'imposait d'elle-même. On avait affaire à un dangereux meurtrier qui, s'il n'était pas rapidement appréhendé, tuerait encore.

Bishop, dont le sourire s'était évanoui, espérait que les gens, ou du moins les hommes, comprendraient son combat. Mais il ne comptait pas trop dessus ; il se rendit compte qu'il lui faudrait mener sa vie et opérer dans la solitude la plus totale. Exactement comme son père.

Il sortit du restaurant en laissant le journal sur la table. C'était le numéro de la veille.

Pendant encore une semaine, il écuma en voiture Las Vegas et la campagne environnante, toujours à l'affût d'une proie. Un après-midi, il poussa jusqu'à Lathrop Wells et se rendit au bordel, situé à l'intersection des routes US 95 et Nevada 29. Quelqu'un lui avait dit que les bordels étaient légaux dans le Nevada, sauf à Las Vegas et à Reno, où il y avait tellement de prostituées qu'aucun immeuble ne pouvait les contenir toutes. L'idée lui parut sensée.

À Lathrop Wells, tout se passait le long de la route : deux bars, un restaurant, quelques petits supermarchés, des stations-service. Et une flèche en néon qui clignotait au bord de la chaussée, indiquant une maison blanche en bois, avec des arbres devant et un grand parking à l'arrière. Bishop se gara à côté de la maison. En marchant vers l'entrée, il se demanda si les deux grosses loupiotes rouges au-dessus de la porte étaient destinées à tous ceux qui avaient raté l'immense flèche lumineuse.

À l'intérieur, il choisit aussitôt, ou plutôt fut choisi par une jeune brune vêtue de rubans diaphanes qui flottaient autour d'elle lorsqu'elle le conduisit jusqu'à sa chambre. Comme Bishop n'avait encore jamais rencontré de vraies prostituées, il l'observa avec beaucoup d'intérêt. Lorsqu'elle l'emmena près du petit lavabo de la salle de bains et lui nettoya le sexe à l'eau chaude savonneuse, il la vit froncer les sourcils.

« Quelque chose ne va pas ? demanda-t-il.

— Tu n'es pas circoncis.

— Ce n'est pas bien ?

— C'est plus difficile pour moi.

— C'est plus cher ? »

Elle haussa les épaules.

« Ça dépend de ce que tu veux.

— D'accord.
— Tu veux une fourre normale ?
— Qu'est-ce que c'est ? »
Elle le regarda.
« Eh bien… tu me pénètres.
— Non, ça ne m'intéresse pas.
— Tu veux quoi, alors ? »
Il lui expliqua.
« Ça, c'est le plus dur.
— Pourquoi ?
— Si tu n'es pas circoncis, il faut que je mette dans ma bouche toute la peau en plus. »
Elle le toisa.
« Ça fera… 10 dollars de plus.
— Sérieusement ?
— Est-ce que j'ai l'air de rire, beau gosse ? »
Elle lui serra la queue et l'essuya avec une serviette en papier.
« Tu as le fric ?
— J'en ai, oui.
— Alors, déshabille-toi. »
Elle le dirigea vers le lit.
« Tu veux que je me déshabille aussi ?
— Ça me coûtera plus cher ?
— Gratos.
— J'aimerais voir ton corps.
— C'est ta première fois ?
— Oui.
— Sa première fois, dit-elle. Enfoiré. »
Elle commença à se déshabiller, puis s'arrêta un instant.
« Tu es sûr que tu ne veux pas autre chose ?
— Rien d'autre.

— C'est ton fric, après tout. »

Couché sur le dos, il observa la fille blottie sur lui, avec ses seins qui pendaient. Elle avait un corps charnu, et la peau ferme de son ventre recouvrait une petite bedaine. Ainsi agenouillée, on aurait dit un vautour tout blanc qui fondait sur son bas-ventre. Il pouvait presque sentir les serres du rapace plantées dans sa chair et le transpercer, le bec hideux dévorer ses organes vitaux, les dents broyer ses os et arracher la vie de ses plaies ouvertes. Il voulut tuer l'horrible démon. Plissant les yeux, il regarda les seins de la jeune femme, deux globes de graisse qu'il aurait pu facilement trancher à l'aide de son couteau. Il s'efforça de rester concentré sur ces seins, imaginant ce qu'il aurait pu en faire s'il n'avait pas été si petit, si vulnérable. Son corps fut soudain secoué de violentes douleurs. Il riait, maintenant. Il abandonna la lutte au moment où la force de vie jaillit de son corps. Ses yeux se fermèrent. Capitulation totale.

Quand la fille revint du lavabo, elle commença à se rhabiller.

« C'est fini », dit-elle.

Bishop ne répondit pas.

« Ça va mieux ?

— Comment ça ?

— On peut dire que tu jouis violemment.

— Parfois, oui.

— Tu as peut-être un problème. Tu vois ce que je veux dire ?

— Non.

— Tu n'arrêtais pas de me dire : “Ne me frappe pas ! Je t'en prie, ne me frappe pas.”

— Ah oui ?

— Sauf que je ne te frappais pas, bébé.

— Je ne suis pas un bébé.

— Oui, ça, je m'en suis rendu compte. »

En partant, et à la demande de la fille, il lui laissa un pourboire de 5 dollars. « Prends soin de toi », dit-elle.

Il lui souhaita bonne chance.

Elle lui sourit : « Bonne chance ? Mais pourquoi ? Pour ce que je vends, je trouverai des clients pendant encore longtemps. »

De retour à son hôtel, Bishop s'affala sur son lit et pleura un long moment, jusqu'à sombrer dans un sommeil agité.

Il passa plusieurs jours à se promener dans le désert qui entoure Las Vegas. Là, à quelques encablures de la route, il retrouva le calme et la solitude qui manquaient tant à la grande ville. Là, aussi, il put voir à l'œuvre la lutte permanente pour la survie : chaque animal, chaque insecte, tuait ou se faisait tuer.

Bishop y vit une confirmation. Tous les êtres vivants, du plus minuscule cafard à l'homme lui-même, détruisaient la vie pour la préserver. La destruction représentait une forme de création, et la mort une forme de vie. Tuer, c'était vivre ; ne pas tuer, c'était mourir. Le tout était de savoir qui tuait et qui mourait. Et il n'avait pas du tout l'intention de figurer parmi les morts.

Sa dernière excursion l'emmena dans une oasis du désert d'Amargosa, à onze kilomètres de Death Valley Junction. Il y arriva le 10 août et y passa la nuit. Même si la réserve naturelle d'Ash Meadows se targuait de posséder un restaurant, un bar, une piscine, une salle de jeu et dix-sept chambres disposées le long d'une grande véranda en bois, comme dans un motel, l'établissement faisait avant tout office de bordel ; les filles vivaient dans un pavillon distinct, éloigné du bâtiment principal.

C'était son goût prononcé pour la solitude qui avait poussé Bishop à parcourir les cent cinquante kilomètres. Assis sur la véranda, le regard noyé dans l'infini, il repensa à quelque chose qu'il avait entendu la veille. Ash Meadows, disait-on, était un endroit tellement perdu qu'on pouvait y disparaître sans que personne ne remarque votre absence.

Quelque chose ayant trait à l'immensité du paysage, à cet horizon sans fin et à cette blancheur inondée de soleil souleva en lui comme un malaise. Il tourna lentement la tête à quatre-vingt-dix degrés et découvrit… le vide absolu. Il regarda tout de suite derrière lui, vers les chambres et le bâtiment principal, pour avoir une confirmation. Il eut tout à coup le sentiment que devant lui, dans ce désert qui s'étendait sur plusieurs milliers de kilomètres carrés, vierge de toute vie animale ou végétale, la mort trouvait tout son sens. Voilà peut-être à quoi elle ressemblait. Le vide. La solitude. Le néant.

Il resta assis comme ça pendant un long moment. Dans sa tête, le jeune homme vit un petit garçon au corps frêle, couvert d'ecchymoses, sanguinolent. Un petit garçon que l'on rouait de coups sans arrêt. Il regardait s'abattre le grand fouet, entendait la plainte désespérée de l'enfant.

« Pardon, mère. Pardon. Ne me frappe pas. »

Clac !

« Désolé ! criait-il. Je ne voulais pas. »

Les yeux de la mère s'exorbitèrent, les commissures de ses lèvres se couvrirent de mousse. De sa main, elle levait et faisait claquer son fouet sur lui, sur sa tête, sur son cou et sur ses épaules. Il n'avait aucune échappatoire.

« Je t'en supplie, ne me frappe pas ! hurlait-il. Ne me frappe pas. Je t'en supplie ! Je t'en supplie ! »

Bam !

Recroquevillé, terrorisé, il essayait de se protéger la figure avec ses bras tout maigrelets. Un coup lui brûla les poignets. Il baissa la garde. Un autre claquement de fouet lui ouvrit la pommette. Un cri de douleur s'échappa du jeune homme agonisant. Sa bouche se remplit de sang.

Encore un coup de ce fouet tant redouté.

Clac !

Lentement, très lentement, le jeune homme revint parmi les vivants. Ses paupières se rouvrirent timidement. Puis se refermèrent. Puis se rouvrirent. Il essaya de se concentrer. Tout était flou. Des visages. Au-dessus. Loin, comme s'il regardait par le mauvais bout d'un télescope. Ces visages semblaient l'observer.

Il entendit aussi des bruits, étranges. Et des voix.

« Doucement. Voilà.

— Il va bien ?

— Oui, il s'est simplement évanoui. »

Il les vit. Trois hommes debout au-dessus de lui. Non : l'un d'eux était agenouillé juste à côté. Deux doigts soulevèrent doucement sa paupière droite.

« Tout va bien. Il faut juste qu'on le laisse se reposer un peu. »

Un visage, amical, curieux, lui souriait à pleines dents.

« Vous avez dû vous évanouir, monsieur Jones. Ça arrive souvent, ici. C'est le désert, vous savez. » Le visage continuait de lui sourire. « Rien de grave, en tout cas. »

Bishop se sentait déjà mieux. La vue, l'ouïe, le toucher lui revinrent. Il leva sa main droite, jeta un coup d'œil sur ses longs doigts minces, qu'il posa ensuite sur son visage. Ils étaient frais sur sa peau.

Il voulut redresser la tête. Une main délicate la soutint par en dessous. Comme il se sentait étourdi, il laissa la main raccompagner sa tête contre le sol. Il demeura allongé encore un petit moment.

Au bout de quelques minutes, on l'aida à s'asseoir sur les marches de la véranda. Quelqu'un lui apporta un verre d'eau. Deux des hommes restèrent à ses côtés et lui expliquèrent que la chaleur pouvait parfois taper sur la tête. Ils lui conseillèrent de retourner dans sa chambre et de s'allonger un peu. Il n'y avait que ça à faire en cas de coup de chaud. Se reposer.

Il leur répondit qu'il se sentait beaucoup mieux. C'était ça, en effet : un coup de chaud. Il les remercia ; ils s'en allèrent. Ils le reverraient plus tard dans le bâtiment principal. En attendant, il ferait vraiment mieux de s'allonger quelques instants.

Les marches de la véranda étaient agréables ; il termina son verre d'eau, les yeux perdus dans le vide sans fin qui s'étalait devant lui. Il demeura ainsi immobile pendant deux bonnes heures. Ensuite, il déjeuna à l'hôtel – viande froide et bière. Après une petite sieste, il erra sans but dans l'oasis, l'œil toujours rivé sur les immeubles. Ceux-ci ne quittèrent jamais son champ de vision.

Le soir, dans la salle de jeu, il joua au billard avec d'autres clients et des membres du personnel. Il ne connaissait rien au billard ; les autres lui apprirent gentiment comment placer les boules dans les poches. Il fallait tirer avec la boule en ivoire. Il leur dit que cela ressemblait beaucoup à la vie. « Pourquoi donc ? » demanda quelqu'un. Bishop lui répondit que dans chaque groupe c'était toujours l'individu, le solitaire, qui faisait tout, qui s'occupait de tout.

« Toujours le solitaire, répéta-t-il.

— C'est la théorie du chef naturel, commenta un autre.

— Il est évident que certains hommes sont des chefs-nés.

— Il faut de la force pour aller au bout des choses.

— Ce n'est pas une question de force, Phil. Mais d'intelligence, dit l'homme en montrant sa tête.

— Rien à voir avec l'intelligence. C'est la volonté qui compte. Il faut avoir cette putain de volonté.

— Et une vision, aussi, intervint un autre. Tu dois être capable de voir ce qui n'existe pas et de le faire exister.

— Ou voir une chose qui existe, répondit le jeune homme, et faire en sorte qu'elle n'existe plus. La faire… disparaître. »

Il y eut un long silence.

« Oui, monsieur Jones a raison. Il faut savoir faire disparaître certaines choses. » Sur ce, il envoya la boule n° 9 dans une poche de coin. La boule vrilla un instant sur place avant de disparaître.

« La vache !

— Bien joué, Gus. »

Gus rigola.

« J'y suis pour rien. C'est la boule blanche qui a fait tout le boulot.

— Tout juste. Comme tu dis, il y en a une qui fait tout le boulot. Et vous remarquerez qu'elle est toujours blanche.

— Pas une noire ou une chicano, en tout cas.

— C'est quelle couleur, chicano ?

— C'est pas blanc.

— Tu m'étonnes !

— C'est un peu comme ma vie sexuelle, dit quelqu'un.

— Ah oui ? Pourquoi ça, Harry ?

— Tu tires dans tous les coins en ce moment ? »

Harry brandit son cigare toujours éteint.

« J'ai une boule, déclara-t-il sur un ton satisfait, qui fait tout le boulot.

— Il vient de dire qu'une de ses boules faisait tout le boulot ?

— Exactement, Andy, c'est ce qu'il vient de dire.

— Du coup, je comprends mieux pourquoi tu me fais toujours penser à un billard où il manque la moitié du matériel.

— Dis-lui, Lee. »

Lee pointa un doigt vers Harry. « Ce qu'il lui faut à ce mec, c'est des boules en plus. »

Tout le monde éclata de rire, y compris le jeune homme.

Plus tard dans la soirée, celui-ci longea la petite piscine pour se rendre dans la maison des filles. Il jeta son dévolu sur une fausse blonde qui avait une bouche en cœur. Mais cette fois, il ne commit pas l'erreur de s'allonger en la laissant s'accroupir sur lui. Il préféra s'asseoir sur le bord du lit, pendant que la fille était à genoux sur un oreiller.

Ensuite, sans qu'elle lui ait rien demandé, il lui donna un pourboire de 5 dollars. En partant, il lui dit son espoir de la revoir. En attendant, il lui souhaita de connaître des jours meilleurs.

La fille rigola. Bien que très jeune, elle avait déjà cette dureté qui est l'apanage de l'expérience. Et qui était-il pour lui souhaiter des jours meilleurs ? Pour qui se prenait-il, ce pauvre connard ? Elle le regarda droit dans les yeux. « Dans ce boulot, mon cher, on ne fait jamais demi-tour. »

Dehors, il se rassit sur les marches de la véranda et contempla le ciel rempli d'étoiles, qui semblait illuminé comme jamais. Il baissa la tête. Les ténèbres étaient partout – une nuit absolue, totale, l'entourait de toutes parts, se repliait sur lui, l'enveloppait, l'étouffait. Il jeta tout autour de lui un regard anxieux. Rien. Il leva les yeux derechef. Rien, sinon cent milliards de minuscules points lumineux qui n'éclairaient, n'existaient, ne se donnaient en spectacle que pour lui. Il eut un sourire crispé. Un autre Las Vegas dans le firmament, un énième pays de cocagne, plein de diamants de pacotille et de promesses fallacieuses. Comme un bordel, en somme.

Il commençait à se sentir mieux. L'obscurité, comme l'inconnu, n'était pas l'ennemi à abattre. L'ennemi avait une forme, une silhouette et des seins. Du sang, des os et un ventre. L'ennemi était tout autour de lui.

Au bout d'un long moment, il regagna sa chambre et bloqua la porte à l'aide d'une chaise. Puis il rêva d'un feu orange vif consumant sauvagement des corps humains qui avaient tous des seins. Peu à peu, ces corps noircissaient et se carbonisaient, gorgés de sang bouillonnant, jusqu'à devenir des squelettes rongés par les flammes. Ces os, ces crânes blanchis ressemblaient aux boules blanches du billard.

Le lendemain matin, après le petit déjeuner, il marcha dans le désert aussi loin qu'il put sans perdre de vue l'oasis derrière lui. Il voulait savoir si le malaise qu'il avait ressenti la veille reviendrait. Il finit par trouver un endroit où s'asseoir et se reposer un peu. On lui avait donné un bidon d'eau ; il but comme un assoiffé, tout en contemplant l'incroyable étendue de terre qui l'entourait. Il se sentait comme le capitaine d'un navire encalminé au milieu du vaste océan mais poussant malgré tout son frêle esquif vers l'avant.

Soudain possédé, il continua de marcher longtemps après que les constructions eurent disparu de l'horizon. Le soleil dans son dos, il suivit une ligne droite vers le sud-ouest. Quelque part sur sa droite courait la route jusqu'à Death Valley Junction – il n'était pas perdu. Ce nom l'intrigua. Death Valley. La Vallée de la Mort. Il savait qu'il n'irait jamais là-bas. Il était immortel. Il avait une œuvre à accomplir, et son œuvre survivrait toujours.

Il se reposa de nouveau. Quelqu'un lui avait dit que s'il marchait suffisamment longtemps, sur plusieurs kilomètres, il se retrouverait en Californie. Vous y êtes déjà allé ? Il avait souri et répondu que non. Un jour, peut-être, qui sait ? Il pensait maintenant avoir assez marché pour fouler le sol californien. Son front se plissa. Il n'avait aucune intention de revoir les gens qui avaient détruit ses parents et bien failli le détruire, lui. Les Californiens étaient le mal incarné. Tous, sans exception.

Il se retrouvait seul en plein désert et il retournait chez lui. Tout à coup, il voulut voir morts tous les habitants de l'État. Alors, il deviendrait roi de Californie. Ça sonnait bien à l'oreille. Le roi de Californie. Voilà comment il se ferait appeler, un jour. Une fois qu'ils seraient tous morts.

Morts et dans la Vallée morte. Ici même. C'est ici qu'ils devraient être, se dit-il. Il se leva d'un bond. Pendant dix minutes, il cria, hurla à la face des vingt millions d'habitants que comptait la Californie. Là, au milieu du désert, dans la Vallée des morts, sur sa terre natale, il leur révéla qui il était vraiment et toutes les choses innommables qu'ils lui avaient fait subir, lui et les siens. Puis il leur raconta par le menu comment il s'était vengé d'eux.

Une fois cela terminé, il leur annonça ce qu'il comptait faire.

Après un déjeuner léger à Ash Meadows, Bishop regagna Las Vegas. Deux jours plus tard, même s'il l'ignorait sur le moment, il trouva sa proie. Il venait d'atteindre le croisement de Fremont Street et de South Main Street, lors d'une de ses promenades fiévreuses autour du casino, dans l'espoir de trouver ce qu'il cherchait et sachant que le temps lui était compté, lorsqu'une voiture de police s'arrêta au carrefour. En deux temps, trois mouvements, les policiers avaient coupé la circulation qui se déversait dans South Main Street, ne laissant passer que les véhicules qui tournaient à droite sur Fremont Street ou continuaient au nord, au-delà du croisement. Quelques instants plus tard, une procession de limousines apparut lentement, qui se dirigeait vers le Strip, au sud. De son poste d'observation situé un peu en retrait, Bishop regarda le convoi funèbre passer devant la gare de l'Union Pacific,. de l'autre côté de la rue, puis parvenir à sa hauteur.

En tête du cortège se trouvaient cinq voitures remplies de fleurs, des Cadillac d'époque, dont le chrome rutilant encadrait d'énormes couronnes de roses et de chrysanthèmes. Suivait le corbillard, long et élégant, avec ses vitres tendues de rideaux noirs. Alors que le convoi silencieux roulait au pas, Bishop compta les voitures. Elles étaient au nombre de dix, des limousines superbes et impeccablement briquées. Elles transportaient sans doute les proches et les amis du défunt.

Bishop n'avait jamais assisté à un tel spectacle. Tournant la tête à droite, il sourit à la femme à ses côtés et lui demanda si elle savait qui on enterrait. Elle le dévisagea un instant, puis sourit à son tour et prononça un nom. Ce nom n'évoquait absolument rien à Bishop ; il le lui dit. Elle eut un drôle de rire. Il demanda quel personnage éminent était le défunt pour mériter de telles funérailles. Elle rit encore et lui expliqua que cet homme possédait une partie de Las Vegas, « une partie importante », pour reprendre ses termes. Et toutes ces fleurs ? Tous ces proches endeuillés ? Oui, il avait beaucoup d'amis. Quel genre d'amis ? Le genre qui provoque des enterrements, lui dit-elle. Il ne comprenait pas. La femme lui raconta à voix basse qui était le mort. Bishop se rappela alors un film qu'il avait vu à la télévision, sur Al Capone, qui provoquait beaucoup d'enterrements et qui envoyait toujours beaucoup de fleurs.

Une minute plus tard, après un ultime échange de plaisanteries, la femme s'en alla. Bishop la regarda partir en se demandant si elle avait de l'argent. Il passa à autre chose et reprit sa flânerie sans but.

Parvenue à la rue suivante, devant l'arrêt de bus en direction duquel elle venait de traverser la chaussée, la femme se demanda pourquoi elle avait parlé si librement à un inconnu. Elle était en train de regarder, l'air absent et l'esprit ailleurs, le long défilé des voitures noires lorsque le jeune homme l'avait interpellée. Au bout de trois secondes, elle lui avait raconté sur Las Vegas des choses qu'il valait mieux ne pas dévoiler. C'était son sourire qui l'avait séduite, un sourire vraiment charmeur, et puis cet air innocent… « Je dois me faire vieille », se dit-elle avec un soupir dégoûté.

Margot Rule avait 38 ans et un physique ingrat. Malgré ses beaux cheveux bruns et sa denture parfaite, elle était trop grande et trop maigre, et ne possédait ni le visage, ni la silhouette capables de mener les hommes à leur perte. En cette matinée de la mi-août, elle n'avait pour seule ambition que de mener un homme jusqu'à un appartement qu'elle souhaitait louer. La professionnelle de l'immobilier qu'elle était trouvait justement sa vie remplie de pièces vides et d'espaces inutilisés. Elle travaillait dur, pendant de longues heures, mais gagnait aussi beaucoup d'argent, surtout depuis qu'elle avait ouvert sa propre agence. Pendant qu'elle s'occupait des locations et des recherches, une secrétaire se chargeait des coups de téléphone et des explications aux clients. Elle était toujours en vadrouille, ce qui voulait dire que son affaire tournait bien. Surtout, son travail l'empêchait de rester toute seule assise chez elle, à penser à la bouteille et à tout ce qu'elle avait perdu dans sa vie, à toutes les occasions ratées.

Cinq ans avant, elle pensait uniquement à sa famille. Mariée et mère de deux petites filles, elle passait son temps à cuisiner, à faire la vaisselle et le ménage chez elle, et elle adorait ça. Elle avait épousé sur le tard, à 26 ans, un homme simple et plein d'égards pour elle. Âgé d'une quarantaine d'années au moment de leur mariage, son mari était laid, moins brillant et moins passionné qu'elle, mais il travaillait dur pour nourrir sa famille ; pour ça, elle l'aimait beaucoup. Elle oublia rapidement ses rêves de prince charmant et de grand amour pour se plier à une existence stable et rassurante, comme elle n'en avait jamais connu dans son enfance. Chaque fois qu'elle repensait à sa vie, elle s'émerveillait que la chance ait enfin frappé à sa porte, après une adolescence et une jeunesse dont les hommes avaient été pour ainsi dire absents. Ils ne s'étaient tout bonnement jamais intéressés à elle. Pendant la nuit de noces, pour décevante qu'elle eût été, elle s'était juré de rester fidèle à son époux, fidèle et loyale jusqu'à ce que la mort les sépare.

Un jour, en fin d'après-midi, un coup de téléphone l'avait arrachée à sa sieste. Malgré ses efforts pour comprendre, on avait dû lui répéter. Un accident. Il y avait eu un accident. Pouvait-elle venir immédiatement à l'hôpital de Southern Nevada ? Oui. Non, un accident. Venez aussi vite que possible.

Encore sonnée, inquiète à un point qui dépassait l'entendement, elle se rendit à l'hôpital. Mais il était déjà trop tard. Sa fille de 6 ans et son mari avaient été tués sur le coup. La petite de 4 ans, elle, venait de succomber deux minutes plus tôt, sur la table d'opération. Un camion transportant de l'essence avait percuté leur voiture à grande vitesse, puis explosé. Son mari était parti en balade avec les enfants, et maintenant ils étaient morts. Toute sa famille avait péri.

Des mois durant, le monde de Margot Rule se résuma à une suite ininterrompue de cauchemars. Éveillée comme endormie, elle imaginait le camion qui s'écrasait, l'horrible explosion, les flammes terribles. Elle voyait l'effroi sur le visage de ses filles, elle entendait leurs derniers cris d'épouvante. Parfois, elle avait l'impression de devenir folle. Elle se mit à boire pour soulager sa douleur, ce qu'elle n'avait jamais fait jusqu'alors. Au début, l'alcool l'aida à oublier, à se concentrer davantage sur l'instant présent, et même à mieux dormir. Au fur et à mesure que son seuil de tolérance s'élevait, elle avait besoin d'une dose toujours plus forte pour obtenir les mêmes effets, ce même état de vacuité où le passé n'existait plus. Le glissement fut progressif, mais constant. En l'espace de six mois, elle devint une alcoolique invétérée.

Le poison avait remplacé la douleur. Bien que la bête vorace eût besoin d'être rassasiée en permanence, elle s'en moquait, tant que la douleur ne se réveillait pas en elle. Elle dissipa ses maigres économies, puis la petite assurance-vie de son mari. Finalement, elle dut vendre sa maison et se rabattre sur un appartement sinistre, dans un quartier minable où les nombreux bars et l'indifférence au regard des autres répondaient parfaitement à ses nouvelles attentes.

Puis vinrent les hommes. Les uns à la suite des autres, après un verre, dix verres ou trois bouteilles entières. Dans son ancienne maison, encore attachée à ses vieilles habitudes, elle s'en était tenue à certaines règles élémentaires, même si elle commençait déjà à coucher avec des inconnus. Dans sa nouvelle existence, en revanche, rien ne comptait plus, et tout y passa : l'alcool, les fêtes, les hommes, tout ce qui pouvait distraire son esprit, apaiser ses sens. Elle commença à jouer ; son argent fondit encore plus vite. Pendant trois ans, elle erra ainsi, embrumée par l'alcool, et dilapida presque tout ce qu'elle possédait, y compris les 20 000 dollars d'indemnité qu'elle avait reçus après l'accident.

En 1971, elle frappa à la porte des Alcooliques Anonymes, grâce à des amis rencontrés des années avant, mais qu'elle n'avait jamais soupçonnés d'être alcooliques. Ils paraissaient heureux et bien dans leur peau, quand elle était valétudinaire et désespérée. Le temps avait pansé quelques-unes de ses plaies, mais les ravages de l'alcool sur son corps et son cerveau étaient immenses. Aux réunions, on la présenta simplement sous le nom de Margot. Elle écouta attentivement une série interminable d'intervenants raconter à quel point leur vie avait été horriblement, inutilement, gâchée par l'alcool. Chacun rappelait l'importance d'abandonner le premier verre, puis de s'attaquer au problème étape par étape.

Margot fut impressionnée. Elle commença à comprendre que son malheur initial s'était finalement mué en autocomplaisance, c'est-à-dire certainement le chemin le plus direct jusqu'à l'alcoolisme. Dégoûtée d'elle-même et de ses motivations, désormais dévoilées au grand jour, elle décida de mettre un terme à ce cauchemar. Pendant trois semaines, elle vécut chez des amis qui la surveillèrent et supervisèrent sa cure d'abstinence. Lorsqu'elle retourna à une réunion des AA, elle n'avait pas bu une goutte depuis un mois.

Ses amis furent dévoués. Anciens alcooliques eux-mêmes, ils savaient bien quel choc subissait l'organisme quand on le sevrait du jour au lendemain. Pourtant, si une partie de ce choc relevait d'une réaction physiologique, son aspect purement psychologique était tout aussi indéniable ; aussi aidèrent-ils chaque jour Margot à retrouver confiance et discipline personnelle. Malgré ses nerfs à vif et son tempérament versatile, elle parvint à dompter ses crises. À la fin de son séjour, un retour à une vie normale lui paraissait envisageable.

Plus que d'argent, elle avait surtout besoin d'un travail gratifiant. Encore une fois par l'entremise d'un ami attentionné, elle décrocha un poste dans une grande agence immobilière, où elle apprit rapidement les rudiments du métier. Lors d'une réunion des AA, elle rencontra un homme plus âgé, la cinquantaine bien tapée, avec lequel elle passa plusieurs soirées. Pour Margot, cette liaison n'avait rien de passionnel ou de bouleversant, mais elle était enchantée de pouvoir renouer des liens durables avec quelqu'un.

L'été puis l'automne passèrent, au cours desquels ils partagèrent nombre de dîners et de soirées en ville, le tout sans alcool, naturellement. Ils firent des randonnées et des virées en voiture dans le désert. Ils pêchèrent et s'adonnèrent aux sports nautiques sur le lac Mead. Ils visitèrent les parcs nationaux de la région, notamment le Grand Canyon. À Noël, ils s'envolèrent pour Hawaii.

Son sigisbée l'entourait de toutes ses attentions. Jamais en colère, jamais un mot plus haut que l'autre. Il la complimentait quand il le fallait et la réconfortait quand il le devait. Il la présenta à des personnalités importantes, dont elle se fit des contacts professionnels. Qu'il fût amoureux d'elle, c'était l'évidence même ; un jour d'hiver, il lui parla mariage. Elle éprouvait une grande tendresse pour cet homme, mais ce n'était pas de l'amour. Pour tout dire, elle n'avait jamais connu l'amour depuis le lycée – et encore, à sens unique. Pourtant, elle se dit qu'elle finirait sans doute par l'épouser, car la gentillesse comptait beaucoup pour elle.

Le mariage n'eut jamais lieu. Alors qu'elle entrait dans sa trente-sixième année, son amant et ami mourut d'une crise cardiaque, à 58 ans. Il s'était toujours entretenu et surveillait son régime alimentaire. Il ne fumait pas, ne buvait plus. Six semaines avant sa mort, il avait reçu les résultats de son check-up : excellents. Lorsqu'il mourut, son médecin parla d'une attaque aussi inattendue que foudroyante.

Margot, qui une fois de plus avait préféré se contenter d'être aimée simplement plutôt que de rêver au grand amour, fut assommée de malheur. Cependant, elle ne voulut pas refaire la même erreur. Cette fois, elle ne succomberait pas aux sirènes de l'autocomplaisance, elle ne s'effondrerait pas, ne chercherait pas à se détruire. Surtout, elle ne retoucherait pas à la bouteille. Elle préféra se jeter corps et âme dans son travail. Aucune tâche n'était trop ardue pour elle, aucun défi trop ambitieux. Elle travaillait jour et nuit, les week-ends, les jours fériés, rencontrant de futurs clients et locataires, prenant langue avec d'éventuels contacts professionnels. Tant qu'elle se démenait, elle restait forte, même si l'envie de boire ne l'avait jamais tout à fait quittée. Elle était douée dans son métier. Au mois de septembre, elle ouvrit sa propre agence.

En six mois, le succès fut assuré. Comme elle n'avait pas grand-chose d'autre dans sa vie, son travail était sa passion, et elle y mettait toute l'énergie et le dévouement d'une mère pour ses enfants, ou d'une jeune fille transie d'amour pour son galant. Elle regrettait seulement de ne pas avoir deux fois plus de temps car elle était persuadée de pouvoir faire deux fois mieux. Quand on lui suggéra d'embaucher d'autres agents, elle refusa, du moins pour le moment. Son travail, c'était son enfant symbolique, son amant virtuel dont elle s'occupait tendrement ; elle n'en céderait pas une miette. Pas tout de suite.

En avril 1973, on lui confia la location d'un petit immeuble. En mai, elle vendit plusieurs maisons non meublées. En juin, deux hommes vinrent la voir, sans donner leur nom. Avait-elle envie de s'occuper de la vente d'une grande propriété ? Assurément. Était-elle disposée à rencontrer le commettant dans les plus brefs délais ? Naturellement.

Une semaine plus tard, on l'emmena en voiture jusqu'à la propriété en question. Bâtie sur un terrain d'un hectare remarquablement situé et entretenu, la maison était une sorte de palazzo romain, avec des colonnes de marbre autour d'une grande piscine rectangulaire et une immense terrasse en tuiles pseudo-italiennes. À l'intérieur, tout était coûteux, raffiné, et équipé d'une technologie dernier cri pour ce qui touchait aux loisirs et à la sécurité.

Elle fut présentée au propriétaire, dont elle reconnut immédiatement le nom. Elle réagit avec un mélange désarmant de franchise et de naïveté qui sembla plaire. Le propriétaire lui sourit et congédia ses adjoints. Puis il lui annonça le prix qu'il voulait de sa maison. Rien d'autre. Pour les détails, elle verrait avec ses avocats. Avant de s'en aller, elle s'entendit dire que si l'affaire se concluait de manière satisfaisante, elle décrocherait peut-être un contrat pour un grand complexe résidentiel en cours de construction.

Sur le chemin du retour, assise à l'arrière d'une belle limousine, elle se demanda pourquoi on s'était adressé à elle. L'hypothèse du bouche à oreille lui parut la plus plausible. Ce qui signifiait donc qu'elle travaillait bien. Elle décida de s'occuper de la transaction, puisqu'il s'agissait d'une affaire unique et bien rémunérée. Mais elle déclinerait la proposition pour le complexe résidentiel. S'engager à long terme avec ces gens-là était tout simplement trop dangereux.

Un mois et demi plus tard, la propriété n'avait toujours pas trouvé preneur, surtout à cause du prix astronomique qui en était demandé. Un millionnaire éventuellement intéressé avait reculé non pas devant le prix, mais dès qu'il avait appris, par un tiers, l'identité du vendeur. Même un agent immobilier respectable et des avocats de haute volée ne pouvaient pas camoufler complètement le nom du propriétaire ou de ses associés.

Bien sûr, il était maintenant trop tard. Le palazzo finirait par être vendu, cela ne faisait aucun doute, mais le convoi funèbre avait mis un terme à toutes les négociations, du moins en ce qui la concernait. Et en ce qui concernait le propriétaire, aussi. Visiblement, il avait attendu trop longtemps.

Margot Rule consulta sa montre. Elle arriverait un peu en retard à l'appartement qu'elle espérait louer. Situé sur Gass Avenue, c'était le premier de ses trois rendez-vous prévus dans la journée ; avec un peu de chance, d'ici la fin de l'après-midi, elle aurait trouvé preneur pour au moins un des trois logements.

Elle pensa à la longue nuit qui l'attendait. Comme les gens fuyaient la ville en juillet et en août, les soirées d'été étaient tranquilles. Puisqu'elle avait abandonné le jeu et l'alcool, les néons de la ville ne l'attiraient plus, pas davantage que les spectacles ou les restaurants somptueux du Strip, hormis un dîner de temps à autre ou de rares soirées passées avec les clients. Elle devrait donc regagner sa maison agréable, mais déserte. Elle se poserait peut-être sur son canapé de velours vert et admirerait ses reproductions de Picasso. Ou alors elle allumerait la télévision pour regarder un bon film, ou l'émission de Phil Silvers, toujours aussi marrant. Ou elle s'allongerait sur son lit et fantasmerait sur le jeune homme qu'elle aimait au lycée, sur tous les jeunes hommes qu'elle pensait avoir aimés dans sa jeunesse sans qu'ils le sachent. Peut-être finirait-elle même par essayer de se donner un peu de plaisir, en susurrant des choses, comme s'ils étaient là, dans la chambre, en train de lui faire l'amour. « Viens, viens, dirait-elle. Viens mon amour, je suis trempée, viens à moi. » Et ils lui répondraient systématiquement : « Prends-moi, prends-moi, toi l'amour de ma vie. » Leur corps se presserait contre le sien, leurs bras puissants touchant ses seins soyeux au moment où ils lui donneraient leur dernier ordre. « Maintenant. » Puis le silence. Chaque fois, elle poussait un cri de plaisir.

À six cents mètres de là, dans sa chambre d'hôtel, Bishop avait déjà oublié le convoi funèbre et la femme avec laquelle il venait d'échanger quelques mots. Il était inquiet ; son problème essentiel n'avait toujours pas été réglé. Il ne lui restait plus que 700 dollars.

Le 15 août, il assista à une réunion des AA. À l'hôpital de Willows, il avait vu un téléfilm sur trois jeunes types un peu paumés qui passaient leur temps à courir les filles, jusqu'au jour où ils rencontraient le grand amour à une réunion des AA. Sauf que le grand amour, pour chacun des trois, était incarné par la même femme, une blonde divorcée : d'où, très vite, enlèvements, meurtres, sévices, suicides, sado-masochisme, cannibalisme, nécrophilie, et ainsi de suite. Mais c'était la télévision. Dans la vraie vie, il se retrouvait à court de solutions, dans une ville où hommes et femmes échangeaient de l'argent contre des sourires. Il était prêt à tout, surtout à se rappeler d'autres films qu'il avait pu voir, pour y dénicher de nouvelles idées.

La réunion eut lieu dans une chapelle, tout près de Fremont Street. Elle le reconnut immédiatement. Son visage lui rappelait quelqu'un qu'elle avait connu jadis, le même sourire avenant, les mêmes manières simples. Une fois les discours terminés, elle s'approcha de lui et se présenta, lui rappelant sur un ton badin à quel point il avait été émerveillé par le convoi funèbre. Il lui décocha alors son plus beau sourire. Il était le charme et la grâce incarnés. À la fin de la réunion, il lui demanda s'il pouvait marcher un peu avec elle. La nuit était douce ; elle accepta de bon cœur.

Sur le chemin, ils parlèrent de choses et d'autres. Lui travaillait dans le commerce et possédait un magasin en Floride, spécialisé surtout dans l'importation de biens en provenance d'Amérique centrale. Il avait taquiné la bouteille pendant quelques années puis s'était rendu compte que ce n'était pas sa vie. Les Alcooliques Anonymes lui avaient sauvé la mise. Il s'était accordé deux mois de congé pour visiter le pays, mais il aimait tellement Las Vegas qu'il ne voulait plus en partir. Quant à elle, née à Los Angeles, elle s'était installée ici dans sa prime enfance. Son mari comme ses enfants étaient morts. Elle avait un temps trouvé refuge dans l'alcool, mais cela faisait maintenant deux ans qu'elle ne buvait plus. Elle aussi, les Alcooliques Anonymes l'avaient tirée d'affaire. Elle vivait seule maintenant et n'avait pas d'amis proches ; elle passait son temps à travailler. Dans l'immobilier.

Parvenus devant le bel immeuble où elle vivait, il lui demanda s'ils pouvaient se revoir. Il venait d'arriver en ville, il ne connaissait personne, et, naturellement, il ne voulait pas trop côtoyer la vie nocturne et son alcool qui coulait à flots. Pas tout seul, en tout cas. Cela ne faisait pas si longtemps que… Il ne termina pas sa phrase.

Elle lui adressa un sourire discret – du moins l'espérait-elle. Car lui, de son côté, ne voyait en elle qu'une chauve-souris géante, prête à s'envoler, ses paupières battant l'air comme deux ailes. Pourtant, il garda son air innocent, son expression d'attente mêlée d'espoir. Elle le regarda droit dans les yeux, vit son visage enfantin, ses yeux pénétrants d'homme accompli, son honnêteté sans faille. Il était *tellement* à l'image du prince charmant qu'elle aurait pu rencontrer si elle avait été gâtée par la nature. Elle fit oui de la tête, timidement. Oui. Peut-être un dîner demain soir ? demanda-t-il. Une fois de plus, elle accepta.

Bishop rentra à l'hôtel en estimant avoir réglé son problème. La femme gagnait sa vie et travaillait dans l'immobilier. Donc, elle était riche. Elle vivait seule et n'avait pas de famille. Donc, aucun danger pour lui. Sa dernière réflexion, avant de s'endormir, fut que cette femme était originaire de Los Angeles. En Californie.

Le soir suivant, ils dînèrent au Sahara, sur le Strip. Il fut d'une compagnie agréable, elle fut enchantée, surtout chaque fois qu'elle le regardait, assis en face d'elle. Elle se sentit redevenir une jeune fille. Après cela, ils dînèrent ensemble tous les soirs. Il n'insista jamais, elle ne résista jamais. Le quatrième soir, elle l'invita à boire un café chez elle. Une fois son café bu, il l'embrassa sur la joue et s'en alla. Le cinquième soir, elle mit un peu de musique avant le café. Puis elle s'assit à ses côtés sur le canapé. Ils discutèrent un peu ; elle lui prit la main. Très vite, il l'embrassa sur la bouche, en un beau, long et amoureux baiser. Elle faillit se pâmer de bonheur. Quand il se leva pour partir, elle fut déçue. En même temps, elle ne voulait pas qu'il se sente dragué par elle.

Le lendemain soir, elle lui montra la vue qu'elle avait de sa fenêtre. Sa chambre donnait directement sur le Strip. Le ciel était illuminé par le scintillement des néons qui maintenait l'obscurité du désert à bonne distance. Il lui dit qu'il trouvait le spectacle magnifique, presque autant qu'elle. De son bras, elle enlaça tranquillement sa taille. Il se tourna vers elle et l'embrassa à n'en plus finir. Lorsqu'il plaça sa main sur ses petits seins, elle susurra « oui ». Quand il la mena délicatement jusqu'au lit, ce furent ses yeux, son corps, ses lèvres qui dirent oui, oui, oui.

Le matin, elle appela son bureau pour dire qu'elle prenait une journée de congé. Elle prépara un panier en vue d'un pique-nique dans le désert. Ils prirent chacun une douche et partirent en voiture.

Margot Rule, malgré ses 38 ans, n'avait jamais rencontré l'amour, le véritable amour, celui qu'elle venait juste de découvrir. Elle se rendit compte qu'elle était restée vierge toute sa vie, elle comprit ce que l'acte sexuel signifiait vraiment, ce qu'il aurait toujours dû signifier. Elle avait du mal à croire aux émotions puissantes qu'elle ressentait, à l'état de liquéfaction dans lequel la plongeait le jeune homme assis à ses côtés. Elle lui jeta un coup d'œil en coin. Elle l'aimait, comme jamais elle n'avait aimé son mari – que Dieu la pardonne –, ni même les garçons de sa lointaine jeunesse. Dans son cœur de femme, elle savait que c'était ça, l'amour qu'elle aurait toujours dû vivre, ça, les émotions qu'elle aurait dû connaître. Si Dieu existait, il la laisserait jouir de cet amour, quel qu'en soit le prix, quelles qu'en soient les victimes. Sans lui, elle savait que la vie ne valait pas d'être vécue ; avec lui, elle vivrait jusqu'à la fin des temps.

Bishop, lui, était tranquillement assis dans la voiture, conscient d'avoir joué sa partition à merveille. La femme était assoiffée d'amour et de sexe, de ce sexe porté par l'amour, passionné et prolongé, où elle donnait tout sans rien attendre en retour, qui exauçait tous ses vœux non formulés, qui lui donnait le sentiment d'être la femme la plus désirable au monde. Pour ce genre de volupté, à la fois tendrement charnelle et liée au besoin féminin d'être constamment rassurée et d'entendre des serments d'éternelle fidélité, une femme ferait n'importe quoi, irait n'importe où. Bishop avait fait montre d'une perspicacité remarquable et d'un timing exceptionnel. De toute la semaine, il n'avait vu aucune prostituée et ne s'était même pas masturbé. Il lui avait offert une nuit d'amour sexuel et verbal dont elle se souviendrait toujours. Il sourit en pensant à ce mot. Toujours ne durait généralement pas si longtemps que ça, et il veillerait personnellement à ce que le « toujours » de cette femme ne dure vraiment pas longtemps du tout.

Dans la semaine qui suivit, ils se virent autant que le travail de Margot le leur permettait. Bishop n'alla plus chez elle, dans un souci, lui dit-il, de protéger sa réputation. Pour la même raison, il ne la laissa pas non plus venir à son hôtel, dont il changeait toutes les semaines afin de ne pas être reconnu. Elle y vit de sa part une attention extrêmement touchante. Aussi terminaient-ils chaque soirée dans des motels éloignés, où ils ne risquaient pas d'être vus. Pendant qu'il réservait la chambre, elle restait assise dans la voiture et se prenait pour une collégienne délurée. Elle adorait ça.

Les nuits qu'elle passait avec le jeune homme étaient un enchantement, au-delà de tout ce qu'elle avait pu imaginer dans ses fantasmes solitaires. Le troisième soir, il lui demanda s'il pouvait mettre sa queue dans sa bouche. Elle ne l'avait jamais fait, pas même avec son mari, mais elle s'y plia de bon gré, sans hésitation ni murmure. Il s'agenouilla au-dessus d'elle et lui montra comment faire. Lorsqu'elle reçut son sperme dans la bouche, elle l'accepta goulûment, le savoura sur sa langue, l'avala doucement, amoureusement, parce qu'il venait de lui. Elle apprécia l'expérience et, très vite, en vint à se sentir encore plus proche de lui chaque fois que l'occasion se présentait. Toutes les nuits, elle répétait le même geste, passant sa langue sur son sexe, attendant, voulant qu'il décharge et crache sa déclaration d'amour, guettant ses gémissements au moment fatidique, ces gémissements qu'elle avait besoin d'entendre, attendant les yeux grands ouverts regardant, attendant l'ultime jouissance couler dans sa bouche accueillante se fondre pour devenir l'amour même laissant le reste ahhhh…

À la fin de la semaine, Bishop savait que Margot possédait 26 000 dollars sur un compte de la Nevada State Bank. Il décréta qu'avec cet argent il pourrait vivre des années.

Le dernier jour du mois d'août, il annonça à sa bien-aimée qu'il souhaitait l'épouser et vivre avec elle pour le restant de ses jours. Il n'avait jamais aimé auparavant, jamais vraiment, et n'aimerait plus jamais. Mais il ne pouvait pas l'épouser parce que c'était un homme traqué. Des tueurs le poursuivaient. Il devait 22 000 dollars à des sales types en Floride, ce qui expliquait pourquoi il parcourait le pays et changeait d'hôtel et de nom toutes les semaines. Car il s'appelait en réalité David Rogers. S'il lui révélait ce secret, c'était uniquement par amour pour elle. Et si elle l'aimait à son tour, si elle souhaitait vivre avec lui pour toujours, elle pouvait le sauver en lui prêtant cet argent, afin qu'il puisse régler sa dette de jeu. Elle connaissait ce genre de types. Ils finiraient par le retrouver et le dézinguer. Ils lui avaient déjà pris son magasin en Floride ; ils voulaient maintenant avoir sa peau. Il lui demanda de retourner avec lui en Floride. Une fois là-bas, ils rendraient l'argent, puis ils se marieraient et partiraient en voyage de noces, en Floride ou ailleurs. Ils seraient libres de revenir à Las Vegas et de faire l'amour jusqu'à la fin des temps. Sinon, dit-il en haussant les épaules d'un air résigné face à son destin, il serait vite tué.

Or, Margot ne voulait pas le voir mourir. Elle l'aimait au-delà du raisonnable, elle avait besoin de l'avoir en elle, partout. Sans lui, la vie n'aurait plus aucun sens, ne vaudrait pas d'être vécue ; soudain, elle avait envie de vivre comme jamais. Elle pensa à l'argent. Elle avait perdu le triple en jouant et en buvant, bêtement, sans rien gagner en retour. En épongeant la dette de David, au moins, elle le tiendrait. Et maintenant que son affaire marchait bien, elle récupérerait vite cette somme.

Dès le lendemain, elle retira les 22 000 dollars sur son compte professionnel, plus 2 000 autres sur ses économies personnelles, pour leurs dépenses quotidiennes. Deux cent quarante billets de 100 dollars furent rangés dans une sacoche mise à sa disposition. Méticuleuse, elle laissa une note dans son coffre-fort, où elle déclarait avoir effectué un retrait de 24 000 dollars pour ses besoins personnels et annonçait son prochain mariage avec David Rogers, originaire de Floride.

Le plan – et c'est elle qui insista – consistait à se marier à Las Vegas, puis à prendre l'avion jusqu'à Miami, à y rester quelques jours et à rentrer. Elle n'avait pas besoin d'une longue lune de miel, puisqu'ils seraient ensemble toute la vie. La date du départ fut arrêtée au 4 septembre, soit trois jours plus tard.

Bishop accepta le plan sans barguigner, ne demandant qu'une chose : qu'elle attende le dernier jour pour réserver les billets d'avion, afin que personne ne soit au courant. « Oui, je suis un peu paranoïaque, dit-il d'un air embarrassé, mais pourquoi prendre des risques inutiles ? »

Margot savait que David l'aimait. Même s'il en paraissait beaucoup moins, il avait 30 ans. Ces huit ans de différence entre eux ne l'inquiétaient pas outre mesure. Avec elle, il serait heureux et comblé comme au premier jour.

Le 3 septembre 1973, les deux tourtereaux se rendirent dans ce désert qu'ils aimaient tant, pour une dernière excursion avant leur mariage prévu le lendemain. Arguant une fois de plus de sa paranoïa, Bishop expliqua à Margot qu'il ne fallait pas laisser l'argent à la maison, car quelqu'un pourrait le voler en leur absence. Aveuglée par l'amour, elle acquiesça et emporta les billets avec elle ; ils se trouvaient maintenant rangés dans une sacoche noire à fermeture Éclair.

Dans la voiture qu'il avait louée, ils empruntèrent la route US 95 jusqu'à Lathrop Wells, puis prirent à gauche, sur la Nevada 29, vers Death Valley Junction. Quelques kilomètres plus loin, une fois la frontière californienne franchie, Bishop quitta la route et roula sur la terre sèche jusqu'à disparaître entièrement.

Elle ne connaissait pas cette partie-là du désert. L'endroit était aride, d'une solitude absolue. Depuis qu'ils avaient quitté la route, quinze kilomètres en arrière, ils n'avaient rencontré aucune voiture, aucune trace de vie. Margot était à la fois heureuse d'être avec le jeune homme et un peu angoissée par tant de désolation. Il la rassura puis sortit une couverture qu'il jeta par terre, à quelques mètres de la voiture. Elle apporta la nourriture ; ils déjeunèrent et parlèrent de leur avenir, des bonheurs qu'ils partageraient. C'est alors qu'il eut une idée.

Ils se déshabilleraient entièrement et feraient l'amour ici même, en plein désert. Libres et sans contraintes, ils se sentiraient délicieusement transgressifs. Cela fit rire Margot. Et si quelqu'un débarquait ? Mais il n'y avait strictement personne à des kilomètres à la ronde. Non, c'était ridicule – après tout, elle était adulte et consentante, pas vrai ? Alors, ils redeviendraient des gamins pendant quelque temps. Et le soleil ? Ne risquaient-ils pas de brûler sur place ?

Il retourna à la voiture et revint avec une bâche et deux pieux en bois. En deux temps, trois mouvements, il aménagea un abri bien ombragé. Elle lui reprocha de transporter de tels objets dans sa voiture et lui demanda combien de jeunes filles il avait déjà attirées comme ça dans le désert. Ils rirent de bon cœur à cette idée parfaitement incongrue.

Margot fut séduite. Elle n'avait jamais rien fait de tel et trouva charmant le caractère parfaitement indécent de leur petit projet. Pourquoi pas ? se dit-elle. Voilà qu'elle retombait en adolescence et qu'elle obtenait les faveurs du plus beau, du plus gentil et merveilleux jeune homme sur Terre. Elle se sentait comme une princesse de conte de fées. Elle pouvait faire tout ce qu'elle voulait.

Ils se déshabillèrent l'un devant l'autre, sans pudeur ni gêne ; elle avait les yeux rivés sur lui, sur ce corps qu'elle avait appris à si bien connaître en si peu de temps. Nus, ils s'allongèrent sur la couverture. L'air était frais sur la peau de Margot, l'ombre, apaisante. Il grimpa sur elle et s'activa avec l'habileté qu'elle lui connaissait désormais.

Lentement, avec dextérité, il la fit décoller en rythme, et tandis qu'elle exécutait des mouvements de plus en plus frénétiques, elle sentit que les choses prenaient un tour un peu différent, différent même des autres fois avec lui. Le grand air, le ciel, le sentiment d'être seule au monde avec lui – tout l'émoustilla. Rapidement, tous ses nerfs se fondirent les uns dans les autres pour lui envoyer une succession de décharges, jusqu'à ce que les spasmes de l'orgasme finissent par la faire chavirer.

Margot Rule eut tout de même conscience qu'elle se rappellerait ces instants jusqu'à son dernier souffle. Quel que soit le cours de sa vie, ce moment-là resterait comme le paroxysme de son existence.

Au bout d'un long moment, elle prit le sexe de David dans sa bouche et l'amena, avec tout son amour, jusqu'à l'explosion finale. Au moment où la sève se déversa dans le corps de Margot, Bishop lui serra la gorge avec ses deux mains et l'étrangla.

Soudain, brusquement, sans avertissement ni signe précurseur, elle qui avait été la vie, qui avait donné la vie, qui avait contenu la vie, fut sans vie. Dans le monde des esprits qui était désormais le sien, par-delà des étoiles, le soleil se lèverait à l'ouest et se coucherait à l'est, comme elle.

Bishop ne perdit pas une minute. Il ôta du cadavre une montre et deux bagues. Il rangea l'abri de fortune dans la voiture et posa tous les vêtements sur le siège passager, afin de les jeter quelque part sur la route du retour. Le panier et le sac à main de Margot, une fois ce dernier débarrassé de toute possibilité d'identification, connaîtraient le même sort.

Du coffre, il sortit une pelle et un bidon d'essence de quinze litres qu'il avait rempli le matin même. Il déversa l'essence sur le corps de Margot et y mit le feu. Il regarda ensuite les flammes calciner lentement le cadavre et le réduire en cendres chaudes. À plusieurs reprises, il jeta un peu d'essence sur les flammes rougeâtres.

Lorsqu'il ne subsista plus qu'un amas informe d'os et de chair visqueuse, il traîna le lambeau de couverture sur cinquante mètres, jusqu'à une zone où le sable était meuble. Là, il creusa une tombe, petite mais profonde, dans laquelle il enfouit à coups de pelle les débris du corps. Puis il aplanit le sol jusqu'à l'emplacement du pique-nique, se débarrassa du sable et de la terre qu'il avait sur lui et se rhabilla à la hâte.

De retour dans la voiture, la pelle et le bidon rangés dans le coffre, il regagna la route, puis refit le chemin à pied jusqu'au lieu du crime en traînant une branche par terre, pour effacer les traces de pneus.

Avant de retrouver Las Vegas, il effectua de nombreuses haltes sur le bas-côté de la route et jeta dans le désert les objets dont il ne voulait plus, y compris la pelle et le bidon d'essence vide. Il nettoya également la voiture en y supprimant toute trace de présence humaine.

Il garda la sacoche remplie d'argent serrée contre lui.

Dans sa chambre d'hôtel, il compta un par un les deux cent quarante billets de 100 dollars. Il en fourra dix dans sa poche et remit le reste dans la sacoche noire à fermeture Éclair, qu'il cacha ensuite dans le réservoir des toilettes, non sans avoir préalablement tiré la chasse et bloqué le robinet – autre technique apprise à la télévision. Il brûla au-dessus du lavabo les documents trouvés dans le sac à main. Les autres effets de Margot, comme ses clés, son peigne, sa glace ou sa trousse à maquillage, avaient déjà été jetés séparément, de même que la montre ou les bagues. Il ne conserva d'elle qu'une photo, sur laquelle elle portait une robe austère qui lui donnait des airs de matrone.

Le même soir, dans un casino du Strip, il échangea les gros billets qu'il avait gardés contre des coupures de 10 ou de 20 dollars. Puis il sortit. Tout à coup, il éprouva un profond mépris pour la foule qui l'entourait. Lui ne jouait, ne buvait, ne fumait jamais. Il était un jeune homme respectable sous tous rapports.

Revenu à sa chambre d'hôtel, il rassembla la plupart des billets et rangea ses quelques effets personnels dans son sac de voyage. Il était prêt à quitter Las Vegas. Il était content.

Le lendemain matin, il rendit la voiture à l'agence de location, payant la note avec des billets de 10 et de 20 dollars plutôt qu'avec une carte de crédit, afin qu'aucune trace de paiement ne puisse être localisée en Californie. Et puis il fallait, en cas de force majeure, que la carte demeure valide. Cette fois encore, il portait les lunettes noires et la barbe postiche qu'il avait achetées à Los Angeles. Ainsi grimé, il était impossible à quiconque de fournir une description précise de son visage. Il pouvait très bien être Vincent Mungo, mais aussi Thomas Bishop, ou encore Daniel Long, ou n'importe qui.

Son sac de voyage en bandoulière et la sacoche remplie d'argent fermement tenue dans sa main droite, Bishop prit le car qui partait pour Phoenix à midi. Il quittait donc Las Vegas le jour même de son mariage. Et abandonnait derrière lui sa promise.

Elle aussi manquerait à l'appel.

7

Seul dans son immense bureau, au cinquième étage du siège de *Newstime* à Los Angeles, Derek Lavery était de mauvaise humeur. Le salon et la salle à manger tapissés de moquette, le grand espace de travail à l'autre bout de la pièce, l'énorme partie centrale où il était assis derrière son colossal bureau en chêne : tout était complètement désert. Pourtant, la mauvaise humeur de Lavery ne faisait que croître à chaque minute. Il n'aimait pas ça, mais alors pas du tout. Chaque fois que ces connards de New York l'appelaient, les emmerdes se profilaient. Cette fois encore, ça n'avait pas raté. Les emmerdes ne le dérangeaient pas ; au contraire, il les cherchait, il vivait avec, il en avait besoin. Sans elles, il craignait de se ratatiner et de disparaître dans un nuage de fumée. Ce coup-ci, néanmoins, la situation était différente, et ce genre d'emmerdes, il s'en serait volontiers passé. Il n'appréciait vraiment pas que ces salopards de la côte Est aient toujours le dernier mot, uniquement parce qu'ils tenaient les cordons de la bourse. Il avait mis en place l'édition de la côte Ouest pratiquement de A à Z, il en avait fait une machine à succès. Et à gagner de l'argent, aussi. Les connards le savaient bien pourtant !

Ils savaient qu'il était le meilleur. Puisque la seule chose qu'ils savaient lire intelligemment, c'étaient les bilans comptables, ils lui laissaient généralement carte blanche pour accomplir ses petits miracles financiers.

Lavery alluma son deuxième cigare de la matinée. Il jeta un coup d'œil à sa montre : 8 h 50, 15 août. Il appuya sur un bouton de son tableau téléphonique, mais personne ne répondit. Elle n'était pas encore arrivée, évidemment. Il repensa aux jambes fuselées de sa secrétaire, à ses seins lourds quand elle se penchait au-dessus du bureau. Ces seins qu'elle comprimait dans son soutien-gorge lui rappelaient toujours la réplique que le vendeur du département lingerie adressait aux jeunes filles un peu menues : « Ma chèrc, nc faites pas une montagne de vos deux petites collines ! » Avec sa secrétaire, on avoisinait plutôt le mont Everest. Il était persuadé qu'elle ne portait rien la nuit, qu'elle s'allongeait toute nue en affolant tous les symboles phalliques de son appartement. Il repensa à ses seins : ils devaient bien peser au moins leurs cinq kilos. Ils lui rappelaient sa propre fille, qui était aussi bien lotie de ce côté-là. Et des jambes longues, fuselées, également. Mais elle ne portait presque jamais de soutien-gorge. Une fois sur deux, ils débordaient de son chemisier ou de sa blouse. Quand elle se baignait dans la piscine en ne portant rien d'autre qu'un mince tissu pour cacher ses tétons, il voyait pratiquement tout. 20 ans et un corps de rêve. La gamine, c'était sûr, ferait tourner les têtes à des dizaines de types.

Quelques minutes plus tard, la sonnerie retentit. Lavery appuya sur le bouton. « Du café », dit-il aussitôt. Qu'elle aille au diable. Pour qui se prenait-elle ? Des secrétaires comme elle, il pouvait en trouver des centaines. Il se demanda si elle valait le coup au lit.

Elle lui apporta vite son café – une tasse en étain sur un plateau d'argent. Elle dut se pencher au-dessus du bureau pour le déposer. Lavery l'intéressait. Elle aurait aimé jeter un coup d'œil sur sa queue, car une des filles, à la publicité, lui avait juré que c'était une des plus grosses qu'elle ait jamais vues. Et ça l'intéressait beaucoup. Elle la tiendrait, rigide, entre ses deux mains, ses longs doigts la serrant fermement et la décalottant lentement. Elle adorait faire ça à ses amants. Petit à petit, elle accélérait la cadence et les branlait. Elle s'agenouillait entre leurs jambes, sur le lit, et regardait leur visage jusqu'à ce qu'ils jouissent. Ça l'excitait plus que tout au monde, de regarder leur visage. Pendant ces quelques secondes, ils ressemblaient à des animaux, des animaux charmants et déchaînés qui vivaient soit dans les zoos, soit dans les arbres il y a un million d'années. Dans ces moments-là, il émanait d'eux un mélange de menace et d'excitation qu'elle trouvait primitif, sauvage et très viril, et se retrouver sur une bête sauvage en train de grogner et de gémir la rendait folle de plaisir. Quand les hommes finissaient par jouir, elle observait leur semence jaillir d'eux, et elle jouissait souvent à son tour en baissant sa tête et en essuyant le sperme sur son visage, ses yeux, ses seins. Alors, elle aussi se transformait en animal, et une fois que tout était fini, elle s'allongeait, le visage ruisselant de sperme, et les laissait faire ce qu'ils voulaient d'elle.

Une fois seulement, bien des années auparavant, elle s'était brutalement interrompue juste avant que son amant jouisse. Elle était beaucoup plus jeune à l'époque et ne faisait que flirter ; pas encore prête, elle voulait attendre encore un peu. L'homme s'était cabré et l'avait frappée. Pendant quelques secondes, pris de démence, il l'aurait tuée. Lorsqu'il revint à la raison, ses mains serraient sa gorge et l'étranglaient, littéralement. Ce fut ce jour-là qu'elle découvrit l'incroyable puissance de l'animal qui se manifestait dans ces moments-là. Elle n'avait jamais été aussi excitée de sa vie, et, tout en soignant sa mâchoire gonflée et sa gorge endolorie, elle comprit qu'elle avait besoin de cette puissance animale, de la tenir entre ses mains, de voir la bête retourner à l'état sauvage. Il n'y avait que de cette manière qu'elle pouvait atteindre, à son tour, la puissance animale.

Après cela, elle avait choisi ses hommes avec discernement. Elle acceptait de coucher plusieurs fois avec l'un d'eux uniquement si son sexe était assez gros pour tenir dans ses deux mains et s'il déployait une énergie animale au lit. Elle n'avait pas de temps à perdre avec les passifs qui jouissaient en silence, sourire béat aux lèvres. À force d'essais et d'erreurs, elle se rendit compte que seuls les hommes agressifs la comblaient, ceux qui voyaient le monde comme une jungle et se considéraient comme des prédateurs.

Derek Lavery était son genre d'homme. Son genre de patron, aussi. Elle aimait son travail et le salaire qu'elle en recevait, et elle ne voulait devenir la maîtresse de personne. Beaucoup trop indépendante pour ça. Comme elle trouverait toujours des hommes pour assouvir ses désirs, elle ne regrettait pas vraiment de ne pas voir Lavery dans son lit. En revanche, si elle devait quitter son travail, ou s'il arrivait quelque chose…

Lavery consulta de nouveau sa montre. Il était 9 h 05. Comme d'habitude, ils étaient en retard. Lui pouvait être sur le pont à 8 heures pour discuter avec New York, mais eux étaient infoutus d'arriver à 9 heures. Il avait le sentiment que la Terre entière se liguait contre lui.

New York. Un frisson le parcourut. Il était allé là-bas assez souvent pour savoir qu'il n'aimait pas cette ville, où manquaient et l'espace et la gentillesse de la côte Ouest. Là-bas, les gens vivaient les uns sur les autres et n'avaient pas le sens de l'intimité ou de la propriété. Pire, la ville comptait des tas d'étrangers qui prenaient tout sans rien donner en retour. Non, on avait beau dire, New York, ce n'était pas une vie. Cela lui paraissait aussi clair que le soutien-gorge de sa secrétaire.

Il pensa aux financiers du magazine, qui vivaient tous à New York ou dans sa banlieue, jusqu'au propriétaire de *Newstime* en personne. Il les détestait tous, et encore plus depuis leur réaction après le reportage sur Chessman. Non pas l'article en lui-même, mais le mauvais timing par rapport à Vincent Mungo et au sénateur Stoner. Dans les deux semaines qui avaient suivi le dernier meurtre de Mungo, le nom de Stoner avait traversé la Californie comme une traînée de poudre. Sa campagne pour le rétablissement de la peine de mort gagnait en puissance, et partout où il s'exprimait, le papier sur Chessman était ridiculisé, brocardé. Il faisait de Mungo une sorte de fils spirituel de Chessman, un héritier de sa mentalité prétendument criminelle. L'intransigeance du sénateur et son habile rapprochement entre les morts et les vivants commençaient à retourner les esprits en faveur de la peine de mort.

D'une certaine manière, Lavery admirait Stoner, en tout cas, pour son plan de bataille, qui se révélait proprement brillantissime. En liant le passé au présent, le connu à l'inconnu, en jouant sur les peurs des gens, en ajoutant une touche de pathos, le sénateur avait trouvé un écho dans toute la Californie. Et bientôt dans le pays tout entier, s'il continuait comme ça. C'était un débat pertinent, et personne ne pouvait dire jusqu'où le sénateur irait. Là-dessus, Vincent Mungo lui rendait en plus un fier service.

Une heure plus tôt, Lavery avait expliqué aux gens de New York qu'il préparait un article sur Mungo, un article qui réclamerait la peine de mort pour ce criminel. Ses interlocuteurs furent soulagés. Les journaux new-yorkais parlaient de la campagne de Stoner et mentionnaient l'article de *Newstime* sur Chessman. Même les chaînes de télévision évoquaient le succès grandissant du sénateur.

Ce que Lavery leur avait dit était partiellement vrai. Il comptait en effet sortir un papier sur Mungo, un papier où la peine de mort serait réclamée. C'était la règle du jeu : sur une question brûlante comme celle-là, taper fort sur les deux camps. Mungo faisait l'actualité, et le lien établi par Stoner avec Chessman tombait à point nommé. Même New York comprit cela et lui souhaita bonne chance.

Le seul problème restait celui de l'angle : pour l'instant, Lavery n'en avait trouvé aucun. Mungo avait pris la clé des champs depuis maintenant six semaines et tué deux personnes, peut-être même davantage. Il était toujours libre comme l'air. Mais c'étaient là des faits, et non des angles. Il n'y avait aucun moyen de prouver une négligence flagrante de la part des responsables de Willows, et accuser le shérif de n'avoir pas su l'arrêter ne rimait à rien.

En bas, Ding entra dans le bâtiment en se dandinant et s'engouffra dans un ascenseur sombre. Le réceptionniste, qui le connaissait bien, appuya sur l'interrupteur et referma la porte.

« Depuis quelle heure le patron est là ?

— Il était déjà là quand je suis arrivé, à 8 heures. Un rendez-vous important, non ?

— Sa chérie est là ?

— Miss Charme ? Depuis une dizaine de minutes, oui. »

Ding sourit.

« Pourquoi est-ce que vous l'appelez comme ça ?

— De quoi ?

— Miss Charme.

— Elle a des gros nibards, non ? »

Il n'attendit même pas la réponse. « Donc, elle est dangereuse. »

Ding le dévisagea un instant.

« Vous devriez écrire des romans, dit-il enfin lorsque l'ascenseur s'arrêta.

— Vous croyez ? demanda l'autre, soudain intéressé.

— J'en suis convaincu, répondit Ding en sortant. Vous arrivez à voir les gens tels qu'ils sont vraiment. »

Il se retourna vers lui. « Et vous savez comment enfouir la vérité. » Il avança dans le couloir en secouant la tête. « C'est l'essentiel, marmonna-t-il. L'essentiel dans ce petit jeu. »

Ses yeux s'adaptèrent à la lumière du jour qui baignait le bureau-appartement de Lavery. Il se disait à chaque fois qu'il ne manquait à cette pièce qu'une flopée de mainates en liberté. Et peut-être une petite plage à un bout, avec des vagues et des filles nues. L'autre extrémité pourrait être équipée de tables de jeu – black-jack, baccarat, craps. Rien de prétentieux. Au centre se trouverait un bar, où une ribambelle de starlettes aux gros seins attendraient, assises, que les choses sérieuses commencent. Ding connaissait bien Lavery, et depuis longtemps. Ce qu'il ignorait, c'est pourquoi ce salopard le convoquait à 9 heures.

Il regarda vers le bar. Aucune starlette en vue. En réalité, il ne s'agissait pas du tout d'un bar, mais plutôt d'un grand bureau derrière lequel Lavery faisait la gueule, comme d'habitude. Ding en rejetait la responsabilité sur le gros fauteuil Barclay de son patron, qui devait le transformer, par Dieu sait quel mystère, en un perpétuel bougonneur.

Lui-même jeta son dévolu sur un fauteuil plus sobre et deux fois trop petit pour lui. Il essaya de faire la gueule à son tour, mais son visage en était parfaitement incapable. Quoi qu'il fît, il souriait toujours. Il s'assit donc tout sourire.

Lavery lâcha son cigare.

« Content de te voir, ronchonna-t-il.

— Content d'être revenu.

— Où étais-tu ?

— Je dormais. »

Lavery tendit le bras vers le cendrier. « Peut-être que tu dors trop. » Il déposa sa cendre à côté.

« Tu t'es déjà fait la réflexion ?

— Je me la fais tous les jours.

— Et ?

— C'est justement ça qui me donne sommeil. »

Lavery abandonna la lutte. Il préférait ne pas rivaliser de bons mots avec Ding, qui était assez dingue pour voir de l'humour paranoïaque partout. Il n'était pas agressif, n'avait ni l'envie, ni l'ambition de devenir un homme important et semblait se moquer complètement de la gloire. Tout le contraire de Lavery. Ils avaient grandi dans le même quartier et commencé ensemble dans un petit journal californien. Lavery avait gravi les échelons dès le début, avec à la fois les couilles et l'intelligence pour manœuvrer comme un chef. Alors que sa carrière décollait – rédacteur de nuit, rédacteur pour Los Angeles, directeur de la publication –, il avait toujours emmené Ding dans son sillage, parce que c'était un excellent journaliste de terrain doublé d'une bonne plume. Ce type savait vraiment y faire avec les mots. Et ce qu'il ignorait n'avait pas encore été écrit.

Lavery apprécia cette formule, sa première réflexion intelligente de la journée. Il voulut la coucher sur papier. Sur le bureau trônaient deux lampes, une paire de baskets, des plantes – toutes mortes –, des téléphones, des magnétophones, un éléphant violet, une jarretière rouge, des menottes, un mètre à mesurer, et mille autres babioles extrêmement utiles. Mais ni calepin, ni stylo. Il retrouva aussitôt sa mauvaise humeur. Décidément, la journée s'annonçait très mauvaise. Elle serait bientôt terminée, par bonheur, et le plus tôt valait le mieux. Plus que dix ou douze heures à tenir. Il s'enfonça dans son fauteuil, la mine défaite.

« On a quelques petits problèmes », dit-il en s'adressant à Ding.

La veille, Amos Finch s'était levé à 6 heures, comme à son habitude. L'esprit plein d'un bonheur encore frais, il poussa un soupir songeur et laissa l'étudiante blonde dormir encore quelque temps. Il observa ses cheveux ébouriffés, son dos joliment voûté parce qu'elle dormait en chien de fusil, ses jambes repliées, ses bras ballants. Elle paraissait si menue – un corps d'enfant avec une sexualité de femme. Il les aimait petites, les trouvait plus passionnées et sexuellement aventureuses que les autres. Leurs petits seins, leurs petites fesses lui donnaient l'impression de redevenir un petit garçon et le replongeaient dans les champs fertiles du Midwest de son enfance. Il avait même couché une demi-dizaine de fois avec des lilliputiennes – à chaque fois, l'expérience lui avait énormément plu. Son vœu le plus secret était de coucher avec une naine.

En voyant la silhouette dénudée sur les draps roses, il fut submergé par le désir et se dépêcha de revenir dans le lit. Il lui déplia délicatement les jambes et la retourna sur le ventre. Au moment où il la pénétra par-derrière, encore à moitié endormie, elle poussa un petit gémissement. Son corps était chaud, humide et délicieusement parfumé. Il coulissa facilement en elle, excité par ses « ouh » et ses « mmhh ». Il décréta que son travail pouvait bien attendre quelques heures de plus, peut-être même jusqu'à ce que le courrier arrive. Car il attendait une lettre.

Le gros Jim Oates fit un rêve. Il était candidat au poste de gouverneur, avec un programme autoritaire et conservateur. La course, très serrée, s'achevait par un match nul. Les deux camps attendaient donc que le tout dernier électeur californien s'approche lentement d'eux, entre deux rangées de milliers de gens silencieux. Oates le scrutait ; sa silhouette se précisait. C'était un homme de taille moyenne et aux traits durs, dont les pas sur la moquette se faisaient de plus en plus sonores. Le visage lui disait quelque chose, mais Oates n'arrivait pas à le remettre. L'homme s'approchait encore, pas à pas, jusqu'à ce que le bruit soit tonitruant. Soudain, Oates le reconnaissait. Ce visage ! C'était celui du diable. En personne. Vincent Mungo ! Oates dégainait son arme de service et le trouait de six balles à bout portant. Mungo ne bronchait pas. Il continuait d'avancer, de sa démarche lente et régulière, jusqu'à emmener la foule silencieuse dans son sillage. Debout devant les deux adversaires politiques, il attendait un petit moment avant de se tourner vers Oates. Leurs visages étaient bientôt à quelques centimètres l'un de l'autre. Oates découvrait toute la folie de Mungo dans ses yeux. Mais il y voyait encore autre chose. Il comprenait qu'il avait perdu la partie. « Tu as perdu », disait calmement Mungo, avant de se tourner vers l'autre candidat et de lui serrer la main. Tandis que les deux hommes s'en allaient bras dessus, bras dessous, Oates leur tirait six balles, puis six autres, puis six, et ainsi de suite…

Il se réveilla en sueur. Un cauchemar. Ce n'était qu'un pauvre cauchemar ! Il regarda sa pendule électrique à côté du lit : 4 h 10 du matin. Il se pencha, bougonnant, vers sa femme allongée sur l'autre lit jumeau. Dans la chambre climatisée, seule sa tête dépassait des draps fleuris. Oates s'attarda sur la chevelure grisonnante mais jadis blonde comme les blés, un jaune d'or sous le ciel d'été. Cette couleur, il en était tombé aussi amoureux que de sa femme, et le jour de leur mariage, il lui avait promis de devenir quelqu'un, un mari dont elle pourrait être fière. Elle lui répondit qu'elle était déjà fière de lui, au-delà de l'imaginable ; à compter de ce jour, il l'avait aimée avec une tendresse qui, il le savait, durerait jusqu'à la mort. Quoi qu'il dût faire dans sa vie professionnelle, quelque bonheur ou malheur qu'il dût connaître, quelles que fussent les femmes avec qui il coucherait pour assouvir ses appétits sexuels, elle serait toujours sa dulcinée, celle que son cœur avait élue.

C'est grâce à l'entregent politique d'un de ses oncles qu'il avait intégré le bureau du shérif de Californie. Ses manières tout à la fois bravaches et affables l'avaient aidé dans sa carrière de policier. Encore plus précieuse était sa capacité à jouer sur le tableau politique, celle-là même qui l'avait propulsé hors de l'anonymat jusqu'à ce qu'il commande ses propres équipes dans plusieurs localités, avant d'être nommé à Forest City, par une ultime manœuvre exceptionnelle, car elle le rapprochait de Sacramento, le véritable centre du pouvoir. Mû par une ambition démesurée, Oates avait vu sa soif de pouvoir gonfler avec le temps.

Il regarda de nouveau la pendule. 4 h 11, seulement. L'heure du loup. L'heure à laquelle on comptait le plus de morts et le plus de naissances. Il ne savait pas pourquoi, mais il savait que c'était vrai. Tous les flics le savaient. L'heure du loup. Et pour l'instant, le loup s'appelait Vincent Mungo, et son heure allait bientôt s'achever. Avec un peu de chance.

Oates se redressa lentement sur son oreiller et croisa ses bras sous sa tête. S'il n'arrivait pas à se rendormir, il méditerait dans l'obscurité, allongé. Ça lui arrivait souvent, lui qui avait le sommeil fragile, de passer de nombreuses heures éveillé. Avec les années, ces moments-là se révélaient souvent les plus sereins de la journée. Il connaissait aussi bien l'heure du diable que son flingue. Mais il était un peu agacé que son cauchemar sur Vincent Mungo lui soit tombé dessus pendant l'heure du loup. Pour un homme réaliste mais à bien des égards superstitieux, ça n'annonçait vraiment rien de bon.

Il était revenu de Los Angeles le 8 août, bredouille et malheureux. Une fois de plus, Mungo avait disparu sans laisser la moindre trace, une fois commis son horrible meurtre. En dépit d'une des chasses à l'homme les plus minutieuses jamais organisées dans la région de Los Angeles, des cent mille policiers ou presque qui passaient la Californie au peigne fin, de la tentative du FBI d'intervenir au motif que le meurtrier avait franchi les frontières de l'État pour échapper aux poursuites, en dépit de tout cela, Vincent Mungo demeurait introuvable.

C'était un monstre, concéda Oates à contrecœur. Le diable masqué. Quel que fût son masque, ce devait être un des plus ingénieux jamais vus. Et toujours invisible, d'ailleurs. En près de trente ans de police, Oates n'avait jamais connu quelqu'un disposant d'aussi peu de ressources rouler dans la farine autant de monde. S'il parvenait à ses fins, ce fils de pute de Mungo méritait de recevoir une médaille d'or avant qu'on le flingue. Ou qu'on le pende. Ou qu'on le gaze. Car il ne faisait aucun doute qu'il finirait tué d'une manière ou d'une autre. C'était simplement une question de temps. Oates le savait, comme il savait que s'il le retrouvait avant les autres, Mungo serait un homme mort. Un seul coup d'œil au cadavre charcuté de la jeune fille et la conclusion s'imposait toute seule. Mungo était un véritable monstre vivant ; il fallait l'anéantir.

Scrutant un point dans l'obscurité de la chambre, le shérif médita sur l'assassinat légal. Cinq jours passés à Los Angeles lui avaient plus que suffi. Là-bas, les gens n'étaient pas comme dans le nord de la Californie, ils semblaient plus agités et fébriles, plus sujets aux lubies et aux sentiments de façade. Même s'il avait été bien reçu, il était content d'en être reparti. Bien qu'ayant passé une partie de sa jeunesse dans le Sud, il pensait ne plus être capable d'y travailler dans de bonnes conditions. Il se contenterait largement de Sacramento. Tout le pouvoir politique dont il pouvait rêver se trouvait là.

Il repensa alors à un article sur la peine de mort qu'il avait lu et il se demanda comment un bon magazine comme *Newstime* avait pu sortir un torchon pareil. Les journalistes avaient vraiment fait une énorme erreur ; à peu de chose près, la seule information correcte était le nom et l'âge de Chessman.

Même s'il n'avait pas été personnellement impliqué à l'époque, il connaissait deux ou trois choses sur cette histoire. Il savait, par exemple, que ce n'étaient pas deux femmes, comme l'affirmait l'article, mais bien une demi-douzaine de personnes qui avaient identifié Chessman comme leur agresseur et braqueur. Il savait aussi que ce dernier, adolescent, avait été un petit voleur de bagnoles et un voyou. Par des amis matons à San Quentin et à Folsom, il savait que Chessman était resté un voyou pendant ses premières années de prison, et même après sa condamnation à mort. Surtout, il savait que Chessman était coupable des crimes qui lui avaient valu la chambre à gaz. Il s'était fait arrêter au volant d'une voiture volée, avec sur lui une lampe torche rouge identique à celles que la police utilisait. La voiture avait été formellement identifiée par des témoins. Lui-même le fut. Et pas pour un ou deux forfaits, mais pour toute une série d'agressions. Aux yeux d'Oates, ça suffisait amplement. Tout le reste n'était que de la cuisine juridique.

Il savait une autre chose que l'article ne mentionnait pas. Chessman s'était marié, à 19 ans, avec une fille charmante qui avait des cheveux soyeux et un beau sourire. Oates avait même eu le béguin pour elle à l'époque où, adolescent, il habitait Glendale.

Il regarda encore sa pendule. Plus que dix minutes, et l'heure toucherait à sa fin. Plus de loup. Il aurait bien aimé que ses problèmes se règlent aussi facilement. Vincent Mungo. Bip. Plus de Vincent Mungo.

Il tassa son oreiller et reposa sa tête dessus. Dans six heures, il aurait rendez-vous avec la police et les responsables de la sécurité publique de Sacramento. C'était bien ça, oui ? 10 août, 11 heures du matin. Plus que six heures. Il avait mis son réveil à 7 h 30.

Alors qu'il sombrait dans le sommeil, il se demanda s'il rencontrerait jamais Vincent Mungo.

Tandis que l'avion du shérif filait vers le nord à vingt-deux mille pieds et découpait le beau ciel matinal de ce 8 août, une imposante Lincoln Continental noire s'arrêtait devant une cafétéria de Fresno toute en néon et en chrome. Après avoir échangé quelques mots avec son passager assis à l'arrière, le chauffeur sortit du véhicule et se dirigea vers l'entrée de l'établissement. Une fois à l'intérieur, il parla avec le caissier, sur un ton courtois mais ferme. L'instant d'après, Don Solis venait à sa rencontre. Le chauffeur lui expliqua qu'un homme souhaitait le voir à l'extérieur. Voulait-il donc bien le suivre ?

Solis jaugea son interlocuteur. Il vit ses yeux, inflexibles, inexpressifs, et qui pourtant voyaient tout. Lui aussi, il avait été comme ça dans le passé, bien qu'avec moins de conviction. Beaucoup moins de conviction. L'homme était dangereux, et il ne valait mieux pas le contrarier. Il le suivit dehors.

Il y avait peu de clients à cette heure-là, et seules quelques voitures étaient garées sur le parking. Les deux hommes marchèrent jusqu'à la limousine. Le chauffeur ouvrit à Solis la portière arrière. Ne sachant pas à quoi s'attendre, ce dernier se raidit soudain. Quand il se pencha pour regarder, ses yeux s'écarquillèrent et il ouvrit grande la bouche, tant la surprise…

George D. Little vivait pour sa famille et pour son travail – dans cet ordre-là. Homme de peu de passions, il gâtait son épouse enjouée ainsi que leurs trois charmantes filles et les régalait grâce à une immense maison dans le plus beau quartier de la ville, à un ranch avec des chevaux de race, des voitures, des vêtements, des voyages. Pour leur offrir cette vie, il faisait commerce de la mort, plus précisément d'enterrements. Il possédait effectivement, héritée de son père, l'une des plus grandes entreprises de pompes funèbres de tout l'État. Il connaissait bien son affaire, était incollable sur les cadavres et savait comment gagner de l'argent avec les cercueils, les couronnes et les messes. Depuis le temps, il en vivait bien, voire très bien, et toute sa famille en profitait.

Souvent, sa femme le trouvait un peu ennuyeux et singulièrement dépourvu de fantaisie, mais elle l'aimait pour sa gentillesse et sa générosité ; à la fois comme amie et comme amante, elle lui apportait ce dont il avait besoin, ou du moins ce qu'il méritait de recevoir. De leur union étaient nées trois filles. Bien qu'il eût souhaité avoir des garçons afin que l'affaire reste dans la famille, il avait très vite savouré la présence de toutes ces femmes dans sa maison. Elles illuminaient sa vie ; il les adorait. Elles ne pouvaient rien faire de mal.

Deux d'entre elles faisaient tout comme il fallait, du moins aux yeux de leur père. Elles acceptaient le mode de vie de leurs parents et leur statut dans le microcosme local, elles aimaient l'opulence et se comportaient généralement comme des petites filles gâtées qui ne vivaient que dans l'instant présent.

C'était l'aînée qui posait problème. Elle ne s'habituait pas à ce monde, ne s'en satisfaisait pas. À 13 ans, elle voulut se lancer dans le rodéo et, à 16, décréta qu'elle serait la première femme astronaute de l'histoire. Deux ans plus tard, elle savait ce qu'elle serait : une star de cinéma. Jolie, intelligente, son talent crèverait l'écran. Quand ses sœurs ricanaient, elle serrait les dents, comme d'habitude, et s'en allait. Quand ses parents refusaient de l'entendre, elle se murait dans le silence. Elle se disait qu'un jour ils s'en mordraient les doigts. Et ce jour-là, il serait trop tard.

Mary Wells Little détestait sa ville, les chevaux et surtout le métier de son père. Les enterrements ! Beurk ! Ce qu'elle désirait, ce qu'il lui fallait, c'était du glamour, des projecteurs, des soirées échevelées, le show-biz en un mot ! Elle irait à Hollywood et deviendrait une star. Ensuite, elle participerait à l'émission de Johnny Carson, elle s'assiérait à côté de lui et parlerait d'un tas de choses passionnantes. Mais surtout d'elle, bien sûr. Et après, ils iraient au restaurant et dans des clubs. Il la prendrait dans ses bras et la ferait tourbillonner pendant des heures et des heures, jusqu'à ce qu'au petit matin il l'emmène dans sa maison au bord du Pacifique et lui fasse l'amour comme une bête. Elle avait à peine 18 ans, elle était encore vierge, elle voulait se faire dépuceler par Johnny Carson. Dieu, faites que mon rêve se réalise ! Je vous en prie !

L'année d'après, Mary Wells avait 19 ans et n'était plus vierge, mais elle voulait toujours être une star de cinéma et participer à l'émission de Johnny Carson. La nuit, allongée sur son lit, elle regardait ses émissions à la télévision, enregistrées dans cette si lointaine Californie. Au bout d'un moment, ses longues jambes s'écartaient et elle le sentait en elle, sur elle, partout. Il représentait tout ce dont elle avait besoin. Le comble du bonheur. Elle pourrait arriver jusqu'à lui, mais à condition qu'elle réussisse à quitter ses parents. Elle y arriverait. Il le fallait. « Johnny, lui chuchoterait-elle à l'oreille, tout en le regardant et en le sentant en elle : Aide-moi, je t'en supplie aide-moi. S'il te plaît, Johnny ! S'il te plaît ! »

L'été suivant, elle dit au revoir à ses parents. Après un an d'université, elle estima qu'elle en avait marre. À bientôt 20 ans, elle partait pour Hollywood. Ses parents eurent beau pousser de hauts cris, elle quitta le domicile familial. Rien ne pouvait l'arrêter. Sur le pas de la porte, son père, bouleversé, la traita de tous les noms et lui demanda de ne jamais revenir. Il ne le pensait pas, mais il le fit quand même. Elle jura en secret de ne jamais retourner ni dans cette maison, ni dans cette ville.

Une semaine plus tard, elle se dénicha un petit appartement à Los Angeles. Elle prit le pseudonyme de Kit et commença à prospecter. Jeune et pleine d'énergie, elle allait conquérir le monde.

En l'espace d'un an, son monde s'écroula. Elle avait fait de son mieux, mais la chance ne lui souriait pas. Elle passa peu à peu d'une innocence béate à une indifférence aigrie. Elle se mit à donner son corps en échange d'emplois, voire de promesses d'emploi, et finit par coucher pour recevoir des cadeaux. Elle faisait plusieurs boulots à temps partiel, surtout la nuit, afin de pouvoir passer des castings dans la journée. Au bout de quelque temps, elle relâcha ses efforts puis finit par abandonner complètement.

Elle décrocha un boulot dans une salle de danse, parce qu'elle avait besoin d'argent. C'était dur, elle détestait ça, et, un soir, après le travail, elle sortit quelques instants dans la rue pour prendre un peu l'air. Un jeune homme l'aperçut de l'autre côté de la rue et se dépêcha d'aller à sa rencontre. Au coin de la rue, il la rattrapa…

Le médecin légiste remit le corps de Kit à son père le 5 août. On avait essayé de le rabibocher, de le rendre présentable, mais le père, expert en la matière, ne fut pas dupe. Parce qu'il avait passé sa vie près des cadavres, on l'autorisa finalement à lire le rapport d'autopsie. Contrairement au profane, il comprit parfaitement ce qui y était écrit, donc ce que sa défunte fille avait subi. Ses yeux se mouillèrent, il eut du mal à déglutir. Celui qui avait fait le coup était un monstre : aucun homme digne de ce nom n'aurait pu se livrer à un tel carnage sans avoir perdu la raison. Ou alors un fou congénital, un assassin complètement dément. Vincent Mungo était tout cela, et même plus.

George D. Little ramena sa fille aînée au Kansas pour l'enterrer. Ni à sa femme ni à ses deux autres filles il ne dit ce qu'on avait infligé à Mary Wells. Le lendemain, il l'enterra dans le caveau familial, près d'un bosquet, au milieu du cimetière joliment paysagé. Seule la famille assista à la cérémonie.

Le 7 août, le père meurtri retourna à Los Angeles. Il ne comptait pas sur la police pour mettre la main sur l'assassin de sa petite fille adorée. Mi-homme, midémon, Vincent Mungo était au-delà de la loi. Contre toute attente, cela faisait déjà un mois qu'il courait en liberté. Et tant que d'autres moyens ne seraient pas employés, il resterait libre.

À Los Angeles, sur la foi de renseignements que lui avaient transmis certains hommes d'affaires de sa région, le père se livra à de discrètes recherches. Le soir de son arrivée, assis dans un bar *topless* miteux de Sunset Boulevard, il attendait un homme qui saurait peut-être retrouver Vincent Mungo. Le retrouver et le tuer. Non seulement le tuer, mais le détruire.

George Little n'était pas un homme agressif ou sujet à de violents accès de colère. Mais il savait qu'il deviendrait fou s'il ne faisait pas son possible pour venger l'outrage infligé à sa famille et à lui-même. Il devait faire tout ce qui était en son pouvoir et utiliser tous les recours. Alors, et alors seulement, il pourrait de nouveau être en paix avec sa famille, son travail et sa vie.

Il attendait donc dans le bar, impatient, entouré de jeunes filles dont les seins nus s'agitaient au rythme de la musique.

Le sénateur Jonathan Stoner somnolait lorsque le téléphone sonna. Il avait peu dormi depuis la découverte de la dernière victime de Vincent Mungo. Après les interviews accordées à tous les journaux californiens, il était passé à la télévision et à la radio, et d'autres émissions étaient prévues dans les prochains jours. Les municipalités, les écoles le sollicitaient de toutes parts pour qu'il donne de nouvelles conférences. Soudain, tout le monde le réclamait. Ses attaques contre Vincent Mungo alimentaient le désir des gens de trouver le mal personnifié en face d'eux. Il incarnait le héros et Mungo, le méchant. Tout était simple, en fin de compte.

La sonnerie retentit encore une fois dans son oreille. Stoner sortit de sa torpeur ; s'il n'arrivait pas à trouver rapidement un moment pour dormir, il finirait sur les rotules. Il tendit un bras.

« Stoner à l'appareil. »

La réponse de Roger fut un peu lente à venir, comme s'il appelait de loin.

« J'ai de bonnes nouvelles, dit-il d'une voix décidée. Cinq universités sont déjà intéressées, avec des spots télé à Denver et à Houston. D'autres vont sans doute suivre. Ils pensent tous que vous êtes sur un grand coup.

— Où êtes-vous en ce moment ?

— À Houston. »

Stoner se mordilla les lèvres ; il réfléchit.

« Écoutez-moi bien, dit-il. J'ai reçu ce matin un appel de Danzinger, à Kansas City. Son équipe s'intéresse beaucoup à ce qui est en train de se passer ici. Ils aimeraient en savoir un peu plus. Vous allez là-bas et vous vous mettez d'accord avec eux. À leur convenance. » Un silence.

« On est sur un gros coup, Roger. Si on arrive à les embarquer, le Midwest nous ouvre ses bras. Vous comprenez ? Alors, vous allez sur place et vous me réglez ça. La semaine prochaine me conviendrait, mais le plus tôt sera le mieux.

— Très bien. Et les autres écoles ? Il y en a encore une bonne dizaine qui vont nous appeler.

— Vous n'avez qu'à leur parler au téléphone à votre retour. Si ces gens veulent me voir…

— Ce n'est pas le problème, nom de Dieu. Le tout, c'est d'engranger les spots télé dans les grandes villes.

Ça va être casse-bonbon au début, en tout cas, jusqu'à ce que le rouleau compresseur commence à se mettre en marche.

— Et encore, si on a de la chance, dit Stoner.

— Écoutez, je me rends immédiatement à Kansas City et sur le chemin du retour, je contacte le plus de monde possible. D'accord ? »

Stoner réfléchit deux secondes.

« D'accord, répondit-il en soupirant. Mais revenez ici dès que vous pouvez. J'ai du courrier jusqu'au cou, sans parler de tout le reste. »

Il appela ensuite sa femme pour dire qu'il resterait tard au travail, une fois de plus. Oui, surmené, comme toujours. Puis il appela sa maîtresse pour lui annoncer qu'il arrivait incessamment sous peu. Voilà ce dont il avait besoin : du repos, un peu de détente.

En apprenant la nouvelle à la radio, John Spanner n'en avait pas cru ses oreilles. Un mois de cavale, et Mungo demeurait invisible ; il avait manifestement trouvé une couverture parfaite et de quoi survivre. Pourquoi aurait-il tout foutu en l'air dans un accès de folie furieuse ? Non, ça ne collait pas. Jusqu'ici, Mungo avait agi avec une habileté redoutable, à tel point que Spanner doutait de plus en plus que l'on puisse évaluer la santé mentale de n'importe qui. Ou sa folie.

Au départ, il s'était dit que quelqu'un imitait Mungo, comme le bricoleur deux semaines auparavant. Après tout, c'était un bon moyen de faire porter le chapeau d'un meurtre à un autre que soi. L'opinion publique supportait beaucoup mieux la présence d'un tueur identifié que la peur de l'inconnu. Comme la police, d'ailleurs. Avec un assassin en liberté, on pouvait facilement diluer les responsabilités ; dans une enquête où l'on cherchait l'identité de l'assassin, celles-ci étaient au contraire clairement définies. Ce qui expliquait que la police acceptait généralement la théorie des meurtriers multiples, et que les assassins en puissance reprenaient le *modus operandi* de leurs confrères les plus célèbres. C'était le cas de Vincent Mungo.

Toutefois, à mesure qu'on apprenait de nouveaux détails sur le meurtre de Los Angeles, notamment les sévices infligés à la jeune fille, Spanner se rendait bien compte qu'il ne s'agissait en rien d'une simple imitation. Mungo avait réintégré la société pour se venger. Son dernier crime était visiblement encore plus bestial que celui qu'il avait commis la nuit de son évasion.

Aux yeux de Spanner, c'était de très mauvais augure. Fort d'une belle expérience en la matière et sensible par nature comme par tempérament aux nuances des comportements anormaux, il décela, ou crut déceler, un profil capable de semer la terreur dans toute la Californie. Et encore, si Mungo ne sortait pas des frontières de l'État. Sa couverture semblait lui permettre de se déplacer où il voulait, comme bon lui semblait. Libre d'aller et venir comme tout un chacun, il terroriserait l'ensemble de la population. Un loup dans la bergerie. Spanner préféra ne pas imaginer les conséquences.

Il ne démordait pas de sa conviction que les mutilations incroyables subies par les victimes constituaient la clé du délire meurtrier qui avait soudain saisi Mungo, après une vie entière sans le moindre crime. Les gens se mettent à tuer du jour au lendemain pour mille raisons, ou sans aucune raison. Mais le carnage méthodique devait forcément être lié au terrible passé du tueur, à quelque chose qui ne le lâchait plus. Voilà pourquoi il prenait le risque de se démasquer et de perdre sa toute nouvelle identité, quelle qu'elle fût. Il agissait ainsi parce qu'il s'y sentait obligé. Donc, il recommencerait, une fois, deux fois, puis d'autres. Jusqu'à ce qu'on le capture ou qu'on le tue.

Cette perspective lui donna la chair de poule. S'il ne se trompait pas sur ce profil façonné par le passé, alors, il était pratiquement impossible de prédire où et quand Mungo allait frapper sans avoir préalablement déterminé quel détail de ce passé le poussait à tuer. Spanner avait lu tous les dossiers sur Mungo depuis le début, et rien, aucun élément, n'y expliquait sa folie actuelle, au-delà du fait qu'il était paranoïaque. Rien non plus dans les articles de journaux qui évoquaient son passé ou sa famille.

Sans idée d'un mobile ou d'un élément déclencheur, sans la moindre piste sur sa nouvelle identité ou sur son déguisement, la police ne pouvait rien. Il ne lui restait plus qu'à attendre que Mungo commette un faux pas ou se fasse prendre la main dans le sac. Chaque occasion manquée de l'arrêter signifiait qu'une autre victime innocente serait assassinée dans des conditions atroces.

Spanner avait l'intuition que Mungo deviendrait un tueur en série bien avant de commettre sa première erreur.

Qui plus est, le lieutenant savait comme tout le monde qu'il avait affaire au tueur le plus dangereux, le plus insaisissable qui soit : celui qui assassine au hasard, sans raison apparente. Ce genre de prédateur était inarrêtable. Sans description physique disponible, il demeurait invisible. À la seule idée qu'un tel monstre puisse rôder dans les villes ou dans les campagnes de

Californie, voire d'Amérique, Spanner frémit et, comme tout policier digne de ce nom, craignit le pire.

Le 5 août, deux jours après la découverte du corps de Mary Wells Little, il finit par appeler le docteur Walter Lang sur son nouveau lieu de travail, à six cents kilomètres plus au sud. C'était un dimanche. Lang connaissait bien les antécédents de Mungo. Surtout, il l'avait examiné, il avait discuté avec lui. Peut-être saurait-il répondre à certaines des questions que Spanner se posait.

À l'hôpital, on lui expliqua que le docteur Lang serait de retour à 18 h 30 et qu'il le rappellerait à ce moment-là.

Willows paraissait exceptionnellement calme au matin du 4 août, du moins aux yeux de Henry Baylor, après sa conférence de presse de la veille, après les innombrables coups de fil et les rendez-vous. En général, il ne travaillait pas le samedi et passait ses week-ends tranquillement chez lui, auprès de sa femme. Mais cette fois-ci, la situation était différente. Dans les épreuves difficiles, se dit-il, le directeur d'un établissement comme Willows se devait d'être sur le pont. Il se demandait simplement dans quelle mesure l'épreuve serait difficile.

Il ne comprenait pas pourquoi la police n'attrapait pas Mungo. Elle disposait pourtant de sa photo, de sa description, elle connaissait ses habitudes et ses vices, les endroits qu'il fréquentait, ses passe-temps favoris. Ce type n'avait rien pour lui, même pas une intelligence un tant soit peu développée ; pourtant, il courait toujours dans la nature, et la police ne savait absolument pas où le trouver. Peut-être à Los Angeles, parce qu'il venait juste d'y tuer quelqu'un. Mais il pouvait tout aussi bien être ailleurs, en train d'assassiner quelqu'un d'autre.

L'amertume de Baylor vis-à-vis de la police ne faisait que croître. Il avait pourtant toujours entretenu avec elle les meilleurs rapports, lui qui, en tant que directeur d'un hôpital pour criminels fous, faisait aussi un peu figure de policier. Mais voilà qu'on le plaçait dans une situation délicate, pour ne pas dire difficile. Après l'évasion de Mungo, il avait pu mettre un terme au programme expérimental et limoger le docteur Lang tout en sauvant sa peau. La mesure semblait avoir calmé les autorités californiennes – pour le moment. Mais un nouveau meurtre avait de nouveau attiré l'attention sur Willows et sur son directeur. Sacrifier un autre membre du personnel dirigeant n'avait pas grand sens ; la prochaine tête qui tomberait serait probablement la sienne. L'idée que Mungo puisse commettre un autre crime le fit grimacer.

Il décrocha son téléphone à la troisième sonnerie, se rappelant soudain que sa secrétaire était absente. C'était Adolph Myers, de l'administration pénitentiaire de Californie, qui appelait de Sacramento. D'ici moins d'une heure, une réunion allait s'y tenir. Oui, une rencontre au sommet. Exact. Pour parler du dernier meurtre, bien entendu. Il fallait faire quelque chose, quelques… quelques réajustements seraient sans doute nécessaires. Certaines personnes étaient mécontentes. Très mécontentes. Non, impossible de savoir à l'avance. Beaucoup trop tôt pour le dire, de toute manière. Si seulement la police pouvait mettre la main sur lui. Il y avait encore une petite chance. Oui, dans quelques heures. Pardon ? Bien sûr.

Le docteur Baylor reposa le combiné, conscient qu'il allait souvent refaire ce geste au cours de la journée. Il aurait aimé pouvoir être à Sacramento plutôt que d'attendre leur coup de fil fatidique. Il n'aimait pas le désordre et il n'aimait pas être interrompu. Mais surtout, il n'aimait pas qu'on le fasse attendre quand il attendait quelque chose.

Frank Chills n'arrivait pas à oublier l'image. Ils étaient posés tous les deux sur la table, comme deux boules de glace. Ou comme une grosse pomme de terre bouillie qu'on aurait épluchée et coupée en deux. Il avait déjà vu des bras, des jambes ou des doigts sectionnés, mais une chose pareille, jamais. Après deux années passées aux urgences et neuf autres comme infirmier dans un hôpital général, il n'avait jamais vu ça.

Il se siffla un autre verre. Et dire qu'il n'avait même pas pu jeter un coup d'œil dans l'autre pièce ! Quel fils de pute, se dit-il. Il aurait aimé mettre la main sur le type qui avait fait ça et le tailler en pièces.

Frank savoura son verre d'alcool et songea à en reprendre un. Il n'était que 21 heures ce vendredi soir, et il n'était pas encore complètement ivre, ni même assez pour chasser de son esprit le spectacle terrible auquel il avait assisté dans la matinée. Un peu plus tôt, il avait appelé l'hôpital pour dire qu'il ne pourrait pas assurer sa garde de 4 heures à minuit. Tout ce qu'il voulait, maintenant, c'était oublier les seins de la fille. Il commanda un autre verre.

Les premières éditions étaient déjà sur leurs présentoirs, et leurs unes parlaient du meurtre. Perdue au milieu d'une page intérieure, une petite note datée du vendredi 3 août mentionnait la disparition d'une femme depuis trois semaines. Elle était partie faire le tour de la Californie en voiture. Elle s'appelait Velma Adams et possédait un salon de beauté réputé dans l'ouest de Los Angeles.

À minuit, Frank Chills était tellement éméché qu'on dut le raccompagner jusqu'à la sortie du bar. Il avait passé la soirée à raconter aux clients qu'il avait découvert le cadavre de la jeune fille. Mais personne ne l'avait écouté. En ce début de week-end estival, les gens voulaient seulement passer un bon moment.

Tandis qu'il rentrait péniblement chez lui, Frank se mit à espérer de toutes ses forces que le meurtrier s'en prenne à lui, histoire de le massacrer une bonne fois pour toutes ! Il vomit sur l'aile d'une voiture.

Au moment où il réussit, enfin, à retrouver son appartement et à se mettre au lit, le vendredi soir s'était transformé en samedi matin.

Le coup de fil en provenance de Sacramento arriva dimanche à 15 h 40. Le docteur Baylor décrocha. Bien qu'exaspéré par la longue attente, il parvint à maîtriser et ses nerfs et sa voix. La réunion, apprit-il, s'était passée mieux que prévu. Plus que l'administration pénitentiaire, c'était la police qui en avait pris pour son grade. Malgré tout, l'orage n'était pas encore passé. Loin de là. Tous les établissements publics devraient subir certaines réformes, dont les détails seraient abordés ultérieurement. Il y aurait également quelques modifications dans l'organigramme. Non, pas un mot n'avait été prononcé sur les directeurs d'établissement. Pas encore, en tout cas.

La discussion s'acheva par un avertissement : si les meurtres ne cessaient pas, alors tout pouvait arriver. Baylor, psychiatre conservateur et administrateur efficace, reçut le message cinq sur cinq.

Il quitta son bureau peu après 16 heures et passa sa soirée dans une fête ennuyeuse, chez quelqu'un qui insistait pour mettre de la musique à un volume scandaleusement fort. Baylor et sa femme quittèrent les lieux de bonne heure. Sur le chemin du retour, il se demanda, comme souvent, pourquoi certaines personnes semblaient ne jamais grandir, comme prisonnières de leur enfance, à jamais piégées dans des rêves impossibles ou dans des cauchemars irréconciliables.

Le dimanche soir, à 19 h 30, le docteur Lang rappela John Spanner. Il s'excusa d'être sorti, mais c'était dimanche, et patati et patata. Spanner, à son tour, était désolé de le déranger. Il voulait simplement vérifier deux ou trois points auprès du médecin, si celui-ci, bien sûr, n'y voyait pas d'inconvénient.

Le docteur Lang croyait-il Vincent Mungo capable d'avoir commis les violences constatées sur le corps de la fille de Los Angeles ?

« Oui. Sans aucune hésitation. »

D'où lui venait une telle fureur ?

« Une telle rage démoniaque, vous voulez dire ! Sans doute est-elle remontée à la surface après des années de relégation dans l'inconscient. En général, la personne parvient à l'évacuer petit à petit, mais parfois elle n'est que dissimulée. Et puis un jour, elle explose, et la personne disjoncte. »

Mungo pouvait-il maîtriser cette fureur ?

« Pas au-delà d'un certain seuil. »

Même si cela revenait pour lui à être découvert et arrêté ? Ou tué ?

« Même dans ce cas. » Le médecin observa un silence. « La plupart du temps, néanmoins, cette colère s'accompagne d'un sentiment d'invincibilité, de sorte que la personne ne réfléchit pas à son éventuelle arrestation. Elle est tellement supérieure aux autres qu'elle se croit quasiment indétectable. Cette question ne se pose pas vraiment pour elle. Pas sérieusement en tout cas. »

Est-ce que ce genre de fureur obéit à un profil précis ?

« Peut-être. D'une certaine façon, tout est cyclique. Et il est évident que l'horloge intérieure de Mungo suit son rythme à lui. Mais sans exemples assez nombreux, il est impossible de dire à l'avance de quel profil il s'agit.

— Vous voulez dire sans nouveaux meurtres ?

— Je le crains, finit par lâcher Lang.

— Pourquoi les mutilations ?

— C'est à l'évidence un geste sexuel. Mais vous dire le sens précis que cela revêt pour Mungo… On ne pourra le savoir qu'en l'étudiant de plus près.

— Vous pensez que ce qu'il est en train de faire a un lien avec son passé ?

— Vous savez, lieutenant, tout est lié au passé. Du moins tant qu'il y a de la mémoire. Même par la suite, il y a les réflexes automatiques et le conditionnement cellulaire.

— Vous qui l'avez examiné, docteur, qu'avez-vous pensé de lui ?

— Je l'ai trouvé légèrement agressif, peut-être un peu lent d'esprit. Et plein d'une violence réprimée.

— Donc, son comportement actuel ne vous surprend pas ?

— Pas vraiment. Même si je pensais à l'époque qu'il ne possédait pas en lui cette étincelle indispensable à l'explosion. Il faut croire qu'on ne peut jamais être sûr de rien.

— Mais vous êtes sûr que nous avons bien affaire à Vincent Mungo ? »

Il y eut un long silence.

« Docteur Lang ?

— C'est une drôle de question que vous venez de me poser.

— Je me demandais juste si ça collait avec le profil mental de Mungo tel que vous le connaissez.

— À défaut d'une autre piste, je vous dirai oui.

— Une dernière chose, docteur. Diriez-vous que Mungo est un sadique ?

— Oui, à mon avis, il avait de forts penchants sadiques. Ce qui est souvent le cas chez les gens comme lui.

— Est-ce que ces penchants peuvent être dominés ?

— En général, non. »

Après cette discussion, Spanner s'assit sur les marches du perron pendant un long moment, à fumer sa pipe et à penser à des choses étranges. Avant même qu'il aille se coucher, on était déjà le 6 août.

« Ce dont je n'ai surtout pas besoin, c'est d'une autre journée comme celle-là », dit le sénateur Stoner, ce même soir, dans les bras de sa maîtresse.

Couchée langoureusement dans les draps froissés, elle l'attira vers elle en écartant lentement ses cuisses.

« Je vais t'aider à te détendre, roucoula-t-elle. Tu me raconteras après. »

Serré dans un costume sombre, l'homme avait un physique lourd, rude.

« George Little ? »

Le père de Kit leva les yeux et ourla les lèvres en signe d'acquiescement.

« Allons marcher un peu. »

Ils traversèrent l'arrière-salle du bar *topless* et débouchèrent sur une issue de secours. Dans l'allée, une grande berline noire les attendait. L'homme ouvrit la portière. « À l'intérieur », ordonna-t-il.

Lorsque George Little prit place, il fut dévisagé par l'occupant du siège opposé.

« Vous vouliez me voir pour un contrat sur Vincent Mungo… »

Cela se passait le 7 août au soir. Douze heures plus tard, un autre homme s'engouffrait dans une autre voiture à quelque quatre cents kilomètres de là, à Fresno. Il découvrit, incrédule, la personne qui l'attendait sur la banquette arrière.

« Carl ? »

L'homme sourit. « Content de te voir, Don. » Il agita un doigt à l'attention du chauffeur, puis se tourna de nouveau vers Solis.

« Ça fait un bail, dis-moi.

— Je croyais que tu étais…

— Mort. »

L'homme souriait toujours.

« Tout le monde a cru que j'étais mort. C'est bien pour ça que je suis toujours en vie.

— Putain j'y crois pas, répondit Solis en secouant la tête. Mais où tu étais fourré ? »

La grosse limousine quitta le parking en faisant ronronner doucement son moteur. Dans l'habitacle cossu, on n'entendait même aucun bruit.

« On va faire un petit tour, déclara Carl Hansun sur un ton détaché. Ton restaurant peut se passer de toi pendant une demi-heure ?

— Bien sûr, bien sûr. Pas de problème. »

Solis n'en revenait toujours pas. Tout en se disant que c'était peut-être une ruse minable des flics, il reconnaissait pourtant bien la grande carcasse osseuse, même après toutes ces années.

« Ça fait combien de temps ? dit-il.

— Vingt et un ans. Et cinq mois.

— Tant que ça ? »

À l'époque où Solis croupissait en prison, vingt et un ans lui avaient semblé une éternité. Aujourd'hui, assis à côté de son ancien ami, il avait l'impression de l'avoir quitté l'avant-veille.

« On doit se faire vieux, bordel. »

Hansun eut l'air affligé.

« J'ai deux ans de plus que toi, alors ne remue pas le couteau dans la plaie.

— Comme je n'avais plus de nouvelles de toi, je me suis dit que… Enfin, tu vois, quoi.

— J'avais appris pour toi dans les journaux. Pas de chance.

— Ç'aurait pu être pire, dit Solis calmement. J'ai passé deux ans dans le couloir de la mort.

— Je sais, oui.

— Mais je m'en suis bien tiré. J'ai payé ma dette et je me suis cassé.

— Félicitations, répondit chaleureusement Hansun. Et aujourd'hui, te voilà un entrepreneur responsable. Et prospère, aussi, d'après ce que je viens de voir. »

Solis haussa les épaules.

« Pour Les et moi, ça tourne pas mal. Oh, mais tu n'as pas encore vu mon frère ? Putain, on va faire la fête ce soir ! Comme au bon vieux temps.

— Une autre fois, dit aussitôt Hansun. Je suis un peu pressé… Comment va-t-il ?

— Les ? Oh, impeccable. Tu le connais… Pas très causant. »

Solis se demanda pourquoi Carl ne voulait pas fêter leurs retrouvailles. Il était peut-être malade. « Tout va bien ? Je veux dire : ta tête et le reste ? »

Hansun tapota son propre crâne. « Je ne me suis jamais aussi bien senti. J'ai une nouvelle plaque en acier, garantie à vie cette fois. » Il alluma une Camel et inspira longuement la fumée. « Mais j'ai toujours un seul poumon, dit-il entre deux toussotements. Je n'ai pas le droit de fumer, mais de temps en temps, je m'en grille une… Tu sais comment c'est. »

Solis l'observa un petit moment. « Tu en jettes, Carl. Genre mec important, gros patron ou quelque chose dans le genre. L'air riche, quoi. » Il lui fit un grand sourire.

« Tu es riche, Carl ?

— J'ai ce qu'il faut.

— Ça veut dire combien, ça ? »

Hansun soupira.

« Ah, c'est toujours le même problème.

— Tu trafiques ? »

Un sourire. « Pas vraiment. J'ai beaucoup de chantiers dans le Nord, où je me suis installé après Los Angeles. J'ai englouti jusqu'au dernier sou là-dedans et j'en ai fait quelque chose de très gros. » Sa voix se fit plus douce.

« Maintenant tout est à moi. Et d'autres choses encore.

— Ça doit être bien, tout ce fric.

— Je me plains pas. Avec ma femme, on vit plutôt bien.

— Toujours marié, à ce que je vois.

— Toujours avec la même. Bientôt trente ans, aujourd'hui. »

Il poussa une sorte de grognement.

« C'est ça qu'on appelle l'amour, non ?

— Ça doit être ça, oui. »

Ils roulèrent pendant quelques minutes sans échanger un mot. Don Solis se demandait pourquoi Carl Hansun revenait le voir comme ça, du jour au lendemain, après vingt et un ans de silence. La seule chose qu'il savait, c'est que ce n'était pas simplement pour dire bonjour. Et pas la peine de lui demander comment il l'avait retrouvé. Carl ressemblait à quelqu'un qui pouvait acheter n'importe qui, n'importe quoi, y compris des renseignements.

« Tu lis les journaux, de temps en temps ? finit par lui demander Hansun.

— Ça m'arrive. »

Nouveau silence.

« Cette histoire de peine de mort, ça commence à devenir sérieux.

— Pour moi c'est du bla-bla. »

Hansun le regarda droit dans les yeux. « Je veux te parler de business. Pas de bla-bla. »

Solis l'écouta.

« La bonne politique, c'est la politique qui aide le business. Or, ça coûte très cher, la bonne politique, et l'argent vient toujours du business. C'est donnant-donnant, comme on dit. » Il s'arrêta un instant.

« Il y a certaines personnes dans l'Idaho – celles qui font la bonne politique – et deux ou trois autres ici, en Californie, qu'on aimerait voir élues. Ces gens-là savent comment le business doit fonctionner. Alors, aujourd'hui, on les aide, comme ça ils nous aideront demain, et tout le monde sera riche et heureux. C'est simple comme bonjour.

— C'est qui, "on" ?

— Des hommes d'affaires. Tu vois ce que je veux dire.

— Tu fais des affaires ici, aussi ?

— Surtout dans le nord de la Californie

— Et quel rapport avec la peine de mort ? »

Hansun fronça les sourcils.

« Eh bien, figure-toi que, du jour au lendemain, c'est devenu un gros enjeu dans la région. Je ne sais pas pourquoi mais c'est comme ça. Et c'est un sujet qui va faire gagner beaucoup de votes.

— En faire perdre beaucoup, aussi.

— C'est justement là que tu peux nous aider, du moins pour ce qui est de la Californie. »

Solis vit le truc venir.

« Tu as connu un type qui s'appelait Caryl Chessman.

— Chessman ? Bien sûr, oui, en taule. Mais c'était il y a longtemps. Vingt piges, au moins. »

Il se frotta le nez.

« En plus, il est mort.

— Il est très connu dans le coin, et les gens se souviennent de lui. Surtout eu égard à la peine de mort.

— Et donc ?

— Certaines personnes, expliqua Hansun patiemment, utilisent Chessman comme point d'entrée dans un débat qui fait beaucoup parler de lui. Les bonnes personnes, tu comprends ?

— Et toi, tu es de quel côté ?

— Le mécontentement est de plus en plus fort. On pense que ça va jouer un rôle important dans la politique pendant longtemps. En Californie, en tout cas.

— Donc, ces gens-là veulent de nouveau tuer Chessman, c'est ça ?

— Ça vaut toujours mieux que de le laisser libre.

— Mais il est mort, bordel.

— Lui oui, mais pas nous. »

S'ensuivit un autre silence, plus long.

« Et qu'est-ce que je fais là-dedans, moi ? demanda Solis.

— Tu connaissais Chessman. Tu as discuté avec lui pendant deux ans.

— Comme tout le monde.

— Mais il ne l'a dit qu'à toi.

— Qu'est-ce qu'il m'a dit ?

— Qu'il était coupable ! Quoi d'autre ? »

Solis ferma les yeux. « Il ne m'a jamais dit une chose pareille. »

Hansun sourit.

« Tu l'as oublié, après toutes ces années. Tu n'y as jamais repensé. Mais maintenant que son nom refait la une des journaux, la mémoire te revient. Il t'a avoué avoir commis tous ces braquages et ces viols, et que s'il ressortait de prison, il recommencerait.

— Je ne comprends pas.

— Il y a un sénateur qui milite pour le rétablissement de la peine de mort et bientôt des types du Congrès vont prendre le relais. Et nous, on veut les aider au maximum. »

Il s'humecta les lèvres.

« Ils brandissent Chessman pour montrer à quel point la peine de mort protège les gens contre les criminels dangereux. Or, certaines personnes estiment que Chessman était innocent ou qu'il n'aurait pas dû mourir. C'est là que tu interviens en disant qu'il était coupable et qu'il méritait la mort. Tu as bien connu Chessman en prison, où les mecs n'ont rien d'autre à faire que de raconter leur passé. Plein de gens vont t'écouter.

— Et les hommes politiques sont au courant ? »

Hansun secoua la tête.

« Pour eux, tu es parfaitement légitime. Ils ne sauront rien avant qu'on le leur dise, au bon moment.

— Ça ne marchera jamais. Les journaux vont me griller tout de suite.

— C'est justement là-dessus qu'on compte. Tu as réellement été en taule avec lui. Aujourd'hui, tu es un ancien truand devenu petit commerçant, un type qui essaie de vivre honnêtement. Tu n'as rien à gagner et tout à perdre, mais tu t'es senti obligé de dire la vérité. Tu es le type parfait pour ça. Tu as tes lettres de noblesse et personne ne pourra prouver que ça n'a jamais eu lieu.

— N'importe quel taulard qui était à San Quentin à l'époque pourrait faire le boulot à ma place.

— Sauf que tu as deux ou trois choses en plus que les autres n'ont pas. Tu es parfaitement respectable maintenant, et tu sais fermer ta gueule. »

Hansun jeta un petit coup d'œil vers son ami.

« Une dernière chose, Don.

— Je t'écoute.

— Tu me dois une fière chandelle, susurra-t-il, et maintenant je te demande de me renvoyer l'ascenseur.

— Ah oui ?

— Ton restaurant, tu as pu le monter grâce à un chèque de 10 000 dollars, si je ne m'abuse ?

— C'était toi ? »

Hansun hocha la tête.

Solis n'aimait pas ça. Il voulait seulement gagner sa vie et rester loin des embrouilles, et voilà qu'on l'y entraînait de nouveau. Même si personne ne pouvait contester son récit, il se ferait une mauvaise image auprès des adversaires de la peine de mort et des fanatiques de Chessman. Il perdrait sans doute son affaire, et si on découvrait un jour qu'il avait menti, ce serait sa vie qu'il perdrait. On le renverrait directement en prison.

Mais il ne pouvait pas dire non. Il avait contracté une dette ; il lui fallait maintenant la payer. Carl et sa bande jouaient dans la cour des grands, et un refus de sa part n'aurait qu'une seule issue : un jour, il entendrait quelqu'un frapper à la porte de chez lui – ou ne l'entendrait peut-être même pas.

« Et qu'est-ce que j'y gagne ? » demanda-t-il d'une voix découragée.

À Sacramento, la réunion s'acheva à 13 h 30. Le shérif Oates avait l'impression d'être passé sous un rouleau compresseur. Il faisait une chaleur torride et la colère était palpable. Surtout chez les grosses pointures du cabinet du gouverneur. Comment Mungo avait-il pu échapper aux mailles du filet que lui tendaient cent mille policiers et agents de l'ordre ? On était aujourd'hui le 10 août. Par quel miracle un homme dont on connaissait le visage avait-il pu demeurer invisible pendant quarante jours ? Non seulement demeurer invisible, mais se balader et tuer à sa guise ? Comment diable une chose pareille était-elle possible ?

Aucune réponse ne fut donnée. La douzaine d'hommes rassemblés dans une des salles de conférences du gouverneur avancèrent beaucoup d'hypothèses, mais rien de précis. Mungo se déguisait peut-être en femme. Il avait pu avoir recours à la chirurgie esthétique, en secret. Peut-être était-il caché par un ami, de sorte qu'il n'avait pas besoin de sortir, sinon pour tuer. Ou alors il s'était ménagé une planque avant de s'enfuir, avec l'éventuelle complicité de ses proches. La théorie la plus déconcertante postulait que Mungo était mort et qu'un autre homme, aussi détraqué que lui, avait repris le flambeau. Oates écarta immédiatement cette piste, tant il paraissait évident que celui qui avait sauvagement tué la jeune fille et le monstre qui avait mutilé son compagnon à Willows n'étaient qu'un seul et même homme. Et cet homme, c'était Mungo.

Sans réponse à offrir, on échafauda de nouveaux plans de bataille. Des recrues supplémentaires écumeraient le quartier de Los Angeles où avait eu lieu le crime et frapperaient à toutes les portes s'il le fallait. On demanderait aux télévisions de coopérer en diffusant le portrait de Mungo. Une douzaine d'enquêteurs californiens se consacreraient à l'affaire vingt-quatre heures sur vingt-quatre, avec un quartier général installé à Sacramento. Enfin, une récompense de 50 000 dollars serait versée en échange d'informations permettant la capture du tueur, avec inculpation garantie à la clé.

En retournant à Forest City, le shérif, désormais déchargé de l'entière responsabilité de la capture de Mungo, avait le sentiment désagréable que de simples révisions tactiques n'allaient pas suffire. Il y avait quelque chose de bizarre dans la facilité avec laquelle Mungo disparaissait et réapparaissait comme il voulait. Et quelque chose de profondément diabolique dans sa haine du corps humain. Oates, une fois de plus, se reprit à croire aux démons de sa jeunesse.

Quatre jours plus tard, Amos Finch se leva pour la deuxième fois de la matinée. Contrairement à la première tentative, celle-ci fut la bonne. La jeune fille aux cheveux blond vénitien dormait encore lorsqu'il prit sa douche et s'habilla. Il alla ensuite chercher son courrier dans la boîte aux lettres, tria parmi les factures et les prospectus, puis tomba enfin sur l'enveloppe qu'il attendait.

Dans la cuisine de cette maison proche du campus de Berkeley, où siégeait l'université de Californie, il se prépara son traditionnel petit déjeuner : jus d'oranges fraîchement pressées, toasts légèrement beurrés et café noir. Il jeta un coup d'œil sur la lettre pendant qu'il mangeait tranquillement. Les gens de Sacramento déclinaient poliment son offre. Ils n'estimaient pas envisageable, vu les circonstances actuelles, d'inclure des civils, si compétents fussent-ils, dans l'enquête sur Mungo. Le fond du message, comprit-il, était qu'ils ne voulaient surtout pas voir un professeur fourrer son nez dans leurs affaires. La lettre était datée du 14 août ; ils avaient donc mis trois semaines pour lui dire non. Il fut déçu.

Déçu mais amusé, aussi, par l'incapacité des autorités à comprendre qu'elles avaient désespérément besoin d'aide. Sans même avoir accès à des données confidentielles, il aurait déjà pu leur fournir deux ou trois éléments ; leur dire, par exemple, que Vincent Mungo n'avait pas assassiné la jeune fille à Los Angeles.

Lors du meurtre de Willows, seul le visage avait été massacré, supposément par Mungo. Or, à Los Angeles, le corps avait été bien amoché, mais le visage laissé intact. Si, comme il semblait acquis, aucune logique ne présidait à ces deux crimes, s'ils étaient simplement mus par une rage démentielle, alors la conclusion s'imposait d'elle-même : les meurtres avaient été commis par deux personnes différentes. Les tueurs fous opéraient toujours selon des schémas bien ancrés, comme tout le monde d'ailleurs, et il leur était encore plus difficile de s'en défaire.

Amos Finch savait que sa conclusion était effroyable. Quelque part en Californie rôdait un deuxième assassin monstrueux, infiniment plus dangereux que Vincent Mungo. Sans visage, sans nom, inconnu et même insoupçonné de tous, il était poussé par une fureur telle qu'il en anéantissait les corps. Sous le masque protecteur de Vincent Mungo, il pouvait faire ce qu'il voulait, aller où il voulait. N'importe où…

8

Le matin même de son mariage prévu à Las Vegas, Bishop prit le car pour Phoenix. Dans la soirée, il sortait de la gare routière, sur East Jefferson Street. Ce qu'il vit et ressentit sur place ne l'impressionna pas. Il régnait sur Phoenix une chaleur étouffante. Le soleil du soir écrasait tout sur son passage, tordant les êtres humains comme les métaux, et l'ombre était une denrée rare, qui soulageait à peine du cagnard. Bishop ôta sa veste et retroussa ses manches de chemise ; heureusement, il avait jeté à Las Vegas son manteau de pluie acheté à San Francisco. Il n'était pas habitué à cette chaleur qui lui collait à la peau comme une camisole de force. En deux minutes, sa chemise fut trempée, son corps ruisselait de sueur. Ses yeux n'y voyaient plus grand-chose, ses cheveux semblaient soudain emmêlés. Son sac de voyage et sa sacoche remplie d'argent à la main, sa veste sous le bras, il se traîna dans la rue, déjà lessivé.

À première vue, la ville lui fit l'impression d'un Los Angeles miniature, tout en plastique, en verre et en acier. Ce qui n'était pas vertical paraissait totalement plat. Plat et ramassé : des rangées interminables de résidences très basses et de petites pelouses sur un sol parfaitement régulier, toutes bien entretenues, symétriques et incroyablement, inexorablement plates. Pourtant, les rues étaient plus larges, les espaces plus vastes. Il y avait moins de monde, moins d'agitation. Le rythme lui semblait un peu moins soutenu, à l'image de sa foulée sous le soleil brûlant.

Au bout d'une demi-heure, il en avait assez vu, ou du moins autant qu'il pouvait le supporter. Il s'affala dans un restaurant climatisé sur East Washington Street où il commanda un steak et un café. Il dévora sa viande comme s'il n'avait pas mangé depuis des jours. Lui qui, à Willows, s'était principalement nourri de ragoût en conserve, il se prenait d'une belle passion pour la vraie viande.

L'homme accoudé au bout du comptoir le regardait manger. Tout en serrant ses effets personnels plus près de lui encore, Bishop lui adressa un sourire.

« Il fait chaud dans le coin, dit-il sur un ton avenant.

— C'est pas la chaleur, répondit aussitôt le vieil homme. C'est cette foutue humidité.

— C'est toujours comme ça ?

— Seulement en été. »

Le vieux sucra son café. « En hiver, il fait juste chaud. »

Bishop continua de s'activer sur son steak. Il n'avait rien mangé depuis la veille au soir à Las Vegas, quand il était revenu, seul, de la Vallée de la Mort. Le matin, il n'avait pas eu le temps.

« Ce sont ces foutus canaux. »

Il leva les yeux. Le vieux continuait de le regarder.

« Les foutus canaux, répéta celui-ci.

— Quels canaux ?

— Les foutus canaux qu'ils ont creusés dans toute la ville. En pleine rue. »

Il versa encore un peu de sucre. « Ce foutu soleil fait remonter l'eau et rend tout humide. » Il touilla son café. « J'ai lu ça quelque part. » Il approcha la tasse de ses lèvres desséchées.

« Il y a des canaux dans les rues ? demanda Bishop, étonné.

— Bien sûr que oui.

— Et qu'est-ce qu'il y a dans les canaux ?

— De l'eau, pardi ! Quoi d'autre ? »

Il posa un regard soupçonneux sur Bishop. « Vous ne connaissez pas les canaux ? »

Bishop agita lentement la tête.

« Jamais vu.

— Ils se ressemblent tous. »

Il tendit le bras pour saisir la salière.

« Tout le monde les connaît.

— Attention, c'est du sel.

— Pardon ? »

Bishop montra la salière.

« C'est du sel là-dedans.

— On peut rien vous cacher, dis donc. » Il versa du sel dans son café. « Trop de sucre, c'est mauvais pour la santé. »

Bishop se replongea dans son steak. En mangeant, il ne put s'empêcher de penser aux canaux remplis d'eau dans les rues. L'idée lui semblait judicieuse, certainement meilleure que les rues poussiéreuses de Los Angeles. Tout à coup, il se vit tomber dans le canal. Il ne savait pas nager.

« Elle est profonde, l'eau ? » demanda-t-il tout à trac.

Le vieux le dévisagea d'un air stupéfait.

« Quelle eau ?

— L'eau des canaux dans la rue. »

Ses yeux se ranimèrent.

« Elle est sacrément profonde, dit-il avec véhémence. Tellement que personne ne sait vraiment jusqu'où elle va.

— Pourquoi est-ce qu'on n'envoie pas des plongeurs ?

— Ils l'ont fait. Mais ils ne sont jamais revenus. Dès qu'ils vont là-dedans, personne ne les revoit. »

Bishop ne le crut pas.

« C'est la vérité, nom de Dieu ! En plus, plein de gens se sont noyés dans ces canaux, et leurs foutus corps ne remontent jamais.

— Pourquoi ne pas drainer les canaux ?

— Impossible. »

Il commanda un supplément de café.

« Pourquoi donc ? »

Le vieux sortit une cigarette. « Cette putain d'eau sert à l'irrigation. La ville entière vit grâce à l'irrigation. » Il coupa le filtre et fourra le reste de la cigarette dans sa bouche. « Si on évacue l'eau, c'est toute la ville qui crève du jour au lendemain. » Il l'alluma. « Vous avez déjà vu une ville crever du jour au lendemain ? »

Bishop fit signe que non.

« Moi j'ai vu ça une fois. Au Nouveau-Mexique, quand j'étais tout gamin. Un village qui s'appelait Los Rios. » Il tira une grosse bouffée sur sa cigarette. « Un soir, il y a eu une tempête de sable. Ç'a duré toute la nuit. Et pas des petits grains de sable, mais des blocs entiers. On aurait dit des bombes qui explosaient. Au matin, tout était enseveli, à dix mètres sous terre. Aucun survivant, ni hommes, ni bêtes. » Une autre bouffée. « Pendant des années, ils ont essayé de retrouver ce foutu village. » Encore du sucre dans le café. « Impossible. Rien à faire. Ce foutu endroit avait disparu en une nuit. » Puis le sel. « Jamais retrouvé. Pas que je sache, en tout cas. » Il plongea sa cigarette dans le café. « Il arriverait la même merde si on se mettait à drainer ces foutus canaux. » Il la remit à sa bouche. « Les banques, là-bas sur Grand Avenue, ont besoin de l'eau pour blanchir leur argent sale. Les squatteurs ont besoin de l'eau pour tirer la chasse de leurs foutues chiottes. Et nous, on a besoin de cette eau pour avoir l'électricité et faire marcher nos putains de climatiseurs, parce que l'eau rend tout humide. » Il souleva sa tasse. « Sans elle, on serait transformés en poussière dès demain matin. Tout le monde. » Il avala le café et se passa la main sur sa bouche. « De la poussière à la poussière, dit-il doucement. Finis. Morts. » Il scruta le fond de sa tasse vide.

Bishop, lui, déposa son plateau sur le comptoir. Il but son café lentement. Au bout d'un moment, il plaça la tasse sur le plateau ; les deux objets semblaient assortis.

« Comment vous en êtes sorti ? finit-il par demander.

— Sorti ?

— De la ville de sable. Vous me disiez que tout le monde était mort et enseveli. »

Le vieux lui décocha un grand sourire édenté.

« Un oiseau géant est venu m'arracher juste au moment où je m'enfonçais. Il m'a emmené au loin.

— Un oiseau géant ?

— Grand comme une maison. »

Il gloussa. « Plus grand, même. »

Bishop se leva.

« J'espère pour vous qu'il ne reviendra pas.

— Pourquoi ça ? demanda le vieux dans son dos.

— La prochaine fois, peut-être bien qu'il vous lâchera dans les canaux », répondit Bishop par-dessus son épaule.

Plus tard, il prit une chambre dans un hôtel calme sur Van Buren Street et dormit du sommeil du juste. Le matin, il loua une voiture, toujours au nom de Daniel Long. Au vendeur, il expliqua vouloir rester en ville seulement quelques jours, pour affaires. En vérité, peu de chose le retenait à Phoenix, où il comptait séjourner juste le temps de laisser à ses habitants un petit souvenir de lui.

Trois semaines plus tôt, le 15 août au matin, quelques personnes tentaient désespérément de se souvenir de lui, quand bien même ils ne l'avaient jamais rencontré et ne le connaissaient que sous un de ses multiples pseudonymes. Derek Lavery commença la réunion à 9 h 25, dès qu'Adam Kenton arriva enfin.

Il leur fallait publier un article sur Vincent Mungo, et vite. Un article qui réclamerait le rétablissement de la peine de mort. Mais il fallait aussi trouver un angle potable. Or, ils n'en avaient pas. Pas encore. Le reportage sur Chessman n'avait posé aucun problème : l'homme était mort, exécuté. L'angle, en l'occurrence, était qu'il n'avait pas mérité de mourir. En revanche, Mungo présentait mille fois plus de difficultés. Ce dont ils avaient besoin était beaucoup moins évident à déterminer.

« Alors, on l'a trouvé, dit tout à coup Ding.

— Trouvé quoi ?

— L'angle.

— Je t'écoute, dit Lavery.

— Je ne sais pas.
— Mais tu viens de dire que…
— On a besoin de ce qui n'est pas évident. On est d'accord là-dessus ? »
Lavery acquiesça, méfiant.
« Puisque ça ne nous apparaît pas évident, ça veut dire qu'on l'a déjà trouvé. » Son visage était béat, son regard illuminé.
« Sinon, ce serait évident qu'on ne l'a pas trouvé.
— C'est vrai, intervint Kenton. On l'a trouvé, mais on ne peut pas l'utiliser…
— Parce qu'on ne sait pas lequel c'est, termina Ding.
— Si on le connaissait, on n'en aurait pas besoin.
— C'est une évidence. »
Les deux hommes regardèrent Lavery.
Vingt minutes plus tard, la chose la plus évidente était le sourire qui éclairait le visage du rédacteur en chef. Il avait enfin trouvé son angle. Dans une des phrases prononcées par Adam Kenton : tout le monde partait du principe que Mungo était fou. Mais s'il ne faisait que jouer les fous ?…
S'il jouait les fous.
Il était là, leur angle. Peut-être que Mungo simulait la folie. Qu'il savait très bien ce qu'il faisait. Qu'il méritait, par conséquent, le châtiment suprême.
Il avait tué son compagnon d'hôpital pour lui voler quelque chose. Le meurtre de la jeune fille relevait peut-être du crime sexuel. Il avait mutilé les deux corps pour faire croire qu'il était dingue.
Mais au fond, qui était Vincent Mungo ? Un énième jeune homme perdu dans un monde hostile. Un individu plein de colère et de rancœur. Sa mère était morte étouffée, son père suicidé. Il avait été élevé par des

femmes, et tout le monde le considérait comme bizarre. Il avait des problèmes, des coups de sang. Comme beaucoup de gens, après tout. Mais tous ne se livraient pas pour autant au meurtre et à la destruction.

« Ça y est ! dit Lavery. On a trouvé notre angle. À condition qu'il soit fondé et que ce type ne soit pas vraiment maboul. On va vérifier. »

Kenton devait éplucher le dossier de Mungo qui se trouvait dans cet hôpital au nord de l'État.

« Willows.

— Il y a séjourné quelques mois. Je veux savoir tout ce qu'il a fait là-bas. À qui il parlait, ce qu'il mangeait, où il dormait, qui étaient ses amis, ses ennemis, ce que les gardiens pensaient de lui. Tout ce que vous pourrez trouver.

— Et les autres hôpitaux qu'il a fréquentés ? Et ses années passées chez lui ? Sa famille ?

— Non. »

Lavery pointa un doigt pour renforcer son propos. « S'il lui est arrivé quelque chose, c'est à Willows que ça s'est passé. Avant ça, c'était juste un pauvre type. S'il a conçu un plan, c'est à Willows qu'il l'a fait. » S'adressant à Ding : « Je veux que tu regardes chez les autres criminels qui ont joué les fous pour échapper aux accusations de meurtre. Vois ce qu'ils sont devenus, s'ils sont sortis et ce qu'ils ont fait après. Vois surtout s'ils ont tué ensuite. Trouves-en des récents, si possible. Ensuite, on rassemblera tout et on comparera avec Mungo. » De nouveau vers Kenton : « Vous, vous étudiez Mungo. »

Kenton hocha la tête.

« J'espère simplement qu'il ne va pas m'étudier moi.

— Dans ce cas, répondit Lavery du tac au tac, vous n'aurez qu'à ouvrir l'œil, et le bon. »

Il consulta le calendrier sur son bureau.

« Je veux tout ça pour le numéro de septembre. Ce qui vous laisse cinq jours.

— Ce n'est pas beaucoup, dit Kenton.

— Il faut qu'on sorte ce papier le plus vite possible. Ça fait déjà un mois que Mungo est en cavale.

— Un mois et demi, rectifia Ding, qui aimait toujours avoir le dernier mot.

— Disons un gros mois. »

Lavery, lui, détestait ne pas l'avoir.

Don Solis passa une semaine entière à peaufiner son récit. Il avait croupi presque deux ans dans le couloir de la mort, à San Quentin. En 1952, on l'avait envoyé jusqu'au quatrième étage par l'ascenseur, où il avait subi une fouille au corps et été jeté dans une cellule de trois mètres sur un mètre cinquante. Il avait arpenté cette cellule des milliers de fois : deux pas sur un côté, six sur l'autre. On le nourrissait deux fois par jour et, chaque matin, on le laissait sortir pour faire un peu d'exercice devant sa cage. Il écoutait de la musique, donc, le monde extérieur, avec des écouteurs. Entre les cent pas, la nourriture, l'exercice et la musique, il avait vu des hommes marcher vers la mort, certains avec panache, d'autres soutenus par des gardiens, voire portés par eux. Presque tous auraient aimé vivre plus longtemps. Rien qu'un peu. Un mois, une semaine, et même un jour, peu importe. Tout ce que vous voudrez.

Il avait discuté avec nombre d'entre eux – il n'y avait pas grand-chose à faire d'autre dans le couloir de la mort. Il avait rencontré les bons et les mauvais, les célèbres et les inconnus, les tueurs et les malades. Il avait rencontré Caryl Chessman.

Ils avaient longuement discuté tous les deux. Des choses qu'ils avaient faites ou qu'ils auraient voulu faire, de leurs rêves et de leurs envies, de leurs espoirs et de leurs craintes. Ils se respectaient mutuellement et s'entendaient bien, du moins assez pour deux hommes qui allaient ensemble vers la mort.

Parfois, Chessman lui parlait de sa jeunesse et lui racontait comme tout semblait mal parti dès le départ. Sa mère, qu'il adorait, était devenue paralytique après un accident de voiture. Son père, homme faible mais bon, avait essayé de nourrir sa petite famille – tâche quasiment impossible. Chessman avait commencé à voler vers 12 ans, pour mettre du beurre dans les épinards. Il fut rapidement arrêté. Son casier était devenu long comme le bras, jusqu'à ce qu'on l'envoie dans un centre de redressement. Enfant, on avait vu en lui un petit prodige de la musique, mais une encéphalite avait tué dans l'œuf tout espoir d'une carrière musicale. D'une intelligence aiguisée, rendu amer par le malheur qui poursuivait sans cesse ses parents et lui-même, l'adolescent s'était éloigné de la société et tourné vers le crime.

À l'âge de 17 ans, Chessman commettait des vols à main armée et tirait sur les flics dans des voitures volées. Il portait des flingues sur lui, dirigeait des bandes, méprisait les autres, frimait et faisait le coup de poing. Il était plus malin que tout le monde. Or, le malheur continuait de le poursuivre. Comme criminel, il était d'une rare incompétence. Avant même de fêter ses 20 ans, il fut emprisonné à San Quentin. Les dés étaient jetés. Toute sa vie d'adulte, à de rares exceptions, il la passa derrière les barreaux. Sa jeune femme, qu'il avait épousée à Las Vegas, finit par divorcer. Quelques années après, sa mère mourut d'un cancer, dans d'atroces souffrances. Pour lui, la mort de cette femme fut un rude coup. Elle avait été abandonnée, toute petite, à Saint Joseph, dans le Michigan, et Chessman dépensa des milliers de dollars pour essayer de retrouver, grâce à des détectives privés, ses vrais grands-parents. Il n'apprit rien. Cette phrase, aux yeux de Solis, résumait parfaitement la vie de Chessman.

De temps en temps, les deux hommes rivalisaient pour savoir lequel avait fait les plus belles conneries. En général, Chessman gagnait parce qu'il avait un palmarès garni et qu'il était bien meilleur conteur. Mais Solis pouvait toujours rappeler combien d'hommes il avait descendus pendant la guerre. Chessman, lui, n'avait jamais tué personne, même s'il insistait sans cesse pour dire qu'il avait souvent failli le faire.

Solis se rappelait qu'une fois, alors qu'ils parlaient des femmes, il avait raconté à Chessman avoir violé, à la guerre, une jeune paysanne italienne. Un groupe de soldats américains l'avaient séquestrée, profitant d'une trêve pendant les combats autour de Salerne. Ils l'avaient gardée dans une grange toute la nuit et s'étaient relayés pour lui infliger la totale.

Chessman lui répondit que c'était de la petite bière : lui avait violé au moins une demi-douzaine de femmes à Los Angeles, en les forçant presque toutes à lui faire des fellations, qu'il appréciait particulièrement. C'était lui, le célèbre « bandit à la lampe rouge » qui avait détroussé des couples dans des coins isolés et emmené parfois les filles dans sa voiture pour les violer. Il pensait, à l'époque, qu'elles ne le dénonceraient jamais, tant elles se sentiraient honteuses. Lorsque deux d'entre elles le firent, il décida de bluffer. Il était plus intelligent que tous ces cons de flics, et jamais il ne leur ferait le plaisir de savoir qu'ils avaient mis la main sur le vrai coupable. Et puis sa mère était encore de ce monde à l'époque, et il ne voulait pas lui faire de peine. Ils pouvaient tous aller se faire foutre. Il saurait se tirer des griffes de la justice ! Il se débrouillerait pour utiliser tous les recours légaux possibles et imaginables, et ils n'auraient qu'à bien se tenir ! Il leur ferait payer toutes ces années qu'il avait passées en taule. Quand son heure viendrait, il volerait et violerait à travers tout le pays ! Il leur montrerait ! À tous !

Telle était donc l'histoire que lui, Solis, devait raconter au sénateur Stoner. Caryl Chessman avait reconnu être le « bandit à la lampe rouge » et expliqué qu'une fois sorti de prison, il reprendrait ses activités criminelles. Des preuves ? D'abord, les agressions avaient cessé dès l'arrestation de Chessman. Ensuite, il s'était fait appréhender dans une voiture où se trouvaient, sur la banquette arrière, des objets volés. Enfin, au commissariat de police, il avait reconnu la plupart des braquages et des viols dont on l'accusait, même s'il s'était rétracté par la suite. Ah oui, une dernière chose : le jour où Chessman avoua tout en prison, il se vanta qu'une des femmes violées lui avait dit aimer ça. Chessman raconta également qu'une de ses jeunes victimes portait au milieu du dos un gros grain de beauté qui ressemblait à une fleur.

Pourquoi Solis avait-il attendu toutes ces années pour parler ? Mais parce qu'il était devenu un honnête commerçant, un citoyen qui respectait la loi et s'estimait tenu de dire la vérité. Pendant longtemps, il n'avait pas repensé à Chessman et s'était dit que ce qu'il savait ne présentait pas grand intérêt. Aujourd'hui, il comprenait son erreur et souhaitait dévoiler la vérité afin de retrouver sa vie paisible et tranquille.

Satisfait de son récit mais pas convaincu d'agir pour le mieux, Don Solis décrocha le téléphone de son bureau et appela Stoner à Sacramento. Il donna son nom et expliqua vouloir s'entretenir avec le sénateur au sujet de Caryl Chessman. On lui répondit que Stoner n'était pas en ville et qu'il reviendrait le 17 août. Pourrait-il le rappeler ? Solis laissa son numéro de téléphone et accepta de le rappeler dans deux jours.

Lorsqu'il raccrocha le combiné, ses paumes étaient complètement moites.

À trois mille kilomètres de là, Jonathan Stoner s'éclatait. Pendant deux jours, tout le gratin politique de Kansas City s'était mis en quatre pour lui faire plaisir. Il avait rencontré tout le monde, les décideurs, les petites mains et une bonne demi-douzaine de groupes intermédiaires. Comme il savait que tous ces gens l'attendaient au tournant, il leur sortait le grand jeu. En voyant toute l'attention qu'ils lui portaient, Stoner ne pouvait qu'en conclure qu'ils le soutiendraient au niveau national. Il avait déjà reçu des engagements fermes à travers tout le Midwest. Il montrait sa bobine dans les États de l'Ouest, même s'il fallait encore faire un effort du côté du Washington et de l'Idaho. Il était convaincu que le Sud-Ouest suivrait très vite, surtout s'il recevait les soutiens qu'il attendait.

Il était très content de lui. Il avait encore une allure juvénile, une bonne forme physique, et comptait faire encore plus attention à son apparence et à son style. Il se la jouerait branché, mais un peu plus sévère et *West Coast*, bien sûr. S'il devait se lancer dans une carrière nationale, alors rien ne pouvait dire jusqu'où il irait. Gouverneur, sénateur des États-Unis. Et ensuite ?

L'idée le fit sourire. Un gars issu des petites classes moyennes californiennes. Les classes laborieuses, nom de Dieu ! Harry Golden avait dit vrai : ça ne pouvait arriver qu'en Amérique.

Il arrêta de rêvasser. En attendant que ses désirs deviennent réalité, il lui fallait régler un tas de problèmes. D'ici deux jours, il serait de retour chez lui, avec beaucoup de choses à faire et des gens importants à voir. Une dizaine d'émissions de télévision l'attendaient, sans parler des innombrables interventions publiques. Avant la fin du mois, il allait lancer une grande tournée de conférences. Roger faisait du bon travail, de l'excellent travail. À lui, maintenant, de faire le sien. Il devait convaincre tous ces vieux schnoques qu'il était un battant et qu'il gagnerait à coup sûr s'ils lui laissaient une chance. Tout ce dont il avait besoin, c'étaient des clés qui lui ouvriraient les bonnes portes. Rien de plus. Qu'on le laisse s'exprimer, qu'on le laisse parcourir le pays : il se chargerait du reste. Et plutôt deux fois qu'une ! Sourires, poignées de main, accolades et tout le tremblement. Et s'il fallait aussi sauter deux ou trois bonnes femmes, il s'exécuterait ! Il avait les tripes, il avait l'envie, l'ambition, la cervelle, le corps, le style, l'allure. Il avait tout pour lui.

Il tenait le bon sujet, aussi. La question de la peine de mort touchait l'ensemble du pays. Elle transcendait les classes sociales, mais concernait surtout les Blancs fortunés. Le gauchisme bidon des années 1960 se mourait. Trop de gens souffraient là où ça faisait mal, à savoir au porte-monnaie. Trop de gens se faisaient tuer. La situation commençait à dégénérer. La peine de mort ne constituait peut-être pas la panacée, mais en tout cas, un bon début. Le sujet était brûlant, de plus en plus brûlant, tellement brûlant qu'il emmènerait le sénateur avec lui dans son élan. D'ici là, il trouverait d'autres thèmes d'intérêt national. Pour Stoner, la responsabilité faisait l'homme. Il suffisait de voir la ribambelle de débiles qui étaient devenus d'excellents présidents. La fonction créait l'homme. Surtout s'il était honnête. Et Stoner l'était.

Il repensa soudain à Vincent Mungo. Que Dieu le bénisse ! Où qu'il fût, Stoner espérait que cet animal tiendrait encore quelque temps.

En attendant, il avait du travail. Il appela sa maîtresse pour lui dire qu'il reviendrait dans deux jours, puis sa femme, pour lui dire qu'il reviendrait dans deux, voire trois jours. Arborant son plus beau sourire, il se rendit ensuite à une nouvelle réunion.

Pendant que le sénateur s'éclatait à Kansas City, une femme au regard triste identifiait un corps à la morgue de Sacramento. Cause du décès : blessures mortelles reçues après un choc avec un véhicule. Personne n'ayant signalé l'incident à la police, on y vit un probable homicide involontaire sur la route. L'identification ne laissa place à aucun doute. Le corps était bien celui de Velma Adams, résidant à Los Angeles, où elle possédait un salon de beauté. Elle avait 54 ans et était partie faire le tour de la Californie en voiture.

La femme qui contemplait le cadavre était la gérante du salon de beauté. Native de Californie, cela faisait sept ans qu'elle connaissait Velma ; elle avait signalé sa disparition le 2 août, soit sept jours après les faits. Douze jours plus tard, on l'informait qu'une femme correspondant à la description qu'elle en avait donnée s'était fait renverser par une voiture entre Sacramento et Yuba City – le conducteur avait pris la fuite. On lui montra une photo du visage en gros plan, prise à la morgue. Était-elle d'accord pour aller identifier formellement le corps à Sacramento ?

Elle eut ensuite un entretien avec les adjoints du shérif. La voiture de la défunte avait disparu, ainsi que son argent et ses vêtements. À la lumière de ces nouveaux éléments, la mort de Velma Adams fut considérée comme un possible assassinat. On diffusa immédiatement un descriptif du véhicule – une Buick Hardtop couleur marron, avec un autocollant « Sauvons les baleines » – et le numéro de la plaque. Comme près de six cents voitures étaient volées en Californie chaque jour, les recherches prendraient sans doute un peu de temps. La gérante comprit. On la tiendrait au courant dès qu'il y aurait du nouveau.

En rentrant chez elle, elle repensa à sa patronne. Elles étaient bonnes amies, mais elle savait que sa bonne amie n'avait pas rédigé de testament, donc qu'elle-même ne recevrait pas un sou et perdrait certainement son boulot avec l'arrivée de nouveaux patrons. Cependant, elle connaissait un homme à Los Angeles qui savait très bien contrefaire les écritures. Elle l'appellerait dès son retour.

Le même soir, à San Francisco, un homme qui regardait la télévision se posa soudain une étrange question. Pourquoi est-ce que le type n'avait toujours pas signalé sa bonne date de naissance afin que sa cotation de crédit puisse être rectifiée ? Comment s'appelait-il, déjà ? Long… Daniel Long, oui. Ça faisait maintenant à peu près un mois. Or, le délai courait sur soixante jours. Attendons encore un mois, se dit l'employé de la banque, un homme extrêmement consciencieux dès qu'il s'agissait de son travail. Il rangea le dossier Long dans un coin de sa mémoire et l'oublia aussitôt que le film commença.

Le lendemain matin, Don Solis rappela le bureau de Stoner. Le sénateur devait revenir un peu plus tard dans la journée : voulait-il lui laisser un message ? Solis répondit qu'il disposait de renseignements précieux au sujet de Caryl Chessman. Non, il ne voulait parler qu'à Stoner en personne. On lui dit que le sénateur comptait passer au bureau le lendemain, bien que ce fût un samedi. Solis promit de le rappeler à ce moment-là.

George Little se faisait du souci. Cela faisait maintenant dix jours qu'il avait donné 25 000 dollars au type de Los Angeles pour qu'il tue Vincent Mungo. Pour qu'il le tue et le découpe en morceaux. Mais avant de remettre les 25 000 dollars restants, Little voulait voir lesdits morceaux, se repaître de leur spectacle et ainsi faire son deuil. Surtout le visage, pour être certain qu'il s'agissait de Vincent Mungo. Et pour regarder bien en face le diable lui-même.

Assis chez lui dans sa maison du Kansas, avec sa femme à ses côtés, ses deux autres filles étant parties en ville, il se demandait s'il devait composer le numéro de téléphone qu'on lui avait donné à Los Angeles.

Vers minuit, Jonathan Stoner était suffisamment détendu pour raconter à sa maîtresse le tabac qu'il avait fait à Kansas City. Malgré tout le plaisir qu'il prenait à fanfaronner devant elle, il occulta de son récit un détail pourtant intéressant. Car pendant son séjour il avait rencontré quelques courtisanes, des femmes à la fois belles et intelligentes qui n'avaient de goût, apparemment, que pour les hommes jouissant d'un immense pouvoir politique. Pour Stoner, c'était là une nouvelle race de femmes, et elles l'excitaient. Il imaginait déjà le jour où sa maîtresse ne l'intéresserait plus. Son ascension était totale.

Pour sa part, la maîtresse de Stoner espérait simplement qu'il ne découvrirait pas le petit équipement d'enregistrement qu'elle avait installé plusieurs mois auparavant. Elle connaissait bien les hommes, comme la vie, et elle n'avait pas l'intention de se faire jeter du jour au lendemain comme une vieille chaussette par son sénateur d'amant. Du moins pas sans une compensation pécuniaire. Du haut de ses 25 ans, elle devait penser à son avenir.

Son lit était relié à un enregistreur disposé dans un placard. Déclenché par la voix, le mécanisme fonctionnait uniquement quand il y avait des bruits sur le lit. Simple, efficace mais très cher – l'équipement et l'installation lui avaient coûté au total plus de 1000 dollars. Et elle comptait bien récupérer son investissement un jour, avec des intérêts en prime. En attendant, elle écoutait avec de grands yeux fascinés tout ce que son amant lui racontait.

Henry Baylor, bien sûr, ne croyait pas aux prémonitions. C'était un médecin, un spécialiste du cerveau humain. Le sixième sens et les voix intérieures, il laissait ça aux forces occultes, et les forces occultes n'avaient pas droit de cité dans les disciplines scientifiques.

Pourtant, alors qu'il paressait chez lui en ce samedi matin, Baylor eut l'intuition qu'il n'était pas encore sorti de l'auberge en ce qui concernait l'évasion de Vincent Mungo de son établissement.

Mais ce qui le chiffonnait le plus, c'était le simple fait qu'il accorde à cette intuition un intérêt quelconque.

Le jour suivant était un dimanche, et le sénateur Stoner avait prévu de le passer à la maison, aux côtés de son épouse. Mais quelque chose d'important s'était produit entre-temps. Il savait que sa femme comprendrait, et il serait sans doute de retour avant la soirée. Sa femme, personnage simple et d'une patience à toute épreuve, comprenait encore mieux qu'il ne le pensait.

Sur le chemin de son bureau, il pensa au coup de fil qu'il avait reçu au sujet de Caryl Chessman. Est-ce que le type disait vrai ? Il le saurait bien assez vitc. Si c'était le cas, si Chessman avait vraiment avoué sa culpabilité, la campagne pour le rétablissement de la peine de mort bénéficierait d'un sérieux coup de fouet. Et ses propres ambitions personnelles aussi, par la même occasion. Il espérait juste que le type ne racontait pas n'importe quoi.

Parti le matin de Fresno, Don Solis arriva à Sacramento juste à temps pour son rendez-vous avec Stoner. La veille, il l'avait rappelé pour lui exposer les grandes lignes de son histoire. Il lui en donnerait maintenant tous les détails. Il était prêt. Il espérait juste que le sénateur aurait envie de l'entendre.

Le mardi matin, Amos Finch contacta enfin John Spanner à Hillside. On était le 21 août, et Finch n'avait cessé d'y songer depuis qu'il avait reçu une semaine plus tôt la lettre de refus de Sacramento. Spanner était bien la personne à voir puisqu'il avait suivi l'affaire Mungo depuis le tout début – Finch se rappelait avoir lu ça dans les journaux au début du mois de juillet – et il devait en savoir davantage sur Mungo que tous ces crétins de Sacramento. Au moins, il constituerait un bon point de départ.

Finch avait toujours le sentiment que Mungo pouvait devenir un véritable tueur en série. Mais la grande question du jour tournait autour de cette ombre insaisissable qui se cachait derrière Mungo, cet autre assassin dont personne ne savait rien. Personne sauf Finch, qui croyait dur comme fer en sa théorie. Que deux génies du mal complètement déments puissent se balader dans la nature au même moment dépassait même son imagination. Néanmoins, n'éprouvant pas à l'égard des coïncidences cette méfiance absolue qui caractérise les policiers, il attribuait celle-là à la simple malchance. Ou à la chance tout court.

Il ne pouvait se figurer ce deuxième larron autrement qu'avec les traits de la mort : la grande faucheuse ramassant ses victimes, nimbée de mystère, sa grande faux à la main. Dissimulée derrière une de ses propres créatures, de peur que quelqu'un entrevoie son vrai visage. Tant que Mungo restait libre, l'autre pouvait dormir tranquille. Peut-être le premier était-il caché ou protégé, d'une manière ou d'une autre, par le second.

Peut-être partageaient-ils le même corps, au sens d'une personnalité incroyablement schizoïde et déviante.

Bien qu'emballé, Finch dut rapidement écarter cette hypothèse. Que deux individus distincts commettent des meurtres en même temps, mus par des pulsions destructrices incontrôlables, chacune portant sur des zones bien précises du corps, cela dépassait l'imagination, et encore plus l'entendement. On n'avait jamais vu rien de tel dans toute la littérature criminelle. Et Finch, l'expert, le savait mieux que quiconque. Une découverte comme celle-là, si elle devait se faire un jour, serait le coup du siècle. Au-delà de tout ce qu'on connaissait. Au-delà de Jekyll et Hyde, qui relevait d'un banal conflit de personnalité entre le bien et le mal. Mais ça ! Une lutte pour la suprématie au niveau le plus élémentaire de la nature humaine : le meurtre. L'idée était proprement renversante ! Finch préféra, à contrecœur, ne pas s'y attarder plus longtemps, et même ne rien en espérer.

En attendant que Spanner décroche, Amos Finch chercha un nom pour son monstre. Il comptait l'inclure dans son prochain cours à Berkeley et écrire sur lui. Mais il devait auparavant en apprendre beaucoup plus long sur la grande faucheuse. En quelques secondes, il trouva le surnom : le Maraudeur de Californie.

Finch se demanda ce que Spanner penserait de son monstre.

Le 22 août, quelqu'un dans le Kansas appela un numéro à Los Angeles. L'homme qui décrocha répondit que Vincent Mungo n'avait pas encore été débusqué. Il suggéra que la cible avait peut-être quitté la ville.

Au cours du même après-midi, à Los Angeles, quelqu'un téléphona à New York. Derek Lavery expliqua que l'article sur Vincent Mungo était prêt. Les gens de New York furent satisfaits. L'article, selon Lavery, militait pour le rétablissement du châtiment suprême. Les gens de New York furent enchantés. Cela leur permettrait de rattraper l'image défavorable que le sénateur Stoner leur accolait depuis le numéro sur Chessman.

Lavery relut ensuite le premier jet de l'article. Ding s'était bien débrouillé. Il avait retrouvé des assassins qui avaient échappé à la mort en se faisant passer pour fous ; certains s'étaient même remis à tuer dès leur libération. Figurait notamment l'horrible histoire de Jed Smith, de l'Oregon, qui, après avoir assassiné la moitié de sa famille dans un accès de folie meurtrière, avait déclaré devant le tribunal vouloir tuer l'autre moitié. Au bout de cinq ans, il fut relâché d'un hôpital psychiatrique ; trois jours plus tard, il massacrait le reste de sa famille.

Ding concluait sa partie en rappelant froidement que Charles Manson pourrait demander une libération conditionnelle d'ici cinq ans. En 1978.

Pour la partie centrale du reportage, Adam Kenton avait épluché le dossier de Vincent Mungo à Willows. Il n'y avait pas grand-chose.

Mungo, manifestement, s'était montré de plus en plus violent, énervé et craintif. Personne ne semblait surpris qu'il fût finalement passé à l'acte. Un médecin voyait dans la mutilation du visage une haine à l'encontre de son propre père. Celui-ci avait abandonné son fils de 16 ans en se suicidant – aveu de faiblesse ultime. L'adolescent s'était senti obligé de devenir fort et d'exercer sur les autres un pouvoir, le pouvoir ultime de vie ou de mort. En tuant son seul ami, Thomas Bishop, il avait tué symboliquement son père. D'où la destruction du visage.

Et l'assassinat de la jeune femme à Los Angeles ?

Il devait sans doute détester sa mère aussi. Elle l'avait abandonné en mourant, quand il était encore plus jeune.

Mais le visage était resté intact.

En général, les hommes qui assassinent sauvagement des femmes épargnent leur visage et préfèrent anéantir leur corps. Naturellement, tout cela est d'ordre sexuel. Une anomalie.

À Willows, Mungo n'avait que Thomas Bishop pour ami, auquel il restait collé en permanence. Il ne faisait pas de doute, donc, qu'il comptait le tuer dès que l'occasion se présenterait. Pauvre Bishop : il avait sans doute eu le malheur de ressembler au père de Mungo.

Seules deux choses, dans l'article, étonnèrent Lavery. Vincent Mungo avait raconté à un médecin de Willows que le diable et lui étaient frères de sang et qu'ils seraient ensemble pour toujours. Ces propos pour le moins curieux avaient été tenus quelques jours à peine avant son évasion. Il avait ensuite demandé à ce même médecin s'il savait jouer aux échecs.

L'autre surprise provenait du lieu de naissance de Mungo : ce n'était pas Stockton, où il avait toujours vécu, mais Los Angeles. Par ailleurs, ses parents s'étaient mariés un an après sa naissance en octobre 1948.

Lavery supprima quelques phrases, signala deux ou trois points à éclaircir et renvoya le brouillon au troisième étage. Il était satisfait. Les gens de New York attendaient, pressés de passer l'article dans le prochain numéro.

Après une bonne demi-douzaine d'enregistrements en trois semaines, le sénateur Stoner commençait à s'habituer aux caméras de télévision. Il s'apprêtait à remettre le couvert, à San Francisco cette fois : une demi-heure d'émission uniquement consacrée à la peine de mort. Vêtu de ses éternels costume léger, chemise bleue et cravate fine, il demeura immobile pendant le maquillage et l'installation. Puis il aborda, avec un ton résolu et une émotion sincère, la question de la criminalité et du rétablissement de la peine capitale. Il accusa Caryl Chessman et Vincent Mungo d'être des terroristes, au même titre que les révolutionnaires autoproclamés qui terrorisent des villes entières. Il fallait les arrêter, insista-t-il, avant que la société sombre dans l'anarchie.

« Le crime est une chose trop grave pour être confiée à des policiers », déclara-t-il avec ardeur. Passé un certain seuil, il revenait aux hommes politiques de s'en occuper, notamment en modifiant les lois au gré de la volonté populaire. Et la volonté populaire réclamait la mort pour les monstres comme Vincent Mungo. Les politiques ignoraient cette volonté – à leurs risques et périls. Lui ne comptait pas l'ignorer, justement, et il espérait que le peuple continuerait de le soutenir. Il accomplirait son devoir jusqu'au bout, quel qu'en fût le prix. Par la présente, il en informait l'ensemble de la communauté criminelle.

« Si survivre, tonna-t-il, revient à choisir entre eux et nous, eh bien, ma foi… Ce sera nous ! »

À la fin de son intervention, Stoner annonça calmement qu'il avait sur lui la preuve irréfutable de la culpabilité de Chessman, à disposition de tous ceux qui le considéraient encore comme une victime ou un héros. Il ne cita pas *Newstime*, afin de ne pas donner au magazine une publicité supplémentaire.

Après l'émission, il raconta aux journalistes comment Don Solis avait recueilli les aveux de Chessman. Il savait que l'affaire serait reprise par tous les médias, jetant le trouble chez ses adversaires et démoralisant la vieille garde pro-Chessman. Encore mieux : elle permettrait de faire rebondir le débat et de maintenir le nom de Stoner en haut de l'affiche.

Le lendemain matin, tous les grands journaux rapportèrent les révélations tonitruantes du sénateur sur Caryl Chessman. Les journalistes interviewèrent Solis à 10 h 10, lors d'une conférence organisée dans le bureau de Stoner à Sacramento. Solis donna les détails. Devant la publicité faite autour de lui, il parut hésitant et peu sûr de lui, mais réussit tout de même à dérouler son récit comme prévu. À mesure qu'il parlait, il commença à visualiser les discussions qu'il avait eues jadis avec Chessman. Il se rappela qu'une fois Chessman avait reconnu être le « bandit à la lampe rouge », évoqué certaines de ses victimes, expliqué de quelle manière il allait berner la justice et ce qu'il ferait une fois hors de prison. Solis se mit à *voir* pour de vrai ces souvenirs et à entendre Chessman lui raconter la fille sur la banquette arrière, comment il l'avait forcée à s'allonger sur le ventre…

Aux yeux du sénateur et de son attaché de presse, il était évident que l'histoire allait tenir au moins quelques jours, voire une semaine avec un peu de chance. Si seulement Mungo pouvait continuer de faire tourner la machine !

Carl Hansun était content. Le 29 août, il découvrit dans les journaux de l'Idaho le nouvel élément apporté par Stoner dans la campagne qu'il menait à la fois pour la peine de mort et pour sa pomme. Le soir, il visionna quelques extraits de l'interview donnée par Don Solis à la télévision. Entre-temps, il avait passé et reçu de nombreux coups de fil.

Son idée s'était avérée bonne et valait largement les 10 000 dollars supplémentaires que lui coûterait Don Solis. Le sénateur appartenait à la même race que la sienne, celle des hommes d'affaires. Comme les autres. Le moindre dollar dépensé pour faire réélire ces types-là l'année suivante en rapporterait le centuple.

Hansun espérait simplement que son ami ne ferait pas trop le malin avec son histoire. S'il devait arriver le moindre problème, Solis endosserait toute la responsabilité et serait très mal inspiré de montrer du doigt certaines personnes dans l'Idaho.

Le dernier jour d'août, une Buick Hardtop de couleur marron avec un autocollant « Sauvons les baleines » fut repérée dans l'immense parking de l'aéroport international de San Francisco. La plaque d'immatriculation était bien celle de la voiture appartenant à Velma Adams, de Los Angeles, tuée six semaines auparavant. Dans le coffre, les policiers retrouvèrent le sac à main et les vêtements de la femme. On ne trouva aucune trace de sang à l'intérieur du véhicule. Les empreintes digitales ne donnèrent rien. La Buick fut enlevée, et un rapport envoyé à la police de Los Angeles.

Le 1er septembre tombait un samedi. Amos Finch prit sa voiture et quitta San Francisco pour rejoindre John Spanner à Hillside, dans le Nord. Il faisait bon, le ciel était bleu. En ce week-end de fête du Travail, il y avait pas mal de bouchons, et Finch arriva finalement à destination sur les coups de 13 heures. Une heure de retard. Il était confus.

Spanner l'attendait chez lui. Finch le trouva placide et extrêmement affable. Il l'apprécia sur-le-champ, d'autant plus que le lieutenant lui dit avoir lu son *Les Tueurs en série de A à Z.* Les deux hommes découvrirent rapidement qu'ils partageaient une même passion pour les poissons bien mitonnés et les comportements criminels anormaux ; ils passèrent des heures délicieuses à gloser sur ces deux sujets.

À son grand regret parfois, Spanner ne s'était jamais marié. Quand ses amis l'interrogeaient là-dessus, il répondait simplement qu'il n'avait pas trouvé chaussure à son pied. C'était un peu plus compliqué, bien entendu. Car l'homme avait une nature solitaire qui mettait les femmes mal à l'aise, du moins celles qui auraient pu s'intéresser à lui. Il aimait être seul et ne semblait pas chercher constamment la compagnie des autres. La pêche et son travail occupaient le plus clair de son temps, et chaque fois qu'il sentait le besoin d'avoir une femme auprès de lui, très vite l'envie de solitude reprenait le dessus. Quasiment toute sa vie d'adulte avait été scandée par cette oscillation et, avec l'âge, son besoin des femmes s'était émoussé, même s'il constatait parfois avec tristesse que personne ne s'intéressait particulièrement à lui. Dans ces moments-là, il se reprochait d'être trop égoïste, et cette idée le dérangeait encore plus que la solitude.

Cependant, il ne pensait pas du tout à cela en écoutant Amos Finch lui exposer sa théorie du deuxième tueur fou. Les connaissances de Finch sur la mentalité psychopathe l'impressionnèrent. Bien que plus profondes que les siennes, elles manquaient tout de même cruellement d'application pratique. Ainsi, Finch semblait totalement ignorer que la coïncidence qu'il suggérait avait une probabilité d'exister quasi nulle. Deux tueurs en même temps, c'était tout simplement trop. Et puis, aussi, il prenait comme argent comptant l'idée que les deux mutilations avaient été commises sans mobile valable.

Cet argument, Spanner refusa de l'accepter sans preuves supplémentaires. La mutilation du visage avait très bien pu être faite pour empêcher une éventuelle identification, et la destruction du corps de la jeune fille pour accréditer la thèse de la folie plutôt que celle d'un crime délibéré, peut-être par un proche ou un amant. On pouvait encore envisager d'autres possibilités. Peut-être qu'un seul de ces deux crimes relevait de la folie meurtrière. Spanner considérait toujours qu'il s'était passé quelque chose de bizarre à Willows aux premières heures du 4 juillet, et que Vincent Mungo avait été victime d'une machination diabolique. Mais il ne savait ni comment, ni quoi, ni même qui était derrière tout ça. Le cadavre retrouvé était assurément celui de Bishop, jusqu'à la fameuse cicatrice. Il pensait avoir épuisé toutes les pistes.

Quand Finch, au téléphone, lui avait affirmé que Mungo n'était pas l'assassin de la jeune femme à Los

Angeles, Spanner avait dressé l'oreille. À présent, c'étaient ses yeux qui voyaient les choses différemment.

Spanner parla du sadisme de Mungo, qui, adolescent, aspergeait les chats de kérosène avant de les brûler. Le soir de son évasion, Mungo avait volé des vêtements dans une maison située à quelques kilomètres de Willows et y avait certainement trouvé le kérosène à l'aide duquel il brûlerait plus tard son uniforme. Or, dans cette maison vivaient quatre chats : malgré le kérosène, il les avait laissés tranquilles. Peut-être était-il tout simplement pressé. Mais à Los Angeles, l'assassin avait eu tout son temps ; il aurait pu sans difficulté massacrer le chat en plus de la jeune fille. Au lieu de quoi il s'était contenté, apparemment, de nourrir la bestiole.

Autre bizarrerie : la veste manquante de Thomas Bishop. À supposer que Mungo l'ait prise avec lui ce soir-là à cause des trombes de pluie, où était-elle donc passée ? Pourquoi Bishop l'aurait-il donnée à Mungo avant de se faire assassiner ? Si on la lui avait retirée après le meurtre, elle aurait été maculée de sang. Le premier coup avait dû être assené brusquement, sans prévenir, si bien que Mungo n'avait pas pu demander la veste à Bishop sous la menace. Ils étaient restés amis jusqu'au premier coup de hache.

Finch reconnut un certain nombre d'incohérences, notamment pour ce qui touchait au comportement : des détails à régler, des questions sans réponses, des énigmes non élucidées. Mais il les considérait comme secondaires par rapport à sa théorie des deux assassins. À ses yeux, celle-ci prenait en compte tous les faits connus et établis.

Finalement, plusieurs pistes se dégagèrent : soit il existait deux tueurs aux objectifs similaires ; soit Mungo avait tué Bishop et anéanti son visage pour une raison inconnue ; soit quelqu'un, suggéra mystérieusement Spanner, avait ourdi une machination aussi brillante que complexe.

Après un délicieux dîner de poissons, les deux hommes promirent de rester en contact et de collaborer au cas où de nouvelles pistes se présenteraient. Ils convinrent également, à contrecœur, que la balle était maintenant dans le camp du tueur – ou des tueurs.

Le jour de la fête du Travail, le numéro de *Newstime* daté du 4 septembre se trouvait déjà dans les kiosques depuis plusieurs jours. Il se vendait bien, très au-dessus de la moyenne. La couverture faisait froid dans le dos, juxtaposant le visage de Mungo et le corps étripé de la jeune femme assassinée. La photo du cadavre avait été achetée à un assistant du médecin légiste, puis remise en mains propres à Derek Lavery, moyennant une rondelette somme. Le jeu en valait la chandelle.

Le shérif Oates lut l'article pendant le week-end. Il n'en fut que conforté dans son sentiment que Vincent Mungo était mille fois plus intelligent que tous les médecins qui l'avaient examiné, sans quoi il n'aurait jamais pu survivre aussi longtemps.

Le sénateur Stoner, aussi, lut l'article pendant le week-end. Il fut aussitôt pris d'une colère noire. Il voulait un punching-ball sur lequel cogner tant qu'il avait la main, et voilà que les types de *Newstime* lui volaient la vedette en réclamant la peine de mort pour Vincent Mungo. Mais s'il leur tombait dessus à bras raccourcis, il risquait d'être accusé d'indulgence à l'égard de Mungo. Il n'en était pas question.

Il décida donc de ne rien faire pour le moment, en espérant que les gens sauraient voir en lui le véritable inspirateur du mouvement. Mais comme il n'avait aucune confiance dans l'intelligence des gens, il ne se faisait pas d'illusions.

Tard dans la soirée du 6 septembre, Bishop trouva enfin ce qu'il cherchait à Phoenix, Arizona. Ses deux jours en ville lui avaient semblé deux années. Il faisait toujours une chaleur de bête. Le premier jour, il avait acheté une carte et visité tous les endroits intéressants des environs, puis écumé le quartier de East McDowell Street, avec ses bars *topless* et ses prostituées. Mais rien ne le transcenda et il s'en retourna vite à sa chambre d'hôtel. Elle était climatisée.

Sa deuxième journée, il la passa dans le désert qui cernait la ville. Il émanait de ce paysage une beauté désolée qui le captivait, assez différente des étendues arides du Nevada ou de Californie. Il s'arrêta souvent au bord des routes vides pour se ressourcer mentalement. Après toute une vie passée à Willows, les espaces infinis le rendaient un peu agoraphobe. Quand il revint à Phoenix, la nuit avait tout englouti. Il dîna tranquillement avant de reprendre ses recherches.

Il était tard et elle faisait une pause, mais elle se dit qu'il serait une proie facile. Elle pensait pouvoir le faire monter et repartir en deux temps trois mouvements.

Une fois dans son appartement, qu'ils avaient rejoint sans que personne ne les voie, il lui expliqua ce qu'il voulait. Là, dans le salon, tout habillé.

Elle avait vu juste. Un vrai coup rapide ! « Mais bien sûr, mon chéri, dit-elle de sa voix la plus mutine. Je suis toujours prête à mettre tout mon amour dans ma bouche. » Elle lui fit un sourire tendre, ses yeux papillotaient. « Dès que tu auras mis ton argent là où il faut. »

Il allongea deux billets de 20 dollars.

« Mais pas ici », dit-elle en les prenant dans sa main. Elle lui indiqua une porte fermée. « Il y a quelqu'un qui dort derrière. » Bishop eut l'air surpris. « T'inquiète pas, susurra-t-elle, c'est juste mon gamin. Il passe ses deux semaines de vacances avec moi. » Elle lui prit la main. « Il n'a que 5 ans », ajouta-t-elle, comme pour se justifier.

Les yeux de Bishop se plissèrent au moment où la fille l'emmena dans une autre pièce. Il était excédé. Cette femme laissait donc son enfant tout seul pendant qu'elle allait tapiner dehors ! Elle le laissait là pendant qu'elle couchait avec des hommes bizarres ! Il n'arrivait pas à croire qu'on puisse se montrer aussi vil, aussi inhumain. Il repensa à sa propre mère : une vraie sainte, qui lui avait tout donné. Il la vénérait.

Il regarda la femme récupérer un oreiller sur le lit. Elle était malfaisante, se dit-il. Elle n'était qu'un démon malfaisant, et il était content de l'avoir rencontrée car il savait y faire avec les démons malfaisants. Oh que oui !

Elle posa l'oreiller par terre et s'agenouilla devant lui. Lorsqu'elle ouvrit sa braguette, il sortit son long couteau de sa poche de veste. Il lui chuchota quelque chose à l'oreille et elle redressa la tête, la bouche ouverte. D'un mouvement rapide, il lui trancha la gorge, manquant même de la décapiter. Il bondit en arrière pour éviter les flots de sang qui giclèrent à l'instant où la femme s'effondra par terre, les yeux déjà morts.

Plongeant la grande lame dans le vagin, il sectionna la chair jusqu'au nombril. Redescendant le couteau, il massacra sauvagement les organes génitaux, à plusieurs reprises. Exténué, il découpa soigneusement le nombril avec la lame effilée et l'enveloppa dans un mouchoir.

Après avoir essuyé ses chaussures et son arme ensanglantées sur la couverture, Bishop traça, à la pointe du couteau, la lettre C sur chacun des deux seins. En hommage à son père, se dit-il avec une joie sinistre. Puis il quitta les lieux.

Il voulait que le monde connaisse son père, entende à nouveau parler de lui. Cependant, il se rendait compte qu'il devait procéder en entretenant soigneusement le mystère, faute de quoi ses poursuivants risquaient de percer sa véritable identité. Avant de quitter Phoenix, il enverrait donc une lettre. Il les conduirait peu à peu jusqu'à son père, en s'assurant d'avoir toujours un coup d'avance sur eux, dans le temps comme dans l'espace.

Revenu à son hôtel, Bishop dormit quelques heures. Au petit matin, il rendit la voiture et acheta un billet de car pour El Paso. Le corps de la fille serait certainement découvert dans la journée ; à ce moment-là, il serait déjà loin.

À la gare routière, il aperçut un kiosque et vit, sur une couverture de magazine, Vincent Mungo qui le fixait droit dans les yeux. Bishop acheta la revue et s'assit dans un coin pour se plonger dans l'article. Un tissu de mensonges. Pourquoi ne disaient-ils pas la vérité ? C'étaient les femmes qui détruisaient avec un raffinement meurtrier, dans leur soif de vengeance et de délivrance. Elles appartenaient à une autre espèce, elles venaient d'une autre planète, celle du diable, et lui, lui était un guerrier engagé dans l'interminable combat du bien contre le mal. Pourquoi ne comprenaient-ils pas cela ?

Pendant un long moment, il demeura tranquillement assis, avec sa sacoche noire remplie d'argent sur les genoux et son sac de voyage à ses côtés. Il repensa à son ami Vincent Mungo gisant sous la pluie. Parfois, les innocents périssaient en même temps que les coupables. Il espérait ne pas devoir tuer trop d'innocents, mais enfin il devait vaincre l'ennemi sans regarder aux conséquences. Il était le pourchasseur de démons, et il excellait dans cette tâche.

Dans le car, il reprit son exemplaire de *Newstime*. En le parcourant, il tomba sur un petit article où il était question de Caryl Chessman. Il ouvrit grands les yeux. On y parlait autant de politique californienne et de peine de mort que de Caryl Chessman.

Tandis que le car fonçait vers la frontière du Texas en ce matin du 7 septembre 1973, Thomas Bishop se cala sur son siège et apprit comment son père avait, paraît-il, avoué ses viols à un prisonnier nommé Solis, lui-même utilisé par un sénateur nommé Stoner au service de sa carrière et de la peine de mort.

Le corps mutilé de Janice Hill fut découvert par son fils âgé de 5 ans quand il se réveilla à 8 h 30 et se rendit directement dans la chambre de sa mère. La police de Phoenix trouva les deux seins de la femme délicatement posés entre les pieds du cadavre. Sur chacun d'eux figurait la lettre C, manifestement tracée au couteau. Les organes génitaux avaient été réduits en bouillie. Le nombril avait disparu.

On téléphona aussitôt à la police de Los Angeles, qui à son tour informa Sacramento. Vincent Mungo avait visiblement encore frappé, cette fois dans l'Arizona. La piste s'élargissait. Les rets suivraient le mouvement.

La réaction officielle fut prompte. Dans l'après-midi, la police de l'Arizona cherchait partout, photos de Mungo à l'appui. Le FBI s'en mêla et promit de fournir davantage qu'une simple assistance scientifique et des vérifications à l'échelle nationale. Sacramento offrit la coopération pleine et entière de ses enquêteurs, puis envoya le shérif James Oates à Phoenix afin qu'il explique aux policiers de la ville tout ce qu'il savait sur Mungo. Mais la réaction officieuse des Californiens fut un grand soulagement : enfin, Mungo n'était plus uniquement *leur* problème.

Personne ne saisit toute l'importance des inscriptions laissées sur les deux seins. Personne n'aurait même pu en deviner le sens au-delà de leur caractère obscène. Mais l'identité de leur auteur démoniaque ne faisait quasiment aucun doute.

Les informations du soir révélèrent à tous les Californiens les détails du dernier meurtre. À Willows, Henry Baylor, atterré, craignit pour sa carrière. Se livrant à un spectacle dont il était peu coutumier, il fustigea violemment l'incurie de la police, l'inefficacité du docteur Lang et l'incroyable malchance qui s'abattait sur lui.

À Sacramento, Jonathan Stoner était fou de joie. Mungo commençait à prendre de l'ampleur et, dans son sillage, il embarquait le sénateur de Californie.

À Berkeley, Amos Finch rappela John Spanner. Ils convinrent sans peine que le forcené s'en prenait uniquement aux femmes et que le meurtre de Willows relevait soit du hasard, soit d'un dessein beaucoup plus sinistre. Finch comptait se pencher d'un peu plus près sur les théories de Spanner, mais il n'en dit rien au téléphone.

À Los Angeles, Derek Lavery se tressa une couronne de lauriers pour son timing parfait. Mungo était dans toutes les têtes et son portrait faisait la couverture de *Newstime*.

À San Diego, un habitant de Los Angeles venu passer là quelques jours téléphona à Phoenix et demanda si la pègre locale pouvait mettre la main sur un certain Vincent Mungo, qui avait un contrat sur sa tête.

Enfin, dans le Kansas, George Little compatit avec les parents de la jeune femme qui venait d'être assassinée. Il savait quelle terrible épreuve ils traversaient.

Dès le lendemain matin, le shérif Oates avait partagé avec les autorités de Phoenix toutes les informations dont il disposait sur Mungo. La ville fut passée au peigne fin, rue par rue. Aucun résultat : ni tueur, ni indices. Quelqu'un affirma que si Mungo se trouvait encore là, il devait forcément être invisible. Oates blêmit – c'était reparti pour un tour. Il faillit leur dire qu'ils recherchaient le diable en personne.

En l'espace de vingt-quatre heures, l'Arizona fut quadrillé par des milliers d'hommes. En vain. Mungo restait introuvable. Une fois de plus, il avait échappé aux mailles du filet. Ou bien s'était envolé. Ou enfui à la nage. Il restait une dernière possibilité. Mungo avait peut-être tout simplement disparu dans un nuage de fumée.

9

La lettre au rédacteur en chef arriva à Los Angeles le 10 septembre au matin. Elle avait été postée à Phoenix le vendredi précédent. La femme qui ouvrit l'enveloppe au siège de *Newstime* avait d'autres choses en tête au moment où elle se tourna vers sa collègue.
« Du coup, j'ai dit à mon fils qu'il avait tort et qu'il devrait… »

Elle s'interrompit tout à coup. Son visage devint livide. Elle ouvrit grande la bouche et ses mains se mirent à trembler. Au bout de quelques instants, elle appela son amie, qui se tourna à son tour vers elle. Elle l'appela une deuxième fois, mais d'une voix très ténue. La joviale grand-mère abandonna son bureau pour la rejoindre.

« Franchement, Thelma, arrête ça, tu veux ? À chaque fois, tu t'arrêtes en plein milieu de ton histoire, pile au moment où ça devient croustillant. »

Mais Thelma n'entendait plus rien. Ses yeux étaient rivés sur l'objet qu'elle venait d'extraire de l'enveloppe. Un nombril humain. Elle avait posé le mouchoir, et le nombril était là, sur un bout de papier.

Elle retira maladroitement le bout de papier et le déplia. Les deux femmes découvrirent ensemble les deux mots qui y étaient inscrits : « Un autre. »

En bas, un troisième mot.

Une signature.

« Manson. »

Dix minutes plus tard, l'enveloppe et son contenu macabre reposaient sur l'immense bureau en chêne massif de Derek Lavery.

« Intéressant », finit par lâcher Ding, brisant le silence irréel qui régnait dans la pièce.

Lavery le regarda droit dans les yeux, sans savoir s'il devait rire ou hurler.

« J'ai un putain de nombril sur mon bureau, sans rien autour, et la seule chose que tu trouves à dire, c'est : "intéressant" ? »

Il avait l'air outré.

« Je ne parlais pas du nombril, qui appartient manifestement à la bonne femme de Phoenix, dit-il en soupirant. Mais la note. C'est ça qui est intéressant.

— Je t'écoute.

— Qu'est-ce que tu veux que je te dise ? Elle signifie soit qu'il a déjà tué et que celui-ci est un autre meurtre, soit que c'est son premier et qu'un autre va suivre. S'il a déjà tué, alors, il pourrait s'agir de Mungo. Le mode opératoire semble être le même.

— Mais est-ce que c'est Mungo ?

— La note est signée Manson. »

Lavery parut contrarié.

« Charles Manson est là où il doit être : derrière les barreaux.

— Un de ses adeptes, alors. Il en avait des tas, tu sais. Des tarés qui n'avaient rien à perdre. Des marginaux complètement paranoïaques. Ils ont très bien pu faire le coup.

— Mais est-ce qu'ils l'ont fait ?

— Je n'en sais rien, répondit timidement Ding. C'est une possibilité. » Lavery poussa un grognement de dégoût.

« C'est tout ce que tu trouves à dire, bon Dieu ? Un journaliste…

— Reporter.

— … comme toi ! “Je n'en sais rien” ! Tu te souviens de Manson, tu as suffisamment écrit sur lui. Comment tu l'appelais, déjà ? “Un inconnu qui voulait que tout le monde le connaisse.” C'était bien vu. Et aussi… “Un fanatique de la chatte qui se prenait pour un génie.” Pas mal non plus. Tu avais tout compris à cet enfoiré. »

Sa voix devint soudain glaciale. « Et aujourd'hui, tu es infoutu de répondre à une question simple au sujet de cette petite ordure. » Il fit une pause, pour l'effet. « Allez, un petit effort ! Est-ce que tu as l'impression que c'est signé Manson ? »

Ding détestait réfléchir sous la pression.

« Oui ou non ?

— Non, je ne pense pas qu'il s'agisse d'un meurtre rituel. Ça m'a l'air irréfléchi et fortuit, mais…

— Les crimes de Manson étaient irréfléchis et fortuits.

— Justement. Manson et sa bande tuaient pour tuer. Là, le meurtre paraît presque secondaire par rapport aux mutilations. C'est toute la différence.

— Et le nom de Manson sur la note ? »

Ding grimaça.

« Ça veut dire quelque chose, mais je ne sais pas quoi.

— Donc, ça nous ramène à Mungo.

— Pas forcément. Ça pourrait être quelqu'un d'autre qui reprend le flambeau. »

Lavery n'en revint pas.

« Tu veux dire un deuxième dingue ?

— Ça s'est déjà vu. »

Le rédacteur en chef envisagea la perspective en termes de tirage. Le jackpot !

Ding montra du doigt l'objet sur le bureau. « Tu ferais mieux d'appeler d'abord les flics. Ce truc est ici depuis trop longtemps, déjà. »

Les informations télévisées du soir relatèrent l'existence d'une missive indiquant que l'assassinat de la femme de Phoenix avait été commis par des adeptes de Charles Manson. Un porte-parole de la police de Los Angeles authentifia le document. Les journaux du lendemain matin annoncèrent en grosses lettres que Manson refaisait parler de lui et publièrent le contenu de la note. Dans tout l'État, des dizaines de personnes réaffirmèrent leur volonté de tuer cette ordure de Manson dès qu'il poserait le pied hors de sa prison.

Amos Finch n'y croyait pas une seule seconde. Il avait accepté l'existence de deux assassins lorsque chaque meurtre semblait obéir à un mode opératoire psychologique bien distinct. Lui-même avait fait sienne cette théorie. *Naturellement*[1] *!* Mais dire que deux malades mentaux – ou plus – agissaient séparément tout en partageant la *même* épouvantable passion pour la destruction des corps, voilà qui ne tenait pas debout. Les

1. En français dans le texte *(N.d.T.)*.

flics étaient vraiment des imbéciles. Des crétins complets ! Comme toujours, ils ne voyaient que l'évidence, la ligne droite, l'idée simple. Ils ne connaissaient strictement rien aux raffinements du comportement, aux subtilités immenses qui étaient à l'œuvre dans la moindre interaction humaine. Vous leur donniez un autre chien de chasse à suivre, à tous les coups, ils rataient le renard.

Il pouvait tirer de cette signature une bonne dizaine d'interprétations possibles, y compris celle, évidente, d'une fausse piste pour tromper les autorités. Pourquoi l'assassin voulait-il brouiller les pistes ? On en était réduit à de simples conjectures. Il pouvait s'agir, aussi, d'une mauvaise orthographe du mot *mansion*, la « grande maison », qui avait peut-être un sens particulier pour le tueur. Ou alors une corruption de l'ancien français *masson*, ancêtre du maçon actuel – en l'occurrence, un bâtisseur de pierres tombales, par exemple. Enfin, ce Manson pouvait tout simplement être pris pour *son of man*, « le fils de l'homme », avec tout ce que cela signifiait. Les hypothèses ne manquaient pas.

En revanche, la seule piste impossible était bien cette conviction idiote qu'un ou plusieurs individus jeunes et en quête de sensations fortes aient pu commettre ces meurtres d'un raffinement incomparable. On ne la faisait pas à quelqu'un comme Finch. Tous ces crimes étaient reliés par un même fil, une folie grandiose qui finissait par former une mosaïque meurtrière d'une logique absolue et d'une puissance invincible. Les vrais tueurs en série étaient toujours des solitaires qui agissaient selon une rigueur mathématique bien à eux. Que celui-ci fût le Maraudeur de Californie ou le fou furieux de Willows, ou au contraire que ces deux hommes ne fussent en réalité qu'un, cela restait encore à déterminer. Mais que seul un des deux fût à présent opérationnel relevait de l'évidence. Aucun doute possible là-dessus.

Amos Finch attendait le prochain crime avec une excitation non dissimulée. Là encore, il ne doutait pas une seule seconde que d'autres assassinats suivraient.

Par d'autres voies, John Spanner en arriva à une conclusion similaire. Sa longue expérience de policier lui avait appris à toujours se méfier des coïncidences. Le massacre avait commencé à Willows et s'était poursuivi à Los Angeles, puis à Phoenix. Et Dieu seul savait combien de crimes restaient encore à découvrir ! Pour chacun des meurtres connus, en tout cas, le mode opératoire était *grosso modo* le même ; or, s'il y avait bien une chose en laquelle Spanner croyait dur comme fer, c'était le mode opératoire. En général, les gens ne changeaient pas leur manière de faire. Chaque individu obéissait à une vision du monde bien particulière, et ses actes procédaient directement de cette vision.

Il ne voyait pas bien pourquoi Mungo, s'il était bien l'auteur des meurtres, se serait soudain mis à laisser des messages cryptiques. Pourquoi pas, d'un autre côté ? Peut-être qu'il en avait écrit un autre juste après le meurtre de Los Angeles, mais que le message s'était égaré ou était passé inaperçu. Peut-être que ça faisait partie de son schéma d'action. Dans ce cas, il y aurait un message la prochaine fois.

John Spanner savait également qu'il y aurait une prochaine fois.

Mardi, à Forest City, le shérif Oates appela Spanner. Mais ce dernier était sorti pour la journée. Oates aurait voulu lui demander s'il avait une idée du déguisement utilisé par Mungo pour échapper aussi facilement à ses poursuivants. Car Oates ne considérait pas Mungo comme un démon ; pour tout dire, il pensait que Mungo n'était plus Mungo. Mais qui, alors ?

Le sénateur Stoner enrageait. Il interrompit sa tournée de conférences pour publiquement ridiculiser la théorie de la police selon laquelle des adeptes de Charles Manson se cachaient derrière ces horribles meurtres. Il n'y avait qu'un seul et unique coupable : Vincent Mungo. N'importe quel imbécile pouvait comprendre ça. Et comme Stoner n'était pas un imbécile, il savait son destin lié intimement à celui de Mungo. Il n'entendait pas le lâcher pour partir dans une autre direction.

Le jeudi suivant, le shérif Oates rendit visite au lieutenant Spanner afin d'avoir avec lui un entretien informel. Ils parlèrent surtout de leur problème du moment. Spanner rappela au shérif qu'en ce qui le concernait, la question se posait en termes purement théoriques, puisqu'il n'avait plus aucune responsabilité dans cette affaire. Oates acquiesça d'un air maussade. Il était, lui, toujours officiellement impliqué.

« Mais s'il continue de se déplacer, dit le shérif en retrouvant le sourire, mon problème sera réglé.

— Vous pensez toujours qu'il s'agit de notre ami ?

— Et vous, John, qu'en pensez-vous ? »

Le lieutenant fut un peu embarrassé, mais il se fit une raison et sourit à son tour.

« C'est bien l'assassin de Willows que vous cherchez. C'est lui qui a commis tous les crimes.

— Mungo ! »

Le nom jaillit de sa bouche comme une malédiction.

Spanner ne dit rien. Il avait déjà donné sa propre version de ce qui s'était passé à Willows lors de cette fameuse nuit pluvieuse de juillet. Et il ne voulait pas se faire ridiculiser une deuxième fois.

« Je ne comprends pas pourquoi il découpe les cadavres. Qu'est-ce que ça peut lui apporter ?

— Il a les femmes en horreur.

— Pourtant, le pauvre type de Willows était un homme. »

Oates poussa une sorte de grommellement guttural. « Peut-être qu'il détruit le visage des hommes et le corps des femmes. » Nouveau grommellement. « On ne peut pas attendre de ces dingues quoi que ce soit de logique. »

Spanner en resta bouche bée. Il n'avait jamais songé à cette hypothèse. Mais oui, bien sûr ! Le visage masculin et le corps féminin. L'autorité qui pouvait lui faire du mal et la tentation qui pouvait le perdre.

Après le départ d'Oates, Spanner resta assis dans son bureau et repensa au premier rendez-vous qu'il avait eu avec le docteur Baylor, le matin même du meurtre et de l'évasion. Que lui avait dit le toubib, déjà ? Que chez de nombreux patients le visage constituait le réceptacle de toute leur haine, car c'était le visage qui leur mentait et se moquait d'eux. Et à Willows, tous les visages étaient… masculins.

Nom de Dieu, ne cessait de répéter Spanner. Il commençait peut-être vraiment à se faire vieux.

Le lendemain de la virée du shérif Oates à Hillside, Bishop terminait un séjour d'une semaine à El Paso. Il aimait cette ville, sa chaleur et ses couleurs, ses grands espaces, ses deux cultures. Il se promit d'y retourner, tout en sachant qu'il ne pourrait jamais tenir sa promesse. Le vagabond qu'il était n'avait ni attaches, ni racines, mais uniquement sa mission sacrée. Et pour l'accomplir, il devait constamment être en mouvement.

Dans les moments plus paisibles, il se demandait pourquoi on lui avait assigné une existence aussi incroyablement solitaire. Il connaissait la réponse, pourtant. Puisqu'il était le fils de son père, le fils unique de Caryl Chessman, auquel il obéissait, il devait parachever l'œuvre de son père. En secret et en silence. Face à l'ennemi omniprésent, il était si petit, si vulnérable.

Si sa mère était encore vivante, peut-être que… Mais elle l'avait abandonné, elle l'avait laissé seul. Son père aussi. Ils l'avaient tous deux abandonné. Il avait besoin d'eux et ils l'avaient complètement abandonné.

Il chérissait tendrement sa mère. Elle était morte.

Quelquefois, il contemplait la photo d'elle qu'il gardait dans son portefeuille tout neuf. C'était une femme mince et très grande, avec des cheveux bruns et des dents parfaitement alignées. Elle portait une robe stricte qui lui donnait des airs de dame patronnesse. De temps à autre, il montrait cette photo à d'autres gens, à une fille ou à un client dans un bar. Il était très fier d'elle – l'incarnation de ce que devaient être toutes les mères.

De son père aussi, il était fier, et il voulait que tout le monde connaisse son histoire. Comme celle de son fils. Mais il devait se montrer prudent.

Avant de s'enfuir de Willows, il s'était rendu dans le bâtiment administratif et avait retiré les deux photos de lui qui figuraient dans son dossier. Il s'entendait bien avec l'employé du bureau et lui apportait souvent des fruits. Un jour, alors que l'employé était aux toilettes,

Bishop avait retrouvé son dossier en un clin d'œil, puis brûlé ses deux photos.

Non seulement personne ne le connaissait ou le soupçonnait, mais en plus, il n'existait aucune photo de lui, en tout cas, aucune qui le montrât sous sa véritable apparence. Il était l'homme sans visage.

Et sans empreintes digitales.

Il était la parfaite machine à tuer.

En ce dernier jour à El Paso, Bishop rédigea une nouvelle lettre, cette fois à l'attention du sénateur Stoner, dont il avait entendu parler dans les journaux et à la télévision. Stoner incarnait l'autorité. Il était sévère et fort, il jouissait d'un grand pouvoir. Il savait inciter les gens à agir. Il pouvait donner des ordres, et les gens lui obéiraient.

La lettre commençait ainsi : « Mon maître… »

Le même jour, une autre enveloppe parvint au siège de *Newstime*. Elle avait été postée à Lordsburg, Nouveau-Mexique. Ce coup-ci, le message était un peu plus explicite. Derek Lavery le relut plusieurs fois : « Ce n'est pas terminé. »

Il regarda la signature.

« Son of Man. » Le Fils de l'Homme.

À ses côtés, Adam Kenton fronça les sourcils. Quelque chose, dans un coin de sa tête, le chiffonnait, quelque chose qui avait trait à cette signature mais qu'il n'arrivait pas à cerner. Pas encore, en tout cas.

À l'évidence, Manson et Son of Man signifiaient la même chose.

Mais quoi ?

Dès le début de l'après-midi, toutes les radios révélaient qu'une nouvelle lettre semblait impliquer des adeptes de Manson dans les assassinats spectaculaires des jeunes femmes. Tout le monde se souvenait de Manson. Mais voilà qu'arrivait Son of Man, qui poursuivait le massacre d'une manière encore plus effrayante que son illustre prédécesseur ou gourou.

L'idée lui vint tout à coup, sans crier gare, un peu plus tard dans la journée.

« Oh, mon Dieu ! » s'écria-t-il.

Mais bien sûr ! C'était ça !

Manson. Son of Man. Le Fils de l'Homme.

Chessman.

Le fils de Chess-man.

Il savait désormais qui était le tueur et pourquoi il envoyait ses lettres au magazine.

Il savait même pourquoi les femmes se faisaient massacrer.

Kenton attrapa le téléphone pour appeler immédiatement au-dessus.

Avec le soudain regain d'intérêt pour Charles Manson et ses adeptes depuis la première missive reçue au début de la semaine, l'affaire Vincent Mungo fut momentanément reléguée au second plan, les médias préférant faire fond sur la notoriété de Manson.

Mais cela ne dura pas. Dès que le véritable sens des lettres apparut au grand jour, et dans toute son horreur, Mungo refit rapidement la une des journaux.

« Qu'on soit bien clairs. Vous dites qu'il nous a envoyé ces lettres à cause du reportage sur Chessman ?

— Bien sûr, répondit Kenton. Caryl Chessman est au cœur du problème.

— Mais pourquoi Chessman, bordel de Dieu ? Qu'est-ce qu'il vient faire là-dedans ?

— Vous ne voyez pas ? Mungo pense que Chessman est son père. Pensez aux signatures. Man-son. Son of Man. Son of *Chess*-man. »

Kenton inspira longuement. « Quand Mungo a lu l'article sur Chessman, il nous a envoyé une lettre pour affirmer qu'il était son fils, et on l'a pris pour un énième tocard. » Il regarda Ding d'un air contrit. « Comment aurait-on pu réagir autrement ? » Puis, de nouveau vers Lavery : « Regardez maintenant la lettre. Il y est dit que ce sont les femmes qui incarnent le mal, pas la peine de mort. Les femmes ! Il y est dit également que Chessman le savait bien. »

Lavery examina le bout de papier qu'il tenait dans une main. Il regretta de ne pas l'avoir vu plus tôt. Il aurait peut-être immédiatement fait le lien.

« Vous pensez que c'est Mungo ?

— Il a tué à Willows quand il s'est évadé. C'est à partir de là que les vrais meurtres ont débuté. »

Kenton secoua la tête.

« C'est Mungo, j'en suis sûr. Je suis prêt à parier là-dessus.

— Bon, qu'est-ce qu'on a alors ?

— Une histoire du tonnerre, voilà ce qu'on a. Mungo, d'une manière ou d'une autre, est le fils de Chessman. Ou en tout cas, il croit l'être. Il tue les femmes parce qu'elles sont diaboliques, ou en tout cas, croit qu'elles le sont. »

Lavery regarda de nouveau la lettre.

« Pourquoi est-ce qu'il nous l'envoie "de l'enfer", comme ça, en haut de la page ? Qu'est-ce que ça veut dire ?

— Peut-être qu'étant le fils de Chessman, sa vie *a été* un enfer, lâcha Ding.

— Il *n'est pas* le fils de Chessman.

— Il *pense* l'être. Ce qui revient au même. » Il y eut un long silence.

« Peut-être qu'il *est* le fils de Caryl Chessman. » C'était Kenton qui parlait.

Lavery le dévisagea comme s'il avait affaire à un fou furieux.

« Que sait-on vraiment de Mungo ? Une mère morte, un père mort. Une bonne dizaine de séjours en hôpital. Une grand-mère et quelques tantes à Stockton – uniquement des femmes. Mais en écrivant l'article, on a découvert qu'il était né à Los Angeles et que ses parents avaient attendu une année avant de se marier. Pourquoi ?

— Vous tenez peut-être quelque chose. »

Ding laissait parler son intuition. « Personne n'a creusé cet angle. Qui sait ce qu'il s'est passé il y a vingt-cinq ans ? Si ça se trouve… »

Il s'interrompit.

Kenton avait la bouche grande ouverte, comme s'il avait devant lui un fantôme.

« Qu'est-ce qui vous arrive ? demanda Ding.

— Vous avez dit "il y a vingt-cinq ans".

— Oui, et alors ? »

La voix se mua en un simple murmure, presque surgi d'outre-tombe.

« Il y a vingt-cinq ans, à Los Angeles, Caryl Chessman était…

— Oh, nom de Dieu ! »

Les trois hommes se regardèrent sans rien dire. Jusqu'à leur dernier souffle, ils se rappelleraient tous l'intensité électrique de cet instant-là.

« Nom de Dieu », répéta Lavery en s'humectant les lèvres.

Il faisait encore sombre quand Bishop s'arracha du sommeil. Souvent, tard dans la nuit, il se réveillait en nage, les yeux clos, et voyait en face de lui la femme qui faisait claquer sans arrêt son grand fouet, meurtrissant toujours plus profondément son corps frêle d'enfant apeuré. Cette fois, il comprit que son heure approchait. Il avait passé une semaine agréable dans cette petite ville, l'avait arpentée de long en large, y avait vu ce qu'il avait à voir. Maintenant, le moment était venu pour lui de faire ce qu'il avait à faire.

Il s'habilla lentement dans la pénombre. Il éclaira uniquement la salle de bains afin de jeter un ultime coup d'œil à la cachette où se trouvait l'argent. Il enfila sa veste en dernier, en y dissimulant son long couteau. Une fois dehors, au cœur de la nuit, sa silhouette jetait une ombre immense sur le paysage désolé.

Lorsqu'il revint, deux autres femmes avaient allongé sa liste des victimes. La première, une Mexicaine originaire des environs de Juarez, était bien connue des gardes-frontières. L'autre, une jeune femme d'El Paso, Mungo l'avait croisée près d'Alameda. Elle était seule, il était seul, et ils parlèrent d'échanger quelque chose. Désormais, elle serait seule jusqu'à la fin des temps.

Le lendemain, un samedi, il prit le premier car pour San Antonio avec son argent et son sac de voyage sous le bras.

On était le 15 septembre 1973.

Il laissait derrière lui deux corps de femmes littéralement déchiquetés. Seuls les visages et les pieds avaient été épargnés. Dans chaque bouche, il avait fourré une page de l'article sur Caryl Chessman.

Les cadavres furent découverts le samedi soir, tard. Les policiers du coin n'avaient jamais rien vu de tel. Ils crurent d'abord que le carnage était l'œuvre d'une bête féroce. Lorsque finalement le lien fut établi avec les meurtres de Mungo, ils comprirent qu'un monstre avait frayé parmi eux.

Au cours des années suivantes, les annales de la police texane parleraient de ce crime comme du Massacre d'El Paso, et les indigènes évoquent toujours à demi-voix cette horrible soirée de la mi-septembre.

Ce même samedi qui vit Bishop filer droit vers San Antonio, les policiers retournèrent chez la grand-mère maternelle de Vincent Mungo, à Stockton. La veille au soir, après avoir reçu de nouveaux éléments présentés par le rédacteur en chef de *Newstime* à Los Angeles, les adjoints du shérif avaient une fois de plus entendu les proches de Mungo et appris que ce dernier était né à Los Angeles parce que sa mère vivait là à l'époque. Combien de temps y avait-elle vécu ? Environ deux ans.

Pendant ce séjour, elle avait rencontré, puis épousé, le père de l'enfant. Ils ne s'étaient pas mariés tout de suite car il souhaitait préalablement mettre assez d'argent de côté. Alors même que sa femme était déjà enceinte ? Oui. Ils se marièrent à peu près un an après la naissance de Vincent Mungo. À quand remontait leur rencontre ? Environ un an avant la naissance. Lorsque la mère était arrivée à Los Angeles ? Oui. Donc, ils se connaissaient depuis deux ans au moment de leur mariage, c'est bien cela ? Oui. Et depuis un an à la naissance de Mungo ? Oui.

« Ce qui nous ferait remonter à la mi-1947.

— Vincent étant né en octobre 1948. Oui, ça devrait être ça.

— Elle connaissait le père depuis 1947 mais ne l'a pas épousé avant 1949.

— Exactement.

— Pourquoi ?

— Je vous l'ai dit : parce qu'il voulait mettre assez d'argent de côté.

— Dans quel but ?

— Pour leur permettre de se marier. »

Entre le vendredi soir et le samedi midi, la police vérifia ces informations auprès de la famille du père, installée dans l'est du pays. Apparemment, il n'était pas parti pour la Californie avant le mois d'avril 1949 ; jusque-là, il n'avait jamais dépassé Chicago. Juste après son arrivée à Los Angeles, il rencontra et épousa la mère de Mungo en août de cette même année. Elle lui expliqua qu'elle était veuve, que son mari avait été tué à la guerre.

Les policiers retournèrent donc chez la grand-mère, menés par le shérif James T. Oates. Une fois de plus, on l'avait chargé de l'enquête. Vincent Mungo ayant quitté l'État, donc la juridiction californienne, le gouverneur avait dissous la cellule spéciale, sauf pour coordonner les opérations avec les autres États.

Oates n'était pas d'humeur à discuter avec des vieilles dames chenues. Ni à entendre des mensonges. Il annonça d'entrée de jeu aux femmes qu'elles avaient menti et qu'il voulait connaître la vérité. La mère de Mungo avait rencontré son mari en 1949 et l'avait épousé quelques mois après, alors que le gamin était âgé presque d'un an. Puisque le père ne pouvait pas être cet homme, qui était-ce ?

La grand-mère fondit en larmes.

« Qui était le père ? »

Ses pleurs redoublèrent.

Oates était exaspéré.

« Qui était le père ? » hurla-t-il pour couvrir les sanglots de la vieille dame.

Une des tantes détourna la tête. « On ne l'a jamais su », dit-elle à demi-voix.

La grand-mère lui lança un regard désespéré.

« La mère de Vincent s'est fait violer environ six mois après son arrivée à Los Angeles. En janvier 1948. Elle est tombée enceinte. Le bébé est né en octobre.

— Le violeur a été arrêté ?

— Non.

— On sait qui c'était ?

— Non. »

Oates fit un rapide calcul dans sa tête. Les dates collaient. Pendant presque tout le mois de janvier 1948, Chessman avait écumé la région, violant et braquant à sa guise. Il s'était fait arrêter au cours de la première semaine de février.

« Est-ce que Mungo est au courant de cette histoire ? »

La tante le regarda comme si elle avait affaire à un fou.

« Bien sûr que non.

— Est-ce qu'il a pu l'apprendre, peut-être par un voisin un peu trop curieux ?

— À part nous trois, personne ne l'a jamais su. Naturellement, nous n'en avons jamais parlé.

— Et la mère ?

— Ç'aurait bien été la dernière à raconter quoi que ce soit.

— Elle n'en a parlé à personne ?

— À personne.

— Pas même à son mari ? »

La tante devint soudain livide. Elle eut du mal à parler.

Oates remua le couteau dans la plaie. « Elle lui a dit. »

La grand-mère hurla de chagrin.

Sa fille hocha la tête.

« Des années après, susurra-t-elle. Un soir, elle s'est énervée contre lui et lui a raconté qu'elle ne s'était jamais mariée.

— Pourquoi ne pas lui avoir dit la vérité dès le début ?

— Elle avait honte, répondit la tante avec un sourire mélancolique. Vous savez bien comment les hommes considèrent ce genre de chose. Ils pensent toujours que si une femme se fait violer, c'est qu'elle l'a bien cherché. »

Oates ne fit aucun commentaire. Lui aussi voyait les choses comme ça, du moins pour la plupart des cas.

Il n'avait plus qu'une question à poser.

« Est-ce que le mari aurait pu, à un moment donné, en parler à Vincent ? »

Par un grognement, l'autre sœur cracha tout son fiel à l'encontre du défunt mari.

La grand-mère était hagarde.

« Il aurait pu, lâcha finalement la tante. Oui, il aurait pu. Plus tard, il… il a changé. »

Oates les remercia. Sur le seuil de la porte, il se retourna et leur adressa un sourire chaleureux. « Au fait, dit-il, est-ce que la mère s'est dit un jour que son violeur pouvait être Caryl Chessman ? »

Pas qu'elles le sachent, non. Certes, les tantes se rappelaient avoir lu des choses sur Chessman bien des années auparavant, mais sans jamais faire le rapprochement avec leur sœur.

Une fois dehors, Oates sourit béatement. Enfin, les morceaux du puzzle se remettaient en place. Le beau-père de Mungo, sans doute plein de rancœur contre la mère, avait raconté au gamin qu'il était le fruit d'un viol. Qu'il n'avait donc pas de véritable père. Et un jour, Mungo avait fini par comprendre à propos de Chessman. Les dates et les lieux étaient les mêmes. Il ne pouvait pas en être autrement : Caryl Chessman était son père. Mungo avait donc décidé de venger la mort de son père. Il détestait les femmes, ces femmes qui peuplaient toujours sa maison. Mais les filles de son âge ne l'aimaient pas. Pourquoi n'avait-il pas tué les femmes qui vivaient chez lui ? Ce genre de dingues n'assassine pas ses proches – uniquement des inconnus. Puis les femmes l'avaient fait interner pour de bon. Un jour, il avait pris la clé des champs en tuant l'autre dingue qui avait croisé sa route. Ou alors, ce dernier lui avait raconté l'histoire de Chessman. Si tel était le cas, il devait mourir. Mais oui ! Tout collait. Il s'agissait donc bien de Mungo, dès le début, Mungo le fou, et le monstre – ou le magicien. En tout cas, il était parti pour tuer un grand nombre de femmes, à moins que quelqu'un ait une chance incroyable et le tue avant.

Samedi en fin d'après-midi, tous les médias connaissaient l'histoire. Les éditions dominicales des grands journaux urbains firent leurs gros titres sur les liens entre Mungo et Chessman. Vingt-cinq après son procès et sa condamnation, treize ans après son exécution, Caryl Chessman refaisait parler de lui.

Revenu à Sacramento après une tournée triomphale, Jonathan Stoner fut heureux d'apprendre que Mungo était le fils de Chessman. Cela faisait des mois qu'il le répétait sur tous les toits. Il avait pensé à une filiation symbolique, certes, mais enfin le résultat était le même. Les gens se souviendraient que le sénateur Stoner avait établi un lien entre les deux hommes.

La gloire lui souriait. Tout ce qu'il touchait se transformait en or. Il ne pouvait pas se tromper.

Dimanche au matin, les habitants de l'Ouest savaient que le fou avait encore frappé. Non pas une fois, mais deux fois. Et qui plus est dans la même ville. Les autorités texanes faisaient imprimer la photo de Mungo, transmise par les Californiens, à des milliers d'exemplaires. La police gardait l'œil sur tous les étrangers qui passaient par les petites villes du Texas. À Austin, une récompense de 20 000 dollars fut promise à qui ramènerait l'assassin, mort ou vif. L'ensemble des récompenses promises pour la tête de Vincent Mungo dépassait maintenant les 100 000 dollars.

Le shérif Oates ne fut pas surpris par les nouveaux meurtres. *Idem* pour John Spanner. L'un comme l'autre attendaient, redoutaient, l'événement. Encore plus qu'Oates, Spanner sentait que Mungo commençait à dérailler. Les intervalles entre chaque meurtre se réduisaient, leur brutalité ne faisait que s'amplifier, à supposer que ce fût possible. Pour peu que Mungo mette la main sur quelque chose comme une mitraillette, par exemple, le lieutenant craignait même qu'il commette un énorme massacre suicidaire, tel un kamikaze. Ce qu'un déséquilibré pouvait faire avec une arme de ce genre dans un lieu rempli de monde terrifiait le policier, d'un naturel plutôt placide, qui reconnaissait désormais en Vincent Mungo l'homme à abattre. Lassé, découragé, Spanner avait en effet mis son intuition au rancart et s'était résigné à l'évidence.

Ce n'était pas le cas d'Amos Finch. À chaque nouveau meurtre, il voyait émerger de plus en plus nettement la silhouette sinistre d'un tueur en série. Il s'accrochait toujours à sa théorie des deux assassins, selon laquelle Mungo s'était simplement éclipsé après son évasion, remplacé par un véritable génie du crime, le mystérieux Maraudeur de Californie. Mais l'idée première de Spanner le taraudait. S'il s'agissait du fou de Willows, quel fou était-ce ? Spanner jurait que le cadavre était celui du camarade de Mungo. Mais sans visage, comment en être sûr ?

Dimanche soir, Derek Lavery reçut un coup de fil chez lui. Pour le prochain numéro, New York voulait sortir un petit article sur le lien Mungo-Chessman. Avec le double meurtre d'El Paso, Vincent Mungo était devenu une célébrité. Les journaux parleraient de lui à tout bout de champ, la télévision diffuserait des programmes spécialement consacrés à lui. Dorénavant, on dénicherait le moindre semblant d'information spectaculaire sur Mungo, à seule fin de satisfaire l'appétit insatiable de l'opinion.

Lundi matin à 9 heures, Lavery demanda à Adam Kenton de s'atteler à la tâche. En allant droit au but et en faisant court : les assassinats, la lettre adressée « de l'enfer », la naissance de Mungo, sa découverte qu'il était sans doute le fils d'un violeur, les deux lettres, sa prétendue filiation avec Caryl Chessman, la possibilité que cela soit vrai.

Comme toujours, le temps pressait. New York voulait le papier pour très vite. En attendant, Ding travaillerait sur une autre partie de l'article.

La peine de mort était un bon cheval. Les gens semblaient la réclamer, ne serait-ce que parce qu'elle leur donnait le sentiment de les protéger. Les hommes politiques n'allaient pas tarder à prendre le train en marche et, d'ici trois à cinq ans, la Californie rétablirait la peine capitale : Lavery en était convaincu. Du coup, comme il l'avait pressenti, le sujet s'avérait éminemment porteur.

En attendant, il fallait passer à l'étape suivante. L'irresponsabilité pénale. Il allait encore couper l'herbe sous le pied de Stoner, et des autres, en publiant une série d'articles qui feraient voler en éclats le concept même d'irresponsabilité pénale.

Dans ce domaine, on se fiait encore à la vieille jurisprudence McNaughton, selon laquelle l'accusé devait faire la preuve qu'il ne connaissait ni la nature ni la qualité de ses actes, et qu'il n'avait pas conscience que ceux-ci étaient répréhensibles. En un mot comme en cent, il fallait décider si l'accusé pouvait distinguer le bien du mal. S'il en était incapable, on le déclarait innocent pour cause de démence. En outre, si un juge estimait que l'accusé était mentalement incompétent, c'est-à-dire incapable de contribuer à sa propre défense, on ne le présentait même pas devant un tribunal, quels que soient ses crimes.

Aux yeux de Lavery, ces deux aspects de l'irresponsabilité pénale – la notion d'incompétence mentale et la jurisprudence McNaughton telle qu'invoquée dans les procès au pénal – étaient aussi absurdes que dangereux. Ou en tout cas, il se croyait très doué pour repérer les tendances lourdes au sein de l'opinion publique.

Il voyait dans cette question la prochaine étape importante du débat sur la peine de mort, et il comptait bien, encore une fois, être sur le coup dès le début.

On commencerait par exiger la fin de l'irresponsabilité pénale. Au rebut. Rayée des tablettes. Plaider la démence ne serait plus possible. Toute personne accusée de crime, aussi folle soit-elle, aussi atteinte soit-elle, serait jugée pour ses actes, et si l'accusé était déclaré coupable, le juge ferait en sorte de l'envoyer dans une institution psychiatrique plutôt qu'en prison.

Le droit pénal serait ainsi protégé contre l'hystérie et la confusion qui entouraient l'argument de la démence. Plus important – et Lavery pensait aussi ses intérêts propres –, cela enrayerait la méfiance croissante de l'opinion à l'égard du système judiciaire. Les gens acceptaient de plus en plus mal de voir des assassins qui, malgré leurs aveux, étaient acquittés et se faisaient envoyer quelques années dans une maison de repos.

Derek Lavery avait bien l'intention d'inciter autant que possible ces gens à lire son journal. Il évaluait leur nombre à plusieurs millions, et le chiffre augmentait chaque année.

L'article sur Mungo et Chessman donnerait le coup d'envoi de cette campagne. Tout le monde connaîtrait la psychopathologie de Mungo. Mais l'article recenserait également les meurtres dans leurs détails les plus atroces et prendrait le lecteur par les sentiments.

L'angle, ensuite : un encadré montrant comment l'argument de la démence pouvait entraver le bon cours de la justice. Mungo serait acquitté pour cause d'irresponsabilité pénale et retournerait à Willows – ou dans un autre établissement – comme si de rien n'était, comme si au moins cinq personnes – et Dieu seul savait combien d'autres encore – n'avaient pas été massacrées, comme si elles vivaient toujours sur cette planète. Ainsi, Vincent Mungo pourrait-il tranquillement songer à une prochaine évasion, à une nouvelle série de meurtres…

Stoner ne trouvait pas ça drôle. Il était passé par plusieurs phases d'incrédulité avant que la vérité se fasse jour dans son esprit. La lettre était authentique. Elle avait vraiment été écrite par Vincent Mungo et postée à El Paso. Ce petit enfoiré avait donc pris un peu de temps sur son agenda meurtrier pour lui adresser une lettre dégueulasse ! Le sénateur savait ce que les femmes d'El Paso avaient subi. Il n'en revenait toujours pas. Pareil pour la lettre qu'il tenait entre les mains.

Il relut : « Mon Maître – Nous sommes à vos ordres. Les rues seront noyées dans le sang de mon couteau, mais c'est votre voix qui me commande. Les démons sont partout autour de moi mais je triompherai et les gens se lèveront au jour de votre destruction et ils riront et crieront. Vous êtes le diable. Mon couteau est aiguisé et prêt à frapper donc vous entendrez parler de moi. Ils ne pourront pas m'attraper contrairement à vous. Je survivrai toujours. »

Stoner regarda la signature : « V. M. » Mais les deux initiales étaient raturées d'une croix.

En dessous, un seul mot, griffonné : « Chessman. »

Ce type était malade. Complètement dingue. Un déséquilibré meurtrier errait dans les villes et tuait qui il voulait. Personne n'était à l'abri. Personne.

Stoner se demanda si Mungo pourrait tenir encore un mois. Un mois : c'était tout ce dont il avait besoin pour trouver sa vitesse de croisière. Ensuite, Mungo pourrait retourner d'où il venait, vers cet enfer auquel il appartenait.

Le sénateur dit à sa secrétaire d'appeler Roger à Chicago. Avant de la remettre à la police, il comptait utiliser cette lettre à son profit, d'une manière ou d'une autre.

Deux jours plus tard, le 20 septembre, la disparition de Margot Rule fut officiellement signalée à la police de Las Vegas par des amis inquiets. On apprit très vite que, le 1er septembre, elle avait retiré 24 000 dollars sur son compte en banque. Sa voiture fut retrouvée dans son garage. Apparemment, aucun de ses vêtements n'avait disparu de chez elle.

Personne n'avait eu vent de sa liaison avec David Rogers. Ni de son futur mariage avec lui. Elle avait gardé le secret pour elle.

Le lendemain, à Los Angeles, on valida le testament de feu Velma Adams, retrouvé chez elle dans le tiroir d'un bureau, et qui désignait comme unique héritière sa bonne amie et néanmoins gérante de son salon de beauté.

Le 25 septembre, le docteur Henry Baylor fut limogé de son poste de directeur de l'hôpital de Willows et nommé ailleurs. Officiellement, il s'agissait d'un mouvement administratif routinier, sans aucun rapport avec la désormais célèbre affaire Mungo. Le *Daily Observer* de Hillside reprit l'information, suivi par plusieurs journaux des grandes villes.

Le docteur Baylor était en vacances et demeurait injoignable.

Le vendredi 28, un employé d'une banque de San Francisco téléphona au domicile de Daniel Long, situé dans le nord de la Californie, tout près de l'hôpital de Willows. Long ignorait tout d'un quelconque problème touchant sa cote de crédit. Oui, il était bel et bien né le 12 novembre 1943. Et non, il n'avait jamais appelé pour son crédit et jamais parlé à cet employé. Il devait y avoir une erreur. L'employé le remercia, puis rapporta l'incident à son supérieur, lequel lui dit de l'inscrire au dossier de Daniel Long.

Ce dernier raconta l'étrange coup de téléphone à sa femme. Tous deux convinrent que ce devait avoir un rapport avec le voleur qui était entré chez eux par effraction et que la police avait soupçonné d'être le fameux Vincent Mungo.

Même s'il ne voulait pas fricoter avec la police et avec les tueurs sadiques, au bout de cinq jours, Daniel Long finit par prévenir le bureau du shérif, non loin de là, à Forest City. Il se disait que c'était encore la meilleure chose à faire.

Au soir du 1er octobre, à Fresno, Lester Solis fut abattu au moment où il montait dans sa voiture. Son frère savait que les balles lui étaient destinées. Le lendemain matin, il comprit pourquoi. La police arrêta un illuminé de 36 ans, originaire de Los Angeles, qui pensait que Caryl Chessman était le fils de Dieu. Membre d'une secte fanatique installée dans le désert et pour laquelle tous les prisonniers étaient des saints du dernier jour, il haïssait Solis pour son faux témoignage contre Chessman, le fils de Dieu, venu sur Terre afin de délivrer tous les prisonniers mais finalement trahi par les siens. Tous les hommes étaient frères, croyait l'illuminé, et devaient se dresser pour tuer les méchants. Malheureusement, il n'avait pas tué le bon frère.

Dès le 2 octobre, le tout dernier numéro de *Newstime*, celui où figurait l'article Mungo-Chessman, était épuisé. Les gens avaient peur et étaient en colère. Ils souhaitaient voir punis les monstres comme Mungo et ne voulaient pas entendre parler de maladie mentale ou de folie quand un criminel pouvait marcher dans la rue, se nourrir, payer son loyer et vivre au jour le jour. Eux-mêmes faisaient exactement la même chose. Alors, en quel honneur Mungo devait-il échapper à une condamnation pour assassinat ? Ils ne voulaient rien savoir. Ils le voulaient mort.

Le 3 octobre, sur injonction du juge, on procéda à l'ouverture du coffre-fort de Margot Rule à Las Vegas. À l'intérieur, on découvrit une note expliquant qu'elle avait retiré de l'argent et comptait épouser David Rogers. On en informa les autorités policières de Floride.

Au cours des deux dernières semaines de septembre et des premiers jours d'octobre 1973, David Rogers, alias David Long, alias Vincent Mungo, alias Thomas Bishop, fut extrêmement actif. Dans une bonne demi-douzaine d'États, son affreuse errance sema un vent de terreur comme on n'en avait jamais connu et comme on n'en connaîtrait plus. À San Antonio, il laissa derrière lui le cadavre d'une femme presque entièrement éviscéré. À Houston, deux autres.

À La Nouvelle-Orléans, il assassina trois femmes. Le médecin légiste déclara qu'il n'avait jamais, en trente-cinq ans de carrière, vu de sévices aussi monstrueux. D'un naturel pourtant placide et peu enclin aux effusions verbales, il ajouta que l'auteur de ces mutilations devait avoir perdu toute humanité.

La police connaissait bien l'identité du tueur diabolique. Sur chaque victime, un V ou un C avait été incisé quelque part. En outre, la M. M. – la méthode de mutilation – était toujours la même. Personne ne doutait qu'il s'agît de Vincent Mungo. Son œuvre devint si célèbre que ce nouveau terme de « M. M. » rejoignit celui de « M. O. » (pour mode opératoire) dans le lexique des policiers. Tout comme celui de « mungomaniaque ».

Après La Nouvelle-Orléans, Bishop bifurqua tout à coup vers le nord, directement jusqu'à Memphis, puis Saint Louis. On découvrit trois nouveaux cadavres.

Pendant ces longues et horribles semaines, des coups de fil furent passés de Los Angeles vers toutes les villes traversées par le tueur, mais la pègre n'avait décidément pas plus de chance que la police. Les gares ferroviaires et routières étaient surveillées, mais nulle part le visage de Mungo ne fut aperçu. En plus du contrat qu'il lui fallait honorer, la pègre avait reçu plusieurs demandes officieuses de la part des autorités policières. Un barjot comme lui ? Les truands seraient heureux de rendre service – mais encore fallait-il le retrouver.

Pendant toute cette période, le sénateur Stoner accompagna Vincent Mungo sur le chemin de la gloire nationale. Il avait réussi son coup. Son nom circulait dans toutes les chaumières de l'Ouest, il avait conquis le Midwest et les États du Centre, bientôt, il séduirait l'Est, et on lui demandait de venir parler à New York, où deux apparitions télévisées étaient déjà prévues. Les médias flairaient en lui le gagneur. À ce rythme-là, entrer au Sénat américain serait un jeu d'enfant. Ou alors gouverneur de Californie ?

La question de la peine de mort soulevait véritablement les foules. Le timing était parfait, tout s'enclenchait à merveille. Certes, Mungo l'avait bien aidé, mais désormais, il ne présentait plus aucune espèce d'intérêt. Stoner espérait qu'on attraperait rapidement ce salaud, qui ne devait plus avoir le droit de tuer des femmes et de profaner leur corps sacré. Peut-être la police était-elle inefficace et avait-elle besoin d'être un peu stimulée. Peut-être devait-il creuser dans cette direction. Ce pouvait être un joli coup politique.

Le 4 octobre, Bishop arriva à Chicago. Après avoir déniché un hôtel miteux sur Dearborn Street, il décida d'explorer la ville. Il ne loua pas de voiture car, contrairement à l'ouest et au sud-ouest du pays, le réseau des transports publics y était efficace. Il ne voulait plus utiliser l'identité de Daniel Long, sauf cas de force majeure. Depuis le temps, la police savait sans doute ce qu'il avait fait. Il lui fallait donc une nouvelle identité, et il comptait s'atteler à la tâche le plus vite possible.

En attendant, il emprunta les bus et les trains, se promena dans le Centre, mangea dans de petits restaurants, loin des grandes artères. Il ne comprenait rien à Chicago, à cette grosse ville insaisissable et grouillante de monde, où tout était encombré et entremêlé, avec des gens dans tous les coins. Pourtant, aussi angoissants qu'ils pussent lui paraître, l'agitation de la ville et l'anonymat qu'elle conférait lui plurent. Il avait l'impression de pouvoir y vivre un siècle, un millénaire, sans que personne ne le reconnaisse ; il se demanda s'il en allait de même pour New York.

Le même jour, à Forest City en Californie, le shérif Oates rappela Daniel Long. Il écouta tranquillement celui-ci lui raconter le coup de téléphone de l'employé de banque et le mystérieux inconnu. Est-ce que ça voulait dire quelque chose ? Cinq minutes plus tard, Oates s'entretenait avec l'employé de banque. Quel jour était-ce ? D'où avait appelé l'homme ? Qu'avait-il dit, exactement ?

Il rappela Long en lui demandant ses lieu et date de naissance, puis passa un coup de fil à San Jose. Est-ce qu'un certain Daniel Long avait réclamé un certificat de naissance au cours des trois derniers mois ? Oui ? À quelle adresse le document avait-il été envoyé ?

Oates n'en croyait pas ses yeux. Le premier indice tangible quant à la nouvelle identité de Vincent Mungo. Peut-être. Il avait l'impression d'être comme Christophe Colomb découvrant l'Amérique. Il se rappela aussitôt qu'à l'époque Colomb cherchait les Indes.

Il décrocha son téléphone pour appeler Los Angeles.

10

Dans l'existence du jeune Thomas William Bishop, les dix jours qui firent trembler Chicago furent parmi les plus heureux. Âgé de 25 ans et demi, il n'avait jamais connu la liberté jusqu'à ce que, trois mois auparavant, par une nuit sombre et menaçante, il se soit évadé d'un bâtiment fermé de toutes parts et ceint d'une épaisse muraille. Après des années d'attente et des mois d'observation, il avait saisi le bon moment – ou plutôt, avait tout fait pour atteindre le point de non-retour. Son premier coup de hache avait marqué le début d'une nouvelle vie, et il acceptait avec joie la funeste mission dont il se croyait investi. Mieux, il la chérissait, de même que le sentiment de liberté qui accompagnait sa nouvelle vie. Il n'avait plus à se réveiller, à dormir, à manger, à jeûner, à vivre, à mourir, au gré des autres, toujours à l'ombre de cette grande muraille grise. Il ne dirait plus jamais « oui monsieur », « non monsieur », il ne baisserait plus le regard en serrant les dents, il n'obéirait plus aux ordres de quiconque. Maintenant, c'était à lui de parler, d'établir ses propres règles et de faire exactement ce que bon lui semblait. Ils allaient devoir faire attention désormais, tous autant qu'ils étaient. Il était le maître du monde ; il tenait la vie et la mort, entre ses mains.

Ce sentiment de puissance absolue, il le savourait jusqu'à la lie. En l'espace de trois mois, il avait traversé les deux tiers du pays seul, sans accroc, en apprenant sur le tas, en frappant au moment de s'en aller. Dans son sillage gisaient les corps massacrés de ses ennemis, et comme dans tout combat diabolique, la pitié n'était pas de mise. Du premier meurtre de Willows jusqu'à ceux de Los Angeles et de Phoenix, la machine de guerre avançait inexorablement vers l'est, écrasant tout sur son passage, indifférente aux frontières et aux juridictions. Alors que la liste des morts s'allongeait et que les déprédations se poursuivaient, les autorités, à chaque échelon administratif, tiraient la sonnette d'alarme. Un maire du Texas enrôla tous les hommes de sa petite ville. Un juge alerta la milice citoyenne de son État. Le gouverneur de Louisiane fut obligé de convoquer la garde nationale. À Memphis, les policiers travaillèrent double, et plusieurs villes des alentours imposèrent des couvre-feux provisoires. À Saint Louis, tous les congés des forces de l'ordre furent suspendus jusqu'à nouvel ordre. Dans cent métropoles, dans mille bourgades, entre la côte Ouest et le Mississippi, on regardait les hommes avec méfiance, on les arrêtait pour les interroger, on les retenait pendant des heures ; dans certains cas même, on les frappait et on les inculpait. Un vent mauvais soufflait sur les étrangers qui avaient le malheur de ressembler à Vincent Mungo, ou qui accostaient les jeunes femmes, ou n'étaient pas en mesure de prouver leur identité, ou partaient en courant, ou se montraient agressifs, ou parlaient bizarrement, ou, tout simplement, traînaient dans les rues.

Alors que la traînée de sang s'étendait, la couverture médiatique, et surtout télévisée, suivait le mouvement. L'appétit aiguisé par la publicité incroyable dont avaient joui les crimes de Charles Manson un an avant, les reporters cavalaient en tous sens pour relater le moindre détail bizarre de cette nouvelle folie meurtrière. Dans les cercles médiatiques, on prédisait que Mungo ferait encore plus fort que Manson. Tous les ingrédients étaient réunis : les crimes se déroulaient dans plusieurs villes et États, ils affectaient, d'une manière ou d'une autre, une bonne partie du public, enfin, ils appartenaient au monde inquiétant de la maladie mentale et de la violence sexuelle. De quoi attirer, en somme, l'attention du pays tout entier. Au fur et à mesure que la couverture médiatique s'accrut, ainsi que la place occupée par l'affaire dans les journaux et les magazines, les Américains finirent par penser, ou furent encouragés à penser, qu'ils étaient engagés dans une guérilla secrète contre un ennemi invisible qui comptait exterminer au moins un habitant sur deux. Le fait que cet ennemi sc réduise à un seul homme, si tel était bien le cas – ce dont beaucoup semblaient douter –, ne rendait pas le combat moins terrible. Comme la peste, l'ennemi se déplaçait librement, couvrait une zone de plus en plus vaste, frappait où et quand il voulait. Les franges les plus marginales de la population étaient prêtes à croire n'importe quoi. Certains mordus de science-fiction virent dans cette histoire le prélude à une invasion de la planète par des extra-terrestres, par une race n'ayant pas besoin des Terriennes pour survivre. D'autres, surtout des hommes, considéraient ces événements comme une juste punition pour les péchés de l'humanité.

De leur côté, les responsables de la sécurité n'y voyaient qu'une simple affaire criminelle. Sur ordre direct du ministère de la Justice, le FBI fut sommé d'apporter son concours ; les forces de l'ordre d'une bonne dizaine d'États de l'Ouest et du Centre coordonnèrent leurs efforts, de même que tous les commissariats de police des villes concernées. Jusqu'à présent, rien de nouveau n'avait surgi, sinon que Vincent Mungo, à tort ou à raison, pensait être le fils de Caryl Chessman et avait repris le flambeau de son père en se vengeant sur les femmes. La lettre parvenue au sénateur de Californie Stoner en fournissait la preuve. Les initiales V. et M. avaient été rayées d'une croix, et le nom de Chessman inscrit en bas. L'expertise du FBI conclut que l'écriture était la même que dans les lettres envoyées à *Newstime*. Toutes furent jugées authentiques. Quant à l'apparence physique de Mungo, une fois écartée la piste de la chirurgie esthétique, les policiers et les agents spéciaux dans les aéroports, gares et stations de bus des grandes villes concentrèrent leurs efforts sur les jeunes hommes possédant une barbe fournie. Ces derniers se voyaient demander poliment leurs papiers, faute de quoi on les retenait jusqu'à pouvoir les identifier formellement. Seuls les hommes bien rasés et ne ressemblant absolument pas à Vincent Mungo échappèrent aux contrôles.

Les autorités californiennes commençaient à peine à démêler l'écheveau Daniel Long tel qu'il avait été mis au jour par le shérif Oates. Au bout de quelques jours, s'appuyant sur l'adresse à laquelle une copie de l'acte de naissance de Long avait été envoyée depuis San

Jose, la police de Los Angeles força un coffre-fort contenant l'acte de naissance, daté du 12 novembre 1943, et la photo d'une femme d'âge mûr. Une fois que cette dernière fut identifiée comme étant Velma Adams, patronne d'un salon de beauté retrouvée assassinée sur une route entre Yuba City et Sacramento à la mi-juillet, la liste des victimes de Vincent Mungo s'allongea un peu plus.

La police découvrit également l'existence, dans une autre banque, de deux comptes établis au nom de Daniel Long. Une recherche plus approfondie permit d'exhumer une copie du permis de conduire délivré à Daniel Long, vers la fin du mois de juillet, à Los Angeles. La photo du permis montrait un jeune homme barbu. L'employé d'une agence de location de voitures installée à Phoenix décrivit un Daniel Long barbu et affublé de lunettes noires enveloppantes. La conclusion s'imposait d'elle-même : Vincent Mungo voyageait sous le nom de Daniel Long, avec une panoplie de papiers, dont un permis de conduire, une carte de crédit et un chéquier. Sa nouvelle identité, transmise aux autorités compétentes, ne serait pas révélée aux médias avant plusieurs jours, avec l'espoir que Mungo soit arrêté quelque part en se faisant passer pour Long. Dans le cas contraire, la nouvelle serait diffusée afin que Mungo, désormais contraint de se débarrasser de cette identité, n'ait plus aucune échappatoire : sans papiers et barbu, il se ferait repérer rapidement. Avec un peu de chance.

En attendant, tout ce que l'on savait du fou de Californie, c'était qu'il avait passé une bonne partie de sa vie en hôpital psychiatrique, qu'il était de nouveau libre et qu'il tuait des femmes sans raison apparente ni pitié.

De nouveau libre ! Quelle chance, se disait Bishop, posté à un coin de rue au premier jour de son séjour à Chicago. De nouveau libre après une vie de souffrance et de folie ! Il embrassa du regard les gratte-ciel, les trottoirs remplis de monde, le flot ininterrompu des voitures. Il ne s'était jamais senti aussi vivant, aussi euphorique. Sa liberté ne connaissait aucune limite au milieu de ces foules énormes, et il se rendit compte qu'il était plus invisible dans une grande ville qu'il ne le serait jamais dans les montagnes ou dans une forêt sauvage, voire dans une petite bourgade. Chicago ne ressemblait à rien de ce qu'il avait vu, pas même à Los Angeles – aucune des villes qu'il avait traversées, où les grands espaces happaient les habitants, ne s'en approchait. Ici, en revanche, les hordes de gens écrasaient tout sur leur passage, y compris les immeubles. Il demeura longtemps immobile, laissant le monde entier tourbillonner autour de lui. Très vite, il comprit que ce monde était aussi anonyme et invisible que lui, il sentit qu'il avait trouvé enfin un univers où il pourrait survivre. Une grande ville. Des millions de personnes vivant ensemble sans se connaître, et dont la moitié au moins appartenaient à la race honnie qu'il fallait anéantir.

Pendant plusieurs jours, Bishop explora le quartier du Loop et emprunta le métro aérien. Il arpenta Grant Park et regarda les centaines de bateaux amarrés dans le port. Il visita l'aquarium Shedd, le muséum d'histoire naturelle Field et le planétarium Adler. Il observa les avions qui décollaient de l'aéroport de Meigs Field.

Il fit l'excursion en bateau sur le lac Michigan et put admirer l'horizon des gratte-ciel de Chicago. Il flâna le long de la Gold Coast sur Michigan Avenue, puis sur Lake Shore Drive, avec sa suite interminable d'immeubles luxueux et ses petites plages. Au quatrième jour, il découvrit la plage d'Oak Street en sortant d'un passage souterrain. Il y faisait frais, quelques promeneurs flânaient. Elle était assise seule sur un banc, près d'un des virages de l'allée. Il prit place à côté d'elle et engagea rapidement la conversation. Originaire de San Francisco, il venait de débarquer à Chicago, qui avait l'air d'être une ville agréable, mais un peu froide à l'encontre des gens seuls. Cela la fit sourire. Elle aussi était toute seule, venue de Milwaukee pour un voyage d'affaires de deux jours. Il lui dit qu'il n'était jamais allé à Milwaukee. Elle lui répondit qu'il ne ratait pas grand-chose.

« Vous logez dans le coin ? »

D'un geste de la tête, elle lui montra le Drake Hotel, juste en face. Elle avait un rendez-vous dans l'après-midi, mais serait ensuite libre jusqu'au lendemain matin, avant un retour en avion prévu en début de soirée.

Bishop expliqua qu'il disposait, lui aussi, de temps libre.

Elle lui donna son emploi du temps parce qu'il lui paraissait tout à fait à son goût. Il était jeune et bien mis de sa personne – et le plus beau sourire au monde, avec ça. Elle ne craignait que deux choses : la saleté et la pauvreté. La saleté engendrait la maladie, et les pauvres apportaient le malheur : deux choses dont elle avait largement soupé. En regardant furtivement le jeune homme assis à ses côtés, elle ne décela aucune saleté et ne sentit aucune pauvreté. Hormis ces deux angoisses jumelles, Lilian Brothers était une jeune femme de 29 ans émancipée, qui prenait son plaisir là où elle le trouvait. Elle aimait la bonne chère, les vêtements de luxe et les jeunes hommes talentueux. Elle ne pouvait malheureusement pas toujours juger du talent d'un homme à sa seule apparence, mais elle avait presque toujours envie de tenter sa chance. Célibataire, elle entretenait ses parents, qui vivaient chez elle, bien qu'elle découchât très régulièrement. À Chicago, où elle se rendait parfois dans le cadre de son travail d'agent commercial, elle connaissait quelques personnes. Cependant, elle s'ennuyait depuis quelque temps parcc que ces gens se ressemblaient tous. Elle avait soif de nouveauté.

Après avoir plaisamment bavardé, ils convinrent de se retrouver le soir même pour boire quelques verres et aller dîner ensemble.

Dans l'après-midi, Bishop vaqua à ses occupations. Il échangea d'abord six billets de 100 dollars contre des billets de 10 et de 20, et ce dans des banques différentes afin de ne pas attirer l'attention. Il ne courait pas de grand danger car les billets étaient anciens et ne portaient pas de numéros de série consécutifs.

Ensuite, il se rendit dans un vaste bureau de poste disposant de tables pour les usagers. Dans une corbeille, il repêcha trois enveloppes adressées à un certain Jay Cooper, de Chicago. L'une d'elles contenait le relevé des gains et des cotisations d'un plan de retraite. Sur ce document apparemment officiel figuraient le nom et l'adresse de la boîte postale de Jay Cooper, sa date de naissance et son numéro de Sécurité sociale. Bishop ramassa quelques prospectus dans la corbeille, les plia en deux et les glissa dans les deux autres enveloppes, puis fourra les trois dans sa poche.

Il passa ensuite à une agence de la First National Bank of Chicago, où il ouvrit un compte d'épargne avec 50 dollars, au nom de Jay Cooper. Pour prouver son identité, il produisit les trois enveloppes ; pour son numéro de Sécurité sociale, le relevé du plan de retraite. Il se fit alors remettre, grâce à ce document, une nouvelle carte de Sécurité sociale, l'ancienne ayant été volée avec tout le contenu de son portefeuille. Rendez-vous compte ! Détroussé dans une rue de Southside Chicago ! En début de soirée ! Il ne reconnaissait décidément plus sa ville. L'employé non plus, qui fut touché par sa mésaventure et ne jeta qu'un bref coup d'œil à son livret de banque pour vérifier son identité.

De retour sur Michigan Avenue, il acheta dans le hall du Playboy Club une carte de membre à 15 dollars. Dans le Playboy Hotel mitoyen, il loua une chambre simple pour la nuit, en liquide, et demanda un reçu. Il disposait désormais d'une attestation de domicile à Chicago pour Jay Cooper.

Dans Grant Park, il devint membre de plusieurs institutions culturelles, toujours en se faisant établir une carte à son nouveau nom. Il acheta un bon d'achat de 20 dollars dans un magasin de Marshall Field, indiquant son nom sur le papier comme si ce bon lui avait été offert par des amis. Il fit inscrire ce même nom sur un faux diplôme universitaire qu'une boutique de souvenirs vendait comme gadget. Pour finir, il se fit faire des cartes de visite sur lesquelles étaient imprimés le nom et la fausse adresse.

Dans le taxi qui l'emmenait au bureau des véhicules automobiles, il examina le relevé du plan de retraite. Né en 1941, Jay Cooper avait donc 32 ans. Pas trop vieux, donc, pour être incarné par Bishop, qui aurait simplement, disons, une allure juvénile ! Il expliqua à l'employé du bureau des véhicules qu'on l'avait dépouillé trois jours plus tôt, à Southside, qu'il avait donc perdu son portefeuille avec ses papiers et son argent, et qu'il avait passé la nuit à l'hôpital. Naturellement, il avait signalé le vol. Après plusieurs jours passés chez lui pour se remettre d'aplomb, il souhaitait maintenant faire refaire ses papiers. Il montra son livret de banque et quelques cartes de membre, y compris celle du Playboy Club. Il avait perdu non seulement son permis de conduire, mais sa carte syndicale, deux cartes de crédit et d'autres choses encore. Il commençait tout juste à les remplacer, mais c'était bien entendu le permis qui pressait le plus. Non, il ne se rappelait plus son numéro de carte grise. La prochaine fois, promis juré, il en garderait une copie chez lui. Mais qui aurait pu croire une seconde qu'il se ferait braquer ?

L'employé se montra compréhensif. Quelques années avant, sa nièce s'était fait agresser dans le même quartier. Il ne comprenait pas pourquoi la police était incapable d'agir contre ces gens-là. En quelques minutes, l'ordinateur retrouva le bon Jay Cooper à partir de la date de naissance indiquée par Bishop sur le formulaire. L'employé nota le numéro de carte grise sur le formulaire, puis prépara un permis de conduire provisoire au nom de Cooper. On lui enverrait son permis définitif par courrier. Combien de temps cela prendrait-il ? Trois ou quatre jours, généralement pas davantage. Bishop le remercia et repartit en sifflotant.

Il avait désormais de nouveaux papiers, sans doute pas aussi complets que ceux de Daniel Long, mais suffisants pour quelque temps. Quant à savoir si le véritable Jay Cooper avait un permis de conduire, c'était fort probable puisque la très grande majorité des hommes adultes en possédaient un. Il jouait au hasard, et le hasard jouait pour lui.

Dans sa chambre d'hôtel, il sortit les papiers de Daniel Long et les brûla dans un grand cendrier en verre, puis disposa ses nouveaux documents dans le portefeuille. Le livret de banque finit dans sa poche de veste, avec le relevé du plan de retraite et la clé du Playboy Hotel. Il glissa la plupart des billets qui lui restaient dans la sacoche noire, elle-même cachée dans le réservoir de la chasse d'eau. Après une petite douche et un rapide coup de rasoir, il était fin prêt pour la soirée. En quittant sa chambre, il s'assura que son grand couteau était bien en place.

Quelques heures plus tard, Lilian Brothers dut reconnaître qu'elle passait un moment délicieux. Ils avaient dîné dans un restaurant extrêmement chic, situé à une centaine d'étages au-dessus du sol, perdus dans le ciel de Chicago. Huîtres Rockefeller, champignons géants fourrés à la chair de crabe, escargots de Bourgogne, mousse au chocolat. Et du champagne à n'en plus finir. Ils avaient enchaîné avec un spectacle licencieux dans une boîte de Rush Street, suivi de nouveaux verres partagés dans un autre établissement et d'un paisible retour en taxi. Elle n'avait pas vraiment envie que la nuit s'arrête là. Le jeune homme s'était montré attentif, charmant, assez différent de ses autres amis pour tout dire, même si elle n'arrivait pas à expliquer en quoi. Et ce sourire… Enfin rentrés à l'hôtel, elle l'enlaça au moment où ils montèrent dans l'ascenseur vide.

Au lit, elle lui montra à quel point elle aimait faire l'amour. Elle se mit à quatre pattes ; il devait la prendre par-derrière. En levrette, elle appelait ça. Bishop trouva la chose parfaitement répugnante. Une fois qu'elle eut joui, elle se laissa tomber de tout son corps et roula sur le côté pour s'endormir. Il tenta d'introduire sa queue dans sa bouche, mais elle marmonna quelque chose comme quoi elle était fatiguée et que demain matin peut-être. Il essaya une deuxième fois ; elle le repoussa de nouveau.

Bishop fut pris d'une colère subite. Poussant une sorte de râle, il lui cogna le visage avec les poings serrés très fort. Dans son ivresse joyeuse barbouillée de sommeil, la jeune femme était absolument sans défense. Un coup tomba sur sa joue, un autre sur l'œil, puis son nez, sa bouche. Au bout de quelques secondes, elle gisait immobile, assommée par la sauvage agression qu'elle venait de subir. La vue du sang excita Bishop. De ses doigts, il l'étala sur son torse, ses épaules, ses bras. Il se sentait comme un animal. Tout éructant, il força la bouche de la femme, d'où s'écoulaient des filets de mucus délavé. Hilare, le corps badigeonné de rouge, les yeux réduits à de simples taches de désir enflammé, Bishop plongea son sexe dans la béance ensanglantée. Il ressentit comme une secousse électrique, et son cerveau établit immédiatement un rapport de jouissance entre le sang sur le visage et son érection. Tandis qu'il imprimait à la tête morte un va-et-vient saccadé, ses pensées se bousculèrent. Le sang coulait maintenant à gros bouillons de la bouche meurtrie, et le peu qu'il en restait finit par se mélanger à son désir tari.

Le jour suivant, soit le cinquième du séjour de Bishop à Chicago, la ville tout entière fut parcourue d'un frisson en apprenant la nouvelle de l'horrible meurtre. Les officiels savaient qu'ils avaient affaire à un authentique monstre ; un simple coup d'œil sur les photos du carnage suffisait à convaincre les plus sceptiques. D'aucuns y virent l'œuvre d'une sorte de force naturelle élémentaire, un peu comme le célèbre vent de Chicago, ou le feu. De l'avis général, néanmoins, le crime fut attribué à Vincent Mungo, aperçu pour la dernière fois à Saint Louis, c'est-à-dire pas très loin de là. Mais rien n'était sûr. Contrairement aux précédentes agressions sauvages commises par Mungo, le cadavre n'avait pas été mutilé, et aucune lettre taillée dans la chair. Plusieurs journalistes évoquèrent un émule de Mungo, un détraqué local exécutant son propre projet diabolique et assouvissant ses propres pulsions pathologiques. Un autre rappela ses lecteurs au bon souvenir du tristement célèbre Edward Gein et de ce qu'il avait infligé à ses victimes dans le Wisconsin tout proche. Le rédacteur en chef du journal refusa néanmoins que l'on cite les détails, afin de ménager, sinon le sens commun, du moins la morale publique. Mais l'idée avait déjà fait son chemin ; l'hypothèse d'un émule était plausible, puisant sa force dans une tradition qui remontait à Jack l'Éventreur, à un passé aussi sombre que lointain.

Partant du principe que Mungo se trouvait sur son territoire, la police de Chicago constitua sur-le-champ des unités spéciales, intégrées au réseau de communication et d'enquête reliant ensemble toutes les villes, tous les États, qui avaient été frappés, jusqu'en Californie. Les responsables apprirent rapidement que Mungo voyageait sous le nom de Daniel Long et qu'il s'était laissé pousser la barbe. Il avait loué des voitures grâce à une carte de crédit établie au nom de Long et possédait un chéquier au même nom. La police passa au crible tous les hôtels de la ville pour y trouver des clients récents qui ressemblaient à Mungo ou portaient une barbe. Des photos de l'assassin furent imprimées en l'espace d'une nuit. À l'hôtel Pasadena, au coin de Dearborn Street et Ohio Street, le réceptionniste avait vu un jeune homme affublé d'une barbe fleurie. Mais ce ne pouvait pas être leur homme. Pourquoi ? Il avait le faciès asiatique.

D'autres unités interrogèrent les agences de location de voitures, les compagnies aériennes et ferroviaires, pour y dénicher un client du nom de Long. On chercha également dans les grands magasins, chez les couturiers de luxe et les bijoutiers. On demanda à toutes les banques de garder un œil sur les chèques californiens. Le portrait de Mungo rasé apparut dans les journaux, à côté de la photo du permis de conduire californien – celle avec la barbe. Les radios et les chaînes de télévision firent de même. Enfin, tous les terminaux furent surveillés jour et nuit.

Les policiers tentèrent de reconstituer les dernières vingt-quatre heures de Lilian Brothers. Elle avait apparemment quitté son hôtel avant 11 h 30, puisque la femme de ménage avait fait sa chambre à cette heure-là. Seule une personne avait dormi dans le lit : sur ce point, la femme de ménage fut formelle. À 10 h 30, une amie l'avait appelée au téléphone et elle avait répondu, donc son départ devait remonter aux alentours de 11 heures. À midi, elle avait déjeuné avec deux amies, assisté juste après à un défilé de mode, puis au cocktail qui s'ensuivait, et s'était fait raccompagner à l'hôtel par un homme d'affaires de sa connaissance à 17 h 30. Prise d'un mal de tête, elle lui avait donné rendez-vous à la réunion de travail prévue le lendemain matin. À 19 h 15, elle avait demandé au réceptionniste de la monnaie sur un billet de 20 dollars ; elle s'apprêtait manifestement à sortir. Ensuite, personne ne l'avait revue vivante – ou du moins personne ne s'en souvenait. Les enquêteurs cherchaient donc à savoir ce qu'elle avait fait après. Ils se demandaient ce qui avait bien pu se passer ce jour-là entre 11 heures et midi.

Au sixième jour, un chauffeur de taxi affirma avoir raccompagné chez elle une cliente qui ressemblait à la femme en question, mais il ne pouvait pas être absolument formel. En tout cas, il ne l'avait pas emmenée jusqu'au Drake Hotel, mais une rue plus loin, à l'autre bout de Lake Shore Drive, en face de la plage d'Oak Street. C'est là qu'ils étaient descendus.

Comment ça, « ils » ?

Oui, elle et le jeune homme. Il avait l'air jeune, mais c'est toujours difficile à dire. Ils avaient préféré rester dans l'obscurité, si vous voyez ce que je veux dire.

Description ?

Grand, bien charpenté. Une veste légère. Beaucoup de poils partout sur le visage, vous savez, comme font certains mecs. Moi ce n'est pas mon truc. Trop débraillé, vous comprenez ?

On présenta au chauffeur, qui mesurait seulement un mètre soixante, la photo de Vincent Mungo barbu. En effet, ç'aurait pu être l'homme qu'il avait emmené ce soir-là, mais comment en être certain avec cette barbe épaisse ?

Dans les premiers jours de l'enquête, des dizaines de pistes furent explorées, y compris les restaurants, les cinémas et à peu près tout ce que la ville comptait de sorties nocturnes. Aucune ne donna de résultats, même si un serveur assura avoir servi la femme le soir même. Elle était en compagnie d'un homme qui portait des lunettes noires. Pas des lunettes enveloppantes, non. Plutôt des lunettes correctrices. Et pas de barbe, non. Environ 30 ans, taille moyenne, mince. Rien de bien original, en somme. Mais le serveur se souvenait de la femme parce qu'elle lui avait rappelé sa première épouse – le même regard fourbe.

Qui avait réglé l'addition ?

L'homme.

Avec une carte de crédit ?

En liquide.

Personne d'autre ne put confirmer la présence de la femme au restaurant ce soir-là.

À en croire le serveur et le chauffeur de taxi, Lilian Brothers avait donc dîné avec quelqu'un qui ne voulait pas qu'on le repère, peut-être un homme marié, puis elle avait rencontré Mungo, qui se faisait passer pour Daniel Long, originaire de Californie, et était repartie avec lui. Les descriptions étant tellement différentes, on avait visiblement affaire à deux hommes. Mais qui était celui sans barbe et où avait-il disparu ? Et pourquoi le barbu et la femme étaient-ils descendus à l'autre bout de Lake Shore Drive alors que l'hôtel se trouvait nettement plus loin ? La police se montrait plutôt sceptique face à ces deux histoires, puisque ni l'une ni l'autre n'étaient corroborées.

Aussi ignorait-elle toujours ce que Lilian Brothers avait bien pu fabriquer le soir de sa mort.

Et pendant cette fameuse heure en fin de matinée.

Dans sa chambre d'hôtel, Bishop regarda les informations télévisées, où il était question du meurtre spectaculaire. Il avait flairé le coup à propos de Daniel Long et changé d'identité au bon moment. La police ne percerait jamais sa nouvelle ruse car grâce à toutes ces années passées devant le poste, il avait fait du très bon travail. Malgré sa mégalomanie, Bishop savait ce qu'il devait aux scénaristes de feuilletons policiers, qui inventaient toujours de nouveaux stratagèmes pour tromper les forces de l'ordre. Mais c'était bien son intelligence supérieure, pensait-il, qui lui permettait de peaufiner ces techniques et de les adapter à ses besoins.

Lorsqu'il avait rencontré la femme sur la plage d'Oak Street et qu'ils avaient remonté Michigan Avenue pour s'en aller dîner, il portait des lunettes noires coûteuses et une coiffure différente. Ensuite, ils avaient marché jusqu'à Rush Street et étaient entrés dans un club bondé, où personne ne se souviendrait d'eux, avant d'aller dans un autre bar tout proche et tout aussi blindé de monde. Le taxi les avait alors emmenés jusqu'à Lake Shore Drive en passant par Division Street. De là, ils avaient pris le passage souterrain pour se rendre à la plage, où ils s'étaient assis un moment sur la petite butte herbeuse en face du Drake Hotel, en s'échangeant des coups d'œil lourds de sens. Pour finir, ils avaient franchi l'entrée latérale et s'étaient glissés dans l'ascenseur, loin des regards.

Avant de monter dans le taxi, Bishop avait mis sa barbe postiche, qu'il gardait dans la poche de sa veste. L'objet lui avait coûté cher – un accessoire d'acteur professionnel –, mais il était de très bonne qualité. La femme était juste assez éméchée pour trouver la chose amusante et le jeune homme extrêmement drôle, surtout quand il lui expliqua qu'il était Jack l'Éventreur et qu'il voulait rester incognito. Cela la fit hurler de rire. Si un employé ou un client de l'hôtel se souvenait de lui, ç'aurait donc été comme d'un homme à la barbe bien fournie. Pendant et après le dîner, il n'était en revanche qu'un jeune homme banal, qu'on aurait été bien en peine de décrire hormis ses lunettes noires et sa coiffure étrange. Il avait tout préparé méticuleusement. Les gens, commençait-il à comprendre, étaient étonnamment indifférents et peu observateurs. Ils pouvaient vous regarder dans les yeux sans vous voir ! Et ils ne retenaient généralement que de vagues impressions, sans grand rapport avec la réalité. Il s'en accommodait parfaitement.

Dans la chambre d'hôtel de la femme, il avait ôté son déguisement. Elle avait rapidement déchaîné sa passion, il avait exaucé ses désirs tout en songeant aux siens. Sur son visage s'était lu le dégoût, mais elle n'en avait rien vu parce qu'il était derrière elle.

Bien plus tard, il remit le couteau à sa place dans la veste et s'allongea aux côtés de ce qui restait de la femme. Il décida de se réveiller à 8 h 30.

Le matin, il prit une douche pour effacer les taches de sang et les bouts de chair restés sur son corps. Il préféra ne laisser aucun indice de son identité. Désormais, les policiers connaîtraient son travail. Mieux encore, il les laisserait deviner – un peu de mystère pourrait lui être utile, pourrait même les égarer quelque temps.

Au septième jour, Bishop se reposa, ne s'aventurant à l'extérieur que pour se sustenter. Lorsqu'il ressortit pour de bon, ce fut pour aller à Old Town, le long de North Wells Street. Là, il tomba sur une colonie entière de jeunes gens et des centaines de boutiques destinées à la jeunesse. Il trouva aussi les bars pour célibataires, où l'on venait chercher l'âme sœur. Lors de sa deuxième visite dans l'un de ces lieux, il raconta à quelqu'un qu'il était croupier dans un casino de Las Vegas, en vacances à Chicago pour quelques semaines. La femme était originaire de Harrisburg, une petite ville de Pennsylvanie qu'elle détestait, remplie de politiciens véreux et adipeux. Beurk ! Elle s'était installée à New York mais, trouvant la Grosse Pomme angoissante, avait échoué à Chicago, qu'elle aimait beaucoup, dont elle trouvait les habitants sympathiques et où la foule n'avait pas le côté étouffant de New York. Du moins, elle ne le ressentait pas. Cela faisait trois ans qu'elle habitait là. Elle avait 23 ans.

Il lui demanda comment elle gagnait sa vie.

« Je pose pour des artistes. » Elle rit.

« Mais il n'y a pas beaucoup de boulot en ce moment.

— Et qu'est-ce que vous faites quand il y a du boulot ? »

Elle secoua sa tête blonde. « Ça dépend pour qui. Tout ce qui dépasse les 10 dollars de l'heure. » Ses yeux cherchèrent les siens. « Pourquoi est-ce que vous me demandez ça ? »

Il lui fit un beau sourire, un sourire de gamin, plein de bons sentiments et de belles intentions. « Je ne connais personne ici. Ça pourrait m'intéresser. » Il s'interrompit un instant.

« Vous seriez prête à poser pour moi ?

— Vous travaillez dans quelle discipline ?

— Aucune, répondit-il en toute franchise. Je ne connais rien à l'art. »

Elle éclata de rire. Elle ne put s'en empêcher, prise au dépourvu qu'elle était.

« Vous êtes fou. Vous le savez ? » Ses gloussements avaient quelque chose de mélodieux.

Il hocha la tête. « Je peux me le permettre, dit-il ravi. Je suis plein aux as. »

Dans un magasin du coin, ils achetèrent deux épais steaks, pris dans le meilleur filet, ainsi que 20 dollars de nourriture. Elle promit de lui faire la cuisine. Son deux-pièces était petit et dans un désordre indescriptible, mais elle décida de passer outre. Elle était de bonne humeur. Pourquoi se priver ? Elle n'avait presque plus un sou, et voilà qu'elle se retrouvait avec de quoi manger pendant toute une semaine, sans compter les billets qui allaient pleuvoir. 50 dollars ? Peut-être même 100 ! Elle le laisserait rester toute la nuit – ça, elle en était sûre. Elle lui mitonnerait un repas du tonnerre, se déshabillerait et poserait pour lui. L'idée la fit sourire. Comme il ne connaissait rien à l'art, elle n'aurait qu'à rester debout dans plusieurs positions et attendre tranquillement qu'il bande comme un sourd. D'une certaine manière, c'était du gâchis, parce qu'elle avait vraiment un beau corps de modèle, malgré ses cuisses un peu lourdes et sa petite bedaine. Pour la énième fois, elle se promit d'y remédier dès le lendemain.

En attendant, elle poserait pour lui, il n'en pourrait plus, ils finiraient au lit, peut-être qu'elle n'en pourrait plus à son tour, ils passeraient un bon moment tous les deux, et le lendemain matin, elle aurait assez d'argent pour tenir encore un peu. Elle se demanda s'il voudrait la revoir pendant son séjour à Chicago. Ce serait tout bénèf pour elle. À bien y repenser, elle décida de le traiter avec tous les égards dus à son rang. Un traitement de faveur. Royal.

Le dîner fut excellent. Il lui dit qu'il n'en avait pas savouré d'aussi bon depuis des lustres. Ils mangèrent sans se presser et burent du vin rouge dans des gobelets en carton – mais il n'en avala que quelques gorgées. Elle roula deux joints, lui en tendit un ; il déclina en expliquant qu'il ne prenait jamais de drogue. Il ne lui dit pas, en revanche, qu'il était un homme épris de morale et horrifié par le vice qui l'entourait. Un chaleureux sourire aux lèvres, il la regarda tranquillement planer de plus en plus haut.

Ensuite, elle le fit s'asseoir sur un tabouret d'artiste et se déshabilla lentement devant lui. Bishop observa son corps attentivement, notant les moindres détails. Il avait vu assez de femmes nues pour pouvoir apprécier son corps jeune et ferme. Tout à coup, il sentit monter en lui l'excitation et se mit à la détester pour ça. Lorsqu'il se rendit compte que c'était une vraie blonde, une idée se forma peu à peu dans son cerveau dérangé.

Au huitième jour du passage de Bishop à Chicago, les unes des journaux parlèrent de meurtre pour la deuxième fois. L'assassinat brutal, monstrueux, d'une jeune femme dans le quartier d'Old Town. La presse avança encore la piste du tueur californien, bien qu'aucune lettre n'eût été incisée sur le corps. Mais ce dont les journalistes ne parlèrent pas, ce qu'ils ne pouvaient pas décemment décrire, c'était l'état du cadavre. Même le médecin légiste n'en crut pas ses yeux.

En quelques heures, la rumeur courut dans tous les cercles officiels de Chicago que le fou dangereux serait dégommé à vue, qu'il se prendrait au moins douze balles dans la peau, voire que son corps disparaîtrait. Certes, on n'entendit aucun responsable de la police l'affirmer noir sur blanc, ni même suggérer l'idée, mais il était tacitement entendu que Vincent Mungo ne devait pas survivre pour être déclaré irresponsable de ses actes et envoyé dans un établissement dont il pourrait un jour s'évader afin de reprendre sa sinistre besogne. S'il se faisait arrêter – ou plutôt *quand* il se ferait arrêter –, il n'arriverait même pas au commissariat de police. C'était l'évidence même. Chicago saurait lui réserver un traitement spécial.

Au neuvième jour, Bishop retourna au bureau de poste et réclama le contenu de sa boîte postale en expliquant à l'employé pressé qu'il avait oublié sa clé chez lui. Comme pièce d'identité, il présenta son permis de conduire. Quelques minutes plus tard, il ressortait du bâtiment avec quatre plis, dont le tout nouveau permis de conduire établi au nom de Jay Cooper. Suivaient ensuite un message d'un ami parti voyager en Europe et deux prospectus qu'il jeta aussitôt à la poubelle. Demander ainsi le courrier de Jay Cooper comportait quelques risques mais valait le coup. Si, par le plus grand des hasards, l'employé avait connu Jay Cooper, Bishop aurait prétendu être un de ses amis, auquel il avait demandé d'aller chercher son courrier pendant qu'il était absent quelques jours. La clé se trouvait vraiment chez lui, mais il ne voulait pas retourner là-bas ou essuyer le feu des questions sur son identité ; il préféra donc se faire passer pour Cooper lui-même. Il n'y avait pas de mal à cela. N'importe comment, il serait reparti en promettant de revenir avec la clé. En réalité, il savait que les gens disposant de boîtes postales connaissaient rarement les agents de la poste et préféraient passer inaperçus, à l'image de leur courrier. Après tout, c'était généralement pour cette raison qu'ils payaient une boîte postale plutôt que se faire distribuer le courrier chez eux.

Le vrai Jay Cooper n'apprendrait jamais l'existence d'un duplicata de son permis de conduire et ne remarquerait jamais la disparition de quelques prospectus. Et les lettres envoyées d'Europe se perdaient souvent en chemin. C'était du bon travail, et le faux Jay Cooper, le faux Vincent Mungo, le faux Thomas Bishop, se sentait tellement euphorique qu'il en pleura de joie. Dans sa chambre d'hôtel, le vrai Thomas Chessman se reposa sur son lit et se demanda pourquoi on ne lui avait donné son véritable nom à la naissance. Il ne pouvait pas savoir que sur son acte de naissance son nom était Thomas Owens.

Ce soir-là, il se rendit au Playboy Club pour célébrer sa conquête de Chicago. Passant devant le bar de forme carrée, il découvrit une grande salle à manger, où on le plaça dans un recoin, en face d'un buffet. Une *bunny* le servit, toute de violet vêtue. Elle s'appelait Sunny, elle avait un sourire gentil. Il n'arrêtait pas de regarder sa bouche, elle n'arrêtait pas de se mouiller les lèvres. Lorsqu'elle lui apporta une deuxième bière, il lui laissa 20 dollars de pourboire, ce qui la rendit encore plus gentille. Il lui dit qu'il était fatigué ; elle alla lui chercher un plateau de nourriture sur le buffet. Il trouva cela très attentionné de sa part. En partant, il lui laissa un nouveau pourboire. Elle sourit et lui demanda d'où il venait, il sourit à son tour et lui répondit New York. Elle passa encore sa langue sur ses lèvres ; il lui dit qu'elle avait une très belle bouche.

Sur le chemin du retour, il fit halte dans un autre bar et commanda encore quelques bières. Près de lui, une jeune Noire sirotait un Martini. Elle portait un chemisier blanc et un pantalon gris, et avait l'air de s'ennuyer ferme. Les yeux perdus dans sa bière, Bishop repensa à Sunny. Sur une piste installée à l'autre bout de la salle, les gens dansaient sur du rock, éclairés par des stroboscopes.

« Vous dansez ? »

Il se tourna vers elle. Elle lui souriait, mais moins chaleureusement que Sunny. Elle portait des lunettes.

Il secoua la tête.

« Non, je ne danse pas, répondit-il poliment. Mais j'aime bien regarder les autres danser.

— C'est pourri, ici. Ils n'aiment pas voir des filles seules s'asseoir au bar, et vous n'avez pas le droit de danser si vous n'êtes pas en couple à une table.

— On ne m'a jamais appris à danser, dit-il au bout d'un moment. Je viens de New York, ajouta-t-il en guise d'explication.

— Vous êtes là pour le boulot ?

— Non, je fais juste un tour. »

Il regarda de nouveau sa bière.

« C'est une ville dure.

— Comme partout, je crois.

— Un peu plus qu'ailleurs.

— Tout dépend de ce que vous cherchez.

— À New York, si vous flambez votre fric, les filles vont à vous. Vous voyez ce que je veux dire ?

— Même chose ici, une fois que vous avez pigé la règle du jeu.

— Moi, je ne joue pas. Pas le temps pour ça. J'aime avoir un peu d'argent et m'acheter ce que je veux.

— Ça me paraît très bien. »

Un silence.

« Où est-ce que vous habitez ? »

Il se tourna à nouveau vers elle et observa sa bouche. Ses lèvres ne bougeaient jamais. « Je suis au Playboy Hotel », finit-il par lâcher.

Elle fronça les sourcils.

« Ils vous surveillent de près, là-bas.

— Si la fille est habillée, elle n'a qu'à prendre l'ascenseur. Qui peut l'en empêcher ?

— D'après ce que j'ai entendu, ils le font.

— Dans ce cas, ils appellent et le type répond qu'il attend de la compagnie. Il a payé pour sa chambre, donc, il fait ce qu'il veut dedans. Vous voyez ce que je veux dire ?

— C'est vrai. »

Il termina sa bière, récupéra sa monnaie et laissa un dollar de pourboire.

« Je serai dans la chambre 830 un peu plus tard. Si vous êtes dans les parages ce soir, passez me voir.

— Pourquoi pas ? »

Il se leva pour partir ; elle lui toucha le bras. Elle ne souriait plus du tout.

« Je ne suis pas bon marché », lui dit-elle sur un ton professionnel.

Il la fixa, mais ne pouvait pas distinguer ses yeux derrière ses épaisses lunettes.

« Moi non plus », répondit-il avant de s'en aller.

Dehors, il huma l'air frais de la nuit. La lune argentée était à son zénith. Repensant à la fille pendant tout le trajet du retour, il gloussa. Elle irait au Playboy Hotel et monterait jusqu'à la chambre 830, coûte que coûte, dût-elle se frayer un chemin au milieu des tigres. Il lui avait fait sentir l'odeur de l'argent et s'était fait passer pour une proie facile.

Il ne serait pas au rendez-vous, mais quelqu'un d'autre se trouverait certainement dans la chambre au moment où la fille, en pleine nuit, frapperait à la porte. Il espérait que ce serait une femme. Ça lui ferait les pieds. Ça leur ferait les pieds, à toutes les deux.

Qu'elles aillent toutes au diable ! Il éclata de rire. La fille ne mesurerait jamais sa chance de n'être pas tombée sur lui dans la chambre. Tant mieux pour elle s'il était trop fatigué pour accomplir sa besogne. La besogne de son père, rectifia-t-il aussitôt. Enfin, maintenant, c'était leur besogne à eux. Oui, absolument, l'entreprise s'appelait désormais Chessman & Son.

Il en riait encore lorsqu'il retrouva sa chambre.

Au dixième jour, Bishop quitta Chicago. Plus tard, beaucoup diraient qu'il quitta une ville en ruine. Il avait assassiné deux femmes, mais le parfum d'angoisse qui entourait chacun de ces deux épouvantables crimes plana dans l'atmosphère longtemps encore après son départ. Bien que jamais divulgués officiellement, les détails de ce qu'avaient subi les deux femmes devinrent vite connus, et pour finir les deux morts se transformèrent en dix, et les dix devinrent innombrables. Pendant de longues années, les mères invoqueraient le monstre de Chicago pour mettre en garde leurs filles rebelles, et les hommes jureraient avoir côtoyé le tueur, voire fréquenté les mêmes endroits, au moment où il traquait ses victimes.

Ce matin-là, Bishop se réveilla de bonne heure.

Après le petit déjeuner, il longea pour la dernière fois la plage sur Lake Shore Drive. Il regrettait de devoir partir et espérait revenir un jour. Chicago était le genre de ville qu'il affectionnait. Mais il était temps pour lui de s'en aller.

À midi, il régla la note de l'hôtel et marcha vers le sud, sur State Street. Dépassant Heald Square et la rivière Chicago, il descendit jusqu'à Jackson Boulevard et prit à l'ouest, vers la gare d'Union Station. Il avait en effet décidé de rejoindre New York en train, car toutes les gares routières étaient étroitement surveillées. Bien qu'il ne fût pas menacé, la moindre imprudence pouvait s'avérer fatale. Or, des imprudences, il entendait n'en commettre aucune. La veille, il avait acheté un billet pour le train de 14 h 30 en direction de New York. Départ imminent.

La gare lui fit l'impression d'un immense coffre-fort, toute creuse et caverneuse et remplie d'espaces vides. Dans un coin, près d'un escalier en faux marbre, se trouvait un panneau répertoriant onze services religieux différents. La Science chrétienne arrivait en premier. Il trouva que cela ajoutait une jolie note un peu plus chaleureuse au bâtiment glacial. Après avoir dépassé les rangées de bancs déserts, il poursuivit jusqu'à la zone des boutiques, située devant les voies. Il y acheta un journal et plusieurs magazines. En face, dans une buvette aux couleurs acidulées, il commanda un milk-shake au chocolat givré. Il demanda aussi de l'eau, mais les serveurs ne semblaient pas connaître ce produit, ni savoir où s'en procurer, et lui conseillèrent plutôt le Coca-Cola.

Lorsque les portes du quai s'ouvrirent, il passa devant l'homme qui surveillait calmement, mais attentivement, la foule. Les wagons de seconde se trouvaient en queue et ceux de première en tête ; entre les deux parties, le wagon-restaurant et le wagon-bar. Il aurait aimé disposer d'un petit compartiment en première classe pour être tranquille, mais c'eût été attirer l'attention sur lui. Les garçons de wagon-lit se rappelaient toujours les passagers de première. En revanche, personne ne s'intéressait aux voyageurs de seconde.

Après avoir trouvé son siège, il posa le sac de voyage par terre et garda la sacoche remplie d'argent à ses côtés. Il avait pour voisin un jeune étudiant du Maine qui aimait beaucoup parler. Très vite, Bishop s'inventa une vie de A à Z.

Pendant les premières heures du trajet, il parcourut les magazines et son journal, dont le supplément du week-end comportait un article sur l'affaire Mungo, un long article truffé d'erreurs factuelles. Pire encore, le journaliste y décrivait Vincent Mungo comme un fou furieux. Or, Bishop ne s'estimait ni fou ni furieux. Et Vincent Mungo n'était pas le fils de Caryl Chessman, du moins pas *vraiment*. Il avait simplement fait croire cela afin que, étant officiellement mort, nul soupçon ne puisse peser sur lui. Il ne voyait pas où on avait bien pu aller chercher cette idée que Mungo était le fils de Chessman. C'était *lui*, son fils.

Il pensa envoyer une lettre au journal, une lettre où il rectifierait toutes ces erreurs. Sauf, bien sûr, pour ce qui était de sa véritable identité. Mais il comprit rapidement que la manœuvre était périlleuse. Il était devenu une vedette maintenant, et les vedettes devaient accepter tout ce qu'on écrivait sur leur compte ; c'était la rançon de la gloire pour une vedette, même inconnue comme lui. Il fallait souffrir en silence. Et ça, il savait très bien le faire. Il l'avait même fait toute sa vie. L'idée de la lettre lui passa ; il se replongea dans sa lecture.

Il décida finalement de se promener parmi les wagons. Presque tous les sièges étaient occupés. Le voyage durait environ vingt et une heures, d'abord le long du lac, puis à travers le nord de l'État de New York, jusqu'à Albany, et enfin cap au sud vers New York. Le dîner serait servi jusqu'à 21 heures, le bar ouvert jusqu'à minuit. Après, ceux qui le pouvaient dormiraient assis. Une fois de plus, Bishop regretta de ne pas disposer d'un compartiment couchette.

Sur les coups de 20 heures, il arriva dans le wagon-restaurant et prit place à côté d'un couple âgé qui aimait manger et surtout boire. Les deux ne parlèrent pas beaucoup, sinon pour se plaindre de la nourriture et du service. L'alcool, apparemment, était potable. Après le dîner, ils passèrent au bar. Peu après, une jeune femme vint s'asseoir en face de lui. Mince, la peau claire et des cheveux gris-brun, elle paraissait très timide. Bishop lui sourit et engagea la conversation. Très vite, ils discutèrent comme on discute autour d'une table. Elle était bibliothécaire à Omaha, dans le Nebraska, et profitait de ses trois semaines de vacances pour voyager. Elle n'avait jamais mis les pieds à New York. De là, elle comptait se rendre en Floride, puis retourner chez elle.

Il ne l'avait pas vue en traversant les wagons. Elle lui expliqua avoir choisi une couchette parce qu'elle n'arrivait pas à dormir assise. Il hocha la tête d'un air compréhensif – lui-même avait du mal. Vers la fin du repas, il lui demanda si elle accepterait de prendre un verre avec lui au bar. Peut-être un peu plus tard, répondit-elle, si elle ne tombait pas de sommeil entre-temps. Si ça lui chantait, proposa-t-il, il serait au bar aux alentours de 23 heures.

Il ne dit rien de sa rencontre à son compagnon de voyage, lequel descendait à Buffalo aux petites heures du jour et comptait bien dormir jusque-là.

À 23 h 30, il entamait sa deuxième canette de bière lorsque la jeune femme fit son entrée dans le bar. Elle jeta un regard farouche autour d'elle, puis l'aperçut et s'approcha d'un pas rapide, comme font souvent les timides. Il lui fit une place à ses côtés ; ils partagèrent plusieurs verres. Il lui en offrit un dernier à minuit, un whisky coupé d'eau, puis se commanda une bière et suggéra de terminer la soirée dans la couchette, puisque le bar allait fermer. Elle hésita, mais il la rassura aussitôt en lui expliquant, sourire aux lèvres, que c'était bien le moindre des services qu'un voyageur épuisé pouvait rendre à quelqu'un ne supportant pas de dormir assis. S'il avait disposé d'une couchette à lui, il la lui aurait certainement proposée. Elle cligna des yeux plusieurs fois, pensive, et finit par accepter, surtout par exaspération contre elle-même.

Le temps d'aller récupérer quelque chose à sa place, il la retrouverait d'ici cinq minutes. Elle lui indiqua le numéro de son compartiment, deux wagons plus loin ; il lui répondit qu'il arrivait tout de suite. En regagnant son siège, Bishop réfléchit très vite. Il l'avait laissée pour ne pas devoir l'accompagner. Si leur présence avait été remarquée, on les aurait vus prendre deux directions opposées. Il ne lui restait plus qu'à la retrouver dans sa couchette sans être vu de personne, du moins pas sous la même apparence.

Il fit une halte dans les toilettes, qui se trouvaient au bout du premier wagon de seconde. Toutes les lumières étaient éteintes, les gens dormaient. En un tournemain, il se grima en barbu. Il attendit quelques minutes avant de retrouver le bar quasiment désert et le wagon-restaurant plongé dans le noir. Calée sous sa veste se trouvait la sacoche remplie d'argent, qu'il emmenait partout. Il avait laissé son sac de voyage sous son siège, protégé du passage et des regards indiscrets.

Une fois parvenu au wagon suivant, il emprunta à pas de loup le couloir central recouvert de moquette. La jeune femme se trouvait dans le dernier compartiment – le compartiment A. Devant la porte, il ôta sa fausse barbe, la fourra dans sa poche et adopta une expression d'innocence enfantine.

Il toqua doucement à la porte. Celle-ci s'ouvrit lentement pour lui…

Le rédacteur en chef se carra dans son fauteuil et contempla les tableaux accrochés aux murs de son immense bureau, quatre grandes toiles qui représentaient des scènes classiques de la vie new-yorkaise. Elles étaient accrochées de telle sorte que celui qui les observait commençait par un panorama de South Ferry, poursuivait avec le square au coin de la 5e Avenue et de la 23e Rue, puis les canyons de la 6e Avenue, et terminait par l'hôtel Plaza et le début de Central Park.

Chacun de ces tableaux était une ode au mouvement et à l'activité foisonnante de la grande métropole, à sa volonté frénétique de faire fructifier le moindre potentiel commercial. Mais sous la surface, on sentait bien la géométrie des rues, le schéma immuable de la vie quotidienne, comme le fleuve qui coule mais reste toujours le même. Martin Dunlop enviait à l'artiste sa vision globale des créations humaines, son jugement sûr. Si seulement la vie pouvait être aussi simple !

Dehors, la 6ᵉ Avenue et l'avenue des Amériques vibraient de leur traditionnelle folie du lundi matin. On faisait hurler les klaxons, on jurait, on s'insultait, on perdait ses nerfs au milieu de la tôle froissée. Et des hordes de piétons se lançaient dans des discussions à n'en plus finir, étouffées seulement par le rugissement intermittent du métro souterrain. Devant le Rockefeller Center, l'atmosphère était plus calme. Les chauffeurs de maître discutaient à voix basse, comme des conspirateurs, tandis que les Cadillac et autres Lincoln rutilantes s'étalaient langoureusement le long de la chaussée. Le rédacteur en chef regretta, une fois de plus, de ne pas être installé de ce côté-là de l'immeuble, bien qu'il travaillât suffisamment en hauteur pour ne rien entendre à travers les fenêtres aux doubles vitrages.

Un bruit vint interrompre sa méditation ; il se détourna des tableaux pour regarder à droite, vers un canapé en cuir qui trônait contre le mur. L'homme aux cheveux blancs se racla la gorge une deuxième fois et se leva du canapé. Dunlop reposa sur son bureau le dossier qu'il tenait dans les mains et resta assis sans bouger, pendant que son cerveau étudiait la question sous toutes ses coutures.

« Ils ont quelque chose ? » demanda-t-il.

Le directeur de la publication, John Perrone, qui dirigeait techniquement l'hebdomadaire, était un des journalistes américains les plus respectés, mais aussi l'un des plus craints. Ce respect et cette crainte trouvaient leur origine dans sa manière impitoyable, mais ultra-professionnelle, de gérer un réseau mondial de rédacteurs et d'enquêteurs qui, chaque semaine, se mettaient en quatre pour informer leurs millions de lecteurs. Son pouvoir était colossal, ses responsabilités écrasantes. Généralement considéré comme doté d'un flair sans égal pour les sujets brûlants et les grandes tendances du lendemain, on l'accusait aussi de manipuler l'information à l'avantage de cet empire de presse qu'il servait avec tant de zèle. Raison pour laquelle il avait toujours su garder son poste et maintenir son pouvoir.

« Je crois bien, dit-il après quelques secondes de réflexion. C'est pour ça que je vous l'ai apporté. » La voix était neutre, le regard ferme. Pourtant, il sentait déjà toute la charge émotionnelle de l'événement. « On sait tous qu'un profil psychologique n'est jamais gravé dans le marbre. Mais pour l'instant celui-ci m'a l'air de bien correspondre à Mungo. Si les prévisions de l'Institut sont justes, on peut s'attendre à un bain de sang qui ferait passer Charles Manson et Richard Speck pour des enfants de chœur. Les médecins estiment en effet que Mungo est devenu complètement mégalo. Il se croit invincible et il est là pour venger son père aux dépens des femmes, de toutes les femmes.

— On ne sait toujours pas si Caryl Chessman était vraiment son père.

— Peu importe, maintenant. Mungo a pris sa décision et il est allé trop loin pour pouvoir s'arrêter. Le sang appelle le sang, et si les médecins ne se trompent pas, il est irrévocablement perdu. Où qu'il aille, il ne voit que des cadavres mutilés. La question qui se pose est la suivante : doit-on le traquer nous-mêmes ? Dans tout le pays, nous avons des contacts et des réseaux que la police elle-même ne soupçonne pas. Si on mettait la main sur lui en premier… »

Dans sa voix, l'excitation croissait.

« … Eh bien, on tiendrait l'affaire de l'année.

— Il fut un temps, répondit Dunlop avec un sourire, où l'on se contentait simplement de relayer l'information.

— Les temps changent, grommela Perrone. Et puis je ne dis pas que nous devons nous mêler des affaires de la police, mais simplement mener notre enquête parallèle. Les journalistes sont censés révéler des faits. Tout ce qu'il nous faudrait dans cette affaire, c'est un effort conjugué, une cellule spéciale qui travaillerait uniquement sous nos ordres et à l'écart du bureau de New York. Ces gars-là ne se verront confier aucune autre tâche tant que Mungo ne sera pas stoppé, d'une manière ou d'une autre. »

Sur ce, John Perrone se tut. Il avait défendu son idée avec toute l'ardeur dont il était capable. Cela faisait des années qu'il s'agaçait d'entendre Dunlop sans cesse décrire le journaliste comme un simple relais de l'information. Pourtant, il n'avait jamais vraiment compris quelle était la position exacte de son supérieur sur la question. En son for intérieur, il savait mieux que quiconque que les médias produisaient souvent eux-mêmes l'information, qu'il était même presque impossible au journaliste de rester en dehors de son reportage. Il ne connaissait que trop bien ce phénomène que l'on appelle communément « l'effet Hawthorne » : les gens qui se savent observés se comportent différemment précisément parce qu'ils sont observés. Pour lui, il en allait exactement de même avec une personne que l'on interviewait après un événement donné. De surcroît, toutes les informations demeuraient confidentielles tant qu'elles n'étaient pas rendues publiques, et leur simple collecte constituait en soi une forme de manipulation. Dans son esprit, cela semblait l'évidence même.

Les lèvres serrées, Martin Dunlop se concentra et regarda de nouveau les tableaux. Malgré le coup de pinceau moderne et l'architecture contemporaine, quelque chose en eux évoquait le New York d'antan. Parfois, quand il les contemplait, il regrettait de ne pas vivre au XIXe siècle ; il avait l'impression qu'à l'époque le travail d'un rédacteur en chef était beaucoup plus simple. Non pas plus facile, car Dieu sait que la vie d'un rédacteur en chef n'était pas facile depuis le jour où Adam et Ève avaient vu leurs noms rayés de l'article sur le paradis par le Grand Patron en personne. Mais les choses étaient moins compliquées un siècle plus tôt, ne serait-ce que parce qu'il y avait moins de choses à gérer. Il y avait l'information, point final. Simple. Direct. Et lui, il aimait ce qui était simple et direct. Ce qu'il n'aimait pas, en revanche, c'était devoir prendre des décisions hâtives sur des sujets qui risquaient de dégénérer. Il aurait aimé que Perrone quitte son bureau. C'était le meilleur dans son domaine, certes, mais à cet instant précis, il aurait préféré voir son directeur de la publication disparaître de sa vue.

Martin Dunlop repensa à l'idée de Perrone. Le magazine avait peut-être les moyens de débusquer ce fameux Mungo, mais cela pouvait signifier rétention d'information et immixtion dans une enquête policière. L'affaire risquait même de devenir périlleuse et de se solder par des accusations de manipulation de l'information. D'un autre côté, en cas de succès, on pouvait faire un coup éditorial fabuleux. Dunlop ne se faisait aucune illusion quant à la concurrence féroce qui, en cette année 1973 où les finances étaient serrées, faisait rage entre les magazines.

« Très bien, soupira-t-il, les yeux toujours rivés sur les tableaux. J'en parlerai au-dessus. »

John Perrone ne dit rien. Son patron était un bon rédacteur doublé d'un excellent professionnel des médias. Il n'en attendait pas moins de lui.

Dunlop fit pivoter son fauteuil. « Je vous tiens au courant avant le déjeuner. » Il sourit pour indiquer que la réunion était terminée. « L'idée me paraît tout à fait intéressante. J'espère qu'on pourra en faire quelque chose. »

Après que Perrone fut reparti vers son bureau, où l'attendaient une dizaine de problèmes pressants liés au prochain numéro, le rédacteur en chef relut le rapport des médecins, puis ferma les yeux. Il ne faisait aucun doute que Vincent Mungo tuerait de nouveau et ne s'arrêterait pas en si bon chemin du jour au lendemain, à l'instar d'un Jack l'Éventreur. Pas besoin d'être médecin pour comprendre ça.

La mine toujours soucieuse, il demanda à sa secrétaire d'appeler au-dessus.

Le même jour, à Berkeley, en Californie, Amos Finch résolut une énigme qui le taraudait depuis de longues semaines. Il venait enfin de comprendre comment déterminer si le corps de l'homme assassiné à l'hôpital de Willows dans la nuit du 4 juillet était réellement celui de Thomas Bishop, quand bien même le visage avait été broyé au point d'être méconnaissable, et le cadavre, enterré depuis longtemps.

À 10 h 40, le rédacteur en chef de *Newstime* prit l'ascenseur pour rencontrer le président du conseil d'administration du groupe Newstime Inc. Il s'attendait à ce que l'entretien soit bref.

Lorsque les portes de l'ascenseur s'ouvrirent au vingt-quatrième étage, Dunlop pénétra dans un vestibule tapissé d'une épaisse moquette et dont les murs lambrissés comportaient des lithographies originales. Il tourna à gauche, entra dans la salle d'attente, adressa un petit sourire à la femme assise derrière son bureau chromé et emprunta le couloir à moquette bleue. Tout au fond, il tourna au coin et déboucha sur une immense salle de réunion.

Près du mur opposé, la femme leva les yeux de son bureau au moment où il traversa la pièce.

« Monsieur Dunlop. Contente de vous voir.

— Madame Marsh, bonjour. »

Le rédacteur en chef jeta un coup d'œil vers la porte close sur sa droite.

« Je suis un petit peu en avance.

— Il vous attend. »

Elle appuya sur un bouton et l'annonça. Au bout d'un moment, elle sourit à son tour, et Martin Dunlop passa devant elle avant de pénétrer dans le bureau privé de James Mackenzie.

Depuis la dernière fois, quelques semaines auparavant, la pièce n'avait pas changé : comme toujours encombrée, sans prétention, passionnément désordonnée, et pourtant, éminemment chaleureuse. Ce devait être lié aux fleurs, à la casquette de pêcheur grec, aux tennis bleues et à la pipe en argile. Et tous ces objets, qui dégageaient un charme et une grâce raffinés, allaient bien avec l'homme longiligne qui se retourna pour le saluer.

« Content de vous voir, Martin. »

Mackenzie lui indiqua un fauteuil, dans lequel Dunlop s'empressa de prendre place. Après avoir répondu à quelques questions relatives au magazine et au numéro en préparation, il s'ouvrit rapidement de plusieurs idées qu'il s'était pourtant promis de ne dévoiler qu'un peu plus tard. Mais il n'y avait pas de petits profits et, à force de parler affaires, il faillit oublier la raison de sa visite.

« Bon, qu'est-ce que c'est que ce bazar autour de Vincent Mungo ? »

Martin Dunlop se ressaisit sur-le-champ. En quelques minutes, il expliqua que le magazine avait commandé à l'Institut Rockefeller une étude sur le profil de Mungo. S'appuyant sur ce rapport, et notamment sur la prédiction d'un bain de sang imminent, son directeur de la publication estimait – et lui-même partageait cet avis – que le groupe Newstime devait mettre en place une vaste équipe d'enquêteurs entièrement voués à la traque du tueur fou. En cas de succès, ça voulait dire l'équivalent de plusieurs millions de dollars de publicité gratuite, autant de recettes qui bénéficieraient à tous les secteurs de l'entreprise. Et *Newstime*, naturellement, publierait l'article *in extenso*, ce qui rapporterait encore plus de sous. Il conclut son bref exposé en déposant l'étude de l'Institut Rockefeller sur le bureau.

Mackenzie se saisit du dossier vert sans piper mot. Pendant qu'il lisait, ses lèvres se serraient parfois, l'air visiblement mécontent. Une fois qu'il eut terminé, il repoussa le dossier sur le bureau et lâcha un long soupir.

« Quels sont les risques pour l'entreprise ? »

Dunlop les énuméra rapidement. Il prononça à plusieurs reprises les expressions « immixtion dans une enquête policière » et « rétention d'information ». Il vit la moue dubitative de Mackenzie s'accuser un peu plus. Lorsqu'il en arriva à la partie « manipulation de l'information », la moue se transforma en rejet complet.

« À l'heure qu'il est, c'est politiquement indéfendable, et je suis convaincu que vous en êtes bien conscient, Martin. L'administration Nixon attend la première occasion pour planter ses crocs quelque part. Ces gens-là n'ont rien oublié, dit-il avec un mépris non dissimulé. L'équipe de monsieur Agnew, j'entends. »

Quelques minutes plus tard, la discussion était terminée. Hors de question de mettre en place une vaste cellule spéciale. Hors de question que l'entreprise fournisse un gros effort. La moindre publicité, voire la simple mention d'un tel projet : hors de question. Il ne devait y avoir ni immixtion dans une enquête policière, ni rétention d'information, bien que, pour ce qui était des reporters, la chose fût souvent difficile à prouver. Enfin, on ne pouvait tolérer aucun soupçon quant à une éventuelle manipulation de l'information. Grands dieux non !

De retour dans son bureau, le rédacteur en chef convoqua son assistant administratif, Patrick Henderson, un jeune homme discret et parfaitement bien élevé auquel il aimait souvent soumettre en premier ses idées. Henderson considérait la loyauté comme un art qu'il fallait sans cesse pratiquer, et il pouvait se montrer particulièrement sévère avec ceux qui s'écartaient du droit chemin ou commettaient trop d'erreurs. D'aucuns voyaient en lui l'homme des basses besognes de Dunlop, et il était autant aimé que détesté. Si cela le dérangeait, en tout cas, il le cachait bien ; la seule chose qui le taraudait à cet instant précis était le refus opposé par James Mackenzie au projet.

« C'est une erreur. Une grosse erreur. Le magazine en aurait tiré un prestige immense, on en aurait parlé pendant des années. Rien que l'idée de briser un type comme lui… C'est incroyable. Mackenzie doit bien s'en rendre compte, tout de même ? »

Le rédacteur en chef secoua la tête d'un air résigné. « Mac sait très bien ce qu'il veut et ce qu'il ne veut pas. Et ce qu'il ne veut surtout pas en ce moment, c'est que ça puisse se retourner contre nous à Washington. Donc, il refuse qu'un grand groupe intervienne dans cette affaire et que notre entreprise fasse le moindre geste. » Il fit pivoter son fauteuil pour regarder par la fenêtre. À l'ouest, le ciel était très bleu. « Et il ne veut aucune publicité. Pour tout dire, si quelqu'un évoque ce projet, il sera sans doute viré sur-le-champ. » Il répéta la dernière phrase que le président lui avait dite : « “On ne doit provoquer aucun incident avec la Maison-Blanche. Ni même avec la police – du moins rien d'avouable. Il ne doit y avoir aucun plan, aucun projet en bonne et due forme.” » Dunlop se tut un instant, puis ajouta :

« Rien d'officiel, en tout cas.

— Mais on ne peut absolument rien faire, protesta l'assistant, sans utiliser toutes les ressources de l'entreprise. Ce qu'il nous faut, c'est une grosse opération menée par une équipe qui pourra disposer d'informateurs partout et recevoir des informations en continu…

— Et être connue comme le loup blanc en moins d'une demi-heure. »

Il se retourna pour faire face à Henderson.

« Les ordres sont clairs et nets : aucune publicité.
— Dans ce cas, il n'y a plus rien à faire.
— Rien qui attire l'attention, corrigea Dunlop. Ce qui ne veut pas dire exactement ne rien faire du tout. »

Bishop passa toute la nuit aux côtés du cadavre. Il ne dormit pas, mais préféra rester tranquillement assis face à la fenêtre pour admirer le paysage, le corps inerte de la jeune fille étendu près de lui sur le lit. En voyant défiler la campagne sombre et déserte, il se sentit pousser des ailes. Le sommeil signifiait la mort, et toutes ces petites villes étaient peuplées de morts. Seul lui était assez vivant pour percevoir cette désolation absolue. Seul lui détenait le pouvoir.

Le matin, il déplaça le cadavre dans la minuscule salle de bains. Il avait étranglé la fille afin de ne pas laisser de sang sur les draps. Lorsque le garçon du wagon-lit sonna à la porte pour faire le lit, Bishop s'accroupit dans la salle de bains et verrouilla la porte. Avec une voix féminine très bien imitée, il cria : « Oui ! » à travers les deux portes fermées. Il ouvrit le robinet du lavabo au moment où le garçon entra, pour qu'il comprenne que la passagère était occupée. Quand il s'en alla, Bishop le remercia, toujours avec sa voix de jeune fille. Ensuite, il verrouilla de nouveau la porte et allongea le corps de la fille sur la banquette rouge aux motifs fleuris. Il cala les serviettes de toilette blanches sous le corps et baissa le store. Puis il sortit son couteau.

John Perrone et Fred Grimes, spécialiste depuis longtemps des affaires policières à *Newstime*, rencontrèrent Dunlop à midi. Une vaste cellule spéciale rattachée à l'entreprise était exclue puisqu'il fallait maintenir un secret absolu. Autre hypothèse écartée : les détectives privés, car ils risquaient de compromettre l'ensemble du journal. Il fallait donc trouver quelqu'un, au sein de l'entreprise, qui eût à la fois l'instinct du détective et le talent du reporter. Un homme qui serait au courant du projet et qui pourrait s'en servir pour pister Vincent Mungo.

Un homme, un seul.

Martin Dunlop se frotta le nez et contempla ses tableaux. De Central Park au Battery Park en passant par Manhattan, tout semblait si paisible. À l'arrière-plan, plongée dans l'obscurité, la statue de la Liberté offrait une promesse d'espoir.

Il se tourna vers son directeur de la publication.

« Qui, demanda-t-il à voix basse, est le meilleur journaliste d'investigation du magazine ? »

John Perrone jeta un petit regard vers Fred Grimes. Ils avaient l'air tous les deux d'accord sur la réponse.

« Le meilleur journaliste d'investigation de toute cette foutue boîte, annonça Perrone sur un ton solennel, est un des anciens de mon équipe, Adam Kenton.

— Et c'est lui qui s'occupe déjà de l'affaire, précisa Grimes.

— Où est-il ?

— Au bureau de Los Angeles.

— Appelez-le, dit le rédacteur en chef Dunlop. Je veux le voir dans mon bureau demain matin. »

Le train fit son entrée dans la gare de Grand Central à 13 h 30, soit avec une heure de retard. Bishop jeta les serviettes ensanglantées dans la cuvette des toilettes et redressa le cadavre sur la banquette. En lettres de sang, il écrivit « C. C. » sur le miroir. Il entrouvrit la porte du compartiment et tendit l'oreille quelques secondes. Personne dans le couloir. Il sortit prestement.

Les passagers descendaient du train. L'agitation était à son comble.

Revenu à son siège, Bishop ramassa son sac de voyage et le suspendit à son épaule gauche. Il sortit la sacoche d'argent de sous sa veste et la garda dans sa main droite ; il traversa tout le wagon et descendit.

Sur le long parcours qui le séparait de la plate-forme centrale, Bishop arbora un sourire radieux. Pour annoncer son arrivée, il avait offert un petit cadeau à la ville de New York. Le roi de Californie rendait visite à l'État de l'Empire.

Il sentait que sa place était là.

Au bout du quai, il franchit un labyrinthe de marbre et se retrouva tout à coup dans le hall de Grand Central. À ses yeux, l'endroit ressemblait à une ville de science-fiction, où des millions de gens couraient dans tous les sens. Il fut impressionné au plus haut point. C'était encore plus beau que ce qu'il avait imaginé.

Il se força à entrer dans le tourbillon. Il découvrit face à lui, loin devant, la plus grosse horloge qu'il eût jamais vue. Il avança dans sa direction et se perdit rapidement dans la foule.

Cela se passait le 15 octobre 1973.

Souvenez-vous-en.

Dans le vocabulaire officiel de la police new-yorkaise, cette journée finirait par être surnommée le Lundi sanglant.

Livre deuxième

Adam Kenton

11

C'était un solitaire, qui aimait les femmes quand il en avait besoin mais n'y pensait pas beaucoup le reste du temps. Tous les beaux sentiments qu'il avait pu jadis éprouver pour elles s'étaient noyés dans les remous d'un mariage précoce et désastreux. Mais pour Adam Kenton, ça ne changeait rien. Il était toujours en vadrouille, appelait les grooms et les barmen par leur prénom dans une centaine de trous perdus à travers tout le pays. Son travail l'obligeait souvent à se déplacer et, à ses yeux, toutes les villes se ressemblaient, corrompues et remplies d'hommes aux appétits meurtriers. Il était fasciné par le pouvoir, et comme celui-ci reposait entièrement entre les mains des hommes, il fréquentait les hommes. Méfiant de tous, ne faisant confiance à personne, il voyait des monstres partout, prêts à terrasser les imprudents. Politiciens, banquiers, hommes d'affaires, révolutionnaires, fonctionnaires de tout poil, marchands de toutes sortes : tous cherchaient à piller ce qu'ils pouvaient. Secteur public ou secteur privé, il n'y avait aucune différence, tout le monde était mouillé. Et son travail consistait à les débusquer. Dans les couloirs sombres ou les pièces bondées, dans les rues désertes ou les grandes avenues surpeuplées, à travers des montagnes de paperasse et des kilomètres d'archives, il fouinait, cherchait, interrogeait, exigeait, menaçait, enjôlait et amadouait pour découvrir des faits et des chiffres susceptibles de l'aider dans sa quête. Un désespoir paisible l'accompagnait souvent dans ces moments-là et, avec le temps, ce genre d'activité discrète et solitaire avait imprimé sa marque sur l'esprit de Kenton. Il n'avait pas de vrais amis. Dans sa vision confuse du monde, tout puait l'odeur rance de la corruption, et bien que ses minuscules entreprises eussent rencontré quelque succès, il comprit rapidement que la quête de pureté était vaine, voire dangereusement corrompue elle-même. Pourtant, il persévéra, malgré une vie privée inexistante, malgré sa vie dénuée de sens, malgré les trous dans ses chaussettes, qu'il changeait deux fois par semaine.

De taille moyenne, desservi par un corps sec et des gestes mal coordonnés, Kenton donnait l'apparence d'un homme obstiné, d'un homme sombre. C'étaient surtout ses yeux, capables de s'écarquiller soudain, faussement candides, ou au contraire de se plisser pour indiquer le soupçon et la méfiance, ou encore de dévoiler toutes les nuances d'incrédulité entre ces deux extrêmes. Son visage très ridé disait également la solitude, du moins à qui savait déchiffrer ses pensées. Les lèvres étaient fines, le nez sculpté, les joues creuses et hautes. Quand il fermait son visage et plissait les yeux, ceux qui l'intéressaient sentaient chez lui une force incroyable. Très souvent, il n'en fallait pas davantage pour qu'il obtienne d'eux ce qu'il cherchait.

Après avoir récemment travaillé pour la rédaction de Los Angeles, voilà qu'on l'appelait soudain à New

York. Le télex n'avait fourni aucune explication, sinon la consigne immédiate de départ. Le coup de fil de la rédaction en chef n'avait pas été plus éclairant, hormis la promesse d'une explication dès son arrivée sur place. D'un naturel éminemment soupçonneux, Kenton craignit tout d'abord d'avoir chatouillé d'un peu trop près les cercles du pouvoir dans ses articles sur le scandale de l'irrigation. Ou était-ce l'enquête qu'il menait sur Stoner, le sénateur de Californie ? Ou alors ses recherches sur l'immigration clandestine mexicaine ? Quoi qu'il en soit, il avait touché quelque chose du doigt et quelqu'un commençait à s'en émouvoir. Du coup, on le transférait ailleurs. Il ne faisait pas plus confiance à son employeur qu'aux autres et rêvait souvent d'éplucher les opérations de la société Newstime au plus haut niveau. Mais ce qui le troubla le plus sur le coup fut de lire le nom de Martin Dunlop au bas du télex. Car il n'avait encore jamais rencontré le vénérable rédacteur en chef. Seul son patron, John Perrone, parlait à Dunlop. Et Dunlop ne parlait qu'à Dieu, qui s'appelait en l'occurrence James Mackenzie. Et pourtant, c'était bien Dunlop qui lui demandait expressément de rappliquer. La perspective le fit grimacer.

Passant devant des groupes de voyageurs endormis et d'employés nerveux, il se fraya un chemin hors du terminal de la TWA et s'engouffra dans un taxi jaune. Une seule chose de sûre : il s'apprêtait à exécuter une mission spéciale. Tout excité, il s'affala sur la banquette et ferma les yeux face à la nuit noire qui enveloppait le taxi pendant sa course jusqu'au cœur de Manhattan.

Sur le siège avant, à côté du chauffeur, la première édition du *Daily News* évoquait en grosses lettres le meurtre de Central Station. Lundi, à 16 h 40, le corps d'une jeune femme avait été retrouvé dans un train, éviscéré comme un bestiau. Ce train, plus connu sous le nom de Lake Shore Limited, était arrivé de Chicago à 13 h 30. Le sauvage assassinat fut attribué au fou de Californie, Vincent Mungo.

Kenton avait beaucoup écrit sur Mungo, certes, y compris la récente enquête qui avait fait un tabac. Mais ce qu'il ignorait encore, au moment où New York s'acheminait vers le mardi matin, c'est que Mungo avait encore frappé et qu'on lui demanderait, qu'on lui *ordonnerait* d'écrire l'article de l'année. Bien des années plus tard, on l'entendrait dire à plusieurs reprises que s'il avait su ce qui l'attendait ce jour-là...

À 11 heures du matin, mardi, Adam Kenton savait enfin pourquoi on l'avait convoqué à New York et ce qu'on attendait de lui. On lui avait donné à lire le rapport de l'Institut Rockefeller, puis il avait écouté Martin Dunlop et John Perrone exposer leur projet en long et en large. En les entendant, ses yeux s'étaient rétractés au point de ne laisser voir que deux petits points lumineux. Il devait traquer Vincent Mungo pour la gloire – et le chiffre d'affaires – du magazine et de l'entreprise Newstime. Il mènerait l'opération presque seul, avec pour quartier général un bureau anonyme au sixième étage, loin des regards indiscrets. Tout ce dont il aurait besoin, il l'obtiendrait. Il aurait quasiment toutes les ressources du groupe Newstime à sa disposition. Son autorité serait incontestée, ses finances illimitées. Seul le temps lui serait compté ; s'il ne mettait pas la main sur Mungo avant la police, la mission serait considérée comme un échec doublé d'un gâchis. Personne ne souhaitait en arriver là, bien entendu.

Malheureusement, il y avait un hic.

Toute l'opération devait en effet être conduite dans le plus grand secret. Hors du groupe Newstime, personne n'en connaîtrait l'existence. La consigne émanait de James Llewellyn Mackenzie en personne. Même au sein de l'entreprise, seuls quelques hauts responsables seraient au courant. Il n'y aurait donc ni rapports écrits, ni dossiers conservés. Aucune trace sur papier. Tous les échanges avec le terrain seraient passés à la broyeuse chaque soir. Les curieux s'entendraient simplement dire que Kenton recueillait des informations en vue d'un nouveau reportage sur Vincent Mungo.

C'était tout.

Rien de plus qu'une petite opération en sous-main impliquant des dizaines, voire des centaines de gens qui ne devaient être au courant de rien. La traque d'un homme qui avait échappé aux efforts conjugués des autorités fédérales et des polices d'une douzaine d'États et de villes à travers tout le pays. Et un travail qui ne comportait même pas de calendrier, puisque, pour peu que la police mette la main sur Mungo, tout pouvait s'écrouler en une seconde.

Par-dessus le marché, on ne disposait d'aucun indice sur la dernière identité de Mungo. Et pas de témoins récents, du moins pas de témoins encore en vie.

Pendant qu'il digérait une par une ces données pour le moins décourageantes, Kenton se demanda si les trois hommes qui se trouvaient dans la pièce se rendaient bien compte de la mission impossible qu'ils lui confiaient. Ils devaient bien savoir qu'à moins d'un miracle, il n'avait aucune chance.

Or, les miracles ne faisaient pas partie des rares choses auxquelles il croyait encore.

Plusieurs fois pendant l'entretien, il voulut demander le nom de l'imbécile qui avait eu la bonne idée de voir un magazine rechercher en secret un tueur en série. En plus d'être dément, le projet lui semblait parfaitement illégal ! Mais son instinct de reporter lui dit que la réponse se trouvait juste devant lui, dans la pièce.

Soudain, quelque chose vint tarauder son cerveau suspicieux. Le sénateur Jonathan Stoner filait droit vers une carrière nationale. Il n'avait plus besoin de Vincent Mungo, qui pour lui représentait maintenant au mieux un poil à gratter, au pire un boulet politique. Plus tôt Mungo serait tué, mieux Stoner s'en porterait. S'il y avait bien une chose dont celui-ci se serait volontiers passé, c'était d'une mauvaise publicité.

Kenton se jura d'en apprendre le plus long possible sur les activités passées et présentes de Stoner, simplement au cas où cela expliquerait en partie sa convocation à New York. Car il n'avait pas l'intention d'être écarté de l'affaire, et certainement pas par ses propres employeurs.

« ... et vous vous attellerez immédiatement à la tâche. Mettez les choses en place le plus vite possible. Vous aurez tout le nécessaire. »

C'était Dunlop qui parlait, et Kenton acquiesçait malgré lui.

« Tout passera par Grimes, ici présent, qui sera votre agent de liaison au sein de l'entreprise. » Puis le rédacteur en chef se tourna vers le canapé en cuir. « Fred, tu connais les ficelles de ce genre d'opérations. Veille à ce que tout se passe pour le mieux. » Il regarda tout le monde.

« Vous avez des choses à ajouter ?
— Un petit détail, répondit John Perrone. Si on veut maintenir le secret autour de l'opération, je propose qu'on utilise un nom de code. Un nom connu de nous seuls.
— Bonne idée. »
Le front de Fred Grimes se plissa.
« Tout a commencé avec le rapport de l'Institut Rockefeller sur Mungo.
— Le nom de Mungo ne devrait pas apparaître.
— Mais le rapport, oui. Adam est censé préparer un article sur Mungo.
— Fred a raison, dit Perrone. C'est la couverture parfaite.
— De quoi ?
— Le profil de l'Institut Rockefeller. Le PIR.
— PIR... Pire... Vampire ! s'écria Grimes.
— Le dossier Vampire », répondit Perrone calmement.
Dunlop retroussa les lèvres et acquiesça. « Ça marche. » S'adressant à Kenton : « Vous mentionnerez ce nom dans tous vos communiqués. Voilà. »
Il ramassa quelques documents sur le bureau. La réunion était terminée.
Quand les trois hommes arrivèrent à hauteur de la porte, Martin Dunlop les interpella.
« Monsieur Kenton, permettez-moi de vous féliciter personnellement pour le succès rapide de votre mission. Je sais que monsieur Mackenzie partage mon sentiment quand j'affirme que notre entreprise vous doit énormément. »
Perrone et Grimes s'échangèrent de brefs regards en quittant la pièce.

« Quel enfoiré, se dit Kenton fou de rage. Si je me plante, je dégage. Et si j'arrive par miracle à accomplir l'impossible, c'est sûr qu'il raflera la mise pour lui tout seul. Dans tous les cas, je suis perdant. Quel enfoiré. »

Toujours furieux, Kenton envisageait déjà une contre-attaque efficace. Plutôt crever que de laisser un gros malin de correspondant de province le rouler dans la farine.

Adam Kenton avait conscience d'être un bon journaliste d'investigation. Meilleur que la plupart et aussi bon que les meilleurs. Il se documentait beaucoup, allait chercher les faits en profondeur et intégrait toujours le facteur humain dans ses découvertes. Qu'apportait telle ou telle trouvaille au sujet traité ? Si la réponse ne venait pas d'elle-même, alors, Kenton creusait encore. Dans sa quête constante, parfois effrénée, d'information, il n'oubliait jamais que les hommes, quels qu'ils soient – individus, groupes, voire gouvernements –, agissaient uniquement pour satisfaire leurs propres intérêts. Et son boulot consistait à comprendre quels étaient ces intérêts. En général, les conclusions s'imposaient d'elles-mêmes.

Son seul regret était de ne pas travailler au service d'un journal comme le *Washington Post*. Pour un journaliste d'investigation, Washington représentait alors le centre du monde, l'endroit où l'information était littéralement créée par des journalistes qui fourraient leur nez dans les combines d'un gouvernement corrompu.

Mis à part ça, *Newstime* le comblait. Pour un magazine populaire qui servait une multitude d'intérêts bien établis, le résultat était acceptable. Le problème majeur ne résidait pas dans ce que la revue publiait, qui était assez honnête, mais plutôt dans ce qu'elle ne publiait pas. Quelque sommité machiavélique, peut-être Mackenzie lui-même, avait en effet compris qu'il était plus commode de passer un sujet à l'as, tout simplement, que de l'aborder de biais. Une fois imprimé, un article risquait d'être censuré, tandis qu'un oubli pouvait toujours passer pour de la négligence. Bien que beaucoup plus subtile et sophistiquée, cette façon de traiter l'information n'en demeurait pas moins condamnable. Néanmoins, depuis six ans qu'il travaillait pour le magazine, Kenton n'avait jamais vu une seule de ses lignes sabrée ou modifiée. Même à l'aune de son cynisme, c'était une belle prouesse.

Les autres journalistes du magazine, et l'ensemble de la profession, voyaient en lui un reporter doué, parfois brillant, qui ne lâchait jamais le morceau. Ses instincts d'enquêteur étaient prodigieux, au point qu'il avait plus d'une fois décliné des propositions émanant du secteur industriel. Il aimait écrire sur les vraies gens et il aimait informer ; mais plus que tout, il aimait creuser sous la surface pour montrer la réalité des choses. Cela lui donnait le sentiment d'avoir du pouvoir, et pour un journaliste, le pouvoir, comme il le savait depuis belle lurette, était la seule chose qui comptait.

Il avait été vite repéré par les adjoints des directeurs de la publication, qui firent appel à lui pour les enquêtes les plus difficiles. En l'espace d'un an, il était devenu rédacteur, et deux ans plus tard, journaliste permanent. Il travaillait dans une douzaine de villes, toujours fourré sur le terrain, toujours en vadrouille. On lui proposa à plusieurs reprises un poste de direction dans une rédaction ; il refusa à chaque fois. Le franc-tireur qu'il était entendait faire la seule chose qui l'excitait, et se retrouver assis derrière un bureau était tout le contraire.

En 1972, il fut envoyé en Californie pour enquêter sur la ténébreuse affaire Juan Corona. On accusait ce dernier, citoyen américain d'origine mexicaine, d'avoir assassiné au moins vingt-cinq travailleurs immigrés en deux ans. Les tribunaux californiens le condamnèrent à vingt-cinq réclusions à perpétuité cumulées.

La même année, Kenton se rendit au Nouveau-Mexique, où il travailla sur une gigantesque escroquerie foncière qui devait rapporter plusieurs millions de dollars à une poignée de promoteurs immobiliers véreux. Le scandale fut révélé en premier par *Newstime*.

Après plusieurs missions spéciales, il retourna en Californie en avril 1973, cette fois à la rédaction de Los Angeles. Aux yeux de certains responsables new-yorkais du magazine, la vie politique californienne, en pleine effervescence, apparaissait comme un possible avant-goût de ce qui se passerait à l'échelle du pays.

Kenton garda l'œil ouvert et se plongea dans de nouvelles enquêtes. Ses articles sur Caryl Chessman et Vincent Mungo, et celui sur l'ascension du sénateur Stoner, n'étaient que quelques exemples parmi d'autres.

Voilà qu'on l'appelait à New York, où il n'avait pas spécialement envie d'aller, et de surcroît pour une mission impossible qui ne promettait que des emmerdes. Il n'avait rien à se mettre sous la dent, aucun instrument de travail autre que son seul talent ; et son seul talent ne lui permettait pas de retrouver un homme parmi la grosse centaine de millions qui peuplaient le quatrième plus grand pays du monde.

Malgré tout, il devait bien reconnaître que si le miracle s'accomplissait, s'il parvenait à attraper Vincent Mungo avant les autres, son nom passerait à la postérité du journalisme d'investigation. À condition, bien sûr, qu'il arrive à empêcher, d'une part, Dunlop, la grande star du groupe, de lui voler la vedette, et d'autre part, John Perrone de minimiser son rôle.

En prenant tout cela en compte, y compris la possibilité d'un miracle, non seulement il s'approcherait des cercles du pouvoir, mais il en ferait même partie intégrante, ne fût-ce que provisoirement.

Sur le moment, il se dit que ça valait le coup.

Donc, il n'avait pas le choix.

Revenu dans lc bureau de Perrone, celui-ci lui demanda ce dont il avait besoin pour commencer. Une voiture pour décamper de là au plus vite, répondit-il. La blague ne fit pas rire. Il se contenta de réclamer une ligne téléphonique couvrant l'ensemble du territoire national et la liste complète des reporters et correspondants de *Newstime* dans toutes les villes. Il exigea également l'ensemble des articles parus sur Vincent Mungo, du plus petit torchon de province jusqu'au *New York Times*, ainsi que les copies de tous les documents importants à son sujet, à commencer par son acte de naissance. Perrone lui promit de mettre immédiatement deux documentalistes sur le coup, qui seraient ensuite mis à sa disposition pendant toute la durée de sa mission.

Autre chose ?

Pour l'instant, non. Ah, si ! Kenton sourit. Il voulait la liste de toutes les sources confidentielles de *Newstime*, les fameux mouchards de Perrone. Sans ce document, fit-il remarquer sans broncher, il aurait beaucoup de mal à trouver rapidement un fait, un nom, voire à mener une opération secrète.

Le directeur de la publication rétorqua que cette liste n'était accessible qu'à trois ou quatre sommités du magazine. Comment pourrait-elle demeurer confidentielle si on commençait à la faire circuler ? Kenton répondit que seul lui y jetterait un coup d'œil et qu'il se portait entièrement garant de sa confidentialité. Un bref coup de fil obligea Perrone à accepter.

Si on leur avait posé la question, Perrone comme Fred Grimes auraient dû admettre qu'ils avaient de l'estime pour leur limier de choc. Ils savaient les difficultés auxquelles il allait devoir faire face, les obstacles impossibles qu'il affronterait. Pourtant, ils croyaient dur comme fer que le jeu en valait la chandelle ; ils lui souhaitèrent bonne chance.

Maintenant assis dans son nouveau bureau provisoire du sixième étage, Kenton regardait par la fenêtre et repensait à la Californie. Vingt-quatre heures plus tôt, il était encore au soleil, au chaud. À présent, il se retrouvait dans une petite pièce sinistre, par une journée new-yorkaise glauque et sans lumière. Il trouvait cela injuste. S'il avait cru en Dieu, il l'aurait copieusement maudit. En attendant, il en voulait à John Perrone, à Martin Dunlop et à l'ensemble de *Newstime*. Mais surtout à Vincent Mungo.

Il se retourna pour voir l'homme au corps desséché entrer dans son bureau d'un pas martial. Une allure militaire, des cheveux argentés coupés en brosse et des yeux noirs, comme ceux d'une fouine. Il avait déjà entendu parler de lui : Otto Klemp, responsable de la sécurité pour le groupe Newstime. Klemp se présenta de manière solennelle, ne laissant qu'une vague esquisse de sourire altérer ses traits durs. Rien de plus.

Son message fut bref et précis.

« Pendant que vous travaillerez sur cette mission, vous serez logé à l'hôtel Saint-Moritz, dans une suite qui est à la disposition de notre entreprise. Vous ne parlerez à personne de votre travail, au-delà de la couverture officielle. Je dis bien *personne*, que ce soit au sein ou en dehors du groupe. Si votre couverture s'effondre pour une quelconque raison, si le secret est éventé de quelque manière que ce soit, votre mission sera immédiatement annulée. » Là encore, une esquisse de sourire. « Nous suivrons votre évolution de près, de très près. Comme vous ne l'ignorez pas, votre cible est arrivée à New York, sans doute hier. Le même jour, me semble-t-il, que vous. Intéressant, *nein* ? » Il avait sa main posée sur la porte. « En Autriche, on raconte souvent une histoire, celle du renard qui se déguise un jour en chien de chasse. Lorsque la traque commence, il court avec la meute. Tout va bien jusqu'à ce que… le vent se mette à tourner. »

Sur ces bonnes paroles, Klemp fit volte-face, faisant presque claquer ses talons, et se glissa par l'entrebâillement de la porte. Kenton regarda celle-ci se refermer doucement derrière lui.

De tous les talents combinés qui faisaient d'Adam Kenton le meilleur journaliste d'investigation du plus important magazine d'information américain, talents qui en l'espace d'une petite décennie lui avaient valu une certaine réputation et gagné le respect de ses pairs, et qui finiraient par lui faire gagner le prix Pulitzer pour son enquête sur les noirs desseins à l'œuvre derrière l'abrogation du second amendement de la

Constitution américaine, le plus essentiel, peut-être, était sa capacité à s'adapter aux rôles que jouaient les individus qu'il voulait faire parler. Par ses manières, par son langage, il semblait se glisser dans leurs personnages publics. En se montrant compréhensif avec eux, en les acceptant tels quels, il déclenchait presque toujours des flots de confidences auxquels les journalistes n'avaient normalement jamais droit. Hommes d'affaires, politiciens, bureaucrates, policiers... il comprenait leurs problèmes. Il était vraiment comme eux.

Cette vertu se doublait chez lui d'une capacité de concentration qui lui permettait, dans bien des cas, de penser comme ses adversaires. Il se posait toujours la question : que vont-ils faire ? Ou : pourquoi ont-ils agi ainsi ? Et ses intuitions se révélaient généralement justes. Sinon que c'étaient moins des intuitions que des plongées fulgurantes dans le cerveau des autres. Plus que tout, c'était cette part de magie, attelée à des connaissances solides et à une imagination foisonnante, qui lui avait valu le surnom de Superman dont l'affublaient ses confrères, non sans une certaine jalousie.

Banal en tous points – jusques et y compris dans sa tenue vestimentaire –, d'apparence ordinaire à l'exception notable de son regard, il pouvait se transformer en n'importe qui, en n'importe quoi.

Par ailleurs, il avait consacré dix années de sa vie à un métier qui exigeait de savoir donner des sales coups et de refuser obstinément de lâcher le morceau. Pour gagner ses lauriers, il avait dû payer le prix fort : sa paranoïa croissante, son éloignement des femmes, sa vision noire du monde. Les années l'avaient rendu sagace et dur ; elles lui avaient aussi donné l'appétit du pouvoir, avec tout le sadisme sous-jacent que cela impliquait. Dans son isolement toujours plus grand, ses rêves de perfection et d'incorruptibilité s'étaient un peu émoussés. Pourtant, sa sagacité et sa dureté constituaient ses meilleurs atouts professionnels, et ignorer cette réalité revenait, pour les autres, à mettre en péril leur liberté d'action, voire leur liberté tout court.

À 35 ans, avec pour bagages une enfance extrêmement pauvre, un diplôme universitaire payé par quatre années de petits boulots, un mariage calamiteux, deux années au Viêtnam, dix autres en première ligne – quatre dans des journaux de cambrousse et les six dernières parmi les hautes sphères de *Newstime* –, Adam Kenton était à peu près vacciné contre tout sauf la bonne fortune. Et il n'allait certainement pas se laisser démonter par des menaces voilées émanant du groupe Newstime lui-même.

Sa seule réaction face aux propos d'Otto Klemp fut de plisser les yeux et de réfléchir à toute berzingue.

Au bout d'une demi-heure, il était convaincu de deux choses. Il y avait dans l'entreprise certaines personnes qui le croyaient vraiment capable de sortir de son chapeau Vincent Mungo et de le remettre aux grands patrons, prêt à leur offrir l'affaire de l'année sur un plateau.

Et puis il y en avait d'autres qui souhaitaient le voir échouer.

Alors qu'il méditait, enfin, sur ce fou furieux invisible qui semblait représenter beaucoup d'argent pour beaucoup de personnes, John Perrone fit irruption dans son bureau et s'assit. Il avait l'air soucieux.

« Alors, comme ça, Klemp est déjà venu vous voir ? Je me demandais combien de temps il mettrait. Je l'ai croisé en haut, il m'a dit de veiller à ce que vous ayez tout le nécessaire. Il a bien insisté : tout. Je crois qu'il vous a à la bonne. » Il hésita.

« Ou alors vous lui faites peur. Est-ce qu'il saurait quelque chose que je ne sais pas ?

— Peut-être qu'il est Vincent Mungo et qu'il a compris que j'allais bientôt le démasquer. »

L'idée le fit sourire.

« Je ne plaisante pas, dit Perrone.

— Cette mission non plus ne plaisante pas du tout.

— Ne sous-estimez jamais Klemp. C'est un dur à cuire, comme on n'a pas le droit de l'être, et en plus il s'investit complètement.

— Dans quoi ?

— Dans sa tâche.

— Quelle tâche ? »

Perrone fronça les sourcils. Il détestait parler de Kemp.

« Pour aller vite, finit-il par lâcher, il travaille pour Mackenzie. Et bien sûr pour lui-même. Mais son vrai boulot consiste à verrouiller de tous les côtés et à faire en sorte que tout le monde marche bien droit. Un vrai dingue de la sécurité. Vous voyez le genre.

— J'en ai connu quelques-uns, oui.

— Sa grande passion, c'est de maintenir secrètes les choses secrètes.

— Et enterrées les choses enterrées ? »

Perrone promena son regard sur toute la pièce.

« Aussi, oui. »

Une pendule sonna quelque part. Midi. Soit 9 heures en Californie. Kenton plissa les lèvres. Au lieu d'être dans son lit, à attendre encore quelques minutes de répit, il se trouvait enfermé dans une cage de verre, entouré d'ennemis et aux prises avec un fou qui incarnait son unique planche de salut. S'il n'attrapait pas Vincent Mungo, il perdait sa réputation, sinon son boulot. Bien sûr, on lui en proposerait d'autres, mais il aimait ce travail et il aimait *Newstime*. Le magazine avait du style, de la classe, il lui convenait parfaitement. Il lâcha un soupir. Aucune échappatoire possible. Il était piégé, il allait devoir faire ce que les autres voulaient, en tout cas cette fois-ci. Ce faisant il n'oublierait pas de garder un œil sur le sénateur Stoner, sur Otto Klemp et sur tout le personnel de la boîte. S'il tombait sur un os, il foncerait comme le chien des Baskerville lui-même.

Il secoua la tête. Sa décision était prise. Alors qu'il commençait à songer à la traque, il se vit de plus en plus comme le renard de la fable. Qu'allait-il faire ?

« Il faut que vous trouviez une idée, Adam. Et vite. Dans cette affaire, j'ai la tête sur le billot. Mettez tout l'argent qu'il faudra. Je veillerai à ce que vous disposiez de tout ce que vous voudrez. »

La phrase fut prononcée par le directeur de la publication. Il était toujours là, dans la pièce.

Kenton cessa tout à coup de penser à Mungo. Il écarquilla les yeux, ses traits se détendirent, son regard matois disparut. Il se tourna vers Perrone.

« Ce n'est pas une question d'argent. Ce prétendu barjot s'est retrouvé avec plusieurs États aux fesses, et je peux vous dire qu'ils ne manquaient pas de ressources. » Il poussa un grognement méprisant.

« Non, je crois que si c'était aussi simple, il serait mort depuis un bon bout de temps.

— Quel est le problème, alors ?

— Les renseignements. On a besoin de renseignements. Beaucoup. On doit tout savoir de lui, par n'importe quel moyen. Et à ce moment-là…

— Oui ? »

Kenton sourit. « À ce moment-là, on pourra encore être plus rusés que lui. »

Les deux hommes se turent un instant. Perrone fut le premier à reprendre la parole.

« Je vous ai déjà trouvé deux documentalistes. Naturellement, ils ne doivent être au courant de rien.

— Ce sera difficile.

— Faites de votre mieux.

— Et Grimes ? Quel est son rôle ?

— Fred vous fournira toute l'aide dont vous aurez besoin. C'est notre spécialiste des questions criminelles, il connaît tout le monde, et des deux côtés de la barrière. Techniquement, il est votre supérieur, mais dans cette affaire, il fera tout ce que vous lui direz. Il est déjà au courant. Ça vous pose un quelconque problème ?

— Non, du moment qu'il est réglo.

— Fred est un type bien. Il peut vous être très utile.

— Quel est l'organigramme ?

— C'est à moi que vous rendez compte. À moi et à personne d'autre.

— C'est un ordre ? »

Perrone lui jeta un regard tranchant.

« S'il le faut, oui.

— *Quid* de Dunlop ?

— Je m'en occupe.

— Et Klemp ? »

Perrone réfléchit quelques secondes.

« Je m'en occupe aussi, dit-il.

— Combien de personnes sont au courant pour moi ?

— Six personnes du magazine savent que nous cherchons Mungo : Dunlop et son assistant Patrick Henderson ; mon rédacteur adjoint, Christian Porter ; Mel Brown, qui dirige la documentation ; Fred, et moi. Du côté de l'entreprise : Mackenzie, bien sûr, et Otto Klemp. Ainsi que les vice-présidents en charge des magazines et des journaux – on a été obligés de leur dire. Pour le moment, c'est tout.

— Dix petits nègres, remarqua Kenton d'un air songeur.

— Certains ne sont pas si petits que ça.

— Dix gros petits nègres, si vous préférez... Je veux la liste de tous ces gens-là, avec pour chacun leur statut. Si je dois jouer, j'aime bien savoir qui est autour de la table.

— Vous l'aurez cet après-midi.

— Et faites en sorte qu'ils ne me collent pas aux basques. Je vais avoir suffisamment de problèmes comme ça pour ne pas vouloir me les farcir toute la journée. »

Perrone acquiesça.

« Une dernière chose, dit-il à demi-voix. Martin vous a expliqué pourquoi nous voulons que ce projet reste secret. En plus des raisons professionnelles normales, on ne peut pas se permettre d'être accusés de manipulation par la classe politique, ni de près ni de loin. Ce qu'il ne vous a pas dit, c'est votre position là-dedans. Si vous vous faites attraper en train d'entraver l'action de la police, de faire de la rétention d'information ou de mener une quelconque opération en sous-main, on ne pourra pas vous aider.

— Je m'en doutais, figurez-vous.

— En ce qui concerne l'entreprise, vous préparez un article sur Mungo : point final. En pratique, bien entendu, le magazine demandera votre libération et montera au créneau devant la justice. Mais pour ce qui est d'une éventuelle poursuite au pénal…

— Je sais, coupa Kenton. Si je me fais coincer, je me retrouve tout seul.

— Je crains que ça se réduise à peu près à ça, oui. Naturellement, si cela devait se produire, nous trouverions un arrangement financier. Et un emploi dès votre retour parmi nous. Mais je tenais juste à vous rappeler de quoi il retournait.

— Je pense déjà savoir de quoi il retourne », glissa Kenton.

Perrone se leva, visiblement soulagé. Il s'avança jusqu'à la porte. « Faites de votre mieux, Adam. Si vous retrouvez Mungo avant les flics, il vaudra de l'or pour nous tous. » Il tourna la poignée.

« Au fait ! s'écria le chercheur d'or. Juste pour information… Qui m'a choisi pour cette mission impossible ?

— Moi. Moi et Fred Grimes. On s'est dit qu'il nous fallait Superman pour ce travail. »

En se refermant, la porte plongea la pièce dans le calme. Kenton finit par s'arracher à sa rêverie, puis quitta son bureau. Dans les rues noires de monde à cette heure dévolue au déjeuner, il se fraya un chemin jusqu'au restaurant P.J. Clarke's, où il commanda un filet de sole et une bière. Il n'y rencontra personne de sa connaissance. Bien qu'entouré de gens, dont beaucoup travaillaient sans doute dans les médias, il se sentit plus seul que jamais et se demanda si Vincent

Mungo, où qu'il se trouvât dans New York, que d'aucuns surnommaient Gotham City, se sentait aussi comme lui.

S'il avait vraiment été Superman, sa vision au rayon X lui aurait appris que Vincent Mungo se trouvait bel et bien en ville, à moins de deux kilomètres de là ; grâce à son ouïe ultra-fine, Kenton aurait pu entendre les borborygmes de Mungo pendant qu'il accomplissait sa besogne ; sa vitesse supersonique l'aurait propulsé en deux secondes sur le lieu du crime ; enfin, sa force surnaturelle lui aurait peut-être permis d'empêcher un nouveau meurtre atroce.

Mais parce qu'il n'était pas Superman, il ne fit rien de tout cela et n'eut connaissance du tout dernier méfait de Mungo qu'en écoutant les informations du soir. En attendant, il déjeuna tranquillement et retourna à son travail en taxi. Sur son bureau, il trouva une pile de coupures de presse concernant le tueur de Californie – premier fragment de ce qu'il avait demandé la veille –, qu'il commença à éplucher méticuleusement. Au bout d'un long moment, le téléphone sonna.

Le responsable de la documentation lui avait envoyé ses deux meilleurs éléments. Ils s'attelaient déjà à la tâche. S'il avait besoin de quoi que ce soit, ou s'il rencontrait des difficultés dans ses recherches, il n'aurait qu'à passer un coup de fil. Qu'est-ce que vous dites ? Oui, ça ne devrait pas être compliqué à trouver. Peut-être un peu bizarre, mais de toute façon, tout est bizarre dans cette affaire. Oui, il recevrait tout le lendemain matin. Dans le meilleur des cas. Quand ? Non, c'est impossible. Tout doit passer par l'ordinateur. Tout à fait, oui. D'accord. Faisons comme ça. Et bonne chance, au fait.

Il raccrocha et se replongea dans sa lecture. Il prit quelques notes sur une feuille de papier, qu'il finit par noircir entièrement. Avant d'en entamer une autre, il s'alluma tranquillement une cigarette. Au moment d'en aspirer la dernière bouffée, la porte s'ouvrit. C'était Fred Grimes.

« Je viens de déléguer un peu de mon autorité en haut, commença ce dernier sur un ton jovial. Au cas où je me retrouverais coincé ici, en enfer. J'ai toujours rêvé de ça. » Il s'assit en face de Kenton.

« Comment ça se passe ?

— Je prends mes repères.

— J'ai comme l'impression que vous ne les avez pas encore trouvés.

— J'ai connu mieux.

— Ainsi soit-il. »

Grimes retrouva son sérieux.

« Je sais qu'ils considèrent que cette mission est faisable, surtout John et Martin Dunlop, et ils vous ont chauffé à blanc pour que vous l'acceptiez. Mais vous, qu'en pensez-vous ?

— J'allais justement vous poser la question. »

Grimes le regarda. « Vous voulez vraiment savoir ? »

Kenton fit oui de la tête.

« Je crois que vous n'avez pas la moindre chance d'y arriver.

— Pourquoi donc ?

— Ce type ne tue pour aucune des raisons habituelles : ni par profit personnel, ni par vengeance, ni par amour. Il s'en prend à des inconnues. Il peut donc frapper n'importe où. Aucun mobile. Sans mobile, vous ne pouvez même pas anticiper. Donc, vous n'avez rien. S'il ne commet pas d'erreur, il peut continuer comme ça jusqu'à la fin des temps – ou prendre un jour sa retraite, comme Jack l'Éventreur. Et s'il fait un faux pas, ce sont les flics qui l'attrapent. Dans ces conditions, qu'est-ce qui vous reste ?

— Je vois les choses à peu près en ces termes, dit Kenton, découragé.

— Vous pouvez toujours abandonner.

— Non. Ensuite, on va raconter que Vincent Mungo, c'était moi. »

La formule les fit rire tous les deux.

« Maintenant que vous me le dites, sans empreintes digitales et en vous grimant un peu, vous pourriez presque vous faire passer pour lui. En un peu plus vieux, peut-être.

— On ne vous a jamais appris que l'assassinat vous vieillit toujours un homme ?

— Dans ce cas, vous avez eu votre dose.

— Merci pour le compliment.

— Sérieusement, je suis content que vous tentiez le coup.

— Même si je n'ai aucune chance ?

— Oui, même. »

Grimes croisa les jambes. « Vous êtes le meilleur dans cette boîte, et il faut que des gens mènent ce genre d'enquêtes. C'est comme ça qu'on doit travailler, ou du moins qu'on devrait. » Il eut un sourire gêné.

« Par où commence-t-on ?

— Par le commencement, répondit Kenton en montrant les documents sur son bureau. J'ai appris beaucoup de choses cet après-midi. Le profil établi par l'Institut Rockefeller, par exemple, suggère… il ne conclut pas, mais suggère que si Mungo n'assassine que des femmes, c'est par haine de sa mère plutôt que par amour de son père. Inconsciemment, bien entendu. Ses messages montrent qu'il essaie de rivaliser avec Chessman, et c'est manifestement comme ça qu'il voit les choses. Mais dès qu'il s'agit de violence, la haine est presque toujours un moteur beaucoup plus puissant que l'amour. Voyez-vous, je crois désormais que les médecins ont raison. Je n'y avais jamais pensé quand j'écrivais mes articles sur Mungo à Los Angeles, et c'est peut-être justement l'élément à côté duquel tout le monde est passé.

— Pour un début, ça me paraît bien.

— Ce n'est pas tout. J'ai regardé l'âge des victimes. Toutes avaient entre 17 ou 18 ans et la quarantaine, c'est-à-dire capables d'enfanter. Ni des petites filles, ni des vieilles dames. Simplement des femmes en âge de procréer.

— Donc, il hait les femmes et les enfants.

— Encore mieux que ça. Dès mes premières recherches sur Mungo, j'ai été au courant des mutilations, ce dont les journaux n'ont jamais parlé en détail. Elles portent généralement sur les parties génitales et les seins, c'est-à-dire les parties du corps liées à la reproduction. Découpées en morceaux. Massacrées à un point qui dépasse l'entendement. »

Il se tut un instant. « Vous voyez où je veux en venir ? »

Grimes réfléchit.

« Mungo assassine et mutile des femmes en âge d'avoir des enfants parce que, inconsciemment, il hait sa mère. Et il la hait pour quelque chose qu'elle a dû lui infliger quand il était gamin. » Il jeta un coup d'œil à Kenton :

« Qu'en dites-vous ?
— Pour l'instant, vous me semblez sur la bonne piste.
— Il y a autre chose encore ?
— S'il tue maintenant, dit Kenton sur un ton posé, c'est qu'il est en train de revivre l'horreur de ce que sa mère lui a fait subir, enfant. Ou plutôt, il continue de vivre dans cette horreur. Il se considère toujours comme le petit garçon sans défense qu'il était, incapable de se protéger. »
Grimes voyait le tableau.
« Mais aujourd'hui, il est devenu un homme capable de se défendre. Il assassine des femmes qui pourraient être des mères comme la sienne.
— Non ! répliqua Kenton avec un sourire. Il n'est pas devenu un homme, en tout cas, pas dans sa tête. Il est toujours cet enfant confronté à l'horreur et faisant tout ce que la bête terrorisée en lui peut faire pour survivre. »
Il sourit de nouveau.
« Lorsqu'il s'agit de survivre, vous savez, on en revient tous à l'état animal.
— Mais il ne peut pas à la fois vivre comme un gamin, objecta Grimes, et tuer comme un homme. Les deux sont incompatibles. Soit il est pris au piège de son enfance et continue de la vivre comme elle s'est déroulée, soit il ne l'est pas. Dans ce cas, il ne peut pas passer son temps à tuer des femmes, à moins que… »
Il resta bouche bée.
Leurs deux regards se croisèrent.
« Exactement », dit Kenton à voix basse.
Grimes ne bougea pas d'un pouce pendant un long moment.

« Vous n'êtes pas sérieux ? finit-il par lâcher.

— Je suis très sérieux. »

Kenton en profita pour allumer une cigarette. « Après avoir tué sa mère d'une manière ou d'une autre, enfant, il la tue et la re-tue aujourd'hui. C'est plus fort que lui, il est coincé dans cette partie de sa vie. Pour lui, l'enfance c'est maintenant, là, dans le temps présent. Jusqu'à ce qu'on l'arrête, il restera cet enfant terrorisé. Simplement, les choses se compliquent à cause de la sexualité. Il est mû par l'instinct sexuel d'un homme, et c'est ce qui le motive en partie. »

Sur ce, il tira une longue bouffée sur sa cigarette.

« Par ailleurs, il est beaucoup plus dangereux aujourd'hui. Quoi que son cerveau malade pense, physiquement, il est un homme, avec la force et l'intelligence d'un adulte. Les meurtres le prouvent bien, d'ailleurs. Où qu'il soit allé depuis son enfance, et aussi longtemps que cette période ait duré, il a développé une ruse qui frise le pur génie. Ce type est manifestement né avec une intelligence hors du commun, ses messages le montrent assez. D'abord, il contrefait habilement son écriture. Ajoutez à cela un don animal pour la survie, et vous obtenez une personne suffisamment ingénieuse pour semer la mort dans le pays tout en ricanant à la face des policiers. Réfléchissez : il laisse des indices, il écrit des lettres, il annonce ses intentions. Et pourtant, il est toujours libre comme l'air. »

Kenton baissa d'un ton.

« Ce qu'il a fait, à mon avis, c'est informer le monde entier de son combat désespéré pour survivre. Tel que je le comprends, c'est l'aspect Chessman. Il croit peut-être sincèrement que Caryl Chessman était son père ; cela, je ne le nie pas. Mais inconsciemment, il a fait de cette conviction sa couverture. Il a bien saisi qui était Chessman, du moins d'après ce que je connais du bonhomme : son arrogance flamboyante, sa soif de célébrité, son envie obsessionnelle d'être reconnu. Il essaie donc d'être comme lui, de faire ce que Chessman aurait fait à sa place – en tout cas, ce qu'il *pense* que Chessman aurait fait. Ce qui signifie, bien sûr, qu'à ses yeux Chessman était coupable il y a vingt-cinq ans de cela.

« En réalité, les deux choses se nourrissent mutuellement. Il assure sa survie en tuant des femmes qui incarnent sa propre mère, et il tue des femmes en hommage à son père. Ce faisant, il s'est transformé en monstre, un monstre comme on n'en a peut-être encore jamais connu en Amérique. » Kenton écrasa sa cigarette dans un cendrier et recracha la fumée par les narines. « Nous avons affaire, voyez-vous, à un psychopathe d'une intelligence phénoménale qui a les émotions d'un enfant terrorisé et l'instinct de survie d'un animal, et pris dans un processus mental sans fin où l'acte est constamment réédité dans le monde réel. » L'idée le plongea dans un abîme de réflexion. « Bref, le meurtrier suprême, absolu. Apparemment normal, complètement opérationnel, et totalement, irrévocablement programmé pour la destruction de masse. » Il regarda Grimes. « Vous savez, une centaine de types comme lui pourraient anéantir un pays tout entier. »

En cette fin d'après-midi, comme l'avait prédit le bulletin météo du matin, la pluie commençait déjà à tomber. Des gouttes grosses comme des pièces de monnaie venaient s'écraser contre les fenêtres et coulaient le long de la vitre avant de former de petites flaques sur les rebords. Dans la rue, en bas, des passants solitaires et trempés se ruaient chez eux ou jusqu'au premier abri disponible. Avec l'orage, le ciel de New York s'assombrit plus tôt que prévu.

Fred Grimes se frotta nerveusement les mains. Lorsqu'il parla, sa voix était éraillée, comme s'il ne l'avait pas utilisée depuis des années.

« La mère de Vincent Mungo est morte quand il avait 15 ans. Elle s'est étouffée en mangeant quelque chose. Quelle que soit la personne dont vous parlez, il ne s'agit pas de Vincent Mungo.

— Non, répliqua Kenton sur un ton convaincu, il ne s'agit pas de Vincent Mungo. »

Au loin, un coup de tonnerre se fit entendre. Mais Grimes ne pensait à rien d'autre qu'à sa propre respiration dans cette pièce fermée.

« Qui, alors ? dit-il.

— Je ne sais pas. »

Kenton haussa les épaules.

« Ça pourrait être n'importe qui.

— C'est comme ça qu'il a pu s'en tirer aussi facilement. On ne sait même pas quelle tête il a. »

Ce n'était pas une question.

Kenton acquiesça.

« Ce pourrait très bien être quelqu'un que Mungo a rencontré après son évasion, quelqu'un qui aurait usurpé son identité. Et Mungo serait caché quelque part, en train de couler des jours heureux. Ou alors, plus vraisemblablement, il est aujourd'hui mort. Assassiné par cet imposteur. »

Grimes arrêta son regard sur les feuilles de papier.

« Vous avez noté tout ça rien qu'en lisant les articles sur lui ?

— Ça fait des semaines que je pense à lui et que je me demande d'où peut lui venir une telle haine obsessionnelle. Je me rends compte que tout est là, dans l'étude de l'Institut Rockefeller. Sa mère lui a infligé quelque chose, mais sans doute quand il était très jeune, c'est-à-dire la période où nous sommes tous le plus vulnérable. Après, nous trouvons d'autres ressources pour nous défendre. Cette folie furieuse remonte forcément à la prime enfance. Si, comme je le crois, ce qu'il accomplit aujourd'hui est une répétition de cette période, alors ça signifie qu'il a, au départ, assassiné sa mère. Ou tenté de le faire. Seul lui est incapable de se l'avouer – d'ailleurs personne ne le pourrait, à sa place. Je suis certain qu'il a complètement refoulé ce souvenir, si bien qu'il pense maintenant avoir toujours adoré sa mère. »

Kenton resta assis sans rien dire pendant quelques instants.

« Dieu seul sait comment il interprète ce qui a pu arriver à sa mère, ou à quel substitut il a recours.

— Mais vous ne pouvez rien prouver.

— Non, en effet. Mais c'est précisément ce que je cherche à comprendre. J'ai besoin d'une prise, de quelque chose qui me permette de penser comme lui. Si mes calculs sont bons, j'ai peut-être une chance, infime, de lui mettre la main dessus.

— Qu'allez-vous faire à présent ?

— Mel Brown m'a appelé. Je lui ai demandé de lister par ordinateur tous les cas de matricide recensés en Californie depuis vingt-cinq ans. On pourrait en tirer deux ou trois choses utiles.

— Pourquoi en Californie ?

— Il faut bien commencer quelque part, dit Kenton en triturant son lobe d'oreille. Comme les meurtres ont commencé là-bas, j'espère que notre génie du mal est du coin, ou du moins qu'il y a passé son enfance. Grâce à cette liste, on pourra savoir lesquels, parmi les assassins, sont soit morts, soit dans des hôpitaux psychiatriques, et du coup réduire le champ des recherches.

— Je peux faire quelque chose ?

— Vous pouvez faire plein de choses. Vous pouvez me faire installer au plus vite une ligne téléphonique longue distance. Et un deuxième bureau pour les documentalistes, ou pour vous-même quand vous viendrez ici. Vous pouvez m'établir la liste des grands patrons de la police locale, ainsi que celle des membres du cabinet du maire, avec les numéros de téléphone de chacun. J'aurai aussi besoin d'un dictaphone et d'un enregistreur téléphonique. Dites-leur de relier l'enregistreur à la boîte de raccordement afin qu'il s'enclenche dès que je décroche. J'aimerais aussi disposer d'un petit coffre-fort dans mon bureau, avec une fermeture à double combinaison. Enfin, j'attends plusieurs listes que doit me préparer John Perrone. »

Grimes griffonna quelques lignes au dos d'une enveloppe.

« Je ferai de mon mieux », dit-il avec entrain.

Dehors, un rideau de pluie tapissait les fenêtres ; l'orage avait pris le contrôle de la ville assiégée. Quelque part au nord de New York, la foudre dégomma trois lignes à haute tension. Dans la centrale électrique Con Edison, un technicien coupa aussitôt le courant d'une dizaine de villes du comté de Westchester et diminua de 8 % le voltage de New York. Dans le bureau, la lumière diminua légèrement mais les deux hommes ne remarquèrent rien, tant ils étaient absorbés par leur discussion. Au bout d'un moment, Grimes inspira profondément et se releva.

« Il y a une lacune dans votre raisonnement. »

Sa voix arracha Kenton à sa méditation.

« Une, seulement ? dit-il en souriant.

— Une lacune de taille, si vous préférez.

— Dites-moi.

— Mungo a tué sa mère quand il était gamin. Aujourd'hui, il est devenu un homme et il tue à nouveau. Soit. Mais que lui est-il arrivé entre les deux ? S'il est resté prisonnier de son enfance, comme vous le pensez, pourquoi n'a-t-il pas tué pendant toutes ces années ? »

Il secoua la tête. « Il y a quelque chose qui cloche. Où est-il passé pendant tout ce temps-là, et qu'a-t-il fabriqué ? »

Adam Kenton s'approcha de la fenêtre. « Je ne sais pas, susurra-t-il en regardant la pluie dégouliner en épais filets sur le verre lisse. Pas encore. »

Il contempla son propre reflet, qui se dessinait très nettement contre l'arrière-plan noir.

« Ce que vous venez de dire à propos de l'enfant et de l'homme... Ça me fait penser à l'histoire de Jésus quand on le retrouve en train de prêcher au Temple, après qu'il a disparu de chez lui pendant trois jours. Il devait avoir 12 ans à l'époque. Et quand on l'interroge, il répond : "Je dois être aux affaires de mon Père." Ou quelque chose dans le genre. »

Il se retourna soudain, la mine grave.

« Le plus drôle, c'est qu'on n'a plus entendu parler de lui jusqu'à ce qu'il soit devenu un homme. »

12

Amos Finch se sentait coupable et il détestait ça. Vraiment. Pour lui, la culpabilité n'était qu'une aberration des classes moyennes, quelque chose qui n'avait rien à faire dans son système psychologique, un sentimentalisme médiocre enrobé dans une couche de mièvrerie vulgaire – un sentiment conventionnel, bourgeois, contre-productif et, pis encore, exaspérant. Il trouvait tout bonnement impardonnable de laisser les critères moraux les plus vils obscurcir sa finesse d'analyse. Inexcusable. Il n'avait rien en commun avec les classes moyennes, il n'adhérait pas à leurs croyances, il en refusait les principes. Et il n'entendait pas se faire dicter son comportement par un système de valeurs qui proscrivait l'égoïsme. Car c'était bien l'égoïsme qui faisait avancer les choses, et lui, Amos Finch, appartenait à une classe supérieure qui faisait fi des simples considérations morales. Non, il n'avait décidément rien à voir avec cette culpabilité que l'on éprouvait en satisfaisant ses propres intérêts sans égards pour la souffrance d'autrui. Il n'était victime d'aucun excès névrotique. Il analysait les choses froidement, avec détachement.

Mais dans le fond, il se sentait bel et bien coupable.

Depuis trois jours, il savait comment déterminer si Vincent Mungo était mort ou vivant, ou du moins s'il s'était vraiment échappé de l'hôpital de Willows trois mois et demi plus tôt. Et depuis trois jours, il n'en parlait à personne. Cent fois, il avait failli décrocher son téléphone pour appeler John Spanner à Hillside ; et cent fois, il s'était ravisé au dernier moment.

Quand il analysait son attitude, elle lui semblait parfaitement raisonnable. Il observait un génie à l'œuvre, un artiste en pleine action. La véritable identité du Maraudeur de Californie ne comptait plus, désormais. Identité et vie passée ne signifiaient plus rien. Seul le présent avait un sens. Ce qui voulait dire que lui, Amos Finch, assistait à l'émergence d'un tueur en série phénoménal, d'un meurtrier d'une fourberie incommensurable, comparable peut-être à un Jack l'Éventreur ou à un Bruno Lüdke, dont il pouvait même battre le record des quatre-vingt-six victimes pour peu qu'on daignât le laisser un peu tranquille.

Or, c'était justement le hic.

Pour le bien de la société, un monstre de son acabit devait absolument être capturé ou détruit. Le salut de l'espèce l'exigeait. De même qu'un organe défectueux se doit d'être retiré pour la survie du corps, un individu défectueux se doit de l'être pour la survie du groupe. Et Vincent Mungo était défectueux. Il tuait ses semblables. Une vraie métastase.

Mais Mungo était aussi un génie, un artiste, le personnage le plus fascinant que Finch eût rencontré depuis qu'il s'intéressait aux tueurs en série. Il pouvait, il *devait* représenter le couronnement suprême de sa vie ! Il serait l'objet d'une étude qui ferait date, d'une étude qui serait elle-même une œuvre géniale, une œuvre d'art, naturellement écrite par le plus grand spécialiste mondial des meurtres de masse. Le titre ? *Vincent Mungo de A...*

C'est à cet instant précis que le sentiment de culpabilité s'était emparé de lui.

Finch n'allait pas abandonner son cher assassin aussi facilement. Il avait placé en lui ses intérêts, avec un sentiment d'exclusivité qui frisait l'obsession maniaque. Chaque matin, il écoutait les informations pour savoir si la liste des victimes s'était allongée. Chaque soir, il rédigeait des notes préliminaires sur l'affaire, dans l'intention de les intégrer aux cours qu'il donnerait à Berkeley le semestre suivant. En attendant, il recueillait tout ce que l'on écrivait sur le compte de Vincent Mungo. Ses étudiants, aussi, participaient à l'effort. Aucune référence n'était trop anodine, aucune publication trop obscure. Il fit passer des annonces dans divers journaux de San Francisco, ainsi que dans le *Los Angeles Times*, offrant une rémunération en échange de n'importe quel objet ayant un rapport, si indirect fût-il, avec le célèbre assassin. Il fut indéniablement le premier à voir en Mungo un thème de collection. Si sa première motivation était scientifique, l'intérêt pécuniaire tenait aussi sa part. Finch savait, par exemple, que les objets personnels de Jack l'Éventreur valaient une fortune auprès des collectionneurs intéressés. Il entendait ainsi devenir le plus averti des collectionneurs du nouveau Jack. Sa carrière académique et sa fortune personnelle en bénéficieraient toutes deux. Il voulait tout, absolument tout. Et quand il avait tout, il voulait davantage.

Plus son objet de collection courrait librement, plus il deviendrait célèbre, et plus il aurait de la valeur, du point de vue de ses objets personnels, mais aussi par rapport au besoin qu'une étude définitive soit écrite à son sujet. À condition, bien sûr, qu'il continue de tuer. Finch n'avait aucun doute là-dessus. Son cobaye semblait programmé pour le meurtre, comme s'il s'agissait chez lui d'un geste réflexe, involontaire, incontrôlable, inexorable.

Tôt ou tard, l'aventure se terminerait : cela, Finch l'avait accepté. Il ne s'attendait pas à voir Mungo s'arrêter du jour au lendemain, ou prendre sa retraite, ou mourir de sa belle mort. Pourtant, l'universitaire qu'il était, l'esprit scientifique qui l'animait souhaitaient que cette fin survienne le plus tard possible. Il voyait toute cette affaire comme une expérience en laboratoire, où les connaissances s'acquéraient selon un schéma cumulatif. En ce sens, il n'y aurait pas de saturation, pas de moment où les connaissances seraient suffisantes et le processus d'apprentissage achevé.

Sauf que le laboratoire n'existait pas et que le comportement du forcené n'était surveillé par personne. La décence exigeait que l'on mette un terme à de tels agissements monstrueux. L'instinct aussi l'exigeait. Et la société.

Amos Finch était pris dans un des dilemmes classiques de la science, un dilemme qui remontait au docteur Frankenstein, et même plus loin encore.

Quelques semaines avant, il avait décrété que Vincent Mungo n'était pas le tueur que tout le monde cherchait. La notoriété aidant, de plus en plus de choses avaient été écrites sur son compte, au point que sa vie était connue jusque dans ses moindres détails. Quand il comparait ceux-ci aux crimes du nouveau Jack, Finch en concluait qu'il s'agissait de deux hommes différents. Mungo n'avait, à ses yeux, aucune des qualifications requises pour accomplir de tels actes : ni l'instinct, ni le talent, encore moins l'intelligence et l'imagination nécessaires. Ce n'était qu'un pauvre imbécile qui, comme la plupart des êtres humains, végétait à l'échelon le plus bas de l'existence. Faire de lui l'égal du génie en cavale relevait du sacrilège esthétique.

Aussi ne restait-il que deux possibilités. Soit le nouveau Jack était l'acolyte de Mungo lorsqu'ils s'étaient évadés de Willows, soit il s'agissait d'un parfait inconnu qui avait entamé sa carrière de criminel après l'évasion, adoptant le nom de Mungo pour faire diversion. Si c'était bien le compagnon de Mungo que l'on avait retrouvé à Willows, alors, le nouveau Jack était un inconnu et Vincent Mungo avait disparu. Mais s'il s'agissait au contraire du cadavre de Mungo qui gisait sur la terre détrempée, le visage massacré, alors, le tueur fou ne pouvait être que son acolyte. Thomas Bishop.

Et Finch savait comment en avoir le cœur net.

Avec un peu de chance.

Tout dépendait d'un simple – et unique – détail anatomique.

S'il pouvait démontrer que l'assassin n'était pas Vincent Mungo, mais très vraisemblablement Thomas Bishop, la police diffuserait sur-le-champ le portrait et la description de ce dernier dans tout le pays. Ensuite, il se ferait attraper ou tuer à plus ou moins brève échéance. La seule raison pour laquelle les autorités avaient échoué jusqu'ici, c'était qu'elles ne cherchaient pas la bonne personne.

Or, l'universitaire qu'était Amos Finch n'aimait pas cela.

En son for intérieur, l'homme luttait contre le spécialiste des comportements humains anormaux. Il était alors trop impliqué pour remarquer à quel point, en n'informant pas immédiatement les autorités, son propre comportement relevait de l'anomalie.

Le lundi matin précédent, il avait trouvé une solution au problème soulevé en premier par John Spanner. Comme il l'avait prévu, la lumière lui était venue après des semaines entières passées dans les zones de l'esprit situées au delà de la conscience, où les énigmes s'élucident sans même qu'on s'en rende compte. Mais il n'avait pas pour autant décroché son téléphone ; il devait prendre le temps de réfléchir. Le soir même, il apprit qu'une jeune femme avait été assassinée dans le train pour New York.

C'est à peu près à ce moment-là qu'il avait ressenti les premiers signes de cette culpabilité pour le moins agaçante.

Il passa son mardi à osciller entre le téléphone et son travail. Dans la soirée, il apprit qu'une deuxième femme s'était fait tuer à New York, une fois de plus, visiblement, par son cher cobaye. Son agacement ne fit que croître, et mercredi, il en vint à défendre son point de vue à haute voix – ce qui aurait paru tout à fait normal s'il n'avait pas été seul dans son bureau.

Amos Finch n'avait pas pour habitude de parler tout seul. La moindre marque d'indécision lui faisait horreur. Sa vision du monde tendait à un simplisme excessif : les choses arrivaient, des décisions étaient prises, la vie continuait. L'indécision et l'hésitation étaient l'apanage des esprits médiocres, tels qu'on les retrouvait surtout chez les femmes et les animaux domestiques. Qu'il dût en passer par là, lui aussi, ne faisait qu'exacerber son mécontentement.

Le soir, il sortit dîner avec une jeune amie. Convaincu que parler à une femme valait mieux que parler tout seul, il lui exposa son problème, bien entendu sous forme d'hypothèse d'école. Elle fut flattée d'être sa confidente ; jusqu'ici, elle ne l'avait jamais entendu parler d'autre chose que de sexe et de courses de chevaux. Elle comprit parfaitement. Lorsqu'il eut terminé son long monologue sur l'homme supérieur tiraillé entre plusieurs désirs contradictoires, elle lui adressa un sourire tendre et lui dit que la solution était très simple. Il n'avait qu'à suivre son instinct.

Elle avait 20 ans.

Il la dévisagea sans dire un mot.

Plus tard, après avoir suivi son instinct sous la couette, Finch prit une décision : quel que soit le problème, il n'essaierait plus jamais d'avoir une discussion intelligente avec une femme. En tout cas, pas sur des sujets importants, ou même sans importance, au-delà des simples faits. Ça ne valait vraiment pas le coup.

Le jeudi matin, il commença son cours de 10 heures et eut du mal à se concentrer sur son propos. Pendant son cours de l'après-midi, un étudiant parla du dernier petit génie du crime en des termes vindicatifs, et cela l'exaspéra. Il fut même profondément indigné. Vincent Mungo était le dernier et le plus grand ! Oui, exactement.

À deux nuances près.

Il n'était pas le plus grand, du moins pas encore.

Et il n'était pas Vincent Mungo.

De retour chez lui, Finch voulut se détendre avec un cryptogramme, mais il savait ce qu'il lui fallait faire. Sa décision était prise.

Bon Dieu[1] *!*

Ce qu'il détestait le plus dans le sentiment de culpabilité, c'était qu'il vous faisait vous sentir méchamment… *coupable*.

Il appela le commissariat de Hillside et tomba sur John Spanner au moment où il s'en allait. Avec un enthousiasme grandissant, celui-ci écouta Finch lui expliquer comment faire pour déterminer l'identité du corps retrouvé à Willows. Bien que hors du coup, le lieutenant avait gardé tout son intérêt pour l'affaire Mungo, qu'il considérait en secret comme son échec le plus cuisant. Cependant, dans un coin de sa tête, il continuait de croire qu'il n'avait pas été loin de la vérité.

Il allait maintenant avoir une chance d'en faire la preuve, d'une manière ou d'une autre. Avec un peu de chance. Avec beaucoup de chance.

Il promit à Finch d'étudier son hypothèse. Il le tiendrait au courant dès qu'il aurait des informations précises à lui fournir.

Quelques minutes plus tard, il sortait du commissariat.

Derek Lavery apprit la nouvelle lundi après-midi. John Perrone l'avait directement appelé pour lui

1. En français dans le texte *(N.d.T.)*.

annoncer que Vincent Mungo se trouvait vraisemblablement à New York. On avait retrouvé le cadavre mutilé d'une femme dans le train en provenance de Chicago. C'était signé Mungo.

Lavery fut secoué. Mungo avait donc traversé le pays sans encombre. Malgré son visage connu de tous, malgré le sillage sanglant qu'il laissait derrière lui, il s'était débrouillé pour parcourir cinq mille kilomètres. Et dire qu'on le considérait comme un malade mental !

Une autre chose impressionna le rédacteur en chef du bureau de Los Angeles. John Perrone ne l'appelait que rarement pour lui donner des nouvelles intéressantes ; normalement, c'était Christian Porter, ou l'un des adjoints du directeur de la publication, qui s'en chargeait. Lavery soupçonna un lien direct avec la convocation d'Adam Kenton. Ils étaient donc deux à New York : Vincent Mungo et Adam Kenton. Et arrivés le même jour. Drôle de coïncidence.

Un article de couverture, pensa Lavery. Les gens de New York avaient demandé à Kenton de rédiger un article de couverture. Mais un gros, cette fois – la totale. Désormais, Mungo faisait les gros titres et prenait de plus en plus d'importance. Avec une bonne publicité, il pouvait devenir un phénomène national. Et c'était lui, Derek Lavery, qui avait lancé la machine avec son article sur Caryl Chessman, suivi des deux autres sur Mungo. Dans les trois cas, Kenton avait fourni le plus gros travail d'investigation, bien aidé par Ding ; aussi était-il logique que New York fasse appel à lui. Sans compter qu'il était le meilleur élément du magazine, à l'exception, bien sûr, de lui-même et de Ding. Mais Ding et lui formaient une équipe, ils étaient inséparables et s'occupaient de questions plus vastes.

Adam Kenton, lui, était un solitaire, parfait pour une analyse en profondeur du cas Vincent Mungo. Ces deux-là, n'importe comment, appartenaient à la même race d'hommes.

En réalité, Lavery fut soulagé d'apprendre que Mungo avait quitté la Californie et l'ouest du pays. Il aimait que les choses se fassent de manière professionnelle, c'est-à-dire avec de la distance, sans que rien de personnel n'intervienne. Mais Mungo avait rendu l'affaire personnelle en envoyant ses lettres, notamment celle qui contenait toute une partie… féminine.

Aux yeux de Lavery, c'était impardonnable. Même si l'histoire y gagnait en piment, cela le mettait directement aux prises avec les détails poisseux de l'enquête policière et démoralisait le service du courrier. Pire, cela l'obligeait à réagir après coup plutôt qu'à imprimer le mouvement, fort de son autorité incontestée. Il s'était soudain senti impuissant.

Il aimait être aux commandes du navire et déployer sa belle énergie à partir de son fauteuil Barclay. Son immense bureau-appartement lui tenait lieu de quartier du capitaine, et il détestait devoir descendre dans la salle de chauffe. Ça l'agaçait, lui le décideur, le battant, le meneur d'hommes. Quand il donnait un ordre, on lui obéissait. Mais s'il devait s'abaisser aux futilités et se mêler des sentiments des uns et des autres, tout son pouvoir s'envolait.

Et sans ce pouvoir, qui était-il ?

Dès le jeudi, Derek Lavery avait presque oublié l'existence d'un tueur fou nommé Vincent Mungo. La rédaction de Chicago lui avait déjà envoyé un nouveau journaliste pour remplacer Kenton, et il avait en tête plusieurs articles, notamment un deuxième papier sur l'irresponsabilité pénale auquel Ding travaillait déjà. Pour Lavery, Mungo était maintenant devenu le casse-tête de John Perrone à New York. Et celui d'Adam Kenton, par la même occasion.

Bien fait pour eux.

Il demanda à sa secrétaire de lui réserver une table à dîner au Yacht Club. Il comptait profiter du week-end pour aller faire un peu de bateau.

À peu près au même moment où la secrétaire de Derek Lavery téléphonait au Yacht Club, John Spanner écrasait les freins de sa voiture pour s'arrêter bruyamment devant l'hôpital de Hillside. Une minute plus tard, il se trouvait dans la salle des archives de la morgue et étudiait le dossier de Thomas Bishop, dont le cadavre était arrivé le 4 juillet 1973, en provenance de l'hôpital de Willows. D'une main tremblante, il sortit les photos du corps. Il était donc là : le cadavre supposé de Thomas Bishop. Quelle que fût son identité réelle, cet homme était circoncis.

Depuis le petit bureau de la morgue situé juste à côté des casiers, Spanner téléphona au shérif Oates, à Forest City, et lui demanda de contacter les proches de Mungo à Stockton pour savoir si ce dernier avait été circoncis. Oui, vous avez bien entendu. Circoncis. Non, je ne plaisante pas du tout. Essayez de le savoir le plus vite possible. Au commissariat de police. Ou plus tard, chez moi. Exactement. Vous avez tout compris.

Il ne dit pas au shérif le pourquoi de sa requête, et Oates ne lui posa aucune question.

Il appela ensuite Willows et s'entretint avec le nouveau directeur de l'établissement, un certain docteur Mason, auquel il se présenta comme étant le premier officier de police chargé de l'enquête, plusieurs mois auparavant. Le médecin avait-il la gentillesse de faire chercher par un de ses employés le descriptif physique de Thomas Bishop dans son dossier – en particulier, de voir s'il avait été circoncis ? Les développements de l'affaire l'exigeaient. Il savait bien que de tels détails ne figuraient pas forcément dans un dossier, mais Thomas Bishop ayant séjourné dans cet établissement la plus grande partie de sa courte vie, une description complète existait peut-être quelque part.

Le docteur Mason promit de s'en occuper sur-le-champ et de le rappeler. Au commissariat de Hillside ? Oui, naturellement. Dès qu'il recevrait le dossier.

Spanner retourna à son bureau avec un très mauvais pressentiment.

Quelque chose allait déraper.

Mais rien ne pouvait déraper.

Si la réponse à sa question ne figurait pas dans le dossier à Willows, alors, il la trouverait dans les archives de l'hôpital où était né Bishop. Et si cela ne donnait rien non plus, il se débrouillerait autrement. Peut-être certains surveillants, ou d'autres internés, avaient-ils vu Bishop sous la douche. Peut-être avait-il eu une relation homosexuelle avec un ou plusieurs d'entre eux. Ou peut-être qu'un proche parent, quelque part, s'en souviendrait. Merde, il y avait forcément un moyen de le savoir.

Vingt minutes plus tard, le docteur Mason lui expliquait au téléphone qu'on ne trouvait aucune référence à une circoncision dans les descriptions physiques de Thomas Bishop. Mais il s'empressa de lui dire que cela ne signifiait pas pour autant qu'il n'ait pas été circoncis. Simplement, le fait n'était pas mentionné.

Spanner comprit.

« Il y a quand même une chose bizarre dans le dossier de Bishop.

— Ah oui ?

— Ou plutôt, elle ne figure pas dans le dossier, et c'est ça qui est bizarre.

— De quoi s'agit-il ?

— Eh bien, chaque dossier d'interné comporte deux photos, l'une prise au moment de son arrivée, et l'autre généralement dans les deux dernières années qui viennent de s'écouler. Dans le cas de Bishop, on devrait donc avoir une photo de lui petit garçon et une autre d'homme adulte. »

Un silence.

« Ce qui est bizarre, c'est que…

— Oui ?

— C'est que les deux photos manquent à l'appel. »

Le cœur de Spanner battait la chamade.

« Apparemment, il n'y a aucune photo de Thomas Bishop. »

Mais oui !

Aucune photo de lui dans son dossier… Comme il était encore petit garçon au moment de son arrivée à Willows, nulle part ailleurs il n'existait de photo de lui adulte. La coïncidence était trop belle. Le policier qu'était Spanner s'insurgea contre une telle hypothèse.

Il sortit alors son propre dossier sur Vincent Mungo, qu'il avait constitué à l'époque du meurtre de Willows. Il contenait des informations sur Thomas Bishop. Tout y était. Né le 30 avril 1948 à l'hôpital général de Los Angeles. Mère : Sara Bishop Owens, décédée. Père : Harry Owens, décédé. La mère avait été tuée par le fils quand il avait 10 ans. Mais le père, comment était-il mort ?

Spanner voulut le savoir.

Il pria le standard de demander l'aide immédiate de la police de Los Angeles. Il voulait qu'on lui communique le dossier complet de Thomas Bishop à l'hôpital où il avait vu le jour, ainsi que tous les renseignements concernant la mort de son père Harry Owens.

Avec un peu d'espoir, il obtiendrait quelques éléments de réponse le lendemain matin. Au bout d'une demi-heure passée à essayer de travailler sur d'autres dossiers, il déclara forfait et rentra chez lui.

À 20 heures, un coup de fil le réveilla alors qu'il somnolait devant sa télévision. C'était Oates à l'appareil, qui venait de discuter avec les proches de Mungo à Stockton. Vincent Mungo avait été circoncis dans l'hôpital où il était né. Peut-être quelqu'un avait-il cru voir dans le nom de Mungo un nom juif. Ou alors il s'était agi d'une opération de routine, sachant que le père ne semblait plus être dans les parages. Bien que la famille maternelle fût protestante, personne ne s'y était opposé. La question avait paru secondaire.

Pas d'erreur possible ?

Pas d'erreur possible. Pourquoi ?

Spanner expliqua à Oates que le cadavre retrouvé à Willows était circoncis.

Comment le savait-il, puisque le corps n'était plus là ?

Les photos prises à la morgue montraient clairement le pénis circoncis. C'était le détail auquel ils n'avaient encore jamais pensé.

Jusqu'à présent.

Non, l'idée provenait d'un civil.

Spanner lui parla alors d'Amos Finch, de ses théories sur l'assassin – ou les assassins – et lui raconta comment ce Finch avait réglé le problème de l'identification du cadavre.

Sauf qu'il ne l'avait pas encore vraiment réglé, rétorqua Oates. Tout ce qu'ils savaient, pour l'instant, c'était qu'il pouvait s'agir de Mungo. Mais si Thomas Bishop avait été lui aussi circoncis, ils se retrouvaient à la case départ.

Les flics de Los Angeles étaient en train de vérifier.

La réponse n'allait pas tarder à tomber.

Ils n'avaient plus qu'à attendre.

Lorsqu'il sombra enfin dans un profond sommeil, John Spanner fit un rêve. Il se tenait debout, incapable de bouger, impuissant, tandis que, venue de loin, une silhouette s'approchait lentement de lui. Lorsque celle-ci était suffisamment proche, il découvrait une personne habillée en homme, de taille et de corpulence moyennes. Plus près encore, il distinguait son visage, qui ne comportait aucun trait. Rien. Juste un petit trou à la place de la bouche, un trou d'où jaillissait un rire fou.

Comme la silhouette arrivait à sa hauteur, elle ouvrait une main pour dévoiler un couteau long et fin, mais incroyablement tranchant. Spanner regardait, terrifié, la main au couteau se lever, se lever encore, toujours plus haut, jusqu'à ce qu'elle obscurcisse tout devant lui, et que, plongé dans le noir, il hurle pour couvrir le rire dément, mais le couteau s'abattait et lui crevait les yeux, transformant ses orbites en mares de sang…

13

Bishop se leva le mardi matin empli d'un enthousiasme débordant. Pour sa première vraie journée à New York, il s'était fixé un programme chargé. Son cerveau narcissique voyait la ville s'étaler devant lui comme une extension de son propre corps, ouverte, attendant d'être touchée, d'être caressée, en un geste d'autosatisfaction agréable. Il écumerait les rues pour sentir le sang couler dans ses veines et dans ses artères, il se posterait aux carrefours bourrés de monde pour écouter battre le cœur de la cité. Dans les visages sans nom et les corps sans visage, il trouverait le frisson ultime, masturbatoire, celui de savoir que le Pouvoir se trouvait désormais parmi eux. C'était lui, le Pouvoir, et lui seul savait qu'il détenait le droit de vie ou de mort sur tout ce qui l'entourait. À n'importe quel moment, au gré d'un caprice, il pouvait terrasser les uns ou les autres, sans effort ni préparation, tandis qu'ils vaquaient frénétiquement à leurs occupations absurdes, coincés dans leur existence sans but. L'idée lui procura un bonheur fou. Il les regardait, toutes ces femmes de New York, et dans leurs yeux il voyait ce qu'elles cherchaient avec tant d'envie et d'empressement. Grâce à lui, elles se libéreraient de leur folie, de leur souffrance. Il leur donnerait leur dû, à savoir la mort. Et en hommage à sa bonté elles recueilleraient une dernière fois dans leur corps souillé cette semence de vie qu'elles redoutaient autant qu'elles la désiraient. Ce n'était que justice. Au dernier instant de leur souffrance, elles se mêleraient à lui, et lui à elles ; quand il renaîtrait par l'agonie de l'orgasme, elles seraient délivrées par l'extase de la mort.

Lui, et lui seul, désignerait les bénéficiaires de cette ultime onction. Et personne ne l'arrêterait. Elles étaient des millions à l'attendre, ne sachant ni qui il était, ni quand il frapperait, mais quand même pleines d'un espoir fou. Il n'allait pas les décevoir. Bien que sa quête fût sans fin et la victoire apparemment impossible, il accomplirait sa mission jusqu'au bout car, en vérité, il ne pouvait pas faire moins. Lui qui détenait le Pouvoir suprême, il ne survivrait qu'en l'exerçant. Maintenant parvenu à New York, la plus grande ville du monde, qu'il considérait comme son sanctuaire depuis toujours et où il entendait demeurer un bon moment, Bishop savait qu'il pouvait en arpenter les rues, protégé par son anonymat. Que cette ville ne fût pas, au sens strict, la plus grande ville du monde ne le dérangeait pas : elle était bien assez vaste pour lui. Il ne doutait pas non plus qu'il aurait assez de pain sur la planche pour ne jamais s'y ennuyer. Déjà, en ce premier lundi, il avait remarqué que les femmes étaient absolument partout, par dizaines, par centaines, par milliers, par millions. Partout. Elles n'attendaient que lui. Partout.

En attendant, la ville s'offrait à lui. Il se mettrait en quête d'un logement dans un quartier grouillant de jeunes gens sans le sou, où il pourrait passer inaperçu. Il se trouverait une nouvelle identité, mais indétectable cette fois. Il réinjecterait dans des circuits légaux les billets de 100 dollars que contenait sa sacoche noire, afin de faire des retraits ou des versements à sa guise. Il s'inventerait une histoire et des racines, pour donner le change au cas où quelque curieux s'intéresserait à ce nouveau venu. Enfin, il monterait une petite vitrine commerciale afin de disposer de revenus officiels, certes minimes, mais suffisants pour dissiper le moindre soupçon quant à ses moyens de subsistance.

Comme il n'allait pas voyager, du moins pendant quelque temps, et qu'il ne rôderait plus dans les gares routières et ferroviaires surveillées par la police, il décida de se laisser pousser la barbe. Non seulement c'était à la mode chez les jeunes hommes, mais cela lui permettrait aussi de mieux se fondre dans la masse. Au cas, improbable, où sa véritable identité serait découverte, sa barbe le protégerait un peu plus. Même si les autorités n'avaient plus aucune photo de lui, elles pouvaient encore obtenir un bon croquis de son visage. Mais une barbe rendrait celui-ci quasiment inexploitable, et il aurait toujours la possibilité d'en changer à loisir. C'était encore la meilleure solution qui se présentait à lui, exception faite de la chirurgie esthétique, qu'il écarta car trop risquée, quoiqu'il eût les moyens de se l'offrir : en effet, le chirurgien aurait sans doute des soupçons et préviendrait la police. S'il se croyait peut-être immortel, Bishop savait néanmoins qu'il n'était pas invulnérable aux balles.

Tout cela, et bien d'autres choses encore, il s'en chargerait dans les prochains jours. Il devait aussi acheter des vêtements d'hiver, voire quelques meubles légers et un lit, lire des ouvrages sur New York, étudier de près la ville et la diviser en secteurs. Avec un point de chute, une identité bien établie, un nouveau visage et assez d'argent, il deviendrait invisible. Et qui disait invisible disait invincible. Un simple visage dans la foule, un individu noyé dans la masse, un travailleur, capable d'aller et de venir, d'apparaître et de réapparaître, inidentifiable, indistinct, inaperçu.

Intouchable.

Non pas comme le lépreux, frappé lentement et progressivement.

Mais comme le pestiféré, frappé rapidement et mortellement.

Par les battements de son cœur, par les méandres de son esprit, Bishop savait que son heure viendrait bientôt. Mais avant cela…

Avant cela, en signe d'offrande, il accomplirait un sacrifice.

Pour célébrer son arrivée sain et sauf sur ces nouveaux rivages, il rendrait une action de grâces. Dans un premier temps, il avait pensé ne jamais s'arrêter, pour ne pas courir de risques. Mais en traversant les montagnes et les plaines, les villes et les bourgades d'Amérique, il avait compris que New York était sa vraie destination, son étoile du Berger. Le plus sage des hommes, selon sa propre définition, il ne chercha pas à réprimer la force qui lui faisait suivre cette étoile. Contrairement aux autres, il était conscient de sa destinée et l'acceptait sans rechigner.

Il était enfin arrivé à bon port, et sa bonne étoile, du moins pour l'instant, brillait au-dessus de lui. L'événement se devait d'être célébré.

Le mardi matin, dès 8 h 30, il était déjà devant l'hôtel minable où il avait passé sa première nuit. Il rejoignit Broadway à hauteur des 80es Rues et se dirigea plein sud. L'air était frais et vivifiant, annonciateur d'une de ces belles journées d'octobre dont New York a le secret. Il frissonna ; sa veste lui parut tout à coup bien légère face au froid mordant. Il jugea plus prudent d'acheter rapidement quelque chose d'un peu plus chaud, ainsi qu'une chemise épaisse et un couvre-chef. Il remarqua la présence de tous ces hommes en costume, apparemment sur le chemin du travail – la plupart portaient des pardessus. Les jeunes gens étaient habillés comme partout : du velours, des jeans, des vestes en tous genres et d'origine indéterminée. Les chaussures en plastique ou en cuir, généralement bien usées ou éraflées, et les pantalons à pattes d'ef semblaient être la tenue officielle pour les deux sexes. Il en profita pour étudier ses propres chaussures, à présent abîmées au-delà du concevable, et se dit qu'il devait également s'en débarrasser.

Au croisement de Broadway et de la 73e Rue, le froid le poussa à se réfugier dans un petit restaurant, où il commanda du jambon, des œufs et un café. Tant d'années passées en établissement psychiatrique l'avaient habitué aux petits déjeuners et aux dîners pris de bonne heure, et, bien qu'il eût modifié ses habitudes alimentaires pour s'adapter à sa liberté nouvellement retrouvée, la perspective d'un petit déjeuner ne lui parut pas absurde. Placée contre la fenêtre, sa table se résumait à une planche de bois carrée posée sur un pilier central et recouverte de formica rouge. Les quatre chaises étaient à dossier droit, mais l'une d'elles comportait un trou dans son siège ovale. Il lui préféra la place à côté de la fenêtre.

En buvant son café brûlant, il observa la foule des passants, tous embarqués dans leurs aventures séparées. Visages fermés et corps raides, ils passaient en trombe, attendaient leur bus ou se faufilaient entre les voitures. Ils se comportaient tous comme s'ils avaient un besoin désespéré d'aller quelque part mais très peu de temps pour le faire. Au bout d'un moment, Bishop ne put s'empêcher de détourner la tête : le spectacle le mettait mal à l'aise et lui fit penser à ces rats perdus dans un labyrinthe qu'il avait vus un jour à la télévision. Ils n'avaient rien à faire, nulle part où aller, mais continuaient de s'agiter en tous sens. Il se demanda ce que tous ces gens faisaient et où ils allaient comme ça. En cinq minutes, il avait vu plus de monde qu'en cinq mois à Willows. Le spectacle lui faisait encore un peu peur, et il fut content de ne pas être tombé dessus lors de son premier jour de liberté.

On lui apporta son jambon et ses œufs, qu'il dévora, les yeux rivés sur son assiette. Il garda le toast pour la fin, avec son deuxième café.

Lorsqu'il leva les yeux de son assiette vide, il aperçut la fille à la table d'à côté, assise toute seule devant une tasse dont l'anse était ébréchée. Elle avait les cheveux en désordre et le regard vide. Elle ne bougeait pas, à l'exception d'un léger balancement de la tête. Elle avait beau regarder dans sa direction, Bishop sentait qu'elle ne le voyait pas. Pendant quelques instants, il crut qu'elle était malade, mais il se rappela toutes les émissions télévisées qu'il avait vues sur les drogués. La fille ressemblait exactement à cela, le même genre de regard vide, le même balancement de la tête. Il ne décrocha pas ses yeux d'elle, fasciné.

Finalement, un homme surgit de derrière le comptoir et demanda à la fille de s'en aller. Elle ne l'entendit même pas. Il répéta. Toujours aucune réaction. Il la prit par le bras, doucement, et la redressa sur ses pieds avant de la raccompagner lentement vers la sortie. Il poussa la porte et laissa la fille sur le trottoir, contre un poteau métallique. Elle avait l'air complètement ailleurs.

Revenu dans la salle, l'homme se frotta les mains en regagnant son comptoir. C'était un vrai New-Yorkais, rompu aux mille et une excentricités de la ville et connaissant parfaitement le quartier. Il savait qu'il ne fallait pas faire peur aux junkies ou leur sauter dessus sans prévenir – ces gens-là étaient capables de tout, des malades qui réclamaient une aide que personne ne leur donnait. Le mieux consistait encore à les prendre gentiment par le bras et à les faire sortir sans hésiter. Il se sentait triste pour eux, même si la plupart étaient des porcs. Comme cette fille qu'il venait juste de faire sortir. Jamais il ne ferait confiance à un junkie, même pour une tasse de café. Sans argent, ils étaient les plus pauvres parmi les pauvres, soit la pire des situations quand on habitait à New York. Ou même au pôle Sud, d'ailleurs.

Bishop avait observé la scène avec attention. Vis-à-vis de la jeune fille, l'homme s'était montré très délicat, très doux, ce qui signifiait qu'il l'appréciait et trouvait triste qu'elle se drogue. C'était touchant, et Bishop rit sous cape. Il apprenait déjà les règles de la vie new-yorkaise.

Il retourna à son café et à son toast. Les gens couraient toujours dans tous les sens. La circulation était ralentie, les klaxons hurlaient. Quelqu'un traversa la rue en trombe, provoquant des crissements de freins sur la file de droite. D'autres piétons semblaient défier les voitures de leur rentrer dedans.

Une femme qui se droguait. Bishop envisagea toutes les possibilités. Devant lui, à Broadway, en plein New

York, une femme aux yeux éteints se tuait à coups de substances mortelles pour en finir avec la loque qu'elle était devenue. Sans doute qu'elles devaient être nombreuses dans son cas. Des femmes qui ne supportaient plus leurs horribles souffrances et qui, dans leur folie, se tournaient vers la drogue. Des femmes trop vieilles, trop malades ou trop paumées pour pouvoir encore détruire des hommes ; des femmes prêtes à mourir, qui voulaient mourir, qui suppliaient de mourir.

Il pouvait peut-être en aider quelques-unes.

Il était encore en train de penser à cela quand un jeune homme s'approcha de sa table, tira la chaise cassée et s'affala dessus. Il porta sa main à ses lunettes noires. « Tu en as ? »

Bishop tourna la tête vers lui.

« De quoi ?

— Une paire de couilles entre les deux jambes, répliqua l'autre, exaspéré. De quoi je parle, à ton avis ? De la poudre. Tu vends ou tu achètes ?

— C'est quoi, la poudre ? »

Bishop crut que le jeune homme au jean rose et à la chemise canadienne se trompait de personne.

« Tu es des stups ou quoi ?

— Pas vraiment.

— Du milieu ?

— Pas vraiment.

— C'est-à-dire ?

— Vraiment pas.

— Tu es là juste pour boire un café, c'est ça ? »

Bishop ne voyait pas ce qu'il y avait de bizarre là-dedans. Après tout, il était dans un restaurant, non ? Et pourquoi allait-on au restaurant, sinon pour se nourrir ? Peut-être qu'à New York, les choses se passaient différemment, qu'on n'allait pas dans un restaurant pour un simple café, voire qu'on n'y mangeait jamais. Mais dans ce cas, pourquoi aller dans un restaurant ? Il s'efforcerait de comprendre ces choses-là.

« J'ai également commandé du jambon et des œufs, dit-il en pensant se faire mieux voir.

— Sans blague ? répondit le jeune avec un air dégoûté.

— Sans blague », confirma Bishop.

Il répétait ce que disait l'autre afin de comprendre ce qu'il attendait de lui.

L'homme au jean rose et à la chemise canadienne le regarda enfin et comprit qu'il n'avait affaire ni à un flic, ni à un truand. Mais qui était-il alors ?

« Tu es du coin ? demanda-t-il sur un ton méfiant.

— Non.

— Tu viens d'où ?

— De là-bas. »

Le jeune acquiesça d'un air compatissant.

« Dur.

— Plutôt dur, oui. »

Bishop commençait à se dire que le type était complètement cinglé.

« Bon, tu en as, alors ?

— De quoi ? »

Pour l'homme au jean et à la chemise, c'en fut assez. Il avait devant lui un plouc intégral qui ne savait sans doute pas faire la différence entre deux drogues. Et il avait sur lui des cachets placebo.

« J'ai un truc délicieux pour toi, susurra-t-il d'une voix rauque. Tu en veux ?

— Non, j'ai déjà mangé. Mais merci pour la proposition, en tout cas. »

Le jeune marmonna dans sa barbe. « Je te parle d'héroïne. De la très bonne. En cachets. Deux pour 10 dollars. »

Bishop lui lança un regard réprobateur.

« Je ne prends pas de drogue, répondit-il sur un ton outré, comme si on avait bafoué sa dignité.

— Achètes-en pour un ami, alors. »

Sa Dignité Bafouée se tourna vers la fenêtre. La fille était toujours sur le trottoir, adossée contre le poteau. Il eut soudain une idée. « D'accord, dit-il à l'attention du jeune. Je vous achète deux cachets. Mais pour 5 dollars seulement. » Il se souvenait d'une émission de télévision dans laquelle un agent des stups expliquait que les dealers vendaient leur came deux fois plus cher aux étrangers. On ne la lui faisait pas, à lui.

« 5 dollars, répéta-t-il. À prendre ou à laisser. »

Le jeune n'hésita même pas. Portant la main à sa poche de chemise, il en sortit deux capsules transparentes et remplies de poudre blanche, puis les posa dans la main ouverte de Bishop.

Celui-ci chercha plusieurs billets sous sa veste, en prenant soin de ne pas montrer la sacoche noire cachée en dessous. Il déplia les billets. Le plus petit valait 10 dollars. Le jeune homme lui expliqua que le restaurant ne leur ferait pas la monnaie mais qu'il irait chez le marchand de cigares en face et reviendrait avec un billet de 5 dollars, pendant que son nouvel ami terminerait tranquillement son café. Ce serait l'affaire d'une petite minute.

Bishop trouva le geste extrêmement sympathique. Il observa donc le dealer traverser Broadway en évitant les voitures et les bus. Puis, quelque part de l'autre côté de l'avenue bondée, il perdit définitivement la trace de ses 10 dollars.

Vingt minutes plus tard, son deuxième café englouti depuis longtemps, c'est un Bishop maussade qui se leva, régla l'addition et quitta le restaurant. Il se dit qu'il devrait faire plus attention la prochaine fois. New York cachait peut-être en son sein quelques voleurs.

Une fois dehors, il se dirigea vers la jeune femme. Elle dodelinait de la tête lentement. Les passants la regardaient quelques secondes puis s'éloignaient, sans jamais s'arrêter. Elle semblait ne pas les voir.

« Où est-ce que tu habites ? Je peux te ramener ? » Il posa gentiment la main sur son bras.

Sa seule réaction fut de vouloir s'en libérer.

Plusieurs minutes de monologue ne lui valurent que des gémissements de la part de la fille et des regards hostiles chez les passants. Même quand il lui parla de drogue, elle ne réagit pas. Il en conclut que la situation devenait dangereuse pour lui. Il aurait voulu la raccompagner chez elle, à supposer qu'elle vécût seule, puis lui donner la drogue et célébrer son arrivée à New York en mettant un terme à son supplice. Mais il comprit que l'opération serait extrêmement compliquée.

Non sans regrets, il fourra les deux capsules de drogue dans une des poches du manteau râpé de la jeune fille. Elle les avalerait sans doute dès qu'elle les trouverait. Bishop savait que l'héroïne pouvait tuer. Une overdose, on appelait ça. Il espéra qu'elle ne s'en remettrait pas.

Sans un regard en arrière, il s'éloigna, furieux de ne pas avoir acheté davantage de ces cachets.

Il passa les heures qui suivirent autour du Lincoln Center, qui lui rappela l'hôpital de Willows, et se balada tout en bas de Central Park, à Columbus Circle, où il s'assit sur un banc et mangea des marrons chauds. Il flâna ensuite dans le coin sud-ouest du parc, jusqu'à hauteur de l'allée cavalière. Rares étaient les promeneurs à cette heure de la journée, et de se retrouver ainsi, quasiment seul au cœur de la grande métropole, lui procura une étrange et agréable sensation. Central Park n'avait rien à voir avec le Grant Park de Chicago, où tout était bien entretenu, plat et dégagé. Ici, on trouvait des collines et des vallons, les paysages étaient variés, on laissait la nature s'exprimer dans son langage parfois un peu rugueux. Bishop aima tout de suite Central Park et se promit de l'explorer. Peut-être en compagnie d'une femme qu'il emmènerait dans quelque fourré reculé…

Avant midi, il était de retour sur Broadway. Au croisement de la 54e Rue, il s'arrêta devant la vitrine d'un concessionnaire automobile pour admirer les belles voitures étrangères. Il aperçut le reflet de la femme à l'instant même où elle arriva à sa hauteur.

« Tu as besoin qu'on te réchauffe le cœur, beau gosse ? »

Il se retourna vers elle. « Vous me parlez ? »

Elle eut un sourire cruel.

« Tu vois quelqu'un d'autre dans les parages, peut-être ?

— Impossible que ce soit à moi que vous parliez parce que je suis invisible », répondit-il.

Il n'aimait pas du tout son sourire.

« Et moi j'ai 12 ans et je suis toujours vierge. Tu veux tirer un coup ?

— Je ne crois pas.

— Une pipe ?

— Je ne crois pas.

— Les trois trous ?

— Je ne crois pas. »

Elle avait l'air exaspérée.

« Est-ce qu'il y a des choses dont tu es sûr ?

— Je suis sûr que vous n'avez pas 12 ans et que vous n'êtes pas vierge. »

Elle leva les yeux au ciel. « Tu n'es pas seulement invisible, susurra-t-elle sur un ton hostile. Tu n'existes même pas. »

Il la regarda s'en aller, avec ses longues jambes bronzées qui avançaient comme deux pistons géants. Lorsqu'elle fut parvenue au carrefour, elle se retourna. « Espèce de pédé ! » hurla-t-elle.

Il s'imagina aussitôt en train de la découper en quatre morceaux, puis trancher ces quatre morceaux en d'autres morceaux. Il aurait voulu s'occuper d'elle dans Central Park ; il ne serait rien resté de son corps, rien, sinon des os blanchis.

Il trouva enfin son bonheur sur la 8e Avenue, entre les 46e et 47e Rues. Elle était jeune, tendre et délicieusement enrobée. Et seule, aussi, à attendre le client. Il lui dit qu'il voulait bien, à condition qu'elle l'amène chez elle. Il refusait d'aller dans un hôtel ; il lui donnerait même le prix de la chambre d'hôtel en plus de son tarif normal. C'était à prendre ou à laisser.

Elle avait besoin d'argent, et lui d'un endroit discret. Elle lui trouva une allure tout à fait correcte avec son costume – encore un de ces hommes d'affaires surexcités qui voulaient tirer leur crampe pendant la pause déjeuner. Elle accepta.

Dans le petit appartement d'une pièce et demie où elle vivait, tout près de là, il l'étrangla rapidement, déposa son corps dans la baignoire et l'égorgea avant de la vider de son sang. Il sentait la ruse de l'animal exsuder par tous les pores de sa peau, et quand il eut terminé, il remplit la baignoire d'eau tiède et se rinça méticuleusement.

Il était le loup qui s'était lavé dans le sang de l'agneau.

Il était le voyageur qui avait rendu une action de grâces pour son périple sans embûches.

Il était le pourchasseur de démons qui avait accompli la mission dont il était investi.

Sur une petite glace, le loup laissa l'empreinte sanglante de sa patte. En dessous, le chasseur de démons griffonna un mot en lettres de sang.

À 18 heures, le voyageur avait trouvé un refuge, après avoir passé l'après-midi en ville et décrété que les quartiers de Soho et du Lower East Side correspondaient le mieux à l'idée qu'il se faisait d'une zone peuplée de jeunes gens fauchés. Il aimait la diversité du Lower East Side, son grouillement, sa bigarrure, sa vitalité, ses petites boutiques et son humanité ramassée. Mais il y entendait parler beaucoup de langues étrangères, ce qui contrariait un peu son désir d'anonymat. Il avait besoin de devenir totalement invisible, donc, de côtoyer des gens comme lui. Après avoir vu plusieurs endroits compris entre Houston Street et Canal Street, il jeta son dévolu sur un vaste grenier à Soho.

L'immeuble à trois niveaux, sis à Greene Street, était un ancien entrepôt. Au rez-de-chaussée, une plate-forme de chargement était encore utilisée dans la journée par plusieurs magasins du quartier qui y louaient des emplacements au mètre carré. Les deux étages comportaient chacun une entrée séparée. Il occuperait le premier, le second étant encore en travaux et partiellement condamné par des planches en bas de l'étroit escalier. Lui seul disposerait donc de la clé de l'entrée de l'immeuble. Pour tout dire, il jouirait ici d'une tranquillité presque absolue, puisqu'il y serait seul une bonne partie de la journée, toute la nuit et pendant les week-ends. Seul, et pourtant entouré de milliers de jeunes gens qui habitaient dans le même genre d'endroits.

Le grenier convenait parfaitement à ses projets. Bishop le prit tout de suite, même s'il cherchait au départ un logement moins cher. Le loyer avoisinait les 195 dollars par mois, sans compter un mois de caution supplémentaire pour le propriétaire de l'immeuble. Bishop entendait vivre longtemps sur l'argent qu'il possédait et n'envisageait pas dépenser plus que le strict nécessaire.

Officiellement, le grenier n'était que son lieu de travail, car en vertu des lois de zonage new-yorkaises le quartier n'avait pas vocation à être résidentiel. De même, l'immeuble n'était pas habitable. En pratique, bien sûr, tous ces milliers de locataires vivaient sur leur lieu de travail, même si légalement ils n'existaient tout simplement pas. Ce qui ne dérangeait rigoureusement personne dans le coin, surtout pas Bishop, qui savourait la perspective de vivre au milieu de gens qui n'existaient pas. Et pour la moitié desquels il désirait ardemment faire de cette fiction une réalité.

Son lieu de travail-grenier comportait un radiateur au gaz, un double évier et une petite salle de bains avec baignoire. Le propriétaire lui proposa l'usage d'un réfrigérateur et d'un four, déjà installés, contre une somme forfaitaire de 75 dollars. Bishop accepta, comprenant qu'un refus de sa part signifierait la perte de l'appartement. Le lit de camp lui fut offert, ainsi que les quelques meubles laissés par l'occupant précédent, qui avait dû partir du jour au lendemain pour travailler ailleurs.

Il acheta sur Canal Street des draps et des serviettes, une lampe, plusieurs ampoules et deux rallonges. Il récupéra également une cafetière, une poêle et un transistor. Il étudia soigneusement les panoplies de couteaux rutilants que proposaient divers étals sur le trottoir mais estima, au final, que son propre couteau était bien assez tranchant et avait encore de beaux jours devant lui.

Ce soir-là, Bishop se coucha dans son nouvel appartement, bien blotti sous une couverture chaude et dans des draps propres, son transistor allumé et posé sur une petite table à côté du lit de camp. Il était ravi de son parcours, enchanté par les perspectives qui s'ouvraient à lui. Il demeurerait à New York aussi longtemps que sa mission l'exigerait. Donc, tout l'hiver, sans doute, sauf imprévu. Et peut-être plus encore. Beaucoup plus. Peut-être pour toujours, même. Cette ville était assurément assez vaste pour combler ses besoins très spéciaux. Comme il l'avait instinctivement pressenti, il aimait tout de New York.

Ce qu'il aimait par-dessus tout, c'était la manière dont les gens vous acceptaient sans poser de questions. Avec ce qu'il fallait d'argent, on devenait celui que l'on prétendait être ! Bishop soupçonnait même qu'à New York, avec assez d'argent, on pouvait se faire passer pour n'importe qui. Tout cela n'était qu'un petit jeu hystérique où tout le monde participait sans que personne ne vienne jamais siffler la fin de la récréation. Pour le propriétaire de l'immeuble, il débarquait de l'Ohio et avait quitté ses parents pour aller peindre à New York. Il avait mis un peu d'argent de côté et ferait des petits boulots en attendant la gloire. Son nom était Jay Cooper, il avait 23 ans.

L'homme ne lui posa aucune question. Jay Cooper avait de quoi payer son loyer.

Bishop trouva l'idée proprement incroyable. Il avait maintenant assez d'argent pour pouvoir être n'importe qui. Mais la seule personne qu'il aurait voulu être, c'était le fils de Caryl Chessman et le célèbre tueur de femmes. Ce qu'il était déjà ! Donc, il n'avait plus besoin de cet argent. Sauf qu'il en avait besoin pour se faire passer pour qui il ne voulait pas être afin de dissimuler l'identité de celui qu'il voulait véritablement être. Et qu'il était !

Il s'cndormit cn roucoulant de bonheur.

Le mercredi matin, il lut des articles sur lui dans un café du coin. La fille avait 20 ans ; c'était une prostituée. Son cadavre avait été découvert dans sa baignoire, saigné et atrocement mutilé. On n'avait vu personne entrer dans l'appartement sinistre où elle créchait, sur la 49e Rue Ouest. Manifestement aucune trace de vol. Aucun mobile, non plus, sinon la démence pure. D'où la piste Vincent Mungo.

Le journal faisait grand cas de l'inscription sanglante laissée sur le miroir : « Chess. » Très vraisemblablement pour « Chessman », et signature du soi-disant fils de Caryl Chessman, Vincent Mungo, non moins vraisemblablement l'auteur du meurtre. On rappelait que, toute sa vie durant, Caryl Chessman s'était fait appeler Chess par tout le monde, et par lui-même[1].

1. En anglais, *chessman* signifie « pièce d'échecs ». D'où le jeu de mots sur le nom de Caryl Chessman *(N.d.T.)*.

Un rédacteur en chef futé avait titré l'article : « Chess Man a encore frappé. »

Ce surnom resterait dans les têtes.

Bishop lut l'article et trouva justement le surnom intéressant, puisqu'il le reliait encore davantage à son père et reflétait mieux la réalité. Malgré tout, il craignit que les autorités ne s'approchent trop près de la vérité, ne fût-ce que par inadvertance. Il espéra voir sa barbe pousser rapidement. Tant qu'elle ne serait pas fournie, il continuerait de porter un postiche dès qu'il sortirait de chez lui, comme il l'avait fait devant le propriétaire de son nouvel appartement.

Après son petit déjeuner, il se rendit dans une banque de Manhattan et ouvrit un compte d'épargne au nom de Jay Cooper en y déposant 2 000 dollars, dans un premier temps, pour ne pas attirer l'attention sur lui. Il verserait 6 000 dollars supplémentaires au cours des nombreuses semaines à venir, en plusieurs fois. Il indiqua comme adresse un magasin sur Lafayette Street qui, moyennant une cotisation mensuelle payable d'avance, faisait office de point courrier – autre stratagème appris à la télévision. Juste avant de se rendre à la banque, il avait ainsi payé pour trois mois. L'adresse qu'il avait donnée au propriétaire du point courrier, exigée par la loi, était celle qui figurait sur le permis de Jay Cooper à Chicago. Parfaitement légal.

Selon son plan, il déposerait encore 8 000 dollars dans une autre banque une fois qu'il obtiendrait de nouveaux papiers d'identité. Ces deux comptes différents dans deux banques différentes lui fourniraient de l'argent en cas de besoin. Même si une des deux couvertures sautait, il se rabattrait sur l'autre. En l'état actuel des choses, puisqu'il ne pouvait pas encore obtenir de carte de crédit, ni rien au-delà d'un livret de banque, il devait faire avec.

Le reste de l'argent, il le cacherait chez lui et s'en servirait uniquement pour les dépenses quotidiennes et les besoins immédiats. Le livret d'épargne permettrait de prouver sa solvabilité, et le commerce qu'il comptait ouvrir en guise de couverture lui donnerait une légitimité.

Après la banque, il descendit Broadway Avenue jusqu'à la mairie. Chez Modell, il acheta quelques vêtements d'hiver : une grosse chemise canadienne, des chaussettes en laine, des sous-vêtements thermiques, un jean ultra-épais, une casquette de chasseur munie de protège-oreilles, et surtout une veste longue en daim doublée de polyester. Au sous-sol, il se dégotta une paire de bottes à talons marron, équipées de semelles en caoutchouc, ainsi qu'une lampe torche et quelques piles, un ouvre-boîte, une brosse à dents dans un étui en plastique et, pour finir, quelques outils.

L'après-midi, chez un réparateur dans une petite rue à quelques minutes de chez lui, il acheta une télévision d'occasion pour 40 dollars, avec une garantie d'un mois, après quoi, le réparateur ne lui ferait payer les pièces que l'année suivante. Bishop trouva le marché raisonnable. Au même homme, il donna 150 dollars en échange d'un appareil photo Nikon trente-cinq millimètres, d'un trépied et d'une série d'accessoires photo, le tout d'occasion mais en bon état. Il trouva l'ensemble un peu cher, mais enfin, il n'avait pas le choix.

Un rapide tour dans un bazar du coin lui permit de trouver une dizaine de vieilles photos et des magazines de mode remplis de mannequins féminins. Auprès d'un grossiste de Canal Street, il récupéra deux énormes rouleaux de papier, chacun large de soixante-quinze centimètres. En bas de la rue, il fit l'acquisition d'un pistolet agrafeur et d'un rouleau de Gaffer. Sa dernière course l'emmena dans un marché du quartier, où il acheta ses aliments favoris : de la glace au chocolat, un steak qu'il comptait manger cru, de la mortadelle, du pain et des tranches d'ananas en conserve. Le soir, il se gobergea jusqu'à l'épuisement et s'endormit devant une émission de télévision où il était question d'un double viol commis par une bande de voyous, d'un cadavre, gisant dans son sang, et filmé à grand renfort de plans serrés, d'un enfant balancé du quatrième étage par un de ses parents et d'une fusillade entre la police et un preneur d'otages – le tout en moins d'un quart d'heure. L'émission s'intitulait *Le journal télévisé du soir*.

Le jeudi matin, Bishop se réveilla de bonne heure, comme toujours. Il avait beau vouloir rester éveillé jusque tard dans la nuit et faire la grasse matinée, à la manière des gens civilisés, il savait qu'il lui faudrait du temps pour modifier ses habitudes. Il avait trop longtemps vécu au rythme des horaires stricts de l'institution psychiatrique – coucher tôt, lever tôt. Changer cela prendrait du temps, et du temps, il n'en manquerait pas, du moins le pensait-il. Tout ce qu'il voulait, tout ce dont il avait besoin, finirait par arriver. Il en était convaincu. Jusque-là, il profiterait au mieux de ses matinées libres en faisant ce qu'il avait à faire.

Il se rendit chez un marchand de bois sur la Bowery et demanda une douzaine de planches de deux mètres quarante ainsi qu'un paquet de clous, qu'il rapporta ensuite chez lui.

La petite affaire qu'il avait décidé d'installer dans son appartement était un studio de photographie, qui lui permettrait de travailler chez lui sans contrainte ni emploi du temps fixe, tout en conservant une source de revenus théoriquement légale. En cas de besoin, l'appareil photo professionnel qu'il venait de s'acheter lui servirait de preuve. Il comptait aussi se faire quelques chèques à lui-même, délivrés par des banques différentes, en inventant de faux payeurs, histoire de montrer que son affaire tournait et qu'il gagnait de l'argent, même si les sommes restaient dérisoires.

Une fois les planches de bois posées contre un des murs et espacées de soixante-quinze centimètres chacune, son paquet de clous et un marteau au manche en plastique dans les mains, les deux rouleaux de papier posés par terre à côté de lui, Bishop se mit à l'ouvrage. Lentement, méticuleusement, il fixa chaque planche au mur de brique en enfonçant les clous de cinq centimètres dans le ciment qui séparait chaque brique. Au bout de longues heures, toutes les planches de bois furent solidement accrochées au mur, sur une longueur de neuf mètres.

L'ensemble ressemblait à une immense charpente en bois fixée au mur, inachevée et tristement négligée. Mais pas pour longtemps. Les rouleaux de papier, larges de soixante-quinze centimètres, furent agrafés sur la surface en bois, de haut en bas, en sections de deux mètres cinquante. Les bordures se chevauchèrent les unes les autres jusqu'à ce que l'ensemble de la charpente soit recouvert de onze rideaux blancs verticaux.

Ensuite, un pan de papier long de neuf mètres fut agrafé horizontalement en bas des planches, recouvrant la couche de papier blanc préalablement installée ; puis un autre encore, au-dessus, et enfin un troisième, qui dépassait de trente centimètres la structure haute de deux mètres cinquante.

Quand il eut terminé, l'après-midi touchait déjà à sa fin, son ventre gargouillait et ses jambes souffraient d'être sans arrêt montées et descendues d'une chaise pour lui permettre d'atteindre la partie supérieure de l'ouvrage. Mais le gros du chantier était maintenant derrière lui. Au moins, la moitié du grenier formait désormais un vrai décor de studio photographique et une belle toile de fond pour les images ou les films.

Après avoir englouti un sandwich à la mortadelle, il se remit au travail et chercha, parmi les vieux magazines de mode, des photos de mannequins. Il en sélectionna une bonne douzaine et les arracha. À l'aide du Gaffer, il les colla soigneusement en haut et en bas de l'immense panneau, selon un agencement artistique. L'effet était saisissant. Le mur semblait tout à coup s'animer, passer d'une simple surface blanche à un patchwork de couleurs vives et gaies – très professionnel.

Devant cette nouvelle toile de fond, il installa le trépied sur lequel trônait son Nikon. Sur une commode basse, défraîchie mais encore utile, il posa le reste de son matériel photographique, y compris plusieurs objectifs et un posemètre. Tout était enfin prêt. Bishop n'avait désormais besoin que d'une jeune fille pour modèle, et ce bien qu'il n'eût jamais pris une photo de sa vie et ne connût strictement rien à la discipline.

Néanmoins, il comptait connaître son modèle – tous ses futurs modèles – intimement.

Au dîner, il avala encore des sandwichs à la mortadelle et un litre de lait, en regardant une émission spéciale consacrée à Vincent Mungo. Le programme débutait par des photos de l'hôpital de Willows, puis donnait la liste des villes frappées par le tueur, en s'attardant plus longuement sur Chicago. New York arrivait en dernier, bien sûr, et le présentateur demandait, en une question rhétorique, quel nouveau carnage Mungo réservait à la ville.

Dans son paisible studio de photographe, Thomas Bishop se contenta de sourire et de rester assis sans rien dire, son sandwich à la main.

Le vendredi matin, il se débarrassa du lit de camp, non seulement trop encombrant, mais inconfortable. Pour le remplacer, il acheta un rectangle de mousse d'un mètre sur un mètre cinquante, épais de cinq centimètres, et un matelas fleuri. Ce serait son lit. Il le poserait à même le sol, qui restait encore le meilleur endroit pour dormir. Comme tout le monde, il avait besoin d'une bonne journée de repos pour bien travailler la nuit.

L'après-midi, il alla chez Barnes & Noble pour acheter cinq livres sur New York. L'un était intitulé *New-York pour les initiés* : en le tenant entre ses mains, Bishop se sentit lui-même un initié, et la sensation lui fut agréable, tant il en avait marre de se sentir un profane. Il voulait faire partie intégrante de sa ville d'adoption, du moins pendant quelque temps.

Autre ouvrage : *New York sur le bout des doigts*, qui lui révéla que Grand Central Station, qu'il considérait comme la plus belle gare du monde, s'élevait sur l'équivalent de dix étages. Un hall dont le plafond voûté faisait dix étages ! Il se rappela la première fois qu'il l'avait vu, à peine une semaine avant. Rien ne l'avait préparé à tant de beauté, à une telle splendeur, à de telles dimensions. Depuis, il en avait même rêvé. Il se retrouvait tout seul dans l'immense hall, sans vêtements, en train de courir sur le sol en marbre. L'endroit lui appartenait, les belles lumières ne dansaient que pour lui, la voix cachée ne s'adressait qu'à lui. Soudain, en provenance des quais, des femmes nues et sans défense se ruaient en silence dans le hall, la tête couverte de fleurs et inclinée en signe de soumission, leurs cheveux longs tombant sur leurs épaules osseuses. Des milliers de femmes. Transies d'impatience, les yeux complètement affolés, elles se fondaient progressivement en un gigantesque iris lumineux, tandis que sa lame métallique ne cessait d'étinceler dans sa main brûlante…

Un autre livre lui apprit que New York possédait plusieurs clubs d'échecs, où, moyennant une somme modique, les joueurs avaient la possibilité de jouer les uns contre les autres. Pour l'amateur solitaire, aussi, des parties pouvaient être organisées.

À la caisse, la jeune fille lui demanda si c'était la première fois qu'il venait à New York.

« J'ai vécu ici toute ma vie.

— Mais cinq livres sur New York, pourtant ?

— Je suis né juste au bout de la rue.

— Donc, vous aimez lire des choses sur la ville.

— J'habite aujourd'hui dans l'Empire State Building.

— Personne n'habite là-bas.

— Au dernier étage. »

Elle lui lança un sourire incrédule.

« Je peux même voir par la fenêtre de votre chambre, dit-il.

— Vous ne savez pas où je vis.

— Toutes les nuits, je vous regarde vous déshabiller. »

Elle ne souriait plus du tout.

« Je vois tout ce que vous faites dans votre lit, et à quel point vous aimez…

— Je vous rends 10,65 dollars sur 20. »

Elle posa la monnaie sur le guichet et passa directement au client suivant, sans un regard pour Bishop.

Il récupéra son argent et le sac en plastique contenant ses livres.

« À bientôt », glissa-t-il en partant.

De retour chez lui, il se fit réchauffer de la soupe, dévora un sandwich, étala les livres sur sa nouvelle paillasse et se mit à lire. Il s'endormit avant d'avoir terminé le premier ouvrage.

L'aurore, dimanche, fut superbe et lumineuse, une journée d'octobre idéale, et Bishop consacra sa matinée à une longue promenade solitaire dans les rues vides, jusqu'à Battery Park, à la pointe sud de Manhattan. Dans le quartier de Wall Street, il ne rencontra pas âme qui vive. Il eut l'impression d'être le dernier homme sur Terre et se demanda même si, derrière les fenêtres closes, des extra-terrestres ne l'observaient pas. Mais à part lui, il n'y avait aucun extra-terrestre, et toutes les fenêtres étaient absolument vides.

Soho, comme presque tout le centre de New York, les dimanches, était quasi désert. Alors que Bishop longeait les immeubles, un peu plus tard dans l'après-midi, cette sensation de vide étouffant lui rappela Willows : non pas les bâtiments remplis d'hommes, mais les espaces perdus, où la solitude dépassait l'entendement. Jadis il avait aimé ce genre de lieux, mais c'était il y a longtemps. Désormais, il voulait se retrouver au milieu de la masse, parmi les gens, ou plutôt parmi les moutons, ainsi les voyait-il, ses moutons à lui, lui le loup déguisé en agneau. Tant qu'il se trouvait parmi eux, il était à l'abri.

Finalement, au croisement de Broome Street et de West Broadway, il franchit le seuil d'un bar de quartier où des plantes étaient suspendues aux fenêtres et le menu écrit à la craie de couleur sur un tableau noir. Il s'assit à une table pour deux. Une trentaine de jeunes gens folâtraient autour de lui, soit à d'autres tables, soit près du comptoir ; il se demanda à quoi pouvait bien être due leur présence. Pour lui, on allait dans un bar pour une raison particulière et, lorsqu'il inspecta l'ensemble de la salle, il ne vit aucune explication au comportement des autres clients. Les femmes, surtout, l'intéressèrent ; il les observa avec de grands yeux tout ronds. Plusieurs d'entre elles le remarquèrent, inconscientes du risque qu'elles couraient, et minaudèrent de plus belle. Geste réflexe, bien entendu, programmé par la nature dans le langage de l'amour. Question de survie de l'espèce, aussi.

En ce sens, on pouvait également considérer que Bishop s'inscrivait dans les desseins de la nature, puisqu'il éradiquait les faibles et rattrapait les égarés. Semblable au caméléon menacé par ses ennemis, il se fondait dans son environnement au point de devenir invisible. Et telle la magnifique dionée attrape-mouches, la nature lui avait donné la forme que ses proies désiraient le plus.

Il sourit à la serveuse et lui commanda un hamburger et une bière. Lorsqu'elle lui apporta la bière, il lui expliqua qu'il venait tout juste de débarquer dans le quartier, qu'il habitait Greene Street, après six mois passés dans le nord de la ville, et qu'il n'aimait pas beaucoup le coin. Il n'y avait pas vraiment de vie de quartier, si elle voyait ce qu'il voulait dire. D'un naturel réservé avec les inconnus, la serveuse hocha la tête. Un sourire et un hochement de tête, rien de plus. C'était sa manière à elle de se protéger.

Quand arriva le hamburger, Bishop raconta à la jeune fille qu'il était photographe, qu'il travaillait dans son tout nouveau grenier-studio. Avait-elle déjà posé ? Elle était bien faite. Charmant visage, aussi. Très sensible.

Elle sourit et hocha la tête. Non, elle n'avait jamais posé. Pas intéressée. Mais elle se fendit d'un deuxième sourire en guise de remerciement. C'était donnant-donnant. Quelques secondes après, occupée à une autre table, elle l'avait déjà oublié, énième queutard qui voulait tirer son coup ou se faire sucer. Pour quoi faire ? Elle n'avait pas besoin de ça, elle qui sortait tout juste d'une longue histoire. Elle n'allait pas remettre le couvert de sitôt.

En réglant l'addition, il lui demanda d'où elle venait. Boston, répondit-elle. Et lui ? Du Missouri. Il espérait la revoir. Il laissa un dollar de pourboire sur la table.

Une fois rentré chez lui, il inspecta sa barbe dans le miroir. Pas mal pour une semaine. Nettement plus fournie que prévu. Elle lui donnait un air différent, plus sophistiqué, plus sensible aussi. Et certainement plus intéressant. Encore une semaine, et ce serait parfait. Il avait déjà cessé de porter son postiche, qui ne lui servait plus à rien. Rien qu'une petite semaine, et il serait à l'abri. Un autre homme, en somme, qui viendrait s'ajouter aux différents personnages qu'il avait incarnés, qu'il incarnait et qu'il incarnerait.

Se mirant dans la glace de la salle de bains, Bishop ignorait – et l'ignorerait toujours – que la quasi-totalité des vrais grands tueurs en série modernes portaient toujours, à un moment donné de leur vie, une barbe, ou la barbe et la moustache, ou la moustache seule. Bruno Lüdke, Joseph Vacher, Karl Denke, Albert Fish, Ludwig Tessnow, Peter Kürten, Adolf Seefeld, Bella Kiss, parmi tant d'autres. Étrange coïncidence, quel qu'en soit le sens profond.

Et Jack l'Éventreur ?

Bien qu'il n'ait jamais été arrêté, certaines personnes l'ont peut-être vu juste avant ou juste après l'un de ses horribles meurtres à Whitechapel, en 1888. Les descriptions des hommes aperçus en compagnie des femmes assassinées diffèrent, mais la plupart évoquent la présence d'une barbe ou d'une moustache. La description donnée par un certain George Hutchinson, après le meurtre et les sévices épouvantables subis par Mary Kelly, parle d'une moustache en croc. Naturellement, les hommes que l'on soupçonne d'avoir été Jack l'Éventreur – le docteur Neill Cream, le duc de Clarence, Montague Druitt, George Chapman – portaient tous de belles bacchantes ou des favoris.

Lorsque Thomas Bishop finit par se coucher, ce dimanche soir, il ne pensait ni à Jack l'Éventreur, ni à personne. Il avait surtout le pressentiment que la semaine qui s'annonçait serait très profitable. Maintenant qu'il était installé dans ses quartiers d'hiver, il pouvait peaufiner son plan de bataille. Tel un général en chef, il s'apprêtait à masser ses forces avant l'attaque.

Quand il se réveillerait le lendemain matin, ce serait lundi, et qui disait lundi disait le début d'une nouvelle semaine. D'une nouvelle vie.

14

Le mercredi matin, Adam Kenton disposait de sa ligne longue distance, de son dictaphone et de son enregistreur téléphonique. Le coffre-fort à double combinaison et la deuxième table arriveraient un peu plus tard dans la journée. Il posa sur son bureau provisoire un regard satisfait et sombre à la fois. Il y avait dans ce genre d'endroits quelque chose de triste et de mortifère – de stérile, pour être précis. Tout n'y était que verre, coins et surfaces lisses. Parfaitement fonctionnel mais rien de plus. Ni courbes, ni douceur, ni subtilité. Rien qui puisse flatter l'œil. Le triomphe de l'esprit méthodique. Kenton détestait les immeubles de bureaux modernes avec leur carapace de verre et leurs angles omniprésents, dans lesquels il se sentait toujours pris au piège. *Idem* pour les immenses gratte-ciel. S'il avait le choix, jamais il n'habiterait dans un de ces immeubles.

Pour l'instant, il n'avait pas le choix : pris au piège ou non, il avait du travail. Il poussa un long soupir et s'enfonça dans son fauteuil. Au moins, maigre consolation, il pouvait passer des coups de téléphone et enregistrer ses réflexions sur le Dossier Vampire pour les réécouter plus tard, une habitude qu'il avait prise au début de sa carrière, quand il courait dans tous les sens et travaillait sur tant d'affaires en même temps qu'il perdait parfois le fil. L'information était sa monnaie d'échange, et le moindre renseignement perdu ou oublié représentait autant d'argent jeté par les fenêtres. Parler dans un appareil capable de lui répondre plus tard lui permettait, d'une part, d'intégrer sans difficulté de nouveaux éléments, d'autre part, de garder une trace tangible de ses progrès.

Il décrocha le combiné pour vérifier que l'enregistreur téléphonique fonctionnait bien. La cassette s'enclencha. Il essaya plusieurs fois ; la cassette s'arrêtait de tourner dès qu'il raccrochait. Un câble reliait la boîte de raccordement du téléphone à la prise moniteur de l'enregistreur spécialement configuré, ne le faisant fonctionner que lorsque le téléphone était utilisé. Ainsi, les deux côtés de la conversation pouvaient désormais être mis sur écoute.

Ses premiers coups de fil, il les passa au sein du groupe. Il rappela à John Perrone qu'il avait besoin de la liste de tous les reporters et correspondants de *Newstime* à travers le pays, ainsi que de celle, confidentielle, des sources du magazine. Perrone les lui promit dans l'heure qui suivait.

Il consulta ensuite Mel Brown au sujet des matricides recensés en Californie au cours des vingt-cinq dernières années. Le résultat n'était pas encore disponible.

« Qu'est-ce qui met autant de temps ?

— Les listes incomplètes, surtout. En Californie, matricides et parricides sont confondus. Pour ce qui est des établissements psychiatriques, ils distinguent les gens accusés de démence, si je puis dire, de ceux enfermés pour irresponsabilité mentale. Ceux qui vont directement chez les dingos sans passer par la case procès voient leur dossier interdit d'accès, du moins pour tout ce qui concerne leur état mental. »

Kenton ronchonna.

« Pas si grave que ça. Le dossier est interdit d'accès à seule fin d'empêcher la moindre exploitation extérieure, ou qu'une âme bien intentionnée vienne harceler le pauvre clampin pour ses crimes. Ça fait véritablement partie de la démarche thérapeutique. Mais le meurtre en tant que tel relève bien sûr du domaine public, avec la police, les tribunaux et même les journaux. Donc, il suffit simplement de puiser les informations à d'autres sources et de les comparer aux listes des malades mentaux internés dans toute la Californie.

— Mais ça va prendre des siècles !

— Non, dit Brown. Je vous rappelle qu'on n'est pas obligés de passer au crible tous les établissements – même ça, l'ordinateur pourrait le faire assez vite. Non, il nous faut juste connaître les endroits où ils envoient les fous qui assassinent. Et il n'y en a pas tant que ça. Je devrais vous avoir tout ça pour demain.

— Vous me promettez ?

— À l'époque de la dynastie Ming, dans la Chine ancienne, quelqu'un griffonna un jour sur un mur : "Jamais promettre, jamais décevoir". Je crois que le conseil vaut toujours. Je ferai de mon mieux. »

Kenton brancha son dictaphone et, cinquante minutes durant, énonça tout ce qu'il savait sur Vincent Mungo et ce qu'il avait appris au cours des dernières vingt-quatre heures. Il eut recours à plusieurs reprises à la feuille de papier noircie de notes qu'il avait prises d'après ses lectures de la veille. Il apparaissait que Vincent Mungo s'était échappé de l'hôpital de Willows après avoir tué un autre patient. Ensuite, quelqu'un avait usurpé le nom de Mungo pour dissimuler sa véritable identité. Mais comment ce quelqu'un savait-il que Mungo ne serait pas arrêté rapidement ? Ou qu'il ne se rendrait pas aux autorités ? Ou qu'il n'écrirait pas une lettre dénonçant l'imposteur ? Il n'y avait qu'une seule réponse possible. L'imposteur savait forcément que Mungo était déjà mort. Comment ? Il l'avait tué lui-même. Donc, il connaissait Mungo. D'où ? De l'hôpital ? D'un autre établissement ?

Point suivant. Pourquoi l'assassin cherchait-il à dissimuler son identité ? Conclusion logique : il était connu des services de police, qui le cherchaient déjà ou se lanceraient à ses trousses au premier début de soupçon. Quelqu'un dont le dossier, quel qu'il fût, était déjà entre les mains des autorités, quelles qu'elles fussent. Peut-être avait-il déjà tué des femmes. Peut-être avait-il déjà tué… sa propre mère ?

Point suivant. Pourquoi prendre l'identité de Mungo puisque la police le cherchait partout ? Conclusion : il fallait que ce soit Mungo en raison d'un lien direct entre les deux hommes. Tant que Mungo était traqué, le tueur restait libre. Mais quelle était la nature exacte de ce lien ? Ils avaient dû se trouver au même endroit, à un moment donné de leur vie. Un partenariat ? Une liaison homosexuelle ? Il fallait chercher un homme dans l'entourage proche de Mungo. Quand ? D'abord très récemment : l'assassin devait forcément avoir un lien avec Mungo et être connu des autorités. Or, Mungo n'avait que 24 ans.

Point suivant. Dans la lettre envoyée par l'assassin au bureau de Los Angeles – celle adressée « de l'enfer » – figurait une drôle de phrase : « Il me manque et je ne l'ai jamais vu jusqu'à présent. » *Je ne l'ai jamais vu jusqu'à présent.* Pourquoi donc ? À l'époque, le portrait de Chessman apparaissait dans tous les magazines, tous les journaux. Il était devenu célèbre. On connaissait son nom sur les cinq continents. N'importe qui aurait pu voir sa bobine. Sauf, évidemment, si ce n'importe qui était enfermé ou cloîtré quelque part. En prison ? Dans un établissement psychiatrique ?

Point suivant. Les mutilations atroces pouvaient exprimer une volonté de détruire l'utérus, trahissant la haine absolue du tueur contre sa mère. Elles étaient tellement révélatrices d'un dérangement profond que l'homme rejouait peut-être un drame de son enfance. Conclusion : il ne faisait que tuer sa mère. Mais que s'était-il passé entre le matricide et aujourd'hui ? Pourquoi n'avait-il pas continué de tuer ? Probabilité forte : il n'était pas en mesure de le faire. S'il avait tué sa mère, il s'était fait interner dans un asile psychiatrique.

Dernier point. Pourquoi choisir Caryl Chessman ? L'assassin avait l'air de croire dur comme fer que Chessman était son père. Il devait y avoir un lien entre eux. Lequel ?

Analyse. Vincent Mungo était mort, assassiné par quelqu'un qui l'avait bien connu dans un passé récent. Quelqu'un issu soit de son environnement familial, soit de ses années en hôpital. Quelqu'un recherché par la police, ou suspect principal au cas où Mungo s'avérerait ne pas être le tueur. Quelqu'un avec des antécédents, psychiatriques ou criminels. Peut-être parce qu'il avait déjà tué des femmes. Quelqu'un qui n'avait jamais pu voir la photo de Caryl Chessman, sans doute pour cause d'enfermement. Quelqu'un qui était lié à Chessman. Quelqu'un qui avait peut-être assassiné sa mère à un âge précoce. Quelqu'un sorti d'un établissement psychiatrique, qui n'avait pas eu accès aux photos de Chessman, qui était connu des services de police et figurerait parmi les suspects principaux, et qui donc aurait un rapport avec le séjour de Mungo en établissement psychiatrique.

Consigne : chercher un homme récemment libéré – au cours des dernières années – ou qui s'était échappé d'un hôpital psychiatrique ayant également hébergé Vincent Mungo. Chercher un homme dont Mungo se sentait proche à cette époque. Chercher un homme ayant tué sa mère quand il était petit, ou tellement obsédé par cette idée qu'on l'avait interné et qu'il rejouait le drame. Chercher un homme ayant un lien avec Caryl Chessman.

Ce dernier élément intriguait Kenton au plus haut point. Il avait le sentiment que Chessman constituait, d'une manière ou d'une autre, la clé de cette affaire. Tout le reste paraissait plus ou moins logique, malgré les millions de points d'interrogation et d'incohérences qui subsistaient dans sa théorie. Un malade mental qui n'arrêtait pas de tuer sa mère et qui connaissait Vincent Mungo : l'hypothèse collait plutôt bien aux faits connus. Et toutes ses déductions ou conclusions reposaient sur ce postulat, solide quoique bourré de ces paradoxes qui font le charme de la vie.

En revanche, la partie Chessman surgissait vraiment de nulle part. Hormis l'aspect publicitaire qui permettait au tueur de montrer au monde entier le combat monstrueux qu'il menait, à quoi Chessman lui servait-il ? La découverte récente que Mungo pouvait être le fils naturel de Chessman ne changeait rien à l'affaire, puisque Mungo n'était pas le meurtrier. Quelle que fût la réponse, elle devait venir du tueur lui-même. C'était une certitude. Pas vrai ?

D'après sa triste expérience, Kenton savait que tous les éléments d'une théorie devaient coller ensemble, faute de quoi cette théorie ne valait rien. Caryl Chessman était justement l'obstacle majeur, l'élément qui ne collait pas, l'énigme absolue. Et cette énigme, Kenton l'éluciderait, ou alors il reprendrait tout à zéro. Son instinct le plus profond lui disait que son analyse était bonne et ses intuitions fondées sur l'expérience, justes. Le lien avec Chessman qu'il cherchait se trouvait donc là, sous ses yeux. Encore fallait-il qu'il le découvre.

Une fois ses idées énoncées, Kenton plaça la feuille de papier dans la broyeuse électrique qui avait miraculeusement fait son apparition dans son bureau pendant la nuit. Il se pencha ensuite sur les deux listes enfin envoyées par John Perrone, cachetées et marquées au sceau de la confidentialité. Y figuraient également les noms des personnes qui étaient au courant de la mission qui l'avait amené à New York. Il jeta un coup d'œil sur les noms et les fonctions ; il fut impressionné. Manifestement, on avait misé beaucoup d'argent sur lui. Il se demanda ce que tous ces gens diraient s'ils apprenaient que ce n'était pas Mungo qu'ils devaient chercher.

Et que feraient-ils si lui, Kenton, ne leur livrait pas la bonne personne ?

Il passa une demi-heure à cocher les noms de plusieurs dizaines de personnes qu'il comptait appeler. Il dressa aussi sa propre liste des gens qui pourraient lui être utiles, pour la plupart en Californie. Il remercia les dieux : cette affaire dans laquelle il était plongé jusqu'au cou avait éclaté dans une région où il connaissait du beau monde.

Sa documentaliste déboula avec de nouvelles coupures de presse concernant Vincent Mungo. Kenton lui demanda de trouver le maximum de choses sur Caryl Chessman. Oui, Chessman, vous vous rappelez ? Elle secoua la tête. Trop jeune à l'époque. Mais elle en avait entendu parler. Exécuté en Californie pour un meurtre, c'est bien ça ?

Il rectifia. Pas pour un meurtre. Chessman n'avait jamais tué personne. Des crimes sexuels, alors ? Elle rougit. Non plus, répondit-il. En réalité, Chessman avait été exécuté en vertu d'une loi absurde qui punissait de mort les braquages avec coups et blessures. Un viol barbare dont la jeune fille ressortait tabassée ou quasi morte ne méritait pas la mort. Mais frapper quelqu'un pour lui extorquer un dollar ! Crime impardonnable !

Le sang de la féministe qu'elle était ne fit qu'un tour. Quelle horreur !

Eh oui, c'est la Californie !

Il lui expliqua qu'il travaillait sur un projet particulier qui nécessiterait sans doute certaines choses dépassant le simple cadre d'un reportage. Pourrait-elle donc faire tout ce qu'il lui demandait et la boucler ? Il toussa poliment. Il voulait dire par là : ne pas poser trop de questions. Pour l'instant, il n'avait pas le temps de répondre aux questions.

Elle sourit face à son manque d'assurance tout masculin. Qu'attendait-il d'elle, au juste ?

Des recherches, bien entendu. Il la regarda attentivement pour la première fois. Elle était jeune et belle. Et très désirable. Peut-être un jour, quand…

« S'il s'agit de recherches, aucun problème. Je connais bien mon boulot et je sais quand il faut se taire ou parler. »

Il voulait connaître également tous les établissements psychiatriques que Vincent Mungo avait fréquentés dans sa vie, avec les dates et les noms des médecins qui l'avaient rencontré. C'était urgent. Puis la liste de tous les patients sortis de ces établissements au cours des cinq dernières années – et de ceux qui s'en étaient échappés, aussi. Mel Brown pourrait sans doute l'aider dans cette tâche.

Qui allait certainement l'occuper pendant un bon moment, se dit-il.

Fred Grimes lui passa un coup de téléphone. Il passerait un peu plus tard pour lui transmettre les noms des grands responsables de la police new-yorkaise et des adjoints du maire.

Pouvait-il lui être encore utile ?

Oui, il pouvait par exemple activer ses contacts pour savoir si quelqu'un avait cherché à se procurer des documents d'identité au cours des deux derniers jours. Ou plutôt depuis une semaine. Leur homme aurait probablement besoin de nouveaux papiers et tenterait de les avoir par le biais d'un de ces revendeurs indépendants qui les achètent à la pègre par paquets entiers.

S'il ne s'agissait pas de Mungo, pourquoi avait-il besoin de papiers ? Pourquoi ne pas utiliser son vrai nom, puisqu'il était un parfait inconnu ?

« Sauf qu'il est connu, même si la police ne le sait peut-être pas encore. C'est un malade mental…

— Sans blague…

— Non, un vrai malade mental, qui s'est échappé ou qui a été libéré. Un type qui a côtoyé Mungo pendant qu'ils étaient enfermés dans le même endroit. »

En Californie, il se faisait passer pour Daniel Long. Lorsque le secret avait été percé, il s'était débrouillé pour obtenir de nouveaux papiers. Il devait donc être en train de chercher un nouveau nom, au cas où. Si tel était le cas, il tenterait peut-être d'en obtenir un auprès d'un intermédiaire local.

« Qui doivent-ils chercher ?

— Quelqu'un d'assez jeune, disons entre 20 et 40 ans. Blanc, sans doute chrétien…

— Comment le savez-vous ?

— Mungo possédait chez lui une collection entière d'objets nazis dans sa chambre. Un jour, il a même dessiné des croix gammées dans un cimetière juif. Donc, je ne le vois pas fricoter avec un type qui n'était ni blanc ni chrétien.

— D'autres éléments ?

— Pour le moment, non. Sauf qu'il ne doit pas connaître la ville, doit loger dans un hôtel minable et utiliser un point courrier quelque part.

— Pas grand-chose à se mettre sous la dent », commenta Grimes après un bref silence.

Il avait raison, mais Kenton ne pouvait rien lui offrir d'autre. Un jeune chrétien blanc. À moins qu'il fût plus âgé. Ou de type asiatique. Ou une femme. Ou un Martien.

Grimes promit de mettre la pression sur les gros bonnets qui tenaient la filière des faux papiers à New York, mais il n'en attendait pas grand-chose. Les revendeurs étaient tellement nombreux – autant tamiser du sable.

Kenton le remercia quand même. Il arrivait, parfois, que le sable colle un peu à la surface.

Lorsqu'il revint de déjeuner, il découvrit qu'un deuxième bureau avait été enfin installé contre le mur, juste derrière la porte. Entre le bord de fenêtre et l'autre mur se trouvait un petit coffre-fort. La double combinaison était notée sur une petite carte, juste au-dessus. Il se demanda ce qu'Otto Klemp dirait d'une telle entorse aux consignes de sécurité. D'ailleurs, en parlant de Klemp…

Il passa un coup de fil à Long Island et donna les noms des dix personnes qui connaissaient la nature de sa mission. Il voulait jeter un coup d'œil sur leurs déclarations fiscales. Les deux dernières années suffiraient.

Un autre appel, cette fois à New York même, et il transmit les noms des douze plus hauts responsables de l'empire Newstime, en commençant par Mackenzie. Pour chacun d'eux, il voulait obtenir le bilan financier complet jusque dans les moindres détails : les actifs, le patrimoine, les rentes, les comptes *offshore* – la totale. Et des dates. Il paierait en liquide, bien sûr. Dès réception, aussi vite que possible.

Lorsqu'il eut John Perrone au téléphone, il lui annonça qu'il avait besoin de 9 000 dollars pour ses frais de fonctionnement. Perrone ne voulut rien savoir. Ces questions-là devaient impérativement passer par Fred Grimes.

Kenton s'excusa.

« Comment ça se passe, sinon ?

— Ça se passe.

— Tenez bon. On compte sur vous. »

Grimes voulut poursuivre la discussion, mais pas au téléphone. Kenton lui assura que l'enregistreur était éteint. Il ne l'utilisait pas au sein de l'entreprise ; c'eût été contre-productif. Grimes lui répondit que c'était plutôt son propre téléphone qui l'inquiétait. Qu'importe. Il descendrait dans un instant.

Cinq minutes plus tard arriva le deuxième documentaliste, un homme d'un certain âge au regard malicieux et qui fumait des Chesterfield. Il avait rassemblé un certain nombre de documents sur Vincent Mungo, à commencer par une copie de son acte de naissance délivré par l'hôpital de Los Angeles. Kenton apprécia le bonhomme immédiatement et lui proposa d'utiliser le deuxième bureau chaque fois qu'il le souhaitait. Il lui ressortit à peu près le même laïus qu'il avait prononcé un peu plus tôt devant sa jeune collègue. Il travaillait sur une mission spéciale, qui pourrait prendre la forme d'un article de une sur Mungo ou s'élargir vers d'autres horizons. Il ne précisa pas ce que ces « nouveaux horizons » pouvaient être, et le vieil homme ne lui posa aucune question. Il avait tout de suite compris que Kenton était un vrai professionnel, comme lui-même pouvait l'être, à sa manière. Doué d'une immense érudition, il en était arrivé à un stade de sa vie où il n'essayait plus de changer le monde mais préférait l'observer avec détachement, voire amusement. Il travaillait bien et dispensait sa sagesse avec grâce. Du moins tant qu'on ne lui posait par de questions directes.

« Que pensez-vous du sénateur Stoner ?

— C'est un opportuniste, répondit-il. Comme presque tous.

— Vous ne l'aimez pas. »

Il haussa les épaules.

« Oh, ni plus ni moins que les autres. Au moins, lui dit tout haut ce qu'il pense.

— Ou en tout cas, ce qu'il prétend penser.

— En politique, ça revient au même. Vous pensez tout ce que vous dites aujourd'hui, et puis demain est un autre jour. »

Kenton se prenait d'une véritable affection pour cet homme. Même les cyniques avaient besoin de rencontrer leurs coreligionnaires.

« Comme disait, en des termes immortels, Adolf Hitler…

— *Der Vogel ist gefallen*, coupa l'homme qui maîtrisait cinq langues. *Lange leben die Vögel.* »

Ils partirent d'un même rire. Kenton connaissait très mal l'allemand, mais il comprit le message.

Il expliqua au documentaliste ce dont il avait besoin. Tout sur Stoner, en bien ou en mal. Son passé, sa famille, ses amis, ses intérêts financiers. Surtout ses intérêts financiers. *Idem* pour un certain Don Solis, qui avait donné un bon coup de fouet à la campagne de Stoner en révélant la culpabilité de Caryl Chessman quelque temps auparavant.

« Trouvez-moi qui est vraiment ce Solis et, si possible, ce que toute cette affaire lui a rapporté. Il tient une cafétéria à Fresno. Vous tomberez sur son nom dans les activités récentes de Stoner. Tenez-moi au courant. »

Kenton passa encore une heure à discuter avec les journalistes et les correspondants de *Newstime* basés en Californie. À chacun d'entre eux, il dit ce qu'il cherchait. Tout ce qu'ils avaient pu entendre au sujet d'un petit garçon qui aurait assassiné sa mère. Jusqu'à vingt-cinq ans en arrière. Peut-être pas dans les grands journaux, peut-être simplement des faits divers locaux. Mais il voulait tout savoir là-dessus, et vite.

Même s'il ne s'en ouvrit pas, son raisonnement était limpide. Quelques heures après l'évasion de Mungo, les frontières de la Californie avaient été bouclées. Donc, il n'avait pas pu aller bien loin. La personne qu'il avait rencontrée se trouvait forcément en Californie ou dans le Nevada, au pire dans l'Oregon. Mais vraisemblablement en Californie. Peut-être même à l'endroit où il avait habité ou grandi. Quelqu'un, quelque part, devait obligatoirement connaître, ou avoir entendu parler d'un petit garçon comme ça.

Kenton ne faisait pas une entière confiance à l'ordinateur de Mel Brown.

À 16 heures, Fred Grimes descendit le voir. Il s'excusa pour son refus de discuter au téléphone mais avec Klemp dans les parages, tout était possible. Il lui donna les noms des grands pontes de la police et des adjoints du maire, avec leurs numéros de téléphone sur liste rouge. Le document fut aussitôt déposé dans le coffre-fort.

« En ce qui concerne les 9 000 dollars, je peux vous demander quel usage vous comptez en faire ? »

Kenton fronça les sourcils.

« Je ne préfère pas, dit-il à demi-voix.

— En liquide ?

— Je veux des coupures différentes. Pas de numéros de série consécutifs. Vous connaissez la musique.

— Ne vous en faites pas, ce sera de l'argent blanchi. Demain, ça vous va ?

— Parfait.

— Si vous avez besoin de plus, faites-le-moi savoir. Je peux vous l'obtenir en une journée.

— Dépenses de fonctionnement ? »

Grimes opina du chef.

« L'argent vient d'une caisse noire à but non lucratif, le Comité pour la liberté de la presse.

— Ça m'a l'air tout à fait convenable.

— Tous les grands trusts possèdent leur propre agence de blanchiment, quel que soit le nom qu'ils lui donnent, histoire d'avoir du liquide. L'important, c'est que ça fonctionne bien. Il y a trop de choses dont on ne peut pas garder une trace officielle.

— Moi, par exemple.
— Vous, c'est de la gnognotte. Pensez un peu aux compagnies pétrolières ou pharmaceutiques, à tout ce qu'elles doivent faire passer sous la table. Tout le monde sait ce qui se passe. C'est un secret de polichinelle. »

Kenton s'alluma une cigarette.

« Vous n'avez jamais le sentiment, demanda-t-il l'air de rien, de travailler pour la pègre plutôt que pour une grosse entreprise ?

— Tout le temps, répliqua Grimes avec un rire sec. Ce sont les deux faces d'une même médaille. La seule vraie différence, c'est que nous, nous mettons nos employés à la retraite, alors que la pègre les liquide. »

Le jeudi matin, à 9 h 30, Otto Klemp l'attendait pour lui donner un bref conseil. « N'outrepassez pas votre autorité. » Pas un mot de plus. L'un comme l'autre savaient que Kenton, pour l'instant, avait carte blanche et que, à moins que tout le personnel fût viré du jour au lendemain ou que l'immeuble brûlât entièrement, il détenait un pouvoir illimité. Mais tout cela, bien sûr, était illusoire : si Kenton allait un peu trop loin, son pouvoir disparaîtrait en un clin d'œil.

« Dès que vous sortez de votre case, dit Klemp sur un ton assez amical, vous chutez. »

Kenton se demanda dans quelle mesure Klemp était au courant de ce qui se passait.

La sonnerie du téléphone interrompit sa réflexion. Il décrocha immédiatement. Mel Brown disposait des résultats de l'ordinateur pour la Californie. Au total, quatre-vingt-dix-sept matricides avaient été commis au cours des vingt-cinq dernières années, si l'on excluait les familles entièrement massacrées et les individus qui s'étaient donné la mort juste après.

« Sur ces quatre-vingt-dix-sept assassins, soixante-huit se trouvent actuellement dans une prison ou un hôpital psychiatrique, et seize sont morts. Donc, il nous reste treize personnes, mais trois d'entre elles ont aujourd'hui plus de cinquante ans, et deux autres sont des femmes. Sur les huit restants, deux ne peuvent pas être notre homme.

— Pourquoi ?

— Le premier a été rendu aveugle par sa propre mère, mais il est quand même parvenu à étrangler cette salope. Elle lui avait jeté de l'acide au visage. L'autre s'est fait libérer après avoir été amputé des deux jambes à cause du diabète.

— Donc, il nous reste six bonshommes.

— Qu'est-ce qu'on fait, maintenant ?

— Retrouvez-les. Voyez où ils vivent, ce qu'ils font. Et fissa.

— Aussitôt dit, aussitôt fait.

— Trop aimable. Au fait, Mel…

— Oui ?

— J'ai demandé à Doris de travailler sur Caryl Chessman et d'autres choses. Mais le plus important pour l'instant, c'est que je récupère la liste de toutes les personnes qui se sont évadées d'un hôpital psychiatrique californien depuis cinq ans. Est-ce que vous pourriez me trouver ça ?

— Bien sûr. »

Le téléphone quitta rarement son oreille jusqu'à la fin de la journée. Kenton multiplia les coups de fil en Californie, à la fois à ses propres contacts et aux sources confidentielles du magazine. Il avait besoin de leurs lumières sur Vincent Mungo, sur Caryl Chessman, ou sur un petit garçon qui avait jadis tué sa mère. Mais il tâtonnait toujours. Il ne connaissait pas encore les bonnes questions à poser, ni même les bonnes personnes à joindre. Il se livrait à un travail préliminaire, afin de déblayer le terrain au maximum, mais la tâche était ardue. Et si sa théorie se révélait fausse, tout ça n'aurait servi à rien.

Il avait l'intime conviction que sa proie n'était pas Mungo. Malgré tout, il pouvait fort bien se tromper sur le reste. Rien ne disait que le tueur avait nécessairement commencé par un matricide ; peut-être tuait-il aujourd'hui parce qu'il *n'avait pas* tué sa mère. Celle-ci était peut-être morte en couches ou avait fui le domicile familial quand l'enfant était encore tout petit. Il aurait pu se trouver avec Mungo dans un asile pour d'autres raisons, puis décider d'assassiner des femmes au moment de l'évasion de Mungo, en découvrant qu'il pouvait usurper son identité. Il était peut-être fou, tout simplement, effrayé par les hommes, donc s'en prenait aux femmes. On pouvait regarder sa folie sous des centaines d'angles différents.

Ces réflexions déprimèrent encore plus Kenton ; il tenta d'enrayer cette mauvaise spirale. Quand il avait une intuition forte, elle s'avérait généralement juste. Pourquoi cette affaire ferait-elle exception ? Il avait toutes les chances de son côté.

En fin de journée, il appela Mel Brown pour lui soumettre une idée. Pour les six hommes encore en lice, y avait-il un moyen de savoir quand ils avaient assassiné leur mère ? À quel âge ?

Oui, c'était faisable. À condition qu'ils aient eu au moins 16 ans au moment des faits. Dans le cas contraire, la justice interdisait l'accès à leur dossier, sauf aux médecins, qui pouvaient le consulter partout où le patient était placé. Du coup, si le garçon finissait par être libéré, il n'était pas marqué au fer rouge par un acte remontant à son enfance. Par exemple, les journaux n'avaient plus le droit d'en parler. De même, on ne pouvait plus le déchoir de ses droits civiques à cause de son crime. Kenton souhaitait-il toujours obtenir cette information ?

Oui, il le souhaitait, même s'il supposait que l'enfant avait tué sa mère avant ses 16 ans. Si tant est qu'il l'ait tuée, bien sûr.

Le vendredi matin, il fut à son bureau avant 9 heures. Il décrocha le téléphone à la deuxième sonnerie. C'était Mel Brown.

« Vous ne dormez donc jamais dans cette baraque ?

— Dormir ? Mais comment croyez-vous que le facteur brave la neige et la pluie pour assurer sa tournée ? On lui dit quel parcours il doit suivre. »

Kenton dut rire malgré lui. « Qu'est-ce que vous avez à m'offrir ? » demanda-t-il.

Deux des six matricides étaient hors jeu. L'un avait tué sa mère alors qu'il était âgé de 43 ans, et l'autre en avait 35. Sur les quatre derniers, trois avaient moins de 30 ans à l'époque et l'autre, moins de 16 ans. Ils s'appelaient Morgan, Dufino, Terranova et Rivera – le plus jeune.

Mel Brown avait aussi les noms des hommes libérés ou évadés des institutions psychiatriques californiennes depuis cinq ans. Ils étaient nombreux.

« Bien. Comparez vos quatre hommes avec cette liste.

— C'est fait.

— Et ?

— Deux d'entre eux, dont Rivera, ont été libérés il y a plus de dix ans. Naturellement, leurs noms n'apparaissent pas sur la liste. Est-ce que vous les excluez de votre réflexion ?

— Oui.

— Le troisième est sorti il y a quatre ans. Son nom figure sur la liste mais il purge actuellement une peine de prison dans le Washington.

— Vous en êtes sûr ?

— Sûr et certain.

— Donc, on l'élimine aussi.

— Le quatrième, enfin, s'est évadé l'an dernier. Aucune nouvelle depuis. Volatilisé.

— Comment s'appelle-t-il ?

— Vous n'allez pas me croire.

— Dites toujours.

— Louis Terranova. »

Le nom ne lui disait rien.

« Et alors ?

— J'avais oublié que vous les journalistes, vous ne lisez jamais, dit Brown sur un ton légèrement agacé. Terranova est le nom de l'homme dont Caryl Chessman, il y a vingt-cinq ans, prétendait que c'était le Braqueur à la torche rouge.

— Nom de Dieu !

— Je me suis dit exactement la même chose. Néanmoins, il pourrait s'agir d'une simple coïncidence. C'est un nom très répandu. Quoi qu'il en soit, il a aujourd'hui 47 ans. Donc, à l'époque de Chessman, il en avait 22. Il a tué sa mère en 1950, à l'âge de 24 ans. Jusqu'à son évasion l'année dernière, il aura passé vingt-deux ans en hôpital psychiatrique.

— Où était-il ?

— À Lakeland. Près de…

— Je connais.

— Vous voulez que je fasse des recherches sur lui ?

— Tout ce que vous pourrez trouver.

— Et les chiffres des matricides ? Vous en avez besoin ? »

Kenton lâcha un soupir déçu.

« Non. Entre les types qui sont toujours enfermés et ceux qui sont trop vieux, morts ou malades, il ne reste plus rien.

— Sauf Terranova, éventuellement.

— Vous êtes sûr d'avoir retrouvé tous les noms pour cette période ?

— Les noms de tous ceux qui ont été enregistrés, ce qui ne veut pas forcément dire la même chose. Ceux qui ont été jugés, condamnés et jetés en prison, ceux qui ont été innocentés pour cause de démence puis envoyés en hôpital psychiatrique, ceux qui ont été déclarés incapables de passer en jugement et internés. Pour ces derniers, j'ai cherché dans les archives des tribunaux plutôt qu'auprès de l'administration hospitalière. Il est évident que, comme dans n'importe quel recensement non officiel, j'ai pu oublier quelqu'un.

— Et les gamins de moins de 16 ans ?

— C'est encore une autre histoire. Comme les casiers judiciaires de ces gamins sont absolument inaccessibles, tous les renseignements proviennent des comptes rendus de la presse au moment des faits. Les journaux ne donnaient pas les noms des jeunes criminels mais généralement indiquaient leur âge et leur sexe, ce qui permet de comparer aujourd'hui avec les noms des enfants qui ont survécu. Ça vous paraîtra peut-être incroyable, mais il y a des gens qui gagnent leur vie en faisant ce genre de boulot pour des gens comme vous.

— Est-il possible qu'un de ces meurtres ait échappé à la vigilance des journalistes ? »

À l'autre bout du fil, Mel Brown haussa les épaules. « Tout est possible. Surtout en Californie. »

À 10 h 30, Doris apporta la liste des asiles dans lesquels Vincent Mungo avait séjourné. Cinq, au total : Atascadero, Willows, Lakeland, Valley River et Tremont, sans compter les départements psychiatriques des hôpitaux de Stockton et de San Francisco. Le tout avec les dates d'arrivée et les noms des médecins qui s'étaient occupés de lui. Kenton fit le recoupement avec Lakeland, d'où Louis Terranova s'était échappé un an avant. Il vérifia la date du passage de Mungo à Lakeland : toute l'année 1972.

La chance était peut-être en train de lui sourire.

Pendant une demi-heure, il résuma la situation devant son dictaphone. Il reçut ensuite des appels en provenance de Long Island et de Manhattan. Long Island ferait la livraison à 12 h 30. La procédure serait la même que d'habitude. Kenton dut réfléchir un instant – cela faisait plus d'un an qu'il n'avait pas fait appel à leurs services. Manhattan voulait savoir où et quand livrer un colis. Kenton indiqua l'hôtel Saint-Moritz à 21 heures. La suite n° 1410.

Fred Grimes apporta 9 000 dollars en liquide, que Kenton rangea dans le coffre-fort. Il avait croisé John Perrone dans le couloir, à l'étage. Peut-être qu'il devrait lui passer un coup de fil. Il avait aussi évoqué devant certaines personnes le problème des papiers d'identité que le pseudo-Vincent Mungo cherchait sans doute à se procurer. Sans photo de lui, il s'avérait pratiquement impossible de le surveiller. Le nombre d'hommes qui achetaient des faux documents à New York était tout simplement gigantesque. La ville se trouvait au cœur du trafic des faux papiers en Amérique, sans parler des clandestins qui arrivaient d'Europe. On ne pouvait rien faire. Désolé.

Kenton prit la nouvelle avec philosophie. Il avait d'autres cordes à son arc. L'adresse postale, par exemple. Si Mungo cherchait une nouvelle identité, il lui fallait un endroit où faire parvenir les documents. Il ne donnerait pas sa véritable adresse – sans doute quelque hôtel ou résidence minable, puisque les femmes qu'il avait tuées étaient fauchées – car il risquerait de se faire remarquer et d'éveiller les soupçons. Par ailleurs, il ne pouvait pas louer une boîte postale, puisqu'il était obligé pour cela d'indiquer une adresse de domicile dûment vérifiée par les services postaux. Il avait tout intérêt à faire appel à un point courrier, que l'on pouvait trouver partout à New York, notamment dans des boutiques ou des petits magasins qui gardaient les lettres pour leurs clients. Moyennant un paiement mensuel, ceux-ci venaient récupérer discrètement leur courrier et disparaissaient jusqu'à leur prochaine visite. Ces endroits-là n'étaient pas des lieux de sociabilité, et les clients ne s'illustraient pas par une amabilité folle. Exactement le genre d'endroit qui pouvait séduire la cible de Kenton, lequel exposa dans les détails son idée à Grimes.

« On a simplement besoin des noms de tous ceux qui ont postulé pour ce service cette semaine, ainsi que les adresses qu'ils ont indiquées. Ensuite, on engage une dizaine de détectives privés pour qu'ils repèrent chacun de ces clients aussi vite que possible. Un simple regard leur suffira. On ne retiendra que les jeunes hommes blancs, dont on épluchera les dossiers un par un. Il ne peut pas y en avoir tant que ça sur une semaine.

— Imaginez qu'il attende la semaine prochaine pour s'inscrire ? Ou le mois prochain ? Il a peut-être envie de se reposer un peu.

— Non, son fonctionnement le pousse à faire le nécessaire dans les plus brefs délais. Il a de la ressource, il est méthodique et très pragmatique. C'est comme ça qu'il a pu survivre aussi longtemps, et il le sait. Il n'a aucune raison de modifier son comportement. »

Kenton promena son regard sur l'ensemble des objets qui jonchaient le bureau. « Ça fait des semaines que je passe mon temps à lire ou à écrire sur ce type, et je commence à comprendre vaguement comment il fonctionne. S'il a décidé d'avoir un point courrier, il le fera sur-le-champ. Il s'occupe toujours de ses affaires avant tout le reste.

— Mais comment fait-on pour obtenir ces noms ? Ils ne voudront jamais nous les transmettre.

— À nous, non. Mais à un responsable de la municipalité, oui, répondit Kenton avec un grand sourire. Et c'est là que vous intervenez. Trouvez quelqu'un à la mairie qui vous autorisera à relever ces noms, en lui expliquant qu'on fait un article sur ces endroits. S'il rechigne, mettez Perrone sur le coup. Ça devrait faire l'affaire, même si bien sûr je préférerais qu'il ne soit pas trop mouillé là-dedans. »

Grimes était sceptique.

« Vous pensez que ça marchera ?

— Ça pourrait nous aider à mettre la main sur lui avant tout le monde. À condition que je découvre qui il est vraiment. »

Kenton se chargea ensuite de tenir John Perrone au courant de ses derniers progrès. Puis il s'entretint une demi-heure durant avec George Homer, son autre documentaliste, qui lui brossa un rapide portrait de Stoner. Après ses propres recherches, il en connaissait déjà l'essentiel, mais certains éléments furent intéressants, notamment l'existence d'une maîtresse dont il n'avait jusque-là jamais entendu parler. Il demanda à Homer de creuser dans cette direction.

À midi, il sortit 2 000 dollars du coffre-fort et les plaça dans une enveloppe. Après un rapide sandwich au bout de la rue, il marcha jusqu'à la bibliothèque publique qui se trouvait sur la 42e Rue. Dans l'immense salle des dictionnaires, il prit place au bout d'une longue table, sur la toute dernière travée à gauche. Un homme était assis juste en face de lui, plongé dans un ouvrage qu'il tenait des deux mains. Devant lui, au milieu de la table, traînait une chemise en papier kraft. Kenton sortit son enveloppe et la déposa à côté de la chemise, puis ouvrit le dictionnaire qu'il avait pris avant de s'asseoir. Quelques secondes plus tard, l'homme refermait doucement son livre, ramassait l'enveloppe et quittait la salle. Quand Kenton eut fini de lire plusieurs pages du dictionnaire, il ouvrit la chemise et en étudia le contenu.

De retour à son bureau avant 13 heures, il rangea la chemise en papier kraft dans le coffre-fort. En Californie, il était 10 heures du matin. L'heure de se mettre au travail, aussi. Pendant tout le restant de l'après-midi, il discuta au téléphone avec les médecins qui s'étaient occupés de Vincent Mungo dans divers établissements et dont les noms lui avaient été communiqués par Doris. Quelques-uns, absents ou indisponibles, le rappelèrent plus tard. Il nota les noms des patients qui s'étaient montrés le plus proche de Mungo, d'après les archives et les souvenirs des médecins. Deux hommes à Atascadero, deux à Lakeland, et un seul à Willows, d'après ce qu'il avait découvert lui-même au fil de ses recherches. Ces cinq personnes étaient les seules avec lesquelles Mungo paraissait s'être lié au cours des cinq dernières années. Depuis l'adolescence, il n'avait jamais remis les pieds ni à Valley River, ni à Tremont. Kenton contacta ces deux établissements mais ne demanda aucun nom.

Malgré son insistance, il ne put faire dire au médecin de Lakeland que Mungo avait été l'ami de Louis Terranova. Certes, l'homme se rappelait de ce Terranova, qui avait séjourné là un certain nombre d'années, mais dans son souvenir les deux hommes ne se connaissaient pas et n'étaient certainement pas amis. Mais vous me disiez qu'il était proche de deux autres patients ? Oui, proche comme ces gens-là peuvent l'être, c'est-à-dire pas beaucoup. Est-ce qu'un de ces deux patients avait été accusé d'avoir tué sa mère, peut-être pendant son adolescence ? Le médecin préféra ne pas répondre. Seuls des canaux officiels étaient en mesure de divulguer ce genre d'informations, et jamais par téléphone. Non, définitivement non. Dans ce cas, pourquoi ces deux hommes avaient-ils été internés ? Là encore, aucune réponse.

Même son de cloche à Atascadero. On lui donna les noms des deux hommes, mais rien de plus. En revanche, les médecins ne furent pas surpris par la violence démentielle de Mungo. Quand ces types disjonctaient, leur folie ne connaissait plus aucune limite.

Kenton s'entretint de nouveau avec un certain docteur Poole, à Willows, qui s'était occupé de Mungo les quelques mois où il y avait séjourné. Poole lui rappela que le seul ami de Mungo était un patient nommé Thomas Bishop, celui-là même qu'il avait assassiné la nuit de son évasion.

Il nota ce nom sans y prêter plus d'attention.

Mungo avait-il pu nouer d'autres amitiés, même intermittentes ? Certainement pas. Aucune relation homosexuelle ? Pas le genre. Avait-il mentionné quelqu'un, dans un autre hôpital, qu'il connaissait ou admirait ? Non, il ne parlait jamais de personne.

Kenton discuta ensuite avec les deux médecins qui avaient pris en charge Mungo dans les départements psychiatriques des hôpitaux de San Francisco et de Stockton. Ils ne lui connaissaient aucun ami. Les patients ne restaient jamais très longtemps chez eux, les gens allaient et venaient sans cesse, si bien qu'il leur était difficile de tisser des amitiés solides. Ni l'un, ni l'autre ne conservaient un souvenir marquant de Mungo, qui, selon les archives, avait séjourné chez eux à plusieurs reprises dans sa jeunesse. Ses tendances meurtrières n'étaient pas encore apparues à l'époque, malgré sa nature violente et ses pulsions sadiques. Dommage.

Kenton médita quelques instants sur ce qu'il venait d'emmagasiner. Cinq hommes avaient donc été proches de Mungo pendant ses séjours au sein des institutions psychiatriques qui l'intéressaient. Il jeta un coup d'œil sur les noms : James Turnbull, Peter Lambert, Carl Pandel, Jason Decker, Thomas Bishop. Il raya le dernier nom. Pas la peine de traquer un homme mort.

Il transmit la liste à Mel Brown, afin qu'il la compare à celle des hommes libérés ou enfuis au cours des cinq dernières années. D'ores et déjà, il savait qu'elle ne correspondait pas aux noms de ceux qui avaient assassiné leur mère, y compris Louis Terranova.

Encore une bonne idée qui partait à la poubelle.

Finalement, Mel Brown revint vers lui pour lui annoncer que le seul nom présent sur les deux listes à la fois était celui de Carl Pandel, libéré de Lakeland en mai 1972. Les quatre autres étaient soit internés, soit morts – donc hors concours. En tout cas, leur nom ne figurait pas sur la liste des patients libérés ou enfuis. Kenton lui rappela que le dernier, Thomas Bishop, avait été tué par Mungo pendant son évasion de Willows. Il avait donc rayé son nom de la liste. Brown, maintenant qu'il y repensait, se souvenait en effet d'avoir lu ça quelque part.

Et Pandel ?

Brown aurait-il l'obligeance d'explorer cette piste dès lundi aux premières heures ? Peut-être que Pandel avait tué sa mère, enfant, et que son dossier était interdit d'accès. Peut-être qu'il avait grandi dans une petite bourgade rurale où il n'existait pas de journal local. Peut-être qu'il était jeune, blanc, chrétien, barjot, et qu'il assassinait maintenant des femmes à New York.

Kenton quitta son bureau juste avant 20 heures, après avoir sorti 6 000 dollars du coffre-fort et les avoir mis dans une enveloppe, qu'il fourra dans sa poche. Il emporta également la chemise en papier kraft venue de Long Island, ainsi que tous les documents qu'il n'avait pas eu le temps de lire.

Sur les coups de 21 heures, un homme déposa un petit colis dans sa chambre de l'hôtel Saint-Moritz. En contrepartie, Kenton lui remit l'enveloppe remplie d'argent ; l'homme compta les billets devant lui. Ensuite, Kenton dîna à l'Italian Pavilion, seul, dans le jardin. Une demi-heure passée en compagnie d'une prostituée dans un petit hôtel de Lexington Avenue lui permit d'évacuer toute la tension de la semaine, et il regagna enfin sa suite pour y dormir du sommeil du juste.

Le samedi et le dimanche, il ne bougea pas de sa chambre et étudia les rapports financiers complets qu'on lui avait remis concernant la douzaine d'hommes qui dirigeaient l'empire Newstime. Lecture instructive, et qui valait bien les milliers de dollars qu'il avait dépensés, d'autant qu'il s'agissait de leur propre argent. Il apprit en effet des choses très intéressantes, dont certaines pouvaient se révéler fort utiles au cas où les dirigeants en question décideraient de contrecarrer ses efforts, d'affaiblir son autorité ou de lui voler la vedette. Sur l'un d'entre eux au moins, il découvrit même quelque chose qui non seulement l'étonna, mais le choqua. Et Dieu sait qu'il en fallait beaucoup pour choquer Adam Kenton.

Juste avant de s'endormir dimanche soir, il envisagea d'un bon œil la semaine qui s'annonçait. Toutes ses billes roulaient à la perfection, en rythme. Il tenait la situation bien en main, ses talents d'investigateur atteignaient des sommets. Il pouvait s'occuper de tous les dossiers à la fois, aussi nombreux fussent-ils. Tout était une question de timing et d'équilibre. Et de talent.

Alors que ses paupières devenaient de plus en plus lourdes, Kenton ne se rendit pas compte qu'une des billes glissa sous un des recoins de son cerveau.

15

John Spanner était effondré, sonné. Enfin battu. Il y avait cru, pourtant, sur la foi non pas de faits tangibles ou d'indices concordants, mais d'un instinct primitif, extrêmement puissant, qui ne l'avait jamais abandonné en vingt-cinq ans de carrière dans la police. Jusqu'à ce jour-là. Cet instinct, cela faisait plus de trois mois, depuis le matin du meurtre de Willows, qu'il le combattait et le ménageait tour à tour ; mais il avait beau retourner le problème dans tous les sens, il restait persuadé que quelque chose clochait dans cette enquête, quelque chose comme un stratagème manigancé par un cerveau malade, quelquc chose qui avait débouché sur l'émergence d'un assassin monstrueux connu sous le nom de Vincent Mungo. Ce soupçon n'avait pas arrêté de le ronger jusqu'à ce que son esprit commence à distinguer les contours d'une machination diabolique, ainsi que la silhouette lugubre du diable qui en tirait les ficelles. Thomas Bishop.

Et voilà qu'il découvrait que le diable était en lui-même, et la machination un simple produit de son imagination débordante. Mieux encore, de ses désirs les plus profonds. Il avait voulu surpasser le shérif James

Oates, lui montrer l'étendue de son intelligence, et prouver à son équipe, une fois de plus, la nécessité absolue d'un travail policier imaginatif. Surtout, il avait éprouvé le besoin de sentir qu'il tenait la route, que sa compétence et ses connaissances valaient encore quelque chose dans un monde qui changeait vite.

L'orgueil, cet étalon monstrueux de l'estime de soi, l'avait aiguillonné et pour finir l'avait vaincu. Certes, il n'était le premier à céder sous ses coups ; mais cela ne le consolait pas le moins du monde.

Et tout ça pour rien.

En ce triste vendredi matin, il garda le rapport longtemps dans sa main mais n'avait pas besoin de le relire. Thomas William Owens, *alias* Thomas William Bishop, avait été circoncis dans le même hôpital où il était né le 30 avril 1948. La mère s'appelait Sara Bishop Owens, 21 ans, et le père, Harold Owens, 23 ans. Tous deux protestants. Le nouveau-né pesait quatre kilos. Aucune complication n'avait été signalée, et l'enfant retourna rapidement à la maison avec ses parents. Fin du rapport.

Quelques minutes après avoir reçu l'information par la police, Spanner avait appelé Los Angeles et discuté avec un directeur d'hôpital. Y avait-il une marge d'erreur, même infime ? Il lui fut répondu qu'en général non, du moins en ce qui concernait les archives. L'erreur humaine, bien sûr, ne pouvait jamais être exclue. Le directeur lui proposa de vérifier une deuxième fois, en le prévenant que l'attente serait plus longue puisque le dossier remontant à vingt-cinq ans, il était rangé dans une annexe. Dès qu'il retrouverait l'information, il le rappellerait.

Spanner attendit sagement dans son bureau pendant vingt minutes, déprimé, connaissant déjà la réponse. Lorsque celle-ci tomba, il ne fut donc pas surpris. Le rapport qu'on lui avait transmis disait juste : Thomas Owens avait bel et bien été circoncis par le docteur Timothy Engles – sa signature l'attestait. Le lieutenant Spanner souhaitait-il parler au docteur Engles ? Le directeur de l'hôpital se proposa de retrouver le numéro de téléphone du médecin, pour peu qu'il pratiquât encore ou qu'il vécût toujours dans la région.

Spanner le remercia, mais ce n'était pas nécessaire. Il n'y avait plus rien à faire. La force imparable de l'évidence s'imposa une fois de plus à son esprit méthodique. Il s'était trompé depuis le début sur ce coup-là, et les faits, capables en un clin d'œil d'anéantir les plus belles hypothèses policières, l'avaient finalement rattrapé.

C'était donc bien le corps circoncis de Thomas Bishop qu'on avait découvert à Willows, le 4 juillet au matin, jour férié. Et c'était bien Vincent Mungo qui avait pris la clé des champs et qui, selon toute vraisemblance, assassinait des femmes.

Les photos qui manquaient au dossier de Bishop avaient donc été simplement égarées. Peut-être que des reproductions avaient été faites pour les journaux au lendemain du meurtre, et que les clichés originaux furent rangés dans un autre dossier, ou alors ne furent jamais rendus.

Spanner lâcha un dernier et long soupir de déception, puis se saisit de son téléphone.

Ce même vendredi matin, dans une élégante maison du Kansas, un homme assis à son bureau promena pour la centième fois son regard sur sa pièce de travail. L'endroit était sombre et les rideaux, tirés ; seule une petite lampe était allumée dans un coin. Sur le bureau gisaient des tas d'enveloppes, de tailles et de formes diverses, dispersées comme si le vent du nord avait soufflé sur elles. Les bibliothèques qui tapissaient les murs étaient en désordre, le canapé devant les fenêtres à persiennes couinait sous le poids des journaux venus des quatre coins du pays. D'autres encore jonchaient la moquette ou encombraient les trois chaises cannées qui trônaient au centre de la pièce – les tout derniers numéros arrivaient tout juste de New York.

L'homme ferma les yeux d'un air las et y porta sa main droite. Il n'avait presque pas fermé l'œil de la nuit et s'était réveillé à 5 heures. Ces derniers temps, il dormait très mal, mangeait très mal et travaillait très mal. La mort de sa fille et le chagrin insupportable qu'il en concevait commençaient à affecter sa santé et altéraient déjà sa vie sociale et professionnelle.

Au-delà de la perte elle-même, l'homme se sentait frappé par une terrible injustice. Son enfant était morte, massacrée par un dingue dont il avait commandité l'assassinat. Et pourtant, Vincent Mungo courait toujours. Trois mois après, il tuait encore des femmes, sans que la série noire paraisse devoir cesser un jour. Nul ne semblait en mesure de le stopper, ni même de l'approcher. La police ne le retrouvait pas ; la pègre ne le retrouvait pas.

Comment était-ce possible ? La pègre, disait-on, pouvait retrouver n'importe qui, surtout les gens qui fuyaient la police ou la société en général. C'est ce qu'on lui avait toujours dit, en tout cas, et c'est ce qu'il avait cru toute sa vie. Tout le monde le savait. La pègre, c'était toujours « eux ». Si « eux » vous cherchaient, alors, vous étiez quasiment un homme mort.

Dans ces conditions, pourquoi Vincent Mungo n'était-il pas un homme mort ?

Les truands avaient-ils scellé un pacte avec lui ? S'agissait-il d'un stratagème pour soutirer de l'argent aux honnêtes citoyens ? La police était-elle dans le coup également ? On dépensait des millions, des milliards, pour que la police protège les Américains, mais les seuls qu'elle protégeait, c'étaient les policiers eux-mêmes. Personne ne les agressait parce qu'ils portaient des flingues ; les voleurs n'allaient jamais cambrioler chez eux parce qu'ils risquaient d'être abattus, et si un policier avait le malheur d'être tué, alors, la ville entière était retournée dans tous les sens. Mais les flics n'avaient rien fait pour sa fille, ils ne l'avaient pas protégée et ils étaient infoutus de retrouver son meurtrier. À quoi servaient-ils donc ? Désormais, il ne voyait en eux que des charognards qui vivaient sur le dos des bonnes gens, des parasites qui prenaient tout sans rien offrir en retour.

Au moins les truands, eux, ne se targuaient pas de protéger les familles américaines.

Peut-être aussi qu'il ne leur avait pas donné assez. 50 000 dollars pour attraper Mungo. Ils attendaient peut-être plus. Mais combien ? Combien pouvait valoir la vie d'un homme ? Ou sa mort ?

Cela faisait plusieurs semaines qu'il se posait la question de l'argent et songeait à leur en offrir un peu plus. Il avait des économies, et quelques terres qu'il pouvait vendre. Ce qu'il désirait plus que tout, c'était retrouver sa sérénité. Et ça n'avait pas de prix.

À 9 h 30, heure du Kansas, il téléphona à Los Angeles en composant le numéro qu'il avait gardé sur un bout de papier, lui-même rangé dans un tiroir fermé de son bureau.

« Des nouvelles de Vincent Mungo ? demanda-t-il à la voix bourrue qui lui répondit.

— Qui êtes-vous ? »

Il donna son nom pour la millième fois.

« Rien de nouveau pour l'instant, dit la voix sur un ton désinvolte.

— Pourquoi est-ce qu'ils ne le retrouvent pas ? » hurla l'homme du Kansas, soudain pris d'un accès de colère et de désespoir.

Sa voix flancha, même, à la fin de la phrase.

« Je ne fais que prendre les messages, répondit la voix blasée.

— D'accord, dit l'homme du Kansas en retrouvant son sang-froid. Alors, j'ai un message à faire passer. Dites-leur que George Little paiera le double pour un résultat rapide. Vous avez bien entendu ? Le double !

— Compris. Le double pour un résultat.

— Le double pour un résultat *rapide*.

— Oui, oui, le double pour un résultat rapide. Pigé. »

George Little raccrocha et se prit la tête entre les mains. Quelques secondes plus tard, sa carapace se fissura, ses épaules se mirent à tressaillir. Il n'arrivait plus à maîtriser ses émotions, et son chagrin éclata. Puis il laissa son regard se perdre dans la pièce obscure pendant un long moment.

À Sacramento, Jonathan Stoner se leva à 10 h 30, frais et dispos après le meeting politique de la veille qui s'était prolongé tard dans la nuit. Il prit une douche, se rasa, mit du parfum et s'habilla tranquillement. En ce vendredi, rien ne pressait. Vraiment rien. Pour tout dire, il avait le week-end devant lui, et même plus en cas de besoin, puisqu'il ne partirait pour la côte Est que le mercredi suivant. Cinq jours entiers pour lui tout seul… Enfin presque. Il devait tout de même passer le dimanche auprès de son épouse, qui ne l'avait quasiment pas vu au cours des derniers mois, tout occupé qu'il était par ses voyages et sa campagne politique. Jamais elle ne s'était plainte, pourtant. Il aimait en elle sa patience et sa compréhension, et pour rien au monde il n'aurait voulu lui faire du mal. Le lundi, il devait rester au Sénat de Californie, au moins la matinée, car y était prévu le vote nominal d'une loi sur la peine de mort. Sans compter, bien sûr, les ultimes préparatifs de sa tournée qui l'occuperaient toute la journée de mardi. Comparé aux autres semaines, surtout les dernières, il était tout de même libre comme l'air.

Sauf, naturellement, en ce qui concernait sa maîtresse.

Le sénateur fronça les sourcils d'un air songeur. Il avait passé du bon temps avec elle, ils avaient vécu ensemble des moments délicieux. Il s'était servi d'elle non seulement pour se dépenser dans un lit – ce pour quoi elle avait un indéniable talent –, mais souvent aussi comme d'un banc d'essai pour ses idées, ou simplement comme d'une amie avec qui partager ses angoisses. Il lui avait confié beaucoup de choses pendant les trois années qu'avait duré leur liaison : des renseignements, mais aussi ses espoirs, ses ambitions, ses craintes et ses rancœurs.

Le lit de sa maîtresse représentait un cadre on ne peut plus propice à l'épanchement de ses émotions, et ce lit était vite devenu une sorte de divan pour lui, sa camarade de jeux jouant le rôle du psychanalyste silencieux. De temps en temps, il s'émerveillait de la soumission et de la complaisance dont elle faisait montre, mais il concluait à chaque fois que c'était son amour pour lui qui nourrissait et sa passion, et sa patience. Il soupçonnait un grand nombre de femmes d'être secrètement amoureuses de lui, ou de pouvoir l'être, ou de vouloir l'être, et il trouvait ça parfaitement naturel.

Maintenant qu'elle allait disparaître de sa vie, il regretterait ses soupirs langoureux et ses halètements, ainsi que son regard paisible et doux, ces yeux qui lui renvoyaient tant d'amour quand il lui parlait après leurs galipettes fiévreuses. Mais il ne flancherait pas. Il avait pris sa décision.

« C'est fini entre nous » : voilà ce qu'il lui dirait. Ni plus, ni moins.

Stoner envisagea un moment de lui envoyer un télégramme, mais il trouva l'idée potentiellement compromettante. Peut-être un coup de téléphone suffirait-il. Il détestait les effusions sentimentales, et les femmes y cédaient toujours, surtout lorsque les hommes les quittaient. Or, c'était précisément ce qu'il entendait faire.

Au cours des derniers mois, son étoile avait luit dans l'Est et ne s'était pas encore affaiblie. Aux quatre coins de l'Amérique, son nom commençait à être synonyme de défense des vertus fondamentales républicaines et de lutte ardente contre ce qu'il appelait le « centralisme ». La question de la peine de mort n'était qu'un élément parmi d'autres dans le fossé qui se creusait entre la centralisation croissante de l'État, avec sa bureaucratie obèse, et le retour à une approche plus traditionnelle, plus locale, du pouvoir exécutif. Le sénateur Stoner pensait bien comprendre la situation et donc prévoir l'avenir, et il se considérait comme le porte-parole de tous les citoyens qui exigeaient une plus grande liberté d'action sur leur propre destin. Il comptait bien emmener sa bonne étoile jusqu'aux sommets, et dans cette ascension, il n'y avait pas de place pour une petite maîtresse de province.

Néanmoins, l'objectif demeurait de ne jamais rien perdre, nulle part. Sa maîtresse allait devoir partir, mais elle serait remplacée par une autre. C'était bien la moindre des choses. L'heureuse élue serait issue de cette race de femmes puissantes qu'il commençait à fréquenter. Mais en attendant, comment allait-il faire ? Il n'aurait plus de corps féminin pour se soulager – du moins rien de stable. Personne à qui se confier, avec qui bavarder, devant qui fanfaronner. Sa femme, bien sûr… C'était un ange, un être éthéré et beaucoup trop pur pour lui. Il n'avait pas grand-chose à voir avec elle.

Peut-être valait-il mieux qu'il attende un peu avant d'annoncer à sa maîtresse que c'était terminé entre eux. Mais combien de temps ? Un jour, une semaine ? Jusqu'à ce qu'il lui trouve une remplaçante ?

Avec un plaisir non dissimulé, Stoner repensa alors à leur dernière partie de jambes en l'air. Il s'était allongé sur le dos, nu, et elle l'avait enfourché. Lentement, elle s'était empalée sur lui, de plus en plus profond, jusqu'à ce que leurs deux peaux se touchent. Pendant un long moment, elle était restée totalement immobile, comme clouée sur lui. Puis elle avait commencé à se mouvoir lentement, en rythme, contractant et relâchant ses muscles vaginaux pour le rendre littéralement fou. Qu'avait-il hurlé entre ses mâchoires serrées, déjà, incapable de se retenir plus longtemps ? « Prends-moi, espèce de chienne ! » Au moment où il avait joui en elle, la chienne avait sorti du seau à glace un vibromasseur dont elle lui caressa le ventre et le torse, le plongeant dans une extase sans fin.

Tout bien réfléchi, Stoner se demanda s'il ne prenait pas une décision un peu précipitée. Elle était quand même vraiment douée pour ces choses-là. Il secoua la tête. Non, elle devait vraiment s'en aller.

Il ne restait plus qu'une chose à faire : lui annoncer sa décision, et vite. Ce week-end. Mieux : lundi ou mardi, juste avant qu'il s'envole vers l'est, vers New York. Ainsi, il pourrait coucher avec elle encore quelques fois.

Elle serait dévastée. Mais quelle femme ne le serait pas ? Il lui donnerait tout de même quelques centaines de dollars, en guise d'adieu, en souvenir du bon vieux temps.

Son ascension était totale.

11 heures venaient de sonner lorsque le shérif Oates regagna son bureau de Forest City. Il y trouva le rapport envoyé par Hillside et appela aussitôt John Spanner.

« Alors, bonne ou mauvaise nouvelle ? » demanda-t-il quand il finit par avoir le lieutenant au bout du fil – il était en train d'interroger un prisonnier à l'autre bout du bâtiment.

Spanner ne put cacher sa déception. Il aurait aimé pouvoir annoncer à Oates que le tueur de Willows, enfin, avait été démasqué. Au lieu de quoi, il se voyait contraint de reconnaître son échec, encore une fois, qui plus est devant un homme qui n'avait jamais adhéré à ses méthodes ou à ses théories. Il ne lui en voudrait pas si le shérif éclatait de rire.

« Très mauvaise nouvelle, répondit-il sur un ton maussade.

— Il a été circoncis ?

— Jusqu'à l'os. »

Oates ne fut pas surpris. Après tout ce temps, c'eût été trop exiger que de trouver la clé aussi facilement. Par ailleurs, même s'il n'était plus sûr de rien, il ne penchait pas pour la piste Bishop. Il ne penchait pas non plus pour la piste Mungo. Le cerveau le plus puissant du monde n'aurait jamais pu survivre aussi longtemps ; or, d'après ce qu'il savait, Mungo n'avait rien d'un cerveau. Et personne ne pouvait avoir autant la baraka. Des hommes qui disparaissaient, il y en avait tous les jours, mais celui-là tuait des femmes dès que l'envie lui prenait. Il ne restait qu'une seule réponse possible. L'homme n'avait pas été arrêté parce qu'on ne le recherchait pas. Qui était-ce, alors ? Et où se trouvait Mungo ?

« Vous avez une idée ? demanda Spanner. Désormais, je suis ouvert à toutes les propositions. »

Il sut gré au shérif de ne pas lui rire au nez, ce qui indiquait soit une évolution de son état d'esprit, soit de la simple courtoisie professionnelle. Quoi qu'il en soit, Spanner fut soulagé.

« Ça peut toujours être Bishop, répondit Oates. Les deux hommes ont été circoncis, et le cadavre également. On n'est pas moins avancés qu'avant.

— Sauf qu'on ne dispose d'aucune preuve, protesta Spanner. C'était notre dernière chance d'en trouver une.

— Il y a peut-être une erreur dans le dossier. Vous savez, les hôpitaux se trompent souvent.

— Non, j'ai vérifié. Aucune erreur possible. Le dossier n'a pas été touché depuis vingt-cinq ans, il comporte le nom du médecin et tout le reste. »

Le soupir défait qu'il poussa fut entendu à l'autre bout du fil.

« Je laisse tomber la piste Bishop. Il ne reste plus que Mungo.

— Je ne crois pas, dit Oates lentement.

— Qui, alors ?

— Si je savais… Mais je vous dis que ce n'est pas Mungo. Il se serait fait arrêter depuis longtemps.

— Un de ses amis, alors ?

— Ou bien quelqu'un qu'il a rencontré après avoir foutu le camp.

— Mais qu'est-ce qu'il est devenu ? »

Oates toussa. « Peut-être qu'il s'est fait tuer ou qu'il s'est planqué. Je ne sais pas. »

Il y eut un long silence, interrompu par Spanner.

« Vous parlez comme Finch, maintenant.

— Qui ça ? »

Spanner lui rappela l'existence de ce professeur de Berkeley qui avait envisagé la piste de la circoncision.

« Dès le départ, quasiment, il pensait que ce n'était pas Mungo.

— Mais qui, alors ?

— Personne en particulier. Un génie du mal, en tout cas.

— On n'est pas beaucoup plus avancés. S'il ne s'agit ni de Mungo, ni de Bishop, il nous faut un nom, un suspect, *quelque chose*, nom de Dieu !

— Jim, pensez-vous que ce… que cet inconnu puisse n'avoir aucun lien avec le meurtre de Willows ?

— Soit ça, répondit Oates avec gravité, soit Mungo se fout ouvertement de notre gueule. Personnellement, j'espère que ce salaud est mort et enterré. Mais il y a une chose de sûre : s'il n'est pas mort et si je l'attrape en premier, il ne retournera jamais à l'asile. »

Après une nuit entière passée à jouer au poker, Carl Hansun finit par se réveiller à midi. Il avait mal au crâne, la gorge en feu et la main tremblante, ce qui prouvait qu'il s'était bien amusé avec ses copains. À 57 ans, hormis une toux chronique due à la cigarette et des douleurs occasionnelles qui lui tenaillaient le ventre dès qu'il picolait un peu trop, il était plutôt en bonne forme pour un homme qui avait un poumon carbonisé et une plaque d'acier dans la tête. Grand et toujours assez mince, il se nourrissait chichement et faisait du sport tous les jours. Désormais millionnaire, Hansun comptait vivre assez longtemps pour profiter pleinement de son argent.

Tandis qu'il se rasait et s'habillait, il demanda au cuisinier de lui préparer son traditionnel petit déjeuner, composé d'un jus de pamplemousse, d'une omelette au fromage et d'un café. Puis il alluma sa première Camel de la journée. Il était alors seul dans son immense maison de l'Idaho, seul à l'exception de ses domestiques, bien sûr. Sa femme, épousée bien des années auparavant, était partie voir sa mère souffrante dans le Washington, et leur plus jeune fils était retourné à l'université. L'aîné, Carl Jr., vivait maintenant à New York, pour un séjour que son père espérait bref. Après cinq mois passés à l'hôpital pour se remettre d'une dépression causée par le suicide de sa femme déséquilibrée dans leur maison californienne, le jeune homme avait habité chez ses parents pendant un an avant de regagner New York, où l'attendaient certains de ses vieux amis de la fac. Il écrivait régulièrement à ses parents et semblait se porter bien. Comme tout bon père de famille, Carl Hansun se faisait quand même du souci pour son fils.

À 13 heures, son chauffeur l'emmena au premier des nombreux rendez-vous qui l'attendaient ce vendredi après-midi. Ses intérêts financiers étaient nombreux, mais il s'intéressait de près à chacun d'eux. Toujours aussi méticuleux, il veillait à l'ensemble de ses activités jusque dans les moindres détails, ce qui expliquait en bonne partie ses succès récents – à quoi s'ajoutait une certaine dureté en affaires.

Pour qui l'aurait connu depuis longtemps, l'homme semblait n'avoir quasiment pas changé. Mis à part sa fortune personnelle, naturellement. Quelques kilos en plus, quelques cheveux en moins, des rides au visage. Et puis son nom de famille. Après avoir quitté la Californie, il avait pris celui de Pandel, puisque Carl Hansun était recherché pour le braquage d'un fourgon blindé. Dans l'Idaho, Pandel vécut paisiblement sur sa part du butin et s'entoura rapidement de nouveaux associés. À la fin des années 1950 et au début des années 1960, l'argent coulait à flots dans l'ouest du pays, et la fortune de Carl s'accrut rapidement, proportionnellement à son pouvoir et à son influence.

Il possédait maintenant quatre voitures. Lorsqu'il sortit de la limousine, la portière était tenue par son chauffeur-garde du corps qui s'empressa de le suivre à l'intérieur de l'immeuble de bureaux.

Le directeur adjoint Henry Baylor arriva dans la nouvelle maison à 14 heures accompagné de sa tendre épouse. Ils étaient tous les deux épuisés par leur voyage, heureux d'être enfin revenus au bercail.

La maison était une sorte de chalet, avec un grand toit en A, une petite pelouse devant et un jardin sur le côté. Le salon et la pièce à vivre se trouvaient au rez-de-chaussée, et la cuisine à l'arrière. Digne d'une cathédrale, le plafond s'arrêtait à l'escalier qui menait aux deux chambres de l'étage. Baylor comptait faire de l'une d'elles son bureau personnel. Une troisième chambre serait réservée aux invités, si rares fussent-ils. Sa nouvelle situation ne lui conférait ni l'autorité, ni le prestige dont il avait joui à Willows.

Les Baylor étaient partis pendant un mois, leurs premières vacances depuis des lustres. Trois semaines passées à explorer les cratères volcaniques et les coutumes locales de Hawaii, et la dernière semaine consacrée à une excursion le long de la côte californienne septentrionale, depuis San Fransisco jusqu'au nouveau lieu d'affectation du docteur Baylor, un établissement public situé non loin de la frontière avec l'Oregon. Plus petit que celui de Willows, cet hôpital n'hébergeait pas des criminels jugés fous et n'héritait pas, en temps normal, des sujets à problèmes rejetés par les autres institutions psychiatriques.

Après quclqucs manœuvres politico-administratives, Baylor s'était vu confier le poste de numéro deux de l'établissement, ce qui, bien entendu, ne lui plaisait guère. Dans son esprit, la police était entièrement responsable de la non-capture de Vincent Mungo ; au sein de Willows, la faute en revenait au docteur Lang, qui y avait fait transférer Mungo.

Mais la politique réclamait des boucs émissaires et, en tant que directeur, il constituait une cible de choix. Cela, Baylor le comprenait fort bien, lui qui avait passé le plus clair de sa carrière à occuper des postes administratifs. Ce qu'il trouvait inacceptable, en revanche, c'était le mépris absolu dont on avait fait preuve à son égard en le nommant directeur adjoint alors que, dix ans durant, il avait dirigé des hôpitaux publics. Cet ultime camouflet l'avait blessé, et le fait que sa mission fût provisoire ne la rendait pas plus acceptable à ses yeux. Il n'avait pas pour habitude d'attendre bêtement qu'un confrère parte à la retraite.

Assis dans sa nouvelle maison de fonction meublée aux frais de son employeur, il se demanda s'il allait devoir patienter une année – non, quinze mois, en fait – avant d'être promu directeur. Peut-être était-il temps qu'il prenne sa retraite lui-même. Il avait maintenant 58 ans, dont vingt-cinq passés au service de l'État de Californie. C'était long, un quart de siècle, et il aurait peut-être un jour envie de faire autre chose.

Le car qui venait de San Diego et de Los Angeles fit halte à Fresno un peu après 15 heures. Don Solis fut le dernier à descendre, son sac de sport à la main. Il longea les quelques pâtés de maisons qui séparaient la gare routière de son hôtel, puis, dans sa chambre, se déshabilla et s'allongea sur son lit une demi-heure, reposant son corps fatigué et rêvant de femmes aux talents incroyables. Bien qu'ayant élu domicile à Fresno, il ne se sentait chez lui nulle part et logeait dans des hôtels malsains, payant toujours à la semaine et ne laissant derrière lui aucun objet de valeur. Cela correspondait à son mode de vie et, pour le moment, à son état d'esprit.

Il était nerveux. Depuis la mort de son frère, il se sentait pris au piège, comme si sa vie entière commençait à se refermer sur lui. Pour être exact, il avait ressenti cela quand il avait accepté le marché de Carl Hansun. Il avait bien exécuté sa partition et, grâce à lui, le sénateur Stoner était devenu célèbre. Puis son frère avait été tué, également grâce à lui.

À présent, tout s'effondrait sous ses yeux ; les erreurs qu'il avait commises dans sa vie finiraient tôt ou tard par le rattraper. Et la mort de son frère n'était qu'un début. D'autres suivraient. Le meurtre de Harry Owens, vingt et un ans auparavant, relevait d'une autre affaire, du moins à ses yeux. Mais cet épisode avait changé sa vie, lui avait fait perdre beaucoup de temps et l'avait conduit, indirectement, à fricoter avec Caryl Chessman et le sénateur Stoner. Depuis quelque temps, il réfléchissait beaucoup à l'importance de cet événement.

Il prit une douche rapide, vieux reliquat de sa vie en prison, où tout devait être fait très vite afin d'avoir plus de temps pour ne rien faire. Après une séance de rasage tout aussi expéditive, il s'habilla et quitta sa chambre en prenant soin de la fermer à double tour. Dans l'escalier, il marmonna un vague bonjour à un jeune couple qu'il avait déjà croisé plus tôt. La fille devait avoir dans les 16 ans mais elle possédait déjà le charme des femmes mûres et avait de longues jambes galbées et la poitrine lourde. Elle portait un chemisier dont trois des boutons étaient ouverts, ainsi qu'une minijupe annonciatrice de cuisses bien musclées. Solis imprima son image dans son cerveau en vue d'une future rêverie solitaire. Comme le garçon ne devait pas avoir plus de 20 ans, il supposa que les deux tourtereaux avaient fait le mur et se livraient à la débauche avant d'être rattrapés par la réalité. Il se demanda si le jeune homme savait se débrouiller dans un lit. Quant à la fille, aucun doute : des comme elles, il en avait trop connu dans sa jeunesse. Et quelques autres depuis.

Il paya son ticket et sortit la Dodge du parking. Ça lui faisait plaisir de se retrouver au volant après ces longues heures passées dans le car. D'un autre côté, il ne regrettait pas d'avoir revu Messick et passé quelques jours loin de chez lui pour se remettre les idées en place. Messick avait maintenant 50 ans et vivait tranquillement à San Diego. Solis et lui se connaissaient depuis des lustres, même s'ils ne s'étaient pas beaucoup vus pendant tout ce temps-là. Avec son frère Lester, ils formaient un trio bien avant que Carl Hansun et Hank Green aient débarqué à Los Angeles. Bien avant que Harry Owens ait fait surface, aussi. Ils n'auraient jamais dû croiser la route de Hansun et des autres ; ils se seraient évité bien des ennuis. Toutes ces années perdues en prison. Un vrai gâchis.

À Messick, il raconta la visite de Hansun à sa cafétéria, les 10 000 dollars anonymes qui lui avaient permis de lancer son affaire, puis l'histoire au sujet de Chessman qu'on lui avait demandé de débiter devant le sénateur Stoner, histoire en échange de laquelle il avait reçu 10 000 dollars supplémentaires, histoire qui avait provoqué la mort de son frère et histoire qui, visiblement, n'avait pas fini de l'empoisonner. Il avait été contacté par un grand quotidien qui souhaitait publier un article sur ses rapports avec Chessman en prison. Naturellement, il avait refusé. Il avait également reçu plusieurs appels lui conseillant fortement de la boucler.

Messick l'écouta attentivement, les lèvres serrées, l'air soucieux. Bien que n'appartenant pas à la pègre, il avait des amis dans le milieu et connaissait la rengaine.

Il mit en garde Solis. Les amis de Caryl Chessman pourraient vouloir le retrouver, les sbires de Carl Hansun craindre qu'il ne parle, et d'autres encore lui reprocher, par principe, d'avoir tout balancé. Albert Anastasia et Arnold Schuster, ça lui disait quelque chose ? Pour terminer, il risquait d'être victime d'un vrai fou furieux, comme celui qui avait dézingué son frère.

Solis en convenait : tout était possible. Mais il avait surtout peur de Hansun. Il s'en voulait terriblement d'avoir mis le doigt dans cet engrenage. Et maintenant, il était trop tard.

Non, lui répondit Messick. Pas s'il allait voir Stoner et lui racontait tout.

Mais Solis ne pouvait pas faire une chose pareille. Le sénateur ayant profité pleinement de son récit, jamais il ne voudrait entendre un autre son de cloche. Dès qu'il s'agissait de se protéger, ces politiciens se révélaient être aussi redoutables que la pègre. Qui plus est, cette histoire était terminée, Stoner volait maintenant de ses propres ailes et il n'avait plus besoin d'une petite affaire locale.

Et les journaux ? Une fois qu'ils entendraient son histoire, plus personne ne ferait pression pour lui demander de la fermer.

Mais on ferait pression sur lui pour *ne pas l'avoir fermée*, justement. De toute façon, il n'avait envie de parler à personne. Il n'était pas un perroquet. Tout ce qu'il voulait, c'était qu'on le laisse tranquille.

Avant de quitter San Diego, il avait remis à Messick une enveloppe qui contenait le compte rendu minutieux de ses rapports avec Carl Hansun, en commençant par le braquage du fourgon blindé en 1952 et en terminant par ce que Hansun lui avait récemment demandé – ordonné – de faire. Il y citait également l'adresse de l'entreprise de bâtiment que possédait Hansun dans l'Idaho, adresse obtenue par un contact qui avait examiné la plaque d'immatriculation de la limousine, dûment notée par Solis le jour de la fameuse visite.

S'il arrivait quoi que ce soit à Solis, son ami Messick remettrait l'enveloppe à la police. Ainsi, il pourrait obtenir vengeance. Johnny Messick lui avait donné sa parole.

Alors qu'il roulait maintenant vers sa cafétéria, Solis essaya de se détendre un peu. Les affaires tournaient encore bien et il gagnait de l'argent. Les flics ne le recherchaient pas, donc il n'allait pas retourner en prison. Peut-être qu'il se sortirait de cette situation sans problème. Il n'avait qu'à informer Carl de l'existence de l'enveloppe, mais sans lui dire qui la détenait – elle lui servirait d'assurance-vie, en quelque sorte. Ainsi, il ferait comprendre à Hansun qu'il ne le menacerait pas tant qu'on le laissait tranquille.

Arrivé au parking, Solis coupa le moteur. Sa décision était prise. Dès lundi, il appellerait dans l'Idaho et joindrait Hansun par le biais de son entreprise de bâtiment. Une petite demi-heure passée dans une bibliothèque de commerce lui avait même donné le nouveau nom du bonhomme. Le directeur de cette boîte s'appelait désormais Carl Pandel.

Monsieur Pandel comprendrait que lui aussi était dur en affaires.

En attendant, si seulement il pouvait se débarrasser de l'impression désagréable que tout allait lui exploser à la gueule…

Tous les vendredis, Amos Finch travaillait tard. Son cours se terminant à 15 h 25, il n'arriva pas chez lui avant 16 heures. À peine eut-il refermé la porte derrière lui que la sonnerie du téléphone l'obligea à courir. C'était John Spanner, qui appelait de Hillside. Il avait essayé de le joindre plusieurs fois dans la journée mais n'avait pas voulu déranger le professeur à l'université.

Les nouvelles n'étaient pas bonnes. Mungo comme Bishop avaient été circoncis juste après leur naissance. Le dossier de Bishop donnait le nom d'un certain docteur Timothy Engles ; l'administration de l'hôpital de Los Angeles avait vérifié l'information deux fois.

Finch fit part de sa surprise et de sa déception. Misant sur la loi des probabilités, il s'attendait à ce que l'un des deux fût circoncis, ce qui aurait permis de savoir qui était qui. Mais puisque les deux étaient circoncis, tout le raisonnement s'écroulait. Il était consterné.

Le lieutenant poussa un soupir. Il était encore plus atterré. Finch avait-il d'autres pistes dans sa besace ? Des idées ? N'importe quelle idée ?

Non, pas pour le moment. Il existait certes une différence entre circoncire un petit garçon pour des raisons esthétiques et le faire parce que son prépuce était trop serré, mais le procédé restait toujours le même. C'était trop espérer que le même médecin ait pratiqué les deux opérations et qu'il s'en souvienne encore vingt-cinq ans après. En outre, les photos ne révéleraient rien puisque la différence était peut-être une différence de motivation, mais pas de résultat.

Les oreilles auraient pu apprendre quelque chose, puisque certains experts affirmaient qu'elles étaient aussi uniques que les empreintes digitales. Mais en l'occurrence, elles avaient disparu avec le reste de la face et du crâne. *Idem* pour les dents. Dommage que la folie meurtrière du tueur ait été aussi absolue.

« Comme s'il l'avait fait exprès », commenta Spanner, qui n'arrivait manifestement pas à se défaire de son obsession.

Quid des empreintes de pieds dans le dossier de l'hôpital ? Il arrivait souvent qu'on les relève juste après la naissance, afin d'éviter toute confusion entre les nouveau-nés.

Spanner lui répondit qu'on y avait tout de suite pensé. Los Angeles n'avait commencé à employer cette technique qu'au début des années 1950. Trop tard, donc.

Les deux hommes convinrent que la chance ne leur souriait décidément pas.

Après avoir raccroché, Finch fit le point dans sa tête. En prouvant que Thomas Bishop était toujours en vie, puisque seuls lui et Mungo avaient disparu de Willows, il se serait taillé une belle réputation, surtout si Bishop se révélait être le tueur fou et se faisait rapidement appréhender. Or, l'identité du meurtrier demeurait mystérieuse, et lui, introuvable.

Amos Finch ne savait plus s'il devait s'en réjouir ou non.

Pour sa part, John Spanner ne se réjouissait pas du tout. Finch comme le shérif Oates pensaient que le fou n'était pas Bishop, mais bien quelqu'un qui avait surgi après l'évasion de Mungo. Et voilà que lui, John Spanner, en venait maintenant à penser la même chose. Bishop était mort, Mungo était mort ou disparu, et le tueur sans nom était à New York. Ainsi soit-il.

Devant lui traînait le rapport de la police de Los Angeles sur la mort de Harry Owens, abattu de deux balles par un complice nommé Don Solis à Highland Park, le 22 février 1952, au cours du braquage d'un fourgon blindé. Solis et trois autres acolytes s'étaient rapidement fait attraper, et seul un des braqueurs avait pu s'enfuir. Owens laissait derrière lui une femme et un fils de 3 ans.

Spanner fut triste pour ce gamin qui avait perdu son père à 3 ans, assassiné sa mère à 10 ans et passé le restant de ses jours dans un hôpital psychiatrique avant de se faire tuer dans d'atroces conditions. Tu parles d'une vie. Il se demanda ce qui avait bien pu arriver au petit garçon au cours de ces sept années passées auprès de sa mère, avant qu'il…

Le lieutenant se figea soudain. Le petit avait tué sa mère. Une femme. Et le meurtrier inconnu assassinait… des femmes.

Non, c'était impossible !

Il devait forcément s'agir d'une énième coïncidence bizarre. La vie en était remplie, et il fallait vraiment qu'il arrête de chercher des recoupements là où il n'y en avait pas. Des tas d'hommes tuaient des femmes, depuis la nuit des temps, et il n'y avait aucune raison pour que ça change. Ça en devenait presque un sport, parfois. Après tout, c'était comme ça que les hommes voyaient les femmes, non ? Comme une distraction, comme des êtres qu'il fallait piller d'une manière ou d'une autre avant de les abandonner.

Oui, une simple coïncidence. Bien sûr. Bishop avait tué une femme à l'âge de 10 ans et s'était fait interner pendant quinze ans dans un lieu sans femmes, du moins sans femmes disponibles. À peine était-il ressorti que des femmes avaient été de nouveau tuées. Mais d'autres s'étaient fait tuer aussi, tout le temps qu'avait duré son séjour à Willows. En plus, il était mort.

Une simple coïncidence.

Malgré lui, un léger doute commença à s'immiscer de nouveau dans l'esprit du lieutenant.

À plusieurs centaines de kilomètres plus au sud, la voiture de Johnny Messick finit par s'engager dans l'allée de sa maison sur les coups de 18 heures. La journée avait été dure, et ce vendredi soir ne s'annonçait pas des plus tranquilles non plus. Il en passerait la majeure partie dans le bar qu'il possédait avec un associé, au centre de San Diego. Au moins avait-il quelques heures devant lui pour se reposer et se remettre d'aplomb. Il n'avait plus 20 ans.

Dans la maison, il alluma quelques pièces. Dory n'étant pas encore rentrée, il avait un peu de temps pour lui. À l'aide d'un coupe-papier, il décacheta l'enveloppe que Don Solis lui avait remise le matin même et en sortit plusieurs feuilles de papier. Après s'être servi un verre, il s'assit et commença à lire.

Messick se plaisait bien à San Diego. Il était impliqué dans une bonne douzaine d'activités, pour la plupart illégales, il trempait un peu dans le recel d'objets volés, un peu dans le jeu et la prostitution, un peu dans la contrebande. Rien d'énorme, rien de clinquant. Uniquement quand l'occasion se présentait. Il était trop insignifiant pour être embêté par la pègre et trop connu pour l'être par la police. Ni glouton ni idiot, il versait des pots-de-vin chaque fois qu'il le fallait et donnait de l'argent aux institutions de charité locales. Tout ce qu'il voulait, c'était de quoi vivre.

Il possédait une voiture, un bateau et une petite bicoque dans une rue agréable. Pendant six mois, il avait vécu avec une des danseuses de son bar. Avant elle, il y en avait eu d'autres. Il avait un peu d'argent à la banque, ainsi qu'un petit bout de terrain, dans un coin perdu au Mexique, dont tout le monde ignorait l'existence. Il menait une vie confortable, même si certains jours étaient plus durs que d'autres. Pour rien au monde il n'entendait s'en priver.

Il replia les feuilles de papier et les remit dans l'enveloppe. Les choses lui paraissaient beaucoup plus claires maintenant. À sa sortie de prison en 1960, il était rentré chez lui, à San Diego. Trois semaines plus tard, un avocat lui remettait un chèque de 10 000 dollars offert par un donateur anonyme. Il utilisa cette somme pour se lancer dans les affaires. Pendant treize ans, il ne connut jamais l'identité de ce généreux bienfaiteur. Carl Hansun. Celui qui avait réussi à s'échapper. Celui qui était devenu richissime, et dans l'Idaho, en plus. Qu'est-ce qu'on pouvait bien faire dans l'Idaho ?

À lui commc à Don, Hansun avait envoyé les 10 000 dollars. Et puis, il les avait oubliés. Mais pas tant que ça, en fait. Car lorsqu'il avait eu besoin de quelque chose, il s'était rappelé au bon souvenir de Solis. Ce qui signifiait que lui, Messick, allait devoir également payer sa dette un jour. Pour ces types-là, les années ne signifiaient rien. Un service se payait sur commande. Sinon…

La lettre était toujours entre ses mains. Il pouvait la remettre à Carl et effacer la dette. Mais cela voulait dire une balle dans la tête de Don Solis, et sans doute une autre dans la sienne. Ils étaient les deux seules personnes à connaître le lien entre l'Idaho et le braquage du fourgon blindé en Californie. Il se dit que le silence constituait encore sa meilleure protection.

Une seule chose le chiffonnait. Hansun savait où il vivait et pouvait lui tomber dessus à n'importe quel moment ; or, pendant toutes ces années, il n'avait jamais donné signe de vie. Donc, Messick était à l'abri tant qu'il la bouclait.

Il s'approcha de son bureau métallique et rangea la lettre dans le petit coffre-fort intégré, puis marcha d'un pas tranquille jusqu'à sa chambre et se reposa. La nuit serait longue.

À 19 h 15 précises, Roger Tompkins quitta le bureau du sénateur Stoner à Sacramento en emportant sous son bras une mince serviette. À l'intérieur de cette serviette se trouvaient des copies de documents et, dans deux dossiers, les originaux eux-mêmes, qui pouvaient intéresser certains ennemis haut placés. Roger ne voulait prendre aucun risque. Il entendait bien diffuser ces documents s'il le fallait un jour. Récemment, le sénateur s'était montré un peu plus distant à son égard, comme s'il cherchait à se débarrasser d'un certain nombre de ses collaborateurs. Depuis que la gloire lui souriait, son appétit ne faisait que croître, comme son narcissisme. Or, Roger n'avait pas du tout l'intention d'être laissé sur le bord du chemin. Il était très bon dans son domaine et comptait rappeler cette évidence à Stoner, par la manière forte si nécessaire. Les documents contenus dans la serviette représentaient un simple gage.

En vérité, c'était lui qui avait lancé le sénateur sur la voie du succès, lui qui avait pensé à Vincent Mungo, lui enfin qui avait imaginé le lien entre Mungo et Caryl Chessman. Même la logistique de la campagne de presse reposait sur ses épaules. Sans lui, Stoner serait resté un obscur politicien de province. Roger ne se ferait pas faute de le lui rappeler.

Du haut de ses 26 ans et de son ambition démesurée, il voulait presser Stoner comme un citron. En attendant, il se faisait un nom sur la côte Est et à Washington, D. C., là où tout se jouait. Dès qu'il s'agirait de se séparer, ce serait lui qui partirait le premier.

Le sénateur n'était pas le seul à connaître une belle ascension.

Lorsqu'il retourna chez lui dimanche soir après avoir pêché dans son coin favori, John Spanner avait dissipé tous ses doutes quant au fou de Willows. Que Thomas Bishop, enfant, ait assassiné sa mère n'expliquait en rien qu'un homme se mette à tuer des femmes partout. On avait affaire à deux psychologies complètement différentes.

Par ailleurs, à tous les égards, Vincent Mungo faisait un bien meilleur suspect. Il avait été pratiquement élevé par des femmes, sans qu'aucune présence masculine autre que celle d'un père faible ne vienne faire contrepoids. Sa grand-mère et ses tantes l'avaient trahi en le faisant interner, sans doute pour le restant de ses jours. Les jeunes filles le trouvaient repoussant et ne l'approchaient jamais. Manifestement, il croyait – ou on lui avait dit – être le fils de Caryl Chessman et le fruit d'un viol. Ses accès de violence, aux dires de son dossier, avaient connu une escalade rapide. Ses penchants sadiques étaient bien connus, de même que son admiration pour la force et sa haine du moindre signe de faiblesse chez les autres.

À l'appui de la piste Bishop, seul jouait le fait que sa mère était morte quand il avait 10 ans. À l'évidence, pas grand-chose à voir avec le jeune homme de 25 ans qui, malgré plusieurs crises, s'était montré plutôt gentil et attentionné pendant ses derniers séjours en hôpital. Il n'avait aucun lien avec Chessman. Son père était un pauvre bougre tué dans une tentative de braquage en 1952, et sa mère une femme au foyer. On ne lui connaissait aucun penchant sadique, ni même cruel.

Oates avait peut-être raison sur ce coup-là. Ne pas suivre les pistes vagues, mais aller vers la prépondérance de la preuve, vers l'évidence. Dans ce cas, pourquoi le shérif et Amos Finch ne penchaient-ils plus pour la thèse Vincent Mungo ? Parce qu'il n'était pas suffisamment malin pour pouvoir survivre aussi longtemps.

Et Bishop ? L'était-il, lui ? Son dossier le décrivait comme un raté, un laborieux, dépourvu d'énergie et d'une réelle imagination. Soit tout le contraire d'un génie, et certainement pas le genre de type capable de rouler dans la farine les forces de l'ordre d'un pays entier.

Sur le papier, surtout grâce au lien avec Chessman, Mungo tenait la corde.

Et si ce n'était pas Mungo, eh bien, alors, comme les autres semblaient le croire, il s'agissait d'un parfait inconnu. Que Dieu leur vienne en aide !

Spanner savait d'ores et déjà qu'après les fêtes de Noël, il retournerait dans le Colorado pour une bonne semaine et se mettrait en quête d'un terrain à acheter. L'heure de la retraite avait peut-être sonné.

16

Le lundi 22 octobre, Chess Man, surnommé également le fou de Willows, le Maraudeur de Californie, le nouveau Jack, et aussi connu comme l'objet du Dossier Vampire, se trouvait à New York depuis une semaine exactement. Mais personne ne fêta l'événement, sauf peut-être le reste de l'Amérique. Il n'était pas encore l'objet de la plus grande chasse à l'homme jamais organisée dans l'histoire de New York. Ça n'allait pas tarder.

Bishop passa le plus clair de la journée dans une bibliothèque publique, à lire des journaux qui paraissaient dans certaines petites villes environnantes de Long Island et du nord du New Jersey. Il écarta rapidement ceux d'entre eux qui ne comportaient pas de rubrique nécrologique. Un autre filtre, celui du nombre moyen de notices nécrologiques publiées par semaine et des informations qu'elles donnaient, réduisit son choix à trois journaux : deux paraissaient dans le New Jersey, et le dernier, juste de l'autre côté du fleuve Hudson. Il jeta son dévolu sur le plus proche, le *Jersey Journal*, qui couvrait plusieurs villes du comté de

Hudson, dont Jersey City, où était le siège du quotidien.

Il chercha ensuite l'entrée consacrée à Jersey City dans le *Nouveau Dictionnaire géographique Webster*. La ville était à la fois un port et le chef-lieu du comté. La population comptait plus de 250 000 âmes. En plus d'être un nœud ferroviaire important, on y trouvait des usines de produits chimiques, de papier, de locomotives, d'habillement et de jouets.

Bishop lut la notice plusieurs fois, sautant la partie historique qui remontait aux Indiens et aux années 1630. La ville lui parut répondre parfaitement à ses besoins. 250 000 habitants ! Idéal pour passer inaperçu. Chef-lieu du comté, donc tous les documents administratifs à portée de main. Enfin, carrefour ferroviaire, donc des gens qui allaient et venaient dans tous les sens. Il serait simplement un individu parmi tous ceux qui essayaient de survivre. Parfait.

Il retrouva l'adresse du journal dans l'annuaire téléphonique de Jersey City.

À un vendeur de journaux tout proche, il acheta le dernier numéro du *Jersey Journal*, qu'il lut en buvant un café chez un marchand de doughnuts. Un dépliant lui apprit que le moyen le plus rapide pour aller à Jersey City restait encore le métro, à partir de la station au croisement de la 33e Rue et de la 6e Avenue. Il marcha jusqu'à ladite station, qu'il trouva aménagée sous un grand magasin aux proportions gigantesques. Le guichetier lui dit que le trajet durerait une vingtaine de minutes, avec plusieurs arrêts et un passage dans un tunnel sous la rivière. Bishop trouva l'opération extrêmement simple ; son cerveau retors méditait déjà son prochain coup.

De nouveau dans la rue, il alla solliciter un service de messagerie téléphonique dont il avait trouvé les coordonnées dans un hebdomadaire consacré aux spectacles. La boutique était bien placée, et ses tarifs censés être les plus bas du marché. Il paya trois mois d'avance et reçut plusieurs cartes comportant son numéro de messagerie, ainsi qu'un autre numéro pour son usage personnel. En contrepartie, il donna son nom, Jay Cooper, et son adresse de point courrier à Lafayette Street.

Bishop ne voulait pas disposer d'un téléphone chez lui, afin qu'il n'existe aucun lien officiel entre son appartement et lui, surtout aucun lien établi dans les deux dernières semaines. En effet, ne le retrouvant ni dans les hôtels, ni dans les résidences, la police éplucherait vraisemblablement tous les abonnements récents. Pour le moment, en tout cas, il était totalement à l'abri des regards indiscrets, donc en sécurité.

En ce qui concernait l'électricité et le gaz, il profitait du fait que le bâtiment ne possédait qu'un compteur central. Aussi n'y avait-il trace de son nom nulle part. Le propriétaire payait les factures tous les mois. L'immeuble et le quartier n'ayant pas de vocation résidentielle, Bishop n'y était pas recensé. Encore une fois, aucune trace de lui. Décidément, cet appartement de Soho s'apparentait à un don du ciel, et il en perçut immédiatement les nombreux avantages.

Néanmoins, de même qu'il lui fallait un point courrier pour ses documents d'identité, il avait besoin d'un numéro de téléphone pour ses projets photographiques. Il devait pouvoir contacter d'éventuels modèles et vice versa. C'était justement pour cette raison qu'il avait acheté la revue consacrée aux spectacles. Au lieu d'une liste de modèles, il y avait trouvé un service de messagerie téléphonique.

Pour terminer la journée, il rendit visite aux bureaux de deux journaux locaux lus par de nombreux jeunes New-Yorkais en quête d'emplois *free lance*. Il déposa dans chacun d'entre eux une petite annonce professionnelle : pour des magazines de détectives, il cherchait des modèles qui seraient photographiés dans des poses terrorisées. Uniquement des femmes âgées d'au moins 18 ans. Au bas de l'annonce, il laissa son numéro de messagerie automatique.

L'idée lui était venue d'un documentaire télévisé sur un violeur et assassin californien qui appâtait ses victimes en leur faisant miroiter des séances de photos rémunérées. Avant d'être arrêté, il avait eu le temps de tuer une demi-douzaine de femmes dans son studio. Bishop comptait faire beaucoup mieux que ça.

De retour chez lui, il passa la soirée à s'instruire sur Jersey City dans un journal, et sur New York dans les livres. Au bout d'un moment, il n'arriva plus à faire la différence entre les deux villes.

Ce même lundi, à 10 h 30, Adam Kenton était dans le bureau de Martin Dunlop et lui expliquait pourquoi il avait besoin de connaître les noms des personnes informées de la nature de sa mission à New York.

L'explication était on ne peut plus simple. Une question le taraudait : pourquoi lui ? La tâche qu'on lui avait assignée était pour le moins extraordinaire, elle exigeait à la fois du tact et un vrai talent d'enquêteur. Puisque tout le monde s'était mis d'accord sur son nom, cela voulait dire qu'on lui faisait confiance. Kenton souhaitait donc savoir, tout simplement, qui avait placé une telle confiance en lui. Cela lui permettrait de se situer par rapport au groupe Newstime.

Dunlop fut soulagé. Il lui répondit que c'était John Perrone qui l'avait désigné comme l'homme de la situation. Lui, Dunlop, avait accepté. Les autres avaient suivi, ce qui ne signifiait pour l'instant qu'un simple aval de leur part. Naturellement, s'il réussissait dans sa mission, les doutes des uns et des autres seraient aussitôt dissipés. Il allait de soi que son statut au sein de l'entreprise n'en serait que renforcé.

Kenton le remercia de cette marque de confiance et promit de faire de son mieux. Il suivait déjà quelques pistes intéressantes. Dunlop lui rappela que dans les affaires comme celles-là le temps pressait toujours.

Une fois l'entretien terminé, Dunlop convoqua son assistant et demanda à ce que Kenton soit surveillé par une personne extérieure au groupe. Un détective privé ferait l'affaire. Il souhaita également que l'on exhume dans le passé de Kenton tous les éléments qui pourraient être retournés contre lui en cas de besoin. Et enfin qu'on mette sur écoute les lignes téléphoniques de son bureau.

Où logeait-il ?

Au Saint-Moritz, dans la suite réservée à l'entreprise, répondit Henderson.

Dunlop demanda à ce qu'on place également la chambre sur écoute.

Redescendu à son bureau, Kenton passa cinq ou six coups de fil en Californie. Pour l'instant, on n'avait rien trouvé sur un petit garçon qui aurait tué sa mère sans être cité dans les journaux, ni même sur un enfant ayant tenté de le faire avant d'être interné. Quant à Vincent Mungo, le seul élément nouveau, mais invérifié, était que son père avait mis fin à ses jours parce qu'il n'arrivait plus à réprimer ses pulsions homosexuelles. On parlait aussi d'un criminologue de Berkeley pour qui Mungo n'était pas l'assassin. Kenton voulut en savoir davantage, en particulier le nom de ce criminologue, à supposer qu'il existât.

Un peu avant midi, Mel Brown l'appela pour lui parler de Louis Terranova. L'homme était hors de cause. Il s'était évadé de Lakeland exactement un an plus tôt, en octobre 1972, après y avoir passé six ans. D'abord, un séjour de seize ans à Atascadero. Avant de tuer sa mère, il vivait avec elle à Bakersfield. Un peu bizarre, même gamin, mais aucun problème avec la police. Jamais rencontré Caryl Chessman. Ne se trouvait pas à Los Angeles en 1947-1948. Jamais croisé Vincent Mungo, jamais allé à Stockton. Aucune trace d'un lien avec Mungo à Lakeland. L'endroit est gigantesque.

Ainsi, la piste Chessman s'effondrait. Mais pas la piste Mungo. Pas complètement. Ils auraient très bien pu se connaître, voire être proches, sans que les médecins, ni quiconque, ne s'en rendent compte. Comme il venait de le rappeler, Lakeland était un endroit gigantesque.

Au fait, lui avait-il dit que Terranova était noir ?

Noir ?

Noir comme de l'encre. Et sa mère était juive.

Un Juif noir ? Non, Brown ne lui en avait pas encore parlé.

À mettre sur le compte de son étrange humour, sans doute.

L'après-midi, Kenton parcourut les documents sur Chessman que Doris avait rassemblés pour lui. Il connaissait déjà l'essentiel. La masse des informations était énorme, et d'autres suivraient, notamment les exemplaires des quatre livres qu'il avait écrits. Les dix dernières années de sa vie, Chessman avait fait beaucoup parler de lui. Kenton voulait-il vraiment obtenir tous les articles le concernant ? Pourquoi pas, mais il s'intéressait surtout à la période qui courait jusqu'en 1947. Il devait y avoir, quelque part, un lien avec le tueur fou. Les douze dernières années de Chessman en prison étant exclues, ce lien devait forcément remonter à l'époque où il était encore libre.

Kenton pensa soudain à quelque chose. Il vérifia le lieu et la date de naissance de Chessman : Saint Joseph, Michigan, 1921. Il n'avait donc que 26 ans en 1947. Soit assez jeune pour faire plein de choses. Mais quelqu'un ayant l'âge de Mungo n'était même pas né à cette époque. Quel lien pouvait-il donc y avoir entre Chessman et l'homme qu'il cherchait ? Réponse : il ne pouvait y avoir aucun lien direct.

Il devait donc chercher du côté d'une personne plus âgée. Comme les parents du tueur.

Nom d'une pipe, on en revenait toujours à Vincent Mungo.

Sa mère, disait-on, avait été violée par Caryl Chessman. Son père, disait-on, lui avait annoncé qu'il était le fils naturel de Chessman.

Mais Kenton ne pouvait s'y résoudre. Non, ce n'était pas Vincent Mungo. Par conséquent, le fameux lien devait être établi entre Chessman et les parents de quelqu'un d'autre. Une fois qu'il trouverait ce lien, il connaîtrait enfin l'identité du tueur.

À moins que…

Il téléphona à Los Angeles, plus précisément à l'un de ses contacts dans le milieu de la justice, auquel il demanda les noms des femmes qui avaient accusé Chessman de les avoir violées, soit pendant le procès, soit avant, par exemple dans un commissariat de police – ou de celles qui avaient laissé entendre à quelqu'un qu'il pouvait s'agir de Chessman.

Si la piste Mungo était envisageable parce que sa mère avait paraît-il été violée par Chessman, d'autres victimes pouvaient aussi avoir eu des enfants suite à un tel viol. Kenton repensa à l'idée de Ding au sujet du Fils du Violeur. Peut-être pas si absurde que ça, après tout.

En moins d'une heure, il obtint tous les noms qu'il souhaitait et s'entretint avec une agence de presse californienne. Il voulait savoir si, parmi les femmes violées par Chessman, certaines avaient accouché en 1948, et, si oui, de quel sexe était l'enfant.

À 15 h 40, Fred Grimes lui annonça avoir reçu le feu vert pour récupérer les noms des personnes ayant récemment demandé un point courrier à New York. Dans les jours prochains, deux agents se rendraient dans tous les lieux de Manhattan qui proposaient ce service. Il présumait que seul Manhattan l'intéressait.

Kenton lui demanda d'étendre la recherche au Bronx, à Brooklyn et au Queens. Mais d'abord Manhattan, bien sûr. Staten Island ? Inutile, car on pouvait arrêter n'importe qui au débarcadère du ferry. En revanche, impossible de contrôler toutes les allées et venues dans les quatre autres districts, tant les métros et les bus étaient nombreux.

Grimes se posa des questions sur le New Jersey. Peut-être le tueur fou s'était-il installé là-bas, juste de l'autre côté du fleuve. Voire à Westchester, ou même dans le Connecticut. Kenton y avait-il songé ?

Oui, mais ce qui valait pour Staten Island valait aussi pour ces coins-là. Sans voiture, ils étaient trop dangereux. Or, le tueur n'avait pas de voiture.

Pourquoi ?

Il avait loué des voitures à Phoenix et certainement dans d'autres villes. De Chicago, il était arrivé à New York en train. Il ne devait pas avoir beaucoup d'argent et n'allait pas se compliquer l'existence en se procurant un véhicule à New York, avec tout ce que cela impliquait : l'immatriculation, les tickets de parking, le risque d'être envoyé à la fourrière. Et puis devoir sans cesse présenter des documents d'identité. Non, cela ne correspondait pas à sa volonté d'anonymat complet. Pas le moins du monde.

À 16 h 20, Kenton se précipitait au siège de la police, situé sur Centre Street : il était en retard à son rendez-vous avec le directeur adjoint de la police. Si les flics attrapaient Chess Man avant lui, il voulait tout de même être le premier sur le coup pour raconter l'événement. Du coup, sa mission ne serait pas un échec complet aux yeux des grands patrons de *Newstime*. Pour lui, ça valait largement 10 000 dollars ; ce que les flics feraient de cet argent ne le regardait pas.

Dans un bureau à l'étage, il exposa son idée au directeur adjoint. Il souhaitait simplement donner un coup de main, afin qu'on lui fasse crédit d'avoir aidé la police. Cela conférerait une certaine authenticité à l'article qu'il écrivait, ce qui à son tour attirerait les lecteurs. En contrepartie, il était prêt à allonger 10 000 dollars en liquide. Pour la caisse de retraite de la police, par exemple…

Le directeur adjoint lui promit d'y réfléchir. Un journaliste d'investigation pouvait aider la police de mille et une manières, surtout s'il disposait d'informations vitales. Il lui reviendrait donc de transmettre tout ce qu'il savait aux autorités, lesquelles pourraient souhaiter sa présence au moment de l'arrestation du tueur.

« Exactement ce que je voulais dire », répondit Kenton avec un sourire.

Sur le chemin de son hôtel, il repensa à son rendez-vous. Il avait trouvé le bon équilibre entre l'intérêt général et son intérêt professionnel. Il ne voulait rien faire d'illicite, mais simplement bénéficier d'un petit traitement de faveur en échange duquel la retraite d'un policier s'en trouverait un peu augmentée.

Naturellement, il ne dit rien du Dossier Vampire, ni de ses vues sur l'identité de Chess Man. De toute façon, il ne s'agissait que d'une mesure de précaution. Il espérait toujours arrêter le tueur en premier. Au moins disposait-il d'un gros avantage sur les autres : il savait qui le tueur n'était pas.

Six heures plus tôt, dans le même bâtiment mais à un autre étage, les plus hauts responsables de la police s'étaient réunis pour aborder l'affaire Vincent Mungo. Une cellule spéciale fut mise sur pied : trente agents entièrement dévoués à la traque du tueur, sous la houlette d'un inspecteur adjoint, avec un quartier général installé dans le commissariat n° 13, sur la 21e Rue Est. On organiserait des patrouilles et des surveillances spéciales, on explorerait toutes les pistes. Des agents écumaient d'ores et déjà les hôtels bon marché et les pensions en montrant partout des photos de Mungo, avec et sans barbe. D'autres diffusaient son portrait dans les restaurants et les supermarchés. Mungo devait bien dormir et manger quelque part. Il serait appréhendé. Manifestement, il devait bien tuer, aussi. La surveillance serait accrue dans les quartiers où les prostituées tapinaient. Mungo serait peut-être arrêté en flagrant délit, de préférence avant, mais on pouvait toujours sacrifier les tapineuses. L'essentiel, c'était d'attraper ce dingue.

Parmi les chefs de la police, la confiance régnait. Ils connaissaient sa tête, sa description physique et son *modus operandi*. Lui ne connaissait pas New York et n'avait ni argent, ni amis. Où pouvait-il aller ? Se cacher ? Par-dessus le marché, il était complètement fou. Un barjot, un détraqué. Comment pouvait-il faire le poids face à vingt-sept mille policiers qui comptaient parmi les meilleurs de tout New York ? Quelqu'un suggéra que, s'il continuait de s'en prendre aux prostituées locales, il ne ferait pas de vieux os : ces dames étaient les plus redoutables du monde.

La réunion s'acheva sur une note optimiste. Encore un peu de patience, et l'animal leur tomberait tout cuit dans les mains. Ce n'était plus qu'une question de jours, peut-être même d'heures.

Mardi, le métro entra dans la station de Journal Square, à Jersey City, juste avant 10 heures du matin. Bishop gravit quelques marches et se retrouva en pleine rue, juste en face de l'immeuble où le journal local avait ses bureaux. La porte franchie, il se fit passer pour un étudiant en journalisme qui souhaitait faire un exposé sur l'histoire du *Jersey Journal* juste après la Seconde Guerre mondiale. Pouvait-il consulter quelques numéros de l'époque ? Disons parus entre 1945 et 1950 ?

L'employé de l'accueil fut des plus diligents. Toutes les archives étaient maintenant sur microfilms, à raison d'un rouleau pour chaque année. À l'époque, le journal s'appelait le *Jersey Observer*. N'importe quel lecteur sérieux pouvait consulter les rouleaux à sa guise, voire faire agrandir telle ou telle page. Absolument.

Où pouvait-il consulter ces documents ?

À la bibliothèque publique. L'ensemble des archives sur microfilms se trouvait dans la grande bibliothèque de Jersey Avenue. Le journal conservait seulement les exemplaires des dernières années.

Mais le journal n'avait-il pas son propre jeu de microfilms ?

Si, mais uniquement à usage interne.

Bishop prit alors son air le plus innocent, le plus aimable. Ses yeux brillaient, son sourire étincelait. Il n'était que charme et politesse.

Pouvait-il quand même jeter un coup d'œil sur les microfilms du journal pendant une petite heure ? Pas une minute de plus, promis ! Il venait de New York et ne connaissait pas la ville, il serait sage comme une image, personne ne remarquerait sa présence. Il avait vraiment besoin de consulter ces documents.

L'employé, qui était un homme bon, savait qu'il devait dire non. La politique de l'entreprise stipulait clairement que les archives internes demeuraient interdites d'accès aux personnes extérieures. D'un autre côté, le jeune homme qu'il avait en face de lui paraissait tellement perdu, tellement seul ! Il lui rappelait sa propre jeunesse, à l'époque où lui aussi s'était souvent retrouvé dans ce genre de situation.

Il conduisit le jeune homme jusqu'à une pièce située au fond du bâtiment. Les microfilms se trouvaient sur une étagère, dans des boîtes classées par dates. Il sortit celle qui correspondait à la période 1945-1950 et montra au jeune homme comment utiliser l'appareil, en lui rappelant bien de rembobiner chaque rouleau après usage.

« On a dit une heure. Pas une seconde de plus », dit-il en quittant la salle. La porte se referma doucement et Bishop s'attaqua à l'année 1945.

Une heure et quarante minutes plus tard, il trouva enfin ce qu'il cherchait. Thomas Wayne Brewster, 3 ans, décédé au centre médical municipal le 1er septembre 1949, fils unique de Mary Brewster et de feu Andrew T. Brewster, mort deux ans plus tôt dans un accident de voiture. Enterré au cimetière du Holy Name, à Jersey City, le 4 septembre.

C'était parfait. 3 ans. Fils unique. Père mort. Mère sans doute remariée, peut-être partie ailleurs. Personne pour se souvenir de lui. 3 ans, donc certainement né à Jersey City. Ne manquait plus que sa date de naissance.

Une demi-heure plus tard, Bishop descendait d'un bus sur West Side Avenue. Une marche revigorante le mena jusqu'au cimetière catholique. Une fois le portail franchi, il comprit rapidement la vanité de son entreprise : les tombes se comptaient par milliers, un paysage de terre et de pierre semblait s'étendre jusqu'à l'horizon. Il préféra interroger les gardiens du cimetière.

Pouvaient-ils lui indiquer la tombe de Thomas Wayne Brewster, enterré ici même le 4 septembre 1949 ? Il connaissait les parents mais n'avait jamais visité le cimetière. Comme il passait dans le coin, il souhaitait rendre hommage au petit garçon disparu.

On ouvrit pour lui le registre, on vérifia la date et le nom. Brewster. 1949. Le 4 septembre.

Dix minutes après, il se trouvait devant la tombe. Sur la stèle étaient gravées deux couronnes de fleurs avec, au milieu, une image de la Vierge. En dessous, deux noms avaient été ciselés sur la surface lisse. Le père, Andrew T. Brewster, né en 1918, mort en 1947. Le fils, Thomas W. Brewster, né en 1946, mort en 1949.

Il avait fait le déplacement pour rien. La date précise de la naissance ne figurait pas sur la tombe.

S'en retournant à Journal Square, Bishop envisagea plusieurs manières de retrouver cette date, mais il les écarta l'une après l'autre, car trop dangereuses. Il ne pouvait pas courir le risque d'attirer l'attention sur lui, ou même de se voir exiger un document d'identité. Pas pour l'instant, en tout cas.

Finalement, il eut une idée. Les enfants naissaient généralement dans les hôpitaux, et les hôpitaux possédaient des registres. Il suffisait donc simplement de retrouver le bon hôpital et d'appuyer sur le bon bouton pour obtenir le renseignement qu'il cherchait.

L'annuaire téléphonique de Jersey City recensait huit hôpitaux. Mais sur ces huit, un seul faisait office uniquement de maternité, et il appartenait à la municipalité. En partant de l'hypothèse que les parents n'étaient pas riches, l'enfant avait pu voir le jour dans cet établissement – les femmes pauvres accouchaient dans les hôpitaux publics. Lui-même était né dans un hôpital public, il l'avait lu dans le journal plusieurs mois auparavant. Vincent Mungo aussi.

Depuis une cabine, il téléphona à la maternité Margaret Hague. Il se fit passer pour le père Foley, de l'église Saint John's on the Boulevard, qui voulait avoir quelques précisions sur la naissance d'un de ses paroissiens quelques décennies plus tôt. Il venait en effet de recevoir une invitation à une messe en mémoire du petit défunt, envoyée par des proches qui vivaient aujourd'hui dans un autre État. La messe devait avoir lieu dans le courant de la semaine, mais il avait besoin de connaître la date de naissance de l'enfant. Oui, exactement. Vous seriez bien aimable, merci.

Il donna donc le nom, puis l'année de naissance, et attendit patiemment. Au bout de plusieurs minutes, on lui répondit. Aucun nouveau-né du nom de Brewster ne figurait dans les registres de 1946. Était-il sûr que l'enfant avait vu le jour à la maternité Margaret Hague ? Non, pas complètement sûr. Pourquoi ne consultait-il pas le registre baptismal ? Il devait comporter la date, non ? Oui, mais avec le récent chantier d'agrandissement de son église, tout avait été déplacé. Merci tout de même pour votre aide.

Bishop ferma les yeux un long moment. Il devait trouver rapidement une solution.

On lui donna une réponse identique au centre médical de Jersey City. Son troisième coup de fil, cependant, fut le bon. L'hôpital du Christ, situé sur Palisade Avenue, avait dans ses registres un Thomas Wayne Brewster, né en 1946, fils de Mary et d'Andrew, de religion catholique. Le bébé pesait trois kilos six.

Date de naissance : le 3 mai.

Le père Foley remercia son interlocutrice et raccrocha.

La dame de l'hôpital du Christ remit le dossier à sa place. Elle s'étonna que les parents de l'enfant fussent catholiques. Certes, les temps avaient changé, mais tout de même, ça remontait à presque trois décennies. Et dans son souvenir, il y avait très peu de familles noires catholiques à l'époque.

Dans un bureau de poste situé non loin de là, Thomas Wayne Brewster acheta un mandat postal de 5 dollars et envoya sa demande d'acte de naissance au service de l'état civil de Jersey City. Il était né le 3 mai 1946. Le document devait lui parvenir au 654, Bergen Avenue. Cette adresse, c'était celle du YMCA local où il venait de louer une chambre en réglant un mois d'avance.

Revenu à New York, Bishop acheta une épaisse paire de lunettes qui, malgré les verres quasiment incolores, lui faisait vraiment une autre tête. Il se procura également de la teinture capillaire ; il comptait se blondir les cheveux le soir même. Sa barbe était quasiment pleine. Avec des lunettes, une barbe et des cheveux blonds, il ne ressemblerait plus beaucoup à Thomas Bishop, au cas où la police viendrait à découvrir qu'il n'était pas Vincent Mungo. Ce qui naturellement ne se produirait jamais. Il était trop intelligent pour eux, tous autant qu'ils étaient.

À peu près au même moment où Thomas Bishop regagnait New York, Don Solis passa un coup de fil à Boise, dans l'Idaho. En Californie, c'était encore le matin. Solis avait essayé de téléphoner la veille, mais Hansun n'était pas là. Il demanda une fois de plus à parler avec Carl Pandel. Cette fois, au lieu de se présenter comme « un ami », il préféra donner son nom.

Ce fut un Carl Hansun stupéfait qui finit par lui répondre. Il écouta attentivement Don Solis lui indiquer le numéro d'une cabine à Fresno et lui demander de rappeler à ce numéro d'ici dix minutes, à partir d'un téléphone sécurisé.

Dix minutes plus tard, Solis décrochait le combiné dans la cabine de Fresno. Ce fut lui qui parla. S'il lui arrivait quoi que ce soit, la police recevrait aussitôt une lettre qui révélait tout du passé de Hansun, depuis l'année 1952 jusqu'à ses nouveaux nom et adresse. Il ne s'agissait pas d'un chantage. Solis voulait simplement qu'on le laisse tranquille. Il avait fait son boulot et réglé sa dette. Maintenant, tout le monde était quitte. Si on lui foutait la paix, la lettre ne sortirait jamais. Son frère n'existait plus, et tout ce qu'il souhaitait, c'était mener une vie paisible. Il ne dévoilerait jamais l'entourloupe Chessman avec Stoner. Ni quoi que ce soit d'autre. Tant qu'on lui foutait la paix.

Il exigea d'Hansun qu'il rappelle les sbires qu'il avait lancés à ses trousses, puis raccrocha.

Avant de s'envoler vers l'est, le sénateur Stoner avait encore des milliards de choses à faire le mardi soir. Il voulait aussi passer cette dernière soirée en famille. Voilà pourquoi il profita de l'après-midi pour s'accorder une ultime séance avec sa maîtresse. Comme toujours, ce fut un moment délicieux. Après coup, il lui annonça que c'était terminé entre eux. Il avait d'autres projets d'avenir, des projets dans lesquels elle n'avait pas sa place. Il était désolé.

Il laissa trois billets sur la table de chevet près du lit. 100 dollars pour chaque année qu'ils avaient passée ensemble.

Comme elle connaissait l'animal, elle s'y attendait. Tellement prévisible... Ces derniers temps, il avait sorti toute la panoplie du mâle en fuite. Sa récente gloire lui donnait la grosse tête, et des ambitions encore plus énormes. Elle ne pouvait, ne voulait pas le gêner dans son ascension. Mais pour se débarrasser d'elle comme ça, d'un revers de main, il lui faudrait payer le prix fort.

Elle le pria donc d'écouter quelques enregistrements sur cassettes. Puis elle lui annonça la couleur.

50 000 dollars.

Des cassettes comme ça, elle en avait plein d'autres.

Il pouvait toutes les lui racheter, et il en aurait pour son argent. Elle n'en conserverait aucune. Elle ne les avait pas dupliquées. Une fois qu'elle recevrait l'argent, il n'entendrait plus parler d'elle et ne la reverrait plus. Elle n'était pas assez bête pour vouloir le harceler – vu le beau monde qu'il connaissait.

50 000 dollars, rien de plus, et il serait débarrassé d'elle à jamais.

Sinon, elle remettrait les cassettes aux adversaires politiques du sénateur et à la presse. Le *San Francisco Chronicle* serait ravi de les écouter, sans parler du *New York Times* et du *Washington Post*. Parmi les choses qu'il avait faites, les marchés qu'il avait conclus, les personnages qu'il avait rencontrés, une bonne partie intéresserait à coup sûr les autorités et le grand public. Sans parler de ses nombreux commentaires sur la classe politique ou sur de simples citoyens, tous les agriculteurs, les ouvriers, les hommes d'affaires qui lui avaient permis d'en arriver là. Car il avait la langue bien pendue.

C'était soit l'argent, soit sa carrière, sinon sa liberté. Elle voulut recevoir l'argent avant qu'il s'en aille.

Le même après-midi, à Los Angeles, un responsable républicain local envoya un télégramme à Washington, D.C., juste avant de quitter son bureau. Un de ses amis, qui travaillait pour la justice californienne, avait été contacté par un journaliste de *Newstime* travaillant à New York, il lui avait expliqué qu'il écrivait un papier sur Vincent Mungo pour le magazine. Bizarrement, le journaliste semblait s'intéresser uniquement à Caryl Chessman, qui avait été exécuté sous une présidence républicaine. Le responsable local se demandait s'il n'y avait pas là quelque chose de louche, d'autant plus que *Newstime*, généralement proche des républicains, vouait à l'administration Nixon une haine absolue.

La journée de mercredi s'annonçant chargée, Kenton arriva au bureau un peu plus tôt que d'habitude. À 9 heures, Mel Brown l'avait déjà contacté. Apparemment, Carl Pandel était blanc, chrétien et âgé de 26 ans. Après le suicide de sa femme deux ans auparavant, il avait séjourné dans une maison de repos pendant cinq mois, puis passé un an auprès de ses parents dans l'Idaho. Son père était un homme important dans le secteur du bâtiment, entre autres choses.

Jeune, blanc, chrétien et givré. Pour l'instant, c'était prometteur.

« Il a tué sa mère, lui aussi ?

— Sa mère est tout ce qu'il y a de vivante. Désolé. »

Donc, il ne l'avait pas tuée. Mais il avait voulu le faire, depuis tout ce temps. Puis il avait rendu sa femme folle au point qu'elle s'était suicidée. Ou alors il l'avait assassinée avant de maquiller le crime en suicide.

« Où est-il aujourd'hui ? demanda Kenton.

— Ici même.

— Quoi ? »

Brown étouffa un rire. « Il est à New York. Mais... » Il observa, exprès, un temps d'arrêt. « Il est ici depuis plusieurs mois. »

La situation n'était pas désespérée.

« Quand est-il arrivé ?

— En juillet.

— Quand ça, en juillet ? »

Brown ne le savait pas.

« Trouvez-moi le jour précis de son arrivée. Et par quel moyen de transport. Je veux aussi savoir où il habite et comment il gagne sa vie. Si son papa est plein aux as, peut-être que le cher fils n'a même pas besoin de travailler.

— Où voulez-vous en venir ?

— Il a très bien pu arriver ici, puis repartir en car ou en train, sans laisser aucune trace, avant de reprendre tranquillement la direction de l'est.

— Trop compliqué pour un barjot.

— Qui vous dit qu'il est barjot ?

— À moitié barjot, si vous préférez.

— À nous de le savoir. »

Fred Grimes décrocha à la quatrième sonnerie. Ils avaient peut-être une piste. Kenton voulait la meilleure équipe de détectives privés de tout New York. Il demanda à ce qu'on envoie un cador de la filature surveiller Carl Pandel. Mel Brown disposerait de son adresse dans quelques heures. Une autre douzaine d'hommes devaient se tenir prêts pour vérifier les noms des usagers de points courrier dès qu'ils seraient disponibles. Qu'en pensait Grimes ?

« On n'a commencé qu'hier, répondit ce dernier, et il y a beaucoup de points courrier. Même si on se limite à Manhattan.

— Quand, alors ? »

Grimes réfléchit un instant.

« Sans doute vendredi. Ça devrait être faisable.

— Tenez-moi au jus. »

Pendant le reste de la matinée, entre mille coups de téléphone, Kenton écouta George Homer lui parler du sénateur Stoner et de Don Solis. Stoner possédait des parts dans une bonne demi-douzaine de grosses entreprises, à hauteur d'environ 50 000 dollars ; deux maisons, l'une à Sacramento, l'autre à Beaumont, dans le Washington ; quelques terrains dans le nord de la Californie et dans l'Idaho, pour une valeur probable d'environ 40 000 dollars. Tout ça, c'était la façade. Derrière, nul ne savait vraiment de quoi il retournait. On parlait de marchés douteux, comme toujours avec les hommes politiques. Stoner était indéniablement un opportuniste absolu, et sans doute davantage encore. Tout le problème consistait à en apporter la preuve.

Sa maîtresse était plus intéressante, du moins pour l'instant. Mannequin, 25 ans, deux ans d'études à son actif. Un corps, mais aussi une cervelle. Cela faisait trois ans qu'elle fricotait avec Stoner, mais pas uniquement avec lui, même s'il n'était pas forcément au courant. Visiblement, il lui payait son appartement. Aucun autre arrangement connu entre eux.

Et qu'avait-elle de si intéressant ?

Quelque temps auparavant, elle avait acheté pour plus de 1 000 dollars d'équipement audio – des appareils volumineux qui se déclenchaient au son de la voix, placés dans un placard, à l'abri des regards.

Et à quoi étaient reliés ces appareils ?

Au lit.

Ce qui signifiait qu'elle disposait sans doute de cassettes où Stoner parlait de magouilles ou de cul – ou des deux en même temps. Des cassettes qu'elle pourrait vouloir revendre, soit à lui, soit à quelqu'un d'autre.

Kenton dut bien admettre que cela ouvrait de nouvelles perspectives. Et Don Solis ?

Au cours d'un braquage à Los Angeles en 1952, Solis avait tué un de ses comparses, un certain Harry Owens. À la prison de San Quentin, il avait rencontré Chessman, puisqu'ils attendaient tous les deux dans le couloir de la mort. C'est cette expérience qu'il venait de raconter à la presse, en affirmant que Chessman lui avait tout avoué de ses crimes.

Au bout de quelques années, Solis avait vu sa condamnation à mort commuée en réclusion à perpétuité, puis en liberté conditionnelle. De retour à Fresno, il avait ouvert une cafétéria avec son frère, lui aussi impliqué dans le braquage de Los Angeles. L'origine des fonds demeurait un mystère car Solis n'avait pas un sou vaillant sur lui. L'argent du braquage fut retrouvé, à l'exception des 100 000 dollars qui s'étaient évanouis avec un des braqueurs en fuite. Aujourd'hui, Solis possédait un établissement encore plus grand et se débrouillait fort bien. Il n'appartenait visiblement plus à la pègre.

Cet argent, Solis l'avait-il reçu en échange d'un service rendu ? Ou bien l'histoire sur Chessman remboursait-elle l'argent reçu ? Dans ce cas, Stoner était blanchi, puisque la réception du mystérieux argent était intervenue cinq ans avant le grand déballage sur Chessman.

Kenton demanda à Homer de vérifier la rumeur selon laquelle le père de Mungo était un homosexuel refoulé, puis d'appeler tous les criminologues de Berkeley jusqu'à ce qu'il trouve celui qui ne considérait pas Mungo comme le tueur. Il devait également étudier d'un peu plus près les activités de Stoner, notamment tous ces terrains qu'il possédait. Quand les avait-il achetés ? À qui ? Enfin, il lirait toute la documentation concernant Chessman, au cas où Kenton serait passé à côté de quelque chose.

À 12 h 30, heure de New York, l'agence de presse californienne rappela au sujet des femmes violées qui auraient pu accoucher en 1948. Seule une femme affirmant avoir été peut-être violée par Caryl Chessman avait eu un enfant cette année-là. Une petite fille.

Fausse piste.

L'assassin était de sexe masculin.

Carl Hansun se faisait du mouron. Il s'alluma une Camel et tira une grande bouffée ; la fumée envahit aussitôt son unique poumon et déclencha chez lui une violente quinte de toux. Tout était de la faute de ce crétin de Solis. Comment osait-il lui parler comme ça ? Et comment avait-il découvert sa nouvelle identité ? Une seule explication : il avait noté le numéro de la plaque d'immatriculation et remonté la piste jusqu'au registre des entreprises. Or, qui possédait l'entreprise ?

Carl Pandel. Le même prénom. Pas si crétin que ça, en fait, Solis.

Il n'aimait pas aller en voiture aussi loin dans l'intérieur de la Californie. D'un autre côté, même après toutes ces années, il refusait de s'y rendre par les transports collectifs. Trop dangereux. Quelqu'un pouvait toujours se rappeler son visage ou découvrir son véritable nom. C'était dans sa tête, bien sûr. Il avait une nouvelle vie, une nouvelle identité, et vingt ans après, tout le monde s'en moquait éperdument. Mais enfin, c'était plus fort que lui.

Ainsi donc, Solis savait maintenant qui il était et il avait tout consigné dans une lettre, y compris les vieilles casseroles que Hansun traînait derrière lui. Il y avait peut-être là de quoi le mettre au frais quelque temps. Or, il avait 57 ans, il était riche, et il ne voulait plus prendre de risques. Solis était le seul à connaître son passé. Non, il y avait aussi Johnny Messick. Les derniers de la bande. Mais Johnny, un type réglo, ne parlerait pas. Par ailleurs, il ne savait rien ni de sa nouvelle identité, ni de l'Idaho.

En revanche, Solis, lui, savait tout. Il fallait le surveiller de près – où il allait, qui il voyait. Sa lettre finirait par arriver quelque part.

Hansun écrasa sa cigarette. Il demanderait à ses associés de contacter les truands de Los Angeles.

Stoner devait prendre l'avion pour Kansas City à 14 heures. À 10 heures, il retira les 50 000 dollars de son coffre-fort personnel et les rangea dans une enveloppe en papier kraft. Vingt minutes plus tard, il donna l'enveloppe à sa maîtresse. En échange, elle lui remit une boîte à chaussures contenant quatorze bandes d'enregistrement. Une fois rentré chez lui, dans le secret de son bureau, il écouta quelques minutes de chaque bande pour être certain d'avoir récupéré les bonnes. Puis il les transporta dans une forêt non loin de là, alluma un feu et les brûla. En regardant ses 50 000 dollars partir en fumée, il se réjouit à l'idée de ne plus jamais revoir son ancienne maîtresse. Il était tellement excédé qu'il aurait pu la tuer sans problème.

Au moment de prendre la route de l'aéroport, il embrassa sa femme et lui promit de revenir dans deux semaines, en héros triomphant.

Bishop, ce soir-là, s'en alla faire un tour dehors. Dans un bar de Greenwich Village, il parla avec une jeune femme qui buvait un verre de vin blanc. La journée avait été dure pour elle, et ce qu'elle désirait plus que tout, c'était discuter avec un être civilisé et bien élevé. Celui-là avait une bonne tête et un sourire magnifique. Avec sa voix douce, il paraissait particulièrement civilisé. Elle accepta de partager un verre avec lui. Deux heures plus tard, elle acceptait qu'il la raccompagne jusque chez elle.

Quand il quitta enfin son bureau, Kenton eut l'impression de laisser ses cordes vocales derrière lui. Pendant près de deux heures, il avait consigné dans son magnétophone ses derniers faits et gestes. Puis il avait parlé avec John Perrone – un petit point sur la situation –, avec Christian Porter, lequel, s'excusant de ne pas l'avoir appelé plus tôt, lui proposa de déjeuner le lendemain, avec Mark Hanley, un adjoint du directeur de la publication, dont il obtint les noms des médecins de l'Institut Rockefeller qui avaient dressé le profil du tueur. Il discuta à plusieurs reprises avec Mel Brown, Fred Grimes, Otto Klemp – qui insista pour lui rappeler que la moindre infraction aux règles de sécurité signifierait la fin immédiate de sa mission – et avec une série d'autres interlocuteurs, membres de l'entreprise ou non, à travers tout le pays. Lassé, découragé, il n'avait envie que d'une seule chose : un peu de calme.

Il commanda un steak aux champignons au restaurant Bull and Bear, assis dans un coin, loin du bar bruyant. Sur Park Avenue, il s'offrit les services d'une fille de joie, en lui précisant bien qu'il ne voulait pas entendre un mot de sa part. Il paya double pour qu'elle reste un peu plus longtemps allongée à ses côtés sans rien dire. Plus tard, au Saint-Moritz, dans sa chambre totalement noire, il demeura longuement assis sur un fauteuil bien rembourré, les paupières closes.

Est-ce qu'il rêvait ou quelqu'un le suivait-il pour de bon ?

Deux jours durant, le directeur adjoint de la police, Gunther Charles, réfléchit à la proposition. Elle lui semblait plutôt raisonnable. Le type préparait un grand papier pour un magazine important, il voulait paraître le plus authentique possible et récolter le maximum de publicité. En aidant la police, justement, il obtenait à coup sûr un brevet d'authenticité et une belle publicité, surtout s'il passait pour avoir contribué à la capture de Vincent Mungo. 10 000 dollars, c'était bien le minimum.

D'un autre côté, où allait-il trouver cette somme ? Les journalistes n'avaient jamais dix bâtons sur eux comme ça. Ce serait donc aux frais du magazine. Mais pourquoi ? Pourquoi débourser autant pour un simple article, alors qu'ils n'auraient même pas l'exclusivité de la nouvelle ? Tout le monde allait y aller de son papier sur Mungo.

Il y avait quelque chose de louche là-dedans.

Le mardi, il demanda à l'un de ses hommes d'enquêter sur Adam Kenton, même si le rendez-vous avait été organisé par Fred Grimes. Tout fut passé au peigne fin. Il était tout de même bizarre de voir un magazine essayer d'acheter l'aide de la police. Bien que la proposition ne fût pas aussi illégale qu'elle en avait l'air, si la police acceptait, cela risquait d'éveiller quelques soupçons infondés. D'autant plus qu'il y avait pas mal d'argent en jeu.

L'un dans l'autre, il penchait plutôt pour. Un marché comme celui-là pouvait représenter une nouvelle source de revenus pour la pension que reversait le syndicat de la police aux familles des agents tués dans l'exercice de leurs fonctions. Mais il pouvait également alimenter en secret une caisse noire. Il décida de donner son feu vert, avec quelques réserves.

Ce jeudi matin, il décrocha donc le téléphone et appela son confrère de la section des inspecteurs.

« Lloyd ? Oui, Gunther à l'apparcil. Vous auriez cinq minutes ? Bien, j'ai quelque chose pour vous... Pourriez-vous... ? Oui, j'arrive. »

En quittant son bureau, il indiqua au sergent de garde où on pouvait le trouver au cas où le PC appelait au sujet du dernier kidnapping.

« Pour tout le reste, je suis de retour dans un quart d'heure.

— Bien, monsieur.

— Et dites à Anderson que je veux le voir avant la manif devant la mairie.

— Elle est prévue à midi.

— J'ai dit avant, pas après. »

Le sergent s'activa sur-le-champ. Il n'enviait pas le boulot de son patron.

Pendant une bonne demi-heure, Gunther Charles discuta avec Lloyd Geary de la proposition soumise par *Newstime*. Il réitéra son accord de principe, même s'il n'était pas certain de la légalité du procédé, ni des moyens de pouvoir le contrôler. Comme il s'agissait de l'enquête sur Mungo, il estimait que Geary devait en être informé.

Le directeur adjoint Geary supervisait en effet la cellule spéciale chargée d'arrêter Vincent Mungo. Il considérait ses inspecteurs comme les meilleurs, et c'était en grande partie grâce à son influence qu'ils obéissaient aux ordres directs du sommet plutôt qu'à de simples commissaires de quartier. Cela leur donnait une plus grande autonomie et, théoriquement, les rendait plus efficaces, même si d'aucuns dans la maison pensaient le contraire. Gunther Charles faisait partie de ceux-là, et Geary, de nouveau seul dans son bureau, se repassa la discussion dans sa tête.

Pour lui, le marché avec Kenton sentait l'illégalité à plein nez. Non pas à cause du traitement de faveur réservé à un journaliste en particulier – c'était monnaie courante –, mais à cause de la rémunération en retour, même reversée ensuite à une institution charitable. Il n'y connaissait rien en droit fiscal mais il savait qu'il serait impossible de faire passer cette somme en frais réels. Ce qui signifiait donc que quelque chose n'allait pas.

Il n'avait pas l'intention de subir la moindre pression. Lorsqu'il eut au téléphone le commissariat n° 13, il annonça à l'inspecteur adjoint Dimitri qu'il souhaitait le voir à 16 heures. Oui, au siège.

L'inspecteur adjoint Dimitri voyait d'un très mauvais œil la proposition du magazine. Il avait écouté le point de vue de son supérieur et était tombé d'accord avec lui pour dire qu'il serait suicidaire d'impliquer la police dans un deal financier avec la presse. D'un autre côté, les journalistes d'investigation dénichant parfois des informations auxquelles la police n'avait pas accès, ils pouvaient toujours se révéler utiles. Geary préconisait un pacte avec le journaliste, mais sur la base d'un échange de vues. Rien de plus, et pas d'argent sur la table. Un simple échange de vues et de renseignements. Ça ne ferait de mal à personne et ça pourrait dépanner.

Dimitri était l'homme qui dirigeait sur le terrain la cellule spéciale. Inspecteur chevronné, grand spécialiste des homicides, il menait une brillante carrière et commettait peu d'erreurs. Aussi travailleur qu'imaginatif, il ne laissait rien entraver la bonne marche de ses enquêtes, ce qui expliquait qu'on lui ait confié cette dernière mission. Ça, et aussi parce qu'il avait des ennemis en haut lieu – en tout cas, il en était absolument convaincu.

Une fois revenu à son quartier général, installé au commissariat n° 13, il composa le numéro d'Adam Kenton qu'on lui avait transmis. Il lui expliquerait que la police était prête à collaborer avec lui, mais dans la limite d'un simple échange de renseignements. Peut-être que ce Kenton disposait d'informations intéressantes. Après trois jours de travail, il avait déjà compris que retrouver ce Vincent Mungo n'allait pas être de la tarte.

Chez lui, ce même soir, Alex Dimitri écrivit une lettre à l'un de ses amis de Washington, officier de police comme lui. Depuis qu'ils s'étaient rencontrés, bien des années avant, lors d'une formation du FBI sur la police urbaine, les deux hommes avaient gardé contact, s'écrivaient régulièrement et se voyaient de temps en temps.

À la fin de sa brève missive, Dimitri évoqua la toute dernière mission qu'on lui avait confiée – l'arrestation du célèbre Vincent Mungo. Il mentionna également la récente proposition du magazine *Newstime*, qu'il soupçonnait de vouloir à la fois attraper Mungo à des fins strictement publicitaires et savoir où en était la police dans cette affaire. Il n'avait jamais fait confiance aux journalistes d'investigation. Sérieusement, comment pouvait-on faire un métier pareil ?

Le *congressman* de Californie s'amusait comme un fou. Sa première soirée depuis au moins deux semaines. Des soirées, pourtant, ce n'était pas ce qui manquait dans les cercles politiques de Washington – il y en avait même plusieurs par jour, et toute l'année. Mais notre *congressman* venait de se dégotter une nouvelle maîtresse, un joli petit bijou qui travaillait à l'administration du Sénat et qui l'occupait énormément.

À un moment de la soirée, discutant avec un membre du Comité pour la réélection du président, il mentionna en passant l'article du magazine *Newstime* sur Vincent Mungo, qui, disait-on, se focalisait entièrement autour de Caryl Chessman. Un de ses collaborateurs, en Californie, venait de lui envoyer un télégramme à ce sujet.

« Ça ne doit pas aller bien loin, dit-il à ce convive, un verre à la main. Qui s'intéresse encore à Caryl Chessman ? Tout ça remonte à des siècles. »

Justement, le membre du Comité, qui ne buvait que du soda avec un zeste de citron vert, s'intéressait encore bigrement à Chessman. Celui-ci était mort sous la présidence Eisenhower, et son exécution avait été reportée deux fois afin que Ike puisse se rendre en Amérique latine sans être accueilli par des manifestations monstres – sujet toujours épineux avec l'ennemi, même après toutes ces années.

Or, qui était le vice-président de Dwight David Eisenhower à l'époque ?

Le membre du Comité quitta la soirée de bonne heure. Il avait un rapport à rédiger. Surtout depuis que l'on considérait, dans le camp républicain, que *Newstime* était passé à l'ennemi avec armes et bagages.

Elle ne s'inquiétait pas vraiment pour sa copine, mais dès qu'il s'agissait d'une fille toute seule, New York pouvait parfois être une ville effrayante. Ce qui expliquait d'ailleurs pourquoi elles se téléphonaient presque tous les jours et possédaient même chacune un double des clés de l'autre. Savait-on jamais…

Elle avait des choses à lui raconter, des histoires de filles sur son nouveau boulot, sur le mec avec qui elle était sortie et qui avait une très, très grosse… elle n'arrivait toujours pas à prononcer le mot « bite » sans rougir. Elle aurait voulu trouver un terme plus élégant.

Elle l'avait appelée chez elle plusieurs fois la veille, et une bonne demi-douzaine de fois plus tôt dans la soirée. Aucune réponse. Or, son amie aurait dû être revenue du travail depuis longtemps déjà. Elle avait certainement dormi chez un mec, se dit-elle en montant les deux étages. Maintenant qu'elle y était, autant frapper à sa porte, au cas où son téléphone avait été mal raccroché ou ne marchait plus.

N'obtenant aucune réponse, elle décida d'ouvrir la porte avec son double des clés. C'était peut-être idiot, mais bon… Peut-être que son amie avait la crève, ou qu'elle était tombée dans les vapes à cause de ces foutus cachets qu'elle avalait tout le temps. D'abord, le verrou Segal, ensuite, le double verrou de sûreté Fox. Dans cet ordre-là.

La cuisine était éclairée. Elle regarda le type à poil qui figurait sur l'immense calendrier au-dessus de la petite table. Il n'était pas aussi bien membré que sa dernière conquête. Rien que d'y penser, elle eut un frisson de plaisir. Quand elles étaient aussi grosses, ça faisait vraiment une différence.

Par réflexe, elle tendit le bras pour arracher la feuille du jour. On n'était plus mercredi. Pour tout dire, le jeudi était presque terminé : on serait bientôt le vendredi 26 octobre. Plus qu'un mois avant Thanksgiving, et deux mois avant Noël. Elle aimait bien Noël, mais ça arrivait tellement vite ! À 23 ans, elle vieillissait décidément à grands pas.

Le salon aussi était éclairé. Il y avait un verre de vin à moitié vide sur la petite table près du canapé. Elle passa devant pour aller directement dans la chambre. La porte était entrouverte, et la pièce, plongée dans le noir.

Elle fit glisser sa main sur le mur et trouva l'interrupteur au moment d'entrer dans la chambre.

17

« Oh, mon Dieu ! »

Le premier inspecteur de la cellule spéciale arrivé sur les lieux referma doucement la porte de la chambre derrière lui, comme s'il se trouvait dans une chambre mortuaire, et avança à pas de loup jusqu'au canapé. Le verre de vin était toujours posé sur la table. Ce qu'il venait de voir le remplit d'horreur. Après treize ans dans la police, dont huit à la brigade criminelle, il n'avait encore jamais vu une chose pareille. Quelques jours plus tôt, il s'était interrogé sur tout le flan qu'on faisait autour de ce fameux tueur fou. Pourquoi tant de bruit ? Il venait de comprendre.

À cet instant précis, il aurait aimé tuer ce type à mains nues, sans hésiter, sans réfléchir. Il l'aurait dépecé, comme ce qu'avait subi la fille dans sa chambre. Et même pire encore.

Il secoua la tête et essaya de se concentrer sur les autres personnes présentes dans le salon. Deux agents du commissariat n° 6, dont un sergent, et le concierge de l'immeuble. Est-ce qu'ils éprouvaient la même chose que lui ? Sentaient-ils encore le mal planer dans la chambre ? Lui, il le sentait en tout cas, et presque de manière tangible. Il espérait simplement ne pas vomir.

Il avait la bouche sèche, ses mains tremblaient légèrement. Il n'était pas homme à croire aux démons. D'après son expérience, le démon se révélait toujours être un homme aux pulsions et à la nature sadiques. Mais maintenant, il ne savait plus trop. La chose qui avait commis cela aurait tout aussi bien pu être un animal ou un homme, mais un animal doué d'une intelligence humaine, voire de pouvoirs diaboliques surhumains. Si ce n'était pas un démon, qu'est-ce qui était démoniaque ?

Il repensa tout à coup à la fille qui avait découvert le cadavre. Visiblement, elle avait couru jusqu'à l'entrée en poussant des cris. Dix minutes après, elle hurlait encore tandis qu'on lui faisait gentiment quitter les lieux. Il se disait que ses propres cris la hanteraient longtemps.

Dès son arrivée, l'inspecteur avait eu le temps d'appeler l'inspecteur principal adjoint. Un simple regard lui avait permis de comprendre qu'il avait affaire au tueur fou. À présent, Dimitri pénétrait à son tour dans l'appartement, l'allure tranquille, la voix étouffée. Il était bientôt minuit ; il dormait quand il avait appris la nouvelle. Il avait traversé en trombe le pont de Queensboro, toutes sirènes hurlantes, et foncé jusqu'à Greenwich Village, où se trouvait l'appartement de la jeune femme. Entre-temps, d'autres membres de la cellule spéciale, toujours en service, étaient arrivés sur place. Dans la cuisine, ils discutaient à voix basse, en évitant soigneusement de regarder le type à poil sur le calendrier. Ils avaient beau être de vieux briscards, la vue d'un homme nu les gênait encore.

Dimitri se servit un verre d'eau dans l'évier et le but lentement, les yeux perdus dans le liquide translucide. Son mal de tête ne faisait qu'empirer, et ce n'était pas cette dernière boucherie qui le soulagerait. Il ne comprenait pas une telle sauvagerie. Il avait compulsé les photos confidentielles des autres victimes de Mungo à travers le pays, y compris celle de la gare de New York et la prostituée de la 49e Rue. Mais voir de ses propres yeux une des victimes pour la première fois – c'était impressionnant ; il ne trouvait pas d'autre mot. Un tel spectacle, pour peu que l'opinion le découvre et qu'il se renouvelle deux ou trois fois, pouvait tout simplement engendrer une psychose collective.

Aucune photo : telle fut sa première consigne dès qu'il commença à recouvrer ses esprits de flic. Seuls les types de la police scientifique pourraient photographier le corps. Aucun journaliste autorisé à pénétrer dans l'appartement – aucun ! Une fois que le laboratoire en aurait terminé, le cadavre, quel qu'en soit l'état, serait envoyé à la morgue. La presse pourrait venir le lendemain matin. D'ici là, il ferait une déclaration.

Prochaine étape : réunion des responsables de la cellule spéciale à 10 heures. Le tueur devait être arrêté, et vite. On pouvait chercher ailleurs que dans les hôtels et les pensions ; peut-être s'était-il déniché un petit appartement pas cher, ou une voiture. On fouillerait donc parmi les demandes récentes d'installation d'électricité et de téléphone, on regarderait du côté des vendeurs de voitures d'occasion, des tickets de parking et des infractions routières, afin de trouver des véhicules immatriculés en Californie. Il existait des dizaines d'endroits où la police pouvait traquer un visage nouveau – là où il allait manger, prendre son courrier, retirer de l'argent, boire une bière ou se faire couper les cheveux. Si seulement ils disposaient des effectifs suffisants… Dimitri avait justement le pressentiment qu'ils obtiendraient très vite tous les renforts du monde.

Il finit par s'asseoir sur le canapé pour téléphoner au domicile de son adjoint, situé sur la rive septentrionale de Long Island. L'un des privilèges du grade, se rappela-t-il, était de n'avoir aucun égard pour ses subordonnés. Contrairement au capitaine Olson, son bras droit au sein de la cellule spéciale, il n'avait pas besoin de respirer le grand air. Sa maison du Queens n'était séparée de ses voisins que par d'étroites allées.

« Encore une », annonça Dimitri lorsque Olson finit par décrocher. Il ne lui demanda pas s'il dormait ; il ne s'excusa aucunement de l'avoir réveillé.

« Où ça ? demanda la voix ensommeillée à l'autre bout du fil.

— À Greenwich Village.

— Il se déplace.

— Pire que ça. J'ai demandé aux gars de vérifier, mais visiblement la fille n'avait rien d'une prostituée. »

Les deux hommes savaient ce que cela impliquait. L'assassinat de prostituées était une chose sur laquelle, dans une certaine mesure, la société fermait facilement les yeux. Mais le meurtre d'une jeune femme respectable signifiait tout autre chose aux yeux des instances policières, lesquelles se conformaient toujours à la morale publique.

« Ça pourrait nous attirer des emmerdes, indiqua Olson. Quelqu'un l'a vu ?

— Pas encore, mais les recherches vont reprendre demain matin. Les équipes scientifiques sont en train d'arriver.

— Vous voulez que je vienne ?

— Ça ne servirait à rien, grommela Dimitri, à moins que vous ayez très envie de voir un film d'horreur. »

Il regretta aussitôt d'avoir repensé au spectacle de la chambre d'à côté.

« Non, merci. J'ai une femme et des enfants. »

Dimitri se raidit. Lui aussi avait une femme et des enfants, et même quatre, comparé aux deux d'Olson. Il était donc deux fois plus méritant, et il n'apprécia pas la remarque de son adjoint, qui le faisait passer pour un voyeur malsain et assoiffé de sang. Mais il se reprit très vite. Olson n'avait pas voulu lui manquer de respect.

« Si vous pouvez, passez le plus tôt possible. On va devoir se coltiner les journalistes, sans parler de la hiérarchie.

— Le commissaire est au courant ?

— Je pense qu'il l'apprendra de la bouche de Lloyd Geary. Dès que je l'aurai appelé. »

Il raccrocha et composa le numéro du directeur adjoint à son domicile de Bronxville. Geary, qui regardait un film à la télévision, attendit la troisième sonnerie pour répondre. Dimitri lui expliqua en deux mots la situation. Geary informerait-il le commissaire ? Sur-le-champ. Et il rappellerait Dimitri dans la matinée… « Quelle réunion ?… Ah oui, excellente idée. Secouez-les un peu. Il faut arrêter cette connerie avant qu'elle nous échappe complètement. »

Dimitri repensa aussitôt au carnage dans la chambre et estima que la situation leur avait déjà échappé. Pourtant, il n'en dit rien.

Les flics du commissariat de quartier étaient repartis. D'autres s'apprêtaient à les suivre. Dimitri n'avait aucune envie de se retrouver avec l'équipe scientifique, en tout cas, pas pendant qu'elle travaillerait dans la chambre. Il en avait déjà assez vu comme ça.

« Inspecteur ? »

C'était Murphy, le premier de la cellule spéciale à être arrivé sur les lieux. Il avait les yeux rougis de fatigue, la bouche pâteuse. Il s'affala sur le canapé et passa lentement la main sur sa mâchoire.

« Qu'est-ce que c'est que ce truc ? Imaginons que ce type ne soit pas un… être humain. Je veux dire par là… Imaginons qu'il soit en réalité une créature dont nous ne savons rien. Une sorte d'animal monstrueux, par exemple.

— Genre abominable homme des neiges, vous voulez dire ?

— Oui, quelque chose comme ça. Mais en pire. Peut-être qu'il a le pouvoir de se transformer en être humain, ou même de faire croire aux gens qu'il est humain. Dans ce cas, on ne pourra jamais l'attraper, ou le tuer, ou bien… »

Le regard de l'inspecteur l'arrêta net. Dimitri s'était dit à peu près la même chose en découvrant le corps – ruse animale et sauvagerie bestiale –, mais il se rendit compte qu'un officier de police ne devait pas réfléchir en ces termes. Les animaux ne faisaient ni de bons suspects, ni de bonnes arrestations.

« Il est humain, dit-il. Le minimum requis, en tout cas. Et on finira par l'avoir. D'une manière ou d'une autre. »

Leurs regards se croisèrent et se comprirent.

« Une chose est sûre, répliqua Murphy en se relevant du canapé. Quelle que soit sa nature, il n'ira jamais devant un juge. »

À 9 h 20, dans un immeuble de Washington, D. C. situé à moins de cinq cents mètres de la Maison-Blanche, un homme à l'allure jeune et vêtu d'un costume sombre s'assit derrière son bureau et relut le rapport pour la troisième fois. Le magazine *Newstime* préparait un grand article sur Caryl Chessman en utilisant Vincent Mungo comme couverture. Des journalistes étaient en train de récupérer toutes les informations possibles et imaginables en Californie. Sachant que le président actuel des États-Unis était le vice-président d'Eisenhower au moment où Chessman avait été exécuté, ça pouvait s'apparenter à une violente charge contre l'administration Nixon. L'hostilité frénétique de *Newstime* à l'encontre de celui-ci rendait la chose plausible.

L'homme posa la feuille de papier sur son bureau trop bien rangé et la lissa soigneusement. Le rapport provenait d'un de ses conseillers, membre du Comité pour la réélection du président. Bien que l'information pût sembler quelque peu tirée par les cheveux, l'heure n'était pas aux risques inconsidérés. La presse se montrait de plus en plus véhémente dans ses attaques contre la présidence Nixon, et *Newstime* en donnait un bon exemple. La revue, proche des républicains depuis la période Hoover, menait désormais la charge non seulement contre Nixon, mais contre l'ensemble de son administration. Au cours des six derniers mois, elle avait publié pas moins de quatre articles extrêmement venimeux.

Cependant, l'homme s'interrogea : dans quelle mesure un article sur Caryl Chessman pouvait-il nuire à son patron ? Mieux valait qu'il oublie ce rapport. L'article n'avait encore rien de bien précis, et pouvait très bien s'avérer être un simple reportage factuel. Mais si ça n'était pas le cas ? Si *Newstime* avait découvert une bombe contre le gouvernement, quelque chose qui pouvait nourrir les piranhas assoiffés de rumeurs qui travaillaient au *Washington Post*, par exemple ? Une fois qu'ils auraient planté leurs crocs et reniflé l'odeur du sang, rien ne pourrait plus les arrêter. Certes, ils ne trouveraient rien d'intéressant et ne feraient que publier des mensonges et des calomnies, mais pourquoi leur faire un tel cadeau ? Pourquoi leur montrer autre chose que le mépris absolu qu'ils méritaient ?

L'homme à l'allure encore jeune était très fier de l'administration Nixon, et plus particulièrement du Comité pour la réélection du président. En employant plusieurs techniques, dont certaines qu'il avait lui-même créées ou perfectionnées, le Comité avait œuvré à la réélection de Nixon. Dans un contexte pour le moins houleux, il avait fait du bon travail, tant et si bien qu'on avait assisté à un raz-de-marée : uniquement dix-sept votes de grands électeurs pour McGovern ! Dix-sept – dans tout le pays ! Et un avantage de dix-huit millions de voix ! Tout simplement sidérant.

Voilà qu'ils se retrouvaient devant une tâche encore plus immense, une tâche aux implications colossales. Au lieu de se disperser après l'élection de 1972, comme on aurait pu s'y attendre puisque le président ne pouvait remplir que deux mandats, les hommes du

Comité s'étaient sentis investis, du moins en partie, d'une immense responsabilité, rien moins que trouver le moyen de faire passer un troisième mandat. Pour cela, il fallait procéder à une manipulation extrêmement fine, car une telle dynamique devait être impulsée par la base, par le peuple américain lui-même. Ou en tout cas apparaître comme telle. Seule une vague prolongée, couronnée par l'accord enthousiaste et massif de la nation tout entière, pouvait exercer une pression suffisante pour que le vingt-deuxième amendement soit modifié dans ce sens. Le Comité pour la réélection du président changerait peut-être de nom, voire passerait à la clandestinité, mais, son talent créatif étant à la hauteur de la tâche qui s'annonçait, avec l'aide de Dieu, il accomplirait sa mission sacrée.

Le président du Comité adorait la vie politique et comptait bien rester au cœur du vaste pouvoir. Rien ne devait freiner sa course. Assis à son bureau, il arrêta sa décision : il valait mieux la jouer prudente. Pour ce qui était du rapport que lui avait envoyé son subordonné au sujet de l'article de *Newstime*, il le ferait passer à l'étage supérieur, c'est-à-dire à la Maison-Blanche.

Environ au même moment à New York, le journaliste d'investigation Adam Kenton, de *Newstime*, arriva à son travail, journal du matin en main. Il le déploya sur son bureau encombré et relut la manchette : « Chess Man assassine encore en pleine ville. » En troisième page, il relut pour la dixième fois le sinistre compte rendu du meurtre, qui ne fit que le conforter dans sa conviction que sa proie faisait une fixette sur Caryl Chessman – le mot « Chess » avait été tracé en lettres de sang sur le mur de l'appartement de la victime – et rejouait l'assassinat de sa propre mère, réel ou imaginaire. Kenton s'accrochait fermement à l'idée que ce matricide avait bel et bien eu lieu. Dans l'article figurait également quelque chose dont il n'avait jusqu'à présent pas saisi toute la teneur. Le tueur était voué corps et âme à sa trajectoire folle et ne pourrait être arrêté que par la mort, ultime et irrévocable. Que par la mort…

Le téléphone vint l'interrompre dans sa réflexion. Par l'agence de détectives, Fred Grimes avait reçu des nouvelles de Carl Pandel. Ce dernier était arrivé à New York le 10 juillet, en train ; selon les renseignements de l'agence, il avait peur de l'avion. Il travaillait au MOMA deux jours par semaine, au service des abonnements, dans le hall principal. Surtout pour côtoyer du monde, visiblement, car le boulot était assez mal payé. Il avait commencé le 1er août. Il fréquentait quelques amis de l'université et créchait dans un petit appartement de l'Upper West Side, près de Columbia. Chaque mois, son père versait 800 dollars sur son compte par le truchement d'une banque de l'Idaho. Cinéphile accompli, il passait le plus clair de son temps chez lui, au cinéma ou avec des amis. Pour l'instant, on ne lui connaissait aucune relation féminine à New York.

Les détectives l'avaient pris en chasse dès le mercredi précédent. Ils n'avaient pour l'instant observé aucun déplacement suspect. Les deux soirs, il était rentré chez lui vers 20 heures, heure à laquelle la surveillance cessait pour la nuit.

Impossible de savoir, donc, s'il était de nouveau sorti, peut-être à Greenwich Village, pour tuer. Demander aux voisins s'ils l'avaient vu – par chance –

quitter l'immeuble dans la soirée ne prouverait rien et risquerait surtout d'éveiller les soupçons de Pandel.

C'était une fausse bonne nouvelle, et Kenton s'en voulut. Il demanda à Grimes que l'on fasse surveiller Pandel jour et nuit, jusqu'à ce qu'il se passe quelque chose. Tout de suite, oui, et même avant si possible.

Puis il rassembla ses idées. Pandel était arrivé le 10 juillet à New York, et Vincent Mungo s'était évadé le 4 juillet. Avec deux jours de travail par semaine, donc cinq jours libres, cela lui donnait une sorte d'alibi. Si sa peur de l'avion n'était qu'une couverture, on pouvait envisager la chose. Il avait très bien pu faire des allers-retours en avion pendant les mois d'août et de septembre, en payant en liquide et en utilisant un faux nom à chaque fois. Il représentait donc une piste valable.

Réflexion faite, Kenton téléphona au commissariat n° 13. L'inspecteur adjoint Dimitri l'avait assuré que la police était intéressée par un échange d'informations, mais sans qu'il soit question d'argent. Il en avait déduit que la police ne disposait d'aucune piste et craignait de recevoir de l'argent d'un magazine. Donc, qu'elle ne lui serait d'aucune utilité. Sans plus aucune garantie, il devait mettre la main sur Chess Man en premier.

Dimitri n'eut rien d'autre à lui proposer que ce qui figurait déjà dans les journaux. Il ne prit pas la peine de lui annoncer que les policiers élargissaient leurs recherches aux vendeurs de voitures d'occasion du coin et aux agences immobilières. En retour, Kenton resta muet sur Carl Pandel et sur les noms des personnes ayant récemment souscrit à un point courrier, noms que les détectives privés étaient déjà en train d'éplucher.

Les deux hommes se promirent de poursuivre leurs échanges.

Kenton discuta ensuite avec les deux médecins de l'Institut Rockefeller qui avaient établi le profil du tueur fou et objet du Dossier Vampire.

Y avait-il une probabilité pour que leur homme fût cliniquement sain d'esprit ?

Aucune chance. Pas de leur point de vue, en tout cas.

Et légalement sain d'esprit ?

Impossible de lui fournir une réponse définitive. Légalement, l'homme pouvait être considéré sain d'esprit s'il était en mesure de distinguer le bien du mal. Mais en l'occurrence, ses actes étaient tellement bizarres qu'aucun juge, sans doute, ne le déclarerait apte à passer en jugement.

Aussi l'enverrait-on probablement dans un établissement pour fous dangereux.

Exactement.

Un établissement du style de Willows, en Californie, d'où Vincent Mungo s'était échappé.

Oui.

Recouvrerait-il un jour la liberté ?

Vraisemblablement pas.

Mais y avait-il un risque, même infime, qu'il redevienne libre ?

Dans ce domaine, le risque existait toujours.

Libre de détruire à nouveau…

Kenton remercia les médecins pour leur disponibilité et pivota sur son fauteuil pour se retrouver face à Otto Klemp, qui était entré dans le bureau sans un bruit. Ses épaisses bésicles dissimulaient parfaitement son regard pénétrant.

Les deux hommes se dévisagèrent pendant un long moment.

« Pourquoi me suit-on ? finit par demander Kenton, une fois Klemp assis.

— Ah, parce que vous êtes suivi ?

— Depuis quelques jours, peut-être même plus. Ce ne sont pas des gens à vous ? »

Le chef de la sécurité s'accorda un sourire.

« Vous m'avez fait venir ici pour me dire que je vous fais suivre ?

— Je vous ai fait venir ici pour vous demander d'arrêter sur-le-champ. »

Kenton s'empara de son paquet de cigarettes, en sortit une et l'alluma.

« Je ne pense pas que monsieur Mackenzie soit au courant, ni qu'il ait donné son accord. S'il le faut, je le lui dirai.

— Je le lui dirai s'il le faut, vous voulez dire. »

Sur ce, Klemp se leva.

« C'est tout ?

— Un petit conseil. Faites en sorte que cela cesse. J'ai déjà assez de problèmes avec Mungo comme ça pour me retourner tous les trois mètres et voir si vous n'êtes pas derrière mon dos. »

Klemp ôta délicatement ses lunettes et commença à les nettoyer à l'aide d'un petit chiffon. « Je vais vous donner à mon tour un conseil, monsieur Kenton, un conseil tout aussi gratuit. Pourvu qu'on ait de l'argent, n'importe qui peut trouver n'importe quoi sur n'importe qui d'autre. Et nous avons tous des choses à cacher. Les présidents, les monarques, les hommes d'affaires, le FBI… Tout le monde. Y compris vous. Par exemple, vous vous appelez Kenton mais vous n'appartenez pas vraiment à la famille Kenton. Vous avez été abandonné sur le pas d'une porte quand vous étiez nourrisson. Les Kenton vous ont recueilli et élevé comme l'enfant qu'ils n'avaient jamais eu. Vous êtes au courant, naturellement. Mais savez-vous qui était votre mère ? Selon toute vraisemblance, une lycéenne du nom de Jenson, extrêmement… généreuse de ses charmes, tellement généreuse que personne n'a pu déterminer l'identité de votre père. Quelque temps après, sa famille a déménagé. Intéressant, non ? » Klemp remit lentement ses lunettes. « Le conseil dont je vous parlais est le suivant : regardez *toujours* derrière vous parce qu'il se pourrait que quelque chose s'approche à grands pas. » Il ajusta les lunettes sur son nez, mais sans quitter Kenton une seconde des yeux. « Comme j'ai eu l'occasion de vous le dire, monsieur Kenton, dès que vous sortez de votre case, vous chutez. » Après un hochement de tête courtois, il se retourna et avança vers la porte.

Kenton, dont les parents adoptifs étaient morts, n'avait jamais entendu parler de cette Jenson et jamais réellement voulu connaître la vérité sur ses vrais parents. La nouvelle ne l'impressionna pas beaucoup, même s'il savait qu'il essaierait un jour de retrouver cette femme, maintenant qu'il connaissait son nom.

Mais cela le renvoyait à un avenir lointain. Son principal problème, pour l'instant, venait d'ouvrir la porte.

« Saluez pour moi la Western Holding Company ! » cria-t-il malgré lui. Il regretta d'avoir abattu son jeu aussi vite. Mais le dégoût qu'il éprouvait pour les propos mesquins de Klemp fut trop puissant.

Sa phrase eut un effet stupéfiant. Klemp se pétrifia sur place, la main toujours sur la poignée de porte. Il ne se retourna pas mais ses épaules se voûtèrent légèrement, assez pour trahir son étonnement.

Kenton eut un sourire satisfait.

« Comme vous dites, n'importe qui peut trouver n'importe quoi ! » hurla-t-il au moment où l'autre referma la porte.

En repensant à la scène qui venait de se dérouler, il fut certain d'une chose : il devait impérativement obtenir des résultats spectaculaires, car Klemp était un formidable adversaire au sein de l'entreprise, un adversaire qui avait de surcroît les faveurs de Mackenzie lui-même.

Il méditait encore là-dessus lorsque George Homer déboula dans son bureau, les bras chargés de renseignements. D'après ce qu'il avait appris, la rumeur qui circulait sur l'homosexualité présumée du père de Mungo relevait précisément de la rumeur pure et simple. Apparemment, c'était un homme très doux, sauf quand il buvait, et assurément faible de caractère, sans grande énergie. L'une des raisons probables de son suicide avait été la mort de sa femme, dont il dépendait étroitement.

En ce qui concernait le sénateur Stoner, sa maison de Sacramento avait été achetée en toute légalité, avec un crédit sur vingt ans remboursé en neuf ans, ce qui était courant chez les hommes politiques. La maison de Beaumont, dans le Washington, une affaire somptueuse, avait été offerte à Stoner et à sa femme par les parents de celle-ci, des gens très riches qui habitaient eux-mêmes dans le Washington. Les terrains qu'il possédait dans le nord de la Californie et dans l'Idaho ? Encore une autre histoire. Les deux propriétés avaient été acquises séparément au cours des six dernières années, par l'intermédiaire d'un même promoteur immobilier, la Rincan Development Corporation, pour 20 000 dollars – en liquide, bien sûr. Elles en valaient aujourd'hui 40 000. Plus intéressant encore : les deux terrains se trouvaient sur des sites étriqués mais riches en gisements de minerais. La valeur des terrains exploserait dès que les États en autoriseraient l'exploitation. Ce qui devait se produire incessamment sous peu.

Une acquisition totalement fortuite, bien entendu.

Ou pas.

Homer avait également retrouvé le criminologue de Berkeley qui répétait inlassablement à ses étudiants que Vincent Mungo n'était pas le coupable. Il s'appelait Amos Finch. Expert reconnu des tueurs en série, ses ouvrages sur la question passaient pour des classiques. Il vivait tranquillement dans une maison qu'il louait à côté du campus. Ses seuls vices connus semblaient être les femmes et les chevaux.

Kenton sourit. Seul Homer pouvait sortir ce genre de formules, pensa-t-il.

Ce dernier épluchait, enfin, la documentation sur Chessman, bien plus abondante que ce qu'il imaginait. Tout ce qu'il avait lu jusqu'à présent était soit exagérément mièvre, soit incendiaire. Chessman suscitait très rarement des commentaires mesurés. Devait-il continuer sur cette voie ?

Oui, et il devait aussi jeter un coup d'œil sur la Rincan Development Corporation. Tout ce qu'il pouvait trouver. C'était très important. Voir également à quelle échéance la Californie et l'Idaho autoriseraient l'exploitation minière de ces terrains. Pouvait-il trouver le nom et le numéro de téléphone de la maîtresse de

Stoner à Sacramento ? Ils pourraient peut-être passer un marché avec elle.

« Utilisez Doris comme bon vous semble, dit Kenton. Je l'ai rendue à Mel Brown, à mi-temps. »

Homer éclata de rire et répondit qu'il était un peu trop vieux pour ce genre de chose. Doris était beaucoup plus dans les cordes de Kenton.

Se rappelant le chemisier bien cintré de la jeune femme, Kenton en convint volontiers et promit de se pencher sur la question.

Le téléphone sonna. Kenton pivota sur son siège. La chasse reprenait.

Otto Klemp venait de terminer une chasse d'un tout autre genre, et qui ne lui avait pris que quelques heures. Il se trouvait présentement dans le bureau de Dunlop. Et il n'était pas content.

« Vous enquêtez sur un membre de l'entreprise sans m'en informer ? Vous l'avez fait suivre sans ma permission ? » Il n'en revenait pas. « Ce n'est pas très malin, Martin. Je suis responsable de l'ensemble de la sécurité interne. À moins que vous ayez oublié ? »

Dunlop grimaça.

« Je ne voulais pas vous embêter avec cette histoire.

— Maintenant je suis encore plus embêté. »

Ses lèvres dessinèrent un sourire chagriné. « Votre sens de l'initiative est apprécié de tous mais, comme vous pouvez le constater, il n'est d'aucun secours. Kenton n'est pas idiot, il sait qu'il est suivi. Vous n'y avez pas songé avant d'engager cette bande d'amateurs ? »

Le mépris dans sa voix fouetta l'amour-propre de Dunlop.

« Ils m'ont été recommandés en haut lieu, répondit-il.

— Ce sont des crétins incompétents ! » hurla Klemp, qui baissa aussitôt d'un ton. « Désormais ça va être difficile de rattraper le coup. » Puis, fixant Dunlop avec un regard vide :

« Qu'avez-vous acheté d'autre ?

— Comment ça ?

— Des appareils d'écoute ? »

Le rédacteur en chef parut mal à l'aise.

« Simplement pour le téléphone de son bureau. Ils m'ont dit que c'était impossible pour la chambre du Saint-Moritz.

— Des amateurs, répéta Klemp avec dédain. Autre chose encore ? »

Dunlop fit non de la tête.

« Bien. Désormais, c'est moi qui me charge de toutes les questions de sécurité. Pendant ce temps, occupez-vous de votre magazine. » Il sourit.

« Peut-être que ça fonctionnera mieux comme ça.

— Assurez-vous de découvrir ce qu'il est en train de fabriquer.

— Je sais déjà ce que Kenton fabrique. Je le savais pratiquement dès le départ.

— Et quand aurons-nous l'immense privilège de profiter de vos lumières ? » demanda, narquois, le journaliste.

Klemp haussa les épaules.

« C'est assez simple. Cet homme est un mercenaire, un rebelle qui se bat sans cesse contre des moulins à vent. Il entrevoit la possibilité d'enquêter sur l'entreprise et, au passage, de terrasser deux ou trois dragons, et il ne peut pas résister à la tentation. C'est un idéaliste, un incorruptible imbu de rectitude morale. Comme il ne peut pas courber l'échine, un jour, un moulin finira par lui briser la nuque. En attendant, c'est l'animal le plus dangereux du monde.

— Mais est-il en mesure de retrouver ce Vincent Mungo ?

— Possible. Il est vraiment très doué.

— Alors, il ferait mieux de faire ce qu'on lui demande plutôt que de fourrer son nez dans les affaires de l'entreprise. »

Klemp s'avança jusqu'à la porte. « Il fera certainement les deux à la fois. Au fait, dit-il en sortant, il m'a parlé de la Western Holding Company. »

Il ne se retourna même pas pour voir l'expression ahurie de Dunlop.

De l'autre côté de la rivière, dans un bureau de l'Office des statistiques sanitaires, une copie officielle de l'acte de naissance de Thomas Wayne Brewster, portant le sceau en relief de la ville Jersey City, fut envoyée à son domicile, au 654 Bergen Avenue.

Les deux immeubles étant situés dans le même secteur postal, l'enveloppe arriverait à destination le lendemain.

Après trois longues journées passées dans divers endroits, à commencer par Kansas City, Jonathan Stoner se trouvait à présent à Washington, D. C., et travaillait dur. Il avait des tas de gens à voir, des gens importants, et beaucoup de discours à faire. En retour, il espérait entendre de belles paroles. C'était essentiel. Il venait de loin et, dans les grands centres de pouvoir de l'Ouest et du Midwest, nombreux étaient les gens disposés à le soutenir dans ses ambitions. La côte Est le regarderait désormais avec mépris, mais Stoner ne se faisait pas de bile. Il brillait de mille feux et son heure allait arriver.

Il avait escompté rendre visite au vice-président des États-Unis pour se faire connaître, car être officiellement reçu par ce dernier signifiait faire son entrée dans l'arène politique de Washington. Mais Agnew avait démissionné au début du mois, et Gerald Ford, du Michigan, n'avait pas encore été investi par le Congrès. Personne n'était donc là pour recevoir le sénateur Stoner.

Roger Tompkins, qui gérait les préparatifs de la tournée, ne se laissa pas abattre et lui obtint des invitations pour les soirées les plus courues de la ville pendant les trois jours que durerait son séjour dans la capitale. Stoner n'y trouva rien à redire, puisque ce seraient là les seuls intermèdes un peu distrayants dans une série de réunions et de rendez-vous à n'en plus finir. Mieux encore, un *congressman* californien avait promis de lui présenter une des jeunes femmes qui travaillaient à l'administration du Sénat. On lui expliqua que là-bas les gens faisaient ça comme des lapins. Stoner, chasseur de petit gibier lui-même, avait hâte de voir ça.

Après Washington, il devait partir le mardi pour New York et participer le lendemain soir à une émission de télévision, puis, le dimanche suivant, à *Meet the Press*, l'occasion pour lui d'obtenir une visibilité nationale dont il attendait beaucoup. Bien entendu, il saurait trouver les mots justes et adopter une attitude extrêmement virile – un homme, un vrai. Intelligent et sexy. Comment pourrait-il échouer ?

Cette possibilité-là ne l'effleura jamais sérieusement.

Le dimanche soir, Adam Kenton fit un rêve dans lequel Chess Man et lui se retrouvaient enfin face à face. Ils étaient tous les deux sur le pont du Golden Gate, dans le même tramway qui reliait San Francisco à Marin County. Sauf que le tramway ne roulait pas sur des rails et possédait des vitres immenses, toutes peintes en noir. Les gens allaient et venaient constamment dans la travée centrale bondée. À un moment donné, Kenton et Chess Man se croisaient et se reconnaissaient immédiatement.

« Vous !

— Vous ! »

Les deux voix étaient accusatrices. Kenton voyait Chess Man se saisir d'une arme et le frappait tout de suite. Pendant que les deux hommes se battaient, le tramway faisait une grande embardée sur le côté, traversait la rambarde de sécurité et tombait par-dessus le pont, sombrant dans un vortex spatio-temporel sans fin, un trou noir…

Lorsque Kenton s'arracha à son sommeil agité, il avait surtout en tête le visage de Chess Man, son identité. Il l'avait immédiatement reconnu. C'était Otto Klemp.

Le capitaine Barney Holliman était aussi bon flic que républicain convaincu. Quand il reçut la lettre de son ami Alex Dimitri, à New York, il lut avec un intérêt tout particulier l'histoire de ce journaliste de *Newstime* qui essayait de coincer Vincent Mungo avant la police. À ses yeux, cela ressemblait fort à une immixtion dans une enquête policière, donc à un procédé illégal pouvant avoir des conséquences fâcheuses pour le magazine.

Le capitaine, qui n'était pas un grand lecteur, ne connaissait pas l'orientation politique de *Newstime* mais considérait la plupart des médias comme des nids de gauchistes, donc suspects. Fort de ce principe, il estima de son devoir de transmettre l'information à l'un de ses amis qui travaillait dans le service de sécurité du président Nixon.

Quand il était à l'université dans le Midwest, Franklin Bush avait participé à la rédaction de la revue des étudiants de troisième année, et d'aucuns se rappelaient encore sa plume trempée dans le vinaigre. Rien de ce qui, de près ou de loin, paraissait excentrique ou gauchisant n'échappait à sa vindicte. Après son diplôme, il s'était tourné vers la politique, d'abord comme assistant parlementaire de plusieurs leaders républicains, puis, à partir du printemps 1972, comme membre du personnel de la Maison-Blanche. Bien qu'ayant troqué les éditoriaux pour les rapports ou les recommandations législatives, l'homme lisait encore chaque jour un grand nombre de journaux et se sentait aussi à l'aise avec le *Christian Science Monitor* qu'avec la *National Review*.

À l'époque de la revue étudiante, il avait pour confrère un jeune homme, devenu par la suite journaliste professionnel, qui travaillait aujourd'hui pour le *Washington Post*. Bush le revoyait de temps en temps autour d'une bière et d'un sandwich, quand bien même le journal de Pete Allen lançait presque quotidiennement ses flèches au président. Allen travaillant au service des informations locales et ne s'occupant quasiment pas de politique, Bush ne le tenait pas directement responsable de ce qu'un Ben Bradlee, un Carl Bernstein ou un Bob Woodward infligeaient à l'administration Nixon.

Sur son invitation, les deux hommes se retrouvèrent le mardi après-midi dans un bar, pas loin du siège du *Post*. Bush commanda les boissons et emmena son camarade dans un recoin sombre au fond de la salle. Il était tellement sur ses gardes que le barman se demanda si son établissement ne devenait pas le repaire d'une clientèle de plus en plus interlope.

« J'ai besoin d'un tuyau, annonça Bush une fois qu'ils furent tous deux assis. Et je me suis dit que tu pouvais m'aider.

— De quoi s'agit-il ? »

Bush évoqua le rapport pondu par le Comité pour la réélection du président et la possibilité que *Newstime* ourdisse un mauvais coup contre Nixon en utilisant l'arme Caryl Chessman.

« Chessman ? demanda Allen, stupéfait. Mais c'est de l'histoire ancienne !

— Il a été exécuté quand on était en deuxième année de fac. Je me souviens que tu avais écrit un papier où tu charcutais la Californie pour ça, en traitant les politiciens d'assassins et en accusant tout le monde, y compris le gouverneur. Tu étais vraiment remonté.

— Je me rappelle, oui.

— C'est justement pour ça que je m'adresse à toi. J'ai besoin de savoir s'il y avait, entre Nixon et Chessman, un lien autre que le simple fait que le premier était vice-président à l'époque. Toi qui connais Chessman par cœur, est-ce que tu vois une connexion qui pourrait être utilisée aujourd'hui contre le président ? N'importe laquelle ?

— Tu comptes publier ça ?

— Grands dieux, non. Tout cela reste strictement confidentiel. Je te demande simplement un service. Je n'ai pas envie de faire remonter le tuyau plus haut s'il n'est pas solide. Le président a déjà suffisamment d'emmerdes comme ça.

— Chessman et Nixon, répéta Allen lentement. Tiens, tiens. Intéressant.

— Il faut croire, puisque *Newstime* a jugé bon d'appeler Adam Kenton en Californie pour travailler là-dessus. J'ai cru comprendre que c'était leur meilleur élément. »

Allen fit mine de n'avoir rien entendu. Bush mit cela sur le compte de la jalousie professionnelle.

« Qu'est-ce que tu en penses ? demanda-t-il sur un ton calme. Tu vois des liens entre les deux ?

— Possible, répondit l'autre en hochant la tête. Ils viennent tous les deux du même quartier de Los Angeles.

— Oui, comme Mickey Mouse et Charles Manson, également.

— Le nom complet de Chessman était Caryl Whittier Chessman. D'après John Greenleaf Whittier, le poète, dont le père de Chessman descendait directement. Il y a même une ville près de Los Angeles qui porte son nom, avec une université qui s'appelle également Whittier.

— L'université Whittier, en Californie. Nixon est passé par là. Il y avait été élu délégué des étudiants.

— Exactement, dit Allen en souriant. Simple coïncidence, bien sûr. Mais si je me souviens bien, la ville était autrefois une colonie de quakers, et la fac un établissement quaker. La famille de Chessman était quaker aussi, depuis Whittier et même plus loin. Et du côté de Nixon…

— On était quaker aussi », faillit hurler Bush.

Il y eut ensuite un long silence.

« Autre simple coïncidence, finit-il par dire en secouant la tête.

— Naturellement, répondit Allen. Comment pourrait-il en être autrement ?

— Des tas de gens sont passés par cette université, et il y a des millions de quakers.

— Mais tous ne terminent pas vice-présidents des États-Unis. Tu te rappelles combien de temps Chessman est resté dans le couloir de la mort ?

— Neuf ou dix ans, non ?

— Douze ans. Pendant tout ce temps-là, il a obtenu sept sursis. Chaque fois, ses avocats espéraient faire annuler la sentence initiale et faisaient feu de tout bois – depuis les vices de forme avérés jusqu'à l'absence de procès équitable. En attendant, Chessman a vu des dizaines d'assassins avouer leurs crimes et voir leur peine de mort commuée en perpétuité, ou même être libérés. Or, son tour n'est jamais venu. L'État californien voulait sa peau, et d'autant plus qu'il avait décidé de se battre comme un lion, jusqu'à ce qu'il grille tous ses recours. L'exécution était prévue pour février 1960.

« Le même mois, le président des États-Unis d'Amérique, je veux parler d'Eisenhower, devait partir en Amérique latine pour faire une visite amicale et signer des accords de défense. Alors que tous les préparatifs étaient faits, de nombreux pays d'Amérique du Sud ont envoyé des rapports à Washington pour garantir que si

Chessman était exécuté, il y aurait des manifestations anti-américaines un peu partout. Les nouvelles qui venaient de l'Uruguay étaient les plus inquiétantes. Pourquoi là plutôt qu'au Pérou ou en Colombie ? C'est une autre histoire. Mais la situation était suffisamment tendue pour que les types du Département d'État commencent à faire dans leur froc. Ils ne voyaient pas comment s'en sortir, notamment au vu de l'accueil désastreux qu'avait reçu le vice-président quelques années plus tôt. Tu te souviens peut-être de la célèbre photo qui montre une foule très énervée bousculer la voiture de Nixon. Quoi qu'il en soit, Washington et Sacramento se sont soudain mis à discuter. Comme par magie, Pat Brown a accordé un sursis de deux mois à Chessman, son huitième. Mais c'était la première fois que la Californie lui faisait une fleur. Ensuite, Eisenhower est allé en Amérique du Sud et il n'y a pas eu de manifestations. Tout le monde était content. Sauf Chessman. À la fin du sursis, Eisenhower avait terminé sa tournée et Chessman était cuit. Il s'est fait exécuter et tout le monde a compris le message. Tout ça n'était qu'un deal politique : une grâce de soixante jours pour permettre un voyage du président dans de bonnes conditions, contre la promesse d'une non-intervention dans les affaires intérieures des États, du moins pour ce qui touchait à Caryl Chessman. Après, ils ont tout laissé tomber. Mais ce dont je me souviens le plus, c'est la rumeur selon laquelle celui qui avait négocié ce marché ignoble n'était autre que le vice-président en personne, Richard Milhous Nixon. »

Le silence sembla envahir la salle, au point que les deux hommes pouvaient entendre leur respiration. Chacun de son côté, ils méditèrent sur cet accord politique qui avait été conclu lors des derniers mois d'existence de Caryl Chessman. Près de la vitrine, le barman préparait des Martinis pour deux clients qui venaient d'arriver, et une série de piliers de comptoir fixaient d'un air absent le miroir argenté qui trônait entre les deux caisses.

« Tu as déjà entendu une confirmation de cette rumeur ?

— Non, mais ça ne veut pas dire qu'elle est fausse. Je n'étais qu'un petit étudiant à l'époque. Je ne pouvais pas savoir grand-chose.

— Ton journal a peut-être des informations là-dessus. Est-ce que tu pourrais discrètement regarder de ce côté-là ? Ça ne devrait pas prendre beaucoup de temps.

— Je pense, oui, répondit Allen. Mais qu'est-ce que ça voudrait dire aujourd'hui ? Au pire, ce serait gênant pour Nixon. Mais il n'y a rien d'illégal là-dedans, et ce genre de deals, la politique en connaît tous les jours. Simplement, il y en a toujours un pour payer les pots cassés. Mais je ne t'apprends rien. »

Bush haussa les épaules.

« Je veux juste être sûr de mon coup avant d'envoyer ce rapport en haut. Tu veux bien faire ça pour moi ?

— Je te tiendrai au courant.

— Appelle chez moi, plutôt. Pas à la Maison-Blanche. Il y a trop de téléphones là-bas, ça peut poser des problèmes. »

Allen lui lança un regard interloqué.

« Tu veux dire que toute la Maison-Blanche est sur écoute ?

— Ce n'est pas ce que j'ai dit, rétorqua Bush, agacé. Tu m'appelles chez moi, d'accord ?

— Oui, oui, aucun problème. »

Allen, soudain, se posait des tas de questions.

« C'est très gentil à toi, conclut Bush en se levant. Je te revaudrai ça un jour.

— Y a intérêt », marmonna le journaliste du *Washington Post* alors qu'il suivait l'employé de la Maison-Blanche jusqu'à la sortie.

Tandis que Bishop disséquait le corps de sa quatrième victime new-yorkaise – la troisième n'avait toujours pas été découverte –, Adam Kenton eut une longue conversation téléphonique avec Amos Finch. Celui-ci donnait son cours de bonne heure le mercredi matin, et Kenton tomba sur lui à 13 h 30, heure californienne. Le journaliste de *Newstime* se présenta et expliqua qu'il préparait un reportage sur Vincent Mungo. Des sources fiables lui avaient appris que, selon le docteur Finch, éminent criminologue de son état, Mungo n'était pas l'assassin que tout le monde recherchait. Lui non plus n'y croyait pas.

Le docteur Finch pouvait-il étayer ses arguments ?

Volontiers ! Il lui semblait évident qu'un imbécile comme Vincent Mungo était incapable de commettre une série de meurtres aussi retors. Ce à quoi l'on assistait n'était rien moins que l'œuvre d'un tueur en série de la plus belle eau, dans la grande tradition des Jack l'Éventreur et des Bruno Lüdke, et certainement le cas le plus remarquable dans toute l'histoire récente américaine, voire de tout le XXe siècle. Le tueur avait visiblement commencé son œuvre au moment de l'évasion de Mungo. Peut-être qu'il avait assassiné Mungo, ou que ce dernier s'était volatilisé dans la nature, ou encore avait trouvé accidentellement la mort.

Finch lui exposa ensuite la théorie de John Spanner, désormais obsolète, selon laquelle l'homme qu'ils cherchaient était le partenaire de Mungo dans la nuit du 4 juillet. Un certain Thomas Bishop.

Bishop ? Mais il n'était pas mort ?

Oui, assassiné par Mungo pendant l'évasion, justement. Spanner avait penché un moment pour l'hypothèse inverse. Finch mentionna la piste de la circoncision, puis le fait que celle-ci n'avait pas pu confirmer la théorie de Spanner. Ils ne disposaient donc d'aucun indice sur l'identité du tueur fou.

Kenton ne s'intéressait pas aux morts. Il lui fallait de la chair fraîche et du sang. Finch avait-il la moindre idée quant au profil psychologique du tueur ?

Oui, et pas qu'un peu. Pour tout dire, il réunissait de la documentation et préparait des notes préliminaires en vue d'un ouvrage sur Chess Man. Tous les grands tueurs en série avaient du style. Chess Man ne dérogeait pas à la règle, et il commençait aussi à faire du chiffre.

Pendant que le criminologue énumérait la longue liste des qualités qu'un tel monstre devait posséder – et dont l'accumulation formait une intelligence supérieure doublée d'une aliénation authentique –, Kenton se disait qu'il n'était plus isolé dans ses théories sur le tueur. L'idée ne lui plut pas outre mesure, car il trouvait toujours plus amusant d'être le seul à connaître la vérité. Du moins avant de l'avoir couchée par écrit.

En bon journaliste, Kenton ne révéla rien de ses vues sur la question. Il aurait pu, par exemple, exposer son idée selon laquelle Chess Man avait assassiné sa propre mère et renouvelait aujourd'hui cette expérience originelle. Ou qu'il existait un lien entre les parents du tueur et Caryl Chessman. Au lieu de cela, il arracha le maximum de renseignements à Finch, dont quelques-uns lui furent d'un immense secours dans sa difficile tentative de reconstruction de l'identité psychologique du tueur.

Les deux hommes promirent de garder contact. Ils partageaient à ce moment-là une passion absolue pour les meurtres en série.

Kenton consacra une demi-heure à son dictaphone, puis il téléphona à l'ancienne maîtresse de Stoner, à Sacramento. Celle-ci nia avoir jamais connu le sénateur et déclara ignorer l'existence de cassettes. Kenton lui redonna son nom et son numéro de téléphone au magazine, au cas où elle changerait d'avis. Il était prêt, bien sûr, à s'acquitter d'une somme rondelette en échange d'une telle marchandise.

Elle lui raccrocha au nez, mais pas avant d'avoir noté son nom et son numéro.

Ce soir-là, à 20 h 30, depuis son bureau au journal, Pete Allen téléphona chez Frank Bush à Georgetown.

« Je viens juste de regarder les archives de 1960, du moins les cinq premiers mois, jusqu'à l'exécution de Chessman. C'est exactement ce que je te disais : des rumeurs, mais rien de sûr. Le communiqué originel adressé au gouverneur Brown provenait du Département d'État, signé par un secrétaire d'État adjoint. Il y aurait eu des conversations téléphoniques entre Washington et Sacramento, dont l'une censée avoir été réclamée par le vice-président Nixon. Mais, encore une fois, aucune confirmation.

— Peut-être pas à l'époque, répondit Bush à voix basse, et peut-être pas non plus du côté de Washington.

Mais il pourrait y avoir quelque chose en Californie qui fasse le lien entre le président et l'affaire Chessman.

— C'est possible, reconnut Allen, mais je te le répète : qu'est-ce que ça peut faire ? Nixon a toujours été connu pour être un dur, et il n'y a rien d'anormal à ce qu'un vice-président intervienne dans les affaires du Département d'État. Peut-être qu'Eisenhower lui avait demandé de voir ce qu'il pouvait faire. Ou bien *Newstime* s'intéresse à Chessman pour une autre raison, quelque chose qui n'a rien à voir avec Nixon. Tu n'y as jamais pensé ? »

Bush remercia Allen et promit de lui renvoyer l'ascenseur. En raccrochant le combiné, il avait pris sa décision. Le lendemain matin, il enverrait le rapport à Bob Gardner en personne. Donc, à terme, le président l'aurait probablement entre les mains. Ils n'avaient qu'à se débrouiller comme des grands. Il passait déjà assez de temps à faire le pompier à son humble niveau.

Au siège du *Washington Post*, Allen tapa à la machine un bref résumé de son entretien avec l'employé de la Maison-Blanche. Il fit remarquer que l'administration Nixon devait sans doute mettre sur écoute la plupart de ses propres téléphones, au-delà même de ce que le Watergate avait dévoilé. En sortant, il déposa le résumé sur le bureau de son patron. Mieux valait être trop prudent, se dit le consciencieux jeune homme au moment de relever son col fourré et de retrouver une 15e Rue Nord-Ouest déserte et battue par les vents.

Le temps qu'il rentre chez lui et se mette au lit, le mois d'octobre avait paisiblement laissé la place au mois de novembre.

18

Cette nuit-là, Bishop dormit sereinement, d'un sommeil duquel avaient disparu les monstres cauchemardesques et les horribles démons qui hantaient ses rêves. Lorsqu'il se réveilla, ragaillardi, le jeudi matin, il était déjà plus de 9 heures. Tout en faisant chauffer de l'eau pour son café, il se lava les dents et accomplit sa gymnastique matinale. Avec un soin méticuleux, il fit ensuite son lit, pliant draps et couvertures au cordeau, comme ses années passées à l'hôpital psychiatrique le lui avaient enseigné. Une fois cela terminé, il s'assit devant son petit déjeuner, tasse de café à la main, et contempla le corps disloqué de la jeune femme qui gisait sur le ciment froid.

Plus d'une semaine s'était écoulée depuis le meurtre de Greenwich Village, un laps de temps au cours duquel Bishop avait tranquillement vaqué à ses occupations et tout fait pour assurer ses arrières et son confort quotidien. Le jeudi précédent, il avait déposé 2 000 dollars supplémentaires à la banque, sous le nom de Jay Cooper ; il détenait donc 4 000 dollars sur son compte d'épargne. Selon le plan qu'il avait conçu, un autre versement de 4 000 suivrait rapidement.

8 000 dollars attendaient aussi d'être déposés dans une autre banque, le temps que sa nouvelle identité soit prête. Le reste de l'argent de Margot Rule, soit 6 000 dollars, serait dissimulé quelque part chez lui et ne servirait qu'aux dépenses quotidiennes et aux cas de force majeure. Après avoir découvert plusieurs briques disjointes au bout du grand mur de son appartement, il avait creusé derrière elles pour se confectionner une cachette. Pour un homme qui n'avait jamais travaillé de ses mains, le travail était soigné. Seul un examen méticuleux aurait pu prouver que le mortier n'était pas intact.

L'après-midi, il avait fait un tour chez Modell, dans le bas de Broadway, juste en face de la mairie, et acheté de nouvelles chaussettes en laine, ainsi qu'une grande écharpe et une doudoune sans manches qu'il comptait porter sous sa veste en daim. Peu habitué au froid new-yorkais, il n'entendait pas mourir congelé. Avec sa carapace en laine, sa casquette de chasseur fourrée, sa veste à col en mouton et ses grosses bottes aux semelles et aux talons caoutchoutés, Bishop pensait avoir trouvé la parade.

Le vendredi matin, les journaux avaient titré sur le dernier crime de Chess Man. Ce dernier lut les articles en buvant son café dans une cafétéria du quartier. Il aimait lire le compte rendu de ses exploits dans la presse et commençait à se prendre pour un héros, un peu comme Batman à la télévision. Personne ne savait qui était vraiment Batman, mais il combattait les forces du mal et gagnait toujours à la fin. Exactement comme lui. Lui aussi combattait les démons maléfiques qui cherchaient à l'anéantir, à anéantir tous les hommes qu'ils rencontraient sur leur chemin. Et lui aussi finirait par gagner.

Tout en lisant, Bishop prit une décision. La prochaine fois qu'il aurait affaire aux puissances des ténèbres, il laisserait un mot expliquant que Batman avait encore frappé.

Le dernier week-end d'octobre, il le consacra surtout à la méditation. Devant sa télévision, le volume à fond, il s'asseyait des heures durant, les yeux rivés sur l'écran, la tête vide de toute pensée. Lentement, toujours plus lentement, il plongeait en lui-même, et sa vision se brouillait, réduite à de simples taches de lumière, de petits soleils d'un blanc pur et étincelant, jusqu'à atteindre un point d'incandescence absolue. En transe, il distinguait mentalement des choses étranges et fascinantes, des formes, des couleurs, des textures irréelles, au-delà de tout ce que son cerveau détraqué pouvait imaginer. Dans un tel état, il oubliait tout son environnement extérieur ; tout ce qu'il voyait, entendait, savait, provenait uniquement des tréfonds de son être.

À mesure que ce phénomène finissait par perdre en intensité, Bishop dessinait peu à peu des silhouettes obscures qui prenaient la forme de ses ennemis jurés, êtres démoniaques déchaînés contre lui, corps diaboliques voués à sa perte. S'ouvrant comme les pétales d'une fleur géante, des formes féminines s'enroulaient autour de ses bras, de ses jambes, et l'attiraient inexorablement vers elles pour mieux l'engloutir, le vider de son énergie vitale, lui briser les os. Mais il les combattait vaillamment, passant de fleur en fleur jusqu'à ce qu'elles soient toutes terrassées et que, solitaire et farouche, il repousse l'assaut suivant. Et ainsi de suite.

Au cours du week-end, Bishop se rendit aussi dans un club d'échecs situé sur la 42e Rue, au-dessus d'un magasin de vêtements. Là, il observa des dizaines de joueurs tous aussi absorbés les uns que les autres. Il ne discuta qu'avec quelques-uns, dont un camionneur qui avait appris les règles du jeu en prison. « Je n'avais rien d'autre à faire, expliqua-t-il à Bishop. Rien du tout. » Aussi avait-il été bien obligé d'apprendre les échecs. Finalement, il adorait ça.

De son côté, Bishop ne dit pas qu'il avait appris le jeu dans un établissement psychiatrique, ni qu'il était considéré comme un excellent joueur. Ne voulant pas s'attirer des remarques indues, il laissa le camionneur gagner. Tout le monde paraissait gentil dans ce club, et il s'y sentait plutôt en sécurité, surtout avec ses lunettes à monture en corne, ses cheveux blondis et sa barbe épaisse. Les gens, majoritairement des hommes, allaient et venaient constamment ; quand Bishop finit par partir, il se promit de revenir.

Sur le chemin du retour, il acheta les derniers numéros de cinq ou six revues de détectives. Dans chacune d'elles, il trouva des photos de mannequins féminins qui adoptaient des poses effrayées, les unes ligotées à des chaises, les autres gisant par terre, aux pieds d'un sadique, toutes manifestement sur le point de mourir. Il les rangea avec son équipement de photographe, dans un emplacement bien visible.

Le lundi matin vit Bishop de retour à Jersey City, au YMCA de Bergen Avenue, où il avait loué une chambre le vendredi précédent. L'endroit se trouvait dans un quartier extrêmement passant, et son allure ne suscitait pas de réactions particulières. Aux yeux de l'employé qui lui remit sa lettre, il n'était qu'un énième jeune homme banal dans un monde rempli de voyageurs. De même, le nom de Thomas Wayne Brewster n'éveilla aucune suspicion. L'homme comme le nom furent aussitôt oubliés.

Pour Bishop, le lieu était parfait. Il avait besoin d'une adresse à Jersey City et il souhaitait disposer non seulement d'un point courrier, mais d'un vrai domicile. Le YMCA était bon marché et garantissait l'anonymat. Certes, il ne comptait pas y habiter, mais en cas d'urgence, ce pouvait être un bon refuge. Des années passées à regarder la télévision lui avaient tout appris des méthodes d'évasion. En attendant, il paierait chaque mois en avance et passerait chercher son courrier dès qu'il le souhaiterait.

Après avoir examiné son acte de naissance et défait le lit pour faire croire à sa présence, Bishop se rendit au bureau de la Sécurité sociale, sur Kennedy Boulevard, où il remplit une demande d'immatriculation sur un formulaire SS-5. Pour le nom et le lieu de naissance, il indiqua Thomas Wayne Brewster et Jersey City. Comme nom de jeune fille de sa mère, il écrivit Mary Smith, et Andrew Brewster pour le nom de son père. Son adresse postale ? 654, Bergen Avenue. Date de naissance ? Le 3 mai 1946. Âge : 27 ans. Sexe : masculin. Race : blanche. Il cocha la case « aucune demande préalable d'un numéro de Sécurité sociale ou fiscal ». Au bas du formulaire, il signa de son nouveau nom.

Lorsque son tour arriva, il tendit le document et, pour preuve de son identité, son acte de naissance flambant neuf. Après un examen attentif, on le lui rendit.

La femme aux grosses lunettes qui se trouvait derrière le guichet lui dit qu'il recevrait sa nouvelle carte de Sécurité sociale d'ici quelques semaines, à l'adresse postale qu'il avait indiquée. Il lui répondit qu'il commençait un nouveau travail le lendemain même. Pouvait-il donc obtenir une carte sur-le-champ, ou du moins une immatriculation provisoire ? La femme lui expliqua que c'était impossible. Toutes les nouvelles cartes étaient postées depuis Baltimore. En revanche, elle pouvait lui remettre un document attestant qu'il avait demandé un numéro de Sécurité sociale, lequel lui serait attribué très prochainement. Bishop lui fit son plus beau sourire. Cela lui convenait.

Il regarda la femme rassembler les documents avec soin. Dans sa tête, il vit le visage de cette employée se disloquer comme un morceau de puzzle et le sang gicler de sa bouche, de son cou, de son torse tandis qu'il l'embrochait sur son siège à l'aide de son long couteau. L'image le poursuivit alors même qu'il avait déjà quitté le bâtiment.

Une demi-heure après, grâce à sa carte provisoire, il déposait 2 000 dollars dans une banque non loin de Journal Square. Il vivait au Canada dcpuis tout petit et venait justc de se réinstaller dans son New Jersey natal. Il transmettrait son nouveau numéro de Sécurité sociale dès qu'il le recevrait. En attendant, il préférait mettre tout cet argent en lieu sûr…

Le banquier acquiesça d'un air compréhensif et lui fit remplir une demande d'ouverture de compte, laissant momentanément vide l'espace consacré au numéro de Sécurité sociale. Quelques minutes plus tard, Bishop quittait les lieux avec un livret de banque bleu établi au nom de Thomas Wayne Brewster.

Étape suivante : l'antenne locale du bureau des véhicules automobiles. Il versa 5 dollars en échange d'un permis de conduire valable trois mois, ainsi que d'un manuel du conducteur contenant un résumé des règles de conduite dans le New Jersey. L'examen écrit du permis porterait sur ces règles ; on lui conseilla de les connaître sur le bout des doigts.

Le soir même, Bishop passa plusieurs heures à apprendre par cœur les informations contenues dans le manuel. Nombre d'entre elles lui semblèrent aussi superflues qu'éloignées des besoins de la conduite, mais il s'y plia. Une fois qu'il se sentit sûr de lui, il sortit pour écumer les rues de la ville et trouva son bonheur, ce coup-ci, au croisement de la 3e Avenue et de la 10e Rue.

Elle attendait sous une horloge indiquant 12 h 30 et elle était là pour bosser. Quand le client lui expliqua maladroitement qu'il avait envie de s'amuser chez elle, son premier réflexe fut de l'envoyer promener. Elle travaillait surtout avec les voitures, qui l'emmenaient dans une rue sombre, où, sur le siège passager, elle gratifiait le conducteur d'une turlutte expéditive. Ensuite, elle retournait directement à son poste en attendant la prochaine voiture. Simple et rapide ! Les turluttes, c'était ce qu'elle préférait parce qu'elle n'avait pas à se déshabiller, ni même à écarter les jambes. Pas de tension, pas de corps à corps, une simple gymnastique buccale, et l'argent qui tombait. Un jour, elle avait compté qu'elle devait avaler au moins quatre litres par semaine. C'était sans doute cette dose de protéines qui la maintenait en forme toute l'année. Elle travaillait uniquement dans le véhicule. Oui, monsieur : Lincoln, Cadillac, Buick, et même Ford et Chevrolet. Presque tout, sauf les Volkswagen – une fois, elle avait failli se briser la nuque dans une Volkswagen. Le congé forcé lui avait coûté au moins 1 000 dollars.

Ce soir-là pourtant, les affaires n'avaient pas été bonnes ; et puis elle avait froid. La fin du mois d'octobre n'était jamais une période propice : trop tard pour les petits shorts moulants, trop tôt pour les grandes cuissardes. Quand le client lui annonça la couleur et précisa qu'il paierait double tarif s'ils allaient chez elle, elle fit claquer son chewing-gum et accepta d'un air morose.

Elle habitait sur la 13e Rue, entre la 2e et la 3e Avenue. Une chambre au fond de l'immeuble, avec un lit, un placard et un réchaud posé sur une petite table. Les deux chaises donnaient l'impression que la pièce était surchargée. Elle suspendit son long anorak sur une des deux chaises et balança ses chaussures par terre, soulevant un nuage de poussière entre les lattes du parquet. Elle se coucha tout habillée et Bishop l'imita ; lorsqu'elle prit sa queue dans sa bouche et ferma les yeux, elle ne pensa pas à lui demander pourquoi il gardait ses chaussures.

Beaucoup plus tard, juste avant de s'en aller, Bishop trempa un doigt dans la mare de sang épais et inscrivit son tout dernier surnom public sur le miroir de la commode. Puis il disparut dans les ténèbres de New York comme une chauve-souris surgie des enfers.

Le mardi matin, il était de nouveau à Jersey City, direction le centre de conduite, près du Roosevelt Stadium. Il présenta son acte de naissance et son permis de conduire, puis réussit l'examen écrit et le test de vue. Une fois son permis validé, il prit rendez-vous pour passer l'examen de conduite la semaine suivante.

À Journal Square, il s'arrêta dans une auto-école et donna 35 dollars pour qu'un moniteur homologué l'accompagne dans un véhicule immatriculé New Jersey le jour de l'examen. On lui dit de se présenter à l'école à 7 h 30 du matin, le jour dit.

De retour à New York en début d'après-midi, Bishop sortit du métro souterrain sur la 5e Avenue, devant le numéro 630, au croisement de la 50e Rue, juste en face de la cathédrale Saint-Patrick. Il prit l'escalator jusqu'au bureau des passeports situé sur la mezzanine. Là, il remplit une demande de passeport et paya. Les files d'attente étaient interminables, y compris celle, au sous-sol du bâtiment, pour les photos d'identité. Il n'aimait pas l'idée de se faire tirer le portrait, mais il n'avait pas le choix. Il se rassura en se disant qu'avec les lunettes et la barbe, il ne ressemblait pas beaucoup à Thomas Bishop.

Il était plus de 16 heures quand il eut terminé, mais il estima avoir passé un après-midi productif. À moins d'une intervention divine ou d'une guerre, son passeport serait prêt d'ici une semaine.

Chez lui, Bishop passa la soirée à exulter. Il avait déjà l'acte de naissance et recevrait bientôt un permis de conduire, une carte de Sécurité sociale et un passeport. Avec ça, il serait tranquille partout.

Surtout, ces documents serviraient de base à sa première identité propre. Les précédentes avaient soit appartenu à des personnes encore vivantes, comme Daniel Long et Jay Cooper, soit n'étaient que de pures inventions, comme Alan Jones ou David Rogers. Chacune d'elles comportait un certain risque : la personne qu'il parasitait pouvait fort bien le démasquer, ou bien on lui demanderait un jour de prouver l'existence de quelqu'un qui n'existait pas.

En revanche, Thomas Wayne Brewster, lui, existait. Il avait vécu mais ne vivait plus. Les documents étaient là, tout le monde pouvait les voir. C'étaient *ses* documents, désormais.

Vive Thomas Wayner Brewster !

TWB.

Bishop s'arrêta soudain, interloqué.

TWB.

Thomas William Bishop.

Non !

Cette vie-là aussi n'existait plus. Finie. Enterrée le soir même de son évasion de Willows, le soir où il était devenu Vincent Mungo, puis la douzaine d'autres personnes qu'il avait incarnées au cours des quatre derniers mois, y compris le fameux Chess Man.

Chess Man grimaça de bonheur, heureux de s'être débarrassé de Thomas William Bishop. Même ce nom-là n'avait jamais été vraiment le sien, énième invention destinée à une personne qui ne vivait pas, qui n'avait jamais vécu.

Personne n'avait jamais été Thomas Bishop, et encore moins lui.

Il s'appelait Thomas Chessman.

C'était celle-là, sa véritable identité. Il était le fils de Caryl Chessman, et la Terre entière le savait parce qu'il l'avait annoncé. Et il continuerait de le dire.

Il s'appelait également Thomas Brewster.

Mais ça, personne ne le saurait jamais.

Tout à sa joie d'avoir une nouvelle vie, Chess Man se promit d'organiser une fête, une célébration en bonne et due forme, chez lui, rien que pour tous les deux. C'est-à-dire lui et le premier modèle qui viendrait dans son studio poser pour des revues de détectives.

Dès le mercredi suivant, les kiosques vendaient les journaux du quartier où figurait son annonce professionnelle. Il consulta son service de messagerie téléphonique. Une jeune femme avait déjà laissé son numéro. Il la rappela sur-le-champ. Pouvait-elle venir dans l'après-midi ? Il avait un travail en retard à rendre – l'affaire de trois heures, environ. Tarif syndical, naturellement. Règlement à la fin de la séance.

Elle avait besoin de cet argent, elle qui n'avait posé qu'une seule fois jusqu'ici, pour un catalogue d'habillement, et elle ne connaissait pas la règle du jeu. Elle pensait à tout sauf à l'entourloupe ou à la mort. Du haut de ses 20 ans, elle était immortelle. Elle accepta donc de le rencontrer dans un restaurant du coin, d'où ils se rendraient ensuite à son studio. Pour qu'elle le reconnaisse, il tiendrait dans les mains un exemplaire du magazine *True Detective*.

Sur les coups de 15 heures, il rentra chez lui avec le jeune modèle à ses côtés. Pendant une heure, il photographia la fille ligotée sur une chaise, bâillonnée, attachée par terre ou à genoux, toujours avec une expression d'effroi sur le visage. Bishop avait acheté les cordelettes le matin même dans une solderie de Canal Street. À sa grande surprise, il aima le contact de la corde sur ses mains et goûta au plaisir d'en faire des nœuds – surtout sur le corps d'une jeune femme.

La pellicule de son appareil provenait d'un magasin de photographie tout proche. Bishop s'était résolu à utiliser de la vraie pellicule afin d'avoir des photos de ses victimes ligotées et bâillonnées. Bien qu'il ne pût faire développer ces films par un commerçant, il se disait qu'un jour il apprendrait peut-être à installer son propre laboratoire. En attendant, il avait demandé au vendeur de lui montrer comment charger la pellicule et faire marcher l'appareil ; il lui acheta également un manuel du photographe amateur.

Après avoir épuisé plusieurs films et fait une courte pause, il attacha de nouveau la jeune femme sur la chaise, plus étroitement cette fois, et la bâillonna. Elle ne se doutait de rien, naturellement, puisqu'elle était venue pour faire ce genre de photos. Elle essayait même d'être professionnelle. Lorsqu'il s'approcha au-dessus d'elle, elle se dit qu'il ne faisait qu'évaluer la lumière et la distance. Il lui passa la main dans les cheveux pour la décoiffer un peu, puis déboutonna légèrement son chemisier pour obtenir un décolleté plus alléchant. Elle se contenta de cligner des yeux. Soudain, il déchira son chemisier et l'arracha. Elle ne portait pas de soutien-gorge. Puis il découpa fiévreusement sa minijupe en deux à l'aide d'une lame de rasoir et s'efforça de la retirer. Tandis que la jeune fille, terrorisée, se tortillait sur sa chaise, il la photographia sous plusieurs angles, jouant à fond l'artiste, lui ordonnant de faire tel ou tel mouvement, sans jamais se départir d'un sourire sardonique.

Finalement lassé de son imitation du photographe professionnel, il sortit son couteau et s'approcha par-derrière de la jeune fille qui se débattait toujours, puis, calmement, lui trancha la gorge, de gauche à droite, d'un coup sec. Il dénoua aussitôt les cordelettes ; le corps inanimé s'effondra sur le sol en ciment, pissant le sang. Avec un petit râle triomphant, il ôta la culotte de la fille et se dévêtit à son tour. S'agenouillant au-dessus du corps, il se vautra dans le sang, dont il s'imbiba les mains pour en badigeonner la bouche morte, désormais libérée de son bâillon, et dans laquelle il introduisit son sexe bandé, lui imprimant un mouvement de va-et-vient qui finit par le faire jouir.

Il demeura longtemps couché près du corps, réuni à lui par le sang. Lorsqu'il se redressa, ce fut pour admirer son œuvre, couteau à la main.

Finalement, il prit une douche et sombra dans un long sommeil douillet, sans qu'aucun des démons qui hantaient ses rêves ne vienne le déranger. Douze heures du sommeil du juste – ou du réprouvé ? Bishop savait seulement qu'il se sentait ragaillardi et serein.

En ce premier jeudi de novembre, assis devant son café, il contempla le cadavre de la jeune fille. Le sang avait eu le temps de sécher sur le ciment ; il s'en débarrasserait à grandes eaux, puis il emmènerait le corps à l'étage. L'endroit était absolument vide, et même l'escalier était barré par des planches clouées. Une tombe idéale. Il les cacherait toutes en haut. Il les viderait de leurs fluides corporels, pour éviter les mauvaises odeurs, et les enterrerait là-haut.

Exactement comme dans *Arsenic et vieilles dentelles*, qu'il avait vu mille fois à la télévision. Sauf que son grenier était un lieu beaucoup plus adéquat que la cave – et plus sûr, aussi. Il arrivait que les gens fouillent un peu dans les caves, pour telle ou telle raison, mais jamais ils ne s'aventuraient au dernier étage. Dans le film, Teddy Roosevelt était fou à lier, donc il se comportait de manière aberrante. Mais Bishop n'était ni dans un film, ni fou à lier. Ou alors il simulait la folie.

Il regrettait simplement que le monde ne puisse jamais connaître ses exploits, puisque les corps ne seraient pas découverts. Au mieux, les autorités constateraient qu'un nombre croissant de femmes disparaissaient et porteraient peut-être leurs soupçons sur lui. Mais sans preuves, rien ne pourrait être retenu contre lui. Ils étaient tous secrètement jaloux de lui, car il faisait ce qu'ils n'osaient pas faire, et dont ils auraient rêvé s'ils n'avaient pas été aussi lâches. Il exauçait leurs désirs les plus enfouis, les plus inconscients. Pourquoi pas, après tout ? C'étaient des hommes et ils avaient autant de cartes en main que lui. Sauf que lui abattait son jeu, il les surpassait, ce qui expliquait leur fureur à son encontre. Il devait donc se montrer très prudent.

Après le petit déjeuner, il transporta le cadavre à l'étage, où il le jeta dans une remise remplie de vieux cartons et de ferraille. Il entendit des grattements et aperçut un gros rat qui se cachait sous des gravats. Les rats ne lui faisaient pas peur ; il en avait rencontré tellement dans sa vie, et parmi les plus gros, ceux qui vivaient dans les asilcs. En sortant, il tomba sur un fauteuil pivotant en métal, qu'il décida de descendre.

De retour dans son appartement, il nettoya le sang par terre et rangea la corde dans le placard, bien enroulée, prête pour la prochaine séance de photos. Le bout de serviette qui lui avait servi de bâillon retrouva l'étagère. Il sortit le film de l'appareil photo et déposa toutes les pellicules terminées dans une petite boîte en carton qu'il avait rapportée d'un magasin. Il y avait suffisamment de place à l'intérieur pour loger au moins une bonne douzaine de pellicules supplémentaires. Il laissa la boîte par terre, près du trépied.

Il consulta de nouveau sa messagerie. Deux jeunes filles avaient téléphoné, mais il préféra attendre le lendemain pour les rappeler. Rien ne pressait. Il finirait tôt ou tard par les rencontrer, elles comme les autres, comme toutes les autres. Lui, le pourchasseur de démons, ne mourrait pas tant qu'une seule femme serait encore de ce monde. Tel le vampire, il était un mort vivant. On ne pouvait pas le tuer. Et si par le plus grand des hasards il se faisait tuer, il reviendrait quand même pour achever sa tâche. Il en était maintenant sûr et certain.

Avant de remonter chez lui, il acheta le *Daily News*. On avait enfin retrouvé la fille de la 3e Avenue, la fille de 12 h 30.

Ce vendredi matin, assis derrière son bureau spécialement conçu pour lui, les bras croisés, immobile, Robert Arthur Gardner promena son regard gris acier sur l'étendue de son bureau de la Maison-Blanche, jusqu'au grand corridor central qui menait à l'aile du président. Dans les autres couloirs feutrés, des hommes foulaient l'épaisse moquette sans faire de bruit, sans parler trop fort. Seule une toux gênée venait de temps en temps trahir l'excitation que d'aucuns ressentaient à évoluer dans le saint des saints.

Bob Gardner s'empara du rapport de deux pages qui traînait sur son bureau au moment où la sonnerie de l'antichambre se fit entendre.

« Oui ?

— Franklin Bush est arrivé.

— Faites-le entrer. »

La porte de son bureau spacieux fut ouverte. Une fois qu'il eut terminé son rapide survol du rapport, il le reposa et leva les yeux comme si on le prenait au dépourvu. Le sourire réflexe qu'il adopta subitement froissa ses traits lisses.

« C'est gentil de passer, Frank. Asseyez-vous. » Il désigna le fauteuil en cuir dépilé qui était le plus proche de lui. « Un cigare ? »

Bush fit non de la tête.

« J'ai arrêté il y a des années. Merci quand même.

— Excellente idée », répondit Bob Gardner en dévissant le couvercle en aluminium de sa boîte à cigares.

« Il faudra bien que j'essaie d'arrêter un jour, moi aussi. » Il dit cela sans grande conviction, son cigare à la main.

Le jeune homme regarda le conseiller aguerri allumer le cigare et envoyer des ronds de fumée bleuâtre vers le plafond. Il remarqua également la présence de son rapport sur le bureau. Une autre feuille de papier se trouvait juste à côté.

« Que pensez-vous de cette affaire Chessman ? demanda Gardner une fois qu'il eut bien allumé son cigare. Est-ce que vous croyez vraiment qu'un prisonnier exécuté puisse d'une façon ou d'une autre nuire au président des États-Unis d'Amérique ? »

Bush trouva la question étrange. Pourquoi aurait-il pondu son foutu rapport si ce n'était pas le cas ? Pourquoi l'avait-on convoqué dans ce bureau, sinon ?

« Ce qui m'intéresse le plus dans votre rapport, ce n'est pas tant cet aspect des choses que le fait que vous ayez jugé bon d'impliquer un journaliste dans une affaire qui était, et qui est, essentiellement de nature administrative. Une affaire *privée*, si je puis dire. Et pas n'importe quel journaliste, en plus : un journaliste du *Washington Post* ! Vous ne trouvez pas ça incongru, vu les circonstances actuelles ? »

Bush comprit soudain le pourquoi de sa convocation à l'étage. Aux yeux de son supérieur hiérarchique, il avait pactisé avec l'ennemi tant honni et lui avait même transmis des renseignements précieux. Une faute impardonnable.

« Ça ne s'est pas du tout passé comme ça, Bob. Je n'ai rien dit à Pete qu'il ne puisse pas savoir tout seul.

— Vraiment ? Alors, que lui avez-vous dit, au juste ?

— Uniquement ce que tout le monde, en Californie et à New York, sait déjà. Que *Newstime* est en train de préparer un papier sur Chessman, un papier qui se terminera sans doute par une attaque contre le président.

— Il me semble que nous sommes déjà au courant de ça, grâce à vous. »

Bob Gardner trouvait souvent dans le sarcasme une arme efficace pour faire céder les récalcitrants.

« Ce que l'on ne sait pas, en revanche, c'est ce qui vous a poussé à rencontrer des types du *Washington Post* et à discuter de nos affaires. Vous déjeunez souvent avec eux ?

— C'étaient juste deux bières.

— Dans ce cas, les tarifs ont baissé. »

Bush commençait à s'énerver. Il n'avait rien fait de mal, rien qui lui vaille d'être accusé de trahison. Au pire, il avait commis une bourde en discutant avec un journaliste – rien de plus. Gardner connaissait son dévouement à l'administration Nixon et il savait à quel point sa motivation avait redoublé au cours de l'année écoulée.

« J'ai fait ce que j'estimais le plus juste, répondit-il sèchement. Pete Allen m'a déjà aidé dans le passé, et je l'ai aidé en retour. Nous sommes amis. »

Bob Gardner tira quelques bouffées rageuses sur son cigare. Il n'avait pas envie de hurler sur un subordonné, et encore moins dans son bureau, où la plupart de ses entretiens étaient placés sur écoute.

« L'amitié ne veut rien dire quand il s'agit des médias, dit-il, la mâchoire serrée. Vous savez très bien ce que le *Post* est en train de nous faire. Les mensonges qu'il publie jour après jour.

— Je suis conscient que la plupart des journaux essaient de couler cette administration, mais je ne crois vraiment pas qu'un type isolé représente un danger pour nous. Il ne s'occupe même pas des questions politiques. »

Malgré la colère qui montait en lui, le vieux conseiller tenta de se contenir. Un type isolé, mais bien sûr ! Qu'est-ce que ce petit bleubite connaissait aux dangers de la presse ? Que savait-il du pouvoir dont disposait un « type isolé » ? L'histoire était remplie de cas comme celui-ci, de types isolés qui faisaient tomber des gouvernements entiers. Zola et cette satanée affaire Dreyfus, par exemple ! Gardner était outré.

« À l'avenir, Bush, pensez-vous être capable de vous interdire de tels contacts avec l'ennemi ? » Le ton était maintenant violent. « Histoire qu'à la Maison-Blanche nous nous sentions un peu plus rassurés sur votre compte ? Après tout, on reconnaît un homme à ses fréquentations. Or, vous et ce… ce journaliste, cria-t-il, vous ne nous rassurez pas du tout ! Vous comprenez ce que je veux dire ? »

Franklin Bush explosa.

« Vous êtes en train de me demander d'abandonner une amitié de quinze ans avec Pete Allen ? répliqua-t-il en hurlant.

— Oui, c'est exactement ce que je vous demande ! Cette relation est *malsaine*. Mettez-y un terme ! »

Les deux hommes se fusillèrent du regard.

Pendant un long moment, ni l'un ni l'autre ne parlèrent. Dehors, les arroseurs automatiques tournoyaient sur la pelouse, les gardes faisaient leurs rondes, les touristes s'ébaubissaient. Dans d'autres parties de la Maison-Blanche, des hommes s'efforçaient d'augmenter leurs salaires ou de limiter leurs pertes, chacun tentant de justifier son poste au cas où il se ferait réprimander par son supérieur.

Finalement, le regard contrit, Bush dit à voix basse :

« Je ne pense pas que Pete soit aussi néfaste que la plupart des journalistes que j'ai rencontrés, mais je vois ce que vous voulez dire à propos de l'ennemi. Désormais, lâcha-t-il, je ne solliciterai plus son aide, je ne lui en fournirai pas moi-même et je ne discuterai plus jamais travail avec lui.

— Et vous ne le rencontrerez plus en public.

— Et je ne le rencontrerai plus en public, répéta-t-il, vaincu.

— Dans ce cas, la discussion est terminée. »

Gardner rassembla des documents sur son bureau. « Je m'occuperai moi-même de cette affaire Chessman. Vous n'avez plus à vous en soucier. »

Bush acquiesça d'un air contrarié et se précipita dehors. Lui-même vétéran des grandes luttes politiques, certes moins chevronné que le vieux briscard dont il venait de quitter le somptueux bureau la queue entre les jambes, il savait pertinemment que cette petite boulette ne serait pas oubliée de sitôt. Il avait en mémoire trop d'exemples d'erreurs politiques qui ne cessaient de hanter ceux qui les avaient commises. Pourtant, il s'était tiré de ce faux pas du mieux possible, en limitant la casse. Les choses auraient pu être bien pires – il aurait pu laisser sa colère exploser, par exemple. Il vivait bien, il avait du pouvoir et du prestige. Et dire qu'il avait failli tout foutre en l'air à cause d'une amitié absurde. Devenait-il déjà gâteux à 33 ans ? Tu parles d'un brillant jeune homme ! Qui se souciait des journalistes ? C'étaient tous des enfoirés.

De son côté, Bob Gardner ne comptait pas oublier l'incident, qui resterait dans sa mémoire comme une pierre prête à être lancée immédiatement en cas de besoin. Sans parler, bien sûr, de la transcription de l'entretien qui serait faite à partir de l'enregistrement de la conversation. En attendant, il y avait des affaires plus pressantes : les conséquences de la démission d'Agnew, le scandale des financements du Parti républicain, le bordel lié aux écoutes de la Maison-Blanche, et une dizaine d'autres choses du même tonneau qui arrivaient toutes en même temps.

En voyant les documents dans sa main, il fronça les sourcils. Caryl Chessman ne nuirait jamais au président Nixon. Les sous-fifres de l'administration n'y comprenaient rien. *Newstime* ressortait Chessman du placard dans le cadre d'un article sur Vincent Mungo, qui servait certainement à dissimuler le véritable but de l'opération. Il se saisit de l'autre rapport. Celui-ci émanait d'un membre de la sécurité intérieure, qui avait lui-même reçu l'information d'un capitaine de police à Washington. Apparemment, *Newstime* voulait attraper Vincent Mungo seul dans son coin, pour faire le coup de l'année. Ce qui pouvait entraîner des poursuites judiciaires – immixtion dans une enquête policière et, surtout, manipulation de l'information. *Enfin* quelque chose que la Maison-Blanche pouvait se mettre sous la dent ! D'ailleurs, Nixon et Agnew n'avaient pas arrêté de le répéter : les médias manipulaient l'information chaque fois que ça les arrangeait. S'ils le faisaient pour une affaire aussi simple que la traque d'un fou furieux, Dieu seul savait jusqu'où ils étaient prêts à aller dans le seul domaine qui comptait vraiment, c'est-à-dire la politique. Il fallait donc faire quelque chose pour les stopper, ou du moins juguler leur pouvoir.

Ce pouvait aussi être une bonne idée de déplacer les feux des projecteurs loin de la Maison-Blanche.

Mais existait-il des preuves ? Et si le magazine cherchait bel et bien à salir un peu plus Nixon ? Ou s'il préparait vraiment un article sur Mungo ? Quelle que fût la réponse, Gardner pouvait peut-être manipuler cette affaire de telle sorte qu'elle blesse là où ça faisait le plus mal. Pour en avoir le cœur net, il en toucherait un mot au président. L'occasion pouvait être bonne à saisir.

« On pourrait peut-être obtenir leurs écoutes », marmonna-t-il dans sa barbe en appuyant sur un bouton pour appeler sa secrétaire.

« Mais on sait *déjà* qu'ils ont mis les téléphones de la Maison-Blanche sur écoute », dit le chef de rubrique à l'un des journalistes du *Washington Post*.

« Qu'est-ce que Pete peut nous apporter d'autre, à ton avis ?

— On sait qu'ils ont mis sur écoute *certains* téléphones et quelques réunions, notamment chez Nixon. Mais imagine un peu que ce soit encore plus gros que ça ? Demande à Allen de voir ce qu'il peut soutirer de ce type. »

Un peu après midi, le président quittait une réunion avec ses conseillers économiques en politique étrangère et regagnait la Maison-Blanche, où l'attendait Bob Gardner.

Celui-ci faisait partie des trois ou quatre privilégiés qui pouvaient frapper à la porte du grand patron presque à tout moment, un privilège dont il usait aussi souvent qu'il lui semblait nécessaire, généralement chaque fois que ça bardait. Depuis quelques mois, les occasions s'étaient multipliées.

Ce jour-là, il comptait aborder divers problèmes, faire une série de propositions et partager quelques possibles motifs de réjouissance. L'une de ces bonnes nouvelles était l'intérêt que *Newstime* portait à Vincent Mungo. On pouvait en faire quelque chose.

À 12 h 20, le téléphone de l'antichambre sonna. Il attendit la communication et décrocha le combiné.

« Monsieur Ramsey au bout du fil.

— Passez-le-moi. »

Un silence. « Jack ? Oui, j'arrive. À tout de suite. »

Il quitta son bureau, non sans préciser à son secrétaire qu'il se rendait à un rendez-vous avec le président. À son retour, il voulait parler avec Gould, du ministère de la Justice, puis avec le ministre en personne. Dans cet ordre-là, si possible.

Une fois dans le couloir, il tourna à gauche et fonça vers l'escalier. Comme toujours, les couloirs étaient déserts, car les gens qui travaillaient là n'aimaient pas traîner en chemin. Aux murs, des portraits fixaient le vide de leurs yeux immobiles. Il y avait des lumières partout, qui ne laissaient pas le moindre centimètre carré dans l'ombre.

Il monta à grandes enjambées les marches du large escalier et, arrivé en haut, tourna à droite. Quelques secondes après, un garde lui ouvrit la porte et le fit entrer dans une pièce. Jack Ramsey, le secrétaire préposé aux rendez-vous du président, leva les yeux de son bureau.

« Essayez de ne pas dépasser dix minutes, Bob. Il a une réunion avec le conseil du budget à 13 heures. On est un peu en retard, dit-il avec un sourire professionnel.

— Comme d'habitude, répondit Gardner, amusé.

— Eh oui… Entrez donc. Il vous attend. »

Bob Gardner traversa la pièce d'un pas leste et arriva devant deux immenses portes décorées. Il toqua deux fois avant de pénétrer, enfin, dans le Bureau ovale.

« Monsieur le président. »

Exactement à la même heure, à Fresno, en Californie, Don Solis passait un coup de téléphone à San Diego. Il se trouvait dans la chambre de son vieil hôtel, et la communication dut passer par le standard de l'établissement. Après avoir établi la connexion, le réceptionniste nota dûment le numéro, synonyme pour lui de rémunération. On l'avait en effet payé pour qu'il consigne par écrit tous les appels téléphoniques passés ou reçus par l'occupant de la chambre n° 412.

À Sacramento, une jeune femme tenta de joindre New York. Toutes les lignes étaient occupées. Elle décida de faire quelques courses et de réessayer une heure plus tard.

Enfin, dans le Kansas, pour la centième fois depuis quelques semaines, le patron d'une entreprise de pompes funèbres composait de ses longs doigts fins un numéro de téléphone à Los Angeles. Il le connaissait maintenant par cœur.

Bob Gardner dut attendre près de vingt minutes avant d'aborder la question secondaire que représentait l'article de *Newstime*. Il présenta succinctement le rapport pondu par le Comité pour la réélection du président que lui avait transmis Franklin Bush, ainsi que la note rédigée par le policier de Washington à l'attention d'un membre de la sécurité intérieure. S'il ne se trompait pas, le magazine pouvait fort bien être accusé de dissimuler une information dans le cadre d'une enquête policière, voire d'aider un criminel en fuite à échapper aux poursuites, ce qui constituait en soi un crime fédéral.

« Mais le plus croustillant, ajouta le conseiller présidentiel, c'est qu'ils risquent de se faire tomber dessus pour manipulation d'information. »

Le président arrêta de tambouriner avec ses doigts. *Newstime* s'était retourné contre lui et déversait chaque semaine sur son administration des tombereaux d'ordures. Ces gens-là appartenaient désormais à la presse de gauche la plus venimeuse. Les traîtres étaient partout ! Il se tourna sur sa gauche.

« Bob ?

— Oui, monsieur le président ?

— Trouvez-moi le moyen d'épingler ces salauds sur-le-champ. *Sur-le-champ !* »

Dans l'immeuble du groupe Newstime à New York, Adam Kenton s'apprêtait à partir pour un déjeuner. La matinée avait été extrêmement productive ; en montant dans son taxi au coin de la 47e Rue et de la 6e Avenue, il regretta que ce ne fût pas pareil tous les jours.

En l'espace de trois heures, il avait appris plus de choses que nécessaire sur la Rincan Development Corporation et découvert un élément intrigant au sujet d'un des rares amis de Vincent Mungo à l'époque où il était interné. Il comptait bien explorer cette piste. Pour couronner le tout, on lui avait fourni la liste des vingt-deux premiers noms ayant souscrit à un point courrier, tous des jeunes hommes blancs, tous susceptibles de correspondre à sa cible. Une dizaine de détectives vérifiaient encore la première liste des clients récents à Manhattan, établie le vendredi précédent. Ils se comptaient par centaines.

Il avait immédiatement transmis ces noms à Mel Brown, afin qu'il voie si l'un d'entre eux correspondait à ses propres listes.

Juste avant midi, il reçut un coup de fil de l'inspecteur Dimitri. La police avait élargi le champ de son investigation mais ne trouvait toujours rien. Kenton, de son côté, avait-il trouvé quelque chose ?

Comme ça n'avait plus d'importance, Kenton lui parla de Carl Pandel. Des détectives privés l'avaient surveillé jour et nuit, une semaine durant, en pensant qu'il pouvait être le tueur fou. Kenton s'appuyait sur certains éléments qui avaient attiré son attention pendant qu'il travaillait sur son article, mais la piste n'était pas assez étayée pour exiger l'intervention de la police. Dès que le cadavre de la prostituée avait été découvert mercredi soir, sur la 3e Avenue, il avait laissé tomber cette piste. Pas une fois dans la semaine Pandel ne s'était aventuré au sud de la ville. Aucune erreur possible. L'homme avait les mains propres.

Quels étaient ces éléments qui avaient éveillé les soupçons de Kenton ?

Il préféra ne pas répondre. Peu importe, tout ça relevait maintenant de l'élucubration, et il n'avait partagé ses renseignements qu'en signe de sa bonne foi, afin que Dimitri lui renvoie l'ascenseur si l'occasion devait se présenter un jour.

Dimitri lui donna sa parole d'honneur et Kenton le prit au mot. Bien que la piste Pandel n'eût rien donné, la police avait besoin d'aide, d'où qu'elle vienne, et cela faisait partie des bonnes nouvelles de la matinée.

Dans le taxi, il passa en revue les découvertes qu'avait faites George Homer sur la Rincan. Il s'agissait d'une société d'investissements immobiliers qui brassait des millions de dollars et possédait un vaste patrimoine foncier dans le Washington, l'Idaho et le nord de la Californie. La capitalisation de l'entreprise était saine, et ses dirigeants, apparemment irréprochables. La Rincan s'intéressait surtout aux terrains qui recelaient des droits miniers et des réserves de bois d'œuvre importants. Grâce à une machinerie juridique complexe, l'entreprise était également liée à des ententes de rachats et à des crédit-bails pour l'exploration. Le sénateur Stoner avait, semble-t-il, acheté ses terrains dans ces conditions, ce qui les rendait doublement intéressants au cas où l'exploration donnerait de bons résultats et où toutes les options seraient exercées. Naturellement, la Californie comme l'Idaho autoriseraient bientôt la mise en valeur de ces terrains.

Par toute une série de succursales imbriquées les unes dans les autres, la Rincan avait accès à des intérêts divers mais enchevêtrés, depuis la construction jusqu'aux scieries, le tout chapeauté par une société basée à Boise, capitale de l'Idaho.

Deux éléments surprirent Kenton – et le troublèrent. D'abord, la société mère qui avait créé cette bonne demi-douzaine d'entreprises distinctes s'appelait la Western Holding Company. D'autre part, l'homme qui dirigeait cette société avait pour nom Carl Pandel.

Kenton demanda à Homer de ne pas poursuivre sur cette voie. On se rapprochait dangereusement du groupe Newstime, et mieux valait ne pas compromettre Homer vis-à-vis du magazine. Il s'en chargerait lui-même, seul.

Après le déjeuner, il téléphona d'une cabine. S'il était suivi, alors les téléphones de son bureau devaient certainement être placés sur écoute, ce qui ne le gênait pas outre mesure puisqu'il ne faisait rien au-delà des objectifs assignés par le groupe, hormis quelques appels de ci, de là, comme celui qu'il était en train de passer. Il voulait tout savoir sur l'homme qui dirigeait la Western Holding Company, un dénommé Carl Pandel, demeurant à Boise dans l'Idaho. Le tarif en vigueur, c'est-à-dire double pour toute personne vivant en dehors de New York, conviendrait. Oui. La somme serait déposée au Saint-Moritz pendant le week-end. Aucun appel au bureau. Je répète : aucun appel au bureau. Puis il raccrocha.

À son retour, deux messages l'attendaient. John Perrone et une certaine mademoiselle Kind, de Sacramento. Il rappela Perrone en premier.

« John ?

— Tout va bien ?

— Autant que je sache, oui. Pourquoi ?

— Je subis des pressions d'en haut. Dunlop et Otto Klemp. Les deux à la fois. Vous avez des choses à me dire ?

— On me fait suivre et mes téléphones sont sur écoute. Rien de plus.

— Qui est derrière ça ?

— C'est en interne. »

Perrone piqua une colère noire. Il rappellerait très vite Kenton.

Après une cigarette expédiée, celui-ci passa dans le bureau vide qui jouxtait le sien et appela l'ancienne maîtresse de Stoner à Sacramento. Elle venait de mettre la main sur une cassette du sénateur – une conversation informelle. Elle n'avait fait cet enregistrement que pour garder un souvenir de lui. Il n'y en avait pas d'autres, bien sûr. Sur cet enregistrement, le sénateur racontait des choses assez intéressantes, mais elle acceptait de se séparer de cet unique souvenir s'il représentait une quelconque valeur pour quelqu'un d'autre.

« Quelle valeur au juste ?

— 20 000 dollars. »

Il lui répondit que rien ne pouvait valoir une telle somme. Il pouvait allonger au maximum 5 000.

Elle ne pouvait pas descendre en dessous de 15 000.

Il pourrait éventuellement trouver 10 000 dollars si la cassette contenait des révélations politiques ou financières. Les histoires de fesses ne l'intéressaient pas. Par ailleurs, il souhaitait en entendre une partie avant toute opération ultérieure.

Elle lui fit écouter quelques minutes de la cassette au téléphone. Kenton s'en contenta. S'il voulait tout entendre – l'enregistrement durait une heure –, il lui en coûterait 10 000 dollars en liquide. De la main à la main.

Kenton savait que cette cassette lui permettrait de sortir un bon article sur Stoner. De même que le *Washington Post* dénonçait les activités illicites de Nixon, il dénoncerait celles du sénateur de Californie.

Il se rendit compte, aussi, que cette cassette était en réalité une compilation de plusieurs enregistrements. L'ancienne maîtresse de Stoner avait manifestement sélectionné tous les passages les plus croustillants pour les réunir sur une seule bande. Ce qui signifiait qu'elle avait trouvé un acheteur pour l'ensemble des cassettes, vraisemblablement en la personne du sénateur lui-même, et qu'elle ne possédait plus que cette unique bande, comme elle l'affirmait. Mais quelle valeur ! Pas folle la guêpe.

Il nota son adresse. S'il prenait l'avion le lendemain, il en profiterait pour faire un saut à Los Angeles, histoire de voir Ding et les autres, et reviendrait au bureau lundi sans que personne à New York ne le sache.

Elle lui proposa un marché. Il la retrouverait le lendemain, samedi, à Sacramento. Avec l'argent.

Kenton appela immédiatement Fred Grimes pour lui demander 10 000 dollars avant la fin de la journée. Uniquement en billets de 100. Blanchis deux fois, si possible. Grimes répondit qu'il ferait de son mieux.

À 16 heures, Kenton remit à George Homer les cassettes de son dictaphone, à charge pour lui de les écouter pendant le week-end. Peut-être remarquerait-il des choses qu'il avait négligées.

Mel Brown lui expliqua qu'aucun des noms de clients ayant souscrit à un point courrier ne correspondait à ceux figurant sur ses listes. Ce qui signifiait qu'il fallait enquêter sur chacun d'eux l'un après l'autre. Kenton en convint. Il ne s'attendait pas à ce que Chess Man utilise son vrai nom à New York puisqu'il aimait visiblement usurper l'identité des autres, comme celle de Daniel Long. Malgré tout, c'était bien tenté.

John Perrone passa le voir pour s'excuser. Il avait discuté avec Martin Dunlop, puis avec John Mackenzie en personne. Il refusait que ses journalistes soient suivis par leur propre employeur. Même si la question ne fut pas abordée, Kenton imaginait très bien le conflit qui avait dû éclater. Dès qu'il s'agissait de défendre ses équipes, Perrone se battait bec et ongles et sortait généralement vainqueur. Là encore, il avait gagné. Les écoutes téléphoniques et les filatures cesseraient sur-le-champ.

Kenton le remercia.

« Vous devez avoir flairé quelque chose pour que Klemp vous colle aux basques comme ça, lui répondit Perrone, tout de même intrigué.

— Je n'ai fait que mon boulot.

— Vous approchez du but ?

— De plus en plus, je crois. J'ai peut-être aussi de la matière sur un homme politique. Ça vous intéresse ?

— Un homme politique important ?

— On parle beaucoup de lui en ce moment. Mais on en parlera encore après. »

Perrone grimaça.

« Et sur Mungo, vous avez de la matière ?

— Je sais tout de lui, sauf qui il est et où il est. Au fait, ça vous dit quelque chose, la Western Holding Company ? »

Perrone fit non de la tête. Jamais entendu parler.

À 16 h 50, Fred Grimes rappela. Impossible de se procurer l'argent avant le lendemain matin, 10 heures.

Pouvait-il le déposer directement au Saint-Moritz ? C'était important.

Il le ferait.

Avant de quitter son bureau, Kenton sortit de son coffre les 2 700 dollars que Grimes lui avait récemment remis. Il rangea l'argent dans sa poche, sans un regard pour la pile d'articles qui s'y trouvait. La plupart de ces articles portaient sur Vincent Mungo. Ou sur Caryl Chessman, ou sur le sénateur Stoner, ou sur les grands dirigeants de *Newstime*, ou sur les flics new-yorkais.

Tout en bas de cette pile, pourtant, un article traitait d'un certain Thomas Bishop. Tiré du *Los Angeles Times*, il résumait la vie du malade mental assassiné par Vincent Mungo lors de son évasion de Willows dans la nuit du 4 juillet, et comportait des éléments sur son père, tué au cours d'une tentative de braquage, ainsi que sur sa mère, qui avait repris son nom de jeune fille, Bishop, avant de le transmettre à son fils. En revanche, il n'y était pas dit que le petit Thomas, à l'âge de 10 ans, avait tué sa mère. Comme il était mineur à l'époque, la justice avait interdit la divulgation de cette information ; aussi la mère de Bishop était-elle considérée comme morte, rien de plus. De son côté, Kenton n'avait jamais vraiment lu cet article puisqu'il parlait d'un homme que l'on considérait également pour mort.

Sur le chemin du retour, il décrocha son téléphone. La marchandise qu'il avait demandée devait être livrée au Saint-Moritz lundi matin. Pas pendant le week-end. Lundi matin. 9 heures.

Le samedi, à 10 h 30, il fourra 10 000 dollars dans sa poche de veste et sauta dans un taxi pour l'aéroport Kennedy, où il prit le vol de midi pour San Francisco. Il ne dit rien de ses projets à la réception de l'hôtel. Dans l'après-midi, peu après 16 heures, il toqua à la porte de l'appartement de Gloria Kind, à Sacramento. Pendant une heure, il écouta l'enregistrement de Jonathan Stoner. Il estima que la cassette valait bien ses 10 000 dollars, du moins dans le cadre de ses recherches.

Plus tard, il s'envola pour Los Angeles, où il passa quelques coups de fil et rencontra certaines personnes, avant de passer la nuit chez Ding. Le lendemain, il retourna à New York par un vol du matin et dormit dans l'avion.

De retour à New York, Kenton acheta l'édition dominicale de *Times* et lut le journal dans le taxi qui le ramenait chez lui. Il ne prêta pas attention à la date. On était le 4 novembre.

Cela faisait quatre mois, jour pour jour, que Thomas William Bishop était libre.

Pour les responsables de la police dans tout le pays, cela semblait plutôt quatre ans.

Pour quelques femmes, c'était à jamais.

Et le nombre de ces femmes ne cessait d'augmenter.

19

Dans son appartement-studio, Bishop ligota fermement la jeune fille au fauteuil pivotant. Elle était blonde, extrêmement belle, et sa bouche charmante ressortait très bien sur les photos. Ce dimanche soir, cela faisait une heure qu'il travaillait avec elle ; il venait de terminer sa deuxième pellicule. La fille de la veille n'était ni aussi belle, ni aussi photogénique, et une seule pellicule avait suffi. Sans compter, bien sûr, les photos qu'il avait prises un peu plus tard, pendant qu'elle se débattait. Il savait que ces images-là, même s'il ne pouvait pas les revoir, seraient les meilleures de toutes. D'ailleurs, il entendait n'utiliser de véritables pellicules que pour tirer ce genre de portraits, voire quelques photos supplémentaires une fois qu'il aurait accompli son vrai travail.

Il se concentra sur le visage de la jeune fille et lui demanda d'exprimer la terreur. Oui, décidément, elle avait une fort jolie bouche, une bouche dont il sentirait bientôt toute la chaleur. Très bientôt.

Trois femmes en quatre jours, trois femmes jeunes et en âge de procréer. Il avait enfin trouvé dans la photographie sa fontaine de jouvence. Elle lui permettrait de rester jeune pour l'éternité.

Dans un autre quartier de New York, le sénateur Stoner aussi se concentrait sur le visage magnifique d'une jeune femme. Assis en face d'elle à une petite table du restaurant Palm Court, à l'intérieur de l'hôtel Plaza, il observait ses traits à la manière d'un amateur de vin humant un joli bouquet. Il comptait la mettre rapidement dans son lit, embrasser sa bouche sensuelle, mordiller ses tétons durcis et écarter ses cuisses fermes afin qu'elle reçoive, en transe, son offrande. À ses yeux, ce n'était que justice. Il avait bien travaillé et méritait donc une récompense. Il venait de passer pratiquement une semaine à Washington, entrecoupée une seule fois par un moment de détente avec une jeune créature qui travaillait au Sénat. Puis ç'avait été New York, les interviews, les programmes politiques, et pour finir l'émission *Meet the Press* le matin même. Il avait fait un tabac, bien sûr. Direct, sincère et honnête au possible.

Soudain, la jeune femme le regarda avec un sourire radieux. Ce n'étaient pas exactement les yeux de l'amour, mais Stoner y lut en grosses lettres l'appel de la chair. Il s'empressa de héler la serveuse. Il allait devoir remercier rapidement la petite ordure de politicien qui lui avait organisé le rendez-vous.

Alors qu'ils attendaient, sur les marches du restaurant, le taxi qui les ramènerait à son hôtel, Stoner se prit à espérer que la jeune femme serait aussi douée que son ancienne maîtresse, dont les manières tendres lui manquaient vraiment. Et ses manières d'aimer, aussi.

Alors que le sénateur de Californie administrait au monde entier une belle leçon d'offensive politique, son ancienne maîtresse remplissait trois valises assorties en vue de vacances prolongées dans les îles. Depuis des années, elle rêvait de voir Hawaii et, pourquoi pas, d'y passer quelque temps. Maintenant que l'occasion se présentait, elle comptait déposer ses objets les plus précieux dans un garde-meuble à San Francisco et laisser le reste chez elle. Comme elle n'avait pas encore payé son loyer de novembre, c'étaient 300 dollars de gagnés pour elle ; elle mettrait ainsi en lieu sûr son vison, son matériel d'enregistrement, puis vendrait sa voiture. Avec 60 000 dollars, elle pourrait s'acheter tout ce qu'elle voulait.

Pour elle, le moment était venu de quitter Sacramento. Surtout avant que le sénateur revienne. Ce qui lui laissait encore quatre jours. Largement suffisant.

Tandis que la pluie commençait à transpercer la nuit new-yorkaise, Adam Kenton termina son dîner tardif dans le restaurant de l'hôtel et remonta dans sa chambre. Le week-end avait été long et fatigant, et le lundi matin arriverait trop vite.

Il avait de quoi gamberger. Il passa en revue les sujets de réflexion du moment : Chess Man, le sénateur Stoner, Otto Klemp, Carl Pandel, la Western Holding Company, John Perrone, Martin Dunlop. Et ce n'était qu'un début. Car il savait que d'autres problèmes suivraient, comme toujours, y compris certains dont il ne soupçonnait même pas encore l'existence. La vie lui faisait à chaque fois le même coup. À lui comme à tout le monde, se dit-il.

En son for intérieur, il soupçonnait vaguement qu'un fil, d'une manière ou d'une autre, reliait tous ces noms ensemble. Idée absurde, naturellement, puisque ces gens n'avaient aucun lien entre eux. Le sénateur Stoner, par exemple, n'avait aucun rapport avec Chess Man. Comment imaginer le contraire une seule seconde ?

Pourtant, Kenton, malgré son cynisme de journaliste, gardait en lui une puissante fibre mystique et croyait, en tout cas de façon instinctive, en un univers centralisé où la plupart des choses qui se produisaient à l'échelle humaine étaient étroitement corrélées, comme une sorte d'immense « chaîne de la vie ». Tout le secret consistait à trouver les points de contact, les fils qui reliaient les choses aux autres, généralement enterrés trop profond pour être découverts ou trop ténus pour être visibles, et qui précisément faisaient de la vie ce méli-mélo indescriptible, du moins en apparence. Mais ces fils étaient bien là, et il lui revenait de les trouver, de les remonter jusqu'à ce que tous les éléments s'emboîtent et que du tableau d'ensemble se dégage un sens.

Dans sa chambre, il s'assit sur une causeuse de fabrication danoise et fuma une cigarette, sans cesser de repenser à ce vendredi matin où Mel Brown lui avait parlé du dernier ami qu'avait eu Vincent Mungo à Willows. Thomas Bishop était mort, mais enfin la coïncidence avait de quoi surprendre. Ou alors, il existait entre eux un lien extrêmement tortueux. Il lui fallait donc découvrir ce lien manquant et l'intégrer au puzzle.

Apparemment, le père de Bishop, quand son fils avait 3 ans, s'était fait tuer au cours d'une tentative de braquage par un autre membre de sa bande nommé Don Solis. Le même Don Solis qui avait côtoyé Caryl Chessman dans le couloir de la mort de San Quentin. Le même encore qui avait récemment aidé le sénateur Stoner en dévoilant les fameux, et soi-disant, aveux de Chessman. Le même Don Solis, enfin, qui avait reçu un mystérieux chèque à sa sortie de prison, et auquel un journal à sensation avait proposé de l'argent en échange d'un article sur ses rapports avec Chessman en prison. Offre qu'il avait refusée, selon les renseignements de Mel Brown. Pour une raison encore inconnue.

Brown lui-même n'avait pas saisi le lien Bishop-Solis au premier coup d'œil, puisque le père de Bishop s'appelait Harry Owens. Bishop était le nom de jeune fille de sa mère, qu'elle avait manifestement donné à son fils aussi. Tout cela ne signifiait peut-être rien du tout, mais Kenton devait absolument en avoir le cœur net. Pour sa part, il ne s'était pas intéressé aux documents concernant Thomas Bishop puisque celui-ci était mort. Il cherchait un monstre bien vivant, pas une victime assassinée.

Le vendredi précédent, trop débordé, il n'avait pas eu le temps d'appeler Amos Finch, qui au téléphone lui avait parlé de Bishop. À Los Angeles, il l'avait rappelé, mais Finch était absent ou ne voulait pas décrocher. Il comptait donc renouveler son appel ce matin même, depuis son bureau. À cause du changement de nom, il se pouvait qu'Harry Owens ne fût pas le vrai père de Bishop. Mais qui, dans ce cas ? Caryl Chessman ? La mère avait-elle été violée par Chessman ? Son nom ne figurait pourtant pas sur la liste des femmes ayant reconnu en Chessman leur agresseur. Peut-être n'avait-elle pas voulu le dire. Nombreuses étaient les femmes qui souffraient en silence.

Quelle importance, après tout ? Bishop était mort.

Sans doute que la mère, devenue veuve, en voulait tellement à Owens pour la honte infligée qu'elle avait repris son nom de jeune fille. Les femmes faisaient tout le temps ça. Puis elle avait jugé plus simple de donner ce nom de famille à son fils. Classique.

Kenton devait impérativement en avoir le cœur net. Il vérifierait donc où et quand Thomas Bishop était né, et quel nom figurait sur son acte de naissance. Il demanderait peut-être même à Finch le numéro de téléphone de ce fameux flic californien qui avait vu en Bishop le tueur fou. Ça devrait faire l'affaire.

Pour l'instant, il cherchait surtout à savoir pourquoi Don Solis avait refusé d'être payé pour parler de Caryl Chessman, surtout après s'être publiquement exprimé sur son compte, vraisemblablement gratis. S'agissait-il d'une simple coïncidence, maintenant qu'il semblait exister un lien entre Chessman et le redoutable Vincent Mungo ?

Il se demandait également si Solis savait que la première victime du fou n'était autre que le fils de l'homme qu'il avait lui-même assassiné. Encore une simple coïncidence ? Et d'où provenait l'argent qu'il avait reçu à sa sortie de prison ? Pour toutes ces raisons, Kenton se disait que, décidément, il ferait bien de rencontrer ce Don Solis à un moment ou à un autre.

Il termina sa cigarette et enfila son pyjama. Il était déjà 23 heures passées et la nuit serait courte. Il s'étira dans son lit douillet et se tourna sur le côté. Avant de s'endormir, il repensa à Thomas Bishop, qui avait à peu près le même âge que Vincent Mungo au moment de sa mort et qui fut son seul ami à l'hôpital psychiatrique. Avant l'évasion. Avant que Mungo l'assassine. Mais pourquoi avait-il été envoyé là-bas ? Qu'avait-il fait pour être interné de la sorte ?…

Carl Hansun broya son paquet vide et le jeta rageusement à la poubelle. À peine 21 heures et il avait déjà épuisé son quota de cigarettes quotidien. Et il n'allait pas se coucher avant deux bonnes heures. Quelle injustice ! Jadis, il pouvait fumer autant qu'il le voulait mais n'avait pas de quoi se payer un paquet. À présent, il pouvait s'offrir toutes les Camel du monde, de quoi embraser une ville entière, mais on lui ordonnait de ne plus fumer du tout. Malgré les consignes de son médecin, il fumait quand même. Un paquet par jour. Au-delà, le toubib déclinait toute responsabilité.

Et voilà que son paquet était terminé alors que la journée ne l'était pas encore. Félicitations !

Il s'affala lourdement sur son énorme fauteuil et chercha à rassembler ses esprits. Ce n'était pas vraiment la cigarette qui le mettait dans cet état – davantage un désagrément mineur qu'autre chose. Non, la source de son exaspération – il sentit son ventre se nouer et tenta de maîtriser la colère qui montait en lui –, ce qui lui retournait les tripes et faisait bouillir son sang, c'était son vieil ami et comparse Don Solis. Ce petit enfoiré avait donc tout balancé dans une lettre : le braquage vingt et un ans en arrière, l'épisode Stoner, et même sa nouvelle identité, sa nouvelle adresse et tout le tremblement. Quelle enflure ingrate ! Il n'aurait jamais dû lui donner de l'argent à sa sortie de prison.

Et qu'avait fait Solis une fois son joli récit consigné par écrit ? Il l'avait refilé à Johnny Messick, autre ami de longue date et ancien comparse. Encore une enflure ingrate !

Carl Hansun essaya de se calmer. Rien ne servait de perdre son sang-froid. Seule une réflexion sereine et logique lui permettrait d'envisager la bonne marche à suivre. La seule chose qu'il savait, c'était qu'il lui fallait agir.

Le numéro à San Diego que Solis avait composé par l'intermédiaire du standard de son hôtel était celui d'une maison sur Valley Road. Cette maison appartenait à John Messick, qui y vivait avec sa dernière pouffiasse en date. Ce qui signifiait donc que Messick possédait l'enveloppe. Car en qui d'autre Solis pouvait-il faire confiance plus qu'en Johnny Messick ? Hansun haussa les épaules. Oui, à Los Angeles, bien avant qu'il les rencontre, ces deux-là étaient déjà très proches. Messick serait donc ravi de garder l'enveloppe, convaincu sans doute que pas un instant Hansun ne soupçonnerait que lui et Solis se voyaient encore. Ce qui avait été le cas, en effet – jusqu'à ce fameux coup de fil.

Désormais, tout paraissait limpide.

Dans l'esprit de Solis, sa garantie était cette lettre remise aux bons soins d'une personne inconnue de Hansun. Quant à Messick, il s'estimait à l'abri tant que Hansun ignorait qu'il connaissait tout de lui, notamment sa nouvelle situation dans l'Idaho. Il s'agissait d'un acte d'hostilité manifeste de la part des deux hommes, contre quelqu'un qui les avait dépannés financièrement quand ils étaient au fond du trou.

Carl Hansun fut pris d'une telle colère qu'il sortit d'un tiroir un paquet de Camel et l'ouvrit rageusement. Quelques secondes plus tard, ses narines recrachaient de la fumée. Assis sans bouger, il fulmina pendant un long moment. Il avait aidé ces deux types, et tout ce qu'il avait demandé en contrepartie à Solis, c'était de rendre un petit service de rien du tout au sénateur Stoner. Et à Messick, il n'avait strictement rien demandé en treize ans. Après avoir fait la preuve de son amitié, il attendait d'eux la même chose.

Au lieu de quoi, ils complotaient pour le trahir, pour mettre en péril sa situation, voire sa liberté. Don avait ainsi renvoyé l'ascenseur tout en s'apprêtant à lui donner un coup de poignard dans le dos. Et Johnny avait retourné la lame dans la plaie. L'un comme l'autre étaient coupables.

Il devait absolument mettre la main sur cette lettre et la détruire. Pas uniquement à cause de la vieille affaire du braquage – il pouvait même s'en sortir indemne, tant l'histoire remontait à longtemps. Mais Stoner était devenu un homme avec lequel il fallait compter, et de plus en plus, et il devait à Pandel une partie de son succès. Il fallait éviter qu'on mette le nez dans les affaires du sénateur comme on le faisait dans celles de Nixon. Ce type serait peut-être bientôt gouverneur de Californie ou sénateur des États-Unis. Ensuite, qui sait ? Et ce type lui *devait* quelque chose !

De la même manière, Carl Pandel ne pouvait en aucun cas laisser son passé entraver le bon fonctionnement de son organisation financière complexe. Il contrôlait une bonne demi-douzaine d'entreprises, il était un des personnages les plus importants de l'Idaho, admiré et respecté de certains hommes très puissants, et lui-même très puissant. Quoi qu'il arrive, rien ne devait ébranler son statut.

Il lui fallait absolument mettre la main sur cette lettre.

Restaient quand même Don Solis et Johnny Messick.

Eux aussi, il s'en occuperait.

Après ça, il ne resterait plus que lui.

Il consulta sa montre. Sa chère et tendre épouse allait bientôt revenir de sa réunion dominicale des administrateurs de l'hôpital. Dès qu'elle s'absentait, ne fût-ce qu'un bref moment, elle lui manquait. Quand elle rentrerait, ils feraient une partie de cartes, regarderaient la télévision, bavarderaient un peu. Malgré toutes ces années passées ensemble, ils avaient toujours plein de choses à se raconter.

Il écrasa sa cigarette et rangea le paquet dans son tiroir. Il ne fumerait plus jusqu'à ce qu'il aille se coucher. Pas la peine de s'énerver. Comme toujours, il y avait de nouveaux problèmes à régler. Ni plus, ni moins. Et comme toujours, il les réglerait.

Il passa dans la cuisine et se servit un verre de jus de pamplemousse. Puis il s'assit sur le perron de la maison et attendit le retour de sa femme.

L'objet du ressentiment de Carl Hansun comptait lui aussi se mettre au lit rapidement, et pas tout seul non plus. Après seize ans de vie sans femmes et cinq ans de liberté retrouvée, Don Solis cherchait encore à rattraper le temps perdu. Pour lui, les femmes devaient être consommées, comme des mouchoirs ou des sacs plastique, et il avait bien l'intention d'en consommer un maximum. Plus elles étaient jeunes, plus elles lui plaisaient, et les adolescentes encore pleines de sève incarnaient à ses yeux l'idéal absolu.

Justement, une de ces adolescentes se trouvait dans sa chambre d'hôtel, en train de partager avec lui une bouteille de bourbon. Elle avait 16 ans, petite fugueuse originaire d'une bourgade proche de Fresno et qui vivait au bout du couloir avec un jeune homme qui l'avait ramassée sur la route. Il était toujours en vadrouille ; elle s'ennuyait ferme.

Après les avoir croisés tous les deux plusieurs fois, Solis s'était peu à peu intéressé à la fille. Il semblait plaire aux très jeunes filles d'un certain genre, qui le trouvaient légèrement inquiétant, donc intéressant. La première fois qu'il l'avait vue seule dans le couloir, il avait entamé la discussion. Pas très subtil, mais efficace. Décontenancée, elle avait gloussé, soupiré, roulé des yeux. Il l'avait bien ferrée. Ensuite, il n'avait eu qu'à dérouler.

À présent, il la regardait prendre une belle gorgée de bourbon et bomber ses énormes seins d'une manière parfaitement lubrique. Une fois qu'elle eut fait claquer ses lèvres, il l'embrassa en posant sa main sur un de ses seins. Elle poussa un gémissement et se colla à lui. Avant même qu'il l'ait attirée vers le lit, elle lui caressait déjà le sexe. Il déboutonna son chemisier ; elle se déshabilla entièrement, sous le regard avide de Solis. Elle avait un corps tout en courbes, de vraies montagnes russes dont il avait le ticket d'entrée sous son pantalon ; il ferait des tours tant que le parc d'attractions n'aurait pas fermé ses portes.

D'une volupté sciemment assumée, l'adolescente trembla de tout son corps lorsqu'elle sentit le membre de Solis en elle. Il se débrouillait comme un chef. Elle espérait qu'il tiendrait longtemps, parce qu'elle en avait besoin. Vraiment besoin.

Pour Solis, étouffé par l'extase, la vie retrouvait soudain des couleurs. Son histoire avec Carl Hansun était réglée, et sa lettre déposée en lieu sûr chez Johnny Messick. Il gagnait de l'argent avec sa cafétéria et en gagnerait plus encore. Il avait des projets.

Toute la nuit, entre deux intermèdes de sommeil, les deux combattants, mus par l'appel de la chair, se rapprochèrent et se détachèrent au gré de leur passion.

Kenton se réveilla à 8 heures tapantes, frais et dispos. Une demi-heure plus tard, douché, rasé, il était prêt à attaquer le petit déjeuner qu'on apporterait dans sa chambre. Lorsque la marchandise tant attendue lui fut livrée à 9 heures, il dégustait deux œufs au plat et un muffin carbonisé. Il remit à l'homme 1 000 dollars en liquide et le regarda compter les billets. Deux fois.

Pendant vingt minutes, il lut des documents sur Carl Pandel père. En plus de diriger la Western Holding, Pandel avait la haute main sur toutes les entreprises satellites, y compris la Rincan Development, dont il était le directeur général, et la Pacifica Construction, une société qu'il détenait entièrement et dirigeait seul. L'homme gagnait beaucoup d'argent et exerçait une vraie influence politique. Il avait 57 ans, et sa femme 56. Deux fils, Carl Jr., actuellement à New York, et Charles, en deuxième année à Stanford. Il possédait des propriétés dans l'Idaho, le Washington, l'Oregon et le nord de la Californie. Il vivait dans l'Idaho depuis au moins vingt ans. Il était membre de plusieurs structures administratives à Boise, ainsi que de plusieurs commissions politiques. Républicain convaincu, Pandel était connu pour ses contributions financières généreuses. Son portefeuille d'investissements comprenait une douzaine de participations importantes, surtout dans les secteurs liés à l'énergie, et un bel assortiment d'obligations, nationales ou municipales, exemptes d'impôts. Il vendait et achetait de grosses quantités de bois, de minerais et de métaux précieux sur toutes les bourses de matières premières de la côte Ouest et de Chicago, voire jusqu'à Calgary au Canada. On disait qu'il possédait de nombreux titres dans plusieurs compagnies minières canadiennes et qu'il disposait d'un compte bancaire en Suisse. Au vu de ses immenses revenus, il payait très peu d'impôts. Il avait mis en place des fonds en fiducie pour son épouse et ses fils…

Le rapport financier continuait comme ça sur plusieurs pages. Kenton le parcourut et en tira deux conclusions évidentes. D'une part, Carl Pandel paraissait ne s'intéresser qu'à ses propres affaires foncières et minières dans l'ouest du pays et ne participait aucunement aux conseils administratifs de sociétés dans d'autres domaines ou zones géographiques, comme New York par exemple. D'autre part, il ne semblait pas être personnellement en cheville avec la pègre, contrairement à certains de ses associés. Il en allait souvent ainsi avec ce genre de personnage.

Kenton nota au passage que le rapport restait muet sur le passé de Pandel, ce qui ne manqua pas de l'intriguer. Mais puisqu'il s'intéressait avant tout au présent et au passé récent, il ne s'attarda pas plus longtemps sur la question.

Il n'avait rien découvert d'anormal au sujet de Pandel ou de ses activités financières, rien qui pût jeter une nouvelle lumière sur Chess Man ou le sénateur Stoner. À l'évidence, le fait que l'homme qui possédait la Western Holding ait un fils soupçonné d'être le tueur fou relevait de la pure coïncidence. Des coïncidences, il y en avait tous les jours, et des bien plus troublantes. Comme par exemple le fait que le sénateur Stoner ait acquis pour une bouchée de pain des terrains extrêmement prometteurs auprès d'un satellite de la Western Holding. Ou que les grands patrons du groupe Newstime – Mackenzie, Dunlop et consorts – détenaient tous des parts dans la Western Holding, acteur majeur de l'industrie du bois – ce bois qui servait à faire du papier pour les magazines –, quand bien même les lois antitrusts s'opposaient à ce que des groupes de presse possèdent des domaines forestiers. Or, le groupe Newstime ne possédait rien de tel ; la Western Holding, en revanche, oui. Et les patrons de Newstime possédaient seulement une partie de la Western Holding. Ces gens-là avaient tout bonnement acheté leurs parts au même moment, parce que l'occasion s'était présentée. Encore une pure coïncidence.

Mais Adam Kenton ne croyait pas aux coïncidences. Il voulait bien croire que l'irruption momentanée dans le paysage du fils Pandel relevait de la simple bizarrerie. Mais les affaires avec Stoner sentaient clairement mauvais, tout comme les acrobaties financières du groupe Newstime, même si tout paraissait légal. Kenton savait comment procéder avec Stoner ; avec les patrons de Newstime, il avait quelques doutes. Il leur dirait certainement de vendre leurs parts. Le scandale autour de Stoner ferait le reste.

En partant du principe, bien sûr, qu'ils publient son article.

Malheur à eux s'ils s'avisaient de ne pas le faire ! Dans ce cas, il se verrait contraint de les traquer comme un démon vengeur.

Le pouvoir de la presse. Dieu qu'il l'appréciait !

Lorsqu'il eut terminé sa lecture et son petit déjeuner, Kenton emporta le rapport à son bureau et le rangea dans le coffre-fort. Il était 9 h 50, le 5 novembre.

La réunion de l'inspecteur Dimitri s'achevait à peine au commissariat n° 13, sur la 21e Rue Est. Cette fois, l'atmosphère était nettement moins radieuse que lors de la précédente réunion deux semaines auparavant. Les responsables de la police commençaient à comprendre qu'ils avaient affaire à un homme beaucoup plus malin qu'un simple fou la bave aux lèvres ou qu'un forcené au regard halluciné. Leur ennemi, à la fois retors et froid, accomplissait son horrible besogne avec l'instinct du professionnel, en calculant chacun de ses mouvements. Comme un joueur d'échecs méditant son prochain coup. L'homme était à l'évidence passé maître dans l'art de la dissimulation, à moins qu'il eût reçu le fameux don d'invisibilité. Des milliers d'employés d'hôtels connaissaient maintenant son portrait – visage sombre, menaçant. D'autres affiches, par milliers aussi, figuraient dans les supermarchés, les bureaux de poste, les agences de location, les concessionnaires automobiles, les gares routières, les aéroports, les stations essence, les banques, bref, partout où il était susceptible d'être reconnu. Tôt ou tard, leurs efforts finiraient par payer : cela, ils en étaient convaincus. Pour la plupart, en tout cas.

La dernière victime avait été découverte le mercredi soir précédent. On était lundi matin. Quatre jours, donc, sans meurtre, du moins sans aucun meurtre connu. Parmi les responsables policiers, certains, optimistes invétérés, pensaient que le pire était derrière eux.

Dimitri n'y croyait pas trop. Sa proie avait trouvé une cachette quelque part, ou s'en était fabriqué une. Et c'était tout ce qu'il lui fallait. Avec une telle base opérationnelle, il pouvait sortir quand il voulait et regagner aussitôt sa tanière. Quand il voulait, où il voulait. Il avait déjà élargi son spectre, passant des seules prostituées aux jeunes femmes solitaires. La prochaine fois, ce pourrait être n'importe quelle femme, n'importe où.

Mais pourquoi s'être transformé en Bat Man ? Pourquoi signer d'un nouveau nom ? Quel sens donner à cela ? D'aucuns, au sein de la police, attribuaient le dernier meurtre à un imitateur. Pourtant, le mode opératoire était identique aux autres assassinats. Il ne pouvait s'agir que du même homme. Les imitateurs arriveraient plus tard, une fois que leur modèle serait mort et enterré.

Dimitri fronça les sourcils d'un air pensif. Il espérait être présent le jour où cela se produirait. Or, rien n'était moins sûr. Après tout, on n'avait jamais capturé Jack l'Éventreur.

En attendant, on lui avait fourni dix hommes supplémentaires et il pourrait en récupérer une centaine d'autres. La traque s'élargissait chaque jour un peu plus. Quelque chose finirait bien par tomber.

Sans raison apparente, il pensa tout à coup aux chauves-souris vampires. Ces bêtes-là se repaissaient de sang. Peut-être que c'était ça, le message de Chess Man. Il était une chauve-souris vampire. Il ne pouvait pas être tué et ne serait jamais capturé.

Dimitri avait le pressentiment que les choses n'allaient pas s'arranger de sitôt.

À 11 heures, Kenton avait déjà écouté deux fois l'enregistrement Stoner dans son intégralité. Il y était question du terrain acheté à l'entreprise d'investissements immobiliers et d'une série de transactions financières tout aussi douteuses. Un passage concernait l'affaire Solis. Tout laissait croire que quelqu'un avait inventé cette histoire d'aveux pour les beaux yeux de Stoner, mais aucun nom n'était cité. Il y avait encore d'autres choses, de basses manœuvres minables, des commentaires scatologiques sur d'importantes personnalités politiques et beaucoup de remarques obscènes. L'ensemble suffisait largement à déclencher un rapport d'enquête dévastateur pour le sénateur Stoner.

Kenton rangea la cassette dans le coffre-fort. Il rédigerait l'article sur Stoner parallèlement à son enquête, surtout la nuit. Le papier ne devrait pas lui prendre plus de huit jours.

John Perrone l'appela pour l'assurer que toutes les écoutes téléphoniques avaient été annulées. Il apprit en retour que le papier sur l'homme politique serait sur son bureau le lundi suivant, dans le meilleur des cas. Il voulut savoir de qui il s'agissait. Kenton le lui dit.

Perrone demanda à avoir avant toute chose une discussion préliminaire et un droit de regard sur les renseignements que Kenton avait obtenus. Ce dernier trouva cela normal, étant donné les circonstances, et accepta. D'ordinaire, avant d'atterrir sur le majestueux bureau de Perrone, ses articles passaient par un rédacteur chevronné, puis par un ou plusieurs directeurs adjoints de la publication. Mais il travaillait sur une mission spéciale et n'était responsable que devant Perrone. Sur le moment, il se demanda si c'était vraiment la meilleure formule.

À 11 h 30, il tenta de joindre Amos Finch à Berkeley. En vain. Par Mel Brown, il apprit que Thomas Bishop était né à Los Angeles en 1948. Il ne connaissait ni la date précise, ni l'hôpital, si hôpital il y avait bien eu. Kenton fouilla rapidement parmi tous les documents sur Vincent Mungo qui emplissaient son coffre-fort. Ce qu'il cherchait se trouvait en bas de la pile : tout sur la mort du père de Bishop et sur le fait que la mère avait repris son nom de jeune fille. Bishop était donc né Owens, et sa mère n'avait rien à voir avec Caryl Chessman. Mais non ! Cela voulait simplement dire que Bishop n'était pas né Bishop. Mieux valait s'en assurer. Il sauta les lignes jusqu'à trouver l'information qui l'intéressait. « Né à l'hôpital général de Los Angeles le 30 avril 1948. » À peu près au moment où Chessman était allé en prison pour de bon.

Il appela immédiatement Los Angeles. Le bureau de l'administration n'était pas encore ouvert. Contrarié, il contempla par la fenêtre le ciel gris de cette matinée new-yorkaise.

Il finit par téléphoner à Fred Grimes. Quand est-ce que les détectives privés auraient fini d'éplucher la liste des points courrier à Manhattan ?

Avant la soirée. Pourquoi ?

Laissez tomber les autres quartiers. Ils devaient tout de suite retrouver les vingt-deux jeunes hommes blancs, sans exclure les éventuels nouveaux suspects sur lesquels ils tomberaient. Un passage au peigne fin en bonne et due forme.

Que devaient-ils chercher ?

Tout ce qui sortait de l'ordinaire. Tout ce qui était récent. Quelqu'un venait peut-être de s'installer mais sans dire d'où il venait, ou alors se comportait bizarrement, ou aimait bien les couteaux. Tout ce qui paraissait louche.

Chess Man vivait à Manhattan, Kenton en était maintenant certain. Il l'étudiait depuis un mois, il avait pensé à lui, rêvé de lui, vécu dans sa tête jusqu'à ressentir quasiment ce que Chess Man ressentait. Comme n'importe quel autre animal, celui-là ne s'éloignerait pas trop des cadavres.

Sur les coups de 12 h 15, Kenton rappela Amos Finch. Toujours pas de réponse. Il se rabattit sur l'hôpital général de Los Angeles. Le bureau de l'administration était ouvert ; on lui passa un des directeurs de l'établissement, un certain monsieur Hallock. Il se présenta et lui expliqua en deux mots la raison de son appel.

Thomas Bishop ? Oui, bien sûr. Il a l'air de connaître une gloire soudaine. Hmm… Oui. Il est né ici, le 30 avril 1948. Comment je le sais ? Eh bien, on m'a posé la même question il y a deux semaines. Un policier. J'avais le dossier sur mon bureau. Sauf que son vrai nom était Owens. Le père s'appelait Harold Owens, et la mère Sara Bishop Owens. J'imagine que c'est de là que lui vient le nom Bishop. Mais ce n'est pas légal, à moins d'avoir fait une demande officielle de changement de nom. Comment ? Mais oui, sûr et certain. Thomas Owens. Un des quarante bébés nés ce jour-là. J'ai vérifié tous les noms, histoire d'en avoir le cœur net, car le policier n'arrêtait pas de dire Bishop, alors que c'était Owens, vous comprenez. Mais je voyais très bien de qui il voulait parler, pensez donc.

Avec tout le barouf qu'il y a eu au moment où ce pauvre type a été assassiné, je savais qui était Thomas Bishop. C'était Thomas Owens.

Pardon ? Le policier ? Ah oui, je crois qu'il s'appelait Spanner. Oui, le lieutenant Spanner… Quelque part dans le Nord, une petite ville qui s'appelle Hillside, il me semble. J'ai dû le rappeler là-bas quand j'ai retrouvé le dossier… Non, je crains de ne pas avoir gardé son numéro de téléphone. Mais je vous en prie. Si je peux vous être utile.

Spanner ! C'était bien le nom qu'Amos Finch lui avait indiqué. Le flic qui avait cru pendant un moment que Thomas Bishop…

Kenton reprit les tout premiers articles parus au sujet de Mungo. Il avait déjà vu ce nom quelque part. Il l'avait vu… là ! Le lieutenant John Spanner, de Hillside, sur la juridiction duquel avait eu lieu le meurtre de Willows. Le meurtre de Thomas Bishop.

Il parcourut rapidement le compte rendu du crime. Le visage de Thomas Bishop avait été anéanti. Entièrement. Il n'en restait plus rien. Son identité avait pu être établie grâce à ses vêtements et à ses effets personnels. Un massacre brutal, barbare. L'œuvre, disait-on, d'un forcené absolu. Vincent Mungo.

Kenton reposa lentement l'article.

Ou l'œuvre d'un Chess Man.

Chess Man.

Chess. Les échecs.

Un joueur d'échecs prodigieux. Chaque mouvement savamment calculé et brillamment exécuté. Il n'avait commis aucune erreur. Il avait traversé un continent de bout en bout et terrorisé toute une population. Il tuait quand bon lui semblait et échappait à ses poursuivants partout où il allait.

Forcené peut-être, mais certainement pas fou.

Et pas près de se faire arrêter non plus.

Et assurément cet homme n'était pas Vincent Mungo.

Des années plus tard, Adam Kenton repenserait souvent à cet instant, lorsque son esprit avait fait un bond intuitif et que son imagination avait soulevé un torrent furieux, un torrent qui balaya aussitôt tous les obstacles installés sur son passage par une machination diabolique.

L'idée continuait de germer dans son cerveau à l'instant où sa main approcha du téléphone.

Pete Allen avait tenté de joindre Franklin Bush une bonne douzaine de fois. Toujours la même réponse. Monsieur Bush était en conférence et ne devait pas être dérangé. Mais on lui transmettrait le message : rappeler monsieur Allen dès qu'il aurait un moment.

Au dernier appel, Allen raccrocha sèchement le combiné. Il se dit que Bush n'aurait pas un moment avant très longtemps. Le bon journaliste qu'il était ne le prit pas pour lui. Il se demanda toutefois comment les supérieurs de son ami avaient eu vent aussi rapidement de leur petite discussion. Les gens de la Maison-Blanche étaient-ils espionnés ? Les suivait-on partout où ils se rendaient ?

Ou seulement lui ?

Le reporter du *Washington Post* décida de consulter son chef de rubrique.

À la Maison-Blanche, Bob Gardner se cala au fond de son fauteuil en cuir, qui reposait lui-même sur une double épaisseur de revêtement en plastique. Plus petit que la moyenne des hommes, Gardner avait remonté son siège au maximum et baissé de quelques centimètres son bureau dessiné sur mesure afin d'apparaître le plus grand possible. De tels aménagements n'avaient fait que conforter son sentiment de sécurité, qui était un des signes du pouvoir.

Tout bien considéré, ce lundi matin n'avait pas été très bon, et Bob Gardner n'était pas d'excellente humeur. Dans le sillage des initiatives prises par les sénateurs démocrates Tunney, de Californie, et Inouye, de Hawaii, les appels à la démission du président se multipliaient. L'édition dominicale du *New York Times* avait repris l'idée dans un de ses éditoriaux, de même que le *Detroit News* et le *Denver Post*, imités en cela par Joseph Alsop, ancien soutien de Nixon, et par quelques journalistes de la télévision comme Howard K. Smith. La machine était donc lancée, et Gardner sentait très mal la suite des événements.

Pour couronner le tout, le président faisait comme si de rien n'était. Brusquement parti pour Key Biscayne le jeudi précédent, il s'était isolé pendant tout le week-end. Il devait prononcer une allocution télévisée sur la crise énergétique mercredi soir.

Bob Gardner poussa un long soupir. Il allait proposer au président de conclure son allocution sur une touche personnelle, en déclarant qu'il ne démissionnerait jamais. Peut-être que cela ferait taire une partie des rumeurs.

Il appela sa secrétaire. Il souhaitait parler avec Ned Robbins, un des conseillers juridiques de la Maison-

Blanche. Sur son bureau trônait le rapport de Bush laissant entendre que *Newstime* était peut-être coupable de crimes fédéraux et de manipulation de l'information. Le bruit courait que l'hebdomadaire s'apprêtait à publier un éditorial conseillant fortement au président de démissionner. Comme ne le savait que trop Bob Gardner, la pression pouvait toujours s'exercer des deux côtés.

Quelques minutes plus tard, il avait Ned Robbins au bout du fil. L'homme était très professionnel et connaissait les bonnes personnes. Gardner s'empara du rapport.

« Ned ? Le président m'a demandé… »

À New York, Adam Kenton mordait dans le sandwich qu'il s'était fait livrer pour le déjeuner. Du corned-beef avec une sauce à la mayonnaise et à la tomate qui dégoulinait partout. À côté, le morceau de tarte paraissait anémique. Kenton posa les pieds sur son bureau et mangea en quelques minutes. Ses yeux se posèrent sur le dictaphone. Un peu plus tôt, George Homer lui avait rendu les cassettes, tout en le remerciant de l'avoir mis dans la confidence. Il trouvait son analyse de la situation saisissante et considérait comme recevable l'idée selon laquelle Chess Man n'était pas Vincent Mungo. Mais cela ne représentait que la moitié de l'équation. *Quid* de l'autre moitié ? Kenton avait-il aussi une idée sur l'identité réelle de Chess Man ?

Kenton lui avait répondu qu'il travaillait sur la question.

Homer avait également rapporté le reste de la documentation concernant Caryl Chessman, notamment ses quatre ouvrages écrits en prison. Il fit savoir qu'il se considérait comme un expert qualifié en la matière puisqu'il avait tout lu. Chessman, le sénateur Stoner, le tueur fou et divers sujets au sein et en dehors de l'entreprise : Homer avait l'impression qu'ils travaillaient sur plusieurs affaires en même temps.

Imaginez qu'elles soient toutes reliées entre elles, lui avait rétorqué Kenton. Si tout cela ne formait qu'une seule et même affaire ?

Il termina son sandwich et engloutit son morceau de tarte en l'arrosant de longues gorgées de café. Absent au moment de son premier coup de fil, John Spanner devait revenir à 13 heures, heure de Californie. Kenton regarda sa montre. Il était 14 heures passées à New York. Plus que deux heures à attendre. Entre-temps, il avait déjà parlé avec le docteur Poole, à Willows. Vincent Mungo ne savait pas jouer aux échecs – ce genre de chose ne l'intéressait absolument pas. Et Thomas Bishop ? Oui, lui aimait les échecs. C'était même un très bon joueur. Vraiment excellent.

Kenton n'en attendait pas moins.

À mesure que son idée se précisait, son enthousiasme redoublait.

Pendant l'heure qui suivit, il passa en revue les différentes parties du puzzle, parlant à son dictaphone, examinant plusieurs fois chacun des éléments. Sa première analyse tenait encore la route. Il recherchait un homme ayant connu Vincent Mungo dans un passé récent. Thomas Bishop avait été son seul ami à Willows. Il recherchait un homme qui serait immédiatement soupçonné si la piste Mungo était écartée. Thomas Bishop aurait été cet homme-là si le cadavre de Mungo avait été découvert. Mais c'était théoriquement celui de Bishop qu'on avait retrouvé : celui-ci disposait donc du meilleur alibi imaginable. Il était mort.

Le seul élément crucial qui manquait, c'était le lien avec Caryl Chessman. Kenton espérait finir par le découvrir caché quelque part. À condition que son idée fût juste. Dans le cas contraire, rien n'était perdu, sauf peut-être l'essentiel.

À 15 heures, Kenton mit enfin la main sur Amos Finch à son domicile. Finch savait-il que Thomas Bishop et Vincent Mungo étaient nés dans le même hôpital de Los Angeles, à seulement cinq mois de distance ? Non, il ne le savait pas. Savait-il que la mère de Bishop vivait à Los Angeles à l'époque où Caryl Chessman sévissait, tout comme la mère de Mungo ? Il l'ignorait. Savait-il que le père de Bishop avait été tué par un homme qui allait côtoyer en prison Chessman des années durant, qui le rencontrerait dans le couloir de la mort et discuterait régulièrement avec lui ? Non, il ne le savait pas. Enfin, savait-il que Thomas Bishop était un redoutable joueur d'échecs ? Non, pas plus.

Les échecs, aux yeux de Kenton, constituaient la clé de l'énigme. Une magnifique série de coups brillamment calculés et exécutés. Il rappela à Finch que Vincent Mungo, qui ne connaissait rien à ce jeu, avait demandé au médecin de Willows s'il jouait lui-même. Pourquoi ? Parce qu'il avait entendu son seul et unique camarade lui décrire leur audacieux plan d'évasion comme une partie d'échecs. Mungo fut très impressionné, même s'il n'avait pas compris grand-chose.

Et dire que tout le monde, depuis, pensait que cette remarque faisait référence à Caryl Chessman ! On partait du principe que Mungo s'était identifié ce jour-là à Chessman pour la première fois en public, bien que sur un plan uniquement symbolique. Quel paradoxe de voir comme une simple phrase comme celle-là avait pu autant jouer en faveur de Bishop.

Finch fut enthousiasmé, ravi. Même lui, au plus profond de son âme pure de scientifique, savait que son Maraudeur de Californie, désormais l'égal de Jack l'Éventreur et des autres grands artistes du meurtre de masse, devait être anéanti, pour le bien de tous.

Naturellement, s'il s'avérait que Thomas Bishop était l'assassin, lui, Amos Finch, expert en criminologie et spécialiste éminent des tueurs en série, jouirait d'une certaine réputation et prendrait place dans les notes de bas de page de l'histoire. Magnifique !

Et des preuves ?

Kenton y travaillait. Il le rappellerait prochainement.

Parmi les choses qu'il venait de dire à Finch, une, notamment, tracassait Kenton, mais sans qu'il parvienne à la saisir. Était-ce un mot ? Un fait ? De quoi s'agissait-il ? Il y avait quelque part un lien qui lui échappait. Ou était-ce juste son imagination débordante ? Tout n'était-il que le fruit de son imagination ? Vraiment tout ?

Il le saurait bien assez vite.

À 16 h 05, heure de New York, il appela le lieutenant John Spanner à Hillside, en Californie. Spanner avait regagné son bureau au commissariat. Kenton se présenta, lui parla d'Amos Finch et de monsieur Hallock, à l'hôpital de Los Angeles, puis il lui expliqua en deux mots sa mission. Il préparait pour *Newstime* un article sur le fou qui s'était évadé de Willows et avait élu domicile à New York. Amos Finch lui avait dit que le lieutenant était convaincu de la culpabilité de Thomas Bishop, et non de Vincent Mungo. Or, cette théorie l'intéressait depuis que certains renseignements lui étaient parvenus, même si Finch lui avait également affirmé que le consensus actuel penchait pour un criminel qui ne fût ni Mungo, ni Bishop.

Spanner lui demanda si Finch lui avait expliqué pourquoi la piste de la circoncision n'avait rien donné.

Kenton répondit que oui.

Et que d'autres sommités au sein de la police, comme James Oates, du bureau du shérif de Californie, pensaient qu'il s'agissait d'un parfait inconnu ?

Oui.

Quels étaient ces fameux renseignements parvenus à Kenton ?

Certaines bizarreries qui, en soi, n'avaient pas grande importance, mais qui contribuaient à donner une impression générale.

Par exemple ?

Par exemple, le fait que les deux hommes étaient nés dans le même hôpital, quasiment au même moment, et que le père de Bishop avait été assassiné par un homme ayant connu Caryl Chessman à la prison de San Quentin.

La police, bien entendu, connaissait ces deux éléments.

Des bizarreries, oui. Mais il avait le sentiment d'assister à une partie d'échecs, à une série de coups qui trahissaient une précision et une intelligence froides. Quand il avait appris que Vincent Mungo ne jouait pas aux échecs, il s'était naturellement tourné vers d'autres pistes. Il s'intéressait en particulier au cadavre qu'on avait retrouvé à Willows. Le lieutenant se rappelait-il si le corps portait des cicatrices récentes ? Des traces de coups de couteau, peut-être, ou de quelque autre objet tranchant, notamment aux bras et aux épaules ?

Sur l'épaule droite, en effet, une petite cicatrice en forme de V lui avait paru relativement récente, à l'époque. Mais comment Kenton était-il au courant ?

Simple hypothèse. Mungo avait raconté à un médecin de Willows qu'il était devenu frère de sang avec le diable. Raisonnement qu'il fallait sans doute considérer du point de vue symbolique, mais qui pouvait également impliquer une entaille rituelle sur l'épaule et un pacte de sang entre les deux hommes.

Spanner gardait un souvenir vif de cette cicatrice parce qu'il l'avait cherchée en voulant s'assurer que le corps appartenait bien à Vincent Mungo. Il se demandait maintenant s'il n'était pas allé un peu vite en besogne. Se pouvait-il que ?... Non, ça remontait à longtemps. Quatre mois. Une éternité. Il ne se voyait pas reprendre tout de zéro. Certainement pas. Dans son esprit, il n'y avait plus aucun doute. Le fou de Willows n'était ni Vincent Mungo, ni Thomas Bishop, mais un troisième larron, un parfait inconnu. Le journaliste de New York se rendrait vite compte de l'évidence.

« Lieutenant Spanner ? »

Celui-ci porta à nouveau son attention sur le téléphone.

« Oui, je suis là, monsieur Kenton.

— Je me demandais si vous saviez d'où venait Bishop. Avant d'arriver à Willows, j'entends. »

Spanner secoua la tête pour se rafraîchir la mémoire. Bishop ? Mais il avait passé toute sa vie à Willows. Il n'y avait pas d'avant. Non, d'ailleurs, il avait grandi avec sa mère. Mais Spanner ne se souvenait plus où.

À Los Angeles, par hasard ?

Non. Spanner, soudain, se rappela. Bishop était né à Los Angeles mais, après la mort de son père, la mère avait déménagé à San Francisco, puis, finalement, à… Merde ! Comment s'appelait cette ville, déjà ?

Spanner expliqua à Kenton ne plus avoir en tête le nom de l'endroit, mais que ça se trouvait à une cinquantaine de kilomètres de Hillside. Un petit patelin en pleine campagne. Enfant, Bishop avait vécu là-bas avec sa mère… Justin ! Voilà. Justin, en Californie ! Cinquante bornes à l'ouest de Hillside, et environ trois cent vingt kilomètres au nord de San Francisco.

Il répéta l'information à Kenton.

Et après Justin ?

Après Justin, Bishop était parti à Willows.

Kenton ne comprenait pas. Quand il était petit, Bishop avait donc quitté Los Angeles avec sa mère pour aller à Justin…

Non, à San Francisco.

À San Francisco, puis à Justin.

Exact.

Et après Justin, il avait été interné à Willows ?

Oui.

Sans passer par d'autres hôpitaux psychiatriques ?

Non, uniquement Willows.

Kenton essayait de comprendre mais n'y arrivait pas. Quel âge pouvait avoir le gamin à cette époque ?

Spanner le lui dit.

« 10 ans ! s'écria Kenton. Thomas Bishop a été interné dans un établissement psychiatrique à l'âge de 10 ans ? »

Il n'en revenait pas. Que s'était-il donc passé ?

« Il a assassiné sa mère, répondit le lieutenant à voix basse. Vous ne saviez pas ? »

Dans son petit bureau situé au onzième étage d'un gratte-ciel new-yorkais, le documentaliste George Homer, inspiré par les cassettes du dictaphone qu'il avait écoutées pendant le week-end, eut soudain une idée étrange. Kenton disait en effet que Vincent Mungo avait un jour parlé d'échecs à Willows, et qu'il s'agissait manifestement d'une référence à Caryl Chessman.

Mais était-ce vraiment le cas ?

Homer était lui-même féru d'échecs. Depuis plus de quarante ans qu'il pratiquait ce jeu, il y voyait un exercice incomparable pour s'affûter les méninges. Sur le moment, il se demanda quand même s'il ne faisait pas plutôt montre d'une imbécillité sans pareille. Malgré tout…

Pendant les longues minutes qui suivirent son échange verbal avec la Californie, Kenton, immobile, regarda fixement le téléphone. Son cerveau partait dans tous les sens ; il s'efforça de le ramener sur le terrain de la raison. Thomas Bishop avait donc assassiné sa mère à l'âge de 10 ans. Bishop ! Dès le départ, tout était là, sous ses yeux, et il n'avait rien vu. Toutes les conditions étaient remplies, tout ce qu'il avait dit plusieurs semaines auparavant, tout ce qui permettait de découvrir l'identité de Chess Man. Mais il s'était montré tellement sûr de lui qu'il avait oublié l'essentiel, la condition première. Chess Man était un homme qui, enfant, avait tué sa mère et qui aujourd'hui ne faisait que revivre cette expérience. Restait encore à trouver le lien avec Caryl Chessman, un lien qui devait forcément passer par la mère ou par le père. Forcément. Et Kenton finirait par le découvrir.

Lorsqu'il secoua sa torpeur, ce fut pour accomplir un geste mécanique. Un coup de fil à Mel Brown.

Thomas Bishop avait tué sa mère en Californie avant d'être interné dans un hôpital psychiatrique. Pourquoi ne figurait-il donc pas sur la liste des quatre-vingt-dix-sept matricides ?

Quel âge avait-il au moment des faits ?

10 ans.

Elle se trouvait là, l'explication. Pour les enfants de moins de 16 ans, on ne pouvait pas consulter les casiers judiciaires.

Pourtant, la liste incluait théoriquement les garçons âgés de moins de 16 ans dont le matricide avait été mentionné dans les journaux, à l'époque.

Ce qui signifiait que le crime de Bishop n'avait jamais été repris dans la presse. Dans les villes importantes, les journaux rapportaient généralement les crimes mais sans donner le nom du jeune meurtrier. En revanche, dans les petites villes, les gazettes se contentaient souvent de mentionner le décès sans plus de précision. Bishop devait probablement venir d'une de ces petites villes.

Pourquoi le matricide de Bishop ne figurait-il dans aucun des articles sur le meurtre commis par Vincent Mungo lors de son évasion de Willows ?

Parce que les journaux n'avaient pas le droit de mentionner l'existence d'un matricide si le coupable avait moins de 16 ans à l'époque des faits. C'était précisément le sens de la règle judiciaire.

Mais son nom aurait dû figurer, au moins, sur la liste des malades mentaux libérés ou enfuis au cours des cinq dernières années.

Comment était-ce possible ? Thomas Bishop n'avait pas été libéré de Willows et ne s'en était jamais échappé. Officiellement, il était mort.

Mort.

Kenton déambula quelques minutes dans les couloirs pour s'aérer l'esprit. Quelque chose continuait de le titiller, mais il n'arrivait pas à savoir quoi. Un petit effort, que diable ! Quand est-ce que ç'avait commencé ? Pendant qu'il abordait, avec Amos Finch, le fait que Thomas Bishop était né dans le même hôpital que Mungo. Oui, exactement à ce moment-là. Et le fait que sa mère vivait à Los Angeles à l'époque, et que son père avait été tué par un homme qui, plus tard, ferait la connaissance de Caryl Chessman…

Kenton se pétrifia sur place, la main posée sur la nuque.

Le père de Bishop tué par un homme qui connaissait Chessman.

Nom de Dieu !

Le chaînon manquant !

Il était là depuis le début, lui aussi ! Kenton n'en connaissait pas tous les tenants et les aboutissants, mais ça ne pouvait être que ça. Le rapport entre Chessman et Bishop. Don Solis.

Toutes les pièces du puzzle s'emboîtaient peu à peu.

À condition que rien ne vienne les renverser par terre.

Quand il retourna au journal, George Homer l'attendait, assis devant le second bureau, en train de lire une bande dessinée de Batman.

Batman ! Kenton sentit un vent glacé balayer la pièce. La dernière signature de sa proie. « Bat Man », avait-il inscrit sur le miroir de la victime. L'homme chauve-souris. Pensait-il donc combattre les forces des ténèbres ? Ou était-il un vampire qui se nourrissait de sang frais ?

Homer leva les yeux, tout sourire. « J'essaie juste de comprendre pourquoi il a choisi ce nom. » Il referma son magazine.

« Je n'ai pas l'habitude de lire ce genre de publications, vous savez.

— Vous avez la moindre idée ?

— Là-dessus, non, rien. »

Il pivota sur son siège, tandis que Kenton s'approchait de son propre bureau, près de la fenêtre. « Mais je pensais à autre chose.

— Je suis tout ouïe.

— Ça va peut-être vous paraître idiot.

— Dites toujours. »

Homer attendit quelques secondes et plissa les lèvres d'un air songeur.

« Vous jouez aux échecs ?

— Pas vraiment. Et vous ?

— Oui, j'aime beaucoup ça, même si je ne maîtrise pas encore toutes les ruses de l'échiquier. Mais vous avez quand même deux ou trois notions du jeu, n'est-ce pas ?

— Bien sûr. Comme tout le monde, non ?

— C'est justement ce que j'étais en train de me dire. Même s'ils n'y jouent pas, la plupart des gens connaissent les échecs.

— Il se trouve simplement que je ne suis pas assez patient. Mais c'est drôle que vous me parliez de ça. Depuis quelques jours, je n'arrête pas de penser aux échecs.

— Dans les cassettes que vous m'avez passées, vous expliquez à un moment donné que Vincent Mungo a parlé d'échecs à l'un des toubibs de Willows juste avant de s'en évader avec son seul camarade, celui qu'il est censé avoir tué. Et qu'il s'agissait là sans doute d'une référence à Caryl Chessman.

— Oui, et alors ?

— Eh bien, voyez-vous, le jeu d'échecs est un drôle de truc, avec toutes ces pièces aux formes bizarres. Je suis sûr qu'il ne s'agit que d'une coïncidence sans aucun rapport avec votre affaire, mais il se trouve que les pièces du jeu d'échecs se distinguent justement selon leur forme. Vous avez le roi et la reine, la tour, le cavalier et le pion. Et puis il y a une autre pièce, figurez-vous, qu'on appelle le fou[1]...

— Bordel de Dieu ! » s'exclama Kenton en bondissant de son siège.

Embrassa-t-il Homer ou lui serra-t-il la main ? Il ne savait plus.

À cet instant précis, il n'était sûr que d'une seule chose. La véritable identité de Chess Man.

Pendant presque un mois, il avait su qui il n'était pas.

Désormais, il savait qui il était.

« Bishop ! »

Dans cette exclamation se mêlaient tout à la fois une accusation et un cri de triomphe.

« *Bishop !* »

Personne ne lui répondit.

Bishop restait encore à trouver.

1. En anglais, le fou de l'échiquier se dit *bishop*, littéralement « l'évêque » *(N.d.T.)*.

20

Au cours des huit jours qui s'écoulèrent entre le 7 et le 15 novembre, quatre jeunes New-Yorkaises – modèles *free lance*, étudiantes, dont une était mère d'un enfant, toutes à la recherche d'un peu d'argent de poche ou d'un homme – disparurent brusquement. Personne ne les reverrait vivantes. Leurs corps horriblement mutilés ne seraient pas retrouvés avant le 16 au matin, avec trois autres cadavres effrayants. Cette découverte macabre déclencherait une chasse à l'homme comme jamais la ville n'en avait connu, une chasse à l'homme à laquelle participeraient des forces de l'ordre et des hommes politique locaux à couteaux tirés à mesure que la première vague de frénésie répressive bafouerait largement et aveuglément les libertés publiques, une chasse à l'homme qui signifierait des milliers de fouilles, des centaines d'arrestations, par des gens aussi divers que des policiers, des groupes de simples citoyens ou des voyous. Il faudrait attendre les meurtres commis par le célèbre Fils de Sam, quatre ans plus tard, pour retrouver un phénomène d'une telle ampleur.

Ce même matin du vendredi 16 novembre, à Fresno, en Californie, le propriétaire d'une cafétéria monta dans sa Dodge *hardtop* et alluma l'autoradio. Alors que la musique de Sinatra envahissait la voiture, l'homme se sentait déjà un peu mieux.

Environ au même moment, à San Diego, une berline se garait discrètement devant une petite maison sans étage, sur Valley Road, juste avant le carrefour. Deux hommes sortirent lentement du véhicule et s'approchèrent de la porte d'entrée. Ils n'avaient pas l'air pressés.

Plus tôt dans la matinée, quatre hommes s'étaient donné rendez-vous dans un restaurant du bas de Manhattan, pas loin du Criminal Courts Building, sur Centre Street, juste en dessous de Canal Street. De là, ils partirent en voiture pour une autre destination. Trois d'entre eux portaient des armes. Le quatrième, que seuls ses yeux distinguaient du commun des mortels, s'assit aux côtés du conducteur et donna ses consignes. Nerveux, les mains fermement posées sur ses cuisses, il n'arrêtait pas de s'humecter les lèvres.

Le 5 novembre au soir, au moment où Kenton fêtait sa découverte de l'identité de Chess Man, qui n'était autre que le jeune Thomas Bishop, ce dernier s'apprêtait à se mettre au lit. Il devait être debout à 6 heures et avait besoin de ses huit heures de sommeil. Il avait toujours été agacé par le besoin de dormir, et même s'il goûtait ces instants, juste avant le sommeil, où il pouvait s'allonger tout en complotant et en peaufinant ses projets, il détestait devoir consacrer un tiers de sa vie à des élucubrations oniriques. D'autant plus que tous ses rêves étaient des cauchemars dans lesquels il se retrouvait généralement pourchassé par les monstres les plus abjects, surgis des replis les plus profonds de son subconscient, là même où croupissaient tous les ogres hideux de son enfance. Souvent, en pleine nuit, il se réveillait en hurlant, uniquement pour découvrir ces monstres hors d'atteinte, avant de se recoucher et de mourir à nouveau. Ni eux, ni lui ne s'étaient apaisés avec les années, et il finit assez vite par considérer ce combat comme un combat contre la mort elle-même.

En cette nuit houleuse, Bishop se fraya un chemin sous ses draps et vérifia l'heure à sa pendule avant de se retourner sur le ventre, les bras repliés sur la tête. Il s'agita encore un long moment dans cette position, puis finit par trouver le sommeil. Aux yeux d'une araignée posée sur le plafond, la masse sombre qui bougeait en dessous aurait pu ressembler à une bête énorme au corps rond et aux griffes géantes, comme un ennemi imprévisible, à la fois différent et redoutable, un adversaire qu'il valait mieux ne pas fâcher. Mais déjà Bishop ne songeait plus qu'à livrer un combat mortel contre sa propre espèce.

Sur les coups de minuit, Adam Kenton but un dernier verre et monta se coucher. Lui aussi s'attendait à une journée bien remplie ; bien qu'il fût capable de se débrouiller avec seulement cinq heures de sommeil, une gueule de bois au whisky n'offrait pas les meilleures conditions de travail. Avec une belle détermination et quelques mouvements approximatifs, il parvint finalement à se déshabiller et à se glisser dans son lit. Il essaya de se concentrer sur une devinette qu'un type dans un bar lui avait posée : qui rase le barbier du village s'il ne rase que ceux qui ne se rasent pas ? Avant même de pouvoir répéter la phrase une fois dans sa tête, Kenton s'endormit.

Il ne s'était ouvert à personne de sa récente découverte. Il y avait repensé toute la soirée, en mesurant toute la portée, craignant de commettre une erreur. Après des semaines de recherches infructueuses et décevantes, de fausses pistes et d'impasses, l'impossible s'était donc produit. Il avait réussi là où des milliers d'autres avaient échoué. Avec beaucoup de travail, un peu d'imagination et un zeste de chance, il avait enfin démasqué le désormais célèbre Chess Man. Il était convaincu de son identité. Thomas Bishop : c'était bien lui, sa cible, son forcené, son tueur, son homme chauve-souris, son Superman, son Manson, son Son of Man. Son Chessman ! ! Il avait retrouvé toutes les pièces du puzzle, sauf une, et elles collaient toutes. La pièce manquante finirait aussi par coller.

Il attendait maintenant le miracle. Non, pour être plus précis, il *espérait* le miracle. Il y travaillerait dur, il donnerait tout ce qu'il avait, il ferait de son mieux. Avec de l'acharnement et encore un peu de chance, peut-être que le miracle viendrait. Si l'impossible pouvait se produire, alors pourquoi pas un miracle ? Contre toute attente, il avait réussi à savoir qui était Chess Man. Maintenant, il lui fallait découvrir où était Chess Man. Et il y arriverait, aussi sûr que Dieu, ou le diable, existait !

En attendant, il n'en parlerait à personne. Bishop serait son secret à lui. Tout raconter à la police n'apporterait rien. Sans preuve, on en restait au stade du soupçon ; or, il n'avait aucune preuve. Ses convictions n'existaient que dans sa tête, et il ne pouvait rien démontrer. Les pièces du puzzle étaient toutes façonnées par son désir, par son enthousiasme. Elles s'imbriquaient parce qu'il le voulait bien, parce qu'il souhaitait qu'elles s'imbriquent. Sans lui, elles n'avaient ni forme, ni existence. Ses certitudes étaient incommunicables.

Un nom confié à la police ne servirait à rien, sinon à effrayer le renard. Les autorités californiennes, du moins une partie d'entre elles, disposaient d'un nom, du nom juste. Elles soupçonnaient Bishop, au fond, elles savaient peut-être même que c'était lui, et pourtant, rien ne se passait parce qu'elles ne trouvaient aucune preuve. Et lui, Kenton, n'aurait pas plus de chance, notamment parce qu'il n'existait aucune photo de Bishop. Aux dires de Spanner, les photos de son dossier médical avaient disparu. Donc, Bishop les avait récupérées avant de s'échapper – autre initiative audacieuse – et les journaux n'avaient pu en publier aucune au moment de l'évasion, ou en tout cas, aucune que Kenton ait vue dans la documentation sur Vincent Mungo. Certes, on pouvait toujours reproduire un portrait fidèle dans la presse, ou sur des affiches, mais un tel dessin n'aurait pas grand sens. Avec tous les subterfuges envisageables – postiches, teintures capillaires, voire chirurgie esthétique –, une identification définitive s'avérait pratiquement impossible.

Non ! Il fallait attraper le renard sur son propre terrain, et surtout ne pas lui faire peur. Pour cela, le renard devrait connaître le point de vue du chien de chasse.

Kenton espérait qu'il ne prenait pas simplement ses désirs pour des réalités. Il ne voulait pas avoir sur la conscience de nouvelles femmes assassinées, mais il s'estimait le mieux placé pour attraper sa proie. Après tout, cela faisait longtemps qu'il s'était mis dans la peau du renard.

Malheureusement, dans sa fougue, il oublia ce que lui avait dit un jour Otto Klemp à propos du renard qui courait avec la meute, déguisé en chien de chasse. Tout se passait très bien – jusqu'à ce que le vent se mette à tourner.

À 6 heures du matin, Bishop fut tiré du sommeil par son réveil automatique. Il prit une douche, s'habilla, avala un petit déjeuner léger. Une demi-heure plus tard, il sortait de chez lui. À 7 h 15, il était assis dans une auto-école de Jersey City et attendait que le moniteur l'emmène passer son permis. À 8 heures, ils se trouvaient déjà au Roosevelt Stadium. Lorsque son tour arriva, il présenta son permis à l'inspecteur agréé, qui le fit rouler sur quelques centaines de mètres dans le quartier, puis lui demanda de faire un demi-tour, une marche arrière et un créneau. Il réussit l'examen et se vit remettre un permis temporaire de deux mois au bureau des véhicules motorisés, une grande salle située au premier étage de l'enceinte du stade. On lui donna également le formulaire de demande pour un permis définitif. De retour à Journal Square, il remplit ledit formulaire dans un bureau de poste et l'envoya, avec un mandat de 11 dollars, à Trenton. D'ici un mois, il recevrait son permis de conduire du New Jersey, valide pour une durée de trois ans, à son adresse de Jersey City.

Bishop disposait donc de deux des quatre documents d'identité essentiels : un acte de naissance et un permis de conduire. Le passeport devait lui parvenir incessamment sous peu, et sa carte de Sécurité sociale avant un mois. Les choses avançaient.

Avant de repartir pour New York, il déposa encore 2 000 dollars sur son nouveau compte en banque établi au nom de Thomas Wayne Brewster, puis passa une demi-heure dans sa chambre du YMCA à se balancer sur sa chaise en examinant son permis de conduire. Avant de ressortir, il prit bien soin de défaire son lit.

À New York, il tua son après-midi dans le club d'échecs de la 42e Rue, où il remporta trois parties d'affilée. Pour la quatrième, comme bon nombre de joueurs l'observaient, il fit exprès de perdre.

Kenton enchaîna les rendez-vous toute la matinée. À 9 h 30, il fit écouter la cassette Stoner à son directeur de la publication, puis lui raconta tout ce qu'il savait des activités du sénateur. Perrone convint avec lui qu'il y avait là de quoi faire tomber l'homme de son joli piédestal. Mais il souhaitait en faire part au rédacteur en chef, certainement dès le lendemain. Pouvait-il emprunter la cassette et les notes de Kenton ? Naturellement, il les lui rendrait au plus vite.

Kenton accepta de bonne grâce. Pourquoi pas, après tout ? Ne faisant confiance à personne et se rappelant l'histoire des cassettes de Nixon, il avait fait une copie de son enregistrement chez Ding, à Los Angeles, le dimanche précédent. La copie se trouvait désormais dans le coffre-fort de l'hôtel Saint-Moritz. Un tremblement de terre soudain dût-il engloutir ses notes, il saurait quand même les retranscrire de mémoire.

De cette copie, il ne dit pas un mot à Perrone. Il lui suggéra néanmoins de ne révéler l'existence de la cassette Stoner à personne – pour le moment –, hormis à

Dunlop, bien sûr. Ce qui faisait quatre personnes en tout, avec Patrick Henderson.

« On peut lui faire confiance ? demanda Kenton.

— À peu près autant qu'à un cobra autour de votre cou », répondit John Perrone.

Dans tout Manhattan, une douzaine de détectives privés commençaient à passer au crible tous les jeunes hommes blancs ayant loué un point courrier dans les jours qui avaient suivi l'arrivée de Chess Man à New York. Ils disposaient de vingt-sept noms, au lieu des vingt-deux du départ. Pour chacun d'eux, ils épluchèrent les dossiers, interrogèrent les voisins. Quel qu'en fût le prix, quelle que fût la manière, ils mettraient la main sur ce qu'ils cherchaient.

Kenton passa une grande partie de l'après-midi à téléphoner en Californie. D'abord, il appela ses contacts à Red Bluff, qu'il envoya visiter la petite ville voisine de Justin, où ils devaient retrouver des personnes ayant connu Thomas Bishop et sa mère. Ensuite, il joignit Justin, plus exactement le directeur de la gazette hebdomadaire locale, auquel il réclama des copies d'articles mentionnant la mort de la mère en 1958. Puis le docteur Poole, le médecin de Willows, pour lui demander de l'aider à dessiner un portrait de Thomas Bishop d'après ses souvenirs. Enfin, il appela un dessinateur professionnel de San Francisco qui devait se rendre à Willows pour exécuter ledit portrait.

Ses contacts à Red Bluff, deux reporters indépendants qui connaissaient bien leur monde, devaient découvrir où, exactement, la mère de Bishop était morte, où elle avait été enterrée, ce qu'il était advenu de son fils, et qui avait hérité des biens de la famille. Bref, tout ce qu'ils pouvaient trouver. S'il le fallait, ils devaient interroger cent personnes. À supposer que la noble bourgade de Justin comptât cent habitants.

Le directeur du journal local se montra des plus avenants. Il avait entendu parler d'Adam Kenton et se réjouissait, bien sûr, de pouvoir aider *Newstime*. Malheureusement, en 1958, il n'était pas dans les parages. Dans le temps, le directeur du journal s'appelait monsieur Pryor, depuis longtemps disparu – il ne l'avait remplacé qu'en 1963. Mais il ferait tout son possible pour retrouver la notice nécrologique. Kenton avait-il une date précise à lui fournir ?

Non. Tout ce qu'il savait, c'était que le gamin avait 10 ans à l'époque et qu'il était né un 30 avril. Le directeur devait donc chercher entre le 1er mai et la fin de l'année. Le nom ? Bishop. Le prénom de la mère ? Sara. Celui du fils ? Thomas.

Kenton aurait également aimé connaître toute référence aux Bishop qui aurait pu être faite lors de leur séjour à Justin, mais il savait que sa demande serait vaine. Les archives du journal n'étaient pas sur microfilms et n'avaient pas été classées. N'était pas le *New York Times* qui voulait.

À Willows, le docteur Poole accepta de contribuer à l'exécution d'un portrait de Thomas Bishop, persuadé de pouvoir donner de ce dernier une image fidèle à condition que l'artiste suive à la lettre ses instructions. Mais il lui fallait préalablement obtenir l'aval de sa hiérarchie. Kenton appela donc le docteur Mason, le nouveau directeur de Willows, qui donna immédiatement son feu vert tout en se rappelant bien d'en informer le lieutenant de police de Hillside.

Le dessinateur devait quitter San Francisco pour Willows dans la matinée. Avec un peu de chance, il enverrait son croquis à New York avant la soirée.

À 16 heures, Kenton estima en avoir terminé avec la Californie. Il téléphona alors à Fred Grimes. Les détectives privés devaient obtenir pour chacun des vingt-deux hommes sur lesquels ils enquêtaient une photo récente, c'est-à-dire ne remontant pas à plus de six mois, dussent-ils prendre eux-même la photo.

Grimes l'informa qu'ils étaient maintenant au nombre de vingt-sept.

Alors, va pour vingt-sept. Mais il voulait une bonne photo de chacun d'eux. C'était crucial.

Il compta l'argent qui lui restait dans le coffre-fort – environ 1 000 dollars. Il s'assura de n'avoir rien loupé sur Bishop parmi toute sa documentation concernant Mungo. Il rangea les rapports financiers confidentiels et les attestations fiscales dans une enveloppe séparée. Il fit de même pour la liste secrète des sources du magazine que lui avait remise John Perrone.

À propos de ces fameuses sources, Kenton s'interrogea. Pourquoi ces personnages – notamment les gens très haut placés comme les membres de cabinet, les juges ou les sénateurs – divulguaient-ils ces secrets ? En faisant cela, ils scellaient un pacte avec l'ennemi, ils trahissaient la confiance qu'on avait placée en eux. Dans la quête de la vérité, qui n'était elle-même qu'un instrument de pouvoir, le combat opposait toujours ceux qui agissaient à ceux qui en parlaient, les acteurs aux observateurs. La population, l'opinion jouaient toujours à la fois le rôle d'otage et de butin. Le travail du journaliste consistait à sortir les faits, à être cet observateur qui montrait la réalité, la vérité, au grand public. Il n'y avait ni morale, ni objectivité. Les acteurs ne pouvaient pas être objectifs parce qu'ils étaient impliqués et qu'ils avaient des intérêts à défendre. Seuls les observateurs situés à la périphérie du pouvoir étaient en mesure de rapporter la situation de manière objective, et donc de participer, à leur tour, au pouvoir.

Voilà à quoi se résumait le petit jeu de l'information. Rien à voir avec le soi-disant droit de savoir de l'opinion. Personne ne jouissait du droit empirique de savoir. Tout ce qu'on racontait aux gens pouvait être un miracle ou une malédiction, mais ne relevait aucunement d'un quelconque droit de savoir inaliénable. Que l'opinion sût quoi que ce soit n'était qu'un sous-produit du combat éternel entre acteurs et observateurs, entre protons et électrons, qui s'attiraient et se repoussaient mutuellement. Il n'y avait qu'une seule véritable arène : le ring central. Les têtes pouvaient bien changer, mais les camps en présence restaient toujours les mêmes. Et les mouchards, avec leurs masques interchangeables, ne faisaient que troubler cet antagonisme pourtant clair comme de l'eau de roche. Ils étaient tolérés, mais peu appréciés des deux camps. Une fois démasqués, leur utilité auprès de leur camp disparaissait. Ils se retrouvaient sans pouvoir.

Kenton n'éprouvait aucune compassion pour ces mouchards chaque fois qu'ils se faisaient démasquer, notamment quand il s'agissait d'un journaliste passé à l'ennemi. Dans son esprit, c'était un peu comme si lui-même avait lâché les basques du sénateur Stoner contre de l'argent, ou abandonné Chess Man par simple pitié pour lui.

Non, cela, il ne le ferait jamais. Il ne céderait jamais un pouce de son pouvoir.

En fin de journée, James Mackenzie reçut un appel de Washington, D. C. Une connaissance – pas vraiment un ami –, doublée d'un homme d'influence. Ils discutèrent dix minutes.

Après coup, Martin Dunlop fut convoqué dans le bureau du président, au vingt-quatrième étage.

John Perrone passa une mauvaise nuit. Non seulement l'article sur Stoner lui posait un sérieux problème, mais voilà que l'ensemble du Dossier Vampire tombait à l'eau. Martin Dunlop s'était contenté de lui expliquer que les mauvaises personnes à Washington avaient eu vent du projet. En fait, et Perrone le comprit tout de suite, le magazine avait reçu des pressions en haut lieu pour qu'il revienne à sa ligne politique traditionnelle. Mackenzie avait refusé, bien entendu. Ce qui ne lui laissait d'autre choix que d'abandonner la traque de Vincent Mungo.

Même s'il n'était pas d'accord avec cette décision, Perrone comprenait le raisonnement, voire la nécessité d'agir dans ce sens. Mais ce qui l'inquiétait au premier chef, c'était la réaction d'Adam Kenton. En plus d'être le meilleur journaliste d'investigation de tout le magazine, il mettait dans toutes ses recherches une passion inextinguible. Perrone lui-même trouvait le projet Mungo enthousiasmant et il avait confié la tâche à Kenton parce que c'était le meilleur de tous. Il avait également voulu l'éloigner de Californie et des plates-bandes du sénateur Stoner.

Stoner symbolisait à ses yeux l'homme politique talentueux, sinon en pratique, du moins en théorie. Bien que consumé par une ambition effrénée, il incarnait les vertus traditionnelles de l'Amérique, celles-là mêmes qui avaient fait de ce pays une nation puissante : la confiance en soi, l'individualisme farouche, la religion érigée en ciment de la famille. Telles étaient les vertus que le magazine avait toujours exaltées. Comme Stoner, Perrone estimait qu'un État de plus en plus centralisateur et fort menait l'Amérique à sa ruine sociale et économique. Il cherchait justement à soutenir des hommes comme le sénateur, des hommes qui prêchaient la bonne parole républicaine inscrite dans le granit, celle de l'État minimum, du capitalisme et du libre marché. À une époque où la rhétorique socialiste triomphait, où le progressiste d'hier devenait le conservateur d'aujourd'hui et où les slogans gauchistes soulevaient les foules, de tels hommes se faisaient de plus en plus rares.

Dans sa perception de Stoner, Perrone faisait également entrer un élément personnel. Plus jeune, il avait en effet été très influencé, et même matériellement soutenu, par le clan Rintelcane, une puissante famille du Washington aussi fortunée que républicaine. L'une des filles Rintelcane s'était d'ailleurs mariée avec le sénateur Stoner, une femme simple sur laquelle Perrone, jadis, avait eu des vues.

Perrone se disait qu'il allait devoir donner son feu vert pour l'article sur Stoner. Son journaliste avait trouvé de quoi faire ouvrir une enquête, et si *Newstime* ne publiait pas l'information, d'autres s'en chargeraient volontiers. Stoner était tout simplement trop glouton et trop bête. Une enquête avait toutes les chances de briser sa carrière, ou en tout cas de lui barrer toute ambition politique nationale. Perrone se sentait triste pour la belle-famille, notamment pour l'épouse de Stoner. Il ferait de son mieux pour étouffer, au moins, les détails sexuels de l'affaire. Cette femme méritait mieux que ça.

Mais le Dossier Vampire ? Comment Kenton prendrait-il la chose ?

Le coup de fil du bureau du directeur de la publication arriva à 9 h 30, alors que Kenton transmettait à son dictaphone quelques réflexions qu'il s'était faites dans la nuit sur la psychologie de Thomas Bishop. Avec un air agacé, il éteignit l'appareil et monta. Son patron l'attendait dans son bureau, seul, la mine sombre. Quelque chose n'allait pas, et Kenton comprit très vite que ça avait un rapport avec certain sénateur californien dont les beaux-parents étaient proches de l'homme qui lui faisait actuellement face.

« Vous avez changé d'avis sur Stoner, dit-il sur un ton revêche. Vous n'allez pas publier mon papier. »

John Perrone poussa un soupir, regrettant que la vie ne soit pas aussi simple. Soupçonnant Kenton d'être au courant de ses propres liens avec les beaux-parents de Stoner, il se demanda s'il devait jouer les offusqués après une telle remarque.

« Tout de suite les grands mots... finit-il par répondre. Je vous ai déjà dit qu'il y avait là de quoi faire un bon sujet. À condition que Martin donne son aval.

— Mais est-ce que vous défendrez mon article ?

— Je défends toujours ce en quoi je crois », lâcha Perrone, piqué par le sous-entendu.

Kenton sourit. « Ne le prenez pas mal, John. Je sais que vous êtes le meilleur dans votre domaine, et depuis toujours. » Sur ce, il s'assit et croisa les jambes. « Où en est-on, alors ? »

Perrone lui expliqua la situation.

Kenton ne bougeait pas, les jambes toujours croisées, le visage toujours souriant. Paranoïaque, soupçonneux de tout et de tous, il s'attendait sans cesse à être trahi et trompé. Souvent conforté dans ses craintes et rarement agréablement surpris, il cherchait à anticiper du mieux possible les manigances des autres.

Perrone le fixa pendant quelques instants – ce sourire, cette posture, ce regard. Finalement, il n'y tint plus.

« Eh bien ? »

La réponse fut prononcée sur un ton neutre, éteint.

« C'est une erreur », commenta Kenton.

Perrone s'attendait à autre chose.

« Une erreur ? dit-il en fronçant le sourcil. C'est tout ce que vous trouvez à dire ?

— C'est une erreur qu'il va falloir rectifier.

— De quelle manière ?

— Elle sera rectifiée, répondit la voix neutre.

— Mais comment ? C'est Mackenzie en personne qui a donné l'ordre.

— Alors, ce sera Mackenzie en personne qui corrigera le tir.

— J'en doute fortement. Pour ce que j'en dis, je crois qu'il a pris la mauvaise décision. Mais je vous ai expliqué dans quelle situation il se trouve. »

Le sourire disparut du visage de Kenton. Assis très droit, tendu, il avait le regard noir.

« Je sais qui est Chess Man, annonça-t-il soudain. Et ce n'est pas Vincent Mungo. » Il se leva. « Et je sais aussi comment l'attraper. »

Perrone, sans voix, s'entendit ensuite demander un rendez-vous avec James Mackenzie et Martin Dunlop.

Pour l'après-midi même. De préférence dans le bureau de Mackenzie.

En sortant, Kenton décida que le moment était venu pour lui d'exercer un peu de ce pouvoir illimité dont il était censé jouir au sein du groupe.

Après le déjeuner, Bishop alla chercher son nouveau passeport. Un petit document vert et mince, qui faisait très officiel, avec son nom, son lieu de naissance et sa photo. Y figurait même le sceau des États-Unis d'Amérique. Il s'appelait Thomas Wayne Brewster, c'était écrit dessus, sur ce document officiel américain. Valable dans le monde entier, sauf à Cuba, en Corée du Nord et au Nord-Viêtnam. Bishop n'avait aucune intention de se rendre dans ces trois pays, du moins tant qu'il n'aurait pas réglé leur compte aux femmes qui peuplaient le reste du monde.

De retour chez lui, il se prépara pour la séance de photos de 18 heures. Comme d'habitude, il devait rencontrer son modèle dans un restaurant du coin, avec un numéro de *True Detective* à la main.

Le rendez-vous dans le bureau de Mackenzie était prévu à 15 heures. Avant cela, Kenton rencontra Otto Klemp en tête à tête et lui délivra un message clair et concis. Si Klemp refusait de poursuivre le Dossier Vampire, Mackenzie apprendrait qu'il était un des bailleurs de fonds clandestins – et un soutien de longue date – du parti nazi américain. Au cas où Mackenzie n'y prêterait pas attention, les journaux, eux, s'y intéresseraient de près. Et cela, conclut Kenton, s'appelait du chantage.

Il n'oublia pas de mentionner la Western Holding Company à Martin Dunlop, toujours en privé.

Lors de la réunion de 15 heures, il annonça qu'il connaissait le nom et l'histoire du tueur fou, dont il aurait très vite le portrait, ou du moins un croquis. Il était sur le point de le localiser.

Mackenzie voulut savoir dans combien de temps ; il s'entendit répondre une semaine, voire quelques jours.

Personne d'autre n'était au courant, leur jura Kenton, de sorte qu'aucune accusation d'immixtion dans une enquête policière ou de rétention d'information ne pourrait être retenue contre le magazine. Pas dans l'immédiat, en tout cas. Ils avaient toujours une chance de sortir le coup de l'année.

Mackenzie ne fut pas convaincu. La pression ne ferait que s'accroître sur ses épaules. Si la police apprenait quoi que ce soit, elle ne le lâcherait plus une seule seconde. *Idem* pour le cabinet du maire. Pourtant, le journaliste qu'il était implorait de publier cet article.

Qu'en pensaient les autres ?

John Perrone considérait depuis le début que c'était faisable, et même recommandé.

Martin Dunlop estimait qu'ils devaient poursuivre sur leur lancée. Un article comme celui-là valait que l'on prenne quelques risques.

Otto Klemp resta assis un long moment, les yeux rivés sur Kenton, qui lui rendit son regard sans flancher.

Klemp finit tout de même par hausser les épaules, presque subrepticement, puis se tourna vers le président du groupe. Si Kenton était si près du but, dit-il à voix basse, pourquoi s'arrêter en si bon chemin ?

Mackenzie fronça les sourcils, jeta un coup d'œil vers Kenton et prit une décision. Les recherches continueraient pendant une semaine si nécessaire, à la suite de quoi on évaluerait la situation. Il demanda à Perrone de ne pas publier tout de suite l'éditorial exigeant la démission de Nixon. Prévu pour le numéro suivant, lui aussi attendrait encore une semaine. La question était tranchée.

Revenu dans son bureau, ce fut un Kenton exultant qui téléphona en Californie. Le directeur du journal de Justin lui lut la notice nécrologique. Lapidaire. Nulle mention d'un quelconque matricide n'y figurait. Apparemment, Sara Bishop avait été retrouvée morte chez elle le 28 décembre 1958, laissant derrière elle son fils unique, Thomas Bishop, âgé de 10 ans, qui fut confié aux institutions publiques californiennes. Ils avaient vécu à Justin pendant cinq ans et venaient de s'installer dans l'ancienne maison des Woods, à cinq kilomètres de la ville.

Point final.

Kenton espérait que Mel Brown ne se trompait pas sur les petits journaux de province qui ne rapportaient pas, en général, les matricides et autres meurtres de cet acabit.

Après avoir passé la moitié de la nuit plongé dans les archives, le directeur du journal était fier d'avoir retrouvé la notice. Il avait mis la main dessus dans le tout dernier numéro de l'année 1958, daté du 31 décembre.

Kenton le remercia abondamment et lui promit de passer le voir la prochaine fois qu'il serait dans les parages. En attendant, pouvait-il recevoir une copie de la notice nécrologique ? Cela lui serait fort utile.

Puis il raccrocha.

Satanées petites villes… Si les journaux ne parlaient pas de ce qui se passait vraiment, à quoi servaient-ils donc ? Il lui fallait donc compter désormais sur les deux journalistes *free lance* qui écumaient la ville de Justin en exhumant les souvenirs des habitants. Mais si personne ne se souvenait de Sarah Bishop et de son fils ? Treize ans, ça faisait tout de même une paye. Presque aussi long que de devoir attendre des nouvelles cruciales pendant toute une journée.

Kenton retourna à son hôtel de bonne heure. Il n'avait rien d'autre à faire.

Le vol United Airlines n° 35 décolla de l'aéroport international de San Francisco pour Hawaii à 13 heures, heure du Pacifique, plein à craquer. Parmi les passagers se trouvait Gloria Kind, qui prévoyait de passer quelque temps à Hawaii. Ses meubles avaient été entreposés, son vison déposé dans le coffre-fort d'un fourreur, sa voiture vendue.

Cependant, elle n'avait pas vendu son équipement audio, qui se trouvait emballé dans une partie séparée du garde-meuble, prêt à lui être envoyé du jour au lendemain en cas de besoin.

Quelque vingt heures plus tard, le sénateur Stoner s'envolait de Saint Louis à bord d'un avion qui le ramenait chez lui, à San Francisco. Il était un peu fatigué, mais heureux de rentrer au bercail. Sa tournée avait été un immense succès à tous points de vue, politique comme personnel. Même cet incorrigible pessimiste de Roger devait bien reconnaître l'évidence.

Stoner se demandait justement si le moment n'était pas venu de se débarrasser de Roger, lequel, récemment, passait le plus clair de son temps à essayer de s'attirer les bonnes grâces des personnes qui comptaient plutôt qu'à leur faire la promotion du sénateur. Par ailleurs, l'ensemble des opérations exigeait désormais d'être mené par un directeur de cabinet d'envergure nationale. Par exemple un Tom Donaldson, à Chicago.

Il allait devoir y réfléchir sérieusement.

Kenton brûlait d'impatience. Le portrait de Thomas Bishop ne lui parviendrait pas avant le lendemain, vendredi. En attendant, il reçut des nouvelles des deux journalistes *free lance* envoyés à Red Bluff. Ils avaient en effet passé un après-midi et une soirée à bavarder avec les indigènes de Justin. Qu'avaient-ils appris ? De nombreuses personnes se souvenaient de Sara Bishop comme d'une femme étrange, pas très équilibrée et peut-être légèrement dérangée du ciboulot. Très distante, ayant peur de tout, voire hostile. Surtout avec les hommes. Elle gardait son gamin toujours près d'elle. Elle le cognait souvent – et le fouettait, très certainement. Elle lui infligeait même des brûlures. Tout le monde le savait. Parfois, le petit n'allait pas à l'école pendant une semaine entière à cause des bleus ou des brûlures.

Un jour, le garçon avait tué sa mère. Il s'était débrouillé pour l'assommer et l'avait poussée dans le poêle à bois jusqu'à ce qu'il ne reste plus qu'un tas d'os. Quand la police était arrivée, le gamin était assis devant le poêle, couvert d'entailles et de sang séché. Il tenait dans sa main un bout de chair carbonisée qu'il avait commencé à manger…

Quoi ?

Un bout de chair carbonisée qu'il mangeait. Les flics estimaient que cela faisait trois jours qu'il était là, assis devant ce poêle éteint depuis longtemps. Les autorités locales rapportèrent simplement que la mère était morte, mais toute la ville sut la vérité. Personne ne fut étonné, d'ailleurs.

Et le petit garçon ?

Naturellement, il fut considéré comme fou et envoyé à Willows, l'hôpital psychiatrique le plus proche, qui possédait par ailleurs une section spéciale pour les enfants meurtriers.

Qu'était devenue la maison ? Les affaires de la mère ?

La maison avait été scellée. Personne ne voulait plus y vivre. Finalement, elle fut vendue à des nouveaux venus. Certaines des affaires de Sara Bishop furent récupérées par une dame de la ville qui avait été sa seule amie et qui les rangea dans des cartons ; à sa mort, une partie d'entre elles furent vendues aux enchères par un neveu qui avait hérité de la maison. Ce neveu vivait toujours là-bas et, si sa mémoire ne lui jouait pas de tours, les seuls vestiges qui restaient de cette époque étaient deux cartons de livres et de la camelote qu'il conservait dans une remise du jardin.

Kenton demanda aux deux journalistes de fouiller dans ces cartons pour y trouver des photos, des lettres, des journaux intimes, bref, n'importe quel document personnel relatif à la mère et au fils Bishop. Si le neveu de cette dame avait gardé la liste des personnes ayant acheté des objets aux enchères, il fallait également interroger ces personnes.

Les deux journalistes de Red Bluff retourneraient donc à Justin dimanche, la mort dans l'âme. D'ici là, ils enverraient à Kenton leur rapport tapé à la machine.

Ce dernier passa ensuite un coup de fil à Fred Grimes. Il voulait les photos des vingt-sept suspects pour lundi. Dernier carat. Et même avant, si possible.

John Perrone l'appela et lui donna le feu vert pour l'article sur Stoner. Dunlop était convenu qu'ils disposaient de suffisamment de matière. La cassette et les notes lui seraient rendues très vite.

L'investigation sur Bishop étant en cours, Kenton se concentra sur Stoner. Il ne voyait que des difficultés se profiler à l'horizon et se demanda si Martin Dunlop comptait véritablement supprimer de l'article toutes les références à la Western Holding. Soit cela, soit il devait vendre toutes les parts que le magazine possédait dans la société mère de l'Idaho.

Kenton savait d'ores et déjà quelle solution il préconiserait fortement.

À Hillside, John Spanner était en train de méditer la nouvelle qu'on venait juste de lui apprendre. Le journaliste de *Newstime* avait commandé à un ancien dessinateur de la police de San Francisco un portrait de Thomas Bishop, établi sur la foi de descriptions par des témoins directs. Ce qui signifiait qu'il n'était plus le seul à penser que Bishop fût le tueur de Willows.

Si on le sollicitait, Spanner apporterait son concours. Soudain, il se sentit revivre, comme jamais depuis plusieurs mois.

Au guichet des colis, la queue était interminable pour un vendredi matin et les postiers n'arrêtaient pas de ronchonner. Le jeune homme barbu tenait fermement son paquet à deux mains et avançait lentement, au rythme de la file d'attente. Sur le tableau accroché au mur étaient affichées des informations de toutes sortes, souvent en anglais et en espagnol. Il en lut quelques-unes pour passer le temps. La plupart d'entre elles portaient sur divers règlements postaux ; il les trouva incompréhensibles. Bientôt, il fut le deuxième dans la queue. Enfin, son tour arriva.

Il avança jusqu'au guichet vitré et présenta son colis.

« Rien de fragile, dit-il au guichetier. Des jouets en peluche, uniquement. »

Le portrait de Bishop arriva avec le courrier du matin, bien protégé par du carton et du scotch. Kenton ouvrit le paquet à l'aide d'un cutter et sortit le dessin. Sur le bureau, il posa à côté la photo de Vincent Mungo prise par la police.

Le jour et la nuit.

Il n'y avait pas la moindre similitude entre les deux portraits, ni dans le visage, ni dans les yeux, ni même dans la complexion. Mungo avait la peau sombre, basanée presque, et un air vaguement menaçant. Ses yeux ressemblaient à deux miroirs ternes logés dans des orbites vides. Ses lèvres étaient charnues et son nez, énorme. Bishop, lui, avait le teint clair, des traits finement ciselés, une peau de bébé et des yeux d'un bleu limpide. Ses lèvres étaient minces, son nez sculpté dans le plus beau moule anglo-saxon classique. Il paraissait aussi innocent que l'agneau qui venait de naître.

Même un aveugle n'aurait pas pu les confondre. Kenton comprit tout de suite comment Bishop avait pu voyager à travers le pays sans difficulté, négligé des milliers de fois par tous ceux qui cherchaient dans la foule le visage de Vincent Mungo : il n'éveillait pas le moindre soupçon.

Mais Kenton vit autre chose, quoique un peu plus tard : la ressemblance frappante entre Vincent Mungo et… Caryl Chessman.

Il rangea les deux portraits dans son coffre-fort, en attendant que les photos des vingt-sept suspects lui parviennent lundi.

Dans son courrier, il trouva également la notice nécrologique de Sara Bishop, telle qu'elle avait paru à l'époque dans la gazette de Justin. Quelques lignes sans originalité aucune, qui atterrirent dans un nouveau dossier intitulé « Bishop ».

Le temps filait mais rien ne pouvait être fait avant lundi. Kenton misait tout sur la découverte du visage et de l'identité de Bishop parmi la liste des usagers de points courrier qu'on lui remettrait. Si cette piste ne donnait rien, alors, tout était fichu. Il aurait perdu la partie. Il ne pourrait plus rien faire et n'aurait de toute façon plus de temps devant lui. Mais voilà, il était toujours dans le camp des vainqueurs, pas des vaincus. Le visage de Bishop serait là, sur son bureau, en train de le fixer droit dans les yeux. Avec un nom et une adresse. Kenton en avait trop vu pour se faire berner. Contrairement à Spanner et aux autres qui se contentaient de le soupçonner, lui seul savait que le tueur était Bishop. Il le *savait*. Il savait comment Bishop avait tout manigancé, comment il avait procédé. Il savait comment Bishop fonctionnait, ce qu'il ressentait, il connaissait les ruses et les coups de chance qui lui avaient fait parcourir cinq mille kilomètres jusqu'à New York. Qui les avaient emmenés tous deux jusqu'à New York. Jusqu'à leur destin.

Kenton avait couru avec le renard. Avec le tigre, aussi. Pendant le week-end, il travaillerait sur l'affaire Stoner. Il était assoiffé de sang.

Ce soir-là, à 18 h 30, un jeune homme barbu acheta le dernier numéro de *True Detective* dans un kiosque du sud de New York. La couverture promettait des crimes en tous genres et de la violence, et la photo montrait, comme toujours, une jolie fille terrorisée. Quelques minutes plus tard, son magazine sous le bras, Bishop entra dans un restaurant de Spring Street. Il y avait beaucoup de monde ; personne ne lui prêta attention. Il prit place à une petite table au fond de la salle, sur laquelle il posa le magazine, la couverture bien en évidence.

Alors qu'il sirotait son café, une jeune femme entra à son tour dans le restaurant, l'air un peu gauche, manifestement à la recherche de quelqu'un. Quelques secondes plus tard, elle s'approchait de sa table.

« Vous êtes le photographe de l'annonce ? »

Bishop leva les yeux et acquiesça ; son sourire était électrique.

« Je suis Helena, on s'est parlé au téléphone. »

Il se leva timidement et lui indiqua la chaise en face de lui.

« Helena, quel plaisir de vous rencontrer. Je m'appelle Jay Cooper, et ce boulot m'est tombé dessus au dernier moment… »

Le dimanche soir, c'était Dory qui travaillait au bar. À la fin de son service, elle ne tenait plus debout. Mal aux pieds, aux jambes, et à l'entrejambes aussi. À cause du surmenage, se dit-elle furieuse, rejetant tous ses maux sur l'homme avec qui elle vivait. Qu'il aille se faire foutre, ce Johnny Messick. Il n'en avait donc jamais marre ? Elle s'imagina rentrer à la maison et se mettre directement au lit. Il lui sauterait dessus avant même qu'elle puisse se retourner. Rien ne pouvait l'arrêter, ce type. Si elle expliquait qu'elle avait la migraine, il lui répondait de fermer les yeux. Si elle était trop épuisée pour bouger, il la besognait quand même. Il n'arrêtait jamais les galipettes. Parfois, elle se disait qu'il avait vraiment un problème quelque part. Mais au moins, elle dormait dans une belle maison, elle avait une voiture et elle n'était pas obligée de se tuer au travail plus de deux fois par semaine, au lieu des traditionnels cinq ou six jours de boulot. Ça payait de se faire sauter par le patron. Quand l'occasion se présentait, autant avoir le beurre et l'argent du beurre, après tout. Sauf que celui-là mettait vraiment le paquet. Encore un an avec lui et elle n'aurait plus rien en réserve à offrir à son prochain patron.

Devant sa voiture, elle chercha ses clés et ne remarqua pas les deux hommes avant qu'ils se retrouvent juste derrière elle. Celui qui braquait le revolver la poussa sur le siège conducteur. Puis ils montèrent tous les deux dans la voiture. Elle ne devait ni crier, ni prononcer le moindre mot. Ils voulaient simplement qu'elle les écoute deux petites minutes. Elle vivait avec Johnny Messick. Or, Messick avait en sa possession une lettre qu'ils souhaitaient récupérer. La lettre en question était signée « Don Solis ». Peut-être que le nom figurait sur l'enveloppe. Peut-être que l'enveloppe était cachetée. Peut-être qu'il n'y avait pas d'enveloppe du tout. Elle devait simplement se souvenir de ce nom : Don Solis. Et trouver des papiers avec ce nom inscrit dessus. Si elle mettait la main sur cette lettre, ils lui en donneraient 10 000 dollars.

10 000 dollars ! Rien que pour leur donner une lettre ou en tout cas les aider à la retrouver. Messick devait certainement la garder chez lui. Il ne l'aurait pas mise dans un coffre-fort, au cas où il lui arriverait soudain malheur. Et il ne l'aurait pas refilée à quelqu'un d'autre, puisqu'on la lui avait confiée. Mais il fallait en être sûr.

Avait-il un coffre-fort chez lui ? Dans un mur, peut-être, ou dans un meuble. Voire dans son bureau, au bar. Elle devait ouvrir l'œil ; même si elle n'arrivait pas à récupérer la lettre elle-même, si elle découvrait simplement son emplacement, elle recevrait l'argent. À condition qu'ils finissent par avoir accès à cette lettre. Mais il fallait faire vite. Elle travaillait de nouveau mardi soir. Ils lui donnèrent rendez-vous ce jour-là. Si elle les enflait, ou si elle racontait tout à Messick, ils le lui feraient payer très cher. En revanche, si elle faisait ce qu'ils lui demandaient, il ne lui arriverait rien. Et elle recevrait 10 000 dollars.

Dory prit peur. Sur la route du retour, ses mains tremblèrent, elle eut mal aux dents. Elle cogita furieusement. 10 000 dollars. Jamais elle n'avait touché une telle somme. Du haut de ses 21 ans, elle n'avait même jamais rien vu de tel. Avec ça, elle pourrait faire tout ce qu'elle voulait, partir où elle voulait. Loin.

Lundi, un peu après 10 heures, Fred Grimes reçut les photos envoyées par l'agence de détectives privés. Vingt-trois, au total. Les quatre dernières étaient en cours de traitement ; il les recevrait un peu plus tard.

L'opération avait été coûteuse, lui dit le directeur de l'agence, très coûteuse, mais…

Grimes acquiesça. La question du coût n'avait pour l'instant aucune importance. Kenton disposait de fonds illimités, et Grimes ne faisait que payer les factures. En liquide.

Une demi-heure plus tard, Kenton comparait chaque photo avec le portrait de Bishop. La plupart d'entre elles étaient des gros plans pris au téléobjectif, comme il l'avait demandé. Une par une, il les étudia, les scruta, les examina. Une par une, il les écarta. Au final, seuls trois portraits lui parurent intéressants. Trois hommes qui portaient la barbe.

Il s'intéressa à leur profil. Le premier habitait chez ses parents et dirigeait une agence de vente par correspondance depuis leur maison. Le point courrier était son adresse professionnelle, en remplacement d'un précédent service similaire, fermé lorsque le vieux propriétaire avait passé l'arme à gauche. Le deuxième était un jeune homme marié qui entretenait visiblement une correspondance amoureuse avec plusieurs hommes vivant dans d'autres villes. Depuis son inscription, il avait ainsi reçu une douzaine de ces lettres, et diverses revues qui recensaient des personnes aux inclinations similaires, que l'on pouvait contacter en écrivant aux revues, justement. Moyennant une certaine somme, bien entendu.

Ni l'un ni l'autre n'étaient Thomas Bishop.

Le troisième semblait plus intéressant. 25 ans, vivant seul dans un appartement au sud de la ville. Soi-disant artiste, sans ressources connues. Installé à New York depuis un mois environ. Adresse précédente : Venice, en Floride. Nom : Curtis Manning.

Kenton chargea Grimes de faire immédiatement vérifier par l'agence les antécédents de cet homme en Floride, la raison de son départ de là-bas, ainsi qu'une photo de lui. Il voulait le tout pour le lendemain matin.

Quand les quatre dernières photos seraient-elles prêtes ?

En début d'après-midi.

Sur vingt-trois pistes, une seule intéressante, donc. Et plus que quatre autres possibilités. Kenton décida de ne pas s'affoler tout de suite.

Dans l'immeuble du *Daily News*, situé sur la 42e Rue Est, le paquet arriva dans la salle du courrier puis fut transmis, comme de juste, au sixième étage, puisqu'il était adressé au « rédacteur en chef ». Là, une assistante l'ouvrit car le colis n'indiquait aucun nom précis. Sous l'emballage se trouvait un carton à gâteau blanc, dont le couvercle était maintenu fermé par un élastique. L'assistante ôta celui-ci et souleva celui-là. Sur le moment, elle crut voir d'étranges petits gâteaux, ou alors…

Alors qu'elle avait plongé sa main dans la boîte, un cri s'élevait déjà du fond de sa gorge…

Johnny Messick fut réveillé par une sensation délicieuse. L'espace d'un instant, il se crut même au paradis et se demanda comment il y était arrivé. Il ouvrit lentement les yeux, n'osant bouger, pour voir la tête de Dory qui montait et descendait entre ses jambes. Elle était à genoux et elle le regardait. Ses cheveux soyeux caressaient son ventre. Bordel de Dieu, elle était en train de lui faire une pipe ! Et comme il les aimait, en plus. Au réveil. La dernière fois qu'elle lui avait fait ça remontait au tout début de leur liaison. Il referma les yeux et se laissa aller en essayant de ne penser à rien d'autre.

Dory avait fait exprès de se réveiller avant lui. Cette nuit-là, malgré sa fatigue, elle s'était donnée gentiment à lui, sans se plaindre, en prenant sur elle. Grâce aux frottements moites de leurs deux corps, elle l'avait fait sombrer dans le sommeil. Et puis la cerise sur le gâteau en ce moment même. Elle fit glisser sa langue le long de sa queue, de bas en haut, puis lui goba le gland en serrant ses lèvres tendues, qu'elle fit lentement coulisser sur la tige tout en tirant la peau à l'aide de son pouce et de son index. Au moment de donner à ses mouvements une nouvelle cadence, elle sentit déjà le scrotum de Messick se contracter, prêt à envoyer sa substance blanche et laiteuse dans la bouche accueillante.

Lui, au moins, jouissait plus vite que d'autres types qu'elle avait rencontrés dans sa jeune existence. Une vraie bénédiction, se dit-elle, blasée, alors que Messick commençait à haleter. Rapide ou pas, elle le transformerait n'importe comment en une telle guimauve qu'il lui révélerait tout ce qu'elle voulait savoir. Et ce qu'elle voulait savoir valait 10 000 dollars.

La perspective l'excitait tellement qu'elle en oublia de bloquer sa gorge lorsque le sperme gicla contre ses amygdales puis s'écoula en elle, inexorablement.

Il était 12 h 30 lorsque parvinrent des nouvelles de Red Bluff. Les deux journalistes *free lance* étaient surexcités, ils parlaient en même temps. Ils avaient passé le gros de leur dimanche à Justin. Le neveu s'était montré extrêmement coopératif et les avait laissés fouiller les cartons rangés dans la remise. Autant qu'ils le souhaitaient.

Ils découvrirent d'abord les éternels rebuts, qui auraient pu appartenir à n'importe qui : des ustensiles de cuisine, de vieux vêtements, du linge de maison, quelques outils rouillés, des lanières en cuir usées. Beaucoup de livres, aussi, pour la plupart jaunis par les années et en piteux état. Au bout de quelque temps, ils avaient trouvé parmi ces livres des notes manuscrites où il était question de couture, un cahier d'écolier, deux ou trois dessins, et des tas de papiers noircis de chiffres, comme une comptabilité des dépenses et des rentrées.

Enfin, ils avaient mis la main sur un ouvrage intitulé *Face à la justice*, écrit par Caryl Chessman…

Le cœur de Kenton bondit.

… et à l'intérieur du livre étaient coincées une douzaine de pages manuscrites et pliées en deux qui racontaient l'histoire d'une jeune fille, avec toutes les avanies qu'elle avait subies.

Avait-elle été violée ?

Plus d'une fois, visiblement.

Parlait-elle de Caryl Chessman ?

Beaucoup.

Le nom de Harry Owens était-il cité ?

C'était le nom du type qu'elle avait épousé.

Bien qu'il ne l'eût jamais rencontrée, Kenton connaissait l'auteur de ces pages : Sara Owens, la mère de Thomas Bishop.

Il avait enfin découvert le lien Chessman, le chaînon manquant, la dernière pièce du puzzle. Exactement comme il l'avait prédit. À travers les parents. Sauf qu'il avait parié sur le père, par le truchement de Don Solis.

Or, depuis le départ, tout passait par la mère. Sara Bishop Owens.

Il demanda à ses deux contacts de lui envoyer ces pages dans les plus brefs délais. Et les autres écrits, aussi. L'un des deux journalistes retournerait à Justin, achèterait les cartons au neveu et les ferait également parvenir à New York. Quoi qu'il en soit, ils ne devaient parler de leur mission à personne. Absolument personne.

Le renard promena son regard autour de son bureau désert. Peu à peu, il redevenait chien de chasse.

L'inspecteur Alex Dimitri étudia les organes génitaux féminins contenus dans le carton à gâteau. Deux femmes au moins, se dit-il, et peut-être davantage. Comment diable savoir ? Il se frotta les yeux et tenta de rassembler ses esprits. Il était lui-même père de trois filles.

La boîte n'était accompagnée d'aucune note ; seul un nom avait été griffonné dessus.

Chess Man.

Dimitri se posait deux grandes questions. Ces organes provenaient-ils de femmes dont on avait déjà découvert le cadavre ? C'était possible, mais il en doutait fortement. Sinon, où étaient les dernières victimes ? Chez elles, sans que personne ne le sache ? Ou alors…

Soudain, son sang se glaça. Si Chess Man disposait d'une cachette où il pouvait non seulement vivre en toute tranquillité, mais emmener ses victimes sans peine, alors, il devenait pratiquement invisible. Comme un rat dans son trou. Comme une chauve-souris dans sa grotte. Il pouvait continuer longtemps à entreposer les cadavres, à les découper pour en faire des paquets ou des cadeaux de Noël…

Dimitri sentit son propre bon sens lui faire faux bond. Ses gars avaient raison. Jamais de la vie ce dingue ne devait terminer devant un juge. Il était beaucoup trop dangereux. Pas seulement à cause de ses crimes, mais parce qu'il faisait vibrer la folie qui sommeillait en chacun de nous, il l'alimentait, il nourrissait le monstre qui gisait dans chaque homme depuis l'origine, celui que l'on avait étouffé des millions d'années durant mais qui n'attendait que d'être délivré.

L'inspecteur referma le couvercle du carton à gâteau. Il espéra que l'équipe de la police scientifique arriverait rapidement.

Kenton fut informé du dernier envoi de Chess Man à 13 h 30, grâce au coup de fil d'un ami qui travaillait au *Daily News*. Vingt minutes plus tard, on lui remit les quatre photos qui manquaient dans l'enquête sur les points courrier. Quatre jeunes hommes blancs, dont un barbu, tous propres sur eux et le regard franc. De jeunes Américains typiques.

Malheureusement, aucun ne ressemblait ni de près, ni de loin, à Thomas Bishop.

Kenton, abattu, essaya maladroitement d'attraper son fauteuil. Il devait y avoir une erreur. Comment avait-il pu se tromper si lourdement ? Bishop avait forcément besoin d'une adresse postale. Chez lui ? Trop dangereux. Donc, il devait passer par un point courrier. Et sa psychologie le poussait à s'en procurer une dans les plus brefs délais.

Logique.

Sauf que Bishop ne figurait pas parmi les vingt-sept suspects.

Et il n'était probablement pas Curtis Manning, originaire de Floride.

Il ne restait donc plus personne.

Pendant une bonne partie de l'après-midi, Kenton fixa le mur blanc à côté de lui. Au bout d'un moment, il ne voyait plus rien, plongé qu'il était dans sa propre enfance difficile. Ses parents adoptifs, un couple âgé et très pauvre, n'avaient jamais eu d'enfants et ne savaient pas comment élever un petit garçon. Ce n'était pas de leur faute. Ils ne furent jamais méchants, il les aima jusqu'à leur mort, mais il avait terriblement souffert, et d'une manière telle qu'il ne s'en remettrait jamais.

Alors qu'il redevenait cet enfant perdu, ses yeux se mouillèrent peu à peu, et ses pensées finirent par le ramener vers un autre petit garçon qui avait jadis souffert tragiquement, inconsolablement, et qui avait fini par trouver une certaine paix dans la folie.

Les deux garçons n'étaient pas si éloignés que ça – une simple différence de degré les séparait.

En cette nuit sombre et inquiétante, les nerfs excités par la pluie torrentielle, Bishop alluma la télévision pour voir un spectacle amusant avant de s'endormir. En guise de distraction, il reçut le choc de sa vie. Il tomba en effet sur un feuilleton policier dans lequel un jeune assassin, à San Francisco, se faisait capturer à cause de son service de messagerie téléphonique. Bishop trouva la ressemblance frappante.

Saisi d'une angoisse effrayante, il bondit de sa paillasse. Il avait commis une erreur grossière, une erreur grave qui pouvait le perdre. Il était déjà trop tard ! Les policiers savaient tout de lui, ils attendaient en bas, prêts à défoncer sa porte. Il regarda vers celle-ci et les imagina tapis juste derrière, comme autant de silhouettes diaboliques surgies des enfers. *Eux !*

Son effroi se mua vite en colère, une colère incontrôlable de bête en cage. Ses traits se tordirent, son corps fut secoué de spasmes. Il se mit bientôt à hurler comme un animal blessé et fou de douleur. Il se roula par terre sans faire attention à sa tête qui heurtait le ciment. Il tirailla ses propres membres, se donna des coups de poing, se cogna partout en poussant des cris de forcené. S'il n'avait pas été seul dans l'immeuble, les voisins du dessus l'auraient immédiatement entendu. Si le vent et la pluie n'avaient pas fait un boucan de tous les diables, dans la rue, les passants l'auraient certainement entendu.

Au bout d'un long moment, sa colère s'apaisa. Bishop gisait par terre, dans un état de stupeur hébétée, les vêtements lacérés, le corps lardé de coups et ensanglanté. L'animal se tut enfin. Ses yeux furieux se fermèrent pour laisser la place à un sommeil bien mérité.

Kenton rêva d'un temps où il avait eu faim et froid, de lui enfant, désespéré, seul, incapable ni d'agir, ni même de comprendre. Du lapin blanc et du chat noir qu'il possédait, adolescent. Couché sur son lit, à l'abri des ravages de la nuit mais pas des injures du passé, il ne savait plus s'il dormait ou s'il était éveillé, si cet enfant avait vraiment existé, si l'homme qu'il était devenu existait bel et bien.

Bishop dormit sur le ciment froid jusqu'au matin et se réveilla avec une faim de loup. Il lava son corps d'animal, pansa ses blessures et avala un petit déjeuner. Désormais libéré de sa peur, il s'attaqua à son problème.

Il avait commis une erreur fatale en s'abonnant au service de messagerie téléphonique. Plusieurs erreurs, même. Son idée de studio photo était bonne, mais pas dans sa réalisation concrète. Si les femmes laissaient leur nom sur son répondeur, cela voulait dire que quelqu'un possédait la liste de ces noms. Tôt ou tard, la police s'intéresserait à cette liste et la comparerait à celle des femmes récemment disparues. Or, elles avaient toutes téléphoné à Jay Cooper juste avant leur disparition. Bizarre. Plus que bizarre, se diraient forcément les policiers.

De même, un des modèles finirait bien par laisser le nom de Cooper dans une note destinée à une amie ou à sa famille, ou alors, nourrissant quelques soupçons avant même de le rencontrer, le signalerait à la police. Sachant néanmoins que personne ne savait où il habitait, d'où sa volonté de rencontrer les filles dans des lieux publics et de les ramener chez lui une fois certain qu'elles étaient venues seules. Sachant aussi qu'elles étaient toutes des amatrices, des demi-artistes, des demi-prostituées, des désespérées en quête d'argent ou de plaisir, ou les deux à la fois, aucune d'entre elles n'aurait jamais l'idée de vérifier au préalable l'identité du photographe ou d'indiquer à un tiers la nature exacte de leur rendez-vous. Malgré tout, quelque chose finirait nécessairement par dérailler – peut-être était-il même déjà trop tard. Prêts à fondre sur lui, les flics connaissaient peut-être son nom et l'adresse de son point courrier.

C'était sa troisième erreur. Si la police posait des questions, le service de messagerie téléphonique indiquerait comme adresse le point courrier de Lafayette Street. Il ne pouvait donc plus s'y rendre. Là-bas, au moins, il avait donné son adresse à Chicago, ce qui ne serait d'aucune utilité aux flics. En revanche, ils pouvaient le retrouver par l'homme auquel il louait son studio-appartement au nom de Jay Cooper. Dès que le propriétaire lirait ce nom dans les journaux, il préviendrait la police. Aussi l'appartement n'était-il même plus un lieu sûr.

Bishop fit une grimace de dégoût. Une simple erreur, et il avait tout foutu en l'air, ses projets, son œuvre, sa nouvelle identité new-yorkaise. En fumée ! Il était convaincu que les flics le rattraperaient avant une semaine, voire d'ici quelques jours si des femmes continuaient de disparaître. Et dire qu'il avait un rendez-vous le soir même !

Il fit le point. L'appartement, le point courrier, la messagerie téléphonique, l'activité de photographe. Il avait tout perdu. New York n'avait plus rien à lui offrir.

Mais qu'aurait-il fait s'il n'était pas tombé sur ce feuilleton policier ? Grâces soient rendues à la télévision !

Il ne perdit pas une seule seconde. Il détruisit tout ce qui rappelait Jay Cooper et rangea dans son portefeuille le permis de conduire et l'acte de naissance au nom de Thomas Wayne Brewster. Il fourra dans sa poche, en plus du portefeuille, son nouveau passeport. À la banque du coin, il clôtura son compte d'épargne en expliquant qu'il repartait pour Chicago. Revenu chez lui, il sortit l'argent caché derrière les briques. Une heure plus tard, il confiait plus de 21 000 dollars à la banque du New Jersey. Pas pour longtemps, se dit-il sur le chemin du retour, car dès qu'il retrouverait un abri il rapatrierait la moitié à New York. En attendant, au moins, l'argent se trouvait en lieu sûr. Personne ne connaissait l'existence de Thomas Wayne Brewster et il ne commettrait plus d'erreurs.

Fred Grimes connaissait déjà la mauvaise nouvelle lorsque Kenton arriva enfin au bureau. Curtis Manning débarquait vraiment de Floride. Sa famille vivait toujours là-bas. Un garçon sensible, artiste, différent des jeunes du coin, qui avait décidé de monter à New York pour y assouvir ses passions, quelles qu'elles soient. Les photos collaient. C'était bien Manning.

Kenton le savait déjà. Non pas dans les faits, ni dans les détails, mais par cet instinct viscéral qui constituait son mode de vie. Manning était trop beau pour être vrai. Chess Man, Bat Man, Manning. Tout tournait autour de « Man », « l'homme ». Bishop avait du mal à s'identifier à un homme. C'eût été de sa part une incroyable preuve d'ironie que d'usurper l'identité d'un type nommé Manning. C'était le genre de chose qu'on pouvait trouver au cinéma ou dans les romans, où tout était méticuleusement agencé et semblait s'emboîter à merveille, mais jamais dans la vraie vie, où rien ne fonctionnait parfaitement, pour la simple et bonne raison qu'il n'y avait ni metteur en scène, ni casting, ni même un régisseur. Dans la vraie vie, tout n'était que hasard.

Et cette fois, le hasard avait joué contre Kenton. Point final. Il s'était planté. Il avait passé la moitié de la nuit à essayer de comprendre le problème. En vain. Son idée avait été bonne – il en était persuadé. Mais il ne pouvait pas rivaliser avec les flics dès qu'il s'agissait de surveiller les lieux publics, de passer tous les hôtels de la ville au peigne fin ou de faire quadriller les rues par des milliers d'hommes.

Il avait préféré étudier sa proie jusqu'à sentir et savoir des choses sur elle. Bishop vivait à New York, à Manhattan. Il rôdait certainement près de ses victimes. Il devait trouver Manhattan enthousiasmant, avec ces millions de femmes sous les yeux, tout autour de lui. Le rêve, pour un fou. Il se dénicherait un logement mais, pour ne pas attirer l'attention, récupérerait son courrier autre part. Quel courrier, d'ailleurs ? Surtout des pièces d'identité. Son profil le poussait à chercher constamment des identités nouvelles et plus solides. Apparemment, il ne pouvait, ne voulait pas s'arrêter dans sa course folle.

Kenton avait donc jeté son dévolu sur un élément de la vie de Bishop auquel la police, ne connaissant pas l'animal, n'aurait jamais pensé. Les points courrier de la ville. Et il avait choisi la première semaine après son arrivée, ce qui correspondait aussi au profil de Bishop.

Au moment où le filet s'était refermé, Bishop aurait dû se retrouver piégé dedans.

Sauf que non.

Et Kenton ne comprenait pas pourquoi.

Une fois encore, il demanda à Grimes si les autorités avaient visité tous les points courrier de Manhattan, si elles avaient bien récupéré tous les noms récemment inscrits chez chacun d'entre eux, si les détectives privés avaient passé au crible tous les noms suspects, ceux des vingt-sept finalistes encore en lice.

« Autant que je sache, lui répondit Grimes, la réponse est oui à toutes vos questions. »

Kenton se remit à fixer le mur.

En début d'après-midi, il déjeuna longuement, puis consacra une heure de son temps à son article sur Stoner. Il avait la tête ailleurs. En fin de journée, une idée lui vint ; il appela aussitôt Mel Brown. La secrétaire lui répondit que ce dernier serait absent tout l'après-midi. Kenton rappellerait le lendemain matin.

Bishop laissa la lumière du studio allumée. Il n'en aurait pas pour longtemps. Lorsqu'il remonterait avec le modèle, ce serait pour lui la dernière occasion de jouer les photographes, un rôle qu'il aimait assez, un rôle qu'il regretterait. En tout état de cause, il essaierait de célébrer l'événement en en faisant un vrai spectacle dont la fille se souviendrait jusqu'à la fin de ses jours.

Il faisait frais dehors, et Bishop frissonna au moment de prendre à gauche et de s'enfoncer dans les premières ombres du soir.

Elle était en retard, comme d'habitude. Avant de s'en aller en courant, elle griffonna un mot pour sa colocataire, lui expliquant qu'elle se rendait à une séance de pose avec un photographe nommé Jay Cooper. Des photos pour un magazine. Quelque part dans le sud de la ville. Elle ne savait pas exactement où.

Elle serait de retour d'ici quelques heures.

Dory s'obligea à marcher jusqu'à la voiture. Cette fois-ci, elle n'avait pas peur des deux hommes, du moins pas une peur paralysante. Elle pensait surtout à l'argent qu'ils lui remettraient. De son côté, elle avait ce qu'ils cherchaient, en tout cas un renseignement à leur donner. Elle leur annonça que la lettre se trouvait dans un bureau métallique, chez Messick. Celui-ci s'était aménagé une pièce pour ses affaires personnelles et ses coups de téléphone, presque une deuxième chambre. Un peu plus tôt dans la journée, alors qu'il était sorti, elle avait fouillé le bureau et découvert sur la droite une petite porte, comme un coffre-fort. Il fallait une clé pour l'ouvrir, mais la structure ne devait pas être bien solide.

Était-elle sûre que la lettre se trouvait là-dedans ?

Elle acquiesça. Don Solis. Oui. Sûre et certaine.

Les deux hommes la crurent sur parole.

Quand lui remettraient-ils l'argent ?

Quand ils récupéreraient la lettre.

Elle ne pouvait pas forcer le coffre toute seule.

Ils s'en chargeraient. Elle n'aurait qu'à leur ouvrir la porte de l'entrée. Vendredi matin. Ils prendraient la lettre et elle recevrait l'argent.

Et Messick, dans tout ça ?

Il ne saurait jamais rien du rôle qu'elle avait joué dans cette affaire.

Et que devait-elle faire en attendant ?

Rien. Elle en avait déjà suffisamment fait.

Kenton se disait que Mel Brown repérerait peut-être des choses qui lui avaient échappé. Les détectives privés, après avoir étudié tous les cas qui correspondaient à la description, étaient arrivés à vingt-sept suspects. Pour chacun d'entre eux, ils avaient ensuite collecté des renseignements et des photos.

Quelque chose, tout de même, échappait à Brown. Comment s'y étaient-ils pris pour examiner tout le monde au départ ?

En jetant un petit coup d'œil sur chacun d'entre eux.

Voilà précisément ce qu'il ne comprenait pas. Tous ces gens-là avaient-ils été repérés sans exception ? Aucun n'était donc parti plusieurs semaines en voyage ou pour le travail ? Personne n'avait indiqué une mauvaise adresse, à tout hasard ? Chaque nom possédait-il une adresse locale vérifiable ?

Les yeux plissés, Kenton appela Fred Grimes. Pouvait-il demander aux détectives s'ils avaient éventuellement pu rater certains individus, par exemple ceux qui ne possédaient pas d'adresse locale ? Oui, tout de suite.

La réponse tomba quelques minutes plus tard. Il y avait huit noms auxquels manquait une adresse locale. Ces huit hommes habitaient hors de l'État de New York. Beaucoup de particuliers ou d'entreprises venus du reste du pays gardaient une adresse à New York, d'où le courrier leur était ensuite renvoyé. L'agence avait considéré ces huit noms manquants comme relevant de ce cas de figure mais n'avait pas poursuivi son investigation, puisqu'on recherchait un individu vivant réellement à New York.

Et Manning ? Il venait de Floride, pourtant ?

Exact. Mais il avait également fourni une adresse locale.

Kenton ordonna que l'on enquête aussitôt sur ces huit personnes. Sans perdre une seconde. Pour chacune d'entre elles, on demanderait confirmation à leurs propriétaires. Il voulait les résultats avant 17 heures, si possible.

À Sacramento, Roger Tompkins affirma à Stoner qu'il détenait certaines lettres – originaux ou copies – qui pouvaient s'avérer embarrassantes pour le sénateur.

Néanmoins, il garderait ces documents par-devers lui puisqu'il n'avait pas l'intention de démissionner du cabinet du sénateur. Pas pour le moment, en tout cas.

Stoner ne réagit pas. En bon politicien, il savait tout du pouvoir.

Sur les coups de 11 heures, Kenton informa James Mackenzie qu'il allait bientôt mettre la main sur Chess Man mais qu'il avait besoin d'un délai supplémentaire. Mackenzie lui rétorqua que le temps commençait à manquer. Cela faisait déjà une semaine, et il avait escompté que…

L'affaire de quelques jours, plaida Kenton.

Les personnes présentes dans le bureau penchèrent pour un délai supplémentaire.

Mackenzie donna à John Perrone son aval pour l'éditorial réclamant la démission de Nixon. Ils assumaient leur choix jusqu'au bout.

Mais il ne pouvait pas accorder plus de quelques jours. Une semaine, au grand maximum, jusqu'à la parution du prochain numéro. Dernier carat.

Dès 16 h 30, Kenton avait des renseignements sur cinq des points courrier loués par des personnes demeurant hors de l'État de New York. Trois l'étaient par de petites entreprises industrielles de l'Ohio, de la Virginie-Occidentale et du Wisconsin, le quatrième par un homme qui habitait un trou perdu du Kentucky mais goûtait le prestige d'une adresse à New York, enfin, le cinquième par une femme du Nouveau-Mexique qui l'utilisait pour un service de voyance par correspondance. Ces cinq adresses avaient été vérifiées.

Les trois autres venaient de Denver, de Los Angeles et de Chicago. Les recherches se poursuivaient. Les résultats tomberaient dans la matinée.

Los Angeles. Kenton repensa au séjour de Bishop à Los Angeles, juste après son évasion, à sa mère qui y avait été violée et à son père qui s'y était fait tuer. Et à la vie de Caryl Chessman, à son propre article sur Chessman, qui avait dû être une révélation pour Bishop et du pain bénit pour Stoner. Tout trouvait sa source à Los Angeles.

Bishop se trouvait maintenant dans une situation critique.

Kenton avait l'intuition que Los Angeles se cachait derrière tout ça.

La colocataire commençait à s'inquiéter sérieusement. Pam n'était pas rentrée de la nuit, ni de la journée d'après. Alors qu'une nouvelle soirée se profilait, elle n'avait toujours pas fait signe, et ça ne lui ressemblait pas. Étudiante aux Beaux-Arts, elle restait presque tout le temps à la maison pour y travailler. Elle n'avait pas de petit ami.

La colocatairc jcta de nouveau un coup d'œil sur le petit mot qu'elle avait laissé. Une séance de pose pour un magazine. Jay Cooper. Quelque part dans le sud de la ville.

Elle se laissait jusqu'au lendemain matin.

Bishop changea d'avis. Il avait prévu de s'en aller dans la matinée, après avoir disposé de son ultime modèle. Il était maintenant 21 heures passées et il se trouvait toujours chez lui. Il avait déjà décidé de ne rien emporter avec lui, ni appareil photo, ni livre, ni radio, ni vêtement. Il recommencerait sa vie sous le nom de Thomas Wayne Brewster. Un nouveau départ. Mais il souhaitait quand même offrir à Jay Cooper une dernière nuit, dans le seul chez-soi qu'il ait jamais eu. La menace était là, bien réelle. Cependant, il surestimait ses pourchasseurs. Il était trop intelligent pour eux, il était Chess Man, Bat Man, le maître des échecs, l'homme chauve-souris. Jamais ils ne pourraient le tuer, ni même le capturer. Il les enterrerait tous. Que savaient-ils de lui ? Rien. Et ils ne sauraient jamais rien de lui.

Pour cette dernière nuit, il comptait aller dans un bar, mettre le grappin sur une femme et la ramener chez lui pour une ultime célébration. Elle ferait partie intégrante du spectacle – un rôle de tout premier plan.

Le lendemain matin, il s'en irait, seul, comme toujours. Éternellement.

À 8 h 20, la colocataire de Pam Boyer appela la police pour signaler que son amie avait disparu. Elle la décrivit, puis lut la note qu'elle avait laissée, avec notamment le nom de Jay Cooper. L'information fut, comme de juste, transmise au service des disparitions. Étant donné le retentissement récent des disparitions de femmes, le rapport fut également envoyé à la cellule spéciale.

À 9 h 10, Jay Cooper quitta pour la dernière fois son appartement. Portant ses chaussettes en laine sous des bottes marron, emmitouflé dans son écharpe et sa veste en daim, et n'emportant avec lui que son écran de télévision portatif, il prit le métro, destination sa nouvelle vie. Il était seul.

À 9 h 25, Adam Kenton apprit que Los Angeles ne cachait pas Chess Man derrière une adresse postale new-yorkaise. Le point courrier était en effet payé par un client colérique qui l'utilisait manifestement à des fins pas tout à fait légales, mais il en était bel et bien le locataire et il n'était pas Thomas Bishop. Dans le cas de Denver, le client était un homme d'affaires qui passait une semaine par mois à New York.

C'était donc Chicago.

Jay Cooper habitait Chicago et n'avait jamais entendu parler d'une quelconque adresse postale à New York. Ce ne pouvait pas être la sienne. Comment était-ce possible ? Il détestait New York, où il n'avait pas mis les pieds depuis des lustres.

C'était donc Bishop.

Il avait réussi à voler l'identité de Jay Cooper ; le reste n'avait été qu'un jeu d'enfant. Non, pas un jeu d'enfant : beaucoup de réflexion et une organisation méthodique. Ce qui n'était jamais un jeu d'enfant.

Kenton connaissait maintenant le visage et le nom. Il ne lui manquait plus que l'adresse.

C'était le moment d'aller voir les flics. Désormais, ceux-ci pouvaient l'accuser de tout et n'importe quoi, et ils auraient raison : rétention d'information, immixtion dans une enquête policière et sans doute un tas d'autres choses encore. Mais il n'avait pas fait tout ce chemin pour refiler le bébé à d'autres. Ce n'était pas son genre – ce ne serait jamais son genre.

Mackenzie lui avait laissé encore quelques jours.

Il les prendrait, quitte à en assumer les conséquences.

À 10 heures, il discutait avec le directeur de l'agence de détectives et réclamait de sa part un effort tout entier tendu vers la localisation d'un seul homme. Son adresse postale étant située dans le sud de la ville, il devait vivre non loin de là : East Village, la Bowery, Soho. Les détectives recevraient son portrait dans l'après-midi, à charge pour eux de le diffuser partout, notamment dans les magasins et les restaurants. D'autres agents devraient s'occuper du nom. Jay Cooper. Quelqu'un avait forcément dû l'entendre. L'homme payait son loyer sous ce nom-là, peut-être qu'il travaillait quelque part, ou qu'il avait un téléphone, qu'il louait une voiture, que sais-je ? On ne regarderait pas à la dépense. Il fallait ce qu'il fallait. Le directeur devait jeter tous ses hommes dans la bataille, et si cela ne suffisait pas, il n'avait qu'à en trouver d'autres.

Kenton souhaitait être tenu informé. Il passerait la nuit au Saint-Moritz. Les gars devaient travailler jour et nuit. Il voulait des résultats et il n'avait plus de temps à perdre.

Ailleurs dans New York, une opératrice qui travaillait pour un service de messagerie téléphonique se dit qu'elle devait certainement délirer, mais toutes les jeunes filles qui disparaissaient avaient un jour ou l'autre appelé un de ses clients. Elle se rappelait avoir entendu leur nom au téléphone. Johnson. Daley. Ubis. Boyer.

Elle s'attarda sur ces noms dans le journal. D'un autre côté, des tas de gens possédaient le même nom. Mais oui, évidemment. Elle délirait.

Après coup, Adam Kenton jurerait qu'il se souviendrait longtemps de ce 15 novembre. Toute la journée, il resta assis à son bureau, incapable de travailler, ni même de se concentrer. Dès que le téléphone sonnait, il se ruait dessus, pour finalement demander à son correspondant de ne plus l'appeler. Il contacta plusieurs fois l'agence de détectives : toujours la même réponse. Presque cinquante hommes étaient mobilisés sur le terrain, d'autres les relèveraient dans la soirée. Ils travailleraient toute la nuit, si tel était son souhait.

Finalement, à 18 heures, il rentra à son hôtel. Après un dîner expédié, il passa la soirée à regarder la télévision sans le son. Même s'il croyait ne jamais pouvoir s'endormir, il y parvint cependant, le téléphone placé à quelques centimètres de son oreille.

L'opératrice du service de messagerie se ravisa et décida quand même d'en parler à son patron. Même si elle délirait, où était le mal ? Après tout, on leur demandait d'être à la fois alertes et consciencieux, non ?

Elle lui en toucherait un mot dès le lendemain matin.

Le téléphone sonna à 7 h 43.

Kenton bondit de son lit avec une telle brusquerie qu'il renversa le cendrier et, au moment de décrocher, écrasa les mégots répandus par terre.

On avait retrouvé Jay Cooper. Du moins l'endroit où il vivait. Un immeuble à deux étages sur Greene Street, dans le quartier de Soho. Un grenier. Personne d'autre n'habitait là-dedans pour le moment.

Comment l'avaient-ils repéré ? Grâce à une demande officielle faite par le propriétaire afin d'obtenir une réduction des taxes locales sur son immeuble. Le seul habitant y avait été recensé en tant qu'entreprise, Jay Cooper Novelties, puisque que la zone ne pouvait pas avoir vocation résidentielle.

Un homme était déjà posté devant l'immeuble et le surveillait.

Kenton répondit qu'il les retrouverait d'ici trois quarts d'heure. Mais où ?

Chez Ray, un restaurant sur Centre Street, tout près du Criminal Courts Building, qui ouvrait à 7 h 30.

Dans le taxi qui l'emmenait vers le sud de la ville, Kenton n'arrêtait pas de se dire qu'il allait forcément y avoir un problème. Soit le restaurant n'existerait plus quand il arriverait sur place, soit le coup de téléphone était une erreur. Quelque chose de dingue.

Pourtant, ils l'attendaient bel et bien au rendez-vous convenu : trois détectives privés costauds et armés de pistolets. Maintenant qu'ils roulaient en silence, Kenton, assis sur le siège passager, les mains agrippées à ses cuisses, espéra simplement que sa bonne étoile le suivrait encore quelque temps.

À Fresno, en Californie, Don Solis écouta quelques secondes Sinatra chanter *It Was a Very Good Year*. Il fredonna deux ou trois mesures. Il se sentait bien en ce vendredi matin radieux, et son avenir semblait encore plus radieux.

Aucun nuage à l'horizon.

Dans sa voiture envahie par la douce musique, il tendit le bras et mit le contact. Son avenir lui explosa à la gueule.

Plus au sud, à San Diego, deux hommes s'approchaient d'une maison située dans une rue tranquille. Bientôt, une jeune femme leur ouvrit la porte.

Une fois dans la maison, ils abattirent la femme avec leurs revolvers équipés de silencieux, puis se rendirent jusqu'à la chambre et tuèrent Johnny Messick pendant qu'il dormait.

Dans la deuxième chambre, l'un des deux hommes sortit un petit pied-de-biche de sous sa veste et, en deux temps trois mouvements, força le coffre-fort du bureau. Ils récupérèrent l'enveloppe sur laquelle il était écrit « Don Solis ».

En moins de trois minutes, ils avaient regagné leur voiture.

La berline s'arrêta un peu plus loin, au coin de la rue. Quatre hommes en sortirent et marchèrent jusqu'à l'immeuble. L'un d'eux, s'aidant de petits outils, parvint à ouvrir la porte. Ils entrèrent à pas de loup.

Flingues braqués, ils atteignirent rapidement le palier du premier étage. Devant eux, la porte était ouverte. Ils pénétrèrent dans une grande pièce et découvrirent un mur tapissé de papier blanc, ainsi qu'un appareil photo monté sur un trépied.

Il n'y avait personne.

Deux des hommes se glissèrent entre les planches qui dissimulaient le palier du deuxième étage et gravirent lentement les marches…

L'inspecteur Dimitri avait comparé le nom transmis par l'opératrice téléphonique à celui qui figurait dans le rapport sur la disparition d'une jeune femme la veille. C'était le même.

Jay Cooper.

Un début de nausée lui souleva le cœur.

Un photographe qui employait de jeunes modèles.

À peine avait-il envoyé des hommes dans toute la ville à la recherche d'un certain Jay Cooper qu'on lui apprit que quelqu'un le cherchait au téléphone.

« Adam Kenton, de *Newstime*. Il veut vous parler. »

Dimitri fit non de la tête. Il était occupé.

« Il dit que c'est urgent. C'est à propos de Jay Cooper. »

Ainsi débuta la plus grande chasse à l'homme de toute l'histoire de New York, un intermède bref et sanglant dans la vie haletante de la plus grande ville américaine. Avant qu'elle s'achève, des dizaines de vies seraient irrémédiablement bouleversées, et d'autres interrompues. Des carrières seraient brisées, et d'autres lancées. Deux hommes, deux chasseurs qui connaissaient pourtant la peur du renard que l'on traque, finiraient par se retrouver face à face. Et une énigme folle, jamais élucidée, commencerait de hanter les spécialistes de Chess Man autant que l'opinion publique.

À ce jour, les divers dossiers de police concernant Thomas William Bishop n'ont toujours pas été officiellement classés. De même, le rapport du FBI sur l'enquête n'a jamais été publié.

Plus tard, journalistes et spécialistes du crime rappelleraient que Jack l'Éventreur ne fut jamais arrêté et que des meurtres ou des mutilations similaires – voire identiques – infligées à des femmes ont lieu dans plusieurs pays à environ soixante-quinze ans d'intervalle, soit la durée de vie moyenne d'une femme.

Vous avez également ceux qui croient encore que, par une nuit sombre et terrible, le monstre brandira de nouveau son couteau pour le planter, impitoyablement, dans des parties génitales. Et ces gens-là attendent, tout comme attendaient une ville apeurée et un pays inquiet pendant ces dernières et atroces semaines du mois de novembre 1973.

Ils attendaient… Ils attendaient…

LIVRE TROISIÈME

Thomas Bishop et Adam Kenton

21

Le plus clair de ces deux ultimes semaines, la traque folle de Jay Cooper mit New York sens dessus dessous. Des milliers de personnes prétendaient l'avoir vu quelque part ; chaque fois, on notait, on vérifiait. Il fut aperçu dans la tour d'observation au sommet de l'Empire State Building, sur les quais du métro enfoui sous terre, dans des bus et des taxis, dans des cinémas, des restaurants, des supermarchés, à Coney Island et aux Cloisters, sur des ponts, des bateaux, dans des trains, et même dans une bonne demi-douzaine d'édifices religieux, des églises méthodistes jusqu'aux temples bouddhistes. Mais rien de tout cela n'était vrai. À l'évidence, il ne faisait pas du tourisme, ne prenait pas les transports en commun, n'allait pas au spectacle, ne mangeait pas, ne priait pas, pas plus qu'il ne se promenait, ne s'asseyait dans les parcs ou n'attendait aux carrefours. Manifestement, il ne dormait même pas.

Les hôtels de la ville furent passés au crible. Les jeunes hommes correspondant à son profil furent invités à présenter leurs papiers d'identité au moment où ils réservaient une chambre. Du Plaza ou du Saint-Regis jusqu'aux pensions minables d'Upper West Side et aux repaires d'alcooliques de la Bowery, de Washington Heights à Bronxville en passant par le centre du Queens et le cœur de Brooklyn, tous les hôtels furent fouillés. Même les pensions et les foyers sociaux ou religieux de tout poil n'échappèrent pas aux recherches. Tout établissement qui pouvait héberger des hommes à la journée ou à la semaine fut inspecté, jusqu'aux entrepôts désaffectés le long du fleuve et aux immeubles abandonnés des quartiers chauds, où créchaient les sans-abri. On chercha dans les petits bars de quartier, ainsi que dans les arrière-salles des blanchisseries chinoises, on retourna de fond en comble les planques des voyous, on prit d'assaut les bordels. Même une fête foraine installée près de l'aéroport Kennedy et qui employait des gens du quartier pour jouer les monstres de foire fut passée au peigne fin. Mais Jay Cooper demeurait introuvable.

En l'espace de vingt-quatre heures, le portrait dessiné de Bishop fut distribué à des milliers d'exemplaires dans les bars, les restaurants, les salons de coiffure, les banques, les salons de massage privés, les bains publics, bref, partout où un homme pouvait aller manger, boire ou satisfaire mille autres besoins. Le croquis montrait un jeune homme au visage avenant, aux cheveux clairs et au regard droit, à mille lieues de la trogne patibulaire d'un Vincent Mungo. Ce jeune homme-là paraissait on ne peut plus sympathique et manifestement incapable de faire du mal à une mouche. Il s'appelait Thomas Bishop, mieux connu sous le nom de Chess Man.

Dans les jours qui suivirent, plusieurs centaines d'hommes furent contrôlés par la police en pleine rue, dans les transports en commun, les parcs et les enceintes sportives. Tous se virent demander une pièce d'identité. Ceux qui n'en avaient pas ou qui se comportaient bizarrement furent appréhendés sur-le-champ. Leur seul crime ? Celui de ressembler à Thomas Bishop, ou du moins d'être des Blancs pas trop laids. Si la plupart d'entre eux furent vite libérés, sans explications ni excuses, d'autres furent retenus plus longtemps afin d'être interrogés sur d'autres affaires. Les policiers n'étaient d'humeur ni à entendre parler de libertés fondamentales, ni à faire dans la dentelle. Au moindre indice de sa présence éventuelle, au moindre bruit selon lequel il se trouvait dans les parages, ils envahissaient le quartier, prenaient les immeubles d'assaut, investissaient les appartements, abordaient les inconnus, braquaient leurs armes sur les suspects. On leur avait demandé de faire leur boulot ; les excuses et les regrets viendraient plus tard, voire jamais.

On les voyait à tous les points importants de la ville : aux arrêts de bus, notamment ceux de Times Square et du Washington Bridge, au départ du ferry pour Staten Island, à Penn Station et Grand Central Station, aux aéroports, sur les ponts et dans les tunnels. Des barrages furent installés sur toutes les grandes artères qui menaient à Long Island et Westchester. La patrouille portuaire fouillait tous les bateaux de plaisance, tandis que les gardes-côtes se chargeaient des navires marchands. Un incident diplomatique faillit avoir lieu lorsque le capitaine d'un cargo roumain mouillant dans l'Hudson menaça de tirer à vue sur tous les Américains qui monteraient à bord. D'habiles émissaires parvinrent à contacter Bucarest, à l'autre bout du monde, mais le gouvernement roumain persista dans son refus de laisser les autorités américaines inspecter le navire. En fin de compte, un officier de police roumain fut dépêché à New York, aux frais de l'État américain, et mena en personne l'inspection du navire, portrait de l'assassin en main. Le résultat fut négatif : Thomas Bishop ne se trouvait pas à bord du *Moldavia*.

Tous les détraqués sexuels connus furent interrogés, leur maison ou leur gourbi fouillés, les enquêteurs partant de l'hypothèse selon laquelle Bishop pouvait connaître l'un ou plusieurs d'entre eux. Si les responsables importants de la police reconnurent que dans son cas il ne s'agissait pas vraiment de crimes sexuels, ils ne voulaient cependant négliger aucune piste, aussi mince fût-elle. Deux de ces hommes furent d'ailleurs inculpés pour d'autres crimes.

De jeunes inspecteurs écumèrent les clubs d'échecs, les bars pour célibataires les plus courus, les lieux de rendez-vous étudiants et les résidences universitaires, les soirées pour cœurs brisés, les clubs échangistes et les boîtes à partouzes – tous les endroits où jeunes hommes et jeunes femmes pouvaient se rencontrer. D'autres agents se chargèrent des coins homosexuels, clubs privés et bains-douches, bars gays, repaires de camionneurs, soirées sado-maso et lieux de drague. Aux dires de certains experts psychiatriques de la police, on pouvait imaginer que la folie de Chess Man lui venait d'une forte pulsion homosexuelle. Des patrouilles de quartier mirent en garde les prostituées et les chassèrent des trottoirs, du moins à titre provisoire.

Des policières furent envoyées dans les agences de modèles, dans les YMCA et autres résidences du même acabit, dans les quartiers des infirmières et les couvents, bref, tous les lieux où des femmes se réunissaient sans hommes. On craignait par-dessus tout que Chess Man, privé de son réservoir de victimes, disjoncte complètement, fasse irruption dans un endroit rempli de femmes et commette non plus seulement un crime sanglant, mais un massacre en bonne et due forme.

La police ne prenait aucun risque. La position officielle était d'étouffer toute critique par un surcroît d'activité. Mieux valait en faire trop, dirent les lieutenants aux sergents qui à leur tour transmirent la consigne aux hommes de base, plutôt que de laisser des brèches ouvertes. S'ils n'attrapaient pas le tueur fou, et vite, la population commencerait à se demander à quoi servait de consacrer un milliard de dollars par an à une police dont les agents étaient grassement payés à exécuter des tâches sommaires que des salariés du privé faisaient pour trois fois moins cher, et dont ils sortaient, au bout de vingt ans de service, avec une retraite plus copieuse que nombre de salariés new-yorkais. Naturellement, personne ne souhaitait voir ce genre de réflexions germer dans l'esprit des gens. Il fallait donc obtenir des résultats et mettre le grappin sur Chess Man au plus vite. C'était une affaire politique, un jeu de pouvoir, au milieu desquels la police se retrouvait coincée.

Les gens de la pègre, eux, connaissaient un problème de crédibilité encore plus criant. Ils avaient signé un contrat pour exécuter une mission, ils avaient même reçu des arrhes. Trois mois après, le contrat n'était toujours pas rempli, et Chess Man les faisait passer pour des imbéciles. En véritables hommes d'affaires qu'ils étaient, les grands caïds savaient que cette histoire finirait par causer du dégât là où ça faisait mal, c'est-à-dire au porte-monnaie. Là encore, il fallait agir très vite.

Avec le déclenchement de cette immense chasse à l'homme, la pègre se mit au travail. Là où la police ne pouvait pas aller, aux individus que la police ne pouvait pas connaître, on fit passer l'information. Le tueur de femmes était activement recherché ; il ne devait jouir d'aucune protection et ne trouver ni refuge, ni nourriture, ni repos. Il fallait le faire sortir de son trou. Dans les bas-fonds de New York, au cœur de la frénésie de la ville, dans les milieux du jeu, de la drogue et du racket, dans tous les secteurs d'activité, de la confection jusqu'aux syndicats, toute la jungle urbaine entendit retentir l'appel. Il fallait attraper cet homme ! Mort ou vif. Le roi de la jungle réclamait sa tête.

Un autre élément entrait en ligne de compte. L'un des plus grands responsables de la police avait contacté, en personne, le vénérable et éminemment respecté chef de la pègre pour solliciter son aide. Sur ce coup-là, tout le monde jouait sa tête. En échange de certaines concessions accordées à contrecœur en cas de succès, M. G. accepta de jeter ses forces dans la bataille.

Bien entendu, ce pacte secret ne fut jamais dévoilé publiquement : aucune note écrite, aucun document conservé, aucun journaliste tuyauté. Depuis, chaque fois que la rumeur d'un tel accord revient, les représentants de la police démentent systématiquement toute collusion. Mais ce déni participe lui-même d'une vieille tradition, presque aussi ancienne que le pacte d'entraide mutuelle provisoire que deux hommes d'influence scellèrent, par un matin froid de novembre, sur un banc, dans un petit parc pour skaters de Sullivan Street. Plus de cinquante mille hommes, issus de la police comme de la pègre, participèrent ensemble à la traque.

Restaient donc environ huit millions d'habitants. Dans les jours qui suivirent la divulgation du nouveau nom et du portrait de Chess Man, tandis que les policiers arrêtaient des centaines de suspects improbables et que la pègre rudoyait des dizaines de truands, des groupes de gens firent la chasse à de malheureux clampins dont on pensait qu'ils étaient Bishop, ou qu'ils lui ressemblaient, ou qu'ils parlaient comme lui, ou qu'ils bougeaient comme lui, voire qu'ils marchaient comme lui. Une rumeur, un hurlement, un cri suffisaient à provoquer ces actions d'autodéfense. Parfois même un simple mot – et le malheureux devait alors prendre ses jambes à son cou pour se tirer d'affaire. Dans certains quartiers, la psychose atteignit des sommets ; plusieurs individus suspects furent méchamment malmenés par la foule avant d'être sauvés par la police. L'un d'eux mourut en arrivant à l'hôpital du Queens, la tête littéralement écrabouillée à coups de batte de base-ball. Cet homme jeune, un peu timide et nouveau dans le quartier, n'était pas Chess Man. Pas davantage que cet autre jeune homme du Bronx qui fut abattu après avoir violé une femme. En tout et pour tout, au cours de ces semaines houleuses, huit hommes durent être hospitalisés après avoir été molestés par la foule. Aucun d'eux n'était Jay Cooper.

Après que, au matin du 16 novembre, sept corps démembrés furent sortis du dernier étage d'un immeuble commercial sur Greene Street, Alex Dimitri se tenait dans un coin du grenier au premier, pendant que ses hommes procédaient aux relevés de routine. Les indices étaient omniprésents, de quoi inspirer une bonne douzaine de séries policières : indices quant à une activité de photographe, notamment des pellicules ; indices portant sur le point courrier, avec des lettres ayant transité par cette adresse ; indices, d'un service de messagerie téléphonique, d'une arrivée récente de l'homme à New York en provenance d'une région au climat plus chaud, de son jeune âge, de son poids et de sa taille moyens, de ses cheveux clairs, de sa barbe, de son compte en banque, de son passé psychiatrique, de son goût pour les sandwichs à la mortadelle et de sa passion pour les échecs. Indices, enfin, de son goût marqué pour les mutilations.

Ce que l'inspecteur Dimitri ignorait à ce moment-là, c'est que Bishop avait effacé toute trace du New Jersey et de sa nouvelle identité. Il s'était promis de ne plus commettre d'erreur. Quand il avait quitté les lieux, son portefeuille contenait des documents attestant qu'il était bien Thomas Wayne Brewster. Le seul élément un peu plus ancien était la photo d'une femme à l'allure plutôt banale, portant une tenue sévère, une femme que Bishop pensait être sa mère mais qui ressemblait beaucoup à Margot Rule, de Las Vegas.

« Vous auriez dû m'appeler hier, grommela Dimitri en essayant de garder son sang-froid. Vous connaissiez son nom depuis vingt-quatre heures. Avec ça, on aurait pu l'attraper plus vite, si ça se trouve pendant qu'il était encore ici. »

Adam Kenton ne partageait pas son avis et le lui dit. Il était évident que Chess Man avait débarrassé le plancher au moins un jour avant, et probablement encore plus tôt. Le lit était froid, il ne restait aucun aliment frais et il n'y avait plus rien à manger dans le frigo. Les ordures étaient vieilles de plusieurs jours, le journal le plus récent datait du mardi.

« Aujourd'hui, nous sommes vendredi. S'il est parti mardi ou mercredi, il a eu tout le temps du monde avant qu'on puisse lui tomber dessus. Même hier matin, il aurait pu partir tranquillement. » Kenton secoua la tête d'un air perplexe.

« Quelque chose lui a mis la puce à l'oreille et l'a fait décamper fissa. Mais quoi ?

— Qui connaît son identité chez vous ?

— Personne. »

Ce qui n'était pas totalement vrai, pensa Kenton. George Homer était au courant, et sans doute Mel Brown et Fred Grimes. Plus quelques personnes en Californie. Il avait aussi annoncé à Mackenzie, Klemp, Dunlop et John Perrone qu'il savait qui était Chess Man, sans toutefois leur révéler son nom. N'importe lequel d'entre eux aurait pu prévenir Bishop si… Mais non ! se dit-il. Personne n'était de mèche avec ce fou furieux. Même le paranoïaque congénital qu'était Kenton ne pouvait s'y résoudre. « Personne », redit-il au bout de quelques secondes, tout en se promettant de surveiller Otto Klemp d'un peu plus près. Lui et les autres, d'ailleurs.

« Vous avez fait une erreur, lui rétorqua un Dimitri revêche, le doigt pointé sur le torse de Kenton. C'est la dernière fois. » Puis il s'en alla, énervé mais à présent décidé. Attaquer le journaliste en l'accusant d'avoir fait de la rétention d'information ne ferait que compliquer les choses, à un moment où il avait besoin d'entretenir de bons rapports avec la presse. Dieu seul savait où le tueur fou le conduirait, et le soutien des médias lui paraissait crucial. Mais si ce n'était pas pour cette satanée politique, maugréa Dimitri en allant vers la cuisine, il aurait sur-le-champ cloué le cul de cet enfoiré au pilori. Au pilori ! Et plutôt deux fois qu'une. Merde ! Ils avaient été à deux doigts d'attraper l'autre dingue !

Le *Post*, le quotidien new-yorkais du soir, fut le premier à relater l'événement. Déjà la radio et la télévision diffusaient la nouvelle. Chess Man s'appelait Thomas

Bishop et non Vincent Mungo, lequel avait semble-t-il été assassiné quatre mois plus tôt. De Chicago, Bishop était arrivé à New York sous le nom de Jay Cooper. Avant cela, il avait quitté la Californie, *via* Los Angeles, sous celui de Daniel Long. S'il avait usurpé d'autres identités entre-temps, on ne les connaissait pas. Grâce à une enquête approfondie, la police, aidée par une opératrice téléphonique consciencieuse, avait pu le démasquer et remonter la trace de Cooper jusqu'à un appartement de Greene Street, à Soho, dans le sud de Manhattan, qu'il avait visiblement abandonné quelques jours auparavant, laissant derrière lui les cadavres de sept jeunes femmes, tous épouvantablement mutilés. Pour six d'entre elles, leur disparition avait été signalée au cours des semaines précédentes. Chez lui, on avait aussi retrouvé des bouts de corps arrachés aux cadavres, ainsi que des indices de nécrophilie et de cannibalisme.

Contrairement aux premiers programmes radiotélévisés, les journaux rapportèrent qu'un journaliste d'investigation de *Newstime*, travaillant parallèlement à la police mais avec son aval, avait découvert la dernière identité et le domicile de Chess Man à peu près au même moment.

En début de soirée, les détails de cette nouvelle sensationnelle étaient connus, et les journaux télévisés diffusèrent des reportages spéciaux montrant l'immeuble, l'appartement et la remise du deuxième étage où la macabre découverte avait été faite, ainsi que le portrait de Thomas Bishop obtenu en Californie par le journaliste Adam Kenton, de *Newstime*, avant même qu'on ait identifié le lieu du crime. Les téléspectateurs se virent demander de bien retenir ce visage et de prévenir les autorités s'ils le croisaient – un numéro de téléphone spécial fonctionnerait jour et nuit.

Les informations s'achevèrent par une brève interview, à chaud, de l'inspecteur adjoint Alex Dimitri, qui dirigeait la cellule spéciale entièrement vouée à la capture du tueur fou. En réponse à une question, Dimitri expliqua que celle-ci surviendrait rapidement, maintenant que l'identité de Chess Man était connue, et il laissa entendre que la police suivait déjà plusieurs pistes.

La première édition du *Daily News*, présente dans les kiosques dès 20 heures ce vendredi soir, montrait le portrait de Bishop en une, à côté d'un dessin du même visage, mais barbu, œuvre d'un artiste qui collaborait avec la police, et établi grâce aux souvenirs combinés du propriétaire de l'immeuble de Greene Street, d'un employé de banque et d'un commerçant du quartier. Les yeux de Bishop brillaient toujours d'une franche sympathie mais son visage, curieusement, semblait un peu moins juvénile, un peu moins innocent. L'article, en page 3, relatait la découverte des cadavres dans ce que le journal appelait « la maison de l'horreur », puis racontait tout le déroulement de l'enquête, qui avait culminé avec la quasi-arrestation du « monstre de Greene Street ».

L'article citait également l'enquête parallèle menée par Adam Kenton, mais avec un moindre luxe de détails. On y disait quand même que le journaliste de *Newstime* avait réussi à localiser le domicile de Chess Man pendant que les policiers cherchaient encore, et qu'il les avait appelés après coup. Soit les détectives privés avaient craché le morceau, soit la machine publicitaire du magazine venait de se mettre en branle. Soit les deux à la fois.

Le *New York Times* publia l'article le plus exhaustif, bien sûr, avec une interview de Kenton dans laquelle il racontait comment on lui avait demandé d'écrire un papier sur Chess Man. Au cours de son enquête, il était parvenu à la conclusion que le tueur fou n'était pas Vincent Mungo, mais bien Thomas Bishop, celui-là même que Mungo avait supposément tué pendant son évasion d'un hôpital psychiatrique pour criminels fous en Californie. C'était l'inverse qui avait eu lieu et, à compter de ce jour-là, Thomas Bishop avait semé la terreur dans tout le pays, jusqu'à son arrivée à New York le 15 octobre.

Vers la fin de l'interview, Kenton reconnaissait que Chess Man était un stratège brillantissime, un redoutable joueur d'échecs qui commettait peu d'erreurs, doublé d'un incurable assassin.

Contrairement à la police, le journaliste nourrissait quelques doutes quant à une arrestation imminente. Il n'était même pas certain qu'elle aurait lieu un jour.

Il était 14 heures lorsque Kenton, qui avait finalement abandonné Greene Street aux hommes de Dimitri avec leurs pantalons bouffants et leur tenue en serge bleu marine, fut convoqué dans le bureau de Mackenzie. La nouvelle de sa découverte s'était répandue ; il fut chaudement félicité par madame Marsh. L'instant d'après, il serrait la main du président de Newstime Inc.

Mackenzie avait l'air content. La tension des dernières semaines semblait s'être allégée, et sa voix avait retrouvé quelque vigueur. Il lui indiqua un siège et s'assit sur son fauteuil, derrière le bureau encombré.

Derrière lui, des plantes, suspendues au plafond par d'invisibles fils, encadraient les fenêtres.

« On a réussi ! s'exclama-t-il d'une voix chaude et débordante d'enthousiasme. On a fait sortir le renard de sa tanière. Il est en fuite maintenant, et les flics vont pouvoir prendre le relais. En attendant, on rafle la mise, du moins en grande partie, sans avoir à craindre que Washington nous accuse de manipuler l'information. »

Il s'empara d'une boîte cannelée en or qui trônait sur son bureau, l'ouvrit et proposa un cigare à Kenton, qui déclina par un simple mouvement de tête.

« Certes, on n'a pas eu tout ce qu'on voulait. On n'a pas mis la main sur Chess Man. Donc, pas de coup du siècle. On n'a même pas l'exclusivité pour ce qui s'est passé ce matin, à l'exception de votre récit, bien sûr. D'un autre côté… » Mackenzie s'enfonça dans son fauteuil tendu de brocart vert. « D'un autre côté, on n'est plus sous la menace d'accusations politiques, voire pénales. » Il sourit.

« L'un dans l'autre, je dirais qu'on s'en sort plutôt bien. Qu'en pensez-vous ?

— Ce n'est pas aussi simple, répondit Kenton après un silence. Celui qu'on voulait est toujours en cavale. »

Mackenzie parut soudain attristé.

« Je crains de ne pas comprendre.

— Chess Man, ou Thomas Bishop, comme vous voudrez, est un meurtrier total. Il continuera jusqu'à ce qu'il se fasse tuer. Ce type est un robot, un engin de destruction qui ne peut pas s'arrêter tout seul. C'est aussi un génie, à sa façon, et de loin le criminel le plus intelligent que l'Amérique ait enfanté depuis longtemps. Avec nos moyens d'action et tout ce que je sais sur son compte, nous sommes toujours les mieux placés pour le retrouver. Ce type est un cas unique, et je pense que le jeu en vaut la chandelle. On doit tenter le coup.

« Imaginez un instant qu'on l'attrape. *Newstime* capture le Jack l'Éventreur américain. *Newstime* capture le meurtrier le plus spectaculaire de l'histoire moderne des États-Unis. Nous serions cités dans tous les ouvrages de référence, on parlerait de nous encore dans cent ans. Surtout, nos ventes décolleraient, comme jamais quelqu'un aura réussi à vendre un journal. »

Il reprit son souffle.

« Il nous suffit de le retrouver.

— Et la police ?

— Je ne pense pas que la police puisse l'attraper. Il est trop malin, trop ingénieux. Il a toujours un coup d'avance, il ne s'affole jamais et il ne commet aucune erreur – ou presque. Si j'ai réussi à le démasquer, c'est que je me suis mis à réfléchir comme lui. Les flics ont débarqué chez lui ce matin uniquement grâce à une erreur qu'il a faite avec sa messagerie téléphonique. Mais on ne l'y reprendra pas. Tout ce que la police peut faire, c'est croire à la chance, qui n'est qu'un joli synonyme du mot hasard. Or, le hasard, moi, je n'y crois pas. Pas à ce point, en tout cas.

« En revanche, je peux réfléchir comme lui. Ce type est un adepte de la télévision. Il est resté enfermé depuis ses dix ans, et tout ce qu'il sait, il l'a appris en regardant le poste. Chez lui, tout n'est qu'émotions neutres, comportements radicaux et esquive permanente, mais curieusement j'arrive aussi à penser de cette manière. Je suis arrivé à New York il y a un mois, comme Chess Man. Et comme lui, j'ai été obligé de partir de zéro, de me familiariser avec un nouvel environnement, de poser les règles du jeu. Quand j'ai compris que ce n'était pas

Mungo, mais bien Bishop, les choses ont commencé à prendre leur sens. Je suis devenu Bishop, mentalement, j'évoluais dans la ville comme lui, j'ai compris ce qu'il allait faire et comment il le ferait, où il irait, qui il irait voir. Pour finir, ça m'a permis de le débusquer. Je ne l'ai pas raté de beaucoup et d'ailleurs je ne sais toujours pas comment il a flairé le danger. Mais si j'ai réussi une fois, je peux bien le refaire. »

Mackenzie se tourna vers la fenêtre et sembla observer pendant un long moment les plantes suspendues. Il avait hâte de retrouver sa maison de campagne à Stirling Forest et de se promener dans la nature, loin des éternels soucis de la ville. Il consulta sa montre. Dans quelques heures, il serait dans sa limousine, sur le départ.

« Comme vous dites, finit-il par répondre, le magazine, et l'ensemble du groupe, tireraient un immense profit d'une telle affaire. Je crois que vous avez raison à propos de Chess Man. C'est un cas unique, un personnage dont on se souviendra quand les autres criminels de notre siècle auront depuis longtemps sombré dans les oubliettes de l'histoire. Un peu comme on se souvient uniquement de Jack l'Éventreur aujourd'hui.

« Néanmoins, je me dois de prendre en compte la faisabilité d'une telle entreprise. Mettons que vous le retrouvez… Vous reconnaîtrez au passage, mon cher Kenton, que c'est une hypothèse très optimiste. Mais passons. Mettons que vous le retrouvez : comment réagiront les flics ? Est-ce qu'ils ne vont pas vous surveiller de près à partir d'aujourd'hui ? On a eu de la chance, cette fois-ci, de tomber sur un inspecteur à l'esprit ouvert. Mais le prochain coup ? La chance ne nous sourira peut-être pas autant. Et Washington ? Les types de la Maison-Blanche vont nous tomber dessus, surtout après l'éditorial qu'on a publié sur Nixon. »

Kenton se pencha en avant et posa une main sur le bureau. Il adopta un ton implorant.

« Maintenant que les grands patrons de la police me connaissent, les flics nous laisseront tranquilles si je les informe de tout ce que je fais. Si je repère Chess Man en premier, ils me laisseront la primeur de son histoire. Je ne vais pas le retenir. Il est beaucoup trop dangereux, même prisonnier. Donc nous n'aurons aucun problème avec eux.

— Et Washington ? insista le président. Les types de Nixon seront ravis de montrer du doigt notre opération, histoire de montrer qu'ils avaient raison depuis le début. Qu'est-ce qui pourra les arrêter ?

— Ils n'en sauront rien. Si les flics ne nous incriminent pas, je ne vois pas comment Washington peut nous accuser de manipuler l'information. Nous ne faisons que mener une enquête parallèle, ce qui est notre droit le plus strict. Simplement, on va essayer d'aller un peu plus vite que la police. Si ça se termine au coude à coude, on ramasse quand même les lauriers. On n'a rien à perdre. »

Mackenzie n'en était pas si sûr. Il avait espéré en finir avec cette affaire pendant qu'ils couraient encore en tête. Mais quitter la scène maintenant revenait à ne pas relever le défi ; or, il avait toujours été un guerrier dans l'âme. Sans compter que prendre des risques devenait chose rare, de vrais risques, pas simplement des petits paris financiers de rien du tout. Et évidemment, son instinct de journaliste lui disait que Kenton valait qu'on mise sur lui.

Le président de Newstime Inc. posa son regard gris d'acier sur Kenton. « Faites-le, dit-il sur un ton péremptoire. Mais faites-le bien. »

John Spanner apprit la nouvelle dans l'après-midi. Il resta assis dans son bureau pendant de longues minutes, hagard. Il ne s'y attendait pas, pas vraiment en tout cas, et pourtant Dieu sait s'il avait longtemps espéré que ça arrive un jour. Or, ce jour venait d'arriver. Sa connaissance des subtilités du comportement humain était toujours aussi affûtée. Et toujours aussi précieuse.

Il se sentit redevenir nécessaire. Peu importe si le journaliste de New York ne lui avait pas rendu hommage – l'article du magazine réparerait l'erreur. Ces gens-là étaient fondamentalement honnêtes et sauraient lui rendre justice, il en était convaincu. Désormais, il serait un héros local. Surtout, il gagnerait le respect et l'attention de ses hommes quand il leur expliquerait l'importance de l'imagination dans le travail du policier et de la collecte méticuleuse des indices pour parvenir à une conclusion.

En y repensant, Spanner se dit que, après tout, l'heure de la retraite n'avait peut-être pas encore sonné.

À Forest City, le shérif James Oates, bien que de bonne humeur, n'arrêtait pas de maudire la Terre entière. Earl venait de lui apprendre que le fou de Willows avait été identifié à New York : il s'agissait de Thomas Bishop et non de Vincent Mungo. Avec ses intuitions à la noix et ses méthodes peu orthodoxes, John Spanner avait donc eu raison sur toute la ligne… Il devait forcément avoir une goutte de sang mexicain quelque part dans ses veines. Forcément.

Il posa le rapport qu'il venait de lire. Cela expliquait, au moins, pourquoi Mungo n'avait jamais été capturé. Il était mort. Et puisque, pendant ce temps-là, personne n'avait recherché Bishop, il était passé entre les mailles du filet sans aucun problème. Simple comme bonjour. Tout s'expliquait, à neuf ou dix questions près. Par exemple, comment un dingue considéré par les institutions comme disposant d'une intelligence moyenne et d'une imagination nulle avait-il pu commettre les crimes les plus retors et continuer de tuer sans être inquiété ? Il avait blousé son monde. Ce petit fils de pute avait blousé *tout le monde !*

Sauf John Spanner.

Le shérif décrocha son téléphone et appela Hillside.

Après son dernier cours, Amos Finch fit un long détour pour passer une heure dans le lit d'une demoiselle qui était tout sauf malade. De retour chez lui, il fut accueilli par la sonnerie du téléphone dans son bureau. C'était le lieutenant Spanner.

Finch avait-il appris la nouvelle ?

Non.

Ils consacrèrent plusieurs minutes à des félicitations mutuelles. Puis, sur un ton plus sérieux, ils convinrent de faire tout leur possible pour aider Adam Kenton à New York, au cas où il continuerait de traquer Thomas Bishop.

En raccrochant, Amos Finch décida d'entamer aussitôt les recherches préliminaires en vue de son *magnum opus*, le grand œuvre de sa vie : *Thomas Bishop de A à Z.* C'était un bon titre, en tout cas nettement meilleur que *Vincent Mungo de A à Z.* Finch ne pouvait savoir à cet instant, bien sûr, qu'il allait devoir encore le modifier.

Il se mettrait au travail tout de suite. Mieux valait faire vite, car il eut soudain le pressentiment que son Maraudeur de Californie, le seul génie contemporain absolument authentique dans son domaine, n'allait pas faire long feu.

Ce soir-là, à 18 h 30, Kenton fut interviewé par une chaîne de télévision. Comme il venait de le faire au *New York Times*, il raconta sa traque de Chess Man et les découvertes qu'il avait faites, en cachant le moins de choses possible.

Il prit soin de préciser que sa découverte de la véritable identité de Chess Man résultait des recherches normales qu'un tel travail exigeait. Lorsqu'on lui rappela qu'il avait tout de même réussi à faire en un mois ce que toutes les polices du pays s'étaient révélées incapables de faire en quatre mois, Kenton répondit par un sourire modeste et vanta les immenses ressources mises à sa disposition par le groupe Newstime.

Après un silence de rigueur, il fit remarquer que les policiers new-yorkais ne s'étaient vraiment agités qu'au cours du dernier mois et qu'ils avaient découvert l'imposture Jay Cooper à peu près en même temps que lui. Ce qui ne revenait pas du tout à identifier pour de bon Thomas Bishop. Mais cela, Kenton ne le dit pas.

Dans sa maison de l'Idaho, Carl Hansun passa d'une chaîne à l'autre jusqu'à tomber sur son journal télévisé favori. Il s'assit pour regarder. Les révélations sensationnelles à propos du tueur fou de Californie ne l'intéressaient guère, pas plus que le visage d'Adam Kenton lorsqu'il apparut à l'écran. Le sénateur Stoner étant bien parti sur le chemin de la gloire, toute cette affaire Vincent Mungo ne concernait plus l'homme d'affaires de Boise. Il attendait plutôt des informations locales, ou du moins des informations locales sur l'ouest du pays.

Un souvenir le fit grimacer. Vingt ans plus tôt, ces deux types, Don et Johnny, avaient été de bons gars, des hommes de confiance, toujours prêts à faire leur travail consciencieusement. Réglos sur toute la ligne. Hansun secoua la tête d'un air chagrin. C'était drôle de voir comment les gens tournaient avec les années, comment ils pouvaient changer du tout au tout et finir par ne même plus être reconnus de leurs amis.

C'était précisément ce qui était arrivé à Solis et à Messick. Ils avaient changé, ils s'étaient transformés en deux charognards sans foi ni loi. Des animaux nuisibles.

Il haussa les épaules, dépité. Pour sûr, ils n'allaient pas lui manquer, ces deux-là. Ce passé était bel et bien révolu.

Henry Baylor apprit la nouvelle dans son bureau un peu étroit situé non loin de la frontière de l'Oregon. Thomas Bishop avait donc assassiné Vincent Mungo, puis usurpé son identité. Par ce geste, il avait anéanti des vies, mais aussi des réputations. Désormais, de nouvelles interrogations seraient soulevées, avec leur cortège de scandales et d'enquêtes. Tous les dossiers seraient rouverts puis réexaminés, mais plus en profondeur. La perspective était pour le moins désagréable.

Calé dans son fauteuil favori, chez lui, Baylor médita sur la situation un long moment. Il avait déjà subi l'humiliation du limogeage et de la mutation. Mais voilà qu'on braquerait de nouveau les projecteurs sur lui, qu'on l'accuserait d'être celui qui avait laissé le monstre s'enfuir, ce monstre qui lui avait été confié de longues années et qui l'avait berné comme un débutant.

Il décréta que la coupe était pleine.

Le père de Mary Wells Little avait vu le visage à la télévision la veille au soir, pendant les informations. Ce visage n'était pas celui de Vincent Mungo, mais d'un dénommé Thomas Bishop, l'homme qui avait assassiné toutes ces femmes, parmi lesquelles Mary Wells Little.

En cette heure matinale, il continua de ressasser cette image infernale. On ne lui volerait pas sa vengeance ! Il voulait toujours avoir la peau du meurtrier de sa fille. Seuls avaient changé le nom et le visage de cet homme pour la destruction duquel il donnait tant d'argent.

Mais on ne le volerait pas.

La réunion débuta à 8 h 30, samedi matin, au siège de la police, sous la houlette du directeur adjoint Lloyd Geary. Alex Dimitri était assis à ses côtés. En face d'eux se tenaient une bonne centaine d'officiers de police, des capitaines jusqu'aux sergents, pour la plupart des inspecteurs. Moins de la moitié provenaient de la brigade criminelle. Les autres avaient été envoyés par les Mœurs, la Financière et les Stups. Certains travaillaient même dans l'administration ou la délinquance juvénile. La police jetait toutes ses forces disponibles dans la chasse à l'homme.

Geary commença par un rapide récapitulatif sur la vie de Thomas Bishop, notamment le meurtre de sa mère et ses années d'internement à Willows, en Californie. C'est là qu'il avait grandi en regardant la télévision et en apprenant beaucoup sur le monde extérieur, mais avec un œil vicié. Il était doué d'une intelligence supérieure et d'une imagination fertile. Enfant, il avait visiblement subi les mauvais traitements de sa mère, au point que son cerveau avait fini par disjoncter. S'il assassinait des femmes, c'était soit pour se venger, soit parce que, prisonnier de son enfance, il cherchait à rejouer en permanence le meurtre de sa mère. Quoi qu'il en soit, il paraissait évident qu'il ne voulait pas, ne pouvait pas s'arrêter tout seul. D'autres devaient se charger de le faire. D'autres, c'est-à-dire la police. Eux.

Les images étaient prêtes. Un dessin de Bishop bien rasé et la photo de lui, barbu, qui figurait sur la demande de permis de conduire de Daniel Long en Californie – d'autres suivraient dans l'après-midi. Avant la tombée du soir, tous les commissariats de New York auraient suffisamment de photos pour les distribuer localement.

Geary conclut son laïus en faisant observer que le directeur de la police de New York espérait un terme rapide à ce règne de terreur. Tout le monde sentait la pression monter et personne n'aimait ça. Le matin même, l'épouse de Geary lui avait demandé d'attraper ce fils de pute. En trente et un ans de mariage, confia-t-il, il n'avait jamais entendu sa femme s'exprimer de cette manière.

Alex Dimitri prit le relais pour exposer rapidement les procédures et les missions. Ensuite, il fit remarquer que Bishop avait retiré 8 000 dollars – peut-être même plus – à la banque, soit assez pour voir venir pendant quelque temps. Ce qui n'arrangeait pas leurs affaires. D'un autre côté, cela pouvait l'inciter à quitter la ville, voire l'État de New York – s'il ne l'avait déjà fait. Il avait expliqué à l'employé de la banque qu'il repartait pour Chicago. Mais tant qu'un tel déplacement n'était pas attesté, les recherches se poursuivraient.

Si Bishop restait à New York sans documents d'identité, il ne pouvait pas tenir longtemps. L'inspecteur en était persuadé. En revanche, s'il s'était déjà trouvé une autre identité, alors…

Dimitri ne termina pas sa phrase.

La réunion s'acheva à 9 h 40, après que les missions spécifiques eurent été assignées.

La chasse continuait.

Dans son terrier, de l'autre côté du fleuve, le renard était allongé sur son lit, les yeux et la tête vides. En face de lui, un papier peint à fleurs venait rompre la nudité du mur blanc. Sur une table de chevet, un abat-jour recouvert de plastique adoucissait l'éclairage vif de la lampe. Deux chaises en bois traînaient dans un coin et, près de la fenêtre, le miroir de la commode donnait à la petite pièce une profondeur supplémentaire.

Bishop ne prêtait à ces objets aucune attention. Ses yeux s'ouvraient et se fermaient machinalement mais son cerveau ensommeillé ne retenait rien et demeurait imperturbable. En vérité, il était saisi d'une transe bien à lui, un état semi-hypnotique dans lequel il s'était plongé lui-même afin de remettre toutes ses facultés fonctionnelles en place. Il s'agissait là d'une technique de survie qu'il avait apprise, dans la douleur, bien des années plus tôt, à Willows. Souvent, quand il avait peur, qu'il était troublé ou en colère, il se murait dans une sorte de stupeur et se rendait imperméable aux stimuli extérieurs comme à tout processus mental. Le temps s'arrêtait brièvement pour permettre à son corps, à son esprit, de retrouver un nouvel équilibre, jusqu'à ce que l'ensemble revienne à la normale. Dans sa vie d'aliéné, cette technique l'avait empêché bien des fois de commettre des actes violents qui auraient entraîné des sanctions aussi immédiates que pénibles.

En l'occurrence, cette transe fut déclenchée par les événements des dernières vingt-quatre heures. En apprenant la nouvelle vendredi après-midi, Bishop n'en avait pas cru ses oreilles. Ils ne pouvaient pas avoir découvert sa véritable identité, c'était impossible ! Il était beaucoup trop rusé pour eux, et pourtant, son nom figurait partout, à la télévision, dans les journaux, accompagné d'un dessin qui lui ressemblait bigrement, sans parler de la photo de son permis californien qui était venue couronner le tout dans la soirée.

Après son erreur, il pensait que la police retrouverait d'abord Jay Cooper, puis la maison. Donc, qu'elle obtiendrait une description de lui par son propriétaire. Mais il se disait que les policiers le prendraient toujours pour Vincent Mungo. Ils auraient ainsi montré une photo de Mungo au propriétaire, lequel, à cause de l'épaisse barbe que portait son nouveau locataire et des certitudes affichées par les policiers, aurait confirmé qu'il s'agissait bien de lui.

Par simple mesure de précaution, dès le jeudi matin, dans sa chambre du YMCA, Bishop s'était teint les cheveux en noir et les avait coupés court, puis s'était rasé la barbe jusqu'à ne garder qu'un petit bouc. Avec ses grosses lunettes en corne, il avait une tête suffisamment différente pour ne pas éveiller les soupçons. Maintenant que son portrait circulait un peu partout, il était d'autant plus crucial pour lui de s'en démarquer le plus possible.

Ce qui à la fois le troublait, l'inquiétait et l'exaspérait profondément, c'était que les flics avaient compris qu'il ne s'appelait pas Vincent Mungo. Ça n'aurait jamais dû arriver. Il avait tout planifié avec soin. Vincent Mungo était libre, Thomas Bishop était mort. Et pourtant, ils l'avaient démasqué. Il n'était plus l'homme invisible, mais bien Thomas Bishop, fils de Caryl Chessman. Tout le monde connaissait son identité. Son seul refuge, désormais, avait pour nom Thomas Brewster.

En regardant le dernier journal télévisé du vendredi soir, il apprit comment on l'avait démasqué. Trop ébranlé pour aller acheter un journal du soir, et ayant déjà relu une dizaine de fois le petit article paru dans le *Post* de l'après-midi, il préféra se fier à la télévision, son éternelle source de vérité, pour savoir à quoi s'en tenir. Recroquevillé sur son lit, il vit un journaliste répondant au nom de Kenton narrer sa traque du tueur et la série d'événements qui l'avaient finalement conduit jusqu'à Greene Street après un mois de recherches. Un peu plus tôt, il avait entendu un inspecteur de police affirmer que le dénouement était proche et que plusieurs pistes se dessinaient.

Le lendemain, samedi matin, alors qu'il émergeait peu à peu de son état de transe, l'esprit et le corps remis de leurs émotions, les nerfs apaisés, Bishop commença à faire le point sur sa situation et à méditer ses prochains coups, non pas comme un renard aux abois, mais comme un prédateur de nouveau en position de force.

Pour l'instant, il était relativement à l'abri dans ses nouveaux quartiers. Il n'avait eu de contacts avec personne d'autre, et l'employé de jour du YMCA ne lui avait pas prêté grande attention. Son argent se trouvait également en sûreté, du moins temporairement. Bien entendu, il lui faudrait rapidement déménager. La police de New York fouillait tous les hôtels de la ville, et sans doute même les locations d'appartement récentes. Une fois que cela n'aurait rien donné, quelqu'un aurait peut-être l'idée de solliciter le concours des communes environnantes. Même dans cette éventualité, la police rechercherait les personnes s'étant manifestées depuis une semaine, ce qui le maintenait toujours à l'abri.

Il ne pouvait toutefois se permettre une nouvelle erreur. Le mieux consistait encore à rester au YMCA pendant une bonne semaine, puis à s'installer dans un hôtel de New York une fois que la police aurait fini de les écumer un par un. Certes, cela lui coûterait un peu cher, mais lui permettrait de retrouver la grande ville et d'y poursuivre son œuvre. Il n'avait plus rien à faire à Jersey City, puisque les hôtels de la ville seraient bientôt passés au peigne fin.

Une autre possibilité demeurait. Il pouvait agir dès aujourd'hui. Quitter la région de New York. Aller dans une autre ville, avec son argent et son couteau. N'importe comment, il était censé se déplacer sans cesse. Être un jour ici et le lendemain ailleurs, comme le vent lui-même, c'est-à-dire invisible, connu seulement à travers ses effets et ce qu'il laissait derrière lui : tel était son destin.

Sauf qu'il ne lui restait plus nulle part où aller. Il avait traversé cinq mille kilomètres d'un territoire hostile pour arriver à New York, à La Mecque, où l'attendaient plus de gens, plus de femmes, que partout ailleurs. Une ville bondée, une ville étriquée, où l'anonymat était quasiment garanti. Il aurait pu y vivre indéfiniment protégé s'il n'avait pas commis cette erreur grossière. Des bars remplis de femmes à chaque coin de rue, et à chaque coin de rue un nouvel univers. New York, c'était le paradis pour lui, une cité peuplée de goules et de démons qu'il avait hâte d'envoyer directement en enfer.

Où, sinon à New York, ferait-on autant appel à ses talents spécialisés ?

Il repensa aux lieux qu'il avait traversés, aux choses qu'il avait vues. Rien n'égalait New York pour satisfaire ses besoins. Et les autres grandes villes de la côte Est n'étaient à l'évidence que des versions de New York en modèle réduit. Seule Miami lui semblait intéressante, peut-être parce qu'il s'était appelé David Rogers pendant un temps. David Rogers, de Floride. Il se dit qu'il aimerait, un jour, faire un tour là-bas pour s'y occuper des femmes.

Comme toujours, la télévision était allumée. Alors que dans son esprit une idée se faisait jour, un flash spécial d'information interrompit l'émission qui passait. Bishop dressa l'oreille et ouvrit l'œil.

Le directeur de la police fixait les caméras. L'idée d'une émission en direct un samedi à 11 heures du matin ne l'enchantait pas particulièrement. Pour tout dire, l'idée même d'une conférence de presse lui déplaisait, surtout sur une question aussi sensible. Mais le maire et les hauts responsables de la ville estimaient que cela permettrait de rassurer la population au sujet de Chess Man.

Lui-même marié et père de famille, le directeur comprenait bien l'émotion suscitée par les meurtres de Chess Man et la perspective d'un affaissement moral des habitants. Il aurait voulu dissiper les craintes et apaiser les souffrances. Mais cela passait uniquement par la mort ou la capture de Chess Man. Malheureusement, il n'était en mesure d'annoncer ni l'une, ni l'autre.

En revanche, il pouvait bluffer et dire aux New-Yorkais que ses équipes suivaient des pistes sérieuses. Ce qui n'était pas complètement faux. La police savait par exemple que Thomas Bishop transportait au moins 8 000 dollars sur lui. S'il n'avait pas de papiers et ne pouvait pas déposer cette somme dans une autre banque, il se montrerait peut-être assez bête pour en faire étalage jusqu'à ce que quelqu'un le dénonce à la police. Quelqu'un pouvait aussi le braquer, voire l'assassiner pour récupérer cet argent. Les policiers savaient également qu'il pouvait repartir pour Chicago, donc loin de leur territoire de juridiction. Bien entendu, ils disposaient aussi de ses empreintes digitales. En fin de compte, ils savaient tout de lui, sauf l'endroit où il se trouvait.

Le directeur de la police se fendit d'un beau sourire et attaqua sa conférence de presse sur un ton on ne peut plus confiant…

En entendant le directeur de la police de New York expliquer à la télévision que Bishop ne pouvait plus se cacher nulle part, ce dernier prit sa décision. Il irait passer une semaine à Miami, puis reviendrait à New York où il prendrait ses quartiers dans un hôtel. Mieux valait pour lui qu'il aille à Miami plutôt que de rester dans le YMCA : à force de le voir aller et venir, le réceptionniste commencerait à se poser des questions. La police connaissait son nouveau nom ; il devait protéger son identité à tout prix. Une fois qu'il serait parti, personne ne penserait à lui, ne se souviendrait de lui. Il quitterait donc l'établissement discrètement, ni vu ni connu, et jetterait la clé de sa chambre dans les égouts.

Une heure plus tard, Bishop était en route pour l'aéroport de Newark. Il portait son unique tenue, ces vêtements qui étaient de nouveau les seuls objets en sa possession. Il avait en effet abandonné son poste de télévision dans sa chambre, et ne garderait sur lui que 1 000 dollars. Ce nouveau départ le remplit d'une soudaine excitation, et il en vint même à se demander si sa grande erreur n'avait pas consisté, tout simplement, à se poser quelque part. Malgré le plaisir qu'il avait eu à vivre dans son grenier, malgré son désir de trouver un chez-soi où il se sentirait à l'abri, il était peut-être voué, condamné, à errer indéfiniment, à poursuivre son éternelle quête. Après toutes ces années, peut-être que seule cette existence-là lui convenait. L'idée le plongea dans un découragement presque intolérable.

À l'aéroport, il acheta, sous un faux nom, un aller simple pour Miami. Dans l'après-midi, un oiseau d'acier qui se dirigeait plein sud l'emmena dans les hauteurs étincelantes du ciel. Pour son baptême de l'air, Bishop se montra détendu et souriant. Sa seule crainte était que l'oiseau d'acier s'approche trop du soleil.

Samedi soir, Adam Kenton avait déjà bien avancé dans son article sur Thomas Bishop qu'il devait rendre trois jours plus tard. Comme tout le monde, Mackenzie le voulait pour le prochain numéro. Avec l'aval de John Perrone, il avait mis de côté son papier sur le sénateur Stoner, mais pas pour longtemps. Il comptait le terminer avant la semaine suivante. Pour lui, ce doublé représentait le plus beau coup de sa carrière. La chute de deux hommes de pouvoir haïssables. Seule l'enquête de Woodward et Bernstein sur le Watergate ferait mieux.

Comme ne le savait que trop Kenton, le pouvoir fonctionnait autant par la peur que par la célébrité. Bishop, ou Chess Man, détenait le pouvoir de vie ou de mort. En tuant au hasard, il avait démontré une volonté d'exercer ce pouvoir-là à fond. D'où la peur, qui ne faisait qu'affermir son emprise sur les autres. Il en allait de même pour le pouvoir politique, avec son système intrinsèque de récompenses et de sanctions. Ce n'était pas l'existence d'un tel pouvoir que Kenton abhorrait, mais plutôt son mauvais usage. Tel était, à ses yeux, le crime suprême dont Chess Man et Stoner s'étaient rendus coupables, à l'instar de tous ceux qui bafouaient la loi, ordonnaient la destruction d'une ville entière ou l'extermination d'un peuple.

Le mauvais usage du pouvoir… Kenton craignait toujours de céder à cette tentation si l'occasion se présentait un jour à lui. Aussi fuyait-il comme la peste tout pouvoir personnel, et peut-être même toute responsabilité. Seul et sans pouvoir, il combattait ses propres démons intérieurs en pointant constamment du doigt ceux qui dévoyaient les autres ; car en vérité il ne voyait qu'une différence de degré entre un Stoner, ou un Nixon, et lui. Voire entre un Chess Man et lui.

S'agissant de Chess Man, il était heureux d'avoir enfin percé l'énigme de son identité. Certes, John Spanner et Amos Finch l'y avaient aidé. Mais le problème n'était qu'à moitié résolu. Où se trouvait Bishop à présent ? Quand frapperait-il de nouveau ? Kenton estimait avoir commis une grosse erreur en ne débusquant pas son gibier assez vite. Il se retrouvait maintenant sans aucune piste devant lui, sans rien à se mettre sous la dent, sinon sa connaissance intime de Chess Man, ses intuitions et son instinct. Il repartait de zéro.

Quelque chose, dans un coin de sa tête, lui disait que le temps lui manquerait.

22

« Adam ? »

L'écran muet de la télévision éclairait violemment Doris, assise sur le lit, les jambes calées sous son menton. Elle contemplait la grande silhouette allongée à ses côtés.

Elle déplia ses jambes et se coucha près de lui.

« Tu vas retrouver Bishop, dis ?

— Si j'y arrive, murmura-t-il. J'ai failli l'avoir mais je l'ai laissé filer. Si je m'en étais tenu à ma première idée, je l'aurais attrapé à temps. J'aurais *dû* l'attraper. C'est de ma faute.

— Pourquoi est-ce qu'il tue comme ça ? Tout ce qu'il leur fait subir, je veux dire.

— Il est fou.

— Mais seulement avec les femmes, dit-elle. Comment peut-on haïr à ce point ?

— Peut-être qu'il se prend pour Dieu.

— Mais Dieu ne hait personne. »

Kenton se roula adroitement sur elle en la prenant par la taille. « Comment pourrait-il haïr ? dit-il en poussant un grognement. C'est Lui qui t'a créée, après tout ? »

Bien plus tard, il expliqua à Doris qu'il tuerait certainement Bishop s'il le pouvait. S'il le retrouvait un jour sur son chemin.

« Il y a des chances pour que l'occasion se présente ? demanda-t-elle pleine d'espoir, sa main posée sur le torse de Kenton.

— Il y a toujours une chance », répondit-il sur un ton peu convaincant, sa propre main étendue sur le ventre de la jeune femme.

Il ne pouvait s'empêcher de songer à ce que Bishop aurait infligé à ce corps, à ces seins, à ce ventre. L'idée le fit frémir. Mais après tout, Bishop était-il vraiment si différent ? Lui-même, notamment quand il était jeune, avait souvent pensé à tuer des femmes, à les torturer, à les faire souffrir. Mais cela relevait du pur fantasme. Un simple et banal fantasme masculin.

Pas vrai ?

Ceci se déroulait le lundi soir, et Kenton venait à peine de terminer son article sur la traque du célèbre tueur en série. Il avait commencé en Californie quatre mois auparavant, avec un papier sur la peine de mort et Caryl Chessman, à peu près au moment où Thomas Bishop s'évadait d'un établissement psychiatrique pour fous dangereux. Au cours des mois suivants, leur aventure les avait tous deux emmenés à travers le pays et s'était achevée dans un immeuble délabré de Greene Street à New York. Sauf que l'aventure n'était pas du tout terminée. Bishop, Chess Man, avait de nouveau pris la tangente.

L'article de Kenton constituerait l'intérêt majeur du prochain numéro mais n'en ferait pas la une. Chess Man y avait déjà eu droit sous la forme de Vincent

Mungo, et les réactions des lecteurs avaient été vives, nombre d'entre eux critiquant la dérive racoleuse du magazine et l'accusant d'approuver implicitement les crimes. Bien entendu, cet argument de la publicité faite à un meurtrier visait également les chaînes de télévision, comme ç'avait déjà été le cas un an plus tôt avec le massacre commis par Charles Manson. Mais là encore, ces reproches retentirent dans le désert. Comme le souligna un lecteur écœuré, le public avait manifestement le droit de savoir plus qu'il n'en fallait.

Rien de tout cela ne dérangeait Adam Kenton. Il avait fait son boulot, ou du moins une partie du boulot. Thomas Bishop était le joueur d'échecs, le fou, le renard. En se laissant enfin gagner par le sommeil ce soir-là, Kenton sentait qu'il avait fait la moitié du chemin.

Le lendemain matin, il apprit à son réveil que le célèbre assassin responsable de la mort de vingt-quatre femmes avait avoué. Aux premières heures du mardi 20 novembre, il avait franchi les portes du commissariat n° 24, dans l'Upper West Side de Manhattan, et calmement reconnu ses crimes. Il les avait toutes tuées. Los Angeles, Phoenix, El Paso, San Antonio, Houston, La Nouvelle-Orléans, Memphis, Saint Louis, Chicago, New York : c'était lui. Et même d'autres villes dont il ne se souvenait plus. Il y en avait tant… Il était un tueur. Il tuait les femmes. Plein de femmes. Il ne pouvait pas s'en empêcher. Il avait 36 ans et ne pouvait pas s'arrêter seul. Son nom ? Carl Pandel Jr.

À 8 h 30, Kenton discutait avec l'inspecteur Dimitri. Pandel n'avait rien à voir là-dedans. Après le suicide de sa femme, ce pauvre type avait passé six mois dans un asile, où il s'était même lié d'amitié avec Vincent Mungo. Il était parti de chez lui en juillet pour s'installer à New York, au moment où Bishop s'évadait de Willows avec la ferme intention de rejoindre, lui aussi, New York. Mais Carl Pandel n'était pas leur homme. Il n'avait jamais tué personne, et certainement pas les vingt-quatre femmes.

Kenton relut rapidement l'enquête qu'il avait menée sur Pandel et qui l'innocentait pour au moins un des meurtres de New York. S'il ne les avait pas toutes tuées, alors, il n'en avait tué aucune. Dimitri acquiesça à contrecœur. Quand il avait tout avoué, le jeune homme était dans un état d'excitation avancé, exigeant d'être châtié – ce qui plaidait pour des soins psychiatriques davantage que pour un châtiment. Néanmoins, il en savait assez long sur les déplacements de Chess Man pour mériter d'être pris au sérieux, en tout cas dans un premier temps. Aucun aveu ne pouvait être négligé, aussi absurde fût-il.

Dimitri lâcha un soupir fatigué. Les aveux de Pandel étaient les premiers d'une longue liste. Ça faisait partie du jeu. Malgré tout, les adjoints de l'inspecteur y avaient cru pendant un moment.

Où est Pandel ?

« En observation à l'hôpital de Bellevue. Il devrait parler en fin de journée. Il a peut-être tout simplement disjoncté, ça arrive souvent avec ce genre de personne. »

Quel genre de personne ?

« Un jeune type sympathique. Très calme, très poli. Peut-être un peu trop poli, si vous voyez ce que je veux dire. C'est toujours mauvais signe. »

Kenton éclata de rire. Décidément, ces flics voyaient le mal partout. Comparés à eux, les vrais paranoïaques étaient des petits joueurs.

Il demanda à Dimitri de traiter Pandel avec tact. Son père était un très gros poisson dans l'Ouest, et il ne se montrerait pas forcément aussi poli.

Le meurtre de Don Solis fit la une de tous les journaux californiens à cause de son rôle dans la récente polémique sur la peine de mort. Lundi, Ding avait appelé Kenton pour lui annoncer la nouvelle. Il n'était pas au courant.

« Comment c'est arrivé ?

— À la dynamite. Ils ont plastiqué sa bagnole.

— Ça sent la pègre. »

Ding partageait son avis.

« Donc, on ne saura jamais vraiment la vérité sur Caryl Chessman.

— Pas de la bouche de Don Solis, en tout cas. »

Kenton ne prit pas la peine de rappeler qu'il avait dès le départ établi un lien entre Solis et Bishop. Il était trop tard, de toute façon. Il n'évoqua pas non plus la piste du Fils du Violeur qui avait pourtant semblé tellement plausible.

En attendant, Ding le félicita d'avoir retrouvé le tueur fou, ou du moins sa véritable identité, ce que personne d'autre n'avait été fichu de faire. Kenton était en train de devenir un héros en Californie. Même Derek Lavery racontait partout qu'il était l'un des tout meilleurs journalistes du moment, en n'oubliant pas, bien sûr, de tirer la couverture à lui.

Kenton se demanda si le meurtre de Solis avait un quelconque rapport avec la campagne pour le rétablissement de la peine de mort lancée par le sénateur Stoner. Solis ne s'était fait tuer ni par un adepte de Chessman, ni même par un opposant à la peine de mort. Les assassinats à la dynamite portaient généralement la signature de la pègre. Mais comment celle-ci pouvait-elle avoir un lien avec Stoner *via* Solis ? L'homme avait aidé Stoner plus qu'autre chose. Kenton décréta qu'il n'y avait aucun rapport entre la pègre et Stoner, rien qu'il puisse utiliser dans son article contre le sénateur.

À San Diego, les assassinats de John Messick et de Dory Schuman ne furent rapportés que par la presse locale. Du travail de professionnel, selon toute vraisemblance – une exécution en bonne et due forme. Messick avait trempé dans nombre de magouilles de seconde zone. Peut-être qu'il avait fâché quelqu'un, ou que, devenu un peu trop gourmand, il avait dû être éliminé. La police ne fut pas bouleversée outre mesure par cette mort et n'avait aucune raison d'enquêter au-delà de sa propre juridiction. Elle conclut à deux homicides par des inconnus, et le dossier demeura ouvert. Quelques années plus tard, un journaliste enquêtant sur le double meurtre pour le supplément dominical d'un journal local remonterait la trace de la voiture qui avait peut-être servi à transporter les assassins jusqu'à un certain Peter « Pistol Pete » Mello, habitant Los Angeles. Le numéro d'immatriculation du véhicule avait été retrouvé dans le sac à main de la jeune femme assasinée, griffonné sur un bout de papier. Mello, ancien escroc lié à la pègre, s'évapora dans la nature et ne fit plus jamais parler de lui.

Le mardi matin, Kenton accusa réception, dans son bureau, de plusieurs cartons remplis de livres et d'ustensiles ménagers en provenance de Red Bluff. Ses deux

« envoyés » avaient racheté tout ce qu'il restait de la dernière maison occupée par Sara Bishop et son fils à Justin. Les documents et les écrits de Sara, naturellement, lui avaient été envoyés plus tôt. Kenton recevait donc, dans deux caisses en carton ondulé fermées par de la corde, les dernières possessions terrestres de la mère et de son fils.

Il trancha la corde et sortit les objets. Il les étudia un par un, feuilleta tous les livres. L'ensemble ne valait pas tripette, mais acquerrait rapidement de la valeur par la grâce de la vie tragique d'une femme et de la longue descente aux enfers d'un petit garçon. Le journaliste endurci qu'il était fut soudain bouleversé. Son cœur de pierre s'emplit de désespoir à l'instant où sa main s'empara d'une vieille lanière en cuir usée par les coups et dont la marque s'était estompée jusqu'à devenir quasiment illisible : Strongboy.

Lorsqu'il eut terminé son examen, il cala soigneusement le carton contre un mur. Les objets, du moins la plupart, seraient transmis à Amos Finch, à Berkeley, lequel voulait récupérer tout ce qui avait appartenu à Chess Man, probablement dans l'idée d'écrire un ouvrage sur lui. Un ouvrage où lui, Kenton, espérait tenir un rôle de premier plan.

Hormis les journaux, à la rigueur, Kenton n'avait pas l'âme d'un collectionneur. Mais il comptait bien conserver les pages écrites par Sara Bishop sur sa vie. À moins que son fils ne les lui réclame – après tout, elles lui appartenaient.

Mais après lui ?

Après Bishop, il ne restait plus qu'une grand-mère maternelle aveugle et paralytique qui vivait au Texas et n'avait jamais vu son petit-fils. Kenton s'était empressé de vérifier.

Il n'y avait donc personne d'autre. Thomas Bishop n'avait ni frères, ni sœurs connus. Et encore moins d'enfants.

Il était le dernier rejeton de sa lignée.

Une lignée de rois guerriers, pensa Kenton, pris par ses propres fantasmes paranoïaques. Une race à la fois noble et barbare. Et presque unique en son genre.

Dieu merci, répondit la partie logique de son esprit.

Amen, conclut le reste de son cerveau.

Ce matin-là, John Perrone passa un coup de fil près de Spokane, dans le Washington. Il avait attendu plusieurs jours avant de se décider à appeler son mentor et ami, Samuel Rintelcane en personne. Bien que séparés par une génération, les deux hommes partageaient une même vision du monde, tant sur le plan politique ou économique que sur celui de la morale sociale. C'était Sam Rintelcane qui, le premier, avait mis le pied à l'étrier au jeune Perrone. Lui, encore, qui avait naguère espéré que John Perrone épouserait sa fille. En vain.

Perrone dut annoncer à son vieil ami la mauvaise nouvelle. Le sénateur Stoner, son gendre, allait bientôt faire l'objet d'un article de *Newstime* qui ruinerait sans doute toutes ses ambitions politiques nationales – voire pire encore. Il était manifestement impliqué, entre autres choses, dans plusieurs combines financières frauduleuses. Une cassette circulait, à l'évidence enregistrée par sa maîtresse, où on pouvait l'entendre parler de lui et des autres ; cette cassette suffisait amplement à déclencher une enquête plus approfondie par les autorités.

Perrone affirma qu'il tenterait de supprimer de l'article tout ce qui avait trait aux frasques sexuelles, par respect pour Helena et sa famille. Mais pour le reste…

Rintelcane fit preuve de compréhension. Son gendre avait agi comme un imbécile et s'était fait pincer. Et si *Newstime* ne dévoilait pas les faits, quelqu'un d'autre s'en chargerait. Il remercia Perrone de l'avoir prévenu et lui demanda s'il pouvait préparer sa fille à la mauvaise nouvelle.

Naturellement. Ensuite, il reviendrait à Helena de décider s'il valait mieux qu'elle prévienne, ou pas, son sénateur de mari. Elle avait carte blanche.

C'était une triste affaire, et les deux hommes se demandèrent si ces révélations affecteraient l'épouse du sénateur, elle qui s'était toujours montrée passive, humble et heureuse de vivre dans l'ombre de son mari. Bref, tout le contraire d'une femme forte. Du moins le croyaient-ils.

En réalité, ni Perrone ni Rintelcane ne savaient ce que Helena Stoner avait dû endurer depuis qu'elle avait épousé, seize ans auparavant, cet homme débauché et dévoré d'ambition. Ils ignoraient quelle force se cachait derrière son apparence effacée.

Avant le soir, un rapport préliminaire sur Carl Pandel Jr. était pondu. L'homme n'était assurément ni dangereux ni fou, en tout cas pas selon les standards newyorkais. Les médecins de Bellevue pensaient qu'il s'en voulait encore pour le suicide de sa femme deux ans plus tôt et qu'il finirait bien par s'en sortir à un moment ou à un autre. En attendant, ses délires ne présentaient pas grand danger, sinon qu'ils dérangeaient quelque peu les gens autour de lui. Ils le jugeaient incapable de faire du mal à une mouche. Il adorait les animaux et les enfants ; bien que d'un naturel timide, il entretenait de bons rapports avec ses amis.

Ils comptaient le garder une semaine de plus, histoire de confirmer leur pronostic. Mais ses aveux criminels reposaient manifestement sur un mensonge complet.

Les médecins préconisèrent, au cas où le jeune homme se remettrait à avouer ce genre de meurtres, qu'il soit gentiment sermonné et renvoyé chez lui. Ils rappelèrent que ce genre de comportement n'était pas rare chez les personnes qui s'accusaient de la mort d'un être cher. Le temps passant, ce sentiment de culpabilité s'estomperait et, avec lui, les délires et les autres symptômes.

Kenton jeta un coup d'œil sur le rapport que l'inspecteur venait de lui remettre. Le texte lui parut sensé ; il ne s'attendait pas à autre chose.

« J'espère que ça ne vous a pas distrait de la vraie recherche », dit-il, lapidaire.

Dimitri répondit par un grommellement. La macabre découverte de Greene Street remontait à cinq jours et Chess Man restait introuvable. Pas un mot, pas un murmure, pas un signe. Rien. Il s'était de nouveau évaporé dans la nature.

« Il ne s'est pas évaporé, rectifia Kenton. Il s'est camouflé, comme un caméléon.

— Mais camouflé comment ?

— Grâce à une nouvelle identité. »

Dimitri poussa un long soupir. Combien d'identités différentes pouvait-il avoir ? Et comment faisait-il ? Dès que la police en découvrait une, il en possédait déjà une autre. Tout cela était invraisemblable, anormal.

« Vous avez une idée ? » demanda-t-il sur un ton exaspéré.

Aucune idée. Aucune piste. Du moins pas pour l'instant. Kenton avait rédigé son papier sur Chess Man et travaillait maintenant sur le cas Stoner, qui s'avérait de la plus haute importance. Entre-temps, il essayait de voir les choses comme Bishop. La seule certitude, c'était que ce dernier avait emprunté un nouveau nom, sans doute celui d'un habitant de New York. Comment avait-il fait ? Par l'intermédiaire d'un réseau local. Fred Grimes n'avait-il pas rappelé que New York constituait le centre du trafic de faux papiers ? Il avait peut-être volé un portefeuille à la plage. En novembre ? Dans des bains-douches, alors, ou dans un club de gym, ou une partouze. Il était peut-être homosexuel. Rien de plus facile que de voler des papiers dans ces endroits. Ou alors il était simplement allé dans un cimetière pour choisir un nom au hasard. Ou en lisant les notices nécrologiques dans un journal du coin. Ou par des discussions de comptoir dans un bar. Ou encore des mille et une manières grâce auxquelles tout homme un tant soit peu intelligent pouvait se procurer une nouvelle identité. Et si Thomas Bishop possédait une qualité, c'était bien l'intelligence, à tel point qu'il semblait capable d'obtenir tout ce qu'il voulait.

Mais comment faisait-il pour se procurer des papiers sans les acheter ou les voler ? Il avait besoin d'une adresse, mais dorénavant sans recourir à un point courrier. Trop risqué. Donc, l'adresse devait correspondre à son vrai lieu de résidence. Sauf qu'il ne pouvait plus résider en ville sans risquer sa peau. Alors où irait-il ? Que ferait-il ? Kenton ne le savait pas. Il n'avait pas la réponse à ces questions, en tout cas pas encore.

« Aucune idée », dit-il calmement à Dimitri.

Après avoir participé à une réunion du Parti républicain en Californie, Bob Gardner retourna à Washington le mercredi. De nombreux sujets préoccupants l'attendaient, dont l'éditorial de *Newstime* exigeant la démission du président Nixon. Ce n'était pas le premier texte dans le genre, et ce ne serait pas le dernier. Néanmoins, l'administration Nixon recevait là un coup sévère à cause du prestige dont jouissait *Newstime* et de sa proximité traditionnelle avec le Parti républicain. Le président fulminait et il avait raison, pensa Gardner. C'était pour lui un vrai coup de poignard dans le dos, un geste qui en disait long sur la décadence morale qui rongeait le pays. Lorsque des gens qui partageaient les mêmes intérêts ne se serraient plus les coudes, c'était que quelque chose n'allait vraiment plus du tout.

Ce qui ulcérait plus particulièrement Gardner était que sa petite manœuvre *via* Ned Robbins n'avait pas fonctionné. Or, il n'avait pas l'habitude d'échouer. Le milieu politique de Washington ne pardonnait pas l'échec et ne récompensait que le succès. Pour réparer la casse, il allait devoir rapidement engranger une bonne dizaine d'articles favorables à la présidence. Ensuite, il ferait payer à *Newstime* sa forfaiture. Oh, que oui ! Il irait fouiller dans les affaires de chacun des enfoirés qui dirigeaient ce magazine, jusqu'à retrouver la couleur de leurs caleçons. *Idem* pour ceux qui travaillaient sur le tueur fou, car c'est là que tout avait commencé. Ces gens-là devaient en faire, des saloperies ! Tout le monde faisait des saloperies !

Il appellerait les services fiscaux, qui disposaient d'une grosse équipe à New York. De même que le FBI, et d'autres agences encore, qui s'acquitteraient très bien de cette tâche et seraient absolument enchantés de rendre service au président des États-Unis d'Amérique. Enchantés, sinon gare à eux !

Carl Hansun écouta son contact à New York lui parler de son fils. Le gamin se trouvait au service psychiatrique de l'hôpital Bellevue mais devait en sortir d'ici un ou deux jours, une fois reçu le feu vert du psychiatre indépendant qu'il devait consulter. La procédure était en cours. Il voulait rester à New York et ne comptait pas retourner dans l'Idaho. En vérité, il était consterné que sa famille ait eu connaissance de ses récents aveux. Visiblement, ce geste absurde s'expliquait par son sentiment de culpabilité persistant après la mort de sa femme. De tels phénomènes, avait-on expliqué au contact, se produisent souvent mais finissent par disparaître.

N'y avait-il donc aucun moyen de le rapatrier vers l'Idaho ?

Pas dans l'immédiat, manifestement.

Avait-il besoin de quoi que ce soit ?

Rien de plus que d'habitude. Bien entendu, le psychiatre et l'avocat coûteraient un peu d'argent. Mais le fiston paraissait en forme. Il avait son propre appartement, ses amis, et il était pressé de retrouver tout ce petit monde-là.

Carl Hansun s'inquiétait pour son fils. Il ne comprenait pas comment un être humain pouvait avouer qu'il avait assassiné des femmes. Qui voudrait les tuer ? Sans les femmes, que restait-il ? Lui qui avait fait la guerre, il savait ce qu'une vie sans femmes faisait sur les hommes. Ils devenaient des brutes, ils retournaient à l'état sauvage, transformés en bêtes. Sans ces femmes qui mettaient de la douceur et de la beauté dans la vie, à quoi bon vivre ?

Et voilà que son propre fils avouait les avoir tuées. Il avait donc eu le temps d'y réfléchir. Forcément.

Ou alors, comme l'affirmaient les médecins, il se sentait toujours coupable de la mort de sa femme. D'un autre côté, on ne pouvait pas lui en vouloir. Il avait épousé une jeune fille mélancolique, irritable, tellement peu sûre d'elle qu'elle réclamait une attention de tous les instants, comme aucun homme n'aurait jamais pu lui donner. Elle se sentait en permanence trahie, car personne ne pouvait vivre entièrement pour elle. Hansun avait pourtant prévenu son fils. Cette fille-là ne lui apporterait que des ennuis et lui transmettrait ses propres tourments. Mais aveuglé par l'amour, le désir et le besoin, son fils ne l'avait pas écouté. Deux ans après leur mariage, elle était morte, et le jeune veuf s'était retrouvé dans un hôpital californien où son père n'avait même pas eu le droit d'aller. Il avait fini par le ramener chez lui, et son fils avait peu à peu retrouvé la raison.

Jusqu'à ce récent épisode.

Hansun ne comprenait décidément pas. D'où venait ce sentiment de culpabilité ? Lui-même ne se sentait jamais coupable, même quand il avait tort. Peut-être que son gamin était trop sensible, qu'il finirait par s'endurcir. Il pensa alors à son fils cadet qui, pour le coup, n'avait rien d'un sensible et pouvait affronter des tigres. Exactement comme son père. Lui aussi, il avait la bosse des affaires.

En attendant, ses agents new-yorkais s'occupaient de tout. S'il était un personnage influent dans le Nord-Ouest, à New York la situation se présentait sous un autre jour. Quelqu'un risquait de fourrer le nez dans ses affaires. Il espérait simplement ne pas devoir faire le voyage jusque là-bas. De toute façon, son fils avait tout intérêt à retourner au bercail. Que pouvait-il bien faire à New York qu'il ne pût faire dans l'Idaho ?

Plus tard dans l'après-midi, à Miami, en regagnant son vestiaire de plage, un homme se rendit compte que son portefeuille avait disparu. On ne lui avait rien volé d'autre – pas même son alliance en or, ni sa montre électronique. Son portefeuille contenait peu d'argent – il n'était pas fou – mais tous ses papiers d'identité. Claquant la porte du vestiaire, il maudit la Terre entière.

Le vendredi suivant, Adam Kenton avait déjà bien avancé dans son article sur le sénateur de Californie Jonathan Stoner. Il pensait le boucler d'ici lundi. Une fois que l'affaire serait rendue publique, il était convaincu que la presse s'en emparerait et poursuivrait l'investigation. Il n'éprouvait aucune animosité personnelle à l'encontre de Stoner – ils ne s'étaient jamais vus – mais il le jugeait inapte à assumer un mandat politique puisqu'il avait abusé de son pouvoir et de ses privilèges. Comme une sorte de Maison-Blanche en miniature, écrivait-il quelque part dans l'article. Et il entendait bien pourchasser tous les hommes de cette engeance. Il ne considérait pas cela comme un abus de *son* pouvoir.

Deux jours avant, les grands dirigeants du groupe de communication Newstime s'étaient brièvement réunis au vingt-quatrième étage du siège et avaient décidé, par un vote, de se délester de toutes les parts qu'ils détenaient dans la Western Holding Company. Le magazine allait bientôt publier un article sur un sénateur de Californie, article qui citerait l'achat de faveurs politiques comme étant une des habitudes de cette entreprise et qui réclamerait l'ouverture d'une enquête officielle. Le rédacteur de l'article, au courant des investissements de Newstime, avait préconisé un retrait total et immédiat.

Afin d'assurer les futurs et énormes besoins de Newstime en pulpe de bois, le même nombre d'actions Western Holding serait acheté par Crane-Morris, un groupe minier basé dans le Colorado et contrôlé par Globe Packaging, entreprise du Midwest spécialisée dans l'emballage alimentaire et elle-même *joint venture* de Great Lakes Shipping et de la Trinity Foundation. Trois des cinq membres du conseil d'administration de la Trinity étaient des dirigeants de Newstime, à commencer par James Mackenzie lui-même. Enfin, Great Lakes Shipping, une entreprise sise dans le Delaware, se trouvait entièrement aux mains de la belle-famille de James Mackenzie.

La réunion ne dura qu'un quart d'heure, à la suite de quoi plusieurs des dirigeants passèrent à la salle à manger. Martin Dunlop n'était pas là. Il présidait une conférence à l'école de journalisme de Columbia sur l'avenir du journalisme d'investigation.

Le samedi, avant de s'en aller à la pêche, John Spanner eut des nouvelles de son ennemi juré en parcourant le dernier numéro de *Newstime*. Il se retrouva cité à plusieurs reprises au début de l'article. Kenton reconnaissait donc la paternité de ses intuitions et de ses conjectures : il avait percé une partie de la machination incroyable montée par Bishop. Mais une partie seulement, une petite partie. À mesure que Kenton recollait les morceaux du puzzle et que celui-ci prenait lentement forme, la complexité du plan n'en devenait que plus évidente. L'intelligence surpuissante de l'homme qui tirait les ficelles forçait l'admiration. Depuis le début, tous les coups avaient été soigneusement étudiés.

En lisant l'article, Spanner commença à imaginer Thomas Bishop, l'enfant affolé qui avait tué sa mère, se transformer en un jeune homme toujours fou, toujours malade, mais désormais capable de dissimuler ses instincts homicides et de maîtriser ses émotions. Il avait berné son monde, notamment l'ensemble de ses médecins puis, après son évasion, les policiers. Y compris lui, le lieutenant John Spanner, roulé dans la farine par un malade mental de 25 ans qui avait passé le plus clair de sa vie derrière des murs. Et qui, soit dit en passant, comme le rappelait Kenton dans son papier, était le tueur en série le plus imaginatif et le plus rusé de l'histoire moderne.

Spanner referma le magazine. Il prenait bien les choses. Il avait eu affaire au meilleur.

Pour retrouver la trace de Bishop, il avait donc fallu l'intervention d'un homme qui ne pensait pas comme un policier, d'un homme à l'imagination tout aussi débordante. Et Adam Kenton était cet homme. Il avait failli mettre la main sur le tueur de femmes.

Failli.

Le mot qui faisait toute la différence entre le succès et l'échec.

Pour tout dire, Spanner pensait que la police new-yorkaise avait peu de chances de réussir, occupée qu'elle était à chercher une truite dans une rivière où vivait un requin. Quant à Kenton, il ne donnait pas cher de sa peau non plus. Bishop avait commis des erreurs qu'il ne répéterait pas de sitôt. Sauf si…

Spanner décelait une faille majeure dans le plan de Bishop : son ego, cet ego monstrueux qui caractérise tous les esprits détraqués. Spanner avait déjà connu ça dans sa carrière de policier et était parvenu, parfois, à retourner cette arme contre sa cible. Peut-être Kenton pouvait-il faire de même. À moins que Bishop, se sentant tellement sûr de lui, tente n'importe quoi, risque n'importe quoi.

Le lieutenant préféra ne pas s'attarder sur les conséquences d'une telle hypothèse.

Pendant tout le week-end, l'article de *Newstime* sur Chess Man intéressa d'autres personnages concernés par la chasse à l'homme. Dans sa maison de Berkeley, Amos Finch fut ravi des progrès de Kenton, qui avait eu recours à de belles astuces pour connaître la vérité, des astuces que lui-même aurait pu trouver, bien entendu, s'il avait disposé de moyens similaires. Mais il était beau joueur. Ayant finalement décidé que son artiste du crime devait être stoppé dans sa course folle, il attendait avec impatience cette issue. Il espérait simplement que Bishop serait capturé vivant, ce qui reviendrait un peu à découvrir un dinosaure vivant, ou un extra-terrestre. Si Bishop parlait, les enseignements tirés d'un tel événement profiteraient à tout le monde, et pas uniquement à lui, Amos Finch, l'homme qui rédigerait l'étude définitive sur la vie et l'œuvre du meurtrier. Mais il ne s'attendait pas non plus à un miracle.

À Los Angeles, Ding trouva l'article époustouflant. Rien d'étonnant à cela, puisque c'était lui qui avait lancé la machine avec Kenton, en juillet dernier, alors qu'ils travaillaient tous les deux sur Caryl Chessman. Il regrettait parfois de ne pas avoir été choisi pour cette tâche – le rêve de tout reporter. Mais, californien jusqu'au bout des ongles, il n'aurait jamais su se débrouiller à New York et n'était pas près d'essayer.

Non loin de la frontière de l'Oregon, le docteur Baylor parcourut sans sourciller l'article sur Thomas Bishop. Il avait remis sa démission aux autorités compétentes, il ne se sentait plus concerné. D'ici six petites semaines, sa femme et lui pourraient quitter leur établissement de seconde zone, leur ville sinistre et leur maison dénuée de charme. Ils voyageraient et croqueraient de nouveau la vie à belles dents, se feraient de nouveaux amis. Le monde était vaste, et Henry Baylor en avait sa claque des malades mentaux et des cerveaux diaboliques. À l'avenir, il s'occuperait uniquement des gens normaux, des victimes de névroses bénignes. Telle serait la clientèle de son cabinet privé.

En attendant, il espérait bien sûr que la police et toutes les personnes impliquées dans l'arrestation de Bishop parviendraient à leurs fins. À titre personnel, il pensait que le tueur fou leur échapperait toujours. Au pire, il le voyait se suicider ou se laisser tuer – ce qui revenait au même – au cours d'une ultime et grandiose mise en scène. Ce que les autorités n'avaient pas l'air de comprendre, c'était que sa course folle revenait précisément à une autodestruction. Le processus de dégénérescence était déjà à l'œuvre, et bientôt Bishop s'éteindrait tout seul. Ce n'était qu'une question de temps. Personne ne pouvait s'aliéner totalement de sa propre espèce, quelque bizarre que soit son comportement. Cet instinct de survie inconscient qui caractérisait l'espèce humaine constituait précisément le talon d'Achille de Bishop et il signerait sa perte, même sans intervention extérieure.

Pour le docteur Baylor, cela ne faisait pas l'ombre d'un doute. C'était toujours ce même phénomène qui finissait par stopper les authentiques bourreaux de masse, de Hitler jusqu'à Bishop, qui les menait à l'anéantissement ou à la folie pure : le processus dégénératif, à la fois cumulatif et incontrôlable. Une espèce ne pouvait pas s'autodétruire indéfiniment et aveuglément ; c'était contre nature. Ce qui expliquait pourquoi les dirigeants politiques, en période de guerre, racontaient aux citoyens que leurs ennemis n'étaient pas des êtres humains, mais des démons, des monstres, des étrangers, des barbares. Tout sauf des hommes. Mais même dans ce cas, la réaction finissait par arriver tôt ou tard.

S'agissant des tueurs en série, Baylor trouvait sa théorie extrêmement pertinente. Il savait, par exemple, qui était Jack l'Éventreur et pourquoi il avait subitement cessé de massacrer des femmes. Il avait fini par succomber au processus dégénératif après un meurtre incroyablement diabolique et il s'était suicidé en remplissant ses poches de pierres puis en se jetant dans la Tamise, où son corps décomposé fut retrouvé le 31 décembre 1888, soit sept semaines après le dernier crime.

Jack l'Éventreur s'appelait en réalité Montague John Druitt.

Baylor savait même pourquoi cet homme tuait des femmes. Son père l'avait lésé en léguant une grande propriété à ses trois sœurs, et il avait dû gagner sa vie comme enseignant, un métier qu'il détestait. Sa mère était devenue folle ; il crut la suivre sur ce chemin.

N'ayant rien hérité de son père, et de sa mère uniquement la folie, imputant aux femmes ses propres malheurs mais incapable de toucher un cheveu de ses sœurs ou de sa mère, l'homme s'était tourné vers des femmes plus accessibles : les prostituées. Les meurtres devinrent de plus en plus épouvantables, les mutilations de plus en plus écœurantes, jusqu'à ce qu'il perde complètement la raison avec l'assassinat de Mary Kelly. L'autodestruction avait prestement suivi.

Le docteur Baylor admettait qu'il fallait plusieurs étapes avant que la dégénérescence fasse son œuvre. Pour Jack l'Éventreur, c'étaient peut-être une douzaine de femmes, et pour Thomas Bishop, davantage encore. Mais, au bout du compte, le résultat était le même. Aucun tueur ne pouvait y échapper. Bishop n'y couperait pas non plus ! Pour lui, le temps était compté. Baylor n'en doutait pas un seul instant.

Malheureusement, il était trop tard pour que la carrière du médecin puisse s'en remettre.

À Miami, un jeune homme aux cheveux foncés et portant un bouc eut des nouvelles de lui dans un grand magazine national. L'expérience lui parut désagréable, car elle fit ressurgir mille souvenirs qui hantaient ses cauchemars. Après avoir lu l'article, il demeura assis un long moment, protégé du soleil brûlant par un chapeau et un parasol de plage.

Il se posa des questions sur le journaliste. Visiblement, ce n'était pas un imbécile, contrairement aux autres. Il était intelligent. Un bon chasseur. Mais était-il aussi un bon renard ? Un chasseur devait toujours savoir comment fonctionnait son gibier. Et lui, Bishop, le savait. Il était à la fois chassé et chasseur, ce qui faisait de lui le meilleur. L'autre ne pouvait être que le deuxième meilleur – ce qui était déjà mieux que le reste. Réfléchissant à cela, il commença à se sentir une certaine affinité avec le journaliste. Peut-être, se dit-il, qu'ils avaient quelque chose en commun.

Il se demanda si Adam Kenton jouait aux échecs.

Le shérif James Oates estimait qu'il aurait dû être cité dans l'article. N'était-ce pas lui qui avait lancé l'enquête criminelle exactement le même jour que John Spanner ? Et n'avait-il pas prêté une oreille attentive aux élucubrations de Spanner quand personne ne l'écoutait ? Il avait passé des mois entiers à pourchasser Mungo – *Bishop* – dans toute la Californie, il le connaissait aussi bien que n'importe qui, et il n'était pas juste que Spanner récolte seul les lauriers. Spanner n'était qu'un petit officier de police provincial dépourvu d'ambition, qui ne cherchait pas à devenir sénateur ou gouverneur. Donc, les lauriers ne signifiaient rien pour lui. Pourquoi se les approprierait-il ?

Oates était jaloux. Une bonne publicité en Californie l'aurait aidé dans ses ambitions politiques. D'aucuns pensaient en effet qu'il avait tout intérêt à briguer des mandats politiques, et cette affaire aurait pu lui donner un sérieux coup de pouce. Qui plus est, c'était lui qui avait véritablement dirigé la traque du tueur fou pendant les premiers mois. Et sous sa responsabilité.

Sa responsabilité.

Oates pensa soudain à quelque chose. Au moins, l'article n'avait rien dit de mal sur lui. C'était déjà un bon point.

Le dimanche soir, Helena Rintelcane Stoner annonça à son cher époux qu'il ferait l'objet d'un article assassin dans le numéro de *Newstime* à paraître la semaine suivante. Elle avait appris la nouvelle par son propre père. Apparemment, un journaliste d'investigation avait mis au jour des transactions financières illégales. Le papier pouvait sérieusement compromettre sa carrière.

Stoner se mit dans une colère noire. Tout cela n'était qu'un tissu de mensonges fabriqué par ses adversaires politiques, des contre-vérités, des fausses accusations et des faits déformés, sans le moindre début de commencement de preuve. Il n'avait rien à se reprocher, en tout cas, pas plus que n'importe quel politicien soucieux de l'intérêt général. Sa probité était indiscutable. Ceux qui lui en voulaient représentaient le *big business* et les lobbies politiques de la côte Est. Comme ces gens-là n'avaient pu le corrompre, ils cherchaient maintenant à le détruire, aidés en cela par ses adversaires californiens. Tout ce petit monde-là avait juré sa perte.

Le sénateur retrouva un peu son calme et essaya d'y voir plus clair. Quelqu'un, à l'évidence, cherchait à lui nuire. Mais qui ? Il protégeait le business et tous les grands intérêts en place, soutenait toutes les causes justes, n'intervenait jamais dans les affaires de la pègre, était apprécié par les décideurs du Midwest et désormais de la côte Est, qui le considéraient comme un gagneur. Il n'avait marché sur les plates-bandes de personne et n'était mouillé dans aucun gros scandale.

Tout cela n'avait aucun sens. Il s'était lancé à la conquête des sommets et quelqu'un cherchait à l'abattre. Ses seuls véritables ennemis ? Les gauchistes, ces fous furieux de pacifistes et tous les partisans de l'État-providence. Mais leurs forces étaient fragmentées, et ils n'avaient pas pour habitude de les concentrer contre une cible unique. Cette affaire était décidément délirante. Qui avait bien pu tuyauter un journaliste sur son compte ? Et *Newstime*, en plus ? C'était forcément une blague. *Newstime* trempait autant dans le *big business* que lui.

Avant d'aller se coucher, l'épouse du sénateur, femme digne s'il en fut, l'assura qu'elle resterait évidemment à ses côtés dans cette épreuve. Elle ne prit pas la peine de préciser qu'elle venait d'une famille honorable qui connaissait les usages, qu'elle savait depuis des années pour les maîtresses de son mari, pour toutes ses petites aventures extra-conjugales sordides, ses déplacements et ses réunions de travail jusqu'au matin, sa réputation d'athlète sexuel. D'un naturel tempéré, elle n'envisageait pas de demander le divorce, car loyauté et patience étaient les vertus des gens bien nés.

Pour sa part, Stoner considérait son épouse comme un ange venu du ciel, une femme qui offrait toute la gentillesse et la générosité d'esprit dont un homme avait besoin – bref, comme un être qu'il ne méritait certainement pas.

Chaque fois qu'il s'emportait contre elle, il la traitait de pauvre connasse de Juive.

Il ne comprenait pas comment il avait pu passer à côté. Sans doute que dans son empressement à lire l'article il n'avait pas regardé à côté. Pourtant, le texte était bien là, dans un encart bien distinct du reste, bordé de noir, imprimé sur un fond vert clair.

Assis devant la table bancale de sa petite chambre triste, Bishop commença donc à lire les pages où une femme racontait sa vie malheureuse, ces pages rédigées par sa propre mère seize ans plus tôt, griffonnées sur des feuillets séparés et calées dans un ouvrage écrit par son père la même année, quand il avait fêté ses 9 ans auprès de sa maman qu'il aimait tant.

Alors qu'il découvrait quels avaient été les rêves de jeunesse de sa mère et les souffrances par elle endurées, il la revit se pencher vers l'enfant muet, caresser son tendre visage de ses mains douces, le sourire aux lèvres, les yeux chargés d'amour, prononçant des paroles apaisantes. Elle l'avait tellement aimé, elle s'en était tellement bien occupée. D'avoir eu une mère comme elle, il était le petit garçon le plus chanceux du monde.

Cette nuit-là, il relut le texte plusieurs fois. Au bout d'un moment, il sortit son petit portefeuille et admira le portrait de sa mère, avec ses habits sévères et son regard fixe, grande, imposante. Il posa la photo à côté de l'article avant de le relire encore plusieurs fois.

Alex Dimitri n'avait pas l'intention d'être contrarié en cet après-midi de la fin novembre. La découverte de Greene Street remontait à dix jours, dix jours qui avaient vu se déployer la plus grande chasse à l'homme de toute l'histoire de New York – et toujours aucun signe de Chess Man nulle part. Malgré d'innombrables recherches, descentes et arrestations, malgré des fouilles minutieuses dans tous les quartiers de la ville, Thomas Bishop courait toujours. Ce qui sentait mauvais pour Alex Dimitri. Il venait de se faire sérieusement remonter les bretelles par Lloyd Geary, lui-même violemment sermonné par le directeur de la police, lequel avait bien sûr eu droit, dans la matinée, aux remontrances du cabinet du maire.

L'article de *Newstime* n'avait pas aidé.

À titre personnel, Dimitri avait apprécié l'article. On y parlait de lui en termes flatteurs et sa cellule spéciale y apparaissait clairement comme une solution viable. Mais dans l'ensemble, les flics new-yorkais donnaient l'impression de ne pas être plus efficaces que les autres flics américains, voire d'être plus mauvais. Aucun d'entre eux n'avait été fichu d'attraper Chess Man. Mais désormais le visage de ce dernier, son vrai visage, était connu. Ainsi que son véritable nom. Personne ne l'aidait, personne ne le cachait. Quel était donc le problème ? Pourquoi se promenait-il toujours dans la nature ? Les gens commençaient à se poser des questions.

D'un autre côté, il n'avait plus assassiné de femmes depuis dix jours. Ce qui signifiait qu'ils étaient au moins parvenus à le brider.

Enfin, peut-être.

Dimitri s'humecta les lèvres, nerveux. Et si on découvrait un autre appartement avec à l'intérieur sept nouveaux cadavres hachés menu ? Grands dieux ! New York céderait à la panique, on trouverait des civils armés à chaque coin de rue, sans parler du séisme au sein de la police. Lui-même serait sans doute obligé de prendre une retraite anticipée ou se ferait muter dans un trou perdu au fin fond de Staten Island. Tout bien considéré, l'avenir n'était pas si rose.

Et pour couronner ce lundi après-midi, il semblait que ce foutu journaliste de *Newstime* travaillait désormais sur un autre article et ne pouvait pas être dérangé. *Il ne pouvait pas être dérangé !* Dimitri l'aurait étranglé. Il voulait simplement demander à ce Kenton s'il pensait que Bishop avait pu quitter la ville. Un homme correspondant à sa description avait laissé une note dans un avion pour Miami, disant qu'il était Chess Man et qu'il entamait une nouvelle vie, abandonnant derrière lui New York et sa carrière de meurtrier.

Dès mardi, le numéro où figurait l'article sur Thomas Bishop était épuisé. Sans photo de couverture, avec simplement un bandeau en haut où il était écrit « Chess Man », le magazine avait vendu comme jamais depuis longtemps. Chess Man avait donc capté l'imagination du public. Ou alors était-ce dû à la frénésie des médias ? John Perrone se foutait pas mal de la réponse. Dans les deux cas, il avait bien fait de lancer la chasse au tueur fou. Si Kenton pouvait maintenant sortir de son chapeau le même miracle, cette fois en arrêtant Chess Man pour de bon, ils étaient bien partis pour décrocher la timbale.

Kenton lui remit son article sur Stoner dans la matinée. Perrone le trouva argumenté et convaincant. On y parlait des acquisitions foncières de Stoner, avec les noms et les dates à l'appui. D'autres transactions financières étaient passées au crible, encore une fois étayées par des faits et des chiffres précis. Enfin, Kenton abordait certaines opinions personnelles exprimées par le sénateur qui pouvaient écorner son image, tout en laissant entendre qu'il existait quelque part une cassette où l'homme dévoilait un certain nombre de points de vue bien sentis. Perrone supprima du texte plusieurs allusions sexuelles, et l'article fut rapidement envoyé à la publication pour le prochain numéro. Comme le sénateur Stoner jouissait d'une aura nationale, le papier ferait assurément forte impression, juste après le carton plein qu'avait été le papier sur Chess Man. Adam Kenton était en passe de devenir un cador du journalisme d'investigation.

Pendant ce temps, au sixième étage, il s'attelait de nouveau au dossier Bishop. Sa seule crainte, au cours de la semaine qui venait de s'écouler, avait été que la police finisse par coincer Bishop et le tue. Il n'y croyait pas trop, mais il savait que les dieux vous jouaient parfois de drôles de tours. Voilà qu'ils lui laissaient maintenant une dernière chance.

Par où commencer ?

Par le mode de fonctionnement de Bishop – la seule et unique constante dans cette affaire. Bishop ne pensait qu'à trouver de nouvelles identités, et sans l'aide de personne. Pour se procurer des papiers, il n'avait besoin que d'un acte de naissance, et pour cela, que d'un nom, d'un lieu et d'une date de naissance. Une personne vivante ou un mort ? Plutôt un mort – plus facile, et beaucoup moins dangereux. Un homme né et mort à New York. Un homme qui aurait à peu près son âge. Le nom et le lieu de naissance, il pouvait les trouver dans une notice nécrologique. Et la date de naissance ? Les archives de l'état civil étaient inaccessibles au public. Et il ne pouvait pas interroger la famille du mort : trop risqué.

Quid d'un homme vivant, comme Jay Cooper, à Chicago ? Mauvaise idée. Le lieu de naissance pouvait en effet se trouver n'importe où dans tout le pays. Or, il en avait besoin rapidement ; donc, il fallait que ce soit dans les environs.

Et s'il était arrivé à New York avec d'autres identités dans sa besace, en plus de celle de Jay Cooper ? S'il possédait des identités récupérées dans toutes les villes qu'il avait traversées ?

Kenton se tortilla sur son fauteuil, agacé par cette dernière possibilité. Dans ce cas, fut-il obligé d'admettre, ils n'avaient aucune chance de l'attraper. Pas avant que Bishop commette une nouvelle erreur grossière.

La commettrait-il ?

Non, se dit sans hésitation Kenton, qui connaissait par cœur cet homme qu'il n'avait jamais rencontré.

Le même jour, à Miami, un jeune homme déguisé en serveur subtilisa un portefeuille dans la cabine d'une plage privée. Le portefeuille appartenait à un homme tout aussi jeune. Personne ne vit le voleur, personne ne se souvenait du serveur.

Cette nuit-là, l'idée surgit dans le cerveau de Kenton à un moment pour le moins gênant. Il bondit hors du lit, soudain submergé par une excitation très différente. Doris se mit dans une telle colère qu'elle était déjà habillée avant même qu'il puisse la dissuader de quitter l'hôtel sans autre forme de procès. Elle savait seulement qu'il n'avait pas arrêté de parler de l'hôpital.

Avant mercredi, le sénateur Stoner avait appelé tous ses contacts et eu recours à tous les moyens possibles et imaginables. Il s'entretint même avec John Perrone. Mais il n'y avait rien à faire. L'article était sous presse ; d'ici quelques jours, le magazine serait dans tous les kiosques.

Stoner était furibond. Bien sûr, il nierait en bloc, du moins toutes les opérations illicites. Pour le reste, les Américains ayant les idées larges, ils sauraient pardonner quelques écarts de conduite de la part de leur élu. Il n'y avait qu'à voir John Kennedy et ses maîtresses, ou Mendel Rivers et ses problèmes d'alcoolisme. Les exemples se comptaient par centaines. Il pouvait peut-être arrondir les angles en se montrant franc et honnête, voire retourner les attaques à son avantage. Inutile de préciser qu'il se montrerait franc et honnête uniquement à propos de ce que les autres auraient de toute façon découvert.

C'était on ne peut plus simple. Il leur suffisait d'appeler tous les hôpitaux de New York pour savoir si quelqu'un les avait interrogés sur des naissances de garçons chez eux. Pas les demandes faites par des administrations municipales ou des institutions : uniquement celles faites par des particuliers. Des inconnus. Qui auraient voulu connaître la date de naissance précise d'un homme né vingt ou trente ans plus tôt.

Mel Brown pouvait s'en charger en faisant jouer ses réseaux. Ça ne devrait pas être très long.

Uniquement à New York ?

Peut-être aussi à Long Island, à Westchester et dans le nord du New Jersey, histoire de voir large.

Ça devrait prendre un peu plus de temps.

Kenton assura l'inspecteur Dimitri qu'un éventuel départ de Chess Man loin de New York n'avait pas grande importance. Il reviendrait. Où trouverait-il l'équivalent de New York, avec toutes ses femmes et ses planques ? Rien de comparable ailleurs, en tout cas en Amérique. Pour ce qui l'intéressait, New York représentait la plus grande forêt giboyeuse du monde.

Mais Kenton pensait-il que Chess Man avait filé ?

Non.

À l'heure même où ils discutaient, il pouvait donc être en train de transformer un autre appartement en abattoir.

Kenton hésita un instant et repensa à Greene Street.

Eh bien ?

Oui, c'était une possibilité. Des femmes avaient-elles disparu récemment ?

Pas plus que d'habitude, répondit Dimitri.

Les deux hommes pensèrent à la même chose, au même moment.

Et si Chess Man tuait comme d'habitude ?

« Il y a des idées qui fonctionnent, et d'autres non. »

L'équipe de Mel Brown avait appelé tous les hôpitaux publics et privés des six comtés métropolitains. Échec total : aucune mention d'une demande non autorisée de renseignements quant à une date de naissance, aucune trace d'un quelconque inconnu désirant obtenir de tels renseignements.

Madame Majurski prenait ses jours de congé le mercredi et le dimanche. Elle aimait bien couper sa semaine en deux ; ainsi, le travail lui semblait moins fatigant. Sa grande fille, mariée, n'arrêtait pas de lui dire que ça faisait toujours cinq jours de la semaine passés à l'hôpital, mais ça ne la dérangeait pas outre mesure. Son mari était mort, ses deux fils habitaient loin, et sa fille s'occupait de ses propres enfants. Madame Majurski vivait seule avec un énorme chat tigré et une chaufferette toujours allumée quand elle revenait à la maison, c'est-à-dire pratiquement tous les soirs, tous les mercredis, tous les dimanches.

Le jeudi matin, sa collègue des archives de l'hôpital lui raconta le coup de téléphone qu'elle avait reçu de New York. Elle était tout excitée. Tu te rends compte ! Les journalistes de *Newstime* en personne !

Madame Majurski se rappela aussitôt l'épisode du père Foley. Mais les journalistes ne cherchaient pas un prêtre, si ? L'homme lui avait demandé la date de naissance d'un garçon né en 1948, soit vingt ou trente ans plus tôt. Mais un prêtre ? Elle décida donc de joindre le père Foley pour lui raconter le coup de fil du magazine. Peut-être saurait-il de quoi il retournait. Qu'avait-il dit, déjà ? Saint John's on the Boulevard. Elle téléphona au presbytère et demanda à parler au père Foley.

Il n'y avait aucun père Foley à l'église Saint John's. Madame Majurski se vantait d'avoir une mémoire d'éléphant. L'homme lui avait bien dit Saint John's. Sûre et certaine ! Tout ça était bien curieux.

L'employée de la maternité Margaret Hague avait dit la vérité, la veille, quand on l'avait interrogée sur d'éventuelles demandes officieuses de renseignements concernant des dates de naissance. Elle n'avait même pas pensé au prêtre qui l'avait contactée quelques semaines auparavant. Catholique convaincue travaillant dans une ville très catholique, elle considérait les prêtres comme des personnages tout à fait autorisés, au même titre que les policiers ou les pompiers. Elle n'aurait jamais, au grand jamais, révélé des informations à un inconnu.

Mel Brown reçut le coup de téléphone en début d'après-midi. Une certaine madame Majurski, de l'hôpital du Christ à Jersey City. Il écouta la dame quelques instants puis la mit en communication avec Adam Kenton, en lui demandant de raconter une nouvelle fois son histoire.

Elle avait donné des renseignements sur une naissance à un prêtre du coin, par téléphone, mais venait de découvrir que ce prêtre n'existait pas. Dans la matinée, elle avait appelé la paroisse Saint John's, pensant que le père Foley pourrait contacter le magazine. Or, il n'y avait pas plus de père Foley que de beurre en branche…

Quand avait-elle eu ce Foley au téléphone ?

À peu près un mois plus tôt.

Et comment s'appelait le bébé auquel il s'intéressait ?

Brewster. Thomas Wayne Brewster. Elle venait de vérifier une nouvelle fois.

Date de naissance ?

Le 3 mai 1946.

Kenton respira un grand coup. Bishop était né en 1948. Deux ans d'écart seulement. Pas grand-chose.

Il remercia la dame et lui expliqua qu'ils travaillaient sur une affaire criminelle. Il la tiendrait informée des développements ultérieurs.

« Une dernière petite chose, lui dit-elle rapidement.

— Oui ? »

Elle jugea important de préciser que Thomas Wayne Brewster était un enfant noir.

Kenton ferma les yeux, désespéré.

Un Noir ?

Elle avait noté ça sur le moment, parce qu'il n'y avait pas beaucoup de familles noires catholiques dans les années 1940.

Mel Brown essaya ensuite de remonter le moral de Kenton.

« C'était bien tenté.

— Pas assez bien tenté.

— Il refera d'autres erreurs. Et cette fois vous l'aurez.

— Les flics l'auront.

— Dans ce cas, restez dans leurs petits papiers.

— C'est dur, répondit Kenton. De plus en plus dur. »

Brown en convint.

« Vous pensez que ce Foley était notre homme ?

— Ça collait parfaitement. Sauf que le gamin était noir.

— Il ne le savait peut-être pas. »

Kenton ouvrit grandes les oreilles.

« Peut-être qu'il ne le savait pas avant d'appeler l'hôpital, ou qu'il ne s'est même pas posé la question.

— Mais la femme le lui a expliqué.

— C'est ce qu'elle vous a dit ? »

Une minute après, Kenton était de nouveau en ligne avec madame Majurski. Sans vouloir abuser de son temps, avait-elle précisé au père Foley que le bébé était noir ? Il avait absolument besoin de savoir.

Non, elle ne le lui avait pas dit.

Sûre ?

Sûre et certaine. Foley n'avait posé aucune question et, de surcroît, elle n'avait remarqué la chose qu'après leur conversation.

Kenton appela immédiatement l'un de ses contacts politiques haut placés à Newark. Il avait deux questions urgentes à transmettre au registre de l'état civil de Jersey City.

Au bout de vingt minutes, il obtint les deux réponses. Thomas Wayne Brewster était mort le 1er septembre 1949 à l'âge de 3 ans. Bizarrement, un acte de naissance venait d'être délivré au nom de Thomas Wayne Brewster le 26 octobre 1973.

Le document avait été envoyé par courrier à ce nom-là et à l'adresse indiquée : 654, Bergen Avenue, Jersey City.

Mel Brown découvrit rapidement que cette adresse correspondait au YMCA de Bergen Avenue, non loin de

Journal Square. D'une main tremblante, Kenton téléphona au YMCA et demanda la chambre de Thomas Wayne Brewster. Quelques instants après, on lui répondit que monsieur Brewster n'était pas inscrit dans l'établissement.

Mais il l'avait été ?

Bien sûr.

Quand était-il parti ?

Il avait réglé jusqu'au 25.

On était justement le 25.

Quand le réceptionniste l'avait-il vu pour la dernière fois ?

Qui était à l'appareil ?

Kenton raccrocha.

Il s'agissait bien de Bishop, il en était sûr. Il avait enfin retrouvé l'animal. Et l'avait de nouveau raté de peu, cette fois à quatre jours près. Mais quatre jours qui auraient pu durer quatre ans. Il fuma une cigarette, lentement. Le téléphone sonna à deux reprises ; il ne répondit pas. Pour la toute première fois, il sentit planer au-dessus de lui le parfum de la défaite. Il allait perdre Bishop ; il le savait. L'occasion ne se représenterait plus.

Une fois sa cigarette grillée, il passa un coup de fil en ville.

« Inspecteur Dimitri ? »

Ce même soir, à 18 heures, l'ancienne chambre de Thomas Brewster au YMCA de Jersey City avait déjà été fouillée, et le réceptionniste, interrogé. L'homme ne se souvenait plus de Brewster et assurait ne pas l'avoir vu depuis plusieurs semaines – le contraire l'aurait marqué. Brewster avait payé à l'avance un mois de location. Lorsque l'échéance était arrivée, il n'avait pas rendu la clé de sa chambre. La femme de ménage raconta que personne n'avait dormi dans le lit pendant tout ce temps-là, sauf quelques nuits, plusieurs semaines auparavant.

Réflexion faite, le réceptionniste se souvint que Brewster avait reçu une lettre au tout début de son séjour. Il ne se rappelait ni le nom, ni l'adresse de l'expéditeur. Mais depuis ce jour-là, il n'avait plus jamais revu Brewster. Il se souvenait vaguement d'une barbe, mais rien de plus. Il fut incapable de le reconnaître formellement sur la photo du permis de Daniel Long.

Cette fameuse lettre devait forcément contenir l'acte de naissance de Thomas Wayne Brewster. L'homme n'en avait reçu aucune autre au YMCA. Les empreintes digitales relevées dans la chambre correspondaient à celles du tueur fou.

On venait de découvrir la dernière identité prise par Chess Man.

Mais en pure perte. Qu'il fût Bishop, Brewster ou le diable en personne, on avait perdu sa trace. Pire encore, cela montrait qu'il s'était préparé une position de repli depuis belle lurette. Visiblement, il mettait toutes les chances de son côté. Ce qui signifiait aussi qu'il devait disposer de plusieurs échappatoires. Et sans doute d'une identité différente pour chacune.

Les policiers souhaitaient bien entendu garder secrète leur découverte, dans l'espoir que Chess Man utilise ailleurs le nom de Brewster. Mais il était déjà trop tard. Un employé de l'état civil avait parlé au *Jersey Journal* d'un acte de naissance qu'un inconnu avait sollicité pour un défunt. Et Adam Kenton avait appelé son contact au *Daily News* juste après sa discussion avec l'inspecteur Dimitri. Il n'entendait pas voir ses efforts ruinés par l'enquête policière qui suivrait, d'autant qu'il pensait impossible de s'approcher de nouveau de Chess Man – à supposer qu'il l'ait déjà approché.

En fin de soirée, tout le pays connaissait la nouvelle par la radio et la télévision. Dans leurs articles, les deux quotidiens new-yorkais du matin citèrent Adam Kenton comme étant l'homme qui avait, une fois de plus, démasqué le tueur. Suite notamment aux révélations incessantes et de plus en plus fracassantes au sujet de la Maison-Blanche, le journalisme d'investigation tenait le haut du pavé, et Kenton devenait rapidement la coqueluche des médias new-yorkais.

Évidemment, l'inspecteur Dimitri était furieux. Avec sa mentalité de flic, il estimait qu'il fallait maintenir dans le secret le plus de monde possible, le plus longtemps possible, sur le plus de choses possible. Dans l'affaire Chess Man, ça voulait dire tout. Si cela ne tenait qu'à lui, le grand public n'entendrait jamais parler de ce genre d'histoires. Ainsi, les autorités seraient-elles libres de travailler sans entraves. Mais comme cela ne tenait pas à lui, il faisait de son mieux pour entretenir de bons rapports avec les journalistes – on ne savait jamais, ils pouvaient un jour se révéler utiles. Mais à aucun d'entre eux il n'accordait sa confiance. Il se tapait tout le sale boulot sur Chess Man, endossait toutes les responsabilités, et voilà qu'un abruti de journaliste venait rafler toute la mise. Simplement parce qu'il avait été le premier sur le coup.

D'un autre côté, il devait bien reconnaître que ce Kenton était très fort, comme un reporter qui aurait eu les compétences d'un flic. Malheureusement, ce dont il avait le plus besoin en ce moment, *lui*, c'étaient de quelques flics ayant les compétences des flics.

Dans tout le pays, les journaux datés de vendredi reparlèrent du tristement célèbre Chess Man. Pour faire du chiffre et vendre du papier, ce type n'avait décidément pas son pareil. Un peu après 15 heures, Bishop acheta un journal à Miami. Comme toujours, il prit un malin plaisir à lire des articles sur lui, mais cette fois sa joie se teinta d'une légère inquiétude. Il s'était battu comme un beau diable pour devenir Thomas Brewster, et tout venait de s'effondrer. Ce nom ne lui servait plus à rien. Les autres commençaient donc à se rapprocher de lui. Du moins, c'en avait tout l'air.

Il s'assit au petit bar de la station de bus, jeune homme en pantalon de coton et polo ouvert sur le torse. Ses vêtements d'hiver étaient dans sa chambre d'hôtel et, sous le soleil de la Floride, sa tenue décontractée ne choquait personne. Il sourit au moment où la femme derrière le comptoir se pencha vers lui.

« Un peu plus de café », lui demanda-t-il poliment.

Aux yeux d'un observateur, le jeune homme au visage affable n'aurait pas détonné dans cette ville aux manières détendues et au charme tranquille. Il but son café, lut son journal et dissimula sagement sa folie.

Seuls ses yeux révélaient toute la puissance de sa concentration.

La découverte Brewster était pour lui un coup très dur, auquel il ne s'attendait pas du tout. En un clin d'œil, il avait perdu son argent et l'identité qu'il s'était confectionnée avec tant de peine. Il ne lui restait plus rien, sinon les deux portefeuilles qu'il avait subtilisés. Au moins, il avait pu y trouver une nouvelle identité.

Mais le danger n'avait pas disparu pour autant. Pour ces deux nouveaux noms, il ne disposait d'aucun passé : ils appartenaient à d'autres hommes. Il ne pourrait pas résister face à une enquête un peu poussée. Et sans argent, il ne pourrait pas se déplacer.

Bishop aimait beaucoup Miami, où il avait passé finalement deux semaines au lieu d'une. Il ne regrettait vraiment pas son choix. À New York, il aurait sans doute été arrêté sous le nom de Thomas Brewster.

Il pensa rester à Miami mais se ravisa rapidement. En effet, même si les femmes y pullulaient, la ville était trop à découvert, et l'anonymat plus difficile à garantir qu'à New York.

Bien qu'accablé par ses infortunes, Bishop se sentait reposé, détendu et prêt à reprendre, une fois de plus, le flambeau de son père. Il retournerait à New York avec ses deux nouveaux noms et se trouverait un hôtel bon marché grâce au peu d'argent qu'il lui restait, tout en cherchant d'autres moyens de s'en procurer.

Il régla son café et gratifia la serveuse d'un sourire radieux. C'était décidé : il repartirait le jour même. Mais avant cela, il lui fallait faire ses adieux à Miami, au cas où il ne la reverrait jamais.

Si le monde ne l'aimait pas, en tout cas, le monde avait besoin de lui.

Bien plus tard, à bord du car, Bishop s'endormit, les paupières lourdes, le corps détendu, une main posée sur l'accoudoir. Il rêva de choses qui le surpassaient. Mais comme toujours, il se battait courageusement.

Quelque part en Géorgie, un train fila dans la nuit, et novembre se transforma en décembre.

23

Adam Kenton rêvait. C'était samedi matin, et dans son rêve, il se levait du lit pour répondre au téléphone.

« George Homer à l'appareil. Désolé de vous déranger, mais je viens d'avoir une idée au sujet de notre ami. Vous avez deux secondes ? »

Le rêve n'en était donc pas un.

« Bien sûr », marmonna Kenton en s'efforçant d'ouvrir les yeux.

« Je vous écoute.

— Je pense avoir lu à peu près toute la littérature disponible sur Caryl Chessman. Comme vous le savez certainement, sa psychologie est assez limpide, c'est-à-dire la frime et les fanfaronnades typiques d'un bonhomme peu sûr de lui en société, notamment avec les femmes. Et voyez-vous, je me suis dit que cela provenait peut-être chez lui d'un problème sexuel. Vous-même aviez évoqué cette hypothèse dans l'un de vos premiers articles. »

Kenton se rappela l'idée avancée par Ding selon laquelle Chessman était impuissant.

« Continuez, dit-il.

— Imaginons qu'on fasse circuler dans la presse un papier disant que Caryl Chessman ne pouvait pas être le père de Thomas Bishop. Qu'il était physiquement incapable de procréer.

— Et qu'est-ce que ça nous apportera ?

— Eh bien, ça nous apportera Bishop. Il se targue d'être le fils de Chessman. Mais si on lui enlève cette possibilité... »

Kenton comprit où Homer voulait en venir. Bishop, manifestement, adulait Chessman et le fait de se proclamer son fils lui donnait la force psychologique dont il avait besoin. Si on l'en dépossédait brusquement, il pouvait craquer.

« Mais si Chessman n'était pas son père, qui l'était ?

— Harry Owens. Un minable. Tué par un de ses comparses pendant un braquage. Je pense que ça devrait calmer Bishop, car c'est bien Chessman qui le maintient à bloc et le conforte dans sa vision détraquée du monde. Il venge son père. Mais si son père n'était en réalité qu'un voleur à la petite semaine, un type qui n'a rien fait de grand dans sa vie, du coup, lui-même prend un sacré coup dans l'aile. »

L'idée pouvait fonctionner ou, du moins, faire douter Bishop. En n'étant plus que le fils de Sara et de Harry Owens, il devenait un minable. Pire, tous ses meurtres auraient été commis pour rien.

« Une chose est sûre, dit Kenton. Quand il lira ça dans les journaux, il se brisera en mille morceaux. »

Homer partageait son point de vue.

« Il finira par entrer en contact avec vous. Il sera bien obligé de le faire, quel que soit le risque. Comme tous les tueurs de masse, il a besoin de mettre les pendules à l'heure. C'est plus fort que lui. Du coup, quand il se fera arrêter, il pourra justifier son comportement.

— Vous croyez qu'il veut se faire arrêter ?

— Oui, comme tous les autres. Ces gens-là tuent parce que ce sont des aliénés ; leurs crimes sont l'expression absolue de leur aliénation absolue. Mais ils ne veulent pas vraiment être aliénés – personne n'en a envie. Inconsciemment, ils espèrent donc se faire arrêter, seule façon pour eux de mettre fin à leur insupportable solitude. »

Homer s'interrompit quelques instants.

« Il va entrer en contact avec vous, reprit-il sur un ton solennel. D'une manière ou d'une autre. »

Tel était donc le plan. Puisque Kenton n'arrivait pas à retrouver Bishop, il le laisserait venir à lui. Et lorsque Bishop apprendrait qu'il n'était pas le fils de Caryl Chessman, peut-être qu'il exploserait en plein vol.

« Qu'en pensez-vous ? » demanda Homer.

Kenton pensait qu'il avait raison.

La nouvelle parvint à New York vers 18 heures. Moins d'une heure plus tôt, une femme de 28 ans avait été retrouvée assassinée, chez elle, dans un quartier du nord-ouest de Miami. Assassinée et mutilée. Le corps – en tout cas, ce qu'il en restait – avait été découvert par un voisin et par le gardien de l'immeuble, après qu'ils eurent téléphoné chez elle plusieurs fois dans la journée. La police de Miami, se fiant à l'état du cadavre, pensait que ce crime macabre pouvait bien être l'œuvre du célèbre tueur de femmes new-yorkais. Sans parler de l'inscription en lettres de sang laissée sur la porte du réfrigérateur : « Chess Man ».

« Je viens juste d'apprendre la nouvelle, dit Kenton lorsqu'il put enfin joindre Dimitri au commissariat n° 13. Vous croyez que c'est lui ? »

L'inspecteur se vida les narines dans un grand mouchoir. Il était en train d'attraper ce qu'il espérait être une triple pneumonie.

« Voyons, comment est-ce possible ? répondit-il sur un ton sarcastique. Vous m'aviez assuré qu'il ne quitterait pas New York.

— Personne n'est parfait.

— À qui le dites-vous.

— Qu'en pensez-vous, alors ?

— Aucune idée. »

Kenton se demanda un instant s'il devait lui exposer son plan pour attirer Chess Man sur un terrain découvert ; l'aide de la police n'aurait pas été superflue. Mais il se ravisa. Dimitri aurait peut-être envie de l'en empêcher.

« Il se pourrait que ce soit simplement une diversion de sa part », enchaîna-t-il. L'homme à l'autre bout du fil poussa un grognement.

« Et quelle diversion !

— C'est ici qu'il se sent chez lui, et il le sait », reprit Kenton, qui faillit ajouter : *c'est ici qu'il veut se faire arrêter*.

Mais Dimitri lui aurait ri au nez ; or, il n'était pas d'humeur. Il avait trop de problèmes à régler pour le moment, trop de questions à se poser. Par exemple, sur quel terrain périlleux il s'apprêtait à mettre les pieds, pour peu que Bishop morde à l'hameçon. Plus il s'inquiétait, plus il était convaincu du résultat. Le plan fonctionnerait.

Le journaliste de *Newstime* s'assit tranquillement dans sa chambre d'hôtel et passa en revue toutes les manières dont Chess Man pouvait entrer en contact avec lui : un coup de fil, une lettre, un intermédiaire, voire un rendez-vous secret. Dans ce cas, irait-il ? Oui, avec un flingue dans la poche, et peut-être même deux flingues. Mais oui, pour sûr, il irait au rendez-vous. Il était maintenant trop tard pour flancher, et il avait déjà fait trop de chemin pour reculer.

Le téléphone sonna à 18 h 30. Kenton imagina, l'espace d'un instant, que c'était Thomas Bishop qui l'appelait. Il observa le téléphone pendant plusieurs secondes. Puis, lentement, il souleva le combiné.

« Qui est à l'appareil ? »

Ce n'était pas sa proie – pas encore.

Il discuta avec son contact du *Daily News* et lui parla de son article concernant Bishop et sa fausse filiation avec Caryl Chessman. Oui, ça avait du sens dans la mesure où l'impuissance de Chessman relevait du domaine du possible. Mais l'article devait paraître sous la forme d'une interview : c'était crucial. Kenton devait apparaître comme *la* source. Son lieu de résidence, aussi, devait être cité : l'hôtel Saint-Moritz.

Un quart d'heure après, le papier était prêt. Il paraîtrait dans les toutes dernières éditions, c'est-à-dire dans celles du dimanche matin. « Chess Man n'est pas le fils de Chessman. » Qui affirmait cela ? L'expert de *Newstime*, Adam Kenton, qui avait traqué le tueur pendant des mois et connaissait l'animal mieux que quiconque. Ce qui n'était pas bien compliqué puisque personne ne savait grand-chose de lui, même si beaucoup, un moment, l'avaient cru.

Seul Kenton savait tout de lui. Tout, sauf l'endroit où il se trouvait et le prochain coup qu'il préparait.

L'énorme véhicule fit son entrée dans la gare routière de Port Authority à 21 h 30, pile à l'heure. À l'arrière du car, Bishop regarda par la vitre jusqu'à ce que la quasi-totalité des passagers soient descendus. Heureux d'être de retour ? Il ne savait pas trop. D'une certaine manière, New York comblait toutes ses attentes mais représentait également un danger. Adam Kenton avait démasqué Vincent Mungo, puis Jay Cooper, puis Thomas Brewster. Ce type était un redoutable chien de chasse.

Bishop finit par descendre tranquillement du car à l'arrêt, puis traversa le hall rempli de voyageurs du dimanche.

Il n'y avait qu'une manière de semer un chien de chasse, et tous les renards du monde la connaissaient. Exactement ce qu'il était en train de faire.

Revenir sur ses pas.

Fred Grimes l'appela à 22 h 45. Un de ses contacts au sein de la pègre venait de lui dire qu'un homme correspondant au portrait de Bishop avait été aperçu à la gare routière de Port Authority un peu plus tôt dans la soirée. L'indicateur n'avait fait que noter la vague ressemblance, mais sans plus, parce que l'homme avait les cheveux foncés, et non clairs, et portait un bouc. Par ailleurs, de très nombreux hommes répondaient à la définition d'une taille et d'une corpulence moyennes.

Par acquit de conscience, l'indicateur avait vérifié la provenance du car.

« Et devinez d'où il venait, murmura Grimes.

— Un seul endroit possible, répondit Kenton. Miami. »

Le temps que l'indicateur prenne le voyageur en filature, celui-ci s'était déjà fondu dans la foule.

•

Bishop avait décidé que le quartier le plus sûr serait l'Upper West Side, là même où il avait passé sa toute première nuit new-yorkaise. L'endroit était bourré de petits hôtels, pour la plupart miteux, et dont les gérants avaient l'habitude de louer des chambres à l'heure sans prêter la moindre attention aux clients. Il prit le métro et descendit au croisement de la 96e Rue et de Broadway. Dans le quartier, c'était la fièvre du samedi soir, partout on entendait de la musique latino, et des milliers de gens comptaient visiblement passer un bon moment.

Dans un drugstore, il s'acheta un flacon de décolorant blond, de l'après-shampooing, un rasoir, de la mousse à raser, de petites boules de coton, une paire de lunettes de soleil aux verres rosés et à monture fine, ainsi qu'un sac de voyage en vinyle à 10 dollars pour y ranger ses achats. Dans un petit bazar du coin, il fit l'acquisition d'un transistor portatif et de piles, qu'il rangea à leur tour dans le sac. Un peu plus tard, il trouva une chambre pour la nuit dans un petit hôtel glauque sur Broadway, au niveau des 90es Rues. L'endroit était sale et laid. Il signa sous un faux nom. Personne ne lui posa de questions.

Dans sa chambre, il s'apprêta à modifier une fois de plus son apparence en écoutant de la musique. Il supposait que la police avait conclu qu'il se teindrait les cheveux, vraisemblablement en noir. On pouvait aussi se souvenir de lui comme d'un jeune homme aux cheveux foncés qui, à la gare routière de Miami, avait acheté un billet pour New York le soir même du meurtre. Le chauffeur du car, ou d'autres passagers, pouvaient également l'avoir reconnu. Un homme aux cheveux foncés et portant un bouc. Celui-ci aussi devait disparaître, de même que les épaisses lunettes. Tout devait disparaître.

Il se lava d'abord les cheveux dans le petit lavabo derrière la porte d'entrée. Au-dessus de ce lavabo était accrochée une glace fêlée dans laquelle, à la lumière faible de l'unique ampoule au plafond, il observa les progrès de sa métamorphose. Malgré le produit chimique, il dut se rincer la tête plusieurs fois pour faire disparaître la teinture noire. Pendant que ses cheveux séchaient, il rasa son bouc. Pour finir, il s'appliqua la mixture décolorante en suivant soigneusement les instructions d'usage, afin de devenir aussi blond que possible.

Il avait de nouveau enfilé sa tenue new-yorkaise, notamment la veste en daim et les grosses chaussures de travail avec semelle et talon en caoutchouc. Il ne possédait plus qu'un pantalon de velours côtelé, qu'il trouvait adapté au climat, et une chemise canadienne. Tout le reste, y compris les vêtements achetés à Miami, était resté là-bas, dans sa chambre, à l'exception de sa casquette de chasseur, qui trônait désormais sur le même crochet où il avait suspendu sa veste.

Vers minuit, il s'enroula une serviette de bain autour de la tête et se mit au lit. Il ne pouvait pas aller dehors, et la chambre ne possédait pas de télévision. Il ne voyait pas quoi faire d'autre.

À peu près au même moment, l'inspecteur Dimitri se trouvait dans son quartier général, entouré par les membres de la cellule spéciale. Au téléphone, une voix lui avait parlé de l'homme repéré à la gare routière. Il savait que la pègre l'aidait dans sa traque, mais il ignorait tout des détails de cette collaboration. Il savait aussi qu'un contrat planait sur la tête de Chess Man. Les truands l'avaient manifestement raté ce coup-ci et, pour preuve de leur bonne foi, avaient tuyauté la police sur leur découverte.

Mais qu'importait ? Seule l'information comptait. Était-elle fiable ? Dimitri trouvait qu'elle collait bien avec les faits. D'ailleurs, Kenton n'avait-il pas prédit que Chess Man finirait par revenir à New York ? Juste avant d'expliquer qu'il n'en était jamais parti. Malgré tout, s'il s'agissait vraiment de lui à Miami et s'il avait vraiment tué la femme là-bas, alors, il avait bien fait de s'enfuir immédiatement. Miami n'était pas New York – loin de là. Il n'aurait pas pu y trouver trente-six mille planques où se cacher chaque fois que l'envie de tuer l'aurait pris.

Alex Dimitri pensait que Chess Man était de retour à New York et qu'il avait été repéré.

« Il semblerait qu'il soit revenu, dit-il à ses hommes. Cette fois, on ne va pas le louper. Je me fous du nombre d'identités qu'il utilise. Selon nos informations, annonça-t-il sans préciser leur provenance, il a maintenant les cheveux noirs et un bouc. Ce qui devrait nous aider, puisqu'il ne sait pas qu'on l'a vu. Oubliez donc les cheveux blonds, oubliez la barbe. Transmettez le signalement à tous vos contacts. C'est tout pour aujourd'hui. »

Il se tourna vers le capitaine Olson, son premier adjoint. « On va garder le secret autour de sa nouvelle apparence aussi longtemps que possible. Il se peut même qu'en quelques jours on arrive à le débusquer. »

Le dimanche matin à 10 h 30, Bishop sortit prendre un petit déjeuner composé d'une omelette au fromage, de toasts et de café. Il faisait beau, le vent soufflait à peine, et le jeune homme à la veste en daim décida de faire le tour du pâté de maisons pour se dégourdir les jambes. Dans l'anonymat débilitant de New York, il se sentait revivre.

Ses cheveux étaient maintenant d'un blond très pâle, presque blanc, qui allait bien avec sa complexion claire et son visage lisse. Deux semaines passées sous le soleil de la Floride n'avaient pas suffi à lui hâler la peau, puisqu'il s'était pratiquement couvert des pieds à la tête. Avant de quitter sa chambre, il se mira dans la glace et se félicita de sa nouvelle tête. Avec ses lunettes de soleil à monture fine, il n'avait plus grand-chose à voir avec le jeune homme portant bouc et cheveux noirs.

Pour parachever sa métamorphose, il eut une dernière idée. Sur le chemin du retour, il s'offrit un crayon à paupière avec lequel il se tracerait une belle cicatrice sur la joue, entre la commissure des lèvres et la mâchoire. Son signalement, il le savait, ne mentionnait aucune cicatrice faciale.

Il acheta également le *Sunday News*.

Les dimanches matin, John Perrone aimait jouer au tennis dans sa maison de Rye. À moins qu'une gueule de bois carabinée ne s'acharne sur lui après un samedi soir arrosé. C'était justement le cas ce dimanche ; aussi préféra-t-il rester au lit et lire les journaux. D'abord, le *New York Times*, comme il se devait pour le directeur de la publication d'un grand hebdomadaire. Puis, vers 11 h 30, il enchaîna avec le *Sunday News*. Il ne dépassa pas la page 3.

Il l'avait sous les yeux, en très gros. Le titre disait qu'il n'était pas le fils de Caryl Chessman. C'était, disait-on, tout bonnement impossible puisque Caryl Chessman était impuissant.

Impuissant !

Bishop fut pris d'une colère indescriptible. On essayait de lui enlever sa raison d'être, de railler son père, de faire passer sa mère pour une menteuse, de faire croire aux gens que son vrai père n'était qu'un voleur de troisième zone, un minable, un type qui n'avait rien su faire de sa vie, dont tout le monde se foutait éperdument et que personne ne regrettait. On expliquait aux gens que *lui*, Thomas Bishop, n'était rien parce que son père n'était rien.

On ?

Qui ça, on ?

Adam Kenton.

Bishop relut l'interview. Caryl Chessman étant impuissant, il n'avait pas pu violer Sara Bishop. Celle-ci avait monté l'histoire de toutes pièces pour des raisons connues d'elle seule. Peut-être devenait-elle folle aussi, ce que laissaient penser certains signes. Elle avait eu cet enfant de Harry Owens, puis, après qu'il eut été tué à Los Angeles, elle s'était installée dans le Nord. Pour couronner le tout, le petit garçon avait également sombré dans la folie. Mais Chessman n'avait rien à voir avec ça, ni avec la mère, ni avec le fils ; il n'avait même jamais eu vent de leur existence. Et eux non plus n'avaient jamais entendu parler de lui jusqu'à ce que Sara débloque complètement et prétende avoir été violée par Chessman, ce qu'elle semblait avoir ensuite raconté à son fils. Mais Bishop était vraiment le fils de Harry Owens et tous ses crimes ne servaient à rien. En plus, il le savait.

Mensonges ! Mensonges !

Bishop jeta violemment le journal. Les accusations portées contre sa mère le choquèrent profondément. Elle lui avait donné tout son amour, elle n'aurait jamais pu lui mentir. Il était bel et bien le fils de Caryl Chessman, et le serait toujours.

Pire encore, on l'accusait de se tromper sur toute la ligne. Bishop se sentit outragé, insulté. Pourtant, au cours des dernières semaines, il avait éprouvé un certain respect pour le journaliste de *Newstime*. Mais il comprenait à présent que les journalistes se montreraient toujours injustes avec lui, jaloux tous autant qu'ils étaient parce qu'il accomplissait l'impossible. Et Adam Kenton était aussi mauvais que les autres. Pire ! Il était d'autant moins excusable qu'il en savait plus que les autres.

Bishop resta sur son lit figé comme une pierre, les yeux clos, l'esprit confus. Il allait lui donner une leçon, à ce Kenton. Et à tous les autres, d'ailleurs. Qu'est-ce qu'ils en savaient ? Il *était* le fils de son père. Il était le pourchasseur de démons.

Il allait leur manifester sa présence. Un signe par lequel ils apprendraient à le connaître. Quelque chose dont ils se souviendraient jusqu'à leur dernier souffle.

À 13 h 15, John Perrone mit enfin la main sur Adam Kenton à son hôtel. Il essayait de le joindre depuis des heures. Où diable était-il passé ? Une promenade à Central Park. Un dimanche matin ? C'est le meilleur moment, il n'y a personne et l'air est pur. Soit dit en passant, l'après-midi a déjà commencé. Perrone devrait essayer un jour, histoire d'entrer en communion avec la nature. En attendant, qu'avait-il en tête ?

Plein de choses. Toutes en rapport avec l'interview parue dans le *Daily News*.

« Quelle était l'idée ?

— Quelle idée ?

— L'impuissance de Chessman. Vous avez pourtant été le premier à nous raconter que ce fou furieux était le fils de Chessman, nom de Dieu !

— J'ai raconté que ce fou furieux *pensait* être son fils. La différence est de taille.

— Pas tant que ça, une fois que la police a découvert que ça pouvait être vrai.

— Je n'en crois pas un mot.

— Et pourquoi ?

— Prenez Vincent Mungo. Sa mère racontait à sa famille qu'elle avait été violée, semble-t-il à la même époque et au même endroit où opérait Chessman. La police affirme maintenant que c'était vrai, mais rien ne prouve que cette femme ait été violée. Il n'y a eu aucun rapport de police à l'époque, aucun examen médical non plus. Uniquement sa parole. Mais ç'aurait tout aussi bien pu être un de ses amants qui est parti après l'avoir engrossée.

— Et Thomas Bishop ?

— La seule chose qu'on ait, c'est un texte de Sara Bishop écrit des années après. Aucune date, aucun détail. Tout cela, elle l'a peut-être fantasmé ou inventé pour je ne sais quelle raison. Si vous lisez attentivement son récit, ça ressemble à une belle histoire qui vient rompre une existence plutôt sinistre. »

John Perrone avait l'air confus.

« Comment avez-vous pu écrire sur le fils de Chessman si celui-ci était impuissant ? Ce n'est pas logique.

— Je ne pense pas qu'il était impuissant.

— Dans ce cas, pourquoi le dire ?

— Je veux que Bishop sorte du bois. Et pour ce faire, il faut que je trouve quelque chose qui le mette tellement en colère qu'il finira par prendre des risques. »

Kenton baissa la voix. « Je n'ai plus de miracles dans mon chapeau, vous comprenez ? »

Le directeur de la publication comprenait très bien.

« Si Bishop commence à disjoncter, répondit-il d'une voix tout aussi feutrée, vous savez vers qui il va se tourner.

— Naturellement. C'est bien là-dessus que je compte. »

La réunion improvisée dans le bureau de l'inspecteur débuta à 16 heures. Dimitri n'était pas d'une humeur radieuse lorsqu'il s'adressa au journaliste de *Newstime* et à Fred Grimes, dont la présence avait été souhaitée par Kenton.

« Est-ce que vous vous rendez compte du danger ? demanda Dimitri sur un ton grave. Ne serait-ce qu'une seule seconde ? » Ses yeux s'attardèrent un instant sur Grimes.

« Et vous, Fred, je suis surpris que vous acceptiez. Vous savez très bien ce qui risque de se passer.

— Fred n'était au courant de rien, intervint Kenton. Je lui ai tout raconté après votre coup de fil.

— Pourquoi est-il avec nous, dans ce cas ?

— Disons qu'il représente la direction de *Newstime*. Je voulais que les choses soient bien claires pour tout le monde en ce qui concerne ma décision, histoire d'éviter tout malentendu. Il est évident que nous ne pouvons plus débusquer Bishop grâce à ses fausses identités, comme ç'a été le cas avec Jay Cooper ou Thomas Brewster. Je suis sûr qu'il n'utilise plus aucun point courrier et ne reçoit pas de lettres là où il habite. C'est trop dangereux pour lui, et il n'en a plus besoin ; je crois aussi qu'il a à sa disposition suffisamment de noms pour un bon moment, des noms sans doute volés dans les villes qu'il a traversées avant New York. Ou peut-être à Miami.

— On n'est toujours pas sûrs qu'il soit allé là-bas.

— Pour ma part, j'en suis convaincu. Mais ça ne sert à rien de demander à la police de Miami de recenser tous les portefeuilles qui ont disparu au cours des dernières semaines. Il y en aurait des centaines. *Idem* pour toutes les autres villes où il est passé.

— S'il avait d'autres identités en arrivant ici, pourquoi se serait-il aussitôt procuré celle de Brewster ?

— Parce que toutes les autres appartenaient à d'autres États, loin d'ici. Il avait besoin d'une identité locale, qui n'éveillerait pas les soupçons, qui ferait de lui un membre de la communauté, si je puis dire. Rappelez-vous que l'on cherchait un Californien. La seule manière pour lui d'obtenir une identité d'ici, c'était de croiser un New-Yorkais dans un autre État.

Mais apparemment il n'a pas eu cette chance et il a dû s'en procurer une à toute vitesse. »

Dimitri grommela. L'explication tenait la route.

« Quand on a retrouvé la piste Brewster, Bishop a dû précipiter les choses. Il ne pouvait pas trouver un autre New-Yorkais puisque l'adresse postale était trop dangereuse ; alors, il a été contraint de revenir aux identités précédentes, volées dans d'autres villes. Ou alors il n'en avait plus aucune, et c'est pour cette raison qu'il est allé à Miami.

— Ou encore, proposa Grimes, il récupérait d'autres identités en même temps que celle de Brewster.

— C'est possible, concéda Kenton.

— Donc, maugréa Dimitri, il possède d'autres noms, maintenant. Mais quel rapport avec l'interview que vous avez donnée ?

— Un rapport évident. Avec ses nouvelles identités, on ne va pas pouvoir l'attraper. Je cherche donc à l'attirer vers nous. Vers moi. Il est trop malin pour tomber dans un piège de la police, mais je n'ai aucun lien avec la police. Pour lui, je suis certainement un énième fouille-merde qui écrit sur lui depuis longtemps. Il a lu le tout premier article sur Chessman en juillet et sans doute tous ceux qui ont suivi. Quand il va tomber sur mon interview, il va vouloir me contacter. Sa colère va l'y pousser.

— C'est bien ça qui m'inquiète, dit Dimitri d'un air bougon. Il va peut-être vouloir vous tuer.

— Je ne crois pas. Il va surtout vouloir s'expliquer et mettre les points sur les *i*. Je ne représente pas une menace pour lui.

— Les femmes qu'il a tuées n'étaient pas non plus une menace pour lui.

— Il faut croire que si, de son point de vue.

— Et c'est toujours le cas », précisa Grimes.

Dimitri examina ses ongles pendant un moment. Il ne pouvait plus influer sur le cours des choses ; le journal était déjà sorti. Certes, il ferait de son mieux pour protéger cet imprudent de Kenton, mais s'il lui arrivait malheur, le journaliste porterait seul le chapeau. Pour qui se prenait-il ? Pour Superman ?

« Vous aurez un garde du corps, dit l'inspecteur. Jour et nuit. »

Kenton lui opposa un refus vigoureux.

« Pas de garde du corps. C'est totalement exclu. Je ne veux pas que Bishop prenne peur.

— Une filature, dans ce cas.

— Tant que je ne m'en aperçois pas.

— Avez-vous besoin d'autre chose ? demanda Dimitri avec une obséquiosité narquoise. Quelque chose que nous aurions oublié ? »

Kenton jeta un coup d'œil vers Grimes, puis revint vers l'inspecteur Alex Dimitri. Il lui fit un beau sourire, mais il y avait dans son regard une vraie détermination.

« Si j'arrive à le faire sortir de son trou, je veux votre parole d'honneur que vos hommes ne l'abattront pas immédiatement.

— Qu'est-ce qui vous fait croire qu'ils feraient une chose pareille ? »

Kenton haussa les épaules.

« Dans toutes les villes de ce pays, les flics ont décidé de le tuer sur place. Ceux de New York ne dérogent pas à la règle. Je comprends leur point de vue. Un animal blessé comme lui est trop dangereux pour être épargné.

— Alors, pourquoi le voulez-vous vivant ? demanda l'inspecteur, méfiant.

— Pour le moment, ce type est l'affaire du siècle. J'ai trimé pour m'approcher de lui et je veux recueillir tout ce qu'il aura à raconter. C'est mon boulot. »

Après un ultime examen de ses ongles, Dimitri donna son accord. « Si tant est que ce soit possible », ajouta-t-il aussitôt.

Les journalistes n'avaient rien d'autre à lui demander.

« Vous pensez que c'est pour bientôt ?

— Mardi, nous serons le 4, indiqua Kenton pour toute réponse.

— Eh bien, que se passe-t-il le 4 décembre ?

— Ça fera cinq mois jour pour jour depuis l'évasion de Bishop. Il pourrait avoir envie de fêter l'événement. »

Les autres ne comprirent pas.

« Cinq mois, reprit Kenton à demi-voix, et le pentagramme est achevé. Dans la symbolique mystique, une fois le pentagramme sacré complété après une série de meurtres sacrificiels, toute découverte ultérieure devient impossible. Après mardi, figurez-vous que Bishop sera libre jusqu'à la fin des temps. »

Il y eut un silence pesant.

Finalement, quelqu'un s'éclaircit la gorge. Dimitri :

« C'est une blague ?

— Pourquoi ? répliqua Kenton en haussant les épaules. Dès qu'il s'agit de folie extrême, tout est possible. Vous semblez oublier que dans de nombreuses civilisations anciennes la folie était synonyme de magie. Même aujourd'hui, chez quelques peuplades d'Amérique du Sud, les fous sont considérés comme les véritables sorciers de la tribu, censés “comprendre” ce que le commun des mortels ne peut pas voir.

— Mais Bishop ? demanda Dimitri, incrédule.

— Vous ne trouvez pas qu’il a tout d’un sorcier ? Ses désirs monstrueux, son sadisme sexuel, son invisibilité totale… Tout cela relève du surnaturel. Or, qu’est-ce qu’un pouvoir magique sinon un pouvoir surnaturel exercé sur les forces naturelles ? La folie absolue de Bishop lui confère justement ce genre de pouvoir absolu. Et si ça, ce n’est pas de la vraie magie, alors, qu’est-ce que c’est ? »

Personne ne lui répondit.

« Que Dieu nous pardonne, annonça lentement Kenton, mais les Thomas Bishop sont devenus les véritables magiciens de *notre* tribu. »

Le même soir à 19 h 30, engloutissant dans un snack de Broadway un hamburger accompagné d’une limonade, ses cheveux blonds encadrant un visage flétri par une horrible cicatrice, le sorcier de Kenton comprit tout à coup ce qu’il devait faire. Mais oui, bien sûr ! Il continua de fixer du regard les trois femmes assises dans un coin de la salle, visiblement bonnes copines. Elles venaient de lui donner la réponse. Superstitieux comme il était, il y vit un signe.

Une heure plus tard, les premières éditions du soir sortaient dans les kiosques. Les deux journaux du matin rapportaient la toute dernière révélation d’Adam Kenton au sujet de Chess Man. Dans le *Daily News*, un éditorial réclamait un débat de fond sur la question de l’irresponsabilité pénale. Le *New York Times* se contentait de dire que Thomas Bishop n’était peut-être pas le fils de Caryl Chessman, comme on le croyait jusqu'ici. Les deux journaux sous le bras, Bishop prit une chambre dans un autre hôtel miteux de Broadway, situé, lui, non loin de la 85e Rue. Là encore, personne ne fit attention à lui lorsqu'il paya pour une nuit, prenant bien soin de ne sortir que quelques billets.

Dans sa chambre, il s'apprêta à lire des nouvelles de lui avant de régler les derniers préparatifs de son plan. La page de l'annuaire téléphonique de New York qui l'intéressait était déjà dans son sac, discrètement arrachée dans une cabine. Il avait aussi quelques calepins et des crayons. Le reste, il se le procurerait dans la matinée.

En attendant, il devait simplement dompter son excitation grandissante. Il allait rapidement montrer à Kenton, et à tous les New-Yorkais, qu'il était bien celui qu'il disait être, le fils de son père tout-puissant, descendu des cieux pour terrasser ses ennemis.

D'horribles images de destruction traversèrent son cerveau dérangé. Il les accepta calmement, les considérant comme naturelles et raisonnables.

L'inspecteur Dimitri regagna sa maison du Queens à 21 h 30. Lui qui n'aimait pas travailler le dimanche, depuis quelque temps, il avait l'impression de ne jamais s'arrêter. Sa femme n'appréciait pas beaucoup. Aux yeux du couple conservateur qu'ils formaient, le dimanche devait être consacré au repos en famille. Comme leur fille aînée travaillait à Manhattan et vivait dans un hôtel pour femmes, que la deuxième était fiancée et que la dernière faisait ses études loin de New York, Dimitri ne les voyait presque plus. Mais c'était en grande partie de sa faute, car les filles revenaient souvent pour les week-ends. Il avait également un fils, lui aussi à l'université.

Alors qu'il s'installait sur son fauteuil fétiche pour lire son journal, le père de famille déplora, une fois de plus, que ses enfants aient grandi si vite. Il regrettait l'époque où la maison résonnait sans cesse de leurs joyeux cris d'enfants, une époque qu'il se remémorait souvent en compagnie de son épouse Evelyn. Pour la millième fois, il jura ce jour-là de ne plus travailler ni le dimanche, ni tard le soir, et de passer plus de temps auprès des siens.

Dès qu'il aurait réglé cette affaire Chess Man. Après, il aurait toute la vie devant lui.

À 22 heures, Kenton quitta en trombe le bel appartement de Doris Quinn situé sur la 77e Rue Est. Ils venaient de se disputer sur l'affection dont il lui faisait montre, ou plutôt sur son absence d'affection pour elle. Elle attendait de lui davantage qu'il n'était prêt à lui donner – Kenton connaissait la rengaine par cœur. Il avait vécu avec beaucoup de femmes, et la plupart avaient fini un jour ou l'autre par afficher des exigences de plus en plus fortes. Quand il leur répondait que dans son esprit tout était provisoire et que seul comptait l'instant présent, les femmes, invariablement, étaient blessées, furieuses, hostiles. Il ne comprenait pas. N'ayant aucun sens de la longue durée, il se méfiait des serments d'amour éternel et de fidélité indéfectible, qu'il trouvait toujours vains et mensongers. Mais surtout, il n'aimait pas les gens incapables de savourer les plaisirs de l'instant, ceux qui cherchaient sans cesse des certitudes pour l'heure d'après, le lendemain ou le restant de leurs jours. Il n'avait rien de tout cela à offrir.

En vérité, il ignorait lui-même de quoi demain serait fait. Qu'il n'eût aucune vie affective lui paraissait évident, mais il ne savait pas comment y remédier puisqu'il ne ressentait rien pour son prochain. Et d'ailleurs, il n'avait pas spécialement envie d'y remédier. Son bonheur, il le tirait du pouvoir, et il n'aimait rien tant que de s'en approcher ou de s'y frotter. Dépourvues de pouvoir, les femmes, d'habitude, n'entraient pas dans ce schéma-là. Outre leur compagnie chaque fois qu'il en avait besoin, elles ne lui apportaient aucune satisfaction. À ses yeux, elles n'étaient que des créatures inoffensives qui jouaient un rôle infime dans l'agencement du monde.

Il ne comprenait pas pourquoi Chess Man voulait les tuer et consacrait tant d'énergie à leur perte. Pour lui, une telle vision des femmes ne pouvait être que tragiquement dévoyée.

En général, les rues de Rye se vidaient dès 23 heures. Pour la majorité des habitants, à la fois durs à la tâche et aisés, le dimanche soir était l'occasion de reprendre des forces avant une nouvelle semaine de travail. Pour John Perrone, cette soirée-là fut également lourde de mauvais présages. Il avait beau dire, il n'arrivait pas à se défaire de l'idée qu'une tragédie inexorable était sur le point de se produire, liée à la volonté d'Adam Kenton de piéger le tueur fou ou, du moins, d'entrer en contact avec lui. Dans son esprit, ce projet n'accoucherait que d'un déchaînement de folie. De folie !

Le directeur de la publication avait de bonnes raisons de se fier à son instinct. Bien des fois, ses pressentiments s'étaient vus confirmés par les faits. Bien que n'étant pas superstitieux outre mesure, ni même croyant, un jour il avait bien dû admettre, à contrecœur, l'importance du sixième sens – sinon dans les détails, du moins d'une manière diffuse. D'une nature terre à terre, désireux d'employer tous les instruments à sa disposition, Perrone n'était pas près de renier sa propre expérience. Souvent, ses intuitions voyaient juste ; il ne lui en fallait pas plus.

Pour le moment, il lui fallait aussi quelque chose qui lui fasse oublier ce pressentiment, quelque chose de violent, de cru et d'effrayant qui lui permettrait enfin de dormir. Dans le magazine des programmes télévisés, il trouva deux possibilités : *La Dernière Maison sur la gauche* ou les informations du soir. Il opta pour les informations du soir.

À 23 h 30, Adam Kenton s'était déjà sifflé six ou sept whiskies et il se sentait plutôt bien. Il quitta en titubant le pub anglais près de chez Doris Quinn et s'engouffra dans un taxi. Vingt minutes plus tard, il regagnait sa suite du Saint-Moritz. Encore quelques instants et il s'apprêtait à se mettre au lit, la tête embrumée d'alcool.

Plus haut dans la ville, un jeune homme quitta sa chambre d'hôtel crasseuse et utilisa le téléphone de la réception pour la dixième fois.

Kenton était en train de se battre avec les couvertures lorsqu'il entendit la première sonnerie. Il grommela et décida de ne pas répondre. À la quatrième, il poussa un juron et se saisit du combiné.

« Qui est-ce ? » hurla-t-il avant de lâcher aussitôt un rot.

Il n'y eut aucune réponse.

Agacé, il renouvela sa question, encore plus fort.

Une voix lui demanda poliment s'il était bien Adam Kenton.

« Oui !

— Monsieur Kenton ? J'ai essayé de vous joindre toute la soirée. Mon nom est Thomas Bishop. J'ai lu les choses que vous avez écrites sur mon père et sur moi… »

Bien que rodé par dix ans d'expérience au contact du feu et par une vie entière de décisions instantanées et d'actions immédiates, tout ce dont Kenton put se souvenir de cette brève conversation à sens unique était qu'il aurait très rapidement des nouvelles de Chess Man. Lui et le reste du monde.

Six minutes plus tard, dans le zoo de Central Park tout proche, un lion solitaire rugit pour célébrer les douze coups de minuit et la venue du 3 décembre

24

Bishop quitta sa chambre d'hôtel avant 8 heures. Avec le programme chargé qui l'attendait, il ne devait pas perdre de temps. Après un rapide petit déjeuner, il marcha jusqu'à la 86e Rue et monta dans un bus qui l'emmena dans l'East Side en traversant Central Park. Une fois à Lexington Avenue, il en prit un autre, cap au sud, et descendit dans la 64e Rue. Au carrefour suivant se trouvait sa première étape, l'hôtel Barbizon pour femmes. Arborant un sourire radieux, il franchit la porte d'entrée et, dans le hall, tourna à gauche pour se diriger vers la réception.

Comme sa cousine, originaire de Californie, comptait passer quelques mois à New York, il souhaitait la voir habiter un lieu sûr et protégé comme le Barbizon – avec toutes ces histoires horribles qu'on entend de nos jours, vous savez… Elle aurait voulu avoir une chambre à un étage élevé, pour la vue. Quelle était la hauteur du bâtiment ?

Le réceptionniste se montra des plus coopératifs et lui expliqua que l'immeuble s'élevait sur dix-neuf étages, mais que seuls les dix-sept premiers étaient réservés aux chambres d'hébergement. Oui, naturellement, il y avait une piscine. Ainsi qu'un centre de remise en forme et des solariums, sur la terrasse. Enfin, pour garantir une sécurité maximale, tous les ascenseurs étaient surveillés jour et nuit. La cousine de monsieur trouverait l'endroit à la fois sûr et commode.

Une autre salve de questions permit à Bishop d'obtenir tous les renseignements qu'il voulait. Il remercia l'employé, traversa de nouveau le hall bondé et retrouva la rue avec la foule des travailleurs.

La veille au soir, il avait trouvé dans l'annuaire les adresses de trois foyers recensés comme exclusivement réservés aux femmes. Il devait forcément y en avoir d'autres à New York, s'était-il dit, mais il cherchait un établissement central, un lieu qui attirerait l'attention du public. Cet aspect-là était fondamental. Il comptait assurer le spectacle et faire en sorte que tout le monde soit au courant. Il donnerait aux gens un avant-goût de l'enfer, de sorte que tous connaîtraient sa véritable identité. Comme son père, il était un dieu parmi les hommes. Sa mission divine ne finirait jamais. Et lui non plus.

Quelques minutes de marche sur Lexington Avenue le menèrent à l'hôtel Ashley, sur la 61e Rue, non loin de Park Avenue. Treize étages remplis de femmes. Il sourit et posa quelques questions à l'employé serviable.

Quatre pâtés de maisons plus loin, ce fut au tour de la résidence Allerton, sa dernière étape, au croisement de Lexington Avenue et de la 57e Rue. Seize étages, un petit hall d'entrée très bien éclairé et facilement surpeuplé. Bishop ne s'y attarda pas.

Par la suite, il récupéra plusieurs formulaires de télégramme dans une agence de la Western Union.

Il regagna le West Side à 10 heures. Dans une friperie, il acheta un imperméable, une robe à imprimé, un cardigan, deux écharpes aux couleurs vives, ainsi qu'une paire de gants, des chaussures de femmes et des bas – le tout destiné à sa sœur, trop malade pour pouvoir faire ses courses. La vendeuse, qui connaissait bien les mœurs du quartier, mâchonna son chewing-gum et encaissa l'argent. Juste à côté, Bishop jeta son dévolu sur quelques accessoires de maquillage – rouge à lèvres, mascara, eye-liner, fard à joues et poudre –, une brosse à cheveux et une paire de boucles d'oreilles bon marché. L'employée remarqua la cicatrice qu'il avait à la joue et vaqua à ses affaires.

Sur le chemin du retour, il n'oublia pas d'acheter une perruque blonde.

Dans sa chambre, soigneusement, Bishop se métamorphosa en femme. Il se rasa les jambes, enfila les bas, puis fit quelques pas avec ses talons aiguilles pour s'y habituer un peu. Il se glissa dans la robe et parvint, au prix de longs efforts, à la refermer dans le dos. Le cardigan arriva en dernier. Essayant enfin l'imperméable, il fut heureux de constater qu'il couvrait toute la hauteur de la robe. Les écharpes ajouteraient un peu de couleur à cette tenue on ne peut plus passe-partout.

Il s'assit sur le rebord du lavabo à la glace fêlée. Après avoir effacé sa cicatrice puis s'être rasé de près, il maquilla ses yeux et se mit du fard sur les joues, un petit coup de poudre pour lisser les aspérités de son visage, une bonne dose de rouge à lèvres qu'il étala dextrement sur sa bouche sensuelle. Il ajusta alors la perruque blonde sur ses cheveux plaqués en arrière. Les boucles d'oreilles apportèrent la touche finale à cette transformation étonnante.

Bishop s'examina méticuleusement dans la glace. Sa nouvelle apparence lui plut. En traversant d'un pas rapide un hall d'entrée jusqu'à l'ascenseur, la foule indifférente n'y verrait que du feu. Surtout si le hall était peu éclairé. Ce qui était le cas.

Car il avait déjà choisi sa cible.

Dix minutes d'auto-admiration n'apportèrent aucun changement à son apparence. Il s'occupa ensuite de son équipement. Dans le sac, il déposa son transistor et ses piles, la brosse à cheveux et la deuxième écharpe, les formulaires de télégramme, les calepins, les stylos, tous les accessoires de maquillage et de rasage, et enfin son couteau d'autopsie. Le sac était rempli : il n'avait rien d'autre à emporter. Ses vêtements, il les abandonnerait tous, à l'exception de sa casquette de chasseur qu'il fourra également dans le sac, au cas où. Tout était terminé. Les nouvelles lunettes de soleil et les gants seraient chaussés.

Il était prêt pour l'immortalité immédiate.

Quelques minutes avant midi, Bishop quitta sa chambre lugubre sans un dernier coup d'œil. Pour lui, elle ne représentait qu'une étape parmi d'autres dans une vie entière vécue au jour le jour. Comme à son habitude, il ne reverrait jamais ce lieu.

Dans le couloir crasseux, il passa devant un autre client de l'hôtel, qui observa immédiatement cette jeune femme blonde avec de grands yeux. En bas, le poivrot derrière le guichet se demanda d'où sortait cette fille qui paraissait mille fois mieux que toutes ces putes qui venaient tapiner dans les parages. À moins qu'il ait un peu trop forcé sur la bouteille au petit déjeuner.

Une fois dehors, un taxi freina en voyant la jolie blonde. Celle-ci s'engouffra dans le véhicule et, d'une voix timide de gamine, indiqua l'adresse. Le chauffeur prit à gauche la 88e Rue. Alors qu'il fonçait à travers Central Park, il accrocha plusieurs fois le regard brûlant de sa passagère dans le rétroviseur.

De loin, Bishop avait une allure incroyable. Même à quelques mètres, avec sa taille moyenne, son corps mince et ses jambes fuselées, sa silhouette gracieuse pouvait susciter le désir. Mais le plus beau restait encore son visage, lisse, féminin, sensuel, presque, avec ses yeux maquillés, ses pommettes hautes et ses lèvres pulpeuses.

En vérité, Bishop trouvait son ultime déguisement très excitant. L'idée, surtout, lui semblait délicieuse. Il vaincrait ses ennemies en retournant contre elles leurs propres armes. Tel un renard déguisé en chien de chasse, il se ferait passer pour une des leurs et aurait accès à leur forteresse. Une fois dedans, il dévoilerait sa vraie nature et abattrait le glaive de sa vengeance sur elles. Il sèmerait la mort dans cette forteresse et n'y laisserait que des ruines fumantes.

Dans son esprit, il commencerait par le dernier étage, chambre après chambre, femme après femme, puis poursuivrait de la sorte en descendant tous les étages. À chaque porte, il se présenterait, avec sa voix de fillette, comme un membre du personnel porteur d'un télégramme – beau geste de la part de la direction. Ces dames ouvriraient leur porte sans se douter de rien.

Accomplissant sa besogne calmement, en prenant son temps, Bishop s'occuperait d'elles l'une après l'autre. Certes, toutes ne se trouveraient pas dans leur chambre, ou ne lui ouvriraient pas, ou ne seraient pas seules – auxquels cas, télégramme en main, il prétendrait s'être trompé de chambre, le bon numéro mais le mauvais étage, veuillez m'excuser pour le dérangement.

Mais nombre d'entre elles seraient seules et lui ouvriraient la porte, lui souriraient, tendraient la main, le laisseraient entrer, même. Beaucoup d'entre elles. Pourquoi pas, après tout ? Elles vivaient dans un hôtel pour femmes, un endroit sûr, protégé. Elles payaient pour ça. Le danger rôdait ailleurs, quelque part dans la ville.

Mais il se rapprochait.

Il sortit du taxi au croisement de la 62e Rue et de Lexington Avenue, non sans donner au chauffeur un beau pourboire en échange duquel il fut gratifié d'un ultime regard concupiscent. Il comptait faire le reste du trajet – juste après le carrefour, à vrai dire – à pied. Ensuite, personne ne le verrait entrer dans l'hôtel ou, en tout cas, ne le remarquerait.

Il se rapprochait.

Avec son visage poudré et sa perruque blonde, sa silhouette mince et sa tenue légère, ses chaussures élégantes, ses gants et son sac de voyage en bandoulière, Bishop descendit Lexington Avenue jusqu'à la 61e Rue puis tourna à droite et longea le paisible pâté de maisons.

Il se rapprochait de plus en plus.

Il passa devant plusieurs boutiques luxueuses et autres maisons cossues, croisa des chauffeurs et des acheteurs, des employés de bureau qui prenaient leur pause déjeuner, et des rentières.

Tout près.

L'auvent en tissu rouge se trouvait droit devant lui. Il durcit son regard, adopta son plus beau sourire et donna à sa dégaine un je-ne-sais-quoi d'exubérant. Il incarnait à lui seul la jeune femme moderne, assumée, confiante, sûre d'elle, le genre qu'on remarquait toujours mais qu'on ne soupçonnait jamais.

Avec un dernier claquement de talons aiguilles sur le trottoir, elle franchit la porte vitrée et traversa le hall de l'hôtel Ashley pour femmes, établissement de réputation internationale.

Pour Adam Kenton, la nuit avait été mauvaise à tous points de vue. Il était persuadé de n'avoir pas dormi plus de deux ou trois heures. À cause de l'alcool, il avait raté une partie des propos que Bishop lui avait tenus – ratés ou alors aussitôt oubliés. Bishop ne lui avait pas dévoilé grand-chose de ses projets – cela, Kenton en était sûr. Mais il aurait préféré se souvenir de chaque mot prononcé, de chaque silence observé, de chaque inflexion donnée. C'était son métier, et c'était le plus gros coup de sa carrière.

Il avait immédiatement appelé Dimitri. En vain. Même les inspecteurs de police avaient parfois besoin de dormir ou d'être auprès de leur famille. Mais on lui ferait passer le message. Quand ? Quand il reviendrait.

Kenton réveilla Fred Grimes pour lui raconter le coup de téléphone qu'il avait reçu. Était-ce vraiment Bishop ? Oui. Aucun doute possible. Comment savait-il ? Il n'avait jamais parlé avec lui, jamais entendu sa voix, ni même son souffle.

Peu importe. Il avait immédiatement compris que c'était lui. Question d'intuition... l'heure et le moment du coup de fil, la manière dont ça s'était passé. C'était inexplicable, mais il savait qu'il avait discuté avec le tueur fou en personne.

Enfin, il n'avait pas vraiment discuté avec lui. Il l'avait plutôt écouté.

Que disait-il ?

Qu'un événement spécial se produirait très bientôt. Quelque chose de tellement spécial que le monde entier en parlerait pendant des années. Le signe qui prouverait que Bishop accomplissait une mission divine, qu'il était véritablement le fils de Caryl Chessman et qu'il poursuivait l'œuvre de son père.

Mais que s'apprêtait-il à faire ?

Kenton n'en savait rien.

Ensuite, il songea à appeler George Homer, voire John Perrone. Mais à minuit, ces deux-là ne pourraient rien faire. Personne ne pourrait rien faire. Il se leva, fuma des cigarettes et but de l'eau, histoire de se purger le cerveau. À minuit trente, Dimitri le rappela. Il ne sembla pas particulièrement agacé par les difficultés de Kenton à lui rapporter les paroles exactes de Bishop ; il lui demanda simplement, au cas où ce dernier le rappellerait, de le garder le plus longtemps possible au téléphone.

Sur ce, le chien de chasse dormit par intermittence, se réveilla souvent pour faire les cent pas dans sa chambre, bougonnant, furieux contre lui-même, contre son gibicr, contre le monde entier. Au réveil, il se sentait tout sauf reposé. Une douche lui fit un peu de bien, le petit déjeuner encore plus. À 10 heures, il était au bureau, ou plutôt dans celui de John Perrone, en train de lui raconter le coup de téléphone à minuit. Son plan – ou celui de Homer, pour être exact – fonctionnait donc : leur homme avait mordu à l'hameçon et établi le contact avec eux.

Mais à quelle fin ? demanda Perrone. Et quel serait ce fameux signe ? À quel moment ? Autant de questions cruciales.

Kenton n'avait aucune réponse à lui donner. Pas pour l'instant, en tout cas. Mais si Bishop l'avait appelé une fois, ça voulait dire qu'il recommencerait.

Perrone n'affichait pas la même confiance. Il s'était réveillé avec ce même pressentiment d'un désastre imminent qui avait hanté son dimanche soir. Quelque chose n'allait pas, vraiment pas. En plus d'être un fou doublé d'un tueur, Chess Man était un homme absolument imprévisible.

Avant midi, tout le monde à *Newstime* avait entendu parler du mystérieux coup de téléphone de Chess Man. La plupart des gens n'y voyaient qu'un bon point supplémentaire pour le magazine. Rares furent ceux qui s'inquiétèrent des conséquences éventuelles.

Ce même matin, l'inspecteur Dimitri avait écouté et réécouté la voix de Chess Man proférant sa menace par quelques phrases lapidaires. Il mijotait quelque chose, c'était évident, mais ne laissait aucun indice. Rien de précis, du moins. Comme s'il savait que la ligne téléphonique était sur écoute.

Dimitri avait en effet demandé à placer sur écoute le téléphone de Kenton au Saint-Moritz dès qu'il avait eu vent de son envie d'entrer en contact avec Chess Man. L'hôtel de Kenton ayant été cité dans l'interview, ce qui arrivait rarement, le journaliste savait à quoi s'en tenir. L'écoute avait été installée quelques heures à peine avant le coup de fil de Chess Man, mais ce dernier ne parla pas assez longtemps pour pouvoir être localisé.

Peut-être la prochaine fois, commentèrent certains des membres de la cellule spéciale. Si Kenton réussissait à occuper Bishop suffisamment longtemps au téléphone, ils auraient une chance de l'attraper.

Dimitri se demanda s'ils auraient la possibilité de parler avec lui longtemps, et même si cette chance de l'attraper se présenterait un jour. La voix avait paru tellement… définitive.

Ou bien était-ce qu'une fois de plus il s'imaginait des choses ?

Bishop monta jusqu'au neuvième étage. Ne voulant pas que le garçon d'ascenseur connaisse sa destination, il garda les yeux rivés sur le magazine qu'il avait pris avec lui afin de ne pas être obligé de parler. Lorsque les portes de l'ascenseur se refermèrent derrière lui, la jeune femme au sac en bandoulière arpenta le couloir moquetté jusqu'à la porte de sortie. Une main gantée tourna la poignée de la porte afin de s'assurer qu'elle n'était pas fermée. Une seconde après, elle remontait en courant l'escalier de secours.

Au treizième étage, Bishop ouvrit lentement la porte. Le couloir était désert. Il le traversa d'un pas calme et tourna au bout. Il comptait refaire le chemin en sens inverse, chambre par chambre, et renouveler l'opération à chaque étage, de haut en bas, jusqu'à ce qu'il ne reste plus rien de la forteresse, jusqu'à ce que seule la mort y ait droit de cité.

Ils allaient l'avoir, leur signe, celui par lequel le monde entier connaîtrait son existence, et pour longtemps.

Il frappa à la porte.

La femme fut très étonnée de la voir là. Elle connaissait pourtant toutes les femmes de l'hôtel – elle y aurait mis sa main au feu. Et pourquoi cet imperméable et ce sac pour remetttre un simple télégramme ? Elle fronça le sourcil au moment de saisir le crayon et le calepin pour signer. Distraite un instant, elle ne vit pas les mains gantées encercler brusquement son cou…

En une seconde, Bishop referma la porte et la serrure à pêne dormant. Il posa son sac sur une chaise, puis sortit son transistor et son couteau. Il ôta l'imperméable et les gants.

Avec en bruit de fond la radio et la télévision qui diffusait un film, Thomas Bishop, Chess Man, se déshabilla lentement et commença à besogner le cadavre de la jeune femme.

Bien plus tard, il s'allongea sur le lit, nu, et attendit la veille de l'apocalypse.

Tout l'après-midi, Adam Kenton ne s'éloigna pas de son téléphone de bureau, dans l'espoir que Bishop le rappelle, tout en sachant que ça n'arriverait pas mais qu'avec un peu de chance… Comme John Perrone, il pressentait l'imminence d'un désastre. Ce n'était pas seulement dû au coup de fil de Chess Man, qui constituait en soi une menace sérieuse, mais il se trouvait que le lendemain même on fêterait le cinquième anniversaire de l'évasion de Bishop, calculé non pas en années, mais en mois ; dans ce genre de circonstances, cinq mois paraissaient des siècles. Il voudrait certainement célébrer l'événement, et quel meilleur moment que cet anniversaire pour montrer son tout dernier tour de magie ? L'occasion était trop belle.

Par-dessus le marché, il se pouvait que Bishop, aussi, s'essouffle un peu et perde de son énergie. Il était revenu à New York. En quasiment sept mille kilomètres d'errance, il n'avait jamais rebroussé chemin, en tout cas, pas que l'on sache. Comme New York lui offrait tout ce dont il avait besoin, il s'agissait quand même d'une reculade, qui semblait trahir un élan affaibli et un moral émoussé. Ou était-ce simplement que le renard revenait sur ses pas ?

Et quand bien même, n'était-ce pas le début de la fin ?

Le chasseur n'en savait rien. Il se demandait si le renard avait jamais pensé en ces termes. Il essaya de se mettre à sa place, mais il n'arrivait plus à penser en renard. Il s'était tellement identifié au chien de chasse qu'il en avait perdu sa capacité d'imagination. Il ne savait plus comment Bishop réagirait, et cela l'inquiétait plus que tout.

Au quartier général de la cellule spéciale, sur la 21e Rue Est, de nouveaux renseignements venaient compléter le dossier Chess Man. Les empreintes retrouvées dans l'appartement de la jeune femme de Miami correspondaient à celles censées appartenir à Thomas Bishop. Il avait donc séjourné en Floride, ce qui confirmait l'information selon laquelle il avait été aperçu en train de quitter le car en provenance dc Miami. La description collait : un homme aux cheveux foncés et portant un bouc.

On découvrit également 21 000 dollars appartenant à Thomas Brewster. En apprenant les péripéties de Brewster dans les journaux du week-end, le directeur adjoint d'une banque de Jersey City s'était souvenu de ce nom et avait vérifié le compte dans la matinée, puis appelé la police locale, qui à son tour avait prévenu New York.

Tout le problème consistait à savoir comment Bishop avait obtenu cet argent. Aucune de ses victimes ne vivait dans l'opulence. La plupart étaient des femmes dont il s'était acheté les services, ou des femmes seules qui survivaient à peine financièrement, donc pour lesquelles 21 000 dollars auraient représenté une vraie fortune. Même en accumulant tous les butins qu'il avait amassés, le compte n'y était certainement pas, d'autant qu'on avait retrouvé de l'argent chez bon nombre des femmes tuées, voire sur leur cadavre ou dans leur sac à main.

Ce beau trésor de guerre en liquide signifiait-il l'existence d'une autre victime, inconnue des services de police, jamais découverte, jamais signalée ? Ou se pouvait-il que l'argent provienne de plusieurs victimes répondant à ce même profil ? Si oui, combien ?

Combien d'autres cadavres gisaient encore sur le sol américain ?

Seul Chess Man connaissait la réponse à cette question terrifiante. Mais personne, parmi les membres de la cellule spéciale, ne s'attendait à ce qu'il vive assez longtemps pour la fournir.

En début de soirée, Bishop regarda un jeu télévisé. Il fut fasciné par la bouffonnerie des participants.

Finalement, il plaça méticuleusement ses vêtements sur le canapé : la robe imprimée aux motifs fleuris, un peu trop grande pour lui mais pas désagréable à porter, le cardigan de laine grise, les écharpes aux couleurs vives, les bas et les chaussures marron. L'imperméable vert et les gants noirs furent posés sur une chaise, à l'écart ; il n'en aurait plus besoin jusqu'à la fin de son opération. Son sac de voyage, désormais vide, gisait sur une autre chaise. La perruque blonde, les formulaires de télégramme, les calepins et les stylos traînaient sur une petite table à côté du canapé.

Le maquillage, la brosse à cheveux, les boucles d'oreilles avaient préalablement été rangés dans la salle de bains. Le moment venu, Bishop comptait bien se faire une tête encore plus belle, grâce au miroir plus grand et au meilleur éclairage dont disposait sa toute dernière résidence provisoire.

Satisfait de ses ultimes préparatifs, il s'allongea sur le lit et regarda de nouveau la télévision. Il se préparait à une journée bien remplie, une journée à marquer d'une pierre blanche – au moins pour les autres –, et il voulait être au meilleur de sa forme. Une expression toute faite lui revint en mémoire : « L'œil aux aguets et l'oreille à l'affût ». Comme un renard. Il fronça les sourcils en repensant à Adam Kenton, qui voyait certainement en lui le renard qu'il fallait chasser. Sauf qu'à présent Bishop était redevenu le chasseur ; il avait le pouvoir pour lui, et c'était lui qui lancerait la chasse.

Le renard n'avait nulle part où aller, nulle part où se cacher.

Fort de ces réflexions, Bishop s'endormit rapidement devant une comédie sur les camps de prisonniers. Il ne comprenait décidément pas comment on pouvait rire de gens qui se retrouvaient enfermés. Lui-même avait passé toute sa vie enfermé et ça n'avait rien de drôle. Personne ne riait de l'enfermement. Il n'avait jamais vu, jamais entendu quelqu'un rire de l'enfermement. Il fallait être fou pour en rire.

Il ne serait jamais plus enfermé. Jamais. Il n'était pas fou. Quoi qu'il advienne, on ne l'enfermerait plus jamais.

Dans son rêve, la femme le harcelait sans répit. Il n'avait nulle part où aller, nulle part où se cacher. Elle le traquait, le suivait, lui collait aux basques. Où qu'il aille, elle était là. Elle tenait dans ses mains une boîte à l'intérieur de laquelle elle voulait l'enfermer. Mais lui ne voulait pas. Alors, il courait, et elle le rattrapait…

Il se réveilla ruisselant de sueur, les yeux fermés mais toujours avec l'image de la femme penchée au-dessus du petit garçon effaré. Dans sa main, le fouet se levait et s'abattait sans arrêt. Il n'y avait pas de bruit, absolument aucun, pendant que la longue lanière lui déchirait les chairs. Et le fouet se levait, s'abattait…

Avec un effort surhumain, Bishop ouvrit les yeux.

À la télévision, Johnny Carson était tout sourire et faisait des grimaces à la caméra tout en posant d'habiles questions à ses invités magnifiques. Bishop consulta la pendule près du lit. Il était minuit passé, et bientôt l'aube d'un nouveau jour poindrait.

Son jour.

Ç'avait déjà commencé.

Cinq mois plus tôt, à la même heure, il s'évadait de son camp de prisonniers. Il en était sorti et avait entamé une nouvelle vie.

Il allait refaire la même chose.

Il tendit le bras vers le téléphone.

Au Saint-Moritz, Adam Kenton décrocha à la première sonnerie. Toute la journée il avait attendu, et redouté, ce moment. Au bout de quelques secondes, le corps transi par une montée d'adrénaline, il donna son nom.

À l'autre bout du fil, la voix fut lointaine, métallique, sépulcrale.

« *Ç'a déjà commencé.* »

Sur ce, Kenton entendit un petit déclic. On avait raccroché.

Depuis le commissariat n° 13, le message fut prestement envoyé jusqu'à une paisible maison du Queens. Dans une chambre à l'étage, quelqu'un alluma la lumière. Alex Dimitri, réveillé en une fraction de seconde, écouta attentivement, puis demanda à ce que le commandement central soit immédiatement prévenu. Sans informations supplémentaires, il n'y avait pas grand-chose d'autre à faire. Il pesta dans sa barbe, pour ne pas réveiller sa femme.

Une fois de plus, Adam Kenton avait donc vu juste à propos de Bishop. Le détraqué comptait en effet célébrer ses cinq mois de liberté, et la fête avait semble-t-il déjà commencé. Mais de quoi s'agissait-il ?

Qu'est-ce qui avait déjà commencé ?

Kenton non plus n'en savait rien lorsque Dimitri lui téléphona du commissariat une heure plus tard. Il était toujours un peu chiffonné à cause des écoutes téléphoniques, d'autant plus qu'on ne l'en avait informé qu'à midi ; mais au moins, il avait pu en extraire les paroles de Bishop. Dans son esprit, ce n'était que justice.

Il expliqua à Dimitri que Bishop restait volontairement énigmatique, afin qu'ils n'aient plus qu'à attendre bêtement les premières nouvelles désastreuses.

Il savait également que Bishop avait de plus en plus conscience de sa réputation et se souciait de mettre les choses bien au clair. Peut-être préparait-il vraiment sa capture et son retour triomphal au sein de la société, enfin aimé de tous. Tout cela inconsciemment, bien sûr.

Pensait-il vraiment que…

Que quelqu'un puisse être aussi détraqué ? Même inconsciemment ?

Dans un état de surexcitation indescriptible, convaincu que son heure de gloire allait sonner, l'homme qui aimait les femmes enfila sa robe et ses autres vêtements, résolu à poursuivre son assaut sans attendre. Il écumerait les couloirs de l'hôtel aux petites heures du jour, comme il avait jadis écumé le territoire californien par une nuit noire et pluvieuse, sans être vu. C'était une légère entorse à son plan de départ, mais une entorse nécessaire. Il utiliserait encore le subterfuge du télégramme dans la journée, jusqu'à ce que son œuvre soit achevée. Mais, en attendant, il surveillerait sa chasse gardée, abattrait une par une toutes les traînardes et toutes celles qui oseraient s'éloigner du bercail.

Le visage grimé et sa perruque bien en place, Bishop ouvrit doucement la porte et se lança dans le couloir désert. Son sac en bandoulière contenait son couteau et la clé de la chambre qu'il avait récupérée dans le sac à main de la jeune femme. Il reviendrait le lendemain matin pour refaire des siennes.

La porte se referma derrière lui sans un bruit.

Alice Troop avait peut-être un peu trop bu, mais elle s'en moquait éperdument. La fête avait été réussie, elle s'était bien amusée. Des gens bien, des discussions intéressantes, et même quelques propositions indécentes qu'elle avait poliment déclinées. Pour une femme divorcée de 39 ans, sortie de son bled du Midwest et installée à New York depuis seulement trois mois, sympathique et intelligente mais pas particulièrement jolie, la soirée avait été plutôt bonne. Elle qui attendait impatiemment cette fête depuis des semaines, elle ne fut pas déçue. À présent, elle n'avait qu'une seule envie : dormir bien au chaud. Il était bientôt 9 heures.

Pour Alice Troop, il ne serait jamais plus 9 heures.

Sa clé à la main, elle sortit de l'ascenseur au onzième étage et s'engouffra dans le couloir. Elle vit la femme surgir d'une porte droit devant elle. Mais n'était-ce pas l'issue de secours ? Elle se pinça. Non, c'était impossible. Une fois devant sa chambre, elle s'arrêta et adressa un sourire à la femme qui la croisait.

La clé était maintenant dans la serrure ; elle l'actionna. Elle n'entendit rien lorsque deux mains s'approchèrent d'elle et qu'un objet brilla devant ses yeux, au cours de ce qui fut le dernier instant de sa vie.

La porte fut ouverte brutalement et le corps qui pissait le sang fut poussé à l'intérieur. À l'aide d'un chandail posé sur une chaise, Bishop essuya immédiatement les taches de sang sur la porte et le seuil. Une seconde après, il s'enfermait dans la chambre en compagnie du cadavre.

Frank O'Gorman revint de sa deuxième tournée d'inspection à 2 heures du matin. Depuis huit ans qu'il était vigile de nuit à l'hôtel, il avait pas mal d'anecdotes à raconter. Il avait même souvent pensé écrire un livre sur ses aventures dans un monde de femmes. Peut-être un jour, quand il prendrait sa retraite.

Son café devant lui, il était assis dans son petit bureau du sous-sol et jetait de temps en temps un coup d'œil sur l'écran qui lui montrait les différents étages du bâtiment. O'Gorman secoua la tête d'un air écœuré, comme chaque fois qu'il regardait ce tout nouvel équipement de sécurité, synonyme pour lui d'une tâche supplémentaire à accomplir. En plus de ses autres missions, il devait maintenant surveiller les douze niveaux sur cet écran idiot. Il tourna la manette rapidement, passant d'une caméra à l'autre. Tout semblait parfaitement normal. Comme d'hab. L'hôtel Ashley était un établissement bien géré. « Surtout grâce à moi », grommela O'Gorman, en toute modestie, avant de se replonger dans sa lecture du *Daily News*.

À 2 h 55, Beth Danston rentra dans sa chambre simple avec salle de bains privée, au huitième étage, et fut surprise par une autre résidente, qui engagea la discussion avec elle sur le pas de sa porte. Elle était morte à 2 h 57.

À 4 h 10, Cappy McDowell rentra enfin chez elle après un dîner en compagnie d'un ami qui prenait l'avion à JFK à 7 heures. Comme cet ami était le pilote de l'avion, il devait y être à 5 heures. Mais à cette heure-là, mademoiselle McDowell n'existait plus.

À 6 h 40, Emma DeVore se réveilla et s'en alla acheter deux bagels au pain noir ainsi qu'un pot de crème fouettée dans une épicerie fine du quartier qui ouvrait à 6 h 30. Elle avait pour habitude, le matin, de combiner promenade vivifiante et petit déjeuner. Recommandé pour la digestion. Elle remonta au neuvième étage à 7 h 15. On ne la revit plus vivante.

Après avoir enchaîné plusieurs petits sommes pendant la nuit, Bishop, de retour dans sa chambre du treizième étage, avait l'impression qu'il ne dormirait plus jamais. L'excitation qui le gagnait, la frénésie presque, le maintenait à bloc comme elle n'avait cessé de le faire depuis qu'il avait quitté son camp de prisonniers cinq mois plus tôt.

Il jeta un coup œil sur l'écran de télévision. Le *Today Show* lui retourna son sourire. Les présentateurs interviewaient quelqu'un qui avait fait quelque chose ou qui n'avait rien fait du tout. Bishop aurait aimé se faire interviewer de la sorte, car il avait plein de choses à raconter, et à tout le monde. Seulement, personne ne daignait entendre ce qu'il avait à dire. Les gens voulaient bien lire des articles sur lui dans le journal, mais pas s'asseoir un moment avec lui et discuter tranquillement de ce qu'il essayait de faire. Il n'avait personne à qui parler – nulle part au monde. Son père était mort, tout comme sa mère qu'il aimait tant. Partout, toujours, il serait un étranger. Personne ne voulait de lui. Personne ne se souciait de lui.

Et alors ? Lui non plus, il n'avait besoin de personne. Il était plus intelligent que tout le monde, et tout le monde le savait bien. Ce qui expliquait pourquoi il faisait peur.

Il était 8 heures passées ; il allait bientôt reprendre sa tournée. Exactement comme les médecins à la télévision. C'était son hôpital à lui, et il s'occupait des gens.

Non, c'était plutôt son camp de prisonniers à lui, et il s'occupait des gens.

Il passa dans la salle de bains pour se refaire une beauté.

Aujourd'hui était son jour.

Henry Field venait de commencer son tour de surveillance dans le bureau du sous-sol. Il tourna lentement la manette des écrans de surveillance : à cette heure-là, la plupart des étages connaissaient un regain d'activité. En arrivant à l'écran du treizième étage, il remarqua une femme devant une porte, une femme qui tenait quelque chose à la main et attendait manifestement qu'on lui ouvre. Il n'y avait personne d'autre dans le couloir. Field nota la chose dans un coin de sa tête et passa à un autre étage.

En haut, Bishop avait tenté trois chambres de suite. Trois échecs. Il ne comprenait pas ce que des femmes pouvaient bien fabriquer à 9 heures du matin qui les empêchât d'ouvrir la porte. Il devait faire attention à celles qui attendaient dans l'ascenseur. Plusieurs fois, il avait été obligé de les croiser et de tourner au coin. Ça l'attristait de devoir épargner toutes celles qui quittaient l'hôtel, mais il saurait les retrouver, un jour, quelque part. Il en était sûr. Le monde était petit.

Dans son sous-sol, Henry Field repassa en revue tous les étages. Il voyait dans ce système de caméras un secours précieux, puisqu'il le délivrait de toutes les inutiles patrouilles tout en lui permettant d'exercer une surveillance nettement plus efficace.

Il revit la même femme dans le couloir du treizième étage. Cette fois-ci, elle s'arrêtait devant plusieurs portes, comme à l'affût de bruits provenant des chambres. Il la regarda patienter devant l'une d'elles pendant un bon moment, puis passer à la suivante.

Henry Field était un bon vigile, et expérimenté, de surcroît. Il savait déchiffrer les moindres signes. Sa main se posa immédiatement sur le téléphone.

Le premier appel au sujet d'un éventuel cambriolage en cours parvint au commissariat n° 19, situé sur la 67e Rue Est, le mardi 4 décembre 1973 à 9 h 17.

25

La pluie s'était mise à tomber avant l'aube, un petit crachin qui semblait bien parti pour durer toute la journée. De gros nuages noirs menaçaient et le baromètre faisait la tête, plongeant la ville dans une grisaille sinistre. Partout, l'obscurité s'attarda longtemps après l'aurore et, très vite, il parut évident que New York s'engageait dans une nouvelle journée de décembre maussade. Manteaux de pluie et parapluies étaient omniprésents tandis que les travailleurs se ruaient dans les bureaux, que les écoliers s'égaillaient sur les trottoirs ou grimpaient dans les bus assortis au jaune de leurs cirés. Personne ne le savait, bien sûr, mais un tourbillon infernal, qui, par une matinée tout aussi humide et grisâtre quelque cinq mois auparavant, avait échappé à tout contrôle, était sur le point de s'abattre violemment, en une dernière folle embardée, sur les corps brisés de ses victimes.

Alors que le crachin ensuquait les esprits et réduisait le trafic à l'état de grosse chenille, une voiture de police, toutes sirènes hurlantes, se faufila sur la 61e Rue, entre Park Avenue et Lexington Avenue, puis freina brutalement devant l'hôtel Ashley. Le vigile accueillit les policiers dans le hall et la petite équipe fonça jusqu'à l'ascenseur, avec l'espoir de prendre le suspect la main dans le sac, à supposer qu'un cambriolage fût vraiment en train de se produire. Les flics avaient quelques doutes, des doutes qu'étayait leur longue expérience des personnels de sécurité. Néanmoins, un établissement pour femmes comme l'hôtel Ashley demeurait une cible de choix pour une voleuse. Elle pouvait s'y sentir comme un poisson dans l'eau. Invisible.

Bishop allait faire encore mieux.

Bill Torolla ne faisait confiance à *personne*, ce qui expliquait certainement pourquoi il aimait tant son métier de vigile. Démobilisé de l'armée à 25 ans, il avait tenté plusieurs carrières dans le civil, mais toutes avaient paru bien routinières et calmes à cet homme qui avait tout de même servi dans la cellule espionnage des *marines*. À 29 ans, il s'était donc engagé auprès d'une petite société new-yorkaise spécialisée dans la surveillance et la sécurité. Passionné par son boulot, il fut rapidement embauché par une entreprise plus importante, où il dut relever de nouveaux défis. Au bout de quelques années il décida de fonder sa propre société mais, miné par le manque de capitaux, il perdit tout l'argent qu'il avait investi et dut mettre la clé sous la porte. L'hôtel Ashley, à l'époque, lui avait paru être un bon endroit pour repartir de zéro.

Mais après quatre années passées comme vigile de jour en renfort, il se retrouvait pétri de doutes. À 37 ans, les possibilités d'avancement n'existaient pour ainsi dire pas. Henry Field occupait la première place, et il n'y avait rien d'autre. Torolla n'arrêtait pas de se dire qu'il devait travailler ailleurs, dans un endroit plus important, et prospecter autour de lui. En janvier, après les fêtes, il comptait bien passer à l'action. Mais comme on était encore au début du mois de décembre, Bill Torolla exécuta ses missions quotidiennes, qui étaient devenues chez lui une seconde nature. Seule sa méfiance innée à l'égard de la Terre entière le maintenait sur ses gardes. Alors que Field était en haut avec les flics, il commença par vérifier deux ou trois choses.

Bishop avait regagné sa chambre, contraint de battre en retraite par des femmes qui attendaient l'ascenseur. Il se rendit compte qu'il avait lancé son assaut trop tôt. Ou trop tard. Du coup, il allait rater toutes celles qui s'en allaient travailler ou flâner, c'est-à-dire la majorité d'entre elles. Mais au moins, en se contentant de piéger les autres, il prendrait moins de risques ; et puis après tout, il finirait bien tôt ou tard par régler son compte à chacune, jusqu'à la dernière. Où diable iraient-elles pour échapper au sort tragique qui les attendait ?

D'ici là, il attendrait 10 heures avant de s'aventurer de nouveau dans les couloirs. Ensuite, il aurait toute la journée devant lui pour accomplir tranquillement sa besogne. Comme il n'aurait vraisemblablement pas terminé avant la soirée, il lui faudrait travailler toute la nuit, descendre les étages un par un jusqu'à ce que la forteresse soit saignée à blanc et vidée de ses démons. Il avait déjà lancé les hostilités, et la soif de sang ne faisait que croître en lui. Il ne pouvait, ne voulait pas s'arrêter en si bon chemin. Pas avant que sa vengeance soit totale.

Thomas Bishop croyait dur comme fer que le monde verrait ce qu'il était en train d'accomplir et qu'il s'en souviendrait pendant longtemps.

Mais même dans sa sagesse infinie de mégalomane, il ne s'attendait pas à ce qu'on érige des monuments à sa gloire. Pas tout de suite, en tout cas. Il savait qu'il faudrait du temps avant que les gens comprennent vraiment ce qu'il essayait de faire. Et du temps, il n'en manquait vraiment pas.

Il consulta la pendule près du lit. 9 h 25.

Les policiers ne trouvèrent personne au treizième étage : ni dans le couloir, ni dans l'escalier de service, ni même dans les chambres, auxquelles Henry Field avait accès grâce à ses doubles des clés. Ils frappèrent à toutes les portes. Si l'occupante était là, ils s'excusaient. Lorsqu'ils n'entendaient aucune réponse, ils entraient. Tout avait l'air normal.

Beaucoup de femmes étaient déjà parties à cette heure, notamment au travail, et les touristes préféraient se lancer à l'assaut de la grande ville tôt dans la matinée. La dernière chambre qu'ils inspectèrent se trouvait tout au fond du couloir, à l'angle. Une femme ouvrit la porte, vêtue d'une simple serviette de bain et d'un chandail jeté à la hâte sur ses épaules. Elle portait aux pieds des pantoufles en peluche blanches. Sa tête était ceinte d'une serviette, et son visage couvert de crème hydratante. Elle venait de prendre sa douche et était en train de se maquiller.

Field s'excusa pour le dérangement ; ils recherchaient activement une personne qui rôdait dans l'hôtel. La femme roula des yeux au ciel, effarée, et Field lui expliqua aussitôt qu'il ne s'agissait pas d'un homme. Puis la petite équipe s'en alla, non sans qu'un des policiers fasse remarquer qu'il reviendrait volontiers interroger la jeune femme. Elle avait des jambes magnifiques et un corps de rêve. Oui, répondit l'autre, mais pas de seins. Le premier fit la grimace. « Y a pas que les nichons dans la vie », dit-il en montant dans l'ascenseur.

Ils passèrent le douzième étage au peigne fin. Ne trouvant rien de suspect, ils expliquèrent à Field qu'il avait simplement dû voir une locataire en train de demander une ceinture à une de ses voisines. Ou alors la suspecte, n'ayant pu entrer dans aucune chambre, avait déjà fichu le camp. Field se résigna à cette hypothèse, mais sans grande conviction.

Dans la chambre qui faisait le coin, Bishop ôta la crème hydratante de son visage. Heureusement qu'il avait entendu les policiers frapper à la porte d'à côté et qu'il avait eu le temps de se préparer. Mais comment savaient-ils qu'une personne rôdait dans les couloirs ? Y avait-il quelqu'un d'autre, une femme qui cherchait quelque chose en même temps que lui ? Et au même étage ? Non, c'était impossible. Une femme près de l'ascenseur avait dû signaler la présence d'une personne déambulant, apparemment sans but, dans le couloir.

Si seulement les gens pouvaient se mêler de leurs affaires, pensa Bishop.

Après avoir enlevé toute la crème hydratante, il commença à se maquiller. Il avait tout son temps devant lui et il voulait apparaître au sommet de sa beauté pour son public de femmes, quand bien même il ne les verrait qu'une par une et qu'elles ne le verraient qu'une seule fois – celle de trop.

Dans son bureau du sous-sol, Henry Field avait les yeux rivés sur sa télévision. Sauf que la sienne était en circuit fermé et qu'au lieu de voir un film d'horreur, il regardait le treizième étage. Tout semblait parfaitement normal. La grande ruée qui durait de 8 h 30 à 9 h 30 était maintenant terminée, et depuis quelques minutes, le couloir était vide. Un coup d'œil aux autres étages donna le même résultat. Il se pouvait fort bien, dut reconnaître Field, qu'il ait commis une erreur. En grand adepte des calculs de probabilité, il savait qu'il avait peu de chances de s'être trompé. Mais enfin, ça pouvait toujours arriver. Même à lui.

Tout de même, il était tracassé. Il avait été tellement sûr de lui ! Suffisamment, en tout cas, pour appeler la police. Un professionnel n'aurait jamais fait cela sans être sûr de son coup. Maintenant, les policiers commenceraient à avoir des doutes sur lui. Il connaissait tous les patrons du commissariat et la perspective qu'ils puissent se moquer de lui ne l'enchantait pas du tout.

Dans sa tête, il passa de nouveau en revue toutes les chambres. D'abord, celles qui étaient vides, ensuite, les autres. Tout allait bien, y compris la dernière, la chambre du coin, celle avec la jolie poupée qui sortait de sa douche enroulée dans une serviette de bain.

Qu'y avait-il de… ?

Il fixa dans sa tête l'image de la femme jusqu'à comprendre ce qui clochait. Elle portait des boucles d'oreilles. Sous la douche ? Certaines femmes le font, certes, si elles ont des boucles pour oreilles percées.

Or, ses bijoux n'avaient pas l'air comme ça, c'étaient de grands anneaux dorés. Mais comment en avoir le cœur net ?

Field songea à remonter là-haut pour s'en assurer, sous un quelconque prétexte. C'était sans doute farfelu, mais il devait absolument vérifier. De toute façon, il n'avait rien d'autre à faire pour l'instant ; ce serait l'affaire de deux secondes.

Torolla n'était pas à son poste lorsque Field referma la porte du bureau et se dirigea vers les ascenseurs.

Bishop entendit frapper à la porte au moment où il mettait sa perruque blonde. Comme il était encore en sous-vêtements, il enfila une robe de nuit en coton suspendue à la porte de la salle de bains et jeta un bref coup d'œil dans la glace avant de sortir. Lorsque le responsable de la sécurité de l'établissement donna son nom, les yeux de Bishop devinrent durs comme du diamant, l'espace d'une seconde. Puis il retrouva son masque.

Field vit la femme lui sourire. Il bredouilla quelque chose à propos de la sécurité de l'hôtel et lui demanda quelques instants d'attention. Quelques questions, simplement. Il l'appela mademoiselle Dunbar. La jeune femme le fit entrer. Il prit place sur le canapé et la complimenta sur ses très jolies boucles d'oreilles. Faites pour des oreilles percées, n'est-ce pas ? Il gloussa. Sa propre femme avait peur de se les faire percer, elle prétendait qu'elles risquaient de s'infecter. C'était idiot, pas vrai ?

Bishop l'écouta de la salle de bains, comme s'il était en train de s'habiller. Visiblement, l'agent de sécurité ne soupçonnait rien. Par la porte entrebâillée, il vit pourtant Field promener son regard sur toute la chambre, s'arrêter sur le lit et s'en approcher, au moment même où sa propre main fouillait dans le sac qu'il avait emmené avec lui dans la salle de bains. Il ouvrit ensuite le robinet du lavabo, poussa doucement la porte et, pantoufles aux pieds, regagna la chambre.

Field n'entendit rien. Le dos tourné vers Bishop, il était à genoux et farfouillait sous le lit lorsque sa vision périphérique aperçut quelque chose bouger derrière lui. Par réflexe, il tourna la tête à l'instant même où la grande lame s'abattait au centre de son crâne chauve. Tenu des deux mains par Bishop et planté avec une force monstrueuse, le couteau traversa l'os et le cartilage quasiment jusqu'à la garde. Field fut traversé par un éclair de lumière incroyable, comme il n'en avait encore jamais vu. Aussitôt, la lumière devint rouge. Ses yeux se convulsèrent, ses mâchoires se décrochèrent. Il n'eut le temps ni de réagir, ni de penser à quoi que ce soit. Alors que son corps commençait à s'écrouler par terre, Henry Field était déjà mort.

Bishop retourna à ses ultimes arrangements esthétiques. Ses mains tremblaient. Il en voulait énormément au vigile d'avoir voulu le piéger et l'empêcher de poursuivre son travail. Pourquoi un tel acharnement ? Ce n'était pas lui, l'ennemi. À long terme, il leur rendait un fier service, mais au lieu de le remercier, ils cherchaient une fois de plus à l'enfermer, voire à le détruire.

Il fut pris d'une telle colère qu'il retourna précipitamment dans la chambre et planta plusieurs fois son couteau dans le cadavre du vigile. Le tapis devint rapidement couvert de sang. Une fois ses nerfs calmés,

Bishop poussa le cadavre sous le lit, où il rejoignit celui de la jeune femme assassinée.

Après s'être débarrassé du sang sur son corps, Bishop s'habilla tranquillement. Puis l'heure du départ sonna. Le couloir serait vide et certaines des occupantes auraient regagné leur chambre. Dire qu'il y avait encore douze étages en dessous !

À 11 heures, Bill Torolla se demanda ce qu'il était arrivé à son vieux collègue. Cela faisait maintenant une heure qu'il était parti, et ça ne lui ressemblait pas. Par mesure de précaution, ils se tenaient toujours informés mutuellement de leurs déplacements chaque fois qu'ils prévoyaient de s'en aller plus d'une demi-heure. Torolla se dit que Field bavardait peut-être avec le directeur, en haut. Ou qu'il essayait de rattraper sa rôdeuse fantôme.

Si la télévision en circuit fermé avait été branchée sur le treizième étage, et si quelqu'un l'avait regardée à ce moment-là, il aurait pu voir une jeune femme frapper à la porte d'une chambre au milieu du couloir. Une porte qui fut rapidement ouverte et par laquelle la jeune femme entra sans attendre.

À midi, Torolla se faisait vraiment du souci. Il apprit que Field avait posé des questions sur la femme qui occupait la chambre n° 1438, mademoiselle Dunbar. Un des garçons d'ascenseur l'avait en effet conduit jusqu'au treizième étage, mais personne ne l'avait vu redescendre par la suite. Torolla téléphona en haut mais n'obtint aucune réponse. Il en conclut que son collègue était en train de passer un bon moment avec la femme de la n° 1438. Bien sûr, cela allait à l'encontre du règlement, mais les deux hommes s'étaient quelquefois laissés aller.

Frustré, il vaqua à ses occupations, puis sortit déjeuner avec un ami à 12 h 30. Il oublia rapidement l'incident.

À peu près au même moment, à Berkeley, en Californie, deux colis furent livrés au domicile d'Amos Finch. Ils lui étaient adressés par Adam Kenton, de New York, et contenaient tous les biens de Sara Bishop et de son fils qui avaient pu être sauvés. Presque tous, du moins. Kenton avait en effet gardé quelques objets susceptibles de l'aider dans ses recherches, qui lui donnaient une sorte de proximité avec Bishop, par exemple des dessins d'enfant où figuraient des monstres, ainsi que plusieurs exemplaires des livres de Caryl Chessman. Et la lanière en cuir usée – Kenton la conserva également.

Finch fut ravi de cet envoi. Tous ces objets enrichiraient la collection Thomas Bishop qu'il était en train de se constituer. Il avait déjà acquis les maigres effets personnels que Bishop possédait à l'hôpital de Willows : quelques vêtements, des livres, la cantine qui se trouvait sous son lit, une couverture et un drap saisis sur le lit lui-même, et divers objets. Plus précieux encore, ceux que venait récemment de lui remettre le lieutenant Spanner. Un harmonica très particulier et un peigne en forme d'alligator, un petit portefeuille comportant une photo de Sara Bishop, enfin, l'uniforme que Vincent Mungo portait la nuit de son évasion. Chaque vêtement portait, cousu à l'intérieur, le nom de Thomas Bishop. Spanner ne s'attendait pas à ce que Bishop réponde un jour du meurtre de Vincent Mungo devant un tribunal de sa juridiction : il ne vivrait jamais assez longtemps pour ça. Le lieutenant n'avait aucun doute là-dessus.

Finch, naturellement, espérait récupérer tout ce qu'il pourrait des biens de Bishop une fois qu'il serait tué. Comme presque tout le monde, il ne se faisait aucune illusion sur la mort imminente de Bishop. Déjà résigné à cette issue, il y voyait une perte terrible pour la criminologie, mais un événement aussi inéluctable que le dénouement d'une tragédie grecque, un genre avec lequel, d'ailleurs, la vie de Bishop partageait de nombreux points communs.

En ce mardi matin, Amos Finch appela New York pour remercier Kenton, avec l'espoir que celui-ci n'oublierait pas la promesse qu'il lui avait faite de sauvegarder le maximum d'objets ayant appartenu à Bishop.

À Sacramento, Roger Tompkins venait d'entrer dans le bureau du sénateur Stoner et de lui annoncer sa démission. On le sollicitait ailleurs, bien sûr. Il avait passé un moment formidable, mais la vie était ainsi faite.

Il rendit plusieurs lettres et copies qu'il avait récupérées au moment où il craignait d'être contraint à la démission. Tout cela remontait à une autre époque. Mais sans rancune. Le sénateur le savait bien : la politique n'était pas une sinécure.

Tompkins arbora son plus beau sourire.

Derrière son bureau, Stoner regarda le jeune homme droit dans les yeux. Dans son esprit, il ne faisait aucun doute que Roger irait très loin ; il avait toute l'âpreté et l'ambition nécessaires, le cynisme et l'hypocrisie indispensables. Il saurait imposer son nom.

En attendant, il commettait une erreur, une grosse erreur. Mais enfin, il était encore jeune et il lui restait encore beaucoup de choses à apprendre. D'ailleurs, en ce moment même, il apprenait mais sans s'en rendre compte. En politique, tout n'était qu'apparences trompeuses, et il en allait des hommes politiques comme des serpents : il ne fallait jamais les croire morts avant qu'ils aient poussé leur dernier râle.

Pendant le week-end, Stoner avait rencontré les leaders républicains californiens. Grâce à ses récents faits d'armes, ceux-ci espéraient beaucoup de lui ; ils se penchèrent donc très sérieusement sur ses difficultés du moment. Autrement dit, un marché avait été conclu. Ses manœuvres financières pour le moins discutables relevaient de l'erreur de jugement commise en toute bonne foi plutôt que de l'intention frauduleuse, et elles avaient cessé le jour même où il en avait été informé. Comme les démocrates californiens avaient vu l'un des leurs empêtré dans un scandale du même acabit, aucun des deux camps ne pousserait le bouchon trop loin. Si l'affaire n'était pas massivement dénoncée par les médias, l'opinion publique n'en ferait pas grand cas. De toute façon, les Californiens, c'était bien connu, savaient toujours se montrer indulgents.

Beaucoup plus importante pour Stoner fut la réaction des grands décideurs du Midwest et de l'Est. Au départ résolus à le rayer de leurs tablettes puisqu'il avait commis une faute politique impardonnable, celle de s'être fait attraper la main dans le sac, néanmoins, sa popularité croissante et son assise nationale toujours plus forte les firent réfléchir. Ils avaient besoin de nouveaux visages pour effacer les anciens dans l'esprit des Américains. Ils avaient surtout besoin de gens capables de remporter des batailles au cours de la période funeste qui s'annonçait.

Stoner avait su conquérir les cœurs par sa campagne imaginative en faveur de la peine de mort. Le sujet était brûlant et le serait d'autant plus que la délinquance et le terrorisme urbain empireraient. Or, le sénateur était obsédé par la peine de mort. Comme le disait un haut responsable du Parti républicain à New York : « Stoner l'a exhumée, il l'a retapée, et il va maintenant la garder pour lui. »

On se mit donc d'accord pour le soutenir une fois écoulé un bref délai, le temps que l'opinion oublie les révélations de *Newstime*. Un peu à la manière d'une compagnie aérienne qui, après un accident d'avion, suspendrait toutes ses campagnes publicitaires pendant quelques jours.

Stoner n'en souffla mot à Roger Tompkins. Au contraire, il accepta la démission de son jeune adjoint avec « grand regret » et lui souhaita bonne chance. Qu'il aille se faire foutre ! Que ce petit merdeux apprenne la vie tout seul dans son coin.

À midi, il appellerait Tom Donaldson à Chicago. Dorénavant, il exigeait un soutien sans réserve de la part de tout le monde, depuis les attachés de presse jusqu'aux collecteurs de fonds.

Il pensa à la soirée qui l'attendait, lorsqu'il se retrouverait avec sa nouvelle maîtresse. Elle aussi le soutenait sans réserve.

Le sénateur Jonathan Stoner n'était pas seulement un survivant, mais un gagneur. Il écraserait tout sur son passage.

L'autre survivant était assis dans sa chambre d'hôtel à New York et se demandait s'il gagnerait encore des batailles. Il écrivait depuis bientôt quatre mois sur un homme, il le traquait depuis presque deux mois et pourtant, il ne l'avait toujours pas vu, ni même approché. Au moins, il avait entendu sa voix. Quelques petites secondes.

Mais ça ne suffisait pas.

Adam Kenton se sentit soudain découragé. Il avait passé toute la matinée à son hôtel, dans l'espoir que Bishop le rappelle. Mais il était maintenant 13 h 30, et toujours rien. Il savait, dans le fond, qu'il ne recevrait plus aucun coup de fil de Bishop. Et qu'au même moment, celui-ci s'activait, occupé à mettre en œuvre un projet grandiose et dément connu de lui seul. Cet homme était capable de tout, sauf de pitié. Kenton jura dans sa barbe. Il craignait le pire, malgré lui.

Il y avait reçu quelques coups de téléphone : de Fred Grimes, lui disant que ses contacts au sein de la pègre n'avaient aucune piste ; de John Perrone, qui pressentait toujours l'imminence d'un désastre ; de l'inspecteur Dimitri, qui, debout toute la nuit, attendait la nouvelle inéluctable ; de George Homer, qui se demandait si Bishop ne tenterait pas d'investir une réserve de femmes sans défense, comme un couvent ou un club de *fitness*. Kenton transmit le message à Dimitri, qui ordonna une surveillance accrue autour de ce genre de lieux.

Sur les coups de midi, Doris l'appela pour s'excuser. Il lui semblait difficile, en effet, de s'impliquer physiquement avec un homme sans s'impliquer affectivement avec lui. Elle n'était peut-être pas aussi adulte qu'elle le croyait, ne le serait peut-être jamais.

Mais elle n'avait pas voulu lui faire du mal, ni lui hurler dessus.

Kenton comprenait. Il était aussi fautif qu'elle. Il lui promit qu'ils se rabibocheraient. En attendant la fois d'après, en tout cas, ou encore celle d'après. Mais ce qu'il ne lui dit pas, c'est qu'il avait déjà connu ça avant. Et plus d'une fois.

L'appel d'Amos Finch une heure plus tard ne fit que le déprimer davantage, puisque le criminologue lui rappela que Thomas Bishop n'était pas un monstre diabolique venu d'une autre planète, mais un enfant martyrisé avec une telle brutalité que son esprit avait fini par trouver refuge dans la démence la plus complète.

Des enfants adultes comme lui, il en existait des milliers dans les hôpitaux psychiatriques de tout le pays, perdus à jamais dans le gouffre de la folie, dans l'abîme sans fond de l'enfer. Mais ils n'étaient pas entièrement comme lui. Les tortures subies par Thomas Bishop étaient tellement atroces qu'il avait fini par toucher le fond. En se retournant contre sa propre espèce, il en avait fait son ennemie jurée, et en se transformant en assassin, il était devenu un cancer.

Kenton ne pouvait même pas imaginer quelle souffrance incommensurable avait pu produire un tel résultat chez un être humain. À cette seule idée, son cœur trembla. Il aurait voulu crier vengeance, mais contre qui ? Il n'y avait personne, sinon une légion de policiers armés jusqu'aux dents et concentrés sur une cible unique, comme un appareil à radiations s'attaquant à une tumeur maligne. Au moment venu, on appuierait sur le bouton.

Et il savait que c'était la seule chose à faire.

Et il savait qu'il pleurerait les morts.

Bill Torolla revint de son déjeuner à 14 h 10, s'attendant à retrouver Henry Field. Mais le bureau était vide. Il rappela la chambre n° 1438, toujours sans réponse. Vingt minutes plus tard, il s'empara du double des clés, monta au treizième étage et pénétra dans la chambre qui faisait le coin. Personne. Il nota cependant des taches sombres sur le tapis près du lit et se baissa pour y regarder de plus près…

Dès 15 heures, l'hôtel situé sur la 61e Rue Est avait des allures de camp fortifié. Partout, des véhicules officiels, des voitures de patrouille, des fourgons de la police scientifique, des ambulances. Des voitures banalisées, aussi. Et naturellement, celles de la cellule spéciale, sous le commandement de l'inspecteur adjoint Alex Dimitri. Les équipes de télévision arrivaient peu à peu, installant leurs équipements sur le trottoir puisqu'elles n'étaient pas autorisées à entrer dans l'hôtel. Pas tout de suite, en tout cas. La rue elle-même était interdite à la circulation, et les piétons se voyaient demander de prendre le trottoir d'en face jusqu'au prochain carrefour.

À l'intérieur, la confusion semblait encore plus grande, tant un nombre apparemment incalculable de policiers défilaient dans le hall ou se rassemblaient pour former des groupes peu engageants. Les rumeurs les plus folles passaient d'un agent surexcité à un autre, des rumeurs qui finiraient toutes par se révéler bien pâles face à la réalité de la situation. Un nom se lisait sur toutes les lèvres, souvent plus comme une épithète impropre que comme un nom propre. *Chess Man.* Au cours de cette première demi-heure d'affolement général, alors que les chefs de la police installaient des transmissions de campagne et définissaient des missions prioritaires, leur seule certitude était qu'ils avaient découvert la dernière infamie du tueur fou. Restait encore à savoir si Chess Man avait été attrapé la main dans le sac ou si la police était arrivée après le tomber de rideau.

En haut, au treizième étage, toutes les chambres furent rapidement fouillées par les policiers, avec l'aide d'un vigile encore sous le choc, mais seuls des cadavres les y attendaient, au nombre de cinq, en comptant celui de Henry Field. D'autres unités commençaient à vérifier le douzième étage de manière plus systématique, tandis que la nature macabre de l'opération paraissait de plus en plus manifeste. Des policiers s'apprêtaient à explorer les étages inférieurs. Au rez-de-chaussée, toutes les entrées du bâtiment furent condamnées et des hommes postés tout autour, dans chaque allée, à chaque passage. Si Chess Man se trouvait là-dedans, il ne pouvait plus en sortir.

Peu après 15 heures, l'incroyable nouvelle commença à circuler sur les ondes et à la télévision ; les émissions furent interrompues par des flashes exceptionnels. Pendant que les images montraient l'hôtel Ashley, les responsables des chaînes se demandaient encore avec angoisse s'ils devaient bouleverser leur programmation pour l'occasion ou donner des nouvelles régulières entre deux émissions. Les cerveaux les plus rationnels se mirent immédiatement à calculer les coûts que cela occasionnerait.

Adam Kenton reçut l'appel téléphonique de Fred Grimes à 14 h 50. Des policiers venaient de découvrir l'ouvrage laissé par Bishop, et peut-être de le découvrir lui-même.

Personne n'était sûr de rien. Sauf qu'il y avait beaucoup de cadavres.

L'hôtel pour femmes Ashley. Entre Park Avenue et Lexington Avenue, sur la 61e Rue. À peu près à cinq rues du Saint-Moritz.

Cet enfoiré de dingue essayait de massacrer un immeuble entièrement rempli de femmes !

Kenton était déjà sur le départ.

Un taxi le déposa rapidement sur Park Avenue, et il arriva sur les lieux en quelques minutes. Un invraisemblable tohu-bohu. Grâce à sa carte de presse, il put se faufiler parmi les cordons de policiers jusqu'à ce que le capitaine Olson, qu'il aperçut sur les marches, le fasse entrer.

« Il est encore là ? lui cria Kenton dans l'oreille.

— On ne sait pas. Pour l'instant, on n'a pu explorer que le dernier étage. Cinq morts. »

Kenton eut une expression d'écœurement. Il devint livide. « Mon Dieu… » marmonna-t-il. L'établissement comportait des centaines de chambres, et sur quantité d'étages, ce qui voulait dire plusieurs centaines de femmes.

« Mon Dieu ! répéta-t-il.

— L'inspecteur est quelque part ? cria Olson pour couvrir le bruit. On a installé un QG dans le bureau du directeur. C'est là-bas, dit-il en pointant le doigt. Mais allez-y mollo avec Dimitri.

— Pourquoi donc ?

— Sa fille habite ici, répondit Olson sur un ton grave, et il n'a aucune nouvelle d'elle. »

Dans le bureau rempli de monde, Alex Dimitri était assis, il hurlait ses ordres et parlait dans plusieurs téléphones en même temps, tout en s'efforçant de ne pas penser à sa fille, une dessinatrice de mode qui travaillait souvent dans sa chambre. Ses employeurs ne l'avaient pas vue depuis lundi midi, quand elle était partie en rendez-vous avec des clients. Elle avait emporté quelques affaires et comptait travailler à l'hôtel.

Dimitri prononça une prière silencieuse. Il avait déjà eu sa femme au téléphone, lui avait assuré qu'Amy était saine et sauve, qu'elle les appellerait très bientôt, dès qu'elle entendrait les informations. Sa chambre, située au cinquième étage, avait été inspectée par un de ses propres agents. Elle ne s'y trouvait pas.

En attendant, il avait du travail…

La nouvelle frappa la Californie un peu après midi. John Spanner l'apprit en revenant d'une réunion avec une nouvelle section criminelle qu'il avait mise sur pied. Il fonça à son bureau et alluma la télévision.

À Berkeley, Amos Finch fit la même chose après avoir entendu l'information à la radio. Alors qu'il méditait encore sur la suite des événements, Finch fut soudain pris d'une envie folle d'aller à l'aéroport et de prendre le premier avion pour New York.

Dès 15 h 30, le douzième étage avait été passé au peigne fin par des policiers spécialement armés et entraînés pour ce genre de situation. Ils avaient découvert sept nouveaux cadavres. C'est seulement à cet instant que toute l'horreur de l'événement apparut aux yeux de tous. On vit certains officiers de police, des vieux de la vieille pourtant, au bord des larmes, et d'autres pétrifiés sur place. En tout, une douzaine de corps massacrés au-delà de l'imaginable. Et on ne savait pas ce qui se cachait plus bas – encore onze étages.

Les femmes, du moins celles qui répondaient présent, étaient évacuées de leur chambre aussi vite que possible. Des équipes de policiers arpentaient les couloirs en donnant de grands coups aux portes et en escortant jusqu'aux ascenseurs les femmes rassemblées. Quand une porte restait fermée, ils passaient leur chemin. Chess Man pouvait se trouver dans n'importe quelle chambre, avec une nouvelle victime, peut-être, une jeune fille pour laquelle on ne pouvait plus rien. Leur priorité était de faire d'abord sortir les femmes en vie. Ils régleraient son compte à Chess Man en dernier, et définitivement.

Dans le hall, les femmes apeurées, pour la plupart vêtues de manteaux enfilés à la hâte, apprirent qu'elles ne pourraient pas regagner leur chambre pendant quelque temps. Pas avant le soir, peut-être – elles n'avaient plus qu'à attendre. Ensuite, on les pria de bien vouloir quitter le bâtiment, afin que la police puisse poursuivre son travail.

Au onzième étage, trois nouveaux cadavres furent découverts : deux dans deux chambres contiguës, au fond du couloir, et le troisième à quelques portes de là. Mais une bonne demi-douzaine de femmes étaient toujours en vie, parfaitement ignorantes du massacre qui se déroulait autour d'elles. Quant aux hommes de Dimitri, ils pensaient que l'arrivée de la police avait dû contraindre Chess Man à s'arrêter à ce moment précis. Le dixième étage ne recelant aucun cadavre, tout le monde estima que le tueur fou avait interrompu son projet au onzième. Ce qui signifiait donc qu'il se trouvait toujours quelque part dans l'immeuble. Enfin, peut-être. S'il ne s'était pas enfui à travers les sous-sols à l'instant où la police déboulait par l'entrée principale. Ou s'il ne s'était pas envolé dans un vaisseau spatial invisible stationné sur le toit.

Bishop, bien sûr, avait entendu les sirènes de police. Ne disposant pas d'un vaisseau spatial invisible, il opta pour la meilleure solution et se fondit dans son environnement. Il ramassa rapidement son imperméable et son sac, descendit en trombe l'escalier de service et fonça dans la chambre d'Emma DeVore au neuvième étage, grâce à la clé qu'il avait récupérée sur son cadavre dans la matinée. Là, il patienta jusqu'à ce que la police regroupe toutes les femmes dans les ascenseurs. Une fois dans le hall, il marcha tranquillement au milieu du tumulte et sortit de l'immeuble avec une douzaine d'autres femmes. Une meute de journalistes les attendait, mais Bishop parvint à avancer sans rien dire ; la meute se désintéressa vite de lui. Il ne s'attarda pas sur les lieux et marcha d'un bon pas jusqu'à Park Avenue, à l'angle de laquelle il tourna. Il finit tout de même par ralentir la cadence et respirer un peu.

Il avait donc réussi, une fois de plus. Il les avait tous blousés.

Dans l'hôtel Ashley, les recherches se poursuivaient, chambre après chambre. En quelques heures, la police explora l'ensemble de l'établissement, y compris, de nouveau, les deux étages les plus élevés. Trois autres corps furent découverts, l'un au sixième, un autre au huitième, le dernier au neuvième.

Mais aucune trace de Chess Man. Ni dans les chambres, ni dans les couloirs, ni dans les escaliers, ni sur le toit, ni au sous-sol : nulle part. Il avait disparu. Tel le vent, on ne voyait que ce qu'il laissait derrière lui.

Et ce qu'il laissait derrière lui, c'étaient dix-huit morts. Deux fois plus de victimes que Richard Speck en une seule nuit.

« On a eu de la chance, dit en privé l'inspecteur Dimitri à quelques-uns de ses hommes. On aurait pu se retrouver avec des centaines de cadavres sur les bras. »

Tout le monde partagea son point de vue.

Dans la confusion et l'horreur de la situation, à aucun moment Bill Torolla ne pensa à établir un lien entre le tueur fou et cette rôdeuse que Henry Field avait cru apercevoir plus tôt dans la matinée. Lorsque l'inspecteur Dimitri prit finalement connaissance de cet incident, il était déjà trop tard.

Sur le moment, pourtant, il trouva un motif de satisfaction. Sa fille était saine et sauve. En apprenant la nouvelle à 17 heures, et sachant que ses parents s'inquiéteraient, elle avait appelé à la maison. Où était-elle passée ? Sa réponse fut un peu nébuleuse. Elle avait été obligée de travailler quelque part à l'extérieur. Pour son père, elle se trouvait évidemment avec un homme, sans doute chez lui. Ah, jeunesse… Après tout, elle avait 25 ans. C'était sa vie. Pourtant, sans savoir pourquoi, Dimitri se sentait triste.

Il était maintenant 19 h 30. Il estima que la journée touchait à sa fin. L'hôtel Ashley avait été fouillé de fond en comble. Personne n'était caché nulle part, les corps avaient été évacués, la plupart des policiers avaient quitté les lieux. Les équipes de télévision étaient parties une fois le dernier cadavre emmené, lorsqu'il était devenu évident que Chess Man ne se trouvait pas dans le bâtiment. Même le crachin avait quasiment cessé de tomber.

L'inspecteur ordonna tout de même que plusieurs agents passent la nuit dans le hall. Au cas où. Histoire de rassurer les résidentes et d'éloigner les curieux. Il annonça au directeur de l'établissement que les femmes pouvaient commencer à regagner leur chambre – du moins, celles qui le désiraient. Le directeur comprit le message. Que son hôtel puisse un jour se remettre d'un tel drame tiendrait du miracle.

Pour sa part, Alex Dimitri était découragé et soudain résigné à sans doute ne jamais attraper Chess Man. Il lâcha une sorte de grognement désabusé. Pour l'instant, les chances n'étaient pas de son côté. Il y avait quelque chose de fou dans la capacité que cet homme avait de se volatiliser sans difficulté. Pas fou au sens de « dingue », mais au sens de « bizarre ». Que lui avait dit Kenton, déjà, à propos de la magie ? Dimitri avait le sentiment que cet ultime tour de passe-passe lui coûterait sa carrière dans la police. Il traversa le hall redevenu calme jusqu'à la sortie. De toute façon, lui non plus ne pouvait rien changer à l'affaire.

Kenton était reparti plus tôt, pensant que Bishop le rappellerait peut-être au Saint-Moritz pour savourer avec lui son dernier triomphe. Mais à 21 heures il n'avait reçu aucun coup de fil. Assis dans sa chambre à fumer des cigarettes, le journaliste de *Newstime* se mit à réfléchir à la journée qui venait de s'écouler. Après tout, ce n'était peut-être pas un si grand triomphe pour Bishop, qui avait visiblement formé le projet de massacrer toutes les femmes de l'hôtel Ashley, et ce du premier au dernier étage. Mission impossible, d'une arrogance folle, et bien trop épouvantable pour être sérieusement envisagée. *Et pourtant, il aurait pu y arriver.* Si on l'avait laissé faire, il aurait pu commettre le crime du siècle. Sans exagérer. Rien moins que le crime du siècle absolu, définitif, celui qui lui aurait gagné une immortalité monstrueuse, battant Jack l'Éventreur à plate couture.

En ce sens, alors ouì, Bishop avait échoué.

Mais l'homme était rusé comme un renard.

Un renard…

Comme par magie, sans s'y attendre, Kenton eut soudain une idée tellement saugrenue et terrifiante que son corps tout entier fut traversé d'un frisson. Ses yeux s'écarquillèrent, choqués ; son visage se pétrifia. Des gouttes de sueur perlèrent immédiatement au-dessus de sa bouche, sur son front. Il resta assis sans bouger pendant une éternité avant de tendre une main fébrile vers le téléphone. Deux minutes plus tard, il quittait précipitamment l'hôtel Saint-Moritz.

Bishop n'était plus du tout euphorique. Assis dans la salle obscure du cinéma, il regarda le film pour la troisième fois d'affilée. Il avait la tête ailleurs. Bien qu'il eût démontré sa supériorité à la face du monde, son plan génial avait largement échoué.

Or, il n'aimait pas l'échec. Ses chaussures lui faisaient mal aux pieds, ses mains étaient agrippées à la sacoche posée sur ses genoux. Tout ce qu'il possédait se trouvait là-dedans : son couteau et le peu d'argent qu'il lui restait.

« Vous êtes sérieux ?

— Faites-les tous partir. C'est notre seule et dernière chance. »

L'inspecteur hésita.

« S'il les voit, on ne l'attrapera jamais, insista Kenton. Et l'occasion ne se représentera sans doute plus.

— Qui vous dit qu'on en a une aujourd'hui ?

— Il va venir », répondit Kenton, l'air sûr de lui.

Dimitri le regarda un long moment avant de traverser le hall pour rejoindre les flics en faction. Sa décision était prise. L'instant d'après, ils se retrouvaient tous les deux dans l'ascenseur.

« Pourquoi le onzième étage ?

— Bishop est un type méthodique. Il a interrompu sa tâche au onzième, il la reprendra au onzième.

— Vous avez le numéro de la chambre, aussi ? demanda Dimitri, sceptique.

— Presque. Il n'y a que deux possibilités. »

Sur ce, il sortit le schéma qu'avait dressé la police un peu plus tôt. « Il a tué les deux femmes à un bout du couloir. Là. Puis il a assassiné l'autre deux portes plus loin, ce qui veut dire qu'il n'a pas fait celle-là. » Kenton posa le doigt sur un point du dessin.

« Soit il recommencera par cette porte, soit il ira de l'autre côté de la troisième victime.

— Vous pensez vraiment le connaître à ce point ?

— J'espère. »

Un homme de la cellule spéciale, posté au sous-sol, aurait les yeux rivés les écrans de surveillance et passerait sans arrêt d'un étage à l'autre. Toute personne sortant de l'ascenseur au onzième étage serait aussitôt considérée comme suspecte. D'autres agents, installés dans le bureau du directeur, interviendraient au premier incident. Le garçon d'ascenseur qui prenait la relève était également un policier.

« Vous êtes sûr qu'il est déguisé en femme ? lui demanda Dimitri au moment où ils montaient à l'étage.

— Je ne vois que ça. C'est comme ça qu'il est entré et qu'il est ressorti dès qu'il a entendu vos hommes arriver. »

Dimitri avait du mal à y croire.

« Il aurait mieux fait de faire du cinéma plutôt que traîner dans un asile, maugréa-t-il.

— Il aurait peut-être pu si la vie lui avait réservé un autre sort. »

Il était 9 h 30 lorsqu'ils regagnèrent chacun sa chambre. Entre eux se trouvait la chambre déserte de feu Alice Troop, qui un jour était venue refaire sa vie à New York.

Avant même la fin du film, la jeune femme aux pieds endoloris et au sac en bandoulière avait quitté son fauteuil. Par terre traînaient une demi-douzaine de papiers de bonbons, ainsi qu'un cornet de pop-corn.

À 23 h 20, une blonde élancée et vêtue d'un imperméable vert monta rapidement les deux marches et franchit l'entrée de l'hôtel Ashley. Visiblement familière des lieux, elle traversa le hall sombre. Une fois dans l'ascenseur, elle adressa un sourire timide au liftier et demanda le onzième étage. Au moment de sortir, elle lui souhaita gentiment bonne nuit.

Au sous-sol, l'officier de police qui surveillait les écrans l'avait déjà repérée.

Sur la pointe des pieds, la jeune femme emprunta le couloir jusqu'à la bonne porte. Elle comptait bien poursuivre sa besogne comme si rien n'était venu l'interrompre.

Dans sa main, elle tenait le passe-partout récupéré sur le cadavre de Henry Field. Grâce à cela, elle pourrait ouvrir toutes les portes de l'hôtel. Doucement, tranquillement, elle ferait ses visites. Rien ne pressait, elle avait toute la nuit devant elle. Et même le jour.

Elle avait tout le temps du monde.

Bishop souriait, heureux.

Enfin, il détenait toutes les clés. Après avoir pensé comme eux, puis parlé comme eux, finalement, il se comportait comme eux.

Il introduisit la clé dans la serrure.

Adam Kenton entendit la porte s'ouvrir. Il savait déjà de qui il s'agissait avant même de tourner la tête dans cette direction. Depuis sa fenêtre, il observa cet homme qu'il avait traqué pendant si longtemps. Son sang se glaça sur-le-champ, son cœur se figea.

Leurs deux regards se croisèrent.

Aucun mot ne fut prononcé. Bishop ôta son sac en bandoulière et l'ouvrit. Sa main y trouva le couteau, tandis que Kenton plongeait la sienne dans sa poche de veste. La vieille lanière en cuir était bien enroulée sur elle-même. Lorsqu'il la déroula, les yeux de Bishop suivirent chacun de ses gestes. Il s'approcha. Kenton brandit la lanière au-dessus de lui. Quand Bishop fut tout près de lui, il abattit son bras et lui donna un grand coup de fouet. Bishop ne bougea pas d'un pouce : il était littéralement médusé. Kenton lui assena plusieurs coups féroces, mais son ennemi ne bougeait toujours pas. Puis il y eut de nouveaux coups, répétés, sur le visage, sur le cou, sur les épaules. Le garçon n'avait plus aucune échappatoire.

La lanière s'écrasa une fois de plus sur lui.

Clac !

Saisi d'une terreur noire, submergé par des souvenirs atroces, Bishop poussa un cri et laissa tomber son couteau, puis fonça tête baissée vers la fenêtre, tandis que l'inspecteur Dimitri frappait contre la porte fermée. En un hurlement qui exprimait une douleur intime et monstrueuse, Bishop se jeta à travers la vitre, les deux bras devant lui, et atterrit sur le rebord de la fenêtre au milieu des bris de verre. Pour tenter d'échapper à ce que seul son esprit malade pouvait voir. Les mains ensanglantées, poussant des gémissements de bête blessée, il se redressa sur l'étroit rebord.

Il se pencha vers l'avant pour sonder l'abîme de onze étages qui se perdait dans les ténèbres. Il se retrouvait soudain en haut du barrage Hoover, habité par la même épouvante. Il commençait à avoir la nausée, ses genoux chancelaient, sa vessie commença à se vider. Il se sentit glisser.

Kenton remonta la vitre fracassée et attrapa Bishop par le bras ; mais les jambes de son ennemi cédèrent, il glissa sous le rebord. L'agrippant solidement par la main, Kenton l'empêcha de chuter. Peu à peu, il parvint à hisser le corps mou de Bishop, au moment précis où les hommes de Dimitri faisaient irruption dans la chambre et braquaient leurs armes.

Kenton regarda Bishop droit dans ses yeux implorants et il y vit la douleur, la peur, la folie, incommensurables. Alors que la main en sang de Thomas Bishop s'emboîtait dans la sienne, Adam

Kenton ouvrit lentement ses doigts, l'un après l'autre, et délivra le garçon agonisant.

Il comprit alors qu'il n'y aurait plus de cris, plus de souffrances.

La folie était terminée.

Le lendemain matin, Amos Finch n'assura pas ses cours. Il demeura assis chez lui pendant de longues heures, muré dans un silence méditatif, pour commémorer la disparition d'un phénomène comme il n'en verrait plus jamais de son vivant.

Après coup, il rassembla ses esprits en vue de la tâche qui l'attendait. *Thomas Bishop de A à Z* serait écrit en deux ans, comme le stipulait le contrat signé avec son éditeur habituel. Il s'immergerait dans le passé de Bishop : son époque, sa famille, sa vie. Il visiterait tous les lieux où Bishop avait vécu, ceux qu'il avait traversés, il verrait tout ce qu'il avait vu. Bien entendu, il aurait accès à tous les documents officiels concernant Bishop, depuis les archives médicales jusqu'aux dossiers de la police. Il interrogerait, il écouterait toutes les personnes qui avaient connu Bishop. Il apprendrait à connaître l'homme aussi bien que le monstre. Pour finir, il brosserait avec brio le portrait d'un homme assailli par des démons, d'un homme qui ressemblait aux autres hommes et n'était pourtant pas comme eux, d'un homme, enfin, qui tuait non pas de sang-froid, mais par démence. Bishop s'était retrouvé désespérément seul, mais malgré cette solitude infinie et sa paranoïa mégalomane, il avait tout de même tenté d'établir un lien avec ses frères humains. Que ce lien fût celui de la destruction totale était certainement autant le reflet de son époque que celui de son impénétrable folie.

Finch avait la conviction qu'il finirait par acquérir nombre des objets liés à la vie et à la mort de Thomas Bishop. Il s'était déjà posé comme *le* grand spécialiste de la question. Avec la publication de cet ouvrage, il serait considéré comme l'autorité de référence en la matière et deviendrait lui-même une rubrique à part entière dans le corpus bishopien.

Désormais, tout serait affaire d'opiniâtreté et de dur labeur.

Si Amos Finch avait su ce qui l'attendait dans sa quête du plus grand et plus insaisissable tueur en série solitaire de l'histoire criminelle américaine – une quête qui rivaliserait avec celle d'Adam Kenton –, il n'aurait jamais fait preuve, en ce matin de décembre, d'un tel optimisme.

Et il n'aurait jamais attaqué son premier jet par ces mots : « Au départ, Thomas Bishop… »

En fin d'après-midi, Adam Kenton était en train de lire le rapport préliminaire établi par le médecin sur la mort de Bishop. Naturellement, ce dernier avait été tué sur le coup après sa chute de onze étages. De sexe masculin, de race blanche, environ 25 ans, taille… Kenton passa immédiatement au bas de la page : les blessures, les marques distinctives, les caractéristiques physiques. Il s'arrêta net, le visage tordu par une grimace perplexe.

Thomas Bishop n'avait jamais été circoncis.

Pas circoncis !

Quelques instants plus tard, John Spanner, en Californie, n'en croyait pas ses oreilles. Kenton lui assura que c'était la vérité, il venait même d'en avoir la confirmation.

« C'est impossible, dit Spanner. Thomas Bishop a été circoncis à l'hôpital de Los Angeles. Le nom du médecin figurait dans le dossier, qui n'a pas été touché pendant vingt-cinq ans. »

Ils vérifièrent immédiatement auprès de l'hôpital de Los Angeles. Le dossier de Bishop fut, une fois de plus, rouvert. Aucune erreur possible : il avait été circoncis à la naissance. Sûr et certain.

Pourtant, le corps de Thomas Bishop n'était pas circoncis. Également sûr et certain. Absolument certain.

Une enquête révéla rapidement que le 30 avril 1948 quarante enfants étaient nés dans cet hôpital. Vingt garçons et vingt filles. À l'époque, tous les nouveau-nés étaient gardés dans la même chambre pendant les premiers jours, avec une étiquette portant leur nom accrochée au couffin et un bracelet en papier au bras de chacun. C'était avant que l'on commence à inscrire les empreintes des pieds sur l'acte de naissance.

« Il a pu se passer n'importe quoi, dit Spanner.

— Il s'est forcément passé quelque chose. »

Les deux hommes furent profondément ébranlés. Tout ce qu'ils avaient tenu pour solide devenait soudain nébuleux.

Adam sentit les yeux de Bishop braqués sur lui, il vit son regard dément, et il comprit, par instinct, qu'il ne serait jamais vraiment débarrassé de cet homme. Ni dans ses cauchemars, ni dans ses souvenirs, ni même dans les recoins de son cerveau. Il avait trop longtemps couru avec le renard.

« Mais si ce n'était pas Thomas Bishop, murmura-t-il d'un ton désemparé, qui était-ce ? »

Épilogue

Nulle part, dans les dossiers de la police de Los Angeles, il n'est mentionné que le 3 septembre 1947 une femme nommée Sara Bishop fut victime d'une agression sexuelle. Bien que rapidement convaincue que Caryl Chessman en était l'auteur, Sara Bishop ne porta jamais plainte pour ce viol. Elle finit par léguer cette certitude à son fils.

Selon les archives officielles de la justice californienne, Caryl Chessman fut libéré sur parole de la prison de Folsom le 8 décembre 1947.

Il fut de nouveau arrêté le 23 janvier 1948, à Los Angeles, puis exécuté le 2 mai 1960, dans la prison de San Quentin.

Au moment du viol, Caryl Chessman se trouvait donc derrière les barreaux.

Sara Bishop ne le sut jamais.

Ni son fils, quelle qu'ait été son identité.

Table